KB092670

백신애
선집

백신애
선집

이중기 엮음

현대문학

백신애.

1930-1932년, 일본 유학시절.

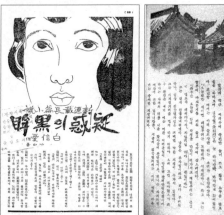

1935년 4월 《소년중앙》에 게재된 「푸른 하늘」. 1935년 8월 《중앙》에 게재된 「의혹의 흑모」. 1936년 11월 《영화조선》에 게재된 「어느 전원의 풍

조카들(한근, 장미, 영미, 경미)과 함께.

1934년 8월 《삼천리》에 게재된 「정조원」.

가족사진(남편 이근채, 오빠 백기호, 어머니 이내동, 올케, 조카).

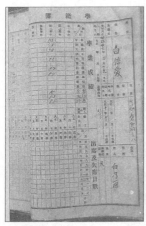

대구 신명여학교 학적부,
처음으로 백신애 이름이 쓰인
흔적을 발견할 수 있다.

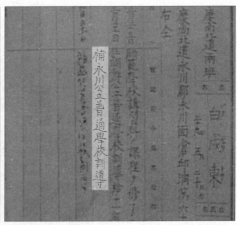

영천 공립보통학교 훈도사령장.

1938년 11월 상해에서
오빠 백기호와 함께(병색이 짙어 보인다).

2008년 5월 영천에 세워진 문학비.

한국현대문학은 지난 백여 년 동안 상당한 문학적 축적을 이루었다. 한국의 근대사는 새로운 문학의 씨가 싹을 틔워 성장하고 좋은 결실을 맺기에는 너무나 가혹한 난세였지만, 한국현대문학은 많은 꽃을 피웠고 괄목할 만한 결실을 축적했다. 뿐만 아니라 스스로의 힘으로 시대정신과 문화의 중심에 서서 한편으로 시대의 어둠에 항거했고 또 한편으로는 시대의 아픔을 위무해왔다.

이제 한국현대문학사는 한눈으로 대중할 수 없는 당당하고 커다란 흐름이 되었다. 백여 년의 세월은 그것을 뒤돌아보는 것조차 점점 어렵게 만들며, 엄청난 양적인 팽창은 보존과 기억의 영역 밖으로 넘쳐나고 있다. 그리하여 문학사의 주류를 형성하는 일부 시인·작가들의 작품을 제외한 나머지 많은 문학적 유산들은 자칫 일실의 위험에 처해 있는 것처럼 보인다.

물론 문학사적 선택의 폭은 세월이 흐르면서 점점 좁아질 수밖에 없고, 보편적 의의를 지니지 못한 작품들은 망각의 뒤편으로 사라지는 것이 순리다. 그러나 아주 없어져서는 안 된다. 그것들은 그것들 나름대로 소중한 문학적 유물이다. 그것들은 미래의 새로운 문학의 씨앗을 품고 있을 수도 있고, 새로운 창조의 촉매 기능을 숨기고 있을 수도 있다. 단지 유의미한 과거라는 차원에서 그것들은 잘 정리되고 보존되어야 한다. 월북 작가들의 작품도 마찬가지이다. 기존 문학사에서 상대적으로 소외된 작가들을 주목하다보니 자연히 월북 작가들이 다수 포함되었다. 그러나 월북 작가들의 월북 후 작품들은 그것을 산출한 특수한 시대적 상황의 고려 위에서 분별 있게 이해되어야 할 것이다.

　이러한 당위적 인식이, 2006년 한국문화예술위원회의 문학소위원회에서 정식으로 논의되었다. 그 결과, 한국의 문화예술의 바탕을 공고히 하기 위한 공적 작업의 일환으로, 문학사의 변두리에 방치되어 있다시피 한 한국문학의 유산들을 체계적으로 정리, 보존하기로 결정되었다. 그리고 작업의 과정에서 새로운 의미나 새로운 자료가 재발견될 가능성도 예측되었다. 그러나 방대한 문학적 유산을 정리하고 보존하는 것은 시간과 경비와 품이 많이 드는 어려운 일이다. 최초로 이 선집을 구상하고 기획하고 실천에 옮겼던 한국문화예술위원회의 위원들과 담당자들, 그리고 문학적 안목과 학문적 성실성을 갖고 참여해준 연구자들, 또 문학출판의 권위와 경륜을 바탕으로 출판을 맡아준 현대문학사가 있었기에 이 어려운 일이 가능하게 되었다. 이런 사업을 해낼 수 있을 만큼 우리의 문화적 역량이 성장했다는 뿌듯함도 느낀다.

　〈한국문학의 재발견-작고문인선집〉은 한국현대문학의 내일을 위해서 한국현대문학의 어제를 잘 보관해둘 수 있는 공간으로서 마련된 것이다. 문인이나 문학연구자들뿐만 아니라 더 많은 사람들이 이 공간에서 시대를 달리하며 새로운 의미와 가치를 발견하기를 기대해본다.

2009년 2월

출판위원 염무웅, 이남호, 강진호, 방민호

"1939년 6월 23일, 오후 5시 사망. 병명, 췌장암."

요산 김정한 선생은 자신이 소장했던 『현대조선문학전집』 속 백신애 소설 「적빈」 앞에 펜으로 그렇게 적어놓았다. 2008년 11월, 나는 요산문학관에서 자료를 찾던 중 그 메모를 보았고 마침내 백신애 작가연보에 마침표를 찍었다. 한 작가에게 있어서 사망 일자는 별로 대수롭지 않은 문제일 수도 있고, 그렇지 않을 수도 있겠지만 나는 세상에 알려져 있는 백신애 사망 일자 23일과 25일 사이에서 몇 년째 헤매고 다녔다.

1920년대와 30년대를 짧고 격렬하게 살다간 작가 백신애는 6년 남짓한 집필기간에도 녹록치 않은 분량의 작품을 생산해냈다. 사후 병원 침대 위에서 발견된 원고뭉치였던 「아름다운 노을」을 보면 췌장암의 고통이 엄습하는 와중에서도 펜을 놓지 않았던 치열한 정신이 느껴진다. 성격이 다혈질이라서 그랬을까, 격렬했던 생애만큼이나 작품 또한 분출하는 열정을 자제하지 못한 약점을 가진 사람. 조혼의 폐단과 가부장제의 모순을 고발하느라 난무한 광기의 언어 때문에 작품성이 평가절하 되었던 작가. 하지만 백신애는 민중의 처절했던 삶을 여성의 관점에서 바라보고, 리얼리즘의 지평을 넓힌 작가였다. 식민지 여성들의 곤궁한 삶을 백신애만큼 여성의 언어로 이토록 핍진하게 그려낸 작가가 있었을까.

백신애를 한국문학사에 뚜렷이 각인시킨 사람은 김윤식 시인이다. 그는 수십여 년 동안 발품을 팔아 백신애 작품집을 묶어낸 장본인이다. 그 전까지 백신애 소설은 1974년에 나온 '문원각' 판 전집 속 십여 편이 세상에 알려진 전부였다. 후대 몇몇 연구자들에 의해 다뤄진 백신애 문학과 생애는 오류투성이였다. 내가 처음 백신애 작품 원전을 찾아내야겠다고 생각한 것은 모 출판사에서 나온 작품집을 읽고 난 직후였다. 심하게 원문이 누락된 것은 물론, 오독과 오역, 판독불가로 도배를 한 백신애 작품을 도저히 그대로 두고 볼 수가 없었다(김윤식 시인 역시 오류는 있었다). 특히 영천지방 사투리 오역이 심했다.

나는 감히 이 선집이 백신애 문학의 정본이 되기를 바란다. 기존 작품집에서 보였던 문제점을 보완했으며 작품연보를 바르게 잡았고 작가 연보를 보강했다. 앞선 연구자들이 찾아내지 못한 여성운동 자료는 당시 《조선중앙일보》《시대일보》《중외일보》 기사를 참조했다.

긴 여정의 발걸음에 힘을 주신 백신애기념사업회장 성영근 선배께 크게 고개 숙인다. 책이 나오기까지 얼굴 한 번 찡그리지 않고 오래 거들어준 백현국 시인, 낙향한 초보 농사꾼 이영수, 문학과는 한 점 촌수도 없으면서 백신애기념사업회의 궂은일을 도맡은 장성수와 김종식 선배, 아단문고 관계자에게도 고마움을 전한다. 또 일본어 작품을 번역한 계명대학교 신지숙 교수님, 작품 속 한시 번역과 조언을 해주신 이종문 시인께도 신세를 졌다.

무덤조차 파헤쳐진 무주고혼 백신애, 그 이름을 불러 진혼의 술 한잔 커다랗게 올린다.

2009년 2월
이중기

* 일러두기

1. 이 선집은 잡지나 신문에 발표된 백신애의 작품 원전을 저본으로 삼았다. 소설은 전부를, 수필은 지금까지 어느 단행본에도 실리지 않은 것 중 11편만 실었다. 소설 「꺼래이」 「적빈」 「채색교」 「호도湖途」(초기 발표작인 「식인食人」의 개작) 이 네 편은 『여류단편걸작집』 『현대조선여류문학선집』 『현대조선문학전집』에 개작되어 실린 작품을 저본으로 삼았다.

2. 원전을 일일이 대조하여 원전 확정에 주력했으며 발표 원문과 전집에서 발견되는 차이는 각주로 밝혀두었다.

3. 원문을 가능하면 살리되 현대 독자들이 읽기 쉽도록 현대어 표기로 고치고 필요한 한자는 병기했다. 원전에 탈락된 단어들은 전후 문맥이 명확한 단어들만 현대어로 표기했고, 그렇지 않은 것은 □표시로 남겨두었다.

4. 조사 '-의'와 과다한 말없음표(……)나 잘못 사용된 느낌표(!)는 문장이 훼손되지 않는 범위에서 삭제했다.

5. 현대어 표기는 국립국어원의 표준국어사전을 기준으로 했다.

6. 어려운 내용이나 한자 구절, 한시, 외국어에는 주석을 달고 일본어는 가능한 한 우리말로 대체했으며 각주에서 밝혀두었다. 가능하면 영천지방 사투리를 많이 살리려고 노력했고 역시 각주를 달아놓았다.

7. 수록 순서는 발표연도에 의거해 소설, 콩트, 소년소설, 수필, 기행문 순으로 실었다. 발표 지면과 발표 연월일은 글 뒤에 표기해두었다.

차례

소설

수필

해설_백신애, 그 미로를 따라가다 •

소설

나의 어머니

　　××청년회 회관을 건축하기 위하여 회원끼리 소인극素人劇*을 하게
되었다. 문예부에 책임을 지고 있는 나는 이번 연극에도 물론 책임을 지
지 않을 수가 없게 되었다. 시골인 만큼 여배우가 끼면 인기를 많이 끌
수가 있다고들 생각한 청년회 간부들은 여자인 내가 연극에 대한 책임을
질 것 같으면 다른 여자를 끌어내기가 편리하다고 기어이 나에게 전 책
임을 맡기고야 만다. 그러니 나의 소임은 출연할 여배우를 꾀어들이는
것이 가장 중한 것이었다. 그러나 아직 트레머리가 사오 명에 불과한
시골이라 아무리 끌어내어도 남자들과 같이 연극을 하기는 죽기보다 더
부끄러워서 못하겠다는 둥, 또는 해도 관계없지만 부모가 야단을 하는
까닭에 못하겠다는 둥, 온갖 이유가 다 많아서 결국은 여자라고는 출연
할 사람이 한 사람도 없게 되고 부득이 남자들끼리 하는 수밖에 없었다.
그래서 우리들은 밤마다, 밤마다 ××학교 빈 교실을 빌려서 연극 연습을

| *전문가가 아닌 사람들에 의하여 연출되는 연극.

시작하게 되었다.

연습을 시키고 있는 나는 아직 예전 그대로의 완고한 시골인 만큼 일반에게 비난을 받지나 않을까? 하는 여러 가지로 완고한 시골에서 신여성들이 취하기 어려운 행동에 대한 고려를 하지 않을 수 없어서 다른 위원들과 같이 여러 번 토론도 해보았으나, 내가 없으면 연극을 하지 못하게 되는 수밖에 없다는 다른 위원들의 간청도 있어서 나는 끝까지 주저하면서도 끝까지 일을 보는 수밖에 없었다. 오늘은 그 공연을 이틀 앞둔 날이다. 학교 사무실 시계가 열한 시를 치는 소리를 듣고서야 우리는 연습을 그쳤다.

딸자식은 으레 시집갈 때까지 친정에서 먹여주는 것이 예부터 해오던 습관이라면 나도 아직 시집가지 않은 어머니의 하나 딸이니 놀고먹어도 아무렇지 않을 것이었지마는 오빠가 ××사건으로 감옥에 들어가고 보통학교 교원으로 있던 내가 여자청년회를 조직하였다는 이유로 학교 당국으로부터 일조에 권고사직을 당하고 나서는 그대로 할 일이 없으니 부득이 놀 수밖에 없게 되었다. 그래서 날마다 먹고는 식구가 단출한 얼마 안 되는 집안일이 끝나면 우리 어머니 말씀마따나 빈둥빈둥 놀아댄다. 어떤 때는 회관에도 나가고 또 어떤 때는 가까운 곳으로 다니며 여성단체를 조직하기에 애를 쓰기도 하고, 그렇지 않으면 하루 종일 또는 밤이 새도록 책상 앞에서 책과 씨름을 하는 것뿐이다. 한 푼도 벌어들이지는 못하지마는 어쩐지 나는 나대로 조금도 놀지 않는 것 같기도 하였다. 그러나 우리 어머니는 종종

"아까운 재주를 놀리기만 하면 어쩌느냐!"
고, 벌이 없는 것을 한탄하시기도 한다. 벌이를 하지 않으면 아까운 재주가 쓸데없는 것이라는 것이 우리 어머니 생각이다. 그러면 나는

"아이고, 바빠 죽겠는데."

하고 딴청을 들이댄다.

"쓸데없이 남의 일만 하고 다니면서 바쁘기는 무엇이 바빠!"

하며 나를 빈정대신다.

내가 밤낮 남의 일만 하고 다니는지 또는 내 할 일을 내가 하고 다니는지 그것은 둘째로 하고라도 나의 거동은 언제든지 놀고 있는 것 같아 보이는 것도 무리가 아니라고 생각되었다.

오늘은 ××에서 '여자××회'를 발기하니 좀 와서 도와다오, 하니 거절할 수 없고, 오늘은 또 ××가 저희 집이 조용하다니 그곳에도 가서 하려던 얘기를 해주어야겠고, 오늘은 또 ××회로 모이는 날이니, 내가 빠지면 아니 될 것. 동무가 보내준 책이 몇 권이나 있는데 그것도 읽어야겠고, 여러 곳에서 편지가 왔으니 꼭 답을 해주어야겠고, 이것이 모두 나에게는 바빠 못 견딜 만치 바쁘고 모두가 해야만 할 일같이 생각된다. 그러나 남의 눈에는 한 푼도 수입이 없으니 나는 날마다 놀기만 하는 것같이 보이는 것도 무리가 아니다. 더욱이 우리 어머니, 어머니에게는 하루나 이틀이 아니고 몇 해든지 자꾸 나 혼자만 바쁘고 남의 눈에는 '아까운 재주'를 놀리기만 하면서 먹기가 좀 어색하게 생각되지 않을 수가 없었다.

열일곱 살 때부터 교원으로서 얼마 안 되는 월급이나마 받아서 꼭꼭 어머니 살림에 보태드릴 때는 내 마음대로 무슨 일이든지 하고 싶은 대로 했었고, 또 마음으로는 하고 싶어도 그만 참고 있으면 어머니가 척척 다 해주시기도 했었다. 말하자면 어머니는 어떻게든지 내 마음에 맞도록 해주시려고 애를 쓰시던 것이었다.

그러나 이제는 으레 해야 할 말도 하기가 미안하고 아무리 마음에 맞지 않는 것이라도 불평을 말할 수가 없어졌다. 심지어 몸이 아플 때도 어디가 아프다는 말조차 하기가 미안해진다. 병원! 약값! 이것이 연상되는

23

까닭이다. 그리고 때때로

"사람이 오륙 명씩이나 모두 장정의 밥을 먹으면서 일 년 내내 한 푼도 벌이라고는 하는 인간이 없구나!"

하며 어머니 얼굴이 좋지 않아지면 나는 말할 수 없는 미안스러움과 죄송스러운 감정에 북받치고 만다. 그러면서도 어머니가 너무 심하게 구시면 어떤 때는

"아이고, 어머니도 내가 벌지 않으면 굶어 죽는가베.* 아직은 그래도 먹을 것이 있는데!"

하는 야속한 생각도 난다. 그러나 이 생각도 감옥에 들어 계시는 오빠를 위하여 차입을 한다, 사식을 댄다, 바득바득 애를 쓰는 어머니 모양을 생각하면 그만 가슴이 어두워지고 만다.

오늘도 집으로 돌아오는 길에서

"대문이 닫혔으면 어떻게 하나. 어머니가 아직 주무시지 않으시면 어쩔까!"

하는 걱정과 함께

"지금 나에게도 무슨 돈이 월급처럼 꼭꼭 나오는 데가 있었으면……"

하는 엉터리없는** 공상을 하기도 하였다. 가라앉지 않는 뒤숭숭한 가슴으로 조심스럽게 대문을 밀었다. 의외로 대문은 소리 없이 열렸다.

"옳다, 되었다."

나는 소리 없이 살며시 대문 안에 들어서서 도적놈처럼 안방 동정을 살폈다. 안방에는 등잔불이 감스릿하게*** 낮추어져 있었다.

---

* 죽는가봐.
** 정도나 내용이 이치에 전혀 맞지 않다.

"어머니가 벌써 주무시는구나."

하는 반갑고 안심되는 생각에 갑자기 가벼워진 몸으로 가만히 대문을 잠그고 들어서려니까 안방 창문에 거무스름한 어머니 그림자가 마치 지나가는 구름처럼 어른거리더니 재떨이에 담뱃대를 함부로 탁탁 때리는 소리와 함께 길게 한숨을 쉬더니

"아이고 애야, 글쎄 지금이 어느 때냐."

하는 어머니의 꾸지람이라기보다는 앓는 소리가 흘러나왔다.

'아이고머니, 아직 안 주무셨구나.'

는 생각이 번뜩하자 나도 떨리는 한숨이 길게 나왔다. 방문을 열고 들어서니 아직 이불도 펴지 않고 어머니는 밀창**** 앞에 쭈그리고 앉아서 지금까지 애꿎은 담배만 피우며 나를 기다리신 모양이다.

무겁던 가슴이 뜨끔해졌다. 이러한 경우는 교원을 그만두게 된 후로는 수없이 당하는 것이지만 그래도 그대로 들어가 모르는 척하고 누워 잘 수는 없었다. 그렇다고 내 가슴에 받치어 그대로 엉엉 마음 풀릴 때까지 울지도 못할 것이다.

나는 문턱에 걸치고 들여다보던 반신半身을 막 방 안에 들여놓으며 어머니 앞에 털썩 주저앉아서 하하 웃었다. 그러나 그 순간 뒤에 나는 울고 싶으리만치 괴로웠다. 내가 바라보는 어머니의 표정은 너무도 침울하였던 까닭이다.

"이런…… 어머니 어디 갔다 오셨어요? 벌써 열 시가 되어 오는데."

나는 열두 시가 가까워 오는 것을 다행히 조금이라도 어머니의 노기를 덜고자 일부러 열 시라고 했다.

물끄러미 등잔만 쳐다보던 거칠어진 어머니 얼굴에서 두 눈이 휘둥

*** 호롱불 심지를 낮추어 밝기가 낮아 어두침침한 상태.
**** 미닫이창.

그레지며

　"열 시?"

하며 나에게 반문하였다. 나는 또 가슴이 뜨끔해졌다.

　"열 시? 열 시가 무엇이냐? 열 시? 열 시라니! 열한 시 친 지가 언제
라고……. 벌써 닭 울 때가 되었단다."

　나직하게 목을 빼어 어안이 막힌다는 듯이 나를 바라보며 핀잔을 주
기 시작하셨다.

　나는 그만 온몸의 피가 뜨거워지는 것 같더니 그 피가 일제히 머리를
향하여 달음질쳐서 올라오는 것 같아서 진작 입이 떨어지지를 않았다.

　"글쎄 지금이 어느 때라고! 네가 미쳤니? 지금까지 어디를 갔다 오노
말이다."

　그 말소리는 어머니다운 애정과 애달픔과 노여움이 한데 엉킨 일종
의 처참한 음조에 떨리는 그것이었다.

　어리광으로 어머니 노기를 풀려고 하하 웃기 시작한 나는 어머니의
이 말소리에 몸을 어떻게 지탱할 수가 없어서 벌떡 일어나 책상에다 머
리를 내던지며 주저앉았다.

　"남부끄러운 줄도 어쩌면 그렇게도 모르니? 이 밤중에 어디를 갔다
오느냐 말이다. 네가 지금 몇 살이니? 응. 차라리 나를 이 자리에서 당장
죽여나 주든지!"

　"가기는 어디를 가요? 연극 연습 한다고 그러지 않았어요? 거기 갔었
어요!"

　나의 이 대답에 어머니는 기가 막힌다는 듯이 입을 벌린 그대로 얼굴
이 푸르러졌다.

　"연극하는 데라니? 아이고, 이 애 좀 보게. 그곳이 글쎄 네가 갈 데
냐! 아무리 상것*의 소생이라도 계집애가 그런 데 가는 것을 본 적이 있

니? 모이는 자식들이란 모두 제 아비 제 어미는 모른다 하고 사회니 지랄이니 하고 좇아다니는 천하 상놈들만 벅적이는데……."

"어머니, 잘못했어요. 남의 말은 하면 무엇해요. 저도 잘 알고 있지 않습니까! 그만 주무세요."

나는 덮어놓고 어머니를 재우려 했다. 나는 어찌하든지 어머니와는 도무지 말다툼을 하지 않으려 했다. 아무리 설명을 하고 이해를 시켜도 점점 어머니의 노기만 더할 뿐인 것을 나는 잘 안다. 이따금 어머니가 심심하실 때에 이야기를 하라고 하시면 옛이야기 끝에

"성인도 시속을 따르란 말이 있지요."

하며 이야기 꼬리를 멀리 돌려서 나의 입장과 행동을 변명도 하고 될 수 있는 정도까지 어머니를 깨우치려고 애를 쓴다. 그러면 그때는 나에게 감복이나 한 듯이

"너는 어떻게 그런 유식한 것을 다 아느냐."

하고 엄청나게 감복하시며 기특하고도 귀엽다는 듯이 바라보신다. 그때만은 나도 어머니의 따뜻한 사랑 속에서 숨을 쉬는 듯한 행복을 느낀다.

그러나 그것도 잠깐이다. 나면서부터 완고한 옛 도덕과 인습에 푹 싸인 어머니시라 그만 씻어버린 듯이 잊어버리고 다시 자기의 주관으로 들어간다. 그런 까닭에 나는 어머니와는 입다툼**은 하지 않는다. 억지로도 어머니를 누워 재우려고 겨우 책상에서 머리를 들었다.

"아이고 어머니! 글쎄 그만 주무세요. 정 그렇게 제가 잘못했거든 내일 아침이 또 있지 않아요? 그만 주무세요, 네?"

어머니는 획 돌아앉아 담배만 자꾸 피우신다. 그 입술은 여전히 노여움에 떨리고 있었다.

---

*본 데가 없어 버릇이 없는 사람을 낮추어 부르는 말.
** 말다툼.

"어머니 잘못했어요. 참 잘못했습니다. 잘못한 것만 야단을 하시면 어떻게 해요. 이제부터 그러지 말라고 하셨으면 그만이지! 에로나!* 주무세요. 왜 저를 사내자식으로 낳으시지 않으셨어요. 이렇게 잠도 못 주무시고 하실 것이 있습니까?"

억지로 어리광을 피우는 내 눈에는 눈물이 팽 돌았다. 나는 얼른 닦아 감추려 하였으나 차디찬 널빤지 위에서 끝없이 떨고 있을 오빠의 쓰린 생각이 문득 나며 덩달아 솟아오르는 눈물을 걷잡을 수가 없었다.

"어머니! 참 우스워 죽을 뻔했어요. 이 주사 아들이 여자가 되어서 꼭 여자처럼 어떻게 잘하는지 우스워서 뱃살이 곧을 뻔했어요. 모레부터는 돈 받고 연극을 합니다. 그때는 저녁마다 어머니는 공구경**을 시켜 드리겠습니다. 참 잘해요."

아무리 나는 애를 써도 어머니 노기는 풀리지도 않았다. 오히려 점점 노기가 높아가는 것 같았다. 어머니 무릎에 손을 걸었다.

"글쎄 왜 이러느냐. 내야 잘 때가 되면 어련히 잘라구. 보기 싫다. 내 눈앞에서 없어져라. 계집아이가 무슨 이유로 남자들과 같이 야단이냐. 이런 기막힐 창피한 꼴이 또 어디 있어."

어머니가 어디까지든지 늦게 온 나를 이상하게 의심하여 자기 마음대로 기막힌 상상을 해가며 나를 더럽게 말하는 것이 말할 수 없이 가슴이 터져 오르나 그래도 이를 바득바득 갈면서

"어머니 잡시다!"

하고 떨치는 손을 다시 어머니 무릎에 걸었다.

"팔자가 사나우려니까 천하제일이라고 칭찬이 비 오듯 하던 자식들이…… 아이고, 내 팔자도……. 너 보는 데 좋네, 좋다 하니 내내 그러는

---

* 정말로.
** 공짜구경.

28

줄 아니? 그래도 제 집에 돌아가면 다 욕한단다. 네 오라비도 그렇게 열이 나게들 좋다니고 어쩌고 하더니 한번 잡혀간 뒤로는 그만이더구나. 너도 또 추켜내다가 네 오라비처럼 감옥 속에나 보내지 별 수 있을 줄 아니?"

나는 그만 도로 책상에 와 엎드렸다. 자신의 편함과 혈육을 사랑하는 것밖에 아무것도 모르고 도덕과 인습에 사무친 저 어머니의 자기 생명같이 키워놓은 단 두 오누이로 말미암아 오늘에 받는 그 고통을 생각할 때, 나는 가슴이 다시금 찌르르하고 쓰라렸다.

"저 어머니가 무엇을 알리? 차라리 꾸지람이라도 실컷 들어두자."
하는 가엾은 생각에 죽은 듯이 엎드려 있었다.

방 안의 공기가 쌀쌀하게 움직이더니 납을 녹여 붓는 듯이 무겁게 가라앉는다.

"이 애, 밥 안 먹겠니?"

어머니 노기는 턱없이 올라가다가 풀리기도 잘한다. 그것은 마음이 약하신 어머니는 모든 짜증과 괴로움에 문득 속이 상하시다가도 그 속풀이*를 하는 곳이 언제든지 얼토당토 않는 데 마주치고 만 것을 깨달으면 곧 눈물로 변해서 사라지고 만다.

언제든지 밤참을 꼭꼭 잡수시는 어머니이다. 내가 돌아오기를 기다려 지금까지 잡숫지 않은 모양이다. 나는 새삼스럽게 가슴이 차게 놀랐다. 갑자기 어떻게 대답을 해야 좋을지를 몰랐다.

"안 먹겠어요."

연극 연습을 하던 때에는 어느 정도까지 시장함을 느꼈었으나 지금은 모가지까지 무엇이 꼭 찬 것 같았다. 뒤미처

"먹지 않어? 왜 안 먹어!"

| * 화풀이.

어머니는 조금 불쾌한 어조로 다시 권하셨다. 잇따라 숟가락이 쇠그 릇에 칼칼스럽게* 마주치는 소리가 났다. 얼마 후에 또다시

"이 애, 밥 먹어라. 네 오라비는 저렇게 떨고 있으련마는 그래도 나는 이렇게, 나는 먹는다. 저 나오는 것을 보고 죽으려고……."

목이 메인 한숨과 함께 숟가락을 집어 던진다. 나는 지금까지 참았던 울음이 와락, 치받쳐 전신이 흔들렸다.

이윽고 다시 담배를 넣기 시작하시던 어머니가 지금까지의 것은 모 두 잊어버린 것 같은 부드러운 말소리로 다시 권하셨다.

"배고프지! 좀 먹으렴."

나는 감격에 받쳐 다시 가슴이 찌르르해졌다.

나 까닭에 썩는 속을 오빠를 생각하여 눌러버리고, 오빠를 생각하여 애끓는 간장을 그나마 조금 편히 곁에 앉힌 나를 위하여 억제하려는 가 슴을 어머니, 나는 그 어머니의 가슴을 잘 안다. 그 괴로움을 숨 쉴 때마 다 느낀다. 기어이 몸을 일으켜 다만 한 숟가락이라도 먹어 보이고 싶으 리 만치 내 감정은 서글펐다.

천천히 마루로 나가시던 어머니가 얼마 후에 손에 감주** 한 그릇을 떠 가지고 들어오셔서 내 옆에 갖다 놓으시며

"밥 먹기 싫거든 이거나 좀 먹어라."

나는 가슴이 터져라! 하고 큰 소리로 외치고 싶었다.

가엾은 어머니! 가엾은 딸! 담배 한 대를 또 피우고 난 어머니는 허리 를 재이며*** 자리에 누우셨다. 내가 이 감주를 먹지 않으면 어머니 속이 얼마나 아프시랴! 오빠 생각에 넘어가지 않는 음식이라도 내가 먹지 않을

---

* 화가 나 숟가락으로 놋그릇을 마구 긁어서 내는 소리를 말함.
** 엿기름을 우린 물에 고두밥을 넣어 달여서 만든 음식. 단술.
*** 잠자리에 누워 몸이 편안한 상태를 만들기 위해 몸을 움직이는 행위.

까 해서 일부러 많이 먹는 척하시는 가엾은 어머니가 얼마나 슬퍼하실까?

나는 한입에다 그 감주를 죄다 삼켜버리고 크게 웃어서 어머니를 안심하시게 하고 싶은 감정에 꽉 찼으나 전신은 돌과 같이 여물어졌다.

석유가 닳을까 하여 등잔불을 끄고 자리에 누웠다. 이웃집 시계가 새로 한 시를 땡! 쳤다. 어머니가 후, 한숨을 쉬셨다.

'아! 어머니! 가엾은 어머니! 지금 어머니는 내가 안타까운 어머니의 속을 알지 못하고 야속한 어머니로만 여기는 줄 아시고 그다지 괴로워하십니까. 이 몸을 어머니가 말씀하신 그 김金가에게 바쳐 기뻐하는 어머니 얼굴을 잠시라도 보고 싶을 만치 이 딸의 가슴은 죄송함에 떨고 있습니다. 어떻게 하면 이 세상에서 어머니를 마음 편하게 모실 수가 있을까요! 내가 사랑하는, 장래 나의 남편이 되기를 어머니 모르게 허락한 ××. 그도 나와 같은 울음을 우는 불행과 저주에 헤매는 가난한 신세이외다. 그러면 나는 무엇으로 어머니를 편하게 할까요. 그러나 아! 나의 어머니여, 나는 어머니가 좋아하시는 김가에게도 이 몸을 바치지 않을 것입니다. 또 내일 밤도 빠지지 않고 가야 합니다.

가엾은 나의 어머니여.'

《조선일보》, 1929년 1월

31

꺼래이

끌려갔습니다.

순이順伊들은 끌려갔습니다.

마치 병든 거러지* 떼와도 같이…….

굵은 주먹만큼씩 한 돌멩이를 꼭꼭 짜박은 울퉁불퉁하고도 딱딱한 돌길 위로…….

오랜 감금 생활에 울고 있느라고 세월이 얼마나 갔는지는 몰랐으나 여러 가지를 미루어 생각하건대 아마도 동짓달 그믐께나 되는가 합니다.

고국을 떠날 때는 겹저고리에 홑속옷을 입고 왔으므로 아직까지 그때 그 모양대로이니 나날이 깊어가는 시베리아 냉혹한 바람에 몸뚱어리는 얼어터진 지가 오래였습니다.

순이의 늙으신 할아버지, 순이 어머니, 그리고 순이와 그 외에 젊은 사내 두 사람, 중국 쿨니** 한 사람, 도합 여섯 사람이 끌려가는 일행이었

---

* 거지, 걸인을 뜻하는 경상도 사투리.
** 육체노동에 종사하는 하층 중국인.

습니다.

'뾰족삿게'*를 쓰고 기다란 '빨또'**를 입은 군인 두 사람이 총 끝에다 날카로운 창을 끼워들고 앞뒤로 서서 뚜벅뚜벅 순이들을 몰아갔습니다.

몸뚱어리들은 군데군데 얼어 터져 물이 흐르는데 이따금 뿌리는 눈보라조차 사정없이 휘갈겨 몰려가는 신세를 더욱 애끓게 했습니다. 칼날같이 섬뜩하고 고추같이 매운 묵직한 무게 있는 바람결이 엷은 옷을 뚫고 마음대로 온몸을 어여냈습니다.*** 모든 감각을 잃어버리고 마치 로봇같이 어디를 향하여 가는 길인지, 죽음의 길인지 삶의 길인지 아무것도 모르고 얼어붙으려는 혼만이 가물가물 눈을 뜨고 엎어지며 자빠지며 총대에 휘몰려 쩔름쩔름 걸어갔습니다.

"슈다!"

하면 이편 길로

"뚜다!"

하면 저편 길로, 군인의 총 끝을 따라 희미한 삶을 안고 자꾸자꾸 걸었습니다.

길가에 오고가는 사람들이 발길을 멈추고 애련하다는 표정으로 바라보며, 어린아이들은 어머니 팔에 매달리며 손가락질 했습니다.

그러나 순이들은 부끄러운 줄 몰랐습니다.

'나도 고국에 있을 그 어느 때 순사에게 묶여 가는 죄인을 바라보며 무섭고 가엾어서 저렇게 서 있었더니……'

하는 생각이 어렴풋이 나기는 했습니다마는 얼굴을 가리며 모양 없이 웅크린 팔찜****을 펴고 걷기에는 너무나 꽁꽁 언 몸뚱이였으며 너무나

---

* '삿게'는 러시아 모자인 '샤프까'를 가르키는 것으로 보임.
** 외투의 러시아어. 망토.
*** 살을 도려내는 듯하다. 에어내다.
**** 팔짱.

억울한 그때였습니다. 그저 순이들은 바람마지*에서 가물거리는 등불을 두 손으로 보호하듯 냉각된 몸뚱어리 속에서 가물거리는 한 개의 '삶'이란 그것만을 단단히 안고 무인광야를 가듯 웅크릴 대로 웅크리고, 눈물 콧물 흘려가며 쩔름쩔름 걸어갔습니다.

걷고, 걷고 또 걸어 얼마나 걸었는지 순이 일행은 거리를 떠나 파도치는 바닷가에 닿았습니다.

어떻게 된 셈판인지 순이 일행은 커다란 기선 위에 끌려 올라갔습니다.

어느 사이에 기선은 육지를 떠나 만경창파 위에 출렁거리기 시작했습니다.

"아이고 아빠! 우리 아빠!"

"순이 아버지. 아이고, 아이고 순이 아버지."

"순이 애비 어디 있니? 순이 애비……."

순이는 할아버지와 어머니와 서로 목을 얼싸안고 일제히 소리쳐 울었습니다.

가슴이 찢어지고 두 귀가 꽉 먹어지며 자꾸자꾸 소리쳐 불렀습니다.

"여봅쇼, 울지들 마오. 얼어 죽는 판에 눈물은 왜 흘려요."

젊은 사내 두 사람은 순이들의 울음을 막으려고 애썼으나 울음소리조차 내지 못하는 순이 할아버지는 그대로 털썩 갑판 위에 주저앉아 짝지** 든 손으로 쾅쾅 갑판을 두들기며 곤두박질했습니다.

"여봅시오, 우리 아버지가 저기서 죽었어요."

순이도 발을 구르며 소리쳤습니다.

"죽은 아들 뼈를 찾으러 온 우리를 무슨 죄로 이 모양이란 말이요."

할아버지는 자기의 하나 아들이 죽어 백골이 되어 누워 있다는 ×××

---

* 바람이 불어오는 쪽.
** 지팡이를 대신한 작대기.

란 곳을 바라보며 곤두박질을 그칠 줄 몰라 했습니다.

그러나 기선은 사정없이 육지와 멀어지며 차차 만경창파 위에서 출렁거리기 시작했습니다. 그때 한 떼의 물결이 철썩하며 갑판 위에 내려 덮이며 기선은 나무 잎사귀처럼 흔들리기 시작했습니다. 그 순간 일행은 생명의 최후를 느끼며 일제히 바람 의지가 될 만한 곳으로 달려가 한 뭉치가 되었습니다.

그때 중국 쿨니는 메고 왔던 보퉁이 속에서 이불 한 개를 꺼내어 둘러쓰려 했습니다. 이것을 본 젊은 사내 한 사람이 날랜 곰같이 달려들어 그 이불을 빼틀어* 순이 할아버지를 둘러주려고 했습니다.

중국 쿨니는 멍하니 잠깐 섰더니 갑자기 얼굴에 꿈틀꿈틀 경련을 일으키며 누런 이빨을 내놓고 벙어리 울음같이 시작도 끝도 분별없는 소리로

"으어······."

하고 울었습니다. 그 눈에서 떨어지는 굵다란 눈물방울인지 내려덮치는 물결 방울인지 바람결에 물방울 한 개가 순이 뺨을 때렸습니다.

순이는 한 손으로 물방울을 씻으며 한 손으로는 이불자락을 당겨 쿨니도 덮으라고 했습니다.

"아이고, 우리를 데리고 온 군인들은 어디로 갔을까?"

누구인지 이렇게 말했으므로 일행은 고개를 들어 살펴보니 과연 군인 두 사람의 흔적이 없었습니다.

"모두들 추우니까 선실 안으로 들어간 게로군. 빌어먹을 자식들."

하고 젊은 사내는 혀를 찼습니다. 그 말을 듣자 순이는 벌떡 일어나

"우리도 이러다가는 정말 죽을 테니 선실 안으로 들어갑시다."

하고 외쳤습니다.

| * 빼앗다.

"안 됩니다. 들어오라고도 않는데 공연히 들어갔다 봉변당하면 어찌하게."

하고 젊은 사내는 손을 흔들며 반대했습니다.

"봉변은 무슨 오라질 봉변이에요. 이러다가 죽기보담 낫겠지요. 점잔과 체면을 차릴 때입니까?"

순이는 발악을 하듯 외쳤습니다.

"쿨니에게 이불 뺏을 때는 예사고 선실 안에 들어가는 것은 부끄럽단 말이요? 나는 죽음을 바라고 그대로 있기는 싫어요. 봉변을 주면 힘자라는 데까지 싸워보시오."

순이는 그대로 있자는 젊은이들이 얄밉고 성이 났습니다. 자기들의 무력함을 한탄만 하고 앉아 있는 무리들이 안타까웠던 것입니다.

순이는 기어이 혼자 선실을 향하여 달려갔습니다. 기선은 연해 출렁거리며 이따금 흰 물결이 철썩 내려 덮치곤 했습니다. 일행의 옷은 물결에 젖고 젖은 옷깃은 얼음이 되어 꼿꼿하게 나뭇가지처럼 되었습니다.

선실로 내려가는 층층대*를 순이는 굴러떨어지는 공과 같이 내려갔습니다.

선실 안에는 훈훈한 공기가 꽉 차 있어 순이는 얼른 정신을 차릴 수가 없었습니다. 잠깐 두리벙두리벙** 살펴보다가 한옆에 걸터앉아 있는 군인 두 사람을 찾아내었습니다. 순이는 번개같이 달려가 군인의 어깨를 잡아 제치며

"우리는 죽으란 말이요."

하고 분노에 떨리는 소리로 물었습니다.

군인은 놀란 듯이 잠깐 바라본 후 웃는 얼굴을 지으며 제 나라말로

* 계단.
** 두리번두리번.

"모두 이리 내려오너라."

라고 말했습니다.

순이는 선실 안 사람들이 웃는 소리를 귀 밖으로 들으며 다시 갑판 위로 올라갔습니다. 풍랑은 사나울 대로 사나워 잠시라도 훈훈한 공기를 쏘인 순이 창자를 휘둘러 몸에 중심을 잡고 한 발자국도 내디디지 못하게 했습니다. 그러나 순이는 일행이 있는 곳을 바라보았습니다.

이제는 아주 얼음덩이가 된 이불자락에다 머리를 감추고 모두 죽었는지 살았는지 움직이지도 않고 있는 것이 보였습니다.

순이는

"모두 이리 오시요."

하고 소리쳤습니다마는 풍랑 소리에 그 음성은 안타깝게도 짓밟히고 말았습니다.

순이는 더 소리칠 용기가 없어 일행을 향하여 한 발자국 내놓자, 사나운 바람결이 몹쓸 장난꾼같이 보드라운 순이 몸뚱이를 갑판 위에 때려 누이고 말았습니다. 다시 일어나려고 발악을 하는 그의 귀에 중국 쿨니의 울음소리가 야곡성*같이 울려왔습니다.

이윽한 후** 군인 한 사람이 갑판 위로 올라와 본 후 순이를 일으키고 여러 사람도 데리고 선실로 내려왔습니다.

선실 안에 앉았던 사람들은 일행의 모양을 바라보며 모두 찌글찌글*** 웃었습니다.

병든 문둥이 환자 모양이 그만큼 흉할지 얼고 얼어 푸르고 붉고 검고

---

* 야밤의 호곡 소리.
** 한참이 지난 뒤에. 얼마 있다가.
*** 조소하듯 거만하게 웃는 웃음.

한 얼굴로 콧물을 흘리며 엉금엉금 층층대를 내려서는 여섯 사람의 모양을 보고 웃지 않을 이 누가 있었겠습니까.

일행의 몸이 녹기 시작하자 시간은 얼마나 지났는지 기선은 어느 조그만 항구에 닿았습니다.

쌓아둔 짐 뭉치에 기대 누운 순이 할아버지는 뼈끝까지 추위가 사무쳤는지 한결같이 떨며 끙끙 앓기만 하고 순이 어머니는 수건을 폭 내려 쓰고 팔찜을 낀 채 역시 웅크리고 앉아 있었습니다.

"여기서 내리는 모양이구려."

젊은 사내가 순이 곁에 오며 말했습니다. 순이는 그곳에서 또다시 내릴 생각을 하니 다시 그 차가운 바람결이 연상되어 금방 기절할 것 같이 소름이 끼쳤습니다. 그러는 중에 군인이 일어서서 순이 할아버지를 총대로 툭툭 치며 무어라고 말했습니다.

"안돼요, 여기서 내릴 수 없소. 이 치운데* 노인을 어떻게……."

순이는 군인의 총대를 밀치며 말했습니다. 군인은 신들신들 웃으며 어서 일어나라는 듯이 발을 굴렀습니다.

"아무래도 죽을 판이면 우리는 또 추운 데로 나갈 수 없소."

하고 할아버지를 가로막아 앉으며 손을 내저었습니다. 군인은 한 번 어깨를 움쭉 해보이며 무엇이라 한참 지껄대니까** 선실 안에 가득한 그 나라 사람들은 순이를 바라보며 혹은 웃고 혹은 가엾다는 듯이 머리를 흔들고, 서로 고개를 끄덕이며 중얼중얼 했습니다. 순이는 그들의 중얼거리는 말소리에서

"꺼래이, 꺼래이……."

하는 가장 귀 익은 단어가 화살같이 두 귀에 꽂히는 것을 느꼈습니다.

---

* 추운데.
** 지껄여대다.

'꺼래이'라는 것은 고려高麗라는 말이니 즉 조선 사람을 가리키는 것이었습니다.

'꺼래이'라는 그 귀 익고 그리운 소리가 그때의 순이들에게는 끝없는 분노를 자아내는 말 같았습니다.

"우리가 지금 웃음거리가 되어 있는 거로구나. 추위에 못 이겨, 또 아무 죄도 없이 죽음의 길인지 삶의 길인지도 모르고 무슨 까닭에 꾸벅꾸벅 그들의 명령대로만 따르겠느냐."

라고 순이는 부르짖었습니다. 그러나 사람들과 군인들은 순이를 무지몰식'한 야만인 그리고 무력하고도 불쌍한 인간들의 표본으로만 보였는지 웃고 떠들고 '꺼래이'만을 연발하는 것이었습니다. 그때까지 웃으며 무엇이라 중얼거리기만 하던 군인 한 사람이 갑자기 정색을 지으며 총대로 순이 옆구리를 꾹 찌르고 한 손으로 기다랗게 땋아 내린 머리채를 거머잡고

"쓰까레."

라고 소리쳤습니다. 이것을 본 순이 어머니는 벌떡 군인 턱 밑에서 솟아 일어서며 지금까지 눌러두었던 분통이 툭 튕기듯이 군인의 멱살을 잡으려 했습니다.

"여보십시오. 공연히 그러지 마시오. 당신이 여기서 발악을 하면 공연히 우리까지 봉변을 하게 됩니다."

하고 젊은 사내는 순이 어머니를 말렸습니다. 군인들은 그 당장에 자기들이 취할 태도를 얼른 생각해내지 못하여 눈만 커다랗게 뜨고 있는 것을 보자 순이는 히스테리 같은 웃음을 꼭 입 안에 깨물며 눈물이 글썽글썽했습니다.

"할아버지, 일어나세요. 아버지 뼈를 찾지는 못했으나 아버지 영혼은 고

| * 무지하여 깨달음이 없음. 지각이 없음. 무지몰각.

39

국으로 가셨을 것입니다. 공연히 남의 땅 사람과 발악을 하면 뭣 합니까."

순이도 울고 할아버지, 어머니 모두 주르륵 눈물을 흘리며 그 조그마한 항구에 내렸습니다.

일행 여섯 사람은 또다시 군인을 따라 이윽히 걸어가다가 붉은 기를 꽂은 ×××에 이르렀습니다. 그곳에 이르니 군인 복색을 한 중국인 같은 사람이 일행을 맞았습니다. 같이 온 군인은 그곳 군인에게 일행을 맡기고 따뜻해 보이는 벽돌집 안으로 들어갔습니다.

순이들은 이제까지 언어가 통하지 못하여 안타깝던 설운 생각이 일시에 폭발되어 그 중국 사람 같은 군인 곁을 따라갔습니다.

"여보십시오."

순이는 그 군인이 행여나 조선 사람이었으면…… 하는 기대에 숨이 막힐 듯이 군인의 입술을 바라다보았습니다.

"왜? 이러심둥."

의외에도 그 군인은 조선 사람, 즉 꺼래이의 한 사람이었습니다. 일행 중 중국 쿨니를 빼고는 모두 너무나 반갑고 기뻐서

"아이고…… 당신 조선 사람이세요?"

하고는 그 군인 팔에 매달리듯 둘러섰습니다.

"내! 나 고려 사람입꼬마."

그 군인은 이렇게 대답하며 순이를 바라보았습니다. 순이는 무슨 말을 먼저 해야 좋을지 몰랐으므로 잠깐 묵묵히 조선말 소리의 반가움에 어찌할 줄 몰라 했습니다.

"저 젊은이, 당신 남편이오?"

하고 군인은 아무 감동도 없는 무뚝뚝한 표정으로 순이에게 젊은 사내 둘을 가리켰습니다. 그제야 순이는 오랫동안 잊어버렸던 처녀다운 감정을 느끼며, 얼어붙은 얼굴에 잠깐 부끄러운 표정을 지었습니다.

"아니올시다. 이 애는 우리 딸이에요. 이 늙은이는 우리 시아버니랍니다. 저 젊은이들과 중국 사람은 ×××에서 동행이 된 사람인데 알지도 못하는 사람입니다."

순이 어머니는 지금까지 같이 온 젊은이들보다 자기들 세 사람을 어떻게 구원해 달라는 듯이 이렇게 말했습니다.

"여기가 어디에요?"

순이만 자꾸 바라보는 군인에게 순이는 머뭇거리며 물었습니다.

"영기 말임둥? 영기는 ××××××라 합니!"

"여보시요."

곁에서 젊은 사내가 가로질러 말을 건넸습니다.

"우리 두 사람은 해삼위*에 있는……."

하고 말을 꺼냈으나, 그 군인은 들은 척도 아니하고

"어서 들어갑소. 영기 서서 말하는 것 안 임니."

하며 일행을 몰아 마주 보이는 허물어져가는 흰 벽돌집을 가리켰습니다.

"여보세요, 우리를 또 감금하단 말이요? 우리 두 사람은 '코뮤니스트'입니다. 우리는 감금 받을 이유가 없습니다."

라고 두 젊은이는 버티었으나 군인은 들은 척도 하지 않고 앞서 걸었습니다.

"여보시오, 나으리, 우리 세 사람은 참 억울합니다. 내 남편이 삼 년 전에 이 땅에 앉아 농사터를 얻어 살았는데 지난봄에 그만 병으로 죽었구려. 우리 세 사람은 고국서 이 소식을 듣고 셋이 목숨이 끊어질지라도 남편의 해골을 찾아가려고 왔는데 ×××에서 그만 붙잡혀 한 마디 사정 이야기도 하지 못한 채 몇 달을 갇혀 있다가 또 이렇게 여기까지 끌려왔

| * 海蔘威. 블라디보스토크.

습니다. 어떻게든지 놓아주시면 남편의 해골이나 찾아서 곧 고국으로 돌아가겠습니다."

라고 순이 어머니는 군인에게 애걸을 하듯 빌었습니다.

"여보시오 나으리, 이 늙은 몸이 죽기 전에 아들의 백골이나마 찾아다 우리 땅에 묻게 해주시오. 단지 하나뿐인 아들이요, 또 뒤 이을 자식이라고는 이 딸년 하나뿐이니 이 일을 어찌하오."

순이 할아버지도 숨이 막히게 애걸했습니다.

"당신 아들이 왜 영기 왔심둥?"

군인은 울며 떠는 노인을 차마 밀치지 못하여 발길을 멈추고 물었습니다.

"네…… 휴우, 우리도 본래는 남부럽지 않게 살았습니다. 네…… 그런데 잘못되어 있던 토지는 다 남의 손에 가버리고 먹고살 길은 없고 하여 삼 년 전에 내 아들이 이 나라에는 돈 없는 사람에게도 토지를 꼭 나누어준다는 말을 듣고 저 혼자 먼저 왔습지요. 우리 세 식구는 오늘이나 내일이나 하고 우리를 불러들이기만 바랐더니 지난봄에 갑자기 죽었다는 소식이 오니……"

노인은 더 말을 계속할 수 없어 그대로 목이 메고 말았습니다. 군인은 체면으로 고개만 끄덕이더니

"영기서 말하면 안 되옵니. 어서 들어갑소. 들어가서 말 듣겠으니."

하고 다시 뚜벅뚜벅 걸어 흰 벽돌집 안에 들어갔습니다.

조금 들어가니 나무로 만든 두터운 문이 있는데 그 문에는 참새들 똥이 말라붙어 있고, 먼지와 말똥, 집수새* 등이 지저분하게 깔려 있어 아무리 보아도 마구간이었습니다. 집 외양은 흰 벽돌이나 그 집의 말 못할

---

*지푸라기가 흩어진 모양새. 집 안이 정리가 되지 않은 어수선한 꼴.

속치장이 다시 놀라게 했습니다.

덜커덕, 하고 그 나무문이 열리자 그 안을 한번 바라본 일행은 하마터면 뒤로 넘어질 뻔했습니다.

그 문 안은 넓이 칠팔 평은 되어 보이는데 놀라지 마십시오. 그 안에는 하얀 옷 입은 우리 꺼래이들이 '방이 터져라' 고 차 있었습니다.

"아이고머니, 조선 사람들……."

순이 세 식구는 자빠지듯 방 안으로 뛰어 들어갔습니다.

"동무들, 방은 잉것 하나 뿐입꼬마. 비좁더라도 들어가 참소."

맨 나중까지 들어가지 않고 버티고 서 있는 젊은 사내 한 사람의 등을 밀어 넣고 덜커덕, 문을 잠그고 군인은 뚜벅뚜벅 가버렸습니다.

순이들은 잠깐 정신을 차려 방 안을 살펴보니 전날에는 부엌으로 쓰던 곳인지 한쪽 벽에 잇대어 솥 걸던 부뚜막 자리가 있고 그 곁에 블리키*물통이 놓여 있으며 좁다란 송판을 엉금엉금 걸쳐 공중침대를 만들어두었습니다. 그 공중 침대 위에는 빽빽하게 백의동포가 □□□□** 의 상자속같이 옹게종게*** 올라앉아 있었습니다.

좌우간 앉아나 보려 했으나 가뜩이나 비좁은 터에 또 여섯 사람이나 새로 들어앉을 자리가 있을 리가 없었습니다.

땅바닥에라도 앉으려 했으나 대소변이 질퍽하여 발붙일 곳도 없었습니다.

문이라고는 들어온 나무문과, 그 문과 마주 보는 편에 커다란 쇠창살을 박은 겹 유리문이 하나 있을 뿐이었습니다. 그 쇠창살도 부러지고 구

---

* 브리키라는 회사에서 만들었다는 양철물통.
** 원전에는 '딸래장자' 로 되어 있다.
*** 옹기종기.

부러지고 하여 더욱 그 방의 살풍경을 나타냈습니다.

"어찌겠소, 잉? 여기 좀 앉소. 우리도 다 이럴 줄 모르고 왔었꿍이."

함경도 사투리로 두 눈에 눈물을 흠뻑 모으며 목메인 소리로 겨우 자리를 비집어내며 한 노파가 말했습니다.

가뜩이나 기름을 짜는 판에 새로 온 일행이 덧붙이기를 해놓으니 먼저 온 그들에게는 그리 반가울 것이 없으련마는 그래도 그들은 방이야 터져나가든 말든 정답게 맞아주며 갖은 이야기를 다 묻고 또 자기네들 신세타령도 했습니다. 그래서 어떻게 빈줄러내었는지* 순이 세 식구와 젊은 사내 둘은 올라앉게 되었는데 이불을 멘 중국 쿨니는 끝까지 자리를 얻지 못하고, 아니 자리를 빈줄러낼 때마다 뒤에 선 젊은 사내들에게 양보하고 맨 나중까지 우두커니 서서 자기 자리도 내어주기를 기다리고 있었습니다. 순이들은 그래도 동포들의 몸과 몸에서 새어 나오는 훈기에 몸이 녹기 시작하자 노곤노곤하니 정신이 황홀해지며 따뜻한 그리운 고향에나 돌아온 것 같이 힘이 났습니다.

"저 되놈**은 앉을 재리***가 없나? 왜 저렇게 말뚝 모양으로 서 있기만 해."

하며 고개를 드는 노파의 말소리에 순이는 놀란 듯이 돌아보았습니다. 그때까지 쿨니는 이불을 멘 채 서 있었습니다. 순이는 갑판 위에서 이불을 나눠 덮던 그때 쿨니의 울며 순종하던 얼굴을 생각해보았습니다. 능히 자기가 앉을 수 있었던 자리를 조선 청년에게 양보해준 그의 마음속이 가여웠습니다. 쿨니가 자리를 물려준 그 마음은 도덕적 예의에 따른 것이 아님은 뻔히 아는 일이었습니다. 그 자리에 자기와 같은 중국 사람

* 비좁은 상태에서 서로 조금씩 당겨서 자리를 만들어내는 것. 조금씩 아껴.
** 중국 사람을 낮추어 부르는 말. 되놈.
*** 자리.

이 하나라도 끼어 있었다면 그는 그렇게 서 있지는 않았을 것입니다.

그때 쿨니의 심정은 꺼래이로 태어난 이들에게는, 아니 더구나 보드라운 감정을 가진 처녀 순이는 남 몇 배 잘 살펴볼 수 있었습니다.

순이는 가슴이 찌르르해지며 벌떡 일어나 그 나무문을 두들기기 시작했습니다.

이윽히 두들겨도 아무 반응이 없으므로 그는 얼어터진 손으로는 더 두들길 수가 없어 한편 신짝을 집어 힘껏 문을 두들겼습니다.

"왜 두들기오, 안 옵누마."

하며 방 안의 사람들은 자꾸 말렸습니다.

그러나 순이는 자꾸만 두들겼더니 갑자기 문이 덜커덕 열렸습니다. 순이는 더 두들기려고 울러 메었던 신짝을 그대로 발에 꿰신으며 바라보니 아까 그 조선 사람 군인이 서 있었습니다.

"어째 불렀슴둥?"

하며 퉁명스럽게 그러나 두들긴 사람이 순이였기에 얼마만치 부드러워지며 물었습니다.

"이것 보세요. 이렇게 좁은 자리에 어떻게 이 많은 사람이 앉을 수 있어요. 아무리 앉아봐도 다는 앉을 수가 없습니다. 다른 방으로 나누어주든지 어떻게 해주세요."

하고 얼굴이 붉어져 서 있는 쿨니를 가리켰습니다. 군인은 고국 말씨를 잘 못 알아듣겠다는 듯이 자세히 귀를 기울이고 있더니

"동무 말소리 잘 모르겠었꼬마, 무시기 말임둥, 앉을 재리가 배잡단 말입꼬이?"

하고 말했습니다. 순이는 기가 막혔습니다.

"참 어이없는 조선 동포시구려!"

김빠진 맥주*같이 순이 입안이 믹믹해졌습니다.** 그때 노파의 손자인

듯한 소년 하나가 하하 웃으며 뛰어나와

　"예! 예! 그렇섯꼬이."

하며 순이를 대신하여 군인에게 대답했습니다. 군인은 고개를 끄덕끄덕하며 두 손을 펴고 어깨를 움찔해 보이며

　"할 쉬 없었꼬마, 방이 잉것 뿐입꼬마."

하고는 문을 닫아버리려 했습니다. 순이는 와락 군인의 팔을 잡으며

　"한 시간 두 시간이 아니고 오늘밤을 이대로 둔다면 어떻게 하란 말이오. 상관에게 말해서 좀 구처해주시오."

하고 말했습니다. 군인은 휙 돌아서며

　"동무들, 내가 뭐를 알 쉬 있음둥? 저 위에서 하는 명령대로 영기는 그대로만 합꾸마. 나는 모르겠꽁이."

하고는 덜컥 그 문을 잠그려 했으나 순이는 한결같이 잠그려는 그 문을 떠밀며

　"여보세요, 이대로는 안 됩니다. 무슨 죄예요, 글쎄 무슨 죄들인가요. 왜 우리를, 죄 없는 우리를 이런 고생을 시킵니까. 다 같은 조선 사람인 당신이 모르겠다면 우리는 어떻게 하란 말이오."

　군인은 난감하다는 듯이 다시 고개를 문 안으로 들이밀며

　"글쎄, 동무들이 무슨 죄 있어 이라는 줄 압꽁이? 다 같은 조선 사람이라도 저 위에 있는 사람들은 맘이 곱지 못하옵니. 나도 동무들같이 욕본 때 있었꼬마. ××에 친한 동무 없음둥? 있거든 쇠줄글〔電報〕해서 ×××에게 청을 하면 되오리."

하고 이제는 아주 잠가버리려 했습니다.

　"아니, 보십시오. 그러면 미안합니다마는 전보 한 장 쳐주시겠습니까?"

---

* 원전에는 '삐루'로 되어 있다.
** 아무 맛도 느낄 수 없는. 밋밋하다. 여기에서는 말문이 막혔다는 것으로 읽어야 될 것으로 보임.

이제까지 잠잠히 앉았던 젊은 사내 둘은 무슨 의논을 하였는지 군인에게 이렇게 말했습니다.

"무시기?"

군인은 젊은 사내의 말을 알아듣지 못하고 재차 물었습니다.

"전보 말이오, 전보 한 장 쳐 달라 말이오."

하고 젊은 사내가 대답하려는 것을 노파의 손자인 소년이 또 하하 웃으며

"안입꼬마. 쇠줄글 말입니."

하고 설명을 했습니다.

"아아! 쇠줄글 말임둥, 내 놓아 드리겠꿍이."

하며 사내들에게 연필과 종이쪽을 내주더니

"동무 둘은 이리 잠깐 나오오."

하며 두 사내를 문 밖으로 데리고 나가버렸습니다. 순이는 어이없이 서 있다가 문턱에 송판 한 조각이 놓인 것을 집어 들고 문 앞을 떠났습니다. 그 송판을 솥 걸었던 자리에 걸쳐놓고 그 위에 올라앉으며 그때까지 그대로 서 있는 쿨니를 향하여

"거기 앉아."

하며 자기가 왔었던 자리를 가리켰습니다.

"아! 이 되놈을 그리로 보냄세. 당신이 이리로 오소."

방 안 사람들은 모두 순이를 침대 위로 오라고 했습니다. 쿨니는 그 눈치를 챘는지 순이 자리에 앉으려던 궁둥이를 얼른 들어 손으로 순이를 내려오라고 하며 부뚜막 위로 올라앉습니다.

그의 눈에는 눈물이 핑 돌며

"스파시보 제브슈까."

했습니다. '아가씨 고맙습니다.'라는 뜻인가 보다고 생각하며 순이는 침대 위로 올라앉았습니다. 쿨니는 짐 뭉치 속에서 어느 때부터 감추어 두

었던지 새카맣게 된 빵 뭉치를 끄집어내어 한 귀퉁이 뚝 떼더니 순이 앞에 쑥 내밀었습니다. 쿨니의 얼굴은 눈물과 땟물이 질질 흐르고 손은 새카맣게 때가 눌어붙어 기다란 손톱 밑에는 먼지가 꼭꼭 차 있었습니다.

"꾸쉬, 꾸쉬."

한 손에 든 빵 쪽을 묵턱묵턱* 베어 먹으며 자꾸 순이에게 먹으라고 했습니다. 순이 눈에 눈물이 고이며 그 빵 쪽을 받아 들었습니다.

"고맙소."

하고 머리를 끄덕여 보이며 급히 한입 물어뜯으려 했으나, 이미 하루 반 동안을 물 한 모금 먹지 않은 할아버지, 어머니가 곁에 있었습니다, 순이는 입으로 가져가던 손을 얼른 멈추며 할아버지께

"시장하신데 이것이라도……."

하며 권했습니다.

"이리 다고 보자."

어머니는 그제야 수건을 벗고 빵 쪽을 받아 한복판을 뚝 잘라

"이것은 네가 먹어라. 안 먹으면 안 된다."

하고는 또 한 쪽을 할아버지에게 드렸습니다.

할아버지는 남 보기에 목이 막힐까 염려가 될 만치 인사체면 없이 빵을 베어 먹었습니다.

"싫어, 난 먹지 않을 테야."

"왜 이래, 너 먹어라."

하고 순이 모녀는 한참 다투다가 결국 또 절반으로 떼어 한 토막씩 먹게 되었습니다마는 온 방 안 사람이 빵 먹는 사람들의 입을 물끄러미 바라보고 있는 것이었으므로 순이는 차마 먹을 수가 없었습니다.

| * 뭉텅뭉텅.

부뚜막 위에서 내려다보고 앉았던 쿨니는 자기가 먹던 빵을 또 절반 떼어

"순이, 너는 이것 더 먹어라."

라고나 하듯이 순이에게 주었습니다.

순이는 얼른 손이 나가다가 문득 생각났습니다. 자기들은 중국 사람이라고 자리조차 내주지 않던 것이……

그러나 이미 주린 순이는 두 번째 빵 쪽을 받아 쥐고 있었습니다.

방 안의 사람들은 모두 세 집 식구로 나누어 있는데 도합 열아홉이었습니다. 늙은이, 노파, 젊은 부부, 총각, 처녀들이었습니다. 그들이 순이 모녀를 붙들고 하는 이야기를 들으면 모두 함경도 사람들이며 고국에는 바늘 한 개 꽂을 만한 자기들 소유의 토지라고는 없는 신세라 공으로 넓은 땅을 떼어 농사하라고 준다는 그 나라로 찾아온 것이었는데 국경을 넘어서자 ×××에게 붙들려 순이들처럼, 감금을 당했다가 이리로 끌려왔다는 것이었습니다.

"이 땅에는 돈 없는 사람 살기 좋다고 해서 이렇게 남부여대로 와놓고 보니 이 지경입꾸마. 굶으나 죽으나, 고국에 있었다면 이런 고생은 안 할 것을……."

젊은 여인 하나가 이렇게 한탄했습니다.

"우리는 몇 번이나 재판을 했으니 또 한 번만 더하면 놓이게 되어 땅을 얻어 농사를 하게 되든지 다시 이대로 국경으로 쫓아내든지 한답대."

속옷을 풀어 젖히고 이를 잡기 시작한 노파가 말했습니다.

"우리가 무슨 죄일꼬…… 농사짓는 땅을 공띠어 준다길래* 왔지."

| * 공짜로 떼어주다.

늙은이 하나가 끙끙 앓으며 이를 갈듯이 말하자

"참말 그저 땅을 떼어 준답두마, 우리는 바로 국경에서 붙들렸으니까 ××탐정꾼들인가 해서 이렇게 가두어둔 거지!"

하고 늙은이 아들인 성한 사내가 말했습니다.

"아이고, 말 맙소. 아무래도 우리 내지 땅이 좋습두마, 여기 오니 얼마우자 미워서 살겠습디?"

하고 사내를 반박했습니다.

'얼마우자', 이것은 조선을 떠나온 지 몇 대代나 되는, 이 나라에 귀화한 사람들을 이르는 말이니 그들은 조선 사람이면서 조선말을 변변히 할 줄 모르는 것이었습니다. 분명한 '마우자'도 되지 못한 '얼'인 '마우자'란 뜻이었습니다.

"못난 사람을 '얼간'이라는 말과 같구려."

하고 순이 어머니가 오래간만에 웃었습니다.

'아까 그 군인도 역시 얼마우자로구먼.'

하고 순이가 중얼거렸습니다. 이 말을 들은 노파의 손자는 또 깔깔 웃었습니다.

"아이고 어찌겠니야, 여기서 땅을 아니 떼어주면 우리는 어찌겠니……."

노파는 웃을 때가 아니라는 듯이 걱정을 내놓았습니다.

"설마 죽겠소. 국경 밖에 쫓아내면 또 한 번 몰래 들어옵지요. 또 붙들어 쫓아내면 또 들어오고 쫓아내면 또 들어오고, 끝에 가면 뉘가 못 이기는가강 해봅지요. 고향에 돌아간들 발붙일 곳이라고는 땅 한 조각 없지, 어떻게 살겠습니……."

| * 러시아인을 이르는 말.

자기가 먼저 설두를 하여 데리고 온 듯한 사내가 이렇게 말했습니다.

"아이고 듣기 싫소, 이놈의 땅에 와서 이 고생이 뭣고 글쎄."

"아따 참, 몇 번 쫓겨 가도 나중에는 이 땅에 와서 사오 일갈이〔四五日耕〕쯤 땅을 얻어 놓거든 봅소."

"아이고…… 어찌겠느냐……."

노파는 자꾸 저대로 신음만 했습니다.

한시도 못 참을 것 같은 그 방 안의 생활도 벌써 일주일이 계속되었습니다.

아침에는 일찍 일어나 일제히 밖으로 나가 세수를 시키고, 저녁에 한 번씩 불려 나가 대소변을 보게 하는 것이었습니다. 일정한 변소도 없이 광막한 벌판에서 제 맘대로 대소변을 보게 하는 것이었습니다.

하루는 역시 대소변 시간에 순이는 대소변이 마렵지 않아 혼자 방 안에 남아 있다가 쓸쓸하여 밖으로 나갔습니다.

그날 밤은 보름이었던지 퍽이나 크고도 둥근 달이었습니다. 시베리아다운 넓은 벌판 이곳저곳에서 모두들 뒤를 보고 있고, 군인 한 사람이 총을 짚고 파수를 보고 있었습니다.

물끄러미 뒤보는 사람들을 바라보며 서 있는 순이에게 파수병이 수작을 붙였습니다.

"저 달님이 퍽이나 아름답지?"

라고나 하는지 정답게 제 나라말로 순이 곁에 다가섰습니다. 순이는 웬일인지 그 나라 군인들이 겁나지 않았습니다. 총만 가지지 않으면 맘대로 친해질 수 있는 정답고 어리석고 우둔한 사람들 같이 느꼈습니다.

"……"

순이도 언어가 통하지 않으므로 말을 할 수 없고 하여 달을 가리키고 뒤보는 사람들을 가리킨 후 한번 웃어 보였습니다.

군인은 아주 정답게 나직이 웃고 입술을 닫은 채 팔을 들어 달을 가리키고 순이 얼굴을 가리키고 난 후 싱긋 웃고 순이를 와락 껴안으려 했습니다. 순이는 깜짝 놀라 휙 돌아서 방 안을 향하여 달음질쳤습니다, 군인은 순이를 붙들려고 조금 따라오다가 마침 뒤를 다 본 사람이 서 있는 것을 보고 그대로 서 있었습니다.

그 이튿날이었습니다. 아침에 식료食料를 가지고 온 군인 얼굴이 전날과 달랐으므로 순이는 자세히 바라보니 그는 훨씬 큰 키와 하얀 얼굴과 큼직하고 귀염성 있는 눈을 가진 젊은 군인이었습니다.

'어제 저녁 파수 보던 그 군인……'

순이는 속으로 말해보며 얼른 고개를 돌리려 했습니다. 군인은 싱긋 웃어 보이며 그대로 나갔습니다.

그날 하루가 덧없이 지나간 후 또 대소변 보는 시간이 되었습니다. 공연히 순이는 가슴이 울렁거려 문을 꼭 닫고 방 안에 남아 있었습니다.

이윽고 뒤를 다 본 사람들이 돌아오자 문을 잠그러 온 군인은 역시 그 젊은 군인이었습니다. 순이는 가만히 구부러진 쇠창살을 휘어잡고 달 밝은 시베리아 벌판의 한쪽을 내다보고 있었습니다.

"아이고 어찌겠느냐……."

노파는 밤이나 낮이나 이렇게 애호하며 끙끙 신음을 시작했습니다. 언제나 밤이 되면 한층 더 심하게 안타까워하는 그들이었습니다.

젊은 내외는 트집거리고* 여기저기 신음 소리에 순이의 가슴은 더욱 설레어 적막한 광야의 밤을 홀로 지키듯 잠 못 들어 했습니다.

그 이튿날 아침 일찍 웬일인지 군인 두 사람이 들어와서 먼저 와 있

---

　* 쓸데없이 트집을 잡아 싸우는 것.

던 여러 사람을 짐 하나 남기지 않고 죄다 데리고 나갔습니다.

"아이고, 우리는 또 국경으로 쫓겨나는구마. 그렇지 않으면 왜 이렇게 일찍 불러내겠느냐."

노파는 벌써 동당발*을 굴리며

"아이고, 아이고 어찌겠느냐."

라고만 소리쳤습니다.

방 안에는 순이들 세 식구만 남아 있고 그 외는 다 불려갔습니다. 갑자기 방 안이 텅 비어지니 쌀쌀한 바람결이 쇠창살을 흔들며 그 방을 얼음 무덤같이 적막하게 했습니다.

세 식구는 창 앞에 가 모여 앉아 장차 자기들 위에 내려질 운명을 예상하고 묵묵히 앉아 있었습니다.

그때 한 떼의 사람들이 일렬로 늘어서서 앞뒤로 말을 탄 군인을 세우고 건너편 벌판을 걸어가는 것이 보였습니다.

"어찌겠느냐, 어디를 갑누마……."

노파의 귀 익은 애호성이 화살같이 날아와 순이 세 식구가 내다보는 창을 두드렸습니다.

'이리에게 잡혀가는 목자 잃은 양 떼와도 같이 헤매어 넘어온 국경의 험악한 길을 다시금 쫓겨 넘는 가엾은 흰 옷의 꺼래이 떼…….'

눈물이 좌르룩** 흘러내리는 순이 눈에 꼬챙이로 벽에 이렇게 새겨져 있는 것이 보였습니다.

'이 몸도 꺼래이니 면할 줄이 있으랴.'

바로 그 곁에 또 이렇게 씌어 있었습니다. 순이도 무엇이라고 새겨보고 싶었으나 자꾸만 눈물이 났습니다.

---

* 다급하거나 안타까울 때 제자리에서 발을 구르는 모양.
** 주르룩.

'아버지, 아버지는 왜 이 땅에 오셨습니까. 따뜻한 우리 집을 버리시고…… 할아버지와 어머니와 이 딸은 아버지 해골조차 모셔가지 못하옵고 이 지경에 빠졌습니다. 아버지 영혼만은 고향집에 가옵시다. 순이.'
라고 눈물을 닦으며 손톱으로 새겼습니다.

그날 해도 애처로이 서산을 넘고 그 키 큰 젊은 군인이 문을 열어주어도 세 식구는 뒤보러 나갈 생각도 하지 않고 울었습니다.

그렇게 며칠을 지낸 이른 아침이었습니다. 순이 세 식구는 또 밖으로 불려 나갔습니다. 나가는 문턱에서 그 키 큰 군인이 아무 말 없이 검은 무명으로 지은 헌 덧저고리 세 개를 가지고 차례로 한 개씩 등을 덮어주었습니다.

"추운데 이것을 입고라야 먼 길을 갈 것이요. 이것은 내가 입던 헌것이니 사양 말아라."
하고 쳐다보는 순이들에게 힘없는 정다운 눈으로 무엇이라 말했습니다.

"감사합니다."

순이들은 치하했으나 군인은 그대로 입을 다물고 순이 등만 툭 쳤습니다. 비록 낡은 덧저고리였으나 순이들은 고향을 떠난 후 처음 맛보는 인정이었습니다.

넓은 마당에 나서자 안장을 지은 두 마리의 말이 고삐를 올리고, 처음 보는 조선 군인이 손에 흰 종이쪽을 쥐고 서서

"동무들 할 수 없었고마, 국경으로 가라 합니……."
하고는 할아버지로부터 차례로 악수를 해준 후

"잘 갑소……."
라고 최후 하직을 했습니다. 순이들이 아버지 백골을 찾아가게 해달라고 아무리 애걸했으나 다시 무슨 효험이 있을 리 만무했습니다.

"자 갑누마, 잘 갑소."

그 얼마 못가 군인도 처량한 얼굴로 길을 재촉하자 두 사람의 군인이 총을 둘러메고 말 위에 올랐습니다. 그중에 한 사람은 그 키 큰 젊은 군인이었습니다.

황량한 시베리아 벌판, 그 냉혹한 찬바람에 시달리며 세 사람은 추방의 길에 올랐습니다. 벌판을 지나 산등도 넘고 얼음길도 건너며 눈구덩이도 휘어가며 두 군인의 말굽 소리를 가슴 위로 들으며 걷고 걸었습니다. 쫓겨 가는 가엾은 무리들의 걸어간 자취 위에 다시 발을 옮겨 디딜 때 자국마다 피눈물이 고여 있었습니다.

말 등 위에 높이 앉은 군인 두 사람은 높이 높이 목을 빼어 유유하게 노래를 불러 그 노래 소리는 찬 벌판을 지나 산 너머로 사라지며 쫓겨 다니는 무리들을 조상하는 것 같았습니다.

이따금 추위와 피로에 발길을 멈추는 세 사람을 군인은 내려다보고 다섯 손가락을 펴 보였습니다. 아직 오십 리 남았다는 뜻이었습니다.

한 떼의 싸리나무 울창한 산길을 지날 때 어느덧 산 그림자는 두터워지며 애끓는 시베리아 석양이었습니다.

어머니와 순이에게 양팔을 부축 받은 할아버지가 문득 발길을 멈추더니 아무 소리 없이 스르르 쓰러졌습니다.

"할아버지! 할아버지."

"아버님, 아버님."

부르는 소리는 산등허리를 울렸으나 할아버지는 대답이 없었습니다.

말에서 내린 군인들은 할아버지를 주무르고 일으키고 해보며 이윽히 애를 쓴 후 입맛을 다시고 일어서 모자를 벗고 잠깐 묵도를 했습니다.

키 큰 군인은 다시 모자를 쓴 후

"순이!"

하고 부른 후 이미 시체가 된 할아버지 목을 안고 부르짖는 순이 어깨를 가만히 쓰다듬었습니다.

　그때 천군만마같이 시베리아 넓은 벌판을 제 맘대로 달려온 바람결이 쏴아, '싸리' 숲을 흔들며,

　"순이야, 울지 말고 일어서라."

고 명령하듯 소리쳤습니다.

《신여성》, 1934년 1월~2월

개작 『현대조선여류문학선집』, 1937년 4월

복선이

유록저고리 다홍치마에 연지 찍고 분 바르고 최 서방에게 시집오던 그날부터 이때까지 열네 해 동안이나 불려오던 복선이라는 그 이름 대신 '최 서방네 각시' 라는 새 이름을 얻게 되었다.

울타리 밑에서 동네 아기들 소꿉놀이 서투른 어린 솜씨로 만든 '풀각시' 같은 복선이다. 갸름한 얼굴이라든지 호리호리한 몸맵시며 동글동글한 눈동자, 소복한 코끝이며 다문다문 꼭꼭 박힌 이빨 모두가 어느 편으로 보아도 소꿉놀이에 나오는 각시 그대로였다.

지금은 최 서방네 각시인 복선이 맏이 되는 복련이도 열네 살 되는 가을에 남의 집에 머슴살이하는 '김 도령' 에게 시집을 갔다가 불행히도 사들사들 마르기 시작하더니 단 일 년도 못 되어 애처롭게 죽고 말았다. 그러므로 그들의 부모는 복선이도 일찍 시집을 보냈다가 복련이처럼 죽게 될까 하여 많이 키워가지고 성내城內의 조금 맑은 사람에게 시집을 보내려고 생각하였으나, 한 탯줄에 다섯이나 딸을 낳은 그의 부모라 조금 그럼직한 혼인 말이 나오면 두 귀가 번쩍 열리지 않을 수 없었다. 최 서

방에게도 그의 부모는 반기듯이 응하여 단 한 말*에 시집을 보내고 말았던 것이다.

최 서방은 전에 철로공부鐵路工夫 노릇도 해왔고 지금은 품팔이 일꾼이라 머리도 깎았고 일하러 나갈 때는 누런 '골덴'** 바지도 입고 지까다비***도 신고 하니 큰딸의 남편 김 도령보다는 겉만이라도 나을 뿐 아니라 얼굴도 미끈한 데다가 큰딸의 시집과 같이 층층시하가 아니라 단 하나 시어머니뿐인 단출한 식구였으므로 시집을 보내면 좀 편하리라, 한 것이다.

그러나 이보다도 더 딱한 사정이 있었다. 그것은 복선이 하나 입이라도 덜어버리는 것이 그들에게는 짐을 하나 벗게 되는 것이 되므로 이왕 보내야 할 시집이니 이삼 년 더 키워서 보내나 마찬가지일 것이니, 맏형이 죽은 것도 제 명이요 제 팔자이지 열네 살에 시집갔다고 죽었을 리야 있었겠나 하는 것이다.

복선이만 해도 나면서부터 오늘까지 보리밥덩이라도 맘껏 먹어보지도 못했고 굶음에 절여진 그다. 시집을 가면 일도 많이 하지 않을 것이고 밥도 많이 먹어볼 수 있고 그뿐인가, 지금까지 자기가 먹던 몇 숟갈로 동생들의 배를 채운다 하여 시집가면 어떻고 어떻다는 것을 깊이 생각해보지도 않았고 또 몰랐다.

시집가는 날 분 바르고 고운 옷 입고 하는 것이 명절을 만난 것 같아서 동네 순네 어머니가 쪽을 틀어주고 할 때는 엉둥덩둥**** 하면서도 기쁜 것 같아서 곱게 차린 모양을 동네로 다니며 남들에게 보이고 싶기까지 하였다.

---

* 한 마디 말에.
** 코르덴, 코듀로이.
*** 일본에서 주로 노동자들이 신던 운동화 비슷한 신발.
**** 경황이 없거나 종잡을 수 없는 마음 상태에서 별 의식 없이 하는 행동.

단방 한 칸, 정주* 한 칸인 오막살이일망정 남편도 끼끔**했고 시어머니도 자별하게 인자하였다. 그러나 오직 한 가지 딱한 것은 벌써 나이 찬 남편이 밤이면 추근추근 굴어서 잠을 못 자게 하는 것이다.

일은 비록 고달프고 배는 항상 굶주려도 저녁 먹고 등잔불 끄고 동생들과 같이 옹게종게 누워 자던 옛날이 그리웠다.

어떤 날 밤은 참다못하여 흑흑 느껴 울어버리기도 하였다.

그러다가도 꿀꺽 울음소리를 삼키고 두 팔만을 시어머니 곁으로 파고들듯 잠이 들기도 하였다.

최 서방은 이곳저곳 일터를 찾다가 마침 성내에 들어가서 정미소 일꾼으로 쓰이게 되어 하루 사십 전 이상 일 원까지 벌이하게 되는 날도 있게 되므로 이따금 간고기*** 마리도 사오고 흰쌀도 팔아오므로 시집오던 처음보다는 훨씬 살기가 나아져 갔다.

이러는 사이에 달이 가고 해가 바뀌어 복선이도 제법 노랑머리 쪽이 어울려졌다. 그러나 '풀각시' 같이 거칠어 처음 보는 사람들은 모두 어린 각시라고 웃었다.

최 서방이 낮에 성내로 일하러 간 후로는 한 가지 두통거리가 생겨났다. 그것은 동네 총각들 때문이었다. 불과 오십 호밖에 살지 않는 그 산촌에서 복선이에게 젊은 남자들이 추근추근 따라다니기도 하였다. 그래도 복선이는 치마꼬리를 휘어잡고 입술을 다문 채 모르는 척 눈을 감고 제집 일만 부지런히 한결같이 살아갔다.

"이번 추석에는 임자도 비단 저고리 하나 해줄까."

* 정지. 부엌.
** 깔끔하다.
*** 소금에 절여 간을 한 생선. 자반.

시집온 지 두 해 되는 팔월 초생*에 최 서방이 일터로 나갈 때 웃으며 복선이에게 이렇게 약속하였다.

　"아이고, 내야 소용없어. 당신 옷이나 해 입지!"

하며 얼굴을 붉혔다.

　"내야 옷이 있는데, 이번엔 고운 것 바꾸어다 주지."

　최 서방은 싱긋싱긋 웃으며 집을 나갔다. 복선이는 사립문을 나가는 최 서방의 지까다비 신은 발자취 소리를 들으며

　"해행!"

하고 웃었다.

　입으로 비록 사양은 하였을망정 속으로는 무척 기뻤던 것이었다.

　비단저고리라 해도 인조견임에는 틀림이 없을망정 그는 분홍저고리 검정 '보일' 치마가 소원 소원이었으나 시집온 지 두 해가 되어도 아직 그 소원을 풀지 못했던 것이다.

　그날은 유별나게도 가슴이 뛰놀며 싱긋 웃고 나가던 최 서방의 모양이 마음에 무척 좋게 여겨지고 어서 그날 해가 지면 정말 어떤 옷감을 가져올까…… 하고 눈이 감기도록 기다렸다. 이렇게 남편을 기다린 적도 시집온 지 처음인 것 같아서 공연히 마음이 분주하였다. 그는 저녁때 시어머니가 놀러 나간 틈을 타서 한 짝밖에 없는 소탕 장롱을 열고 자기 옷을 챙기 해보았다.** 시집오던 날 입었던 유록저고리만이 툭진 무명옷 틈에 끼어 있는 복선의 단 한 가지 '치레'***였다. 그는 금년 추석에도 그 저고리를 입으려고 생각하였던 것을 생각하고

　"아이고, 이번 추석에는 분홍저고리 입겠구나."

* 초승.
** 무슨 일에 소용되는 물건을 정리하다. 챙겨보았다.
*** 나들이 옷.

하며 바쁘게 주름살이 깊어진 유록저고리를 한 팔 꿰어보았다.* 그리고

"해행."

하고 웃고는 빨리 장 속에 집어넣고 밖으로 나왔다.

웬일인지 그날은 최 서방이 날마다 돌아오는 때가 지나도 돌아오지 않았다.

"오늘은 일 마치고 옷감을 바꾸느라고 늦게 되는가 보다."

시어머니와 복선이는 불안한 가슴을 진정하며 저녁을 마쳤다.

"행여나 길에서 땅꾼에게 빼앗기지나 않았는가."

밤이 깊어질수록 복선이는 걱정이 되었다.

"흐흥, 올 추석에는 친정에도 놀러 갔다 오너라. 시집을 와도 좋은 저고리 하나 얻어 입지 못했는데 설마 올게**야."

시어머니가 채 입을 닫기 전에 갑자기 문전이 요란해졌다.

"거 누군가?"

시어머니는 벌떡 일어나 지게문***을 열어젖혔다. 복선이도 가슴이 덜컥하여 벌떡 일어나 뜰로 뛰어 내려갔다.

"최 서방 댁 있소? 어서 이리 좀 나오."

그 말소리는 몹시 컸다.

"이 집에 누가 있소? 방금 최 서방이 큰일이 났으니 빨리 나하고 갑시다!"

시어머니와 복선이는 열어젖힌 지게문을 닫을 줄도 모르고 무슨 영문인지 더 물어볼 말도 나오지 않았다. 허둥지둥 뛰어나갔다.

"최 서방이 지금 기계에 치어서 말이 아니오."

* 꿰입어보다.
** 올해.
*** 방에서 마루로 통하거나 방에서 부엌으로 통하는 문.

달음박질을 쳐 산비탈길을 내려오는 복선이는 가보지 못한 성내 가는 길이었지마는 넓은 한 줄기 길과 같이 눈앞에 뻗쳐 있었다. 좋은 옷감 떠 오겠다던 최 서방은 정미소 기계에 치어 즉사를 하고 만 것이었다.

《신가정》, 1934년 5월

채색교彩色橋

무지개 섰네, 다리 놨네.
일곱 가지 채색으로
저 공중에 높이 놨네.

뒤뜰에서 어린 학도들이 무지개가 선 공중을 바라보고 노래 부르며 놀고 있다.
천돌이千乭伊는 무거운 짐을 문턱에 내려놓고
"제에기* 그놈의 하늘……."
하고 동편 하늘 높이 무지개가 놓인 것을 원망스럽게 바라보며 혀를 찼다.
"그놈의 비가 오려거든 그만 쏼쏼 와버리든지, 오기 싫거들랑 그만 쨍쨍 가물어서 온 천지를 홀카닥** 불태워버리든지 할 것이지 그저 날마다 찔찔거리다가 말고, 말고 하니까 사람이 배겨낼 수가 있어야지."

* 제길. 제기랄.
** 대번에. 홀라당. 홀까닥.

혼자 중얼거리며 부엌에서 늙은 어머니가 튀어나오더니, 물 묻은 손을 치마에다 이리저리 문지르며 역시 무지개가 선 아름다운 하늘을 원망한다.

　　"벌써 두 장이나 터지*게 되니 어디 살 수가 있어야지."

　　천돌이는 콧구멍만 한 방 안으로 짐 뭉치를 끌고 들어갔다.

　　"제에기 꼭 장날만 골라서 비가 온단 말이야!"

　　그는 속이 상해 못 견디겠다는 듯이 푸우 한숨을 내쉬며 짐 뭉치는 방 한편 구석에 밀어놓고 자기는 방 한가운데 가 아주 큰 대자로 펄쩍 드러누웠다.

　　"점심은 어쨌노! 먹었나?"

　　하며 늙은이는 다시 부엌으로 들어갔다.

　　"여태껏 점심도 못 먹었을라구! 돈벌이야 하든 못하든 우선 먹어나 놓고 볼 일이니까."

　　천돌이는 퉁명스럽게 대답하였다.

　　"글쎄 또 비가 오니까, 장도 채 못 보았을 것 같아 어느 결에 점심이나 먹었겠나 싶어서 죽이라도 행여 먹을까 싶어 쑤었지."

　　늙은이는 연해 부드러운 말로 아들의 마음을 위로하듯 중얼거리며 바가지로 득득 소리를 내며 죽을 퍼 담았다.

　　"흥, 사시로 죽만 먹고 살자는 거요? 어떤 놈들은 쌀밥도 못 먹겠다고 지랄을 하는데."

　　천돌이는 연해 짜증난 소리로 혼자 튀적거리면서**도, 그래도 죽 냄새가 구수하게 콧구멍을 간질이자 못 이기는 체 부스스 일어나 앉으며

　　"무슨 죽이요?"

---

* 비가 와서 장이 서지 못한 것을 말함.
** 별 생각 없이 혼잣소리로 투덜대다.

하고 부엌으로 통한 지게문을 향하여 버럭 소리를 질렀다.

"무슨 죽이요라니, 보리죽밖에 더 다른 죽이 있을 리가 있니?"

늙은이는 방 안에다 죽 그릇을 들여놓으며, 아들 눈치를 힐끗 보았다. 말소리에 비하여 별로 성이 난 것 같지 않은 아들의 얼굴빛에 저으기* 안심이 되는 듯이 천돌이 죽 그릇에 숟가락을 걸쳐주며,

"어서 좀 먹어 봐. 점심을 먹었더라도 벌써 배가 다 꺼졌겠다."

하고 죽 그릇을 천돌이 앞에 바짝 밀어주었다.

"어디 좀 먹어볼까!"

천돌이는 숟가락을 들더니, 한 숟가락 푹 떠서 질질 흘려가며 훌쩍훌쩍 들이삼키기 시작하더니 삽시간에 한 그릇을 홀딱 먹어버리고 손등으로 입을 슬쩍 문지른 후

"히, 참 엄마!"

부뚜막에 걸터앉아서 땀을 졸졸 흘리며 죽을 퍼먹던 늙은이는 아들을 쳐다보며

"뭐야! 왜?"

하고 고개를 치켜든다.

"글쎄…… 젠장!"

천돌이 음성은 짜증이 잔뜩 난 것 같으나, 무슨 기쁜 일이나 있는지 입은 연해 빙글거리는 것이 늙은이는 이상하여 재차 기척을 살폈다.

"엄마! 저어."

"뭐냐! 말을 해야 알지."

"허 참, 아니 엄마 솜씨는 이것뿐이요? 날마다 쑤는 죽이 짜다가 싱거웠다가, 되었다가 물렁거렸다가 어이 참 솜씨도…… 그만치나 죽을

* 적이.

65

쑤었으니 하머나* 물미가 나서 선수가 될 터인데, 참."

천돌이는 싱글싱글 웃기 시작하였다.

"아이고 그, 그…… 자식도 못났다. 늙은 어미 솜씨 나무라기가 일쑤
로구나, 버릇없이."

늙은이 역시 아들의 말이 악의에서 나오는 것이 아님을 아는 것인지
웃으며 대꾸를 하였다.

"아이 참, 엄마는 솜씨가 없어……."

"아아니, 이 자식이 왜 이래. 늙은 어미 솜씨 좋으면 시집을 보낼 처
녀애던가…… 웬 걱정이냐."

"그런 게 아니야 글쎄."

"그러면 보리 가루하고, 물하고 소금만 넣어서 끓인 죽에 무슨 별맛
이 날 리가 있니? 어떤 사람은 보리죽에도 넣지 않은 꿀맛이 나게 한다
더냐?"

늙은이는 일부러 샐쭉해진 모양을 해보이며 비꼬아댔다. 천돌이는
대답 대신

"히힝."

하고 열쩍은** 웃음을 웃으며 늙은이의 눈치를 힐끗, 바라보더니 다시 펄
쩍 드러눕고 만다.

"그렇게 더운 방에만 누웠지 말고 뜰에 좀 나오려무나."

하는 늙은이의 말에 정신이 번쩍 난 듯이 벌떡 일어나 밖으로 슬그머니
나와 앉았다. 비에 젖은 뜰은 시원했다. 동편 하늘에는 아까 그 찬란하던
무지개는 사라졌고 새파란 하늘에 흰 구름 뭉치가 뭉게뭉게 떠오르고 있
었다.

* 몹시 기다리는. 벌써.
** 어색한.

"글쎄 엄마."

"허, 얘가 미쳤나 보다."

늙은이는 못마땅한 얼굴로 땀에 젖은 적삼을 벗어 방에 던지고 양팔에 새까맣게 밀린 때를 치마를 움켜다 닦으며 뜰에 나와 앉았다. 매미 소리가 요란하게 들려왔다.

"요즘 보니까 네 태도가 야릇하더구나. 맛없는 어미 손에 얻어먹기 싫거든, 어디 가서 솜씨꾼 색시나 주워 오렴. 그러면 보리죽에도 꿀맛이 날 테지."

천돌이는 매미 소리에 기울이고 있던 귀가 이 말에 번쩍 뜨이는 것 같아

"누가 장가들고 싶어 하는 줄 아나베."*

하고 가슴이 뜨끔한 것을 숨기려고 시치미를 딱 잡아떼보았다.

"글쎄 장가들 나이도 되기야 했지. 그리고 나도 나이가 먹어가니까 남의 집 일도 예전같이 해줄 수 없고 하니, 너만 장가를 보내면 오죽 좋겠느냐. 며느리가 살림을 살면 나야 또 무슨 장사라도 할 테고……."

"무슨 장사를 해요?"

"떡도 만들어 팔고, 콩나물도 기루고,** 풀도 비어*** 팔고, 밑천 안 드는 장사가 수두룩하지. 그래도 혼자 손에 지금이야 할 수 있나. 부지런한 계집아이나 며느리로 보면 좁쌀거리****는 내 손으로도 벌 거야. 남의 집에 늙은것이 일해주러 다니기보다는 나으리라."

천돌이는 처음부터 늙은이에게 이런 말이 나오라고 하는 수작이었기

---

* 아나봐.
** 기르다.
*** 베다.
**** 최소한의 양식거리.

는 하나, 그래도 제 속판*을 들여다보이기가 싫어서 또 한 번 시치미를 떼보느라고

"그렇지만, 어디 그렇게 얌전한 계집애가 있어야지."

하고 늙은이의 눈치를 살핀다. 그리고

"설혹 있다 치더라도 우리 같은 가난뱅이에게 누가 딸을 주겠어요."

하고 다시 한 걸음 내밀어보는 것이었다. 그의 눈앞에는 지금 어릴 때부터 고생 가운데에서 자라난 복순이의 얌전한 얼굴이 떠오르며 가슴이 터질 듯 기뻤다.

뒤뜰에서 뛰며 놀고 있던 동네 학도들과 같이 펄쩍펄쩍 뛰어보고도 싶었다. 그는 천연스럽게 앉아 배길 수가 없어 벌떡 일어나 비에 젖었던 밀짚모자를 장대 끝에 꿰어 처마 끝에 기대 세웠다.

"엄마, 일 년만 참아요. 이 집을 팔아버리고 벌인 돈을 보태서 집이나 밴밴한** 것 한 채 삽시다."

하고 은근하게 늙은이를 위로하였다. 늙은이는 또 늙은이대로 눈치 채는 바가 있는 터이라,

'행여나 저 자식이 못된 계집애에게 반하지나 않았는가!'

하는 염려가 가득은 하지만은, 그럴 듯 그럴 듯은 하면서도 시치미를 딱 잡아떼버리는 천돌이 속판을 따져볼 길이 없었다.

남편이 죽고, 연달아 큰아들이 죽고, 또 잇따라 딸 둘을 시집보내고, 막내아들 천돌이와 단둘이서 허물어진 움막 단칸집에서 근근이 살아오는 터이다. 자기는 남의 집에 드나들어 일도 해주고, 천돌이는 여남은 살부터 성냥 상자를 메고 장날마다 장판으로 돌아다니며 팔아서 죽이나마 남 먹을 때 빠지지 않고 끼니를 이어오는 터이다.

---

* 속셈.
** 변변하다.

"에, 당황* 사소! 에, 석냥**요, 에, 당황, 마치, 석냥!"

하고 온 장판에 애교를 떨치며 얼마씩이라도 벌어오기 시작한 지도 벌써 근 십 년이다. 그러니 그 사이에 천돌이는 잔뼈가 굵어 지금 스물한 살이다. 그는 작년부터 성냥 장수를 집어던지고, 단봇짐 장수를 시작하여 잘 팔릴 잡화를 그동안 모은 밑천으로 제법 한 짐 장만해가지고 이곳저곳의 가까운 촌장으로 돌아다니며 팔게 되었다.

그러므로 십여 년 동안 이곳저곳 장터에다가 밥줄을 달고 있는 돌림 장꾼 천돌이었고, 누구에게든지 친절하고 서글서글하게 말 잘하고, 붙임성 있고, 잘 웃기고 하는 천돌인 까닭에, 장터마다 단골도 많고, 같은 돌림 장꾼들 사이에서도 신용이 두터웠다. 그뿐 아니라 이웃 장을 보려고 오고가는 길에는 장꾼들이 천돌이가 빠지면 섭섭함을 느끼기도 하는 터이었다.

"놈이 똑똑해. 늙은이, 한때를 볼 거요."

하고 동네에서도 천돌이 칭찬 않는 사람이 없고, 늙은이 듣는데도 자주 이런 말을 하는 것이었다.

"천돌이, 요사이 소고기 값이 왜 그렇게 비싼가?"

하고 장터에서 돌아오는 길에 한 장꾼이 말을 꺼내는 것이었다.

"허 참, 그것도 모르나요? 소 값이 올랐으니까, 소고기 값도 오르는 것이지요."

천돌이 대답은 이러하였다.

"그러면 소 값은 왜 오르나?"

"아따 그 양반, 그것도 모르시오?"

* 성냥.
** 성냥.

"그래, 모른다."

"소 값이 왜 오르는 걸 모르신다 말이오?"

"그래, 나는 모르겠다."

"정말 몰라요?"

"그래, 나는 몰라."

"헤, 그러면 나도 모르지."

그들은 일제히 웃으며 길 걷는 괴로움을 잊는 것이었다. 그러므로 천돌이는 장꾼들 사이의 화형花形이다.

"그렇지만 금년은 너무 가물어서 어디 살 수 있겠나. 못자리가 죄다 갈라졌으니……."

하고 한바탕 웃음이 끝나자, 뒤를 이어서 생강 장수 박 첨지가 또 말머리를 틀어 놓는다.

"영감, 염려 마시요. 금년은 큰 비 옵네다."

하고 또 말을 받는 것은 천돌이다.

"어째서 그래."

"허 참, 그것도 모르세요? 초여름에 벼룩이란 놈이 많았지요?"

"그래, 벼룩이 많으면* 큰 비 온다던가?"

"모두들 헛나이를 먹었나 보오."

"헛나이를 안 먹었으면 어떤 해 여름에는 벼룩이 없다더냐."

"글쎄 다른 해보다 유별나게 많더란 말이요. 그러니까 벼룩이란 놈은 사람을 물거든요. 물것이 많으면 물이 흔하다는 거라오. 물이 흔하면 비가 많이 오는 거지 뭐요."

"그 또 참 자식, 웃기는구나. 벼룩이 많으면 비가 많이 온다?"

---

* 원전에는 '많으면'이 없으나 개작 전 《신조선》에 발표한 원전에 있어서 넣었다.

"그럼, 오구말구. 물것이 많으면 물이 흔한 법이지……."

"꼭 많이 오겠나?"

"암, 오다 뿐이겠소. 그러면 내기할까요. 비가 많이 오면 영감 딸 날 주겠소?"

또 한바탕 웃음이 터진다. 박 첨지도 지지 않으려고

"그래, 내기하자. 비만 오면 딸뿐이겠나, 내 목이라도 바치지."

하고 대꾸를 하는 것이었다.

언제든지 아무 의미 없이 지껄대기 위하여 떠들어대며 우스운 농담만 하는 천돌이었으나, 이 생강 장수 박 첨지를 보고 하는 말에는 다른 사람이 해득 못할 무엇을 농담에 싸가지고 씩 붙여보는 것이었다. 박 첨지 역시 요즈음 짐작하는 바가 있다. 이래 봬도 일생을 돌림 장꾼으로 다녀온 생강 장수다. 어련히 잘 알라고……. 다른 사람 같이 자기에게 오는 말을 농담이든 잡담이든 그 속에 뼈다귀가 들고 안 들었음을 모를 리 없고, 그 쌓인 뼈다귀를 이리 넘길까 저리 넘길까 하는 앞선 생각까지 척 하고 있는 판이다.

그날은 산 너머 매화골 장을 보고 돌아온 날이다. 그 장에 웬일인지 박 첨지가 보이지 않았으므로 천돌이는 오래오래 맘먹어 오던 무엇 까닭에 어디로 볼일 보러 가는 척하고 물 건너 박 첨지 집을 찾아갔다.

천돌이가 사는 동네 앞을 흐르는 큰 냇물의 다리를 건너면 얼마 안 가서 박 첨지의 움막이 있다. 그는 다리를 건너기 전에 먼저 냇가에 내려가 얼굴과 손발을 깨끗이 씻고 난 후, 밀짚모자일지라도 멋있게 재껴 썼다.

'그놈의 첨지가 그만 밤사이에 죽어버렸으면.'

하고 생각했다. 그 첨지가 미워서가 아니라, 첨지에게 자기의 속을 들여다보일까 겁이 났던 까닭이다. 그래도 내친걸음이라, 사내자식이 그대로 돌아서기 싱거워서 꾹 참고 그대로 혼자 열쩍은 웃음을 웃어가며 박 첨지 집을 향하여 걸었다.

　종담장'도 없는 벌판의 외딴 토막집, 즉 박 첨지의 집 앞에까지 당도하였다. 금방 앞으로 쓰러질 것 같은 그 집 방 지게문은 열려 있고, 인기척은 없었다. 차라리 아무도 없으면 그대로 돌아가버리고 싶었다. 그러나 할 수 없어 이리저리 머뭇거리다 말고 기침을 두어 번 하며 용기를 내어

　"영감 집에 있소?"

하고 소리를 쳐보았다. 아무 대답이 없었다. 그는 부쩍 용기가 나서 이제는 열린 방문 앞까지 다가가서며

　"영감이 집에 없나, 있나. 집에 사람이 없나. 빈 집 같네, 영감!"

하고 소리를 크게 질렀다. 그제야 방 한옆에서 숨바꼭질이나 하는 것같이 박 첨지의 딸 복순이가 고개만 쏙 내밀어 천돌이를 날름 쳐다보며

　"어데 가고 없는데."

하는 말을 끝까지 채 못하고 자라목같이 다시 쏙 들어가며 생긋 웃었다. 천돌이는 발끝이 자르릇 우는 것 같았다.

　'히힝, 첨지가 어디 가고 없단 말이지! 안성맞춤이란 거다. 고놈의 계집애 누구를 녹이려고 웃기는 또…… 어디 보자. 오늘은 하늘이 두 조각이 나더라도 한번 부딪쳐보고야 말걸.'

　천돌이는 단단히 아랫배에 힘을 주어 혼자 결심을 하면서도 가슴속은 떨리고 간지러워 조금 머뭇거려지는 다리에 힘을 주어, 문턱에 가 비위 좋게 척 걸터앉았다.

　"영감이 어델 갔나?"

　조금 떨리는 음성에 간신히 위엄을 내어 말을 건넸다.

| 　＊ 담장보다 조금 낮고 가로막이 기능을 하는 담장.

"몰라."

복순이는 싹 돌아앉았다. 해어진 옷을 깁는지 바느질 그릇을 앞에 당겨놓고 만지작거리기만 한다. 가난한 그 살림 속에서라도, 계집애답게 비록 낡은 무명이나마 살구꽃 색 물들인 저고리에 검정 치마를 입었고, 숱 많고 긴 머리를 되는대로 충충 땋아 늘이고, 돌아앉아 있는 그 모양을 천돌이는 오래 바라보고 있을 수가 없었다. 그 가느다란 허리에 제 힘찬 팔이 감기는 것 같은 착각에 온몸이 떨렸다.

기다리고 별러 오던 이 좋은 기회! 어인 일인지 가슴은 졸이면서 말문이 딱 절벽같이 닫혀 떨어지지를 않는다. 가슴은 염치없이 몹시도 뛰었다.

"그래, 어제 장에 영감이 왜 안 갔던가!"

그는 간신히 한 마디 말을 또 건넸다.

"몰라!"

천돌이 말문은 또 쇠통이 내리려* 한다.

'에잇, 사내 녀석이 못나게.'

그는 아래윗니를 한번 꽉 깨물어 한숨을 한번 확 내뿜고 난 후, 첨지가 돌아오기 전에 어서어서 수작을 해야겠다고, 갑갑함을 못 참아 했다.

'조놈의 계집애……'

역시 말문에는 쇠통이 내리고, 가슴만 후다닥거리고 몸까지 문턱에가 천근만근 들어붙어버렸다.

"이리 좀 보렴. 대답 좀 시원하게 하면 어떠냐."

그는 두 눈을 부릅뜨고 간신히 또 한 마디 끄집어냈다.

"무슨 대답?"

| * 말문이 닫히려 하다.

복순이 음성이 우레 소리같이 두 귓구멍에 왕! 울리어 전신이 찌르르하였다.

"애, 날 좀 보렴. 못나기야 했지마는…… 저, 그렇지마는…… 암만 못나도 저, 이리 좀 오렴."

"……"

복순이는 부끄러워 못 참겠다는 듯이 앞으로 고개를 아주 내려뜨리며 상긋 웃는 듯하였다. 천돌이는 그만 말문이 확 터지는 듯 막아둔 물목을 툭 끊어버린 듯 용기가 불쑥 솟았다.

"너는 내가 보기 싫으냐."

"……"

"대답을 좀 하렴. 싫다면 그만이지. 누가 억지로 자꾸 그러니! 어서어서."

"……"

"너의 아버지가 오면 어떡해. 글쎄 어서 대답 좀 해봐!"

"……"

"너의 아버지가 오면 나를 죽이려 들지 않겠니. 어서 대답해요."

"무슨 대답. 아버지가 벌써 오실까 봐."

복순이의 똑똑한 그 한 마디에 천돌이 전신은 날랜 사자와 같이 긴장되었다.

"저 애, 나는 너 까닭에 죽겠다. 누워서나 앉아서나, 길을 걸어갈 때나, 그저 네 얼굴이 자꾸 보인단다. 참을 수가 있어야지."

"……"

"그래도 나는 워낙 못생겼으니까, 너는 나를 미워하겠지? 네가 나를 싫다고 하는 날에는 나는 그만이다. 나는 그까짓 죽어버릴 테다."

"누가 죽으랬나."

"네가 날 싫다면 죽으란 거나 마찬가지지!"

"아이 참……."

안타까운 듯 뒷문으로 달아날 듯, 복순이는 벌떡 일어섰다. 천돌이는 질겁을 하듯 몸을 날려 방 안으로 뛰어들어 뒤 문턱에서 복순이 가느다란 그 허리를 잡아 앉혔다.

"너도 나를 좋다고 해, 아이고."

물에 빠진 사람이 구원의 줄을 죽어라고 휘어잡는 것같이, 천돌이는 복순이 허리를 묵척* 늘어져라 껴안고, 그 허리를 놓치면 금방 제 목숨이 떨어질 것 같았다.

그 후부터 오늘까지 거의 밤마다 그들은 서로 만나는 것이었다. 그들은 어서 돈냥이나 벌면 잔치를 해야 될 것이고, 양편 부모에게는 어떻게 허락을 받을까…… 하는 것이 만날 때마다 의논하는 산더미 같은 큰 문젯거리였다.

그러다가 요즘에는 원래가 꼼꼼하지 않은 성질인 천돌이었으므로 박 첨지와 농담을 할 때마다 갑갑한 자기의 심정을 슬쩍슬쩍 내보이는 것이었다.

"그러면 영감 딸 날 주려오?"

하고 끝맺게 되는 것도 요사이는 거의 천돌이의 으레 하는 문자가 되고만 것이었다.

박 첨지도 자기 처지에 천돌이 이상 가는 사위는 바라볼 수 없는 일일 뿐 아니라, 가난한 살림, 더구나 담장조차 없는 길가 움막에다 다 큰 딸을 두기도 걱정인 터이기에 혼자 나름으로는 가을쯤 해서 툭 털어놓고

| * 힘껏.

75

서로 의논하여 혼인을 치르겠다고 생각해오는 터이었다.

어느덧 유월 달도 다 지나고, 벌써 칠월도 한중간까지 왔다. 유월 초승께부터 가물기 시작한 후, 오늘까지 그저 질금거리는 적은 비는 자꾸 왔으나, 한 번도 흐뭇이* 비가 오지 않아, 사람들은 찌는 듯한 더위에 허덕이면서도 기우제를 지낸다, 장굿을 한다, 모두들 야단법석이었다.

오고 가는 빗줄기가 가끔 조금씩 오기는 하는데, 하필 장날만 골라서 오게 되므로, 벌써 두 장이나 보지 못한 천돌이는 몹시 짜증이 났다. 어서 돈냥이나 모아서 장가를 들려는 천돌에게는 일생일대의 가장 긴급한 비상시인데, 그 속이 답답하지 않을 수 없었다.

"엄마! 나 목욕 가요. 집 안에 있지 말고 뒤뜰에 멍석을 깔아두었으니, 거기 가서 누워 자요. 나는 좀 놀다 올께."

"또 가?"

"강변에 가서 동무들과 좀 놀다 올 테야. 덥고 갑갑해서 죽겠소."

"어서 들어오너라. 늑대에게 물리든지 헤엄치다가 물에나 빠지면 어쩌느냐."

"헤, 내가 어린애요? 벌써 장가들기 늦은 나인데…… 헤헤."

천돌이는 적삼 끈을 풀어 헤치고 휘적휘적 집을 나왔다. 냇가에서 박첨지의 소똥 뭉치같이 보이는 움막을 바라보며 어둡기를 기다려 시원하게 목욕을 하고, 슬금슬금 다리를 건너갔다. 천돌이는 다리를 다 건너자, 움칫 발길이 멈추어지며 머릿속에 문득 떠오르는 아주 신기한 생각에

"허."

하고 감탄하듯 돌아서서 지금 건너온 다리를 유심히 바라보는 것이었다.

| * 충분할 만큼 넉넉하게. 흥건하게.

그리고 하늘을 쳐다보고 이윽히 서 있다가, 혼자 고개를 끄덕이며 기쁜 웃음을 못 참는 듯 입을 빙긋거리며 가려던 길을 다시 걷기 시작하였다.

이윽히 걸어가자, 시커먼 포플러 숲이 나타났다. 이 포플러 숲은 천돌이와 복순이의 지상의 낙원이다.

숲의 근방은 땅버들이 우묵하니 서 있는 까닭에, 낮에 보아도 움쑥하여 사람들의 발자취가 드문 곳이었다. 그뿐 아니라, 이 근처에 숲과 잇대어 있는 냇가 언덕 아래는 '이무기'란 큰 물뱀이 있다는 말이 있으므로, 동네 사람들은 이 근방을 무척 주의하여 오는 터였으나, 천돌이와 복순에게는 그 '이무기'라는 무서운 물뱀이 도리어 저희들의 낙원을 수호하여 주는 듯하였다.

천돌이는 휘파람을 불어 행여나 복순이가 먼저 와서 기다리지나 않는가 하여 사방을 휘 살피며, 한가운데 제일 큰 포플러 둥치 곁 그들의 사랑의 요람을 찾아가는 것이었다. 천돌이 휘파람 소리는 숲 속 요정들의 고요한 꿈을 금실마리같이 가늘게 즐겁게 떨리며, 모조리 깨워주는 듯하였다.

희미하게 나무둥치에 기대서 있는 복순이 그림자가 보였다.

"아이고, 벌써 왔니?"

천돌이는 휘파람 불던 입을 내벌리며 복순에게로 달려갔다.

"애야! 너 이무기 무섭지 않으냐!"

"무섭기는 무엇이……."

그들은 서로 얼싸안은 채 나란히 주저앉았다.

"애야! 좀 축축하구나, 일어서봐."

천돌이는 먼저 벌떡 일어나서 나뭇가지를 뚝뚝 꺾어 자욱이 깐 후

"인제는 좋아! 자, 여기 앉아라."

서 있는 복순이 손을 와락 잡아당겨 제 곁에 앉혔다.

향긋한 포플러 냄새가 둘의 코를 찌르며 가슴에 헐떡이는 정열에 숨 쉴 것까지 잃어버렸다.

그들은 함께 서로 뺨을 기대고 말없이 바람결에 살랑거리는 나무 잎 사귀 소리에 귀를 기울이고 있었다. 이윽고 천돌이는 입을 열었다.

"복순아, 너 칠월칠석 이야기 아느냐!"

"그래."

"너, 내 말 들어봐라!"

"안 들어도 알아요, 알고말고. 견우직녀가 만나는 밤인걸. 그것을 모 를라고."

"옳지, 그런데 날 좀 봐! 저어기 저것이 은하수란 거지?"

천돌이는 나뭇가지에 가려 잘 안 보이는 하늘을 쳐다보려고 허리를 앞으로 내밀며 손가락으로 가리켰다.

"그래, 나도 알아 글쎄."

"그런데, 견우성과 직녀성이 일 년에 꼭 한 번씩 만나는데, 저 은하수 를 그대로 건널 수 없으니까, 오작교라는 다리를 건넌다더라."

"그럼. 견우직녀 만날 때는 오작교 다리로 은하수를 건넌다더라."

"그래, 그런데 말이야, 내가 지금 다리를 건너오다가 문득 생각이 났 는데, 우리가 꼭 견우직녀 같단 말이야."

천돌이는 웃지도 않고 복순이 어깨를 꼭 껴안았다.

"글쎄 저것이 은하수지? 그리고 은하수 이쪽에 있는 저 큰 별은 직녀 란 별이고, 그리고 저쪽에 있는 저 큰 별은 그것이 바로 나란 말이다."

"응? 그 별이 네라?"

"그래, 나다."

"하하, 그럼 이 별은 나지!"

"그래 우리 집은 강 저쪽에 있고 너희 집은 강 이쪽에 있고."

"은하수 대신에 이 냇물이 있고."

"다리를 건너다가 생각하니, 문득 이 생각이 나서……."

"그래? 직녀는 오작교를 건너지마는, 나는 시집갈 때 일곱 가지 고운 물들인 무지개다리를 타고 갈 테야!"

"그래! 좋다. 무지개 그 고운 채색다리 그걸 타고 너, 시집오너라."

천돌이 머리는 복순이 가슴을 뜸베질* 하듯 비비었다.

"해행……."

복순이는 좋아서 천돌이 다리를 꼭 꼬집었다.

둘은 이같이 꿈속에서 시간을 보내고 헤어졌다. 헤어질 때 복순이는 무척 쓸쓸한 얼굴이었으므로

"너 왜 그래? 집에 가면 꾸중 들을까 봐 겁이 나니?"

"으응!"**

"그러면 오늘밤은 왜 이래. 내일 밤은 자현골 장보러 가니까 못 만나지마는 모레 밤에는 또 만날걸……."

"그래도……."

"그러지 말아라. 이번 장만 보구 나면 이제는 네 아버지께 막 들이댈 터이다. 무지개는 여름에 있는 것이니까, 이 여름이 다 가기 전에 잔치를 해야지……."

"그러니까? 싫어, 가을까지 또 미루면 난 싫어. 나는 정말 무지개를 타고 시집갈라네."

"그래."

"왜 일어나! 어쩐지 오늘은 영영 집에 가기가 싫네. 그리고 죽고만 싫어!"

* 송아지가 어미 소의 젖이 잘 안 나와 머리로 들이받는 행위.
** 여기에서 '으응'은 긍정이 아니라 부정이므로 '으으응'이 옳다. '아니'라는 뜻.

"그러지 말라니까. 글쎄 내 가슴속은 어떡하니 생각해봐. 내일 장에
는 하늘이 무너지더라도 혼숫감으로 저고리 치맛감을 모두 바꾸어 올 테
다. 하루라도 속히 주선할 테야! 염려 말아라, 응?"

"음! 그래도."

복순이가 이다지도 떠날 때 애끓어 한 적은 이제까지 없었다. 웬일인
지 이날 밤은 몹시도 돌아가기 싫어했다. 전 같으면 도리어 천돌이가 복
순이를 놓기 싫어서 공연히 못살게 굴어주었건만, 오늘밤은 유별나다.
천돌이 가슴은 한층 더 불이 붙었다.

그 이튿날 새벽에 천돌이는 동편 하늘 위에 몹시 험한 구름이 보이므
로, 그쪽은 비가 오고 있는 것 같았으나, 짐을 지고 기운 좋게 집을 떠났
다. 자현골 장터까지는 삼십 리가량 되므로 이렇게 일찍 나선 것이다.

천돌이가 장판에서 늘 자기가 짐을 벌려놓는 장소에다 짐을 내렸을
때는 벌써 이른 장꾼이 달 밝은 밤의 별같이 이곳저곳 흥성드뭇*하게 나
타났을 때였다. 오랜 가뭄이라 장판의 재미가 별로 없었으나, 천돌이는
자기 장사는 뒤로 보내고 복순에게 줄 혼숫감 장만하느라고 분주했다.

새끼점심** 때쯤 하여 장이 한창 어울리게 되자, 빗방울이 뚝뚝 듣기
시작하며, 비바람이 몰아 때렸다.

"아이고, 비님 오신다. 이제는 좀 흐묵이 오시소."

장꾼들은 바라고 바라던 비가 오는 까닭에 아주 제 옷들이 젖고 장사
가 안 되고 하는 것은 돌보지 않고, 모두들 희희낙락하며 제각기 흩어져
갔다.

천돌이는 비록 인조견이나마 저고리 세 감과 치마 두 감, 광목 스무
자, 동양저 한 필을 혼수 턱으로 바꾸어놓고, 최후로 남색 인조견에 새빨

---

* 빽빽하지 않고 드문드문한 상태.
** 아침과 점심 사이에 먹는 새참. 중참.

간 것은 깃 감으로 이불감을 떴다. 남색에 붉은 깃. 오래지 않아 복순이와 이 이불 속에서 달게 잠잘 생각을 하며, 천돌이 입은 닫힐 줄 몰랐다.

그는 혼자 흥이 나서 콧노래를 부르며 특별히 혼숫감에 비가 새어들지 않도록 잘 싸가지고 짐 뭉치 한가운데 넣어서 짐을 묶었다. 집으로 향하여 오는 길에 비가 너무 몹시 오므로, 그는 잠시 주막에 들어 자고 갔으면 싶었으나, 그는 빗줄기가 폭포같이 내리쏟더라도 가다가 맞아 죽었으면 죽었지 주막에 들고 싶지 않았다.

"어서 가자, 내일은 복순네 아비와 단판을 하자. 이 혼숫감을 어서 복순에게 줘야지. 얼마나 기뻐할까!"

그는 비를 노다지 맞으면서도 비 맞는 줄 모르고, 한결같이 빙긋빙긋 웃으며 길을 걷는 동안에 어느 결에 왔는지 황혼이 되기 전에 집까지 당도하였다.

그는 비에 젖은 짐 뭉치를 풀어 헤치고 비에 젖은 것을 골라 말리며, 혼숫감은 어머니 눈에 띌까 겁이 나서 그대로 묶은 채 두었다.

그럭저럭 밤이 되었으므로 비만 오지 않으면 한달음에 복순에게 달려가보고 싶었으나, 몹시 피곤하고 복순이가 숲에 나오지 않았을 것을 생각하며 그대로 뒹굴어 누웠다.

비는 몹시 오는 모양이었다.

그는 그 빗소리를 들으며 잠이 들었다. 얼마를 잤는지 그는 몰랐다. 복순이가 유록색 회장저고리에 홍치마를 받쳐 입고 찬란한 화관을 쓰고 채색이 영롱한 무지개를 타고

"여보? 날 좀 봐요. 나를 좀 보라니까."

하고 손을 내휘두르므로, 그는 어서 달려가 그 두 손을 꽉 잡으려고 애를 썼다. 그러나 그의 몸은 땅에 뒹군 채 뗄 수가 없어 고래고래 고함을 치며 발버둥을 하였다.

"애야, 어 참 무슨 잠을 그렇게 야단스럽게 자느냐. 어서 일어나거라."

늙은이가 혀를 차는 소리에 천돌이는 벌떡 일어나 앉았다. 그의 두 눈가에 눈물이 흘러 있었다.

"그만 자고 나가 보아라. 아마도 큰물이 졌나 보다. 밖에선 야단이다."

하고 늙은이도 일어나 앉았다. 과연 그의 귀에는 잠들기 전과 조금도 다름없이 빗소리가 요란하고, 그 소리에 섞여 경종警鐘소리가 울려오는 것이었다.

그는 부리나케 일어나서 두 눈을 슬쩍 닦고 잠깐 방 가운데 섰다. 그 순간 그의 가슴 위를 차디찬 독사가 스쳐 지나는 것 같은 불길한 예감이 몸서리가 날만큼 번쩍 하였다.

"만일에……."

그는 밑도 끝도 없는 외마디 고함을 치고, 우장도 쓰지 않고 한달음에 문을 박차고 뛰어나왔다. 거리에는 도랑물이 넘쳐 덮이고, 사람들이 길가에 아우성을 치며 오락가락하는 것이 남의 눈에 비치는 것같이 무감각하게 비칠 뿐이었다. 어느 사이에 샜는지 날은 벌써 새벽이다. 그는 바른길로 냇가로 달음박질쳤다.

"아하!"

그는 한번 다시 고함을 치고 헐레벌떡하며 딱 발길을 멈추었다. 그의 뒤통수와 전신이 싸늘해지며 몸이 꼼짝할 수 없이 그 자리에 장승이 되어버렸다.

모두가 물 천지! 시뻘건 바다로 변한 물 천지! 눈에 보이는 것은 모두가 물뿐이다.

오작교라고 느꼈던 그 냇다리,* 이무기가 있는 그 포플러 숲, 그리고

* 냇가의 다리.

소똥 무더기만 하던 복순이 집 모두가 없다. 다만 물뿐이다. 멀리 들리는 뭇 악마들의 신음 소리같이 시뻘건 물은 '웅!'

하는 소리를 내며 굽이쳐 힘차게 흐르고 있다.

"저 건너 있는 생강 장수 박 첨지 식구는 어찌 됐소!"

천돌이는 누구라 지칭 없이 소리를 쳤다.

"참 그래. 박 첨지 부녀는 어찌 됐노!"

물 구경하는 사람, 전지田地를 물에 휩쓸린 사람, 발을 구르는 사람, 모두가 박 첨지 소식에는 까막이었다.*

"아마 물에 떠내려갔지! 어디 이번 큰물이 차차 불었으면 피신이라도 했겠지마는, 모두들 잠든 새벽녘에 갑자기 왁 밀려왔으니까, 저 들판 외딴 집에서 피신할 여가가 있었겠나. 허 불쌍해."

모두들 떠들어댔다. 천돌이 귀는 날랜 끌로 꼭꼭 파는 것같이 따갑게 이 말들이 울려왔다. 그의 두 눈은 금세 새빨개졌다.

그는 냇가 아래 위를 복순이 그림자를 찾아 헤맸다. 어디서

"나 여기 있어!"

하고 금방 튀어나올 것만 같았으나, 종시 그 찾는 이의 그림자조차 없었다. 그들의 존망을 아는 사람까지 없다.

'행여나 저 물속에서 나를 기다리지나 않을까!'

하는 안타까운 생각에 아마도 복순이는 그 소똥 무더기만 한 집 방 가운데서 천돌이를 기다리고 있는 것 같기도 하였다.

"나으리, 소방조에 있는 보트 하나 빌려 줍쇼."

그는 참다못해 냇가에서 바쁘게 서두는 순사 한 사람에게 말하였다.

"뭣 하려나."

| * 까맣게 몰랐다.

"저 건너 가보겠소."

"왜? 물귀신이 청하시는가? 죽고 싶으면 혼자 뛰어들지. 구태여 소방조 보트와 정사를 하려구."

하며 순사는 비웃었다. 천돌이 가슴은 절망의 회오리바람이 우루룩 일어났다. 그는 풍덩 물을 향하여 뛰어들려고 몇 번이나 빠질 뻔하였다.

그 몹쓸 비가 점점 끊어지자, 때는 아침때가 지났다. 그러나 그가 찾는 그림자는 종시 보이지 않았다.

이번 홍수는 하나 천돌이뿐이 아니라, 아무도 예상하지 못한 것이었다. 오랜 가뭄의 끝이라, 여간 비가 와서는 좀처럼 큰물이 지지 않으리라고 생각해왔던 것이다. 그보다도 오래간만에 오는 비라, 모두들 기뻐서 밤늦게까지 놀다가, 첫 잠이 든 사이에 냇물 상류에서 내린 비가 불과 몇 시간 사이에 막혔던 물이 터지듯 갑자기 왁 밀어닥친 것이었다. 물론 박 첨지 집 부녀도 잠이 들 때까지 주의를 하기는 했으나, 갑자기 그렇게 큰물이 닥칠 줄은 모르고, 막 잠이 든 뒤에 귀신도 모르게 물귀신이 되고만 것이었다.

천돌이는 혼 빠진 사람처럼 물 저편을 바라보며 질퍽거리는 언덕에 털썩 주저앉았다. 그때 그의 머리에 번개같이 스쳐 지나가는 것이 있었다.

"참, 그래."

그는 꽥 소리를 지르며 굵은 침에나 찔린 사람처럼 펄쩍 일어서 자기 집을 향하여 줄달음을 쳤다.

그는 복순이가 집을 물에 빼앗기고 갈 데 없어 자기 집에 와서 자기를 찾고 있으리라는 생각이 들었던 것이다.

그러나 집에는 아무도 없었다. 그는 또다시 번개같이 냇가로 내달았다.

그의 가슴은 몹시 얻어맞은 벙어리같이 안타깝고 얼얼한 뭉텅이가 가로 꽂혀 있었다.

은하수, 오작교, 견우직녀, 무지개 그 아름다운 꿈!

가난하고 누추하고 짓밟히는 그 생활 속에서라도 두 젊은 영혼에게 오직 하나 가질 수 있던 그 아름다운 꿈!

그 꿈마저 이제는 하룻밤 사이에 휩쓸려 빼앗기고 말았다.

천돌이는 다시금 냇가 언덕 위에서 그 사랑의 낙원이었던 집 있던 곳을 바라보며 애끊게 소리쳤다.

"복순아!"

부르는 소리는 가슴속으로 녹아 흐르고,

"어허어……."

하는 울음소리만 굽이치는 시뻘건 물 흐름 위로 애절한 선율이 되어 사라져갔다.

《신조선》, 1934년 10월

개작 『여류단편걸작집』, 1939년 1월

적빈赤貧

그의 둘째 아들이 매촌梅村이란 산골로 장가를 간 후로는 그를 부를 때 누구든지 '매촌댁 늙은이' 라고 부른다. '늙은이' 라는 꼭지에다가 '매촌댁' 이라고 특히, '댁' 즉 바르게 발음한다면 댁宅 자를 붙여 부르는 것은 은진 송씨恩津宋氏로서 송우암宋尤菴 선생의 후예라고 그 동네에서 제법 양반 행세처럼 해오던 집안이 늙은이의 친정으로 척당이 됨으로써의 부득이한 존칭이다.

그러나 지금에 와서는 존칭으로 '댁' 자를 붙여준다고는 아무도 생각지 않는다.

모두들 '매촌댁 늙은이' 하면 으레 더럽고 불쌍하고 얄미운 거러지보다 더 가난한 늙은이다, 하는 멸시의 대명사로 여기는 것이었으므로 요즘 와서 간혹 '매촌네 늙은이' 라고 '댁' 자를 '네' 자로 툭 떨어트려 부르는 사람도 있어졌으나 늙은이 역시 으레 자기는 거러지보다도 못한 사람이거니…… 하여 부르는 편이나 불리는 편이 피차 부자연함을 느끼지 않게 되었다.

그래도 몇 해 전까지는 이렇게 순순히 '매촌네 늙은이'라고 '네' 자로 불릴 그가 아니었다. 대수롭지 않은 말에도 행여나 자기의 근본이 멸시를 당하는 것이 아닌가 하여 곧잘 성을 내어 대드는 것이었다.

그 어느 때만 하더라도 동네 면장의 아들놈이 온갖 잡말을 하던 끝이기는 하나 무슨 실없는 생각이 났는지 심심풀이로서인지 갑자기

"늙은이 이름이 뭔가요?"

하는 뚱딴지같은 말을 물었다. 그랬더니 늙은이는 잠깐 새침하여 보인 후 진작

"히행, 늙은이가 이름이 있나."

하고 웃는 얼굴에 위엄을 내듯 눈을 내리감았다.

"왜 없어, 왜 없어. 똥덕이었소, 개똥이었소?"

면장 아들은 그까짓 늙은이의 위엄쯤은 예사라는 듯이 지긋지긋하게도 파고 물었다.

늙은이는 젊은 놈이 늙은이의 이름을 묻는 것이 당돌하고 버릇없을 뿐 아니라 제 할머니는 옛날 술장사를 하지 않았던가 하는 생각이 나며 아주 뿔쭉 분이 치받쳐 올랐다. 그래서 당장에

"나도 다 예전에는 귀히 자란 사람이라나. 우리 할아버지만 해도 술집 같은 데는 일평생 발 들여놓는 법이 없었고, 또 글이 문장이시라 우리 딸네들의 이름 하나 지으실 때도 다 육갑을 짚어서 유식하게 지었더라오. 내 이름도 귀남이었지."

하고 너희 할머니는 술장수였다는 것과 자기 할아버지의 당당하였음을 꾹 찝어* 은근히 훌륭한 자기 근본을 암시하는 한편, 사람을 낮잡아**보지 말라는 듯이 잔뜩 성을 내어 그 집을 쑥 나오고 말았다.

* 짚어내다.
** 깔보다. 낮추어보다.

이러한 노염은 그리 오래된 일은 아니나 지금 생각하면 다 철없는 듯 우스운 생각이 든다.

"돈 없고 가난하면 지금 세상은 이런 것!"
이라는 것만은 똑똑히 알고 있는 터이었다.

그리고 또 아무리 가난하고 불쌍한 처지라고 하더라도 늙은이가 아들이나 좀 분명한 것이 하나쯤만 있었으면 이처럼 남에게 서러운 대우는 받지 않을 것이건마는 단지 둘밖에 없는 아들이 모두 말이 아닌 처지였다.

그의 맏아들은 오래전에 죽어버린 늙은이의 남편과 마찬가지로 '돼지'라는 별명을 듣는 심술 사나운 멍청이로서 모든 일에는 돼지같이 둔하고 욕심 굳고 철딱서니 없고 소견 없는 멍짜*이면서 술 먹고 담배 피우는 데는 그야말로 참 일당백이었다. 그래서 남의 집에서 품팔이라도 하면 돈이 손에 들어오기 바쁘게 술집으로 달려가는 터이므로 몸에 입은 옷이라고는 자칫하면 숨겨야 될 물건까지 벌름 내다보일 지경이었다.

그리고 그 동생이 스물여덟에 남의 집 고용살이로 모은 몇 냥 돈으로 매촌에 장가를 들고 얼마 남은 것으로 돼지에게도 장가를 들게 해주려고 했으나 어디 멀쩡히 두 눈 가진 사람이 그에게 딸을 내줄 리가 없어 그대로 홀아비로 지내 왔다. 그랬더니 정말 천생연분이란 것이 반드시 있는 법인지 이 돼지에게 장가오라는 사람이 꼭 하나 있었다. 색시가 과부라든가 쫓겨 온 퇴물이라거나, 인물이 코쩡쩡이** 곰보딱지의 박색이라거나, 팔다리가 뚝 끊겨졌든지 절름발이든지 한 병신도 아닌 아주 이목구비와 사지구공이 분명히 생겼을 뿐 아니라 뚜렷한 숫처녀이다. 이만한 색시라면 돼지에게야 천복이 내린 셈이지마는 당자인 돼지로서는

"히히…… 젠장 아무리 생길 거야 다 갖추어 있는 색시라고는 하지

* 멍청한 사람.
** 코가 납작하고 못생긴.

88

마는 히히…… 젠장."

하고 기쁜 중에도 불만이 단단히 있는 듯하였다. 그 불만인 점이 무엇인가, 돼지 따위가 하고 파고 알아보면 그 색시는 과연 한 가지 흠이 있었다.

"귓구멍은 있어도 듣지 못하는 철벽이요, 목구멍도 뚫려는 있으나 아주 벙어리니까 사지구공이 뚜렷이 있기는 하나 실상은 사지칠공밖에 되지 않으니까."

하는 것이 흠이라는 것이다.

그러나 좌우간 돼지는 장가를 들게 되어 얼마 동안은 싱글싱글 좋아하였다.

늙은이도 아들 둘을 다 장가를 보냈으니 이제는 걱정할 것이 없다고 얼마간은 숨을 내쉬었지마는 차차 살며 보니 실상은 걱정이 더 붙었다. 돼지는 삼백예순 날 빠지지 않고 술만 찾아다니고 벙어리는 또 경치게도* 위장이 좋은 모양인지 밤낮 배만 고프다고 끙끙댔다.

그리고 또 둘째 아들만 하더라도 남의 집에 고용살이로 있을 때는 그의 아내와 늙은이는 날만 새면 남의 집으로 돌아다니며 일해주고 밥 얻어먹고 무명베 짜는 집에 가서는 베 매어주고 옷감 얻고 하여 고용살이에서 남긴 돈은 그대로 소롯이** 모아두게 되었었다. 모아둔다 치더라도 그까짓 일 년에 십 원 내외에 불과한 돈이지마는 늙은이는 천 냥 만 냥같이 귀중히 여기고 든든하였다.

'어서 몇 십 원 모이면 논이나 밭을 대지(垈地)로 얻어서 제 농사를 지어보리라.'

하는 희망에 즐거워하며 남의 집에 가서 뼈가 녹게 일해주고 천대 받고 업신여김을 받아도 사는 재미가 있었다.

* 매우 놀랍게도.
** 오롯이.

그러던 것이 이럭저럭 육십 원이나 모이게 되어 아주 큰마음을 먹고 십오 원을 툭 잘라 다 허물어져가는 흙담집이나마 제집이란 것을 가져보려고 집을 샀다. 나머지 돈으로는 대지를 하려고 동네 앞에 있는 김 생원네 논 세 마지기를 흥정하려고 하는 즈음에 어느 하룻밤에 꿈같이 홀카닥 날려 보내고 말았다.

본래 중심이 굳지 못한데다가 돈 냄새를 맡고 둘러싼 동네 알부랑*노름꾼에게 속아 넘어 제 형 돼지를 닮아서 턱없이 욕심을 부리다가 단번에 날려 보내버렸으니 아무리 곤두박질을 한들 막무가내라는 것이었다.

생각하면 기가 막혀 죽을 일이다. 십오 원짜리 집이라도 남의 집 고루거각**같이 여기고 좋아서 까불다가 발목까지 감으러친*** 늙은이요, 몇 년 동안이나 달디 단 아름다운 꿈이었던 제 농사 지어보려던 그 꿈이 이처럼 허무하게 깨어지고 말다니……

옛적부터 기쁜 일이란 오래 계속되지 않는 법이라고는 하지마는 이렇게 맹랑한 일이 또 어디 있으리라고 늙은이와 매촌이 부부는 밤낮 이를 갈고 애꿎은 담뱃대만 두들겨 분질러도 한번 낚기운**** 그 돈이야 돌아올 리가 만무하여 늙은이는 목을 놓고 울었다.

매촌이는 화를 참지 못하여 그 길로 바람이 들어 이제는 동네 알부랑 노름꾼의 한 사람이 되고 말았다.

이리하여 늙은이는 두 아들이 다 말 못되게 되어 일 년 열두 달 남의 집으로 돌아다니며 일을 거들어주고 밥 얻어먹고 하는 신세가 되었고, '매촌댁 늙은이' 가 '매촌네 늙은이' 로 떨어지게 된 것이다.

그러므로 일 년 열두 달 늙은이는 남의 솥에 익혀낸 밥만 얻어먹고

* 속속들이 부랑한.
** 높고 크게 지은 집.
*** 손이나 발목을 빼다. 지금은 '가물치다' 로 표현한다.
**** 앗긴. 낚아챈.

90

사는 터이라 비록 일해주고 공으로 얻어먹는 것은 아니라 할지라도 남들은 공으로 먹이는 것같이 천대하는 것이었다.

돼지도 이미 심 채릴* 나이가 된 지 오래건마는 한결 한시로 술 한 잔이면 제 목이라도 베어줄 작자라 남의 일도 죽도록 해주고 삯전은 받지 않고 술만 얻어먹고 돌아오고, 벙어리는 또 저대로 밥이나 얻어먹고 말 뿐이므로 그들은 남의 집에 일 거들 것이 없는 판에는 곱다시 굶는 수밖에 없었다.

이러한 중에 돼지에게는 또 한 가지 불행이 생겼다. 그것도 결국은 술 까닭이다.

어느 날 술 생각이 간절한 돼지가 제 따위에 한 계책을 생각해내어 술집에 가서 '술 한 잔만 주면 나무 한 짐 갖다주겠다.'는 약속으로 먼저 술 한 잔을 얻어 마시고는 가져다줄 나무는 본래 없는 터이라, 나무 베기를 엄금하는 사방공사砂防工事 해놓은 산에 가서 남모르게 한 짐 잔뜩 베어 지고 내려오다가 공사감독에게 들켜 나뭇짐은 나뭇짐대로 다 빼앗기고 죽도록 얻어맞고 난 후, 구류 사는 대신 그 동네에서 쫓겨나게 되었다.

그래서 돼지는 하는 수 없이 동네에서 한껏 떨어진 들 마을에 가서 남의 집 곁방살이로 들어갔다. 방세는 내지 않더라도 그 집의 바쁜 일은 거들어주겠다는 약속이었다.

그러나 당장에 입에 넣을 것이 없었으므로 벙어리를 두들기며 밥 얻어 오라고 하는 것이었으나, 벙어리는 이미 아이를 배어 당삭**이 된 커다란 배를 가리키며 서럽다고

"꿍."

하며 우는 것이었다. 그래도 돼지는 어떻게든지 해서 양식을 얻어 올 궁

---

* 힘을 차릴. 정신을 차릴.
** 그달에 출산할. 출산이 가까워져 배가 부른 모양.

리는 하지 않고 벙어리를 조르다가 지치면 늙은이가 무엇이나 가져오지 않나, 하는 턱없는 꿈을 꾸며 뒹굴뒹굴 구르기만 하는 것이었다. 이따금 담배 생각이 나면 호박 잎사귀 마른 것을 대에다 넣어가지고 쥐새끼 소리를 내며 빨아대고 벙어리는 태아가 꿈틀거릴 때마다 몸서리를 치며 무서워했다.

"빌어먹을 년, 겁은 왜 내어……."
하고 돼지는 벼락같이 소리를 지르나 알아듣지도 못하고 더 한층 배를 쥐어지르며 끙끙대는데 하루 한 끼도 못 먹는 터이라 눈깔들은 모두 얼음판에 넘어진 쇠 눈깔같이 퀭하니 험악하였다.

어느 날 밤에 늙은이는 큰 호랑이 두 마리가 꿈에 보이더라고 하며 이튿날 아침에 매촌 아내를 보고 꿈 이야기를 한 후

"아마도 너희 둘이 모두 아들을 낳을 게다."
하며 신기하다는 듯이 며느리 배를 바라보는 것이었다. 매촌이 아내도 벙어리와 함께 당삭이었던 것이다.

"한꺼번에 둘이 다 해산을 하면 이 일을 어쩔까. 작은며느리는 그래도 해산 후에 먹을 것이나 준비해두었지마는 벙어리는 어떻게……."

늙은이는 혼자 중얼거리며 연방 체머리를 쩔레쩔레 흔드는 것이었다. 작은며느리는 해산 후에 먹는다고 쌀 두 되, 보리쌀 석 되를 준비해두었거니와 벙어리는 지금 당장에 굶고 있는 판이니 여간 기막힐 일이 아니다.

늙은이는 혼자 생각다 못하여 노란 것, 흰 것, 검은 것이 한데 섞인 몇 카락* 안 되는 머리를 손가락으로 쓰다듬어 꽁쳐** 찌르고 누덕누덕 걸

---

* 가닥.
** 한꺼번에 말아 틀다.

어맨* 적삼에다 걸레 같은 몽당치마를 입고 빨리 집을 나섰다. 그는 그 길로 바로 단골로 다니며 일해주던 집들을 돌아다니며 사정 이야기를 하고 얼마라도 꿔주면 그만치 두고두고 일은 해주리라고 애원을 해보아도 한 집도 시원하게 대답해주지 않았다.

"늙은이는 그런 것들을 자식이라고 걱정을 해? 제 입추신**도 못하면서 자식 만들 줄은 어떻게 알아."

하고 모두들 비웃고 핀잔주고 놀려주고 할 뿐이라 늙은이는 이지러지고 뿌리만 남은 몇 개 안 되는 이빨을 드러내며

"히에."

하고 고양이같이 웃어 보이는 수밖에 없었다. 웃으면 긇아 비틀어진 우엉***뿌리 같은 그 얼굴에 누비질 한 것 같이 잘게 깊게 잡힌 주름살이 피어지며 온 얼굴이 한 줄로 밭골 지은 것 같아 보였다.

"그러기에 말이지요. 자식이 몹쓸어서…… 그래도 벙어리가 불쌍해요."

하고는 다시 한 번

"히에."

웃어 보이고는 돌아서 나오곤 하였다.

그래도 그는 행여나 하는 생각으로 또 한 집을 들렀다. 그는 남들의 천대함을 슬퍼할 줄 몰랐고 낙심할 줄도 몰랐었다.

"아이고 불쌍해. 아이는 하필 저런 데 가서 태이****거든……."

하며 그 집 주인은 쉽사리 늙은이 청을 들어주었다. 쌀 한 되, 보리쌀 두 되, 명태 두 마리, 미역 한 쪽을 두말없이 내주는 것이었다.

---

* 옷 같은 것을 거칠게 꿰맨 것. 영천에서는 '껄어매다'라고 발음을 한다.
** 먹을 것을 추스르는 것. 먹는 것조차도 챙기지 못함을 말함.
*** 우엉.
**** 배태하다. 아기가 생기다.

밥 한 그릇에 온 정신이 녹도록 고맙게 생각하는 늙은이라 이렇게 과분한 적선에는 도리어 고마운 줄 몰랐다. 그의 고마움을 느끼는 신경은 너무나 한도가 적었던 까닭이다. 그의 신경은 모조리 감격에 차고 이 많은 것을 주는 데 대한 감사를 일일이 다 느끼기에는 그의 신경이 모자랐다.

늙은이는 무표정한 얼빠진 듯한 얼굴로 체머리만 바쁘게 쩔레쩔레 흔들며 연방 콧물을 잡아 뜯듯이 닦았다. 그는 아무 고맙다는 인사도 하지 않고 여러 가지를 바구니 속에 넣어가지고 머리에 이었다.

그 집을 나와 한참 돼지 있는 마을을 향하여 걸어가다가 그는 힐끔 한번 뒤를 돌아본 후 얼른 바구니에서 명태 두 마리를 끄집어내어 가슴 속에 숨겼다.

'벙어리야 주지 않아도 상관있나, 작은며느리를 줘야지.'

그는 명태는 작은며느리를 주려는 것이었다.

늙은이가 돼지 있는 방문 앞에 당도하여 품속에 감춘 명태를 한 번 더 저고리 앞섶으로 끌어 덮은 후 방문을 덜컥 열어젖히니 방 안에서는 더운 김과 퀴퀴한 냄새가 물씬 솟았다. 방 안에 혼자 누웠던 돼지가 부스스 일어나며

"그것, 뭐야."

하며 힐끔 눈깔을 추켜올려 쳐다보는 것이었다. 그 모양이 흡사 돼지 같아서 늙은이는 속으로 쓴웃음을 쳤다. 방 안 모양도 돼지우리 같거니와 그의 느린 동작과 시뻘건 두 눈으로 흘겨보는 상이 아무리 보아도 돼지다. 다만 한 가지 참 돼지답지 않은 것은 살이 툭툭이 찌지 않은 것이라고 할까…….

늙은이는 지긋지긋하게도 망나니인 두 아들을 원망이나 미워하는 것도 이제는 면역이 되어 그대로 잠자코 방 안으로 들어갔다.

"아이고 배고파라."

입 가장자리에 보얗게 침이 타 붙은 것을 손등으로 슬쩍 닦으며 배고
파 못 견디겠다는 듯이 재차 묻는 것이었다.

"무엇이야, 아무것도 아니지. 대체 해산을 하면 뭣을 먹이려고 이러
고만 있어."

늙은이는 목에 말라붙은 것 같은 작은 소리로 노하지도 않고 말하였다.

"일하러 갈래두 배고파서……."

"그렇다고 누웠으면 하늘에서 밥이 떨어지나? 젊은것은 어데 갔노?"

"뒷산에 나물 캐러……."

늙은이는 네 손가락으로 득득 뒤통수를 긁으며 휘 한번 돌아본 후 벌
떡 일어섰다.

"이것은 해산하면 먹일 약이다. 손도 대지 말어."

하고는 가지고 온 바구니를 윗목에 밀쳐놓고 밖에 나와 짚을 한줌 쥐어
다가 그 위를 눌러 덮었다.

"정말 약이다. 아이를 낳으면 먹일 약이다."

늙은이는 행여 돼지가 먹을까 봐서 열 번, 스무 번 약이라고 속이며
당부하였다.

"음 그래, 알았어, 알아."

돼지는 온 몸뚱이의 껍질만 남겨두고 모든 정신이 그 바구니 속으로
쏠려 늙은이의 말은 지나가는 바람 소리로만 여기며 어서 늙은이가 돌아
가기만 조바심을 내며 기다렸다. 늙은이 역시 돼지의 속판을 잘 아는 터
이라 아무리 당부해도 그 말을 지킬 돼지가 아닌 것도 잘 알았지마는 그
래도 좀 아껴 먹도록 하라는 뜻으로 하는 당부였다. 그러나 아무리 소견
없는 축신이 같은 돼지라 하더라도 이미 사십에 가까운 사내에게 양식을
약이라고 말하는 자기가 서글프기도 하였거니와 그들에게 있어서는 양
식이라는 것은 생명줄을 이어주는 귀하고 중한 약이 아니고 무엇이냐.

밥을 약과 같이 먹어야 하는 너희들이 아니냐 하는 생각도 났으므로 늙은이는 참을 수 없어 그 방을 나서고 말았다.

집으로 돌아오는 길에서 벙어리와 마주칠까 해서 명태는 품에 숨긴 채 빨리 돌아왔다. 작은며느리는 일하러 가고 집에 없었으므로 부엌 한옆에 구덩이를 파고 넣어둔 쌀 항아리 뚜껑을 열고 명태는 쌀 속에 파묻어두었다. 그리고는 자기도 어디 가서 일을 거들어주고 점심을 때우리라고 집을 나섰다. 그는 그 길로 면장의 집으로 갔다.

"늙은이, 어서 오소. 이 애 좀 보아요."

하며 면장 마누라는 세 살 먹은 계집애를 안고 마루에서 어쩔 줄 몰라 하는 판이었다.

"왜? 좀 봅시다. 내야 알겠나마는."

늙은이는 얼른 마루로 올라가 익숙한 솜씨로 어린애의 이마와 가슴을 만져보았다.

"지금까지 뜰에서 놀던 것이 갑자기 이 모양이구려."

어린아이는 눈을 뒤집어쓰고 기를 썼다.

"별일 없어요."

늙은이는 아이를 받아 안고 오물어진 입술을 더 오물여가지고 가만가만 가슴과 배를 쓰다듬듯 만졌다.

평생에 하도 많이 남의 집에를 돌아다닌 늙은이라 남 앓는 것도 많이 보고, 고치는 것도 많이 보고 듣고 해온 터이라 지금 와서는 웬만한 서투른 의원보다 아는 것이 많아 체증도 내려주고 객귀도 물려주고 조약도 가르쳐주고 하여 동네에서는 앓는 사람이 있으면 약방의 감초같이 반드시 불려가는 것이었다. 그러므로 면장 마누라는 안심하고 아이를 맡기는 터이다.

이윽고 아이는 한바탕 토하고 나더니 한참 만에 잠이 들었다. 늙은이

는 후 한숨을 내쉬고 툇마루로 나와 앉으며

"한숨 푹 자고 나거든 밥일랑 먹이지 말고 뜨끈한 숭늉이나 떠먹이고 재우면 별일 없을 거요."

하였다. 마누라는 안심한 듯이 늙은이에게 줄 밥과 반찬을 찾아서 툇마루에 늘어놓았다.

김치 찌꺼기와 간청어* 꼬리와 장찌개 먹던 것과 보리 섞인 밥 한 그릇을 늙은이는 씹지도 않고 묵턱묵턱 삼키기 시작했다.

"에구 늙은이, 천천히 좀 먹어요."

마누라는 늙은이의 밥 먹는 모양을 바라보다가 주의를 시키는 것이었다.

"히엥!"

늙은이는 애교 있는 웃음을 웃고 간청어 꽁지를 통째로 묵턱 베어 우물우물하더니 입이 움쑥하며 꿀꺽 소리를 내고 삼켜버렸다.

"에구머니, 뼉다구도 씹지 않고 막 먹네."

"히엥, 걱정 마소."

늙은이는 거의 버릇같이 된 '히엥' 하는 고양이 웃음을 한 번 웃고 나서 연방 주먹만큼 한 밥순갈이 오르내렸다.

'저 늙은이의 창자는 무쇠로 된 거야.'

마누라는 자기도 침을 삼키며 찬장에서 김치 찌꺼기를 더 내주었다. 늙은이는 지금까지 먹으라고 주는 것을 사양이라곤 해본 적이 없는 터이라 김치 중발을 넙적 받아 국물부터 후루룩 삼켜보는 것이었다. 그의 몸뚱이는 곯아 비틀어졌어도 오직 그의 창자만은 무쇠같이 억세고 튼튼하여 지금까지 배앓이란 것을 해본 적이 없었다.

| * 소금에 절여 간을 한 청어.

이날은 이 집에서 이것저것 치워도 주고 앓는 아이의 수종도 들고 하여 저녁까지 잘 얻어먹고 돌아오려 할 때 마누라는 수고하였다고 치맛자락에 보리쌀 두어 되를 부어주었다.

"에구 이것은 왜……."

하며 너무 과분하다는 듯이 한번 마누라를 건너다본 후 얼른 치맛자락에 싸인 보리쌀을 가슴에 부둥켜안고 집으로 돌아왔다. 그는 그 보리쌀을 헌 누더기에다 싸가지고 며느리 모르게 부엌 옆 나뭇단 속에 감추어두었다. 벙어리 양식이 없어지면 가져다주려고.

그런 지 며칠이 지났다.

이날도 남의 집에 가서 방아를 찧어주는데 벙어리가 해산 기미가 있다고 돼지가 헐레벌떡 쫓아왔다. 늙은이는 그래도 찧던 방아를 다 찧어주고 점심을 얻어먹은 후 돼지 사는 동네로 달려갔다.

방문을 덜컥 열어젖히니 벙어리는 죽는다고 머리를 방구석에 틀어박고 끙끙거리며 손으로 벽을 쥐어뜯고 있었다. 돼지는 조급한 듯이 연기도 나지 않는 담뱃대만 쭉쭉 빨며 쥐새끼 소리를 내고 앉아 있었다.

"언제부터 저러나?"

늙은이는 방에 들어앉으며 아들에게 물었다.

"몰라. 어제 저녁부터 물 한 모금 안 먹어."

돼지는 혀를 찼다. 늙은이는 벙어리의 고통을 잘 알았다. 아무것도 먹지 못해 기운이 진하여 속히 어린아이를 낳지 못하는 것임을 잘 알았다.

"접때 가져다 준 약은 다 먹었니?"

하고 돼지를 노려보았다.

"뭐? 아 그것? 다 먹었지."

"무엇이 어째?"

늙은이는 기가 막혔다. 그까짓 쌀 한 되, 보리쌀 두 되를 먹는다니 입

에 붙일 것이나 있으랴마는 미역까지 다 먹어버렸다는 말에 와락 속이
상했다.

"빌어먹을 인간."

기운이 진하여 간심*을 주지 못하는 벙어리를 앞에 놓고 늙은이 가슴
은 어리둥절하였다. 그는 생각다 못하여 얼른 밖으로 나와 물 한 바가지
를 솥에 붓고 장 찌꺼기를 조금 부어 김이 나게 끓여서 한 그릇 들고 들
어왔다.

벙어리는 팔을 휘저으며 두 눈이 발칵 뒤집혀져서 그 물을 벌떡벌떡
마시고 난 후

"아버바…… 어버버……."

하고 곤두박질을 쳤다. 늙은이는 재치 있게 벙어리 배를 누르며 연방 들
여다보며 하는 사이에 철퍼덕 하는 소리와 함께

"으아."

하며 새빨간 고깃덩어리가 방바닥에 내뿌리듯 떨어졌다.

"아이고, 아아이고."

늙은이는 두 손을 제비같이 놀렸다. 탯줄을 거머쥐고 얼른 입으로 가
져갔으나 이미 뿌리만 남은 그의 이빨로는 어림도 없는 것을 알자 돼지
가 달려들어 어금니로 썩둑 탯줄을 끊었다. 돼지는 벌겋게 핏물이 묻은
입술을 닦을 줄도 모르고 꼬물거리는 고깃덩어리를 신기하다는 듯이 내
려다보고 있었다.

"이거 사내로구나."

이윽고 돼지는 얼굴을 밉상스럽게 기쁨을 숨기는 표정으로 슬그머니
중얼거렸다.

| * 안간힘.

"오냐! 그래, 그래."

늙은이는 아주 체머리를 힘차게 흔들며 바쁘게 벙어리 단속을 한 후 무슨 영문인지 두 눈에 눈곱과 눈물을 짜리리*하게 고여가지고 좌우를 두릿두릿** 살펴본 후 얼른 몽당치마를 벗어 소중하다는 듯이 아기를 쌌다. 돼지는 그때 비로소 죽은 것 같이 늘어진 벙어리를 만져보았다가 담뱃대도 쥐여보았다가 또 놓아도 보고 뜻도 없는 말을 중얼거리기도 하며 제법 몸에 활기가 도는 듯하였다. 늙은이는 잠시 가만히 앉아 예순셋에 처음으로 보는 손자라 그런지 몹시 감격하여 눈을 쥐어지르듯 자꾸 눈물을 닦으며 또 한 번 아기의 다리 사이를 들여다보았다. 이 아기가 사내란 것이 자기에게 무엇이 그리도 기쁜 일인지…….

이윽고 태를 낳으니 그 많은 피와 태를 감당할 수 없어 떨어진 가마니 쪽에다 모조리 움켜 담아서 돼지를 시켜 뜰 한옆에 가서 태우게 하였다.

"이것에게 무엇을 먹이나."

늙은이는 자기 집 나뭇단 아래 숨겨둔 보리쌀을 간절히 생각하나 지금 그것을 가지러 가려고 몸을 빼서 나갈 수 없고, 돼지를 시키려니 작은 며느리에게 들킬까 걱정이 되어 자기 팔이라도 베고 싶었다. 그럴 때 집 주인 마누라가 이 모양을 알아채고 쌀 한 그릇을 주는 것이었다. 늙은이는 그것으로 밥을 지어 벙어리에게 크게 한 그릇 먹이고 남는 것은 바가지에 긁어 담았다.

"그년 아이를 낳고 아프지도 않나베. 밥이야 억세게도 처먹는다. 나도 배고파 죽겠다, 제길."

돼지는 태를 태우며 버럭 소리를 지르는 것이었다. 늙은이는

"빌어먹을 놈, 축신이같이."

---

* 닦지 않은 눈곱과 눈물이 뒤섞여 있는 모양을 애틋하게 표현한 것으로 보인다.
** 두리번두리번.

하며 바가지의 밥을 덜어서 돼지를 주고 자기는 손가락에 묻은 밥알만 뜯어먹었다.

이러는 중에 해는 저물었다. 늙은이는 남은 밥을 벙어리에게 먹여놓고 차마 어린것을 싸놓은 치마를 벗기지 못하여 떨어진 속옷 바람으로 어둡기를 기다려 자기 집으로 보리쌀을 가지러 가는 것이었다.

작은며느리가 알면

"보리쌀은 누구 것이요. 왜 숨겼다가 가져가오."

하고 마음을 상할까 하여 그는 쥐새끼처럼 소리끼 없이* 가만가만히 자기 집으로 들어갔다. 매촌이는 또 노름방으로 갔는지 며느리 혼자서 가물거리는 호롱불을 켜고 옷끈을 풀어헤친 채 벼룩을 잡느라고 부스럭거리고 있었다. 늙은이는 자취끼 없이** 부엌으로 들어가 나뭇단 아래 손을 넣어 살그머니 보리쌀 꾸러미를 끌어내었다. 진작 도로 나오려다가 잠깐 머뭇거린 후 재주 있는 '쓰리'***와 같은 손짓으로 쌀 항아리에 손을 넣었다. 전날에 쌀 속에 감추어두었던 명태가 쌀 위에 쑥 빠져나와 있었다.

"이크, 며느리가 보았구나."

하는 생각이 들자 그는 손을 빼어 보리쌀 꾸러미만 안고 번개같이 내달아 돼지에게 갖다주었다.

"이것으로 죽을 쑤어서 너는 조금씩만 먹고 에미만 많이 먹여라."

고 돼지에게 천만당부를 한 후 다시 뒤돌아 자기 집으로 오는 것이었다.

텅 빈 뱃가죽은 등에 가 붙고 입안과 목 안은 송진으로 붙인 듯 입맛을 다시려니 미여지는 것 같이 따가웠다.

'저까짓 보리쌀 두 되를 가지고 몇 날을 지탱할까……'

* 전혀 아무런 소리가 없다. 소리키.
** 아무런 자취나 흔적이 없다. 자취키.
*** 소매치기.

하는 생각에 그의 두 다리는 가리가리 힘이 빠지고 돼지와 매촌이의 못 난 것이 새삼스럽게 얄미웠다.

그래도 눈앞에는 오늘 낳은 아기의 두 다리 사이에 사나이란 또렷한 그 표적이 어릿어릿 나타났다 사라지고 하였다. 그는 이윽히 걸어가는 사이에 몹시 뒤가 마려워져 잠깐 발길을 멈추고 사방을 둘러본 후 속옷을 헤치려다가 무엇에 놀란 듯 다시 재빠르게 걷기 시작하였다.

'사람은 똥 힘으로 사는데……'

하는 것을 생각해내었던 것이다. 이제 집으로 돌아간들 밥 한술 남겨두었을 리가 없으며 반드시 내일 아침까지 굶고 자야 할 처지이므로 지금 똥을 누어버리면 당장에 앞으로 거꾸러지고 말 것 같았던 까닭이었다.

그는 흘러내리는 옷을 연방 움켜잡아 올리며 코끼리 껍질 같은 몸뚱이를 벌름거리는 그대로 뒤가 마려운 것을 무시하려고 입을 꼭 다문 채 아물거리는 어두운 길을 줄달음치는 것이었다.

《개벽》, 1934년 11월

개작 『현대조선문학전집』, 1938년 5월

낙오

"나는 간단다."

정희는 이 한 마디 말을 내놓으려고 아까부터 기회를 엿보아왔다.

"응?"

예측한 바와 틀림없이 경순의 커다란 두 눈은 복잡한 표정으로 휘둥 그레졌다.

"나는 가게 된다 말이야."

"꽁연히 그러지?"

경순이는 벌써 정희가 하려는 말을 어렴풋이 알아차렸다.

"무엇이 공연히란 말이야, 정말이다."

"미친 계집애."

"정말이다. 보려무나."

정희는 경순의 이마를 꾹 찌르며 얼굴이 빨개가지고 마치 경순이가 못 가게나 하는 듯이 부득부득 간다는 것이 정말이라고 우겨댔다.

"글쎄 정말이면 축하할게. 너는 참 좋겠구나."

"좋기는 무엇이 좋아."

경순이는 미끄럼 타다가 못에 걸린 것 같이 정희의 태도에 저윽히 뜨끔하고 맞히는* 것이 있었다.

"이제 와서 날 보고 할 말이 없으니까 하는 수작이로구나."

하고 경순이는 정희의 말이 조금 불쾌하였다. 그러나 이미 일이 이렇게 되고 만 이때 쓸데없는 농담만이라도 할 필요가 없다고 생각하여 그대로 입을 다물어버렸다.

"애 좀 보게. 언제까지든지 거짓말만 하는 줄 아니? 오늘은 정말이란다."

"그러기에 축하한다는 것 아니냐!"

경순이는 웃으며 말대꾸를 하면서도 정희의 독특한 성격을 알고 있느니만큼 조금 불안하기도 하였다.

"금년 안에는 못 가겠다고 생각했더니 이즈음 숙자가 간다기에 나도 그만 결심을 했단다."

정희는 기쁜 듯이 밖의 사람들에게 들릴 것도 돌아보지 않고 떠들었다.

"공연히 시집가는 것이 좋으니까 그러지."

"천만에. 나는 시집은 안 간단다. 너도 헛걸음한 줄 알아라."

경순이는 정희 말을 귀담아 듣지도 않았다. 정희는 경순이 태도에 성이 났는지 벌떡 일어서서

"그러면 같이 가보자. 내 말이 거짓말인가. 어서 가. 내게 따라만 와봐!"

하며 경순이 팔을 잡아끌었다. 아직까지 다 장난이거니 하고 믿은 경순이는 그대로 따라 일어섰다. 부엌에서 편육을 만들고 있던 정희 어머니한테 물건 사러 나간다는 핑계를 하고 그대로 대문 밖으로 나왔다.

"그런데 내 정말**을 할 테니 놀라지 마라. 그리고 이 비밀을 폭로시

*어떤 예감.
**진실의 말.

키는 날이면 너는 죽는 것인 줄 알아라!"

"미친 수작 말아라."

경순이는 정희의 을러대는 꼴이 우스웠다.

"아니, 정말이다. 나는 동경으로 갈 터이다."

"……."

"내일 밤이면 너와도 당분간 못 만나게 된다."

"내일 밤?"

경순이는 어마어마한 자기의 추측이 딱 들어맞은 것이 소스라치게 놀라워 발길을 탁 멈추었다.

"무엇이 그렇게 놀라워?"

정희는 길 가는 사람들이 놀라 돌아볼 만치 커다랗게 사내 웃음을 웃는 것이었다.

"그것이 정말이냐, 내일 밤에?"

"그럼, 내일 밤은 왜 못 가는 밤인가."

경순이는 정희의 이 대답을 듣고 다시 걷기 시작하였다. 무슨 일이든지 기발하게 사람을 놀래게 만드는 정희의 성격을 알고 있는 만큼 놀라움은 불안으로 변하였다.

"그래 너희 집에서 허락하였니?"

"명청이야! 어째서 허락을 하겠니. 가만히 도망칠 테야."

정희의 말소리는 태연하였다. 그러나 경순이는 몸에 소름이 끼쳤다. 남이야 죽든 살든 자기 고집만 세우면 그만이지, 하는 정희의 성격이 악한이나 만난 것같이 무시무시하게 느껴졌다.

"그러면 파혼을 했니?"

경순이는 겨우 작은 목소리로 다시 물었다.

"파혼? 내가 언제 약혼을 했었나."

"뭐야?"

꿋꿋하고 훌쩍 큰 정희의 어깨를 힘껏 잡아당겼다.

"무슨 말을 그따위로 하니. 아무리 농담이라도 분수가 있단다. 너무 그러면 나는 정말 네가 무섭구나."

"무섭거든 달아나려무나."

정희는 어깨를 뿌리치며 불퉁해졌다.

"정희야, 사람이 그래서는 못쓴다. 이렇게 도망을 할 판이었거든 왜 좀 더 전에 하지 못했니. 이렇게 일이 모두 결정된 뒤에 이러면 너희 부모가 어떻게 되느냐."

"어떻게 되든 내가 무슨 관계야. 나는 내 맘대로만 하면 그만이지. 한 번 골려주어야 다시는 이런 함부로 된 짓을 하지 않지."

아무리 말해봤자 들을 정희가 아닐 것을 경순이는 잘 알고 있었다.

경순이와 정희는 삼 년간 A고을 보통학교 교원으로 취직하게 되었으므로 알게 된 동무였다. A고을은 경순에게 있어서는 고향에 가까웠고 정희의 고향인 서울과는 천 리의 먼 사이를 둔 곳이니만큼 나이는 비록 정희가 위이나 경순이가 형과 같이 앞을 서는 것이었다. 본래부터 고집이 센 정희는 동료 교원들 사이에서도 그리 화합하지 않고 생도들 사이에서도 벌 잘 세우고 잘 때리고 한다고 평판이 좋지 못하였다. 그러나 경순이와는 사이가 좋았다. 한방에 기숙하고 있는 탓도 있겠지만 정희의 성격을 잘 이해하는 경순이었으므로 아직 한 번도 말다툼을 해본 적이 없었다.

학교에서도 무엇이든지 저질러놓으면 뒷감당도 경순이가 제 일같이 처리해줄 뿐 아니라 학교에서 갔다 나오면 한 페이지라도 책을 읽기를 권하는 것이었다.

"우리는 이대로 월급만 따먹는 교원이 되어서는 안 된다. 장차 앞날의 사회에 주초가 될 지금의 어린이들을 가르쳐줄 자격이 없는 우리이다. 우리를 지상의 지자知者로 믿고 있는 어린이들을 가르치는 중대한 이 의무를 무책임하게 더럽혀서는 안 된다."

"그뿐 아니라 일개 소학교원으로 만족하지 말자. 사회는 앞으로 나아 가고 있다. 한시라도 놀지 말고 읽어두자."

하고 권하던 것이었다. 그러나 정희는 이런 말은 귀 밖으로 들으며 반대 도 않고 그렇다고 덥석

"오냐 그렇게 하자."

고도 하지 않는 것이었다. 이것은 경순이 말이 마음에 못마땅해서 그런 것이 아니라 남의 말에 순순히 따라가는 것을 싫어하는 까닭이었다. 그 러기에 자기가 생각해낸 일은 아무리 사소한 것이라도 비록 잘못인 줄 알았다 해도 남의 충고는 한사코 듣지 않는 것이었다.

그러나 만 이 년을 채우고 나서는 그동안 저금한 돈으로 동경으로 공 부하러 가자는 말에는 쾌히 대답은 하지 않아도 마음속으로는 '그러리 라'고 결심하고 있는 모양이었다. 그러므로 경순은 손꼽아 만 두 해만 되 어주기를 고대하는 것이었다. 그랬더니 기다리는 두 해가 거의 되어 오 던 어느 날, 정희는 학교에서 먼저 돌아와 짐을 꾸리고 있었다. 그는 그 날 학교에서 나오며 사직원을 제출한 것이었다. 무슨 영문인지 모르고 애타하는 경순이를 뿌리치고 그날 밤에 부랴부랴 고향인 서울로 가버린 것이었다.

학교 교장도 그 이튿날 아침에 비로소 사직원서를 보게 된 까닭에 사 직하는 이유를 물어볼 여가도 없었다. 경순이도 교장의 물음에 대답할 말 이 없었으므로 정희 태도를 괘씸하게 생각하지 않을 수가 없었던 것이다.

"아마도 시집을 가는 모양입니다."

하고 돌발적인 정희의 태도에 결론을 지은 것이었다. 그러나 결혼한다는 소식은 좀처럼 들리지 않았다.

"남에게 따르는 것을 싫어하는 성질이라 나하고 같이 그만두기보다 나보다 먼저 그만두어서 나중에 내가 저의 뒤를 따르게 하려는 생각이로구나."

하고 경순이는 지금까지 둘이서 약속하고 고대하여 오던 두 해를 불과한 달 남짓이면 이행할 것을 그렇게 아무도 모르게 근 이 년이나 정든 학교와 동무를 몇 시간 사이에 집어던지고 가버리다니……. 그뿐이냐. 학기말 시험으로 한창 바쁠 때요, 더구나 일 년 동안 담임하여 온 생도들을 진급도 시켜주지 않고 단지 동무와 같이 시작하지 않으려는, 자기의 밑지지 않으려는 성격을 억제하지 못하여 이따위 행동을 하다니…… 하는 생각을 하면 경순이는 자기와의 우정은 별 문제로 하고도 몹시 괘씸하였다.

그러나 경순이는 만 이 년이 꼭 찬 신학기가 왔어도 사직하지 못하였다. 그것은 늙은 부모와 자기 직업이 없는 오빠 부부의 형편이 당장에 교편을 집어던지지 못하게 하는 것이었다. 그는 하는 수 없이 또 한 해만을 연기하지 않을 수 없었다. 그의 오빠가 취직하게 되면 일 년 내에라도 그만두기로 결심하였던 것이다.

정희에게 자기의 사정을 편지하며 몇 번이나 편지에 쓴 말이면서도 그때까지 분명히 모르는 정희의 사직 이유를 묻는 것이었다. 그랬더니

"너는 마음이 약하다. 부모가 무엇이냐. 왜 용감하게 그만두지 못하느냐. 나는 곧 동경으로 가려 한다."

는 편지가 왔다. 그러나 그 후 반년이 지난 며칠 전까지도 동경 간다는 소식은 없었다.

"아마도 경제가 허락 않나 보다. 만일 이러다가 내가 먼저 동경으로 가게 되면 얼마나 답답해할까."

하는 생각으로 남보다 먼저 하려고만 애를 쓰는 그에게 오히려 동정하고 싶기까지 하였다. 그러는 중에

"오는 십일월 십삼 일은 정희의 결혼 날이다."
라는 청첩 한 장이 학교 직원 일동에게로 왔다. 경순이는 일변 놀라면서
도 차라리 잘되었다고 생각하였다. 정희는 자기를 무시하는 것 같다 하
더라도 그의 진정으로는 자기를 유일한 동무로 여기고 있으리라고 생각
되었으므로 학교에 일주일 휴가를 얻어가지고 결혼식을 나흘 앞두고 상
경하였던 것이다. 결혼 준비를 거들기도 할 겸 처녀로서의 동무와 오래
이야기도 해볼 겸 미리 상경한 것이었다.

그러나 정희의 집에 들어서자 정희는 생각보다 냉정하였다. 정희 어
머니는 몹시 반가워하며 멀리서 학교를 쉬어가며까지 와주는 성의를 치
하하는 것이었다.

"축하한다. 얼마나 좋은 사람이냐?"
하고 먼저 정희의 손을 잡았다.

"몰라. 왜 왔니?"
정희는 웃지도 않고 무표정하였다. 자기의 결혼 청첩을 받고 천 리
먼 길도 불구하고 달려온 그에게 하는 첫말로는 너무나 냉정한 것이었
다. 그러나 경순이는
'성격도 못났다.'
고 생각하며 조금도 정희 태도를 괘씸하게 여기지 않았다. 시집가는 것
이 부끄러워 그러는 것이겠지. 동경에를 가지 못하는 것을 아직 분하게
생각하는 모양이다 하고 조금도 가슴에 끼지 않았다.*

"그러지 말아. 나는 네 결혼식 구경을 왔단다."
하며 트렁크 속에 준비해온 기념품인 탁상시계를 내놓았다.

"이것이 뭐야 쓸데없이."

| * 야속하게 생각하지 않았다. 마음에 담아두지 않았다.

정희는 들어보지도 않고 도로 경순에게 밀어주었다.

"애야, 내 처지에 좋은 것을 살 수 있니. 이것이라도 내 맘에서 보내는 선물이다."

"센티멘털한 계집애야."

정희는 교원 노릇할 때 서로 함부로 쓰던 말을 하는 것이었다. 경순이는 그 말이 반가웠다.

그날 밤은 정답게 새웠다. 신랑은 스무 살이요, 부자의 아들인데 아직 중학교에 다닌다는 것만은 정희 어머니에게 들었으나 정희에게 결혼에 대한 말은 한 마디도 듣지 못하였다.

'아마 아직 중학생이라니까 정희 자신은 별로 반갑지 않은 모양이로구나.'

하는 생각으로 구태여 정희에게 여러 말 묻지를 않았다. 그랬더니 갑자기 오늘, 결혼 전날인 내일 밤에 동경으로 도망을 하려는 말을 듣게 된 것이라 경순이는 놀라고 불안하지 않을 수 없었다.

"어디를 자꾸 가니?"

S동 골목쟁이로 휘어들자 입을 떼었다.

"잔말 말고 따라와 보라는데 그래."

정희는 한 집으로 들어갔다.

"숙자 있수?"

방 안에서 숙자인 듯한 정희 동갑의 여인이 뛰어나오며

"어서 오."

하며 경순이를 바라보는 것이었다. 정희는 숙자라는 그 집 주인과 장난말을 해가며 방 안으로 들어갔다.

"이것 좀 봐. 내 말이 거짓말인가!"

경순이는 방에 들어가려다가 문턱에 주춤하고 서서 방 안을 살폈다.

찬란한 무늬를 놓은 메린쓰 이불[夜具], 트렁크, 벽에는 드레스, 오버, 모자 등이 우수수 걸려 있어 마치 그 방 안에만 봄바람이 불어닥친 것 같았다.

정희는 벽에 걸린 드레스를 벗겨 들고 지금까지 한 번도 보이지 않던 젖가슴을 드러내고

"한번 입을 테니 스타일이 어떤가 봐."

하며 설빔을 입는 어린이같이 명랑하게 웃었다. 경순이는 동무의 그 모양이

'아직 철이 없다.'

고 여겨지므로 같이 웃어버렸다.

"너 참 대담하구나. 그러면 정말이로구나."

"그럼 그까짓 것, 나는 한번 한다면 기어이 해, 실행하고야 만단다. 너처럼 고리탐삭'하게 교원 노릇만 하다가 갯놈'' 같은 남자에게 시집가서 그냥 늙어 죽을 줄 아니."

정희는 개선장군같이 드레스를 꿰입고 턱 버티고 섰다.

"어떠냐! 그만 너도 나하고 같이 도망치자구나."

"⋯⋯."

경순이는 입이 떨어지지 않았다. 정희는 모자도 써보고 외투도 입어보고 난 다음에 이불을 꾸리고 숙자에게 내일 밤에 다시 오겠다고 약속한 후 그 집을 나섰다.

경순이는 더 말해보았자 소용없음을 느꼈다. 그러나 아무것도 모르고 결혼 준비에 급급한 그의 가정을 생각할 때 가만히 있을 수가 없었다. 될 수 있는 데까지 자기 힘으로 어떻게 해보려고 생각하였다.

---

* 고리탑탑한 것. 고리타분.
** 갯가 사람을 낮추어 부르는 말. 갯놈.

"동경에 가자고 한 것은 나도 너와 약속한 일이니까 더 말할 필요는 없지만 장차 어떻게 할 계획이냐. 학비는 어떡하니?"

"그런 것이 다 걱정이냐. 동경에 가봐야 알지. 돈이 없으면 어디 너더러 학비 달랄까 봐 그러니?"

정희는 잡았던 경순의 손을 내던지듯이 놓으며 입을 삐죽하였다.

"너는 생각이 그밖에 들지 않니? 물론 장난말이겠지마는 나는 무척 섭섭하다."

경순이는 자기에게 대한 정희의 태도도 괘씸하거니와 자기 가정을 너무나 돌아보지 않는 대담한 행동이 미워졌다.

"결혼한 다음에 차차 기회를 얻어서 공부하면 어떠냐. 너도 벌써 스무 살이 넘었으니 말이다."

"그러면 너는 너보다 나이도 적은 남자에게 시집을 가겠니?"

정희는 그제야 그 결혼에 반대하는 이유를 말한 것이었다.

"그러면 왜 처음부터 그러지 않았니."

"암만 그래도 듣지 않으니까 할 수 없이 가만히 있었지."

"그래도!"

"아냐. 이해 없는 인간들은 이렇게 골려줘야 한단다."

경순이는 입을 닫았다. 어떻게 말을 붙여볼 나위가 없었던 것이다.

그 이튿날 저녁이었다. 저녁을 마치고 나서 혼인 준비로 모인 친척들이 욱덕이며* 신랑 칭찬을 한다. 신식 결혼식은 어떻다는 둥 하고 안방이 터질 것같이 사람이 모여 앉아 있고 건넌방에는 신랑 집에서 보낸 물건을 구경하느라고 젊은 여인들이 둘러앉아 있었다. 삼층장, 옷걸이, 이불장 등에 꽉 찬 비단옷을 일일이 들추어 구경을 하는 것이었다.

| * 여러 사람들이 한자리에 모여 북적이는 상태.

"신랑이 외동아드님이라나요. 그래서 이렇게 혼수도 장하답니다.* 새아씨는 트레머리하는 까닭에 비녀는 그만두라고 했지만 요사이 같이 금값이 비싼데도 금반지 금비녀 금시계를 다 했답니다."

하고 친척으로 정희의 형 되는 젊은 여인이 제 것 같이 자랑을 하는 것이었다. 정희는 오늘 밤에 도망을 하려는 사람 같지 않게 천연스럽게 앉아서 남의 일을 구경하듯이 웃고 있는 것이었다.

그 이튿날 아침 오전 열한 시에 하려는 결혼식장인 예배당에는 벌써 각색 물감 테이프, 만국기 등으로 장식되어 있었는데 신부인 정희 그림자는 사라지고 말았다.

아래위로 뒤끓으며** 온 집안이 발칵 뒤집혀 신부를 찾고 헤매었으나 정각 열한 시는 사정없이 당도하고 말았다.

신랑은 모닝을 입고 들러리들과 많은 참례 손님들과 함께 무료하게 기다린 지 한 시간이 넘게 지나도 신부 집에서는 개미 한 마리도 얼굴을 보이지 않았다.

"나는 시집 안 갈 테요. 그리만 아세요."

하고 늘 말하기는 하였으나 시집가는 처녀의 으레 하는 공통된 버릇에 불과하느니…… 하고만 여겨온 정희 부모는 외면의 수치보다도 아무리 생각해도 이해 못할 사실이라고 어리둥절하여 어떻게 할 줄 몰라 했다.

경순이는 이미 일주일 휴가를 얻은 터이나 하루를 숙소에서 쉰 후 학교에 출근하였다. 직원실에 들어서자 동료 교원들은 경순에게 몰려오며 신문지를 치켜들고 법석을 했다.

"벌써 신문에까지 났나 보다!"

결혼식에 갔다 온 이야기를 무엇이라고 꾸며댈까 하고 생각하던 터

---

* 훌륭하다. 좋다.
** 들끓다.

이라 갑자기 대답할 말이 나오지 않았다.

"아마도 연인이 있었던 거야."

"연애꾼 없이 갑자기 그렇게 도망할 리가 있나."

제각기 제가 제일이라는 척하기 쉬운 추측을 사실같이 떠들고 있는 것이었다.

"알지도 못하고 떠들지 마세요. 정희는 참으로 용감한 여자라오. 꼭 연애하는 사람이 있어야만 부모가 함부로 정한 결혼에 반대하는 것일까요. 남의 불행한 일이라면 거지가 떡이나 본 것 같이 떠들면서 조금도 그 사실을 이해하려고 하지 않는 당신들과는 인간이 다르답니다. 앞으로 나아가려는 열정과 용기가 눈앞의 안일에만 만족하는 당신들이나 나와 같은 무리들과는 레벨이 틀립니다."

경순이는 몹시 흥분하여 소리를 높여 한숨에 뱉어 던졌다.

"과연 그렇다. 정희와 같이 의지가 굳어야 한다. 인간 사회에서는 무엇이든지 희생이 없고는 살아갈 수가 없는 것이다. 작으나 크나 남의 희생 없이는 못 사는 것이다."

하고 입속에서 한탄하듯 속삭였다. 처음에는 정희의 태도를 비난도 하였으나 지금 자기는 여전히 가슴에 불평을 가득 품고도 큰소리 한번 못하고 순순히 향상 없는 생활을 계속하는 팻기 없는 인간이다, 라고 느끼는 동시에 정희의 그림자는 훨씬 멀리 자기 앞을 걸어가고 있는 것을 느꼈다.

《중앙》, 1934년 12월

악부자 顎富者

하나 남았던 그의 어머니마저 죽어버리자 그대로 먹고살 만하던 살림이 구멍 뚫린 독 속에 부은 물같이 솔솔솔 어느 구멍을 막아야 될지 분별할 틈도 없이 모조리 빠져 달아나기 시작한 때부터이다. 어찌된 셈판인지 경춘敬春이라는 뚜렷한 본이름이 있으면서도 '택부자'라는 별명이 붙기 시작한 것이다.

이왕 별명을 가지는 판이면 같은 값에 '꼴초동이' '생며럿치'* '뺑보'라는 등 그리 아름답지 못하고 빈상貧相인 별명보다는 귀에도 거슬리지 않게 들리고 점잖하고 그 위에 복스러운 부자라는 두 자까지 붙어 '택부자'라고 별명을 가지는 편이 그리 해롭지는 않을 것이건만 웬일인지 불리는 그 자체인 경춘이는 몹시 듣기 싫어하였다.

동네에서 그래도 학교깨나 다니던 젊은 아이들도 '택부자'라면 성을 내는 경춘이 성미를 아는 터이라 저희끼리 암호를 가지고 불렀다.

| * 생멸치.

돈 많은 사람은 가내모찌〔金持〕, 온갖 것을 다 많이 가진 사람은 모노모찌〔物持〕라고 하니까 경춘이는 아무것도 가진 것이 없고 유별나게 턱만 아주 길쭉하게 가졌기에 아고모찌〔顎持〕라고 하자고 의논이 된 뒤부터는 경춘이 앞에서도 맘 놓고

"아고모찌, 아고모찌."

하고 찌글찌글 웃었다. 어떤 때는 턱 모르는 경춘이도 남들 웃는 꼴이 우스워 같이 웃어내기도 하였다. 그러면 다른 사람들은 더 죽겠다고 구르며 우스워했다.

"이 사람, 모찌(떡) 장사 좀 해보지."

"모찌 장사?"

"그래, 요사이는 아고모찌라는 게 생겼는데 잘 팔린단다."

"아고모찌가 뭐고?"

"허허허…… 아고모찌를 몰라? 맨들맨들*하고 속에 하얀 뼈다귀가 든 왜떡이지."

"으응."

남들은 우스워 죽겠다는데 혼자 경춘이는 고개를 끄떡끄떡하였다.

훌쩍 벗겨진 이마 위에 파리가 앉으면

"파리 낙상하겠구나."

하는 것은 곳곳에 흔히 보는 바라 그리 우스울 것이 없지만 경춘이 턱에 파리가 딱 붙게 되는 날이면

"야! 빵에 파리 앉는다. 쉬슬라."

하고 찌글거리면 경춘이 함께 영문도 모르고 웃는 꼴이야 흔한 것이 아닌 만큼 우스워 허리가 부러질 판이다.

| * 반들반들.

아고모찌도 경춘이가 알아챌까 봐 또 한 번 넘겨서 '아고'는 떼어버리고 모찌만을 서양말로 번역하여 '빵'이라고도 하였다. 이 빵이 또 한 번 번역되어 떡이라고도 하였다. 그러므로 경춘이는 자기 앞에서는 모찌라는 둥, 빵이라는 둥, 떡이라는 둥 이야기만 하기에

"이 사람들은 밤낮 떡 말만 하네."

하고 도로 넌지시 핀잔도 주는 때가 있다.

그러나 경춘이 역시 바보가 아닌 사람이라 어렴풋이 제육감第六感이 활동하여 그것들이 모두 자기 별명인 줄 깨달았다. 경춘이는 턱부자가 아고모찌가 되고 아고모찌가 빵이 되고 빵이 떡으로 변화해 나온 줄은 모르고

"옳지. 떡, 떡, 턱 자를 되게 붙여서 떡이라는 게로구나. 떡이 서양말로 빵, 빵은 일본말로 모찌, 음…… 죽일 놈들."

다른 사람들과는 반대로 번역해 들어갔다.

그는 와들와들 떨리며 분했다. 자기 집이 잘살 때는 아무도 이 턱을 보고도 턱부자라고는 않던 것이 살림이 다 빠져나가 거러지같이 된 후는 경춘이라면 몰라도 택부자라면 더 잘 알게 되는 터이다. 그까짓 별명 듣는 것이 분한 것은 아니다. 이미 날 때부터 긴 턱을 가지고 나온 터이라 턱이 길다고 하는 것이 분함은 없지만 한 가지 경춘이 가슴에는 형용도 증명도 할 수 없는 비할 데 없는 분노가 타고 있었다.

'이름 자에 부자가 붙으니 살림이 가난한 것이다. 어느 놈이 날 없이 살라고 이름에 부자 자를 붙였나. 그놈은 나의 살림을 저주하는 놈일 것이다.'라고 하는 세세한 생각이므로 '택부자'하고 한 번씩 불리면 그만큼씩 자기의 부자 될 복이 감해진다고 생각하였다. 그러나 남들이 택부자라고 부르는 것은 이러한 죄 많은 생각으로서가 아니었다.

살림이 빠지고 나면서부터 신병으로 말미암아 몸이 자꾸 수척해지니

원래 유별나게 길쭉한 턱이 두 볼이 말라붙는 까닭에 더욱더 길게 보이기에 택보라고 부르던 것이 어느 녘에 '택부자'로 변하고 만 것이었지만 경춘이는 이렇게 바로 생각하지 않았다.

끼니를 굶고 있는 날이면 택부자라는 별명이 더욱 그의 분통을 찔러주는 것이었으므로 누구든지 택부자라고 하면 당장에 때려죽이고 싶었다.

"제길, 이놈의 턱이 내 살림을 다 잡아먹은 거야. 이놈의 턱이 자꾸 길어지니까 살림은 자꾸 없어지지."

없어진 살림이 모조리 그 턱 속에 들어 있는 것 같이 쥐어짜 도로 내놓게나 할 듯이 사정없이 자기 턱을 주무르고 끝을 쥐고 쥐어박고 하는 것이었다.

"아이고, 그라지 마소. 턱이 무슨 죄가 있는기요. 턱이 크면 늦복이 많다두마."

경춘의 얌전한 마누라는 진정으로 자기 남편을 위로하였다.

"흐응."

경춘이도 그 마누라에게는 둘도 없는 유순한 남편인 터이라 한숨인지 웃음인지 모르는 큰숨을 내쉬며 뒤로 턱 드러누웠다.

'아내의 말과 같이 늙어서야 이 턱 덕을 보는지 알 수 있나. 세상 만물이 다 한 번 먹으면 한 번은 내놓는 법이라 턱 속에 들어간 복도 설마 나올 때가 있겠지.'

그는 어디까지든지 그 턱과 자기 살림을 한데 붙여서 생각하였다.

"흐유우."

뒷산을 올라가며 경춘이는 연해 가쁜 숨을 내쉬었다. 그리 높지 않은 산이건만 오늘은 유별나게도 두 팔과 다리가 휘청거렸으므로 하는 수 없이 산등성이에 가 지게를 툭탁 내려놓고 비스듬히 지게에 기대앉아 옹무니*에 찬 곰방대와 쌈지를 끌러들었다. 쌈지에는 작년 가을에 뜯어 말린 약쑥 잎사귀가 담배 대신 서너 꼭지 될 만치 들어 있었다. 그는 세 손가락으로 한 꼭지 될 만치 쑥을 끌어내어 손바닥 위에 놓고 엄지손가락에 침을 묻혀 약쑥을 뭉친 후 대꼭지**에 단단히 눌러 넣었다.

오른편 산기슭에서 시작된 동네는 동글동글한 조막만큼 한 토막집들이 한곳에 따닥따닥 섞여 있고 동네에 잇대어 먼 건너편 산 밑까지 시원스럽게 펼쳐 있는 들판은 군데군데 보리가 푸르러 있었다.

그는 성냥 찾던 손을 멈추고 온 가슴속에 사무친 원한을 한꺼번에

"흐어! 허."

하고 내뿜었다.

"들판이야 넓다만 내 땅이라고는 바늘 한 개 꽂을 곳이 없구나."

그는 깊이 탄식하며 담배에 불을 붙여 물었다. 씁스그리한*** 약쑥 연기가 입 안에 빨려 올라가자 그는 향긋한 담배가 무척 생각이 났다.

그는 올해 서른두 살이요, 그의 아내는 스물여섯이나 아직껏 자식이라고는 하나도 없었다. 본래 생산 못한 것이 아니라 셋이나 낳기는 했지마는 모조리 두세 살도 채 못 되어 죽어버렸던 것이다. 단 두 식구뿐이지마는 제 것이라고는 아무것도 가진 것이 없는 터이라 농사로만 생업을 삼는 이 농촌에서는 품팔이 할 곳도 농사철뿐이었으므로 거러지같이 된 지도 오래요, 끼니를 굶기도 부자 이밥 먹듯 하였다.

오늘 이 산에 올라온 것도 그 아내가 다리와 허리가 저리고 아프다기에 솔잎사귀를 따다 찜질을 시켜주려는 것이었다. 그러나 산지기에게 들키면 한참 승강이가 있어야 될 것이니 차라리 산지기 영감에게 먼저 청

---

* 꽁무니. 여기에서는 허리춤으로 보아야 함.
** 곰방대의 담배를 넣는 쇠로 된 부분.
*** 쓴 맛이 강하여 별 맛이 없다.

을 해보리라고 생각하였다.

　다 탄 담뱃대를 지게 목발에다 툭툭 털고 일어서려 했으나 좀처럼 궁둥이가 떨어지지 않았다. 그때 산꼭대기에서 내려오는 산지기 영감이 경춘이를 내려다보고 벙글벙글 웃으며 내려왔다.

　"택부자, 자네 오늘 산에 웬일인가?"

　산지기는 웬일인지 다정스럽게 말을 건넸다.

　'제기, 첨지 제 대구리*는 왜 저렇게 벗겨졌던고. 남의 턱만 눈에 보이나?'

　그는 대답도 하지 않고 속으로 중얼거렸다.

　"자네는 올에** 농사 좀 했나?"

　산지기는 제 혼자 벙글거리며 경춘이 옆에 와 '어이쿠' 하고 궁둥이를 내려놓았다.

　"농사는 무슨 농사."

　불퉁스럽게 대답을 하며 고개를 못마땅하다는 듯이 외로 돌렸다.

　'이놈의 첨지, 날 보고 택부자라고 했겠다. 오늘 온 산의 솔잎사귀는 모조리 훑어갈까부다. 네까짓 놈에게 청을 해? 어디보자.'

　경춘이는 몹시 속이 상해서 청을 한 후 따가려던 솔잎을 가만히 얼마든지 훑어가리라고 혼자 중얼거렸다.

　"허 참, 이놈의 세상이란 참 기가 맥혀."

　첨지는 여전히 말을 꺼냈다.

　"왜요. 이놈의 세상이 어떻길래!"

　경춘이는 눈을 흘기듯이 하여 산지기를 바라보았다. 첨지는 창피하다는 듯이 하얗게 깎인 머리통을 슬슬 쓰다듬으며

---

* 머리.
** 올해. 다른 작품에서는 '올게'로도 표현을 했다.

"어 참, 봉변이었어."

산지기의 그 얼굴은 조금 흐릿해지며 경춘이를 바라보았다.

"아 늙어가며 이런 꼴이 어디 있나. 그저께 장에 갔더니 상투를 널름 베었단 말이야. 그저 다짜고짜 없이 막 달려들어 덤비니 강약이 부동이라 하는 수가 있나. 분하단 말이야……."

경춘이는 본래부터 이 첨지를 미워하는 터가 아니었고 다만 이제 '택부자'라고 불린 것만이 분했던 까닭에 첨지의 말을 듣고 있는 동안에 어느 사이엔지 불쾌하던 생각은 어슬릇* 녹아지고 없었다.

"깎으면 도로 시원하지요. 잘됐네요."

"허, 그럴 수가 있는가. 육십이 넘도록 지니던 것을 남의 손에 불의봉변을 했으니 목을 베인 것이나 다를 게 있나."

"아따 영감, 그 따위 호랭이** 담배 먹는 때 소리 마소. 지금이야 나라 임금도 머리를 깎는데 무슨 상관인가요. 육십 년 아니라 육만 년 지니고 있던 것이라도 좋지 못한 것은 없애버리는 것이 옳지요."

"어, 그 사람, 말도 아니다. 상투를 베인 후 나는 손해가 많네. 바로 상투를 베이던 날 밤에 보리 한 섬 도둑맞았지. 그까짓 것보다 머리 깎은 후로는 늘 몸이 시원치 못하고 골치가 휑 하다는 거야. 아마도 내가 죽을라는가."

"어, 그래요?"

경춘이는 깜짝 놀라며 고개를 흔들흔들하였다.

'자기는 택부자라는 팔자에 과한 부자 자가 이름이 된 후부터 가난이 심해가고 산지기 첨지는 상투를 베인 까닭에 도둑맞고 몸이 성치 못하고…….'

* 어느 사이엔가 슬그머니.
** 호랑이.

하는 생각이 문득 번개같이 머릿속에 번뜩하자

"암만 개화한 세상이라 해도 예전부터 내려오는 귀신은 그대로 있는 거라요."

경춘이는 한탄하듯 자기의 긴 턱을 슬금슬금 만졌다.

"홍, 있고말고. 나는 이마가 좀 넓은 까닭에 머리가 있으면 좋다고 상 쟁이가 그러던 것을 깎고 보니 당장에 화가 미친단 말이야……."

"그럴 거요. 나도 저……."

경춘이도 자기가 '택부자'라고 불리게 되자 가난해졌다는 이야기를 하려다가 갑자기 입을 다물고 말았다. 너무 근거 없고 엉터리없는 말같 이 생각이 든 까닭이었다.

"아이쿠, 나는 내려가네. 자네는 어디 가는가?"

첨지는 궁둥이를 툴툴 털며 일어섰다.

"네, 잘 내려가소. 그런데 청이 하나 있습니다."

경춘이는 아무래도 먼저 허락을 받는 것이 옳으리라고 생각이 다시 고쳐 듦으로

"솔잎사귀를 좀 따게 해주소."

하며 덩달아 일어섰다. 첨지는 눈을 둥그렇게 뜨며

"솔잎사귀? 뭣 하려나?"

"아내가 다리를 앓는데 찜질해주렵니다."

"음, 자네 아내가 또 다리를 앓나. 어디 솔잎이 무슨 약효가 있어야 지."

"아니랍니다. 산꼭대기에 선 만리풍 쐰 솔잎을 따다 찜질을 하면 좋 다두마."

경춘이는 말을 미처 마치지 못하여 몹시 기침을 하였다. 첨지는 얼굴 을 찌푸리며 조금 생각하더니

"나무는 상하게 말고 좀 따 가게나."

하고는 슬금슬금 가버렸다.

"그놈의 첨지, 과연 이마때기'는 대우도 벗겨졌다. 저놈의 첨지는 턱이 짧으니까 늦고생을 하는 게지. 내 턱이 이렇게 길지 말고 저놈 첨지의 이마가 저렇게 넓지 말고 했다면 피차 오죽 좋겠나."

경춘이는 산꼭대기로 올라가며 이렇게 중얼거렸다. 이마는 넓고 턱은 짧은 첨지, 이마는 좁고 턱은 긴 경춘이, 그는 되는 수만 있다면 둘이 한데 섞어서 다시 알맞게 갈라 가지고 싶었다.

'턱은 짧더라도 나는 오래 살지 못할 것이니 관계없단 말이야. 그렇지만 이왕 이렇게 타고 나버렸으니 하는 수가 있나. 이 턱 덕을 볼 때까지 살아야지.'

그는 혼자 혀를 쩍 차고 솔잎을 땄다.

경춘이 집은 사드락병〔肺病〕으로 망한 것이었다. 그의 부모, 형제, 자식 모두 기침하고 피 토하고 얼굴이 조희장**같이 하얗게 되어 죽었다. 그런 까닭인지 경춘이마저 요즈음은 몹시 여위고 기침이 심했다. 비록 못 먹고 고생은 하더라도 젊은 사람치고는 너무나 핼쑥하고 뼈만 남은 경춘이었으므로 동네 사람들은

"택부자도 얼마 남지 않았을걸."

하고 그의 명줄의 길이를 예언하였다.

그 아내도 작년 가을부터는 마른기침을 시작한 것이 이제는 경춘이보다 피를 더 자주 토해냈다. 경춘이는 어떻게 하더라도 아내의 병만은 고쳐주고 싶었다.

자기는 이미 부모에게서 타고난 병이지마는 그 아내는 시집온 후 오

---

* 이마.
** 종잇장.

늘까지 천하에 둘도 없는 고생만 하고 그 위에 병까지 옮아갔으니 생각하면 할수록 뼈가 아프게 가여웠다.

산에서 따온 솔잎을 쪄가지고 방 안에 거적을 편 후 몸을 움직이지 못하는 그의 아내를 눕힌 후 솔잎으로 찜질을 시켰다. 이 봄부터 걸음을 잘 못 걷던 그 마누라는 약 한 첩 먹어보지 못하고 오늘 이 찜질이 약치료로는 처음이었다.

지난봄에는 보리가 소두 한 말에 삼십팔 전이던 것이 지금은 칠십오 전이니 햇보리 날 때까지 그들은 밥 구경은 단념하고 있었다.

몸이 점점 마르고 기침만 자꾸 하는 경춘의 근본을 잘 아는 동네에서는 공짜일이라도 시키려는 사람이 없었다. 지난가을에 말려두었던 콩잎사귀 그것만으로 연명해나가야 되는 터였다.

경춘이는 하다못해 그곳에서 오 리 밖에서 방천공사防川工事 하는 곳으로 일거리를 찾아갔다.

한 수레' 가득 흙을 파면 육 전씩을 받는 것인데 쉽사리 경춘이도 일패를 받아가지고 흙을 파게 되었다.

'하루 열 수레는 할 수 있겠지.'

그는 이렇게 속셈을 해보았다. 그러나 한 수레를 하고 난 후 두 수레째 밀고 가다가 '컥' 하고 각혈을 하였다. 누가 볼까 겁이 나서 얼른 입술을 닦고 잠깐 쉬려고 펼치고 앉았다. 하늘이 노랗게 빙빙 돌며 땅덩이가 조리질을 하는 것 같았다. 그러나 그는 정신을 바짝 내며 수레를 밀려 했다. 두 팔은 녹은 엿같이 맥없이 풀어지며 두 귀를 잡고 내흔드는 것 같이 두 눈이 횡횡거렸다. 그는 다시 정신을 차릴 양으로 신발을 고치는 척하고 털썩 주저앉았다.

| * 원전에는 '구루마' 로 되어 있다.

"여보! 당신 이름 뭐요. 일패 봅시다."

경춘의 혼혼한 정신은 무슨 뜨거운 불덩어리로 얻어맞기나 한 것 같이 깜짝 놀라며 가슴이 섬뜩하였다.

"여보, 일패 내놓소."

아물아물 까무러질 듯한 경춘이 눈동자에 일꾼 패장이 버티고 선 것이 비쳤다.

"네!"

그는 옹무니에 찼던 일패를 내보였다.

"당신, 어데 사오?"

"네, 저기 윤동이라는 데 삽니다."

"당신 그래서 일 하겠소? 보아하니 몸이 많이 편찮은 것 같은데."

패장의 말소리는 부드럽지 못했다.

'아아 일자리를 빼앗으려고 하는구나. 이것도 못해 먹으면 어찌 될꼬.' 하는 생각이 번쩍하자 경춘이 정신은 찬물같이 휑하게 돌아왔다.

"아니올시다. 어젯밤에 좀 늦게 잤더니 어떻게 괴로운지, 내일은 좀 기운 있게 하지요. 일찍 좀 자고나면야."

경춘이는 이렇게 변명같이 말을 하나 무슨 말을 하고 있는지 자기도 인식할 여유 없이 입술이 떨렸다.

"성명이 누구시라 하오?"

"네, 김경춘이라 합니다."

"김경춘이라고 하는가요? 네, 이 사람은 이명수요, 인사 잇고* 지냅시다."

의외에 패장의 말소리가 점점 부드러워졌다. 그러나 경춘이는 안심

| * 서로 처음 인사를 하다.

이 되지 않았다. 세상이란 겉[表]과 처음 시작과 같이 간단하고 쉽고 좋은 것만이 아닌 것을 벌써 얼마만치 알고 있는 터이라 한결같이 가슴은 두근거렸다.

'나를 내쫓으려고 일부러 친절하게 하는 거지.'

그는 이렇게 겁도 났다. 어떻게든지 닷새 동안만 일을 하면 품삯이 삼 원이니까 그것으로 아내에게 밥 구경도 시키고 북촌동에 있는 의원에게 가서 약이라도 한 첩 사 먹이고 하리라고 예산하던 것이 그만 허물어지고 마는가 생각하니 두 눈은 다시 캄캄해지고 체면 없는 기침은 자꾸 나왔다.

"보소, 당신 내 말을 듣겠소? 내가 한 번 입을 떼면 당신은 여기서 일을 못할 것이지만."

패장의 말소리는 위엄과 친절이 반반이었다.

"네?"

"좌우간 당신 내 말 들으면 돈벌이가 될 텐데 어떤가요?"

패장의 얼굴은 갑자기 정다워졌다.

"네? 당신 말을 들으라고요. 듣고 말고요. 죽으래도 죽겠습니다."

경춘이 두 귀는 번쩍 뜨이며 가슴이 요란하게 쿵덕거렸다.

"그러면 말하겠소. 이 일터에서 제일 잘하는 사람이 하루 열 수레씩 하는데 당신은 몸이 약하니 다섯 수레도 어려울 것이요. 그러니까 내일부터는 당신이 단 두 수레만 하더라도 열 수레 했다고 내가 도장을 찍어줄 터이니 어떻소?"

"온종일 두 수레만 파도 열 수레 했다는 도장을 찍어주신단 말이지요?"

"옳지, 그렇지요."

경춘이는 고맙다는 생각보다 겁이 와락 났다.

'세상이란 이렇게 공으로 떨어지는 횡재가 있는 법이 없는데 내가 꿈을 꾸고 있나. 그렇지 않고야 내 사정을 이렇게 봐주는 사람이 요즘도 남아 있을 리가 있나.'

그는 이렇게 생각되었다.

"염려 말고 남에게 입을 떼지 마오. 내일은 일패를 두 개 맡아가지고 한 수레에 양껏만 담아 오면 도장은 스무 개 찍어줄 테니 나중에 품삯을 탈 때는 아무 도장이나 관계없으니 두 개만 가지고 와서 친구 것을 대신 받는다고만 하오. 그리고 그 품삯은 반치는 당신이 먹고 반은 나를 주오. 알겠소?"

패장은 경춘이 귀에 대고 이렇게 속삭였다.

"네, 나는 못 알아들었습니다. 시키시는 대로 하기는 하지마는 무슨 영문인지를……."

경춘이는 겨우 이렇게 입이 떨어졌다.

"이 친구 정신없구나. 내가 보아하니 당신은 종일 해도 두세 수레도 겨우 할 것 같으니까 하루 두 수레만 하고 열 수레 삯을 받도록 해준단 말이오."

"왜 일패는 두 개를 맡나요."

"하, 아직 모르겠소? 한 사람이 하루 열 수레 이상은 못 하니까 두 개를 가져야 스무 수레 삯을 탈 수 있지 않소. 그러면 열 수레는 당신이 먹고 열 수레는 내가 먹자는 심판이지."

경춘이 가슴은 어병해지며 입이 비틀거렸다.

'그러면 그렇지. 이놈의 세상에 웬걸 남의 사정을 보아 선심 써주는 사람이 있을 리가 있나. 이놈이 속임수*를 해먹자는 게로구나.'

| * 원전에는 '고무까시'로 되어 있다.

그는 이렇게 짐작이 들며 쫓겨나지 않는 것은 고마우나 쾌히 대답이 나오지 않았다. 그러나 만일 반대를 한다면 당장에 쫓겨날 것이고, 원주인에게 이 말을 고자질한다면 패장이 쫓겨날 것인데, 패장도 돈이 쪼들리니까 이런 생각을 한 것이니 쫓겨난다면 불쌍하고 하니 좌우간 이미 오른 배라 그대로 순종하는 것이 옳다고 생각하였다.

"그만하면 알겠지?"

"옳아, 그렇구먼……."

그제야 경춘이는 고개를 끄덕끄덕 해보였다.

그 이튿날부터 경춘이는 패장이 시키는 대로 일은 하는 척만 하고 겨우 두 수레만 퍼다놓고 도장은 스무 개 받았다. 삼백여 명 일꾼이 한데 들끓으며 제가끔 많이 하려고 애쓰는 판이라 아무도 알아채는 사람이 없었다.

그러나 경춘이는 가슴이 늘 움질움질하며 공연히 미안하고 주저가 되었다. 그래서 죽을힘을 다하여 하루 네 수레씩 흙을 팠다. 단지 네 수레를 파도 두 귀에서 '앵앵' 소리가 나며 잔등에 진땀이 나며 코에서 단내가 무럭무럭 났다.

저녁때 일을 마치고 집으로 돌아와서도 그 아내에게 참말을 바른 대로 하지 못하고 하루 열 수레를 한 까닭에 몸이 괴롭다고만 할 뿐이었다.

그는 스스로 양심이 부끄러워 몇 번이나 그만둘까 말까 주저를 하였다.

'이놈의 세상이 모조리 야바위판인데 요만한 것쯤이야 무슨 큰 죄가 되겠나. 아니, 아니다. 내 몸이 성하면야 이런 속임수를 할 리가 있나. 좌우간 몸이 성해지면 이 충수로 무척 일을 많이 해주면 그만이다.'

그는 늘 이런 생각을 하며 제 혼자 주고받고 하였다.

지난밤부터 갑자기 피를 토하며 다리가 저리다고 고함을 치기 시작한 아내에게 시달려 뜬눈으로 밤을 새웠다. 종일 피곤하던 몸이라 곤한 잠이 올 것이건만 웬일인지 뒤꼭지*가 서늘한 것이 머리통 속이 새파랗게 날카로워지며 잠은 오지 않았다.

마른기침만 자꾸 연해 나오며 가끔 두 눈이 휭 내몰리기만 하였다.

그러나 오늘은 기어이 일터로 나가야 하는 날이었다. 오늘은 그동안 일품을 받는 날이다. 오래간만에 삼 원이란 많은 돈이 손에 들어오는 날이다. 경춘이 가슴은 까닭 없이 울렁거렸다.

마누라는 백지같이 희고 여윈 얼굴을 돌리며 움푹 들어간 두 눈을 크게 떴다.

"오늘은 돈을 타오는 날이다. 먹고 싶은 것이 뭐요? 저녁때쯤 북촌동 의원에게도 가볼 테야."

경춘이는 벌써 희붐하게 새는 지게문을 열어 한 번 가래를 내뱉고 아내의 손을 쓰다듬었다.

"아무것도 먹고 싶은 게 없어요. 아마도 죽을라는가 봐."

어덥스럽하다. 새벽별 속에서 아내의 커다란 두 눈이 힘없이 내려 감기며 굵다란 눈물방울을 떨어뜨렸다.

"어, 별소리 다 하네. 죽기는 왜 죽어 쌀밥 먹고 약 먹고 하면 곧 낫지."

경춘이는 가슴이 서늘해졌으나 스스로 힘을 내며 꾸짖듯 위로하였다.

"그렇지만 당신이, 그처럼 볼모양 없이 된 당신이 어떻게 일을 해내오. 하루 열 수레를 하려면 오죽 힘이 들겠는가."

아내는 여윈 왼손을 경춘이 무릎 위에 얹어놓았다. 경춘이 가슴은 콱 막히는 것 같이 아팠다. 그러나 하루 두 수레만 해도 열 수레 품을 받는

| * 뒤통수.

다고 하여 아내의 염려를 덜어주고는 싶었으나 차마 부끄러워 입이 떨어지지 않았다.

"별소리를 다 하는구나. 그까짓 일도 못해내. 인제는 걱정 없다. 닷새만큼 삼 원씩 꼭꼭 타 올 것이니 쌀밥을 먹어도 관계없지."

경춘이는 일부러 불퉁하여 이렇게 말하며 하염없이 흘러내리는 아내의 눈물을 이불자락으로 이리저리 훔쳐주었다.

"흐윽, 죽어서 다시 태어나거든 우리도 잘 한번 살아봅시다."

묵묵히 눈물만 흘리던 아내가 목이 메여 이렇게 슬픈 말을 하였다.

"재수 없게 새벽부터 울기는 제길, 왜 구태여 죽어 다시 태어나서 잘 살아. 나는 이대로 이생*에서 한번 잘살아볼 텐데. 이 턱을 좀 봐. 오래지 않아서 이 턱 덕을 볼 거야."

경춘이는 일부러 버럭 소리를 지르기는 했으나 말소리는 부드럽게 아내를 위로하는 것이었다.

"턱이? 아이고 내가 그 턱의 덕을 볼 때까지 살겠는가요."

일부러 기다란 아래턱을 아내에게 쑥 들이밀고 있는 경춘의 움쑥 들어간 뺨을 아내는 가만히 어루만졌다.

"왜 그래. 턱이 길면 늦복이 많다고 그러지 않았나. 인제 곧 늦복이 올 거야."

경춘이는 아내의 목을 끌어안으며 뺨을 동게** 놓았다.

"오늘은 그만 일터로 가지 말았으면."

하고 경춘이 턱을 쓰다듬으며 약간 어리광 비슷이 미소하였다.

"어, 오늘은 품삯을 받는 날인데 그 대신 내일은 안 갈 테야."

"아이고."

* 이 세상에 살아 있는 동안.
** 포개다. 겹쳐 놓다.

아내는 경춘이 뺨이 무거운지 한숨을 하며 움직거렸다.

경춘이도 벌떡 일어나 밖으로 나가 아침 죽을 끓였다.

솥에다 물 한 바가지를 붓고 콩나물 한 죽이*를 썩둑썩둑 성글러** 소금 한 줌과 같이 솥에 넣어 불을 때었다. 이것이 경춘의 그날 종일 연명할 양식이었다.

북덕북덕 끓어오르자 곧 양푼에다 퍼 담아 방 안에 들어가 대접에다 국물을 조금 떠서 윗목에 밀어놓고 자기 혼자 홀쩍홀쩍 먹기 시작했다. 돌아누웠던 아내가 경춘을 향하여 입맛을 다셨다.

저것은 병이 들어 누웠다기보다 먹지 못해 너무나 굶어서 저렇게 된 것이다. 이까짓 죽, 남의 집 개도 먹지 않는 이 나물죽이나마 저것은 한껏 먹어보지 못했으니…….

경춘이는 오늘이 처음이 아니련만 유별나게 온갖 생각이 다 났다. 그러나 그것도 오늘 돈을 타게 될 터이니까 공연히 좋아서 온갖 생각이 다 나는 거지…… 하고 생각하며 차마 걸음이 내치지 않는 것을 억지로 일터로 나가고 말았다.

패장이 경춘에게서 그의 아내가 앓는다는 이야기를 듣고 삼 원씩 꼭 같이 가르는 돈을 일 원 더 보태어 사 원을 경춘에게 주었다.

"구차할 때는 서로 도와야지. 후에 갚으시면 되지 않소."

패장의 말소리가 떨어지자 웬일인지 경춘이 가슴이 덜컥하였다. 그는 깜짝 놀라며

"고맙습니다. 후일에……"

총망히 인사를 하고 불길한 느낌이 무럭 치받치며 갑자기 망치로 생

---

* 두 손바닥으로 뭉쳐 쥔 정도의 삶은 나물.
** 고기나 나물 같은 것을 듬성듬성 썰다.

철을 두들기는 것 같이 머릿속이 요란해졌다.

'아이고, 저것이 죽지나 않았나.'

그는 급히 집을 향하여 달렸다. 한참 좇다가 그는 가슴이 깨어질 것 같아 멈춰 섰다.

'아니다. 죽을 리야 있겠나.'

그는 한숨을 후우, 쉬고 그 돈을 아내에게 보일 것을 생각하였다.

'그것이 눈치 채고 있지나 않는가.'

그는 또 가슴이 불안해졌다. 새벽에 다른 때보다 태도가 이상하던 자기 아내의 얼굴이 생각나며 손에 쥐었던 돈을 펴보고 일 원짜리 한 장을 꼭꼭 접어 쌈지에다 넣었다. 하루 열 수레씩을 했으니까, 그동안 닷새 일을 했겠다.

'오륙 삼십이라, 삼 원이다. 쌀 두 되, 보리쌀 반 말. 명태 세 마리. 명태는 국을 끓이고 오늘 저녁은 쌀로만 밥을 짓고…… 내일은 쌈지의 돈을 쓸 셈치고 북촌동 의원에게 가고.'

그는 □□□ □□□* 걸으며 이런 궁리를 하였다.

이 생각 저 생각에 잠겨 있는 어느 사이에 자기 집으로 들어섰다.

'몹시 배가 고플걸…….'

그는 방 안에 들어서서 혼잣말같이 중얼거리며 윗목을 보았다. 아침에 떠두었던 죽 국물은 손도 대지 않고 그대로 있고 아내는 눈을 멀겋게 뜬 채 꼼짝도 하지 않고 누웠었다. 그는 아내 곁에 가 털벅 주저앉으며 손에 든 돈을 방바닥에 늘어놓았다. 그러나 웬일인지 입술이 딱 붙어 떨어지지 않고 눈물이 뚝뚝 서너 방울 떨어졌다. 중도에 쌀을 팔아가지고 오려다가 돈을 아내에게 먼저 보이려고 그대로 온 것이 도로 후회도 되

| * 원전에는 '짓다를 짓다를'로 되어 있다.

며 또 쌈지 속에 일 원을 감추고 삼 원만 내놓는 것이 부끄럽고 죄송한 것 같기도 하고 마음이 설레어서

이까짓 돈에…….

양심과 아내를 속이고 부끄러운 생각만 하게 되고…….

그는 이점저점 슬픈 생각이 들었다. 아내가 먼저 무어라고 입을 떼어 주었으면 하는 생각이 들었으나 아내는 조금도 움직이지 않고 누운 대로 가만히 그대로 천장만 바라보며 눈에서 눈물이 주르릇 흘러내려 있을 뿐이었다.

"왜 오늘은 울기만 해, 재수 없이."

경춘이는 홱 돌아앉으며 슬쩍 아내의 얼굴을 바라보았다.

"아이고."

그는 가슴이 뭉클하여 아내에게 바싹 다가앉았다. 아내는 이미 숨이 끊어져 있었던 것이었으나 경춘이는 오래도록 깨닫지 못하였다.

경춘이 머릿속에는 끊을 새 없이 생철 부수는 요란스런 소리만 나며 자칫하면 숨이 꼴딱 넘어갈 것 같았다. 숨구멍에는 바늘을 꽂은 것 같이 꼬게꼬게* 아프기만 하여 훨훨 숨이 쉬이지 않았다. 그러나 그는 자꾸 걸었다.

"북촌동 박 의원 집이 어데요?"

그는 길가 사람을 보고 되는대로 물었다. 이미 캄캄 어두워진 골목을 겨우겨우 찾아 박 의원 집으로 들어갔다. 그러나 의원은 다른 데 병 보러 가고 없었다.

"어데 사시는 누구신가요? 돌아오시면 곧 보내드리겠소."

| * 꼬깃꼬깃.

의원 아들인 듯한 사람이 이렇게 말하였다. 경춘이는 또 한 번 가슴이 콱 찔리는 것 같았다.

"네, 윤동, 저 윤동에 있어요. 김경춘이 아니 윤동에 와서 택부자 집이 어데냐고 물으면 다 알지요. 어서 보내주소. 꼭 부탁이오. 꼭 보내주시오."

경춘이는 신신부탁을 하였다. 의원의 아들은 힐끔 경춘이 얼굴을 쳐다보더니 슬그머니 입을 비싯 열며 웃음을 참았다.

"택부자 댁이라고요?"

다시 한 번 다짐을 하였다.

"네, 택부자. 꼭 부탁이오. 꼭……."

그는 또다시 걸었다. 자기 집을 향하여 걸어가는 것이었다. 그는 아무리 생각해도 그 아내가 죽지는 않았으리라고 생각하였으나 남의 눈을 속이고 속임수를 해온 돈이라고 그 아내가 성이 나서 잠잠히 있는 것이라고만 생각하였다.

"이까짓 것, 내버리지."

그는 집에 돌아오자 또 아내를 흔들며 자꾸 말을 건넸다. 그러나 아내는 꼼짝달싹도 하지 않았다. 그는 참다못해 밖으로 뛰어나왔다. 한 바퀴 뜰을 돌고 다시 방 안에 들어가 앉으니 내버리려고 가지고 나갔던 돈은 그대로 손에 쥔 채였다.

"택부자 집이 여기요?"

의원이 찾아온 것이었다.

경춘이는 멀거니 앉아 지게문을 열었다. 웬일인지 오늘은 그의 귀에 송충이같이 찡글치던* 택부자라는 별명이 하나도 귀에 거슬리지 않았다.

| * 몹시 싫어 두 번 다시 보기 싫은.

"택부자…… 네, 내가 택부자요."

그는 크게 대답을 하였다.

점잔을 빼고 방 안에 들어온 의원은 단번에 엉거주춤하였다.

"어, 벌써 글렀구려."

"엉?"

경춘이는 깜짝 놀란 듯이 목을 놓고 울기 시작하였다.

손에 쥐었던 돈을 그제야 문을 열고 힘껏 내던졌다.

《신조선》, 1935년 8월

정현수 鄭賢洙

'명희 이명희 씨 허위 가식.'

치과의사 정현수는 테이블 위에 접힌 채로 놓여 있는 그날 신문지 위에다 모잽이* 글씨로 이렇게 휘갈겨 써보았다. 그때 건너편 기공실에서 조수로 있는 병일이가 더위를 못 이겨서 바쁘게 부채질하는 소리가 들려오자 그는 얼른 펜 끝에 잉크를 담뿍 찍어 박박 긁어낼 듯이 이제 쓴 글자를 도로 지워버렸다. 그리고 담배를 한 개 꺼내 물고 아침에 청소한 후 아직껏 환자라고는 그림자도 보이지 않아 깨끗하게 정돈된 그대로 있는 치료실 안을 휘 한 바퀴 돌아본 후 반질반질한 치료 의자 위에다 이파리 속에 숨어 있는 봉선화 같은 명희의 환영을 그려 앉혔다.

그는 두 눈에다 모든 정력을 집중시켜서 치료 의자가 놓인 편 공간을 응시하였다.

가느다란 두 눈을 옆으로 흘기듯이 굴리며 살짝 웃는 발그레한 입술,

| * 옆으로.

통통한 어깨 위에다 아래턱을 얹고 몸을 쫑긋해 보이는 귀여운 표정, 겨울이나 여름이나 옥색 치마만 입으려는 그 명희의 환영에 현수는 혼을 잃고 앉아 있었다.

"명희 씨, 당신은 왜 옥색 치마를 그렇게 사랑하십니까?"

"옥색 치마를 좋아하는 것이 아니어요. 옥색이란 그 빛깔이 좋아요."

"왜 구태여 옥색입니까?"

"모르겠어요. 어쩐지 옥색을 보면 천변만화하는 이 세상에서 영원과 무궁이란 것을 가르쳐주는 것 같아요."

"그럴까요. 나는 흰 빛과 새까만 흑색이 더 좋던데요. 옥색은 곧잘 변하지 않습니까?"

"사람의 손으로 된 옥색이야 잘 변하지요만, 저 광대무변의 하늘색이야 어디 변합디까? 구름이 끼고 밤이 오고 하면 없어지지만 그것은 다만 우리의 육안이 보지 못함에 불과하지 않아요. 비록 내 치마에 들인 하늘빛이 변하여 누렇게 된다 하더라도 내 마음속에 비치어 있는 그 맑은 옥색, 하늘색, 저 바닷물 색이야 변할 리 있어요."

"분홍색은 어떻습니까?"

"아주 싫어요. 아무리 고운 꽃이라도 그 색깔이 붉은 계통의 것이나 노란 계통의 것이라면 아주 싫습니다. 나는 작년 봄부터 푸른 꽃, 즉 옥색 꽃을 찾아보려고 높은 산으로 저 먼 들 끝으로 쏘다녀보았어요. 그래도 없더구만요."

"옥색 꽃쯤이야 꽃 장삿집에 가보면 더러 있지요."

"그렇습니까? 나는 암만 찾아봐도 없어서 아주 낙망을 했었어요."

"왜요?"

"허위와 가식만으로 된 이 세상을 저주하는 나의 동지가 하나도 없는 것 같아서요. 푸른 꽃은 많은 꽃 중에도 가장 심각한 진리의 탐구자같이 생각되어요."

"그렇습니까. 나는 새까만 꽃이 있다면 더 심각한 맛이 있어 보이겠는데요."

현수는 명희와 며칠 전에 이러한 대화를 하던 것이 생각나며, 눈이 스르르 감겼다.

"아아."

그는 버럭 속이 상한 듯이 갑자기 벌떡 일어섰다.

"네, 그렇습니까. 나도 푸른 저 하늘색과 저 망망대해 그 물빛을 사랑합니다. 이놈의 세상은 허위와 가식으로만 된 사회입니다. 모조리 초라니* 탈을 쓴 놈의 사회이지요. 참다운 인간의 사회가 아닙니다, 라고 왜 내 속맘을 그대로 솔직하게 말하지 않았던가. 그는 나와 이상을 같이 하는 유일한 동지이다. 그렇다. 명희 씨는 천박하게 입으로나 행동으로써 나를 사랑한다는 표현을 하지 않는다. 나도 그렇다. 결코 서로의 맘속을 말하지 않겠다. 그러나 그의 맘 안에는 나라는 이 정현수가 꽉 차 있다. 뻔뻔스럽게 무슨 자랑같이 맘속을 서로 고백할 수는 없는 것이야. 세상 놈들은 부끄러워서 어떻게 당신을 사랑합니다, 라고 고백을 하는지."

현수는 팔짱을 끼고 턱 버티고 섰다.

'이 세상에서 심각한 진리를 탐구하여 마지않는 사람은 오직 명희 씨와 나뿐이다. 그는 옥색을 사랑한다. 무궁무진한 광대무변의 우주 끝까지 비치는 그 파란색을 사랑한다. 저 망망한 바다 색도 파랗다. 오! 아니다. 아니다. 그렇다, 참! 현해탄은 바다라도 왜 물빛이 검을까!'

현수는 갑자기 이런 엉뚱한 생각이 들자 뚜벅뚜벅 걸어서 거리로 향한 창턱에 가 턱을 괴고 기대섰다.

| * 기괴한 계집 형상 탈을 쓰고 붉은 저고리 푸른 치마를 입은 굿의 인물 혹은 나자儺者.

거리에는 오후 세 시의 뜨거운 태양이 불같이 내리쪼이고 있는데 한 대의 택시가 기운 좋게 좇아가고 있었다. 바람결이라고는 실낱만 한 것도 살랑하지 않고 택시가 지나간 뒤에 일어나는 뿌연 먼지는 지옥에서 타오르는 유황 불꽃같이 거리를 휩싸 덮었다. 길 가던 가지각색 사람들은 모조리 외면을 하며 먼지를 피했다. 그런데 한 늙은이, 촌이라도 아주 구석진 촌에서 기어 올라온 듯한 텁텁한 옥색 두루마기에 큰 갓을 쓴 보천교*도인 듯한 그 늙은이는 유별나게도 그 더러운 먼지에는 전혀 무관심하고 아래턱을 쑥 내밀고 입을 헤벌린 채 찬란한 거리의 좌우에 정신을 잃고 두리번두리번하며 천천히 걷고 있었다.

명희가 좋아하는 옥색 두루마기를 입은 탓인지 현수는 그 늙은이가 입을 벌리고 더러운 먼지를 죄다 마시는 것이 안타까웠다.

"저런 멍텅구리 자식. 목구멍에 먼지 들어가는 줄도 모르고, 에 속상해. 아, 그래도 주둥이를 닫지 않네."

그는 아주 성이 나 꾸짖듯 중얼거리며, 쫓아가 그 늙은이의 아래위 턱을 한주먹 갈겨 철커덕 붙여주고 싶어 가슴이 스멀거렸다. 그러나 그 촌 늙은이는 한결같이 입을 벌린 채 저편 구비를 돌고 말았다.

현수는 얼른 테이블 곁에 달려가 부채를 집어 활짝 펴들고 설렁설렁 부치며 또다시 창턱에 가 턱을 괴고 기대섰다.

'그놈의 자동차, 건방진 놈의 자동차, 누구 한 사람들에게 미안하다는 인사도 없이 온 길거리를 제 혼자 독차지나 한 듯이 의기양양하게 맘대로 쫓아다니누나. 횡포무례한 놈의 새끼.'

그는 갑자기 무럭무럭 분노가 타올랐다.

넓은 길바닥을 제집 뜰같이 네 활개를 치고 쫓아 달아나는 자동차들

| * 증산도.

이 횡포무례 막심하게 보여서 당장 달려가 시비를 하고 싶었다.

현수는 자기 맘속을 표현하기 어려울 때나, 분이 날 때나, 기쁠 때나, 어색할 때나, 또는 너무 감격할 때에는 반드시 목에다 잔뜩 힘을 주며 턱을 앞으로 높게 길게 치켜 빼 올리고 다섯 손가락을, 따로따로 쫙 벌리고서 '칼라' 안에다 둘째손가락만 꼬불탕하게 넣어서 목울대 곁을 가만가만 긁는 것이 버릇이었다. 그는 지금도 쫙 벌린 오른손 둘째손가락으로, 쭉 빼 올린 목울대 곁을 두어 번 가만가만 긁었다. 그리고

"휴우."

한숨을 한바탕 한 후 다시 창턱에 기대섰다. 그때, 길거리에는 고삐를 잔뜩 잡힌 말 한 마리가 헐떡거리며 짐 구루마를 끌고 지나갔다. 현수는 또다시 감개무량하여 설렁거리던 부채를 접어 문턱을 탁 치며,

"어 가엾어라. 저놈의 말이 왜 저 모양이야. 그만 뚝 떼어 달아나지 않고, 한 발만 걷어차면 나군더러질* 사람 놈에게 일부러 매달려 저런 고생을 하는구나. 어, 빌어먹을 놈의 말 새끼."

하고 부르짖었다. 또다시 그의 속은 버럭 상하며 가슴이 설레었다.

'아니다. 저 말이 멍텅구리가 아니다. 그렇다. 그는 힘없는 사람 놈들을 위하여 자기의 한 몸을 희생하고 있는 것이다. 악착한 사람 놈들은 고마운 줄도 모르고 순종하면 할수록 자꾸 더 두들겨 부리겠다.'

현수는 대가리를 꾸벅거리며 수레를 끌고 가는 그 말이 흡사 명희와 자기 같은 생각이 들었다.

'이 망할 놈의 세상에게 희생해주는 것이 옳은 일일까. 아니다 아니야. 과거의 인류역사란 고삐에 나는 단단히 묶여 있다. 나는 용감하게 묶은 줄을 끊고 일어서야 한다. 이 현실에 희생한다는 것은 조금이라도 더

| * 나뒹굴어지다.

이 더러운 현실을 조장시킴에 불과한 것이다.'

그는 주먹을 쥐고 문턱을 탁 치려다가 말고 그 손을 쫙 펴가지고 목 울대를 가만가만 긁었다.

'그러나 참는 것이다.'

그는 다시 창턱에 기대섰다.

'아니, 이 자식 무엇이 어째. 인간이란 본래 허위, 가식으로 된 거야. 죽어 없어지기 전에는 이 세상, 면천은 못하는 거다. 아니다. 이 자식이 무슨 이런 생각을 해. 참으로 인간이란 허위 가식을 버리지 못한다면 나는 이놈의 세상에는 살아 있지 않을 테다. 아니다. 그렇지도 않은 것이다. 말똥에 굴러도 이생이 좋다는데……'

그는 다시 부채를 설렁설렁 부치기 시작하였다.

'에이, 공연히 온갖 오라질 생각을 다 하는구나. 차라리 저 말 새끼놈이 나보다 행복하다. 이따위 밑도 끝도 없는 생각도 할 줄 모르고. 아니다, 말 새끼같이 무의무식하다면 나을 게 뭐 있나. 그렇지도 않다. 마찬가지다. 말도 무슨 번민이 있는지 알 수 있나. 어떻게 해서든지 돈이나 좀 있었으면 형님의 은혜를 조금이라도 갚아야겠는데.'

현수는 자다 깬 사람처럼 창턱을 떠났다.

"선생님, 손님 오셨습니다."

그때 기공실에 있던 병일이가 바쁘게 뛰어나오며 낭하에 선 중년 신사 한 분을 치료실 안으로 안내해드렸다. 사흘 만에 처음 대하는 손님이다. 병일이는 부리나케 신사에게 치료 의자를 가리키고 컵에 물을 떠서 들고 섰다. 현수는 뻣뻣하게 선 채 움쩍도 하지 않았다.

'더러운 이놈 정현수야, 제 돈 벌이기 위하여 살살 쥐새끼처럼 손님에게 아첨을 하려느냐.'

그는 창턱에서 돈을 벌겠다고 생각하던 자기의 가슴을 쥐어뜯고 싶을 만치 구역이 났다.

현수는 치과의원을 개업한 지가 이 년이 넘었으나 한 번도 양심에 거리끼는 치료를 해준 적이 없었다. 그는 환자를 대해 어느 사이엔지 자기란 것은 없어지고 마는 동시에 치과의사란 것이 자기 직업이란 것도 잊어버리고 마는 것이었다. 개업 시초에는 꽤 많았던 환자가 차차 줄기 시작하여 이해부터는 일주일에 겨우 두셋 손님이 있을 뿐이었다.

그러나 이것은 현수의 치과의로서의 기술이 부족함도 아니요, 성의 없는 무책임한 치료를 하는 까닭도 아니었다. 단순히 현수가 환자의 비위를 맞추어주지 않는 까닭이었다. 그것도 현수가 거만스러워 그런 것이 아니라 맘속으로는 백배천배 친절하나, 다만 입으로나 행동을 표현하기가 가식 같아서 언제든지 침묵하고 있는 까닭이었다. 세상 사람이란 우선 눈앞에 살랑거리는 감정에만 흐르는 것이라 참으로 정성껏 장래성 있는 치료를 해주는 현수는 알아주지 않는 것이었다.

그러므로 조수인 병일이는 마치 어진 아내처럼 충고도 하고 타이르듯 달래기도 하면

"글쎄, 주의할 테요."

하고 대답은 시원스러우나 다음에 환자가 오면 컵에 물을 떠서 환자의 입에 대어주기가

'이놈 돈벌이하려고 손님에게 아첨하는구나.'

하고 바라보는 것 같아서 컵을 배타기排唾器 위에 철커덕 놓고

"양치하시오."

하고 명령하듯 버티고 서버리는 것이었다.

이러한 현수의 성미를 잘 아는 병일이는 오늘 또 손님과 무슨 충돌이 생길까 해서 미리 겁을 내었다. 그것도 손님이 돈푼이나 있어 보이는 사람이면 반드시 한 번씩 충돌이 일어나는 것임을 잘 알고 있는 까닭이었다.

'설마 저도 사람이니까.'

병일이는 이렇게 속으로 중얼거렸다. 벌써 삼 개월째 수중에서 낙찰이 된* 현수의 속판을 아는 그이었던 까닭이다.

병일이는 미리 현수에게 슬금슬금 시선을 보내서

"먼저 양치부터 해보실까요."

하고 신사에게 친절하게 서비스를 했다.

신사는 묵묵하니 서 있는 현수를 힐끔, 바라보며 입 안을 씻은 후 뒤로 젖혀 누우며 입을 벌렸다.

"어째서 오셨습니까?"

현수는 그제야 치료 의자의 곁에 다가서며 탐침探針에다 탈지면을 횤횤 감아 조그마한 면구綿球를 만들며 통명스럽게 물었다. 신사는 좀 이상하다는 듯한 표정으로

"이가 아파 왔지요."

하였다.

"어, 그런 줄이야 모르겠습니까."

현수는 여전히 면구만 만들며 태연스럽게 푹 쏘았다.

"……."

신사는 성이 불쑥 났는지 잠자코 벌떡 바로 앉았다.

'이크, 또 야단나는구나.'

병일이는 입맛을 다시며 얼른 곁에 가 섰다.

"허허허, 많이 아프셨습니까? 전에는 어디서 보이셨어요."

현수는 병일의 시선과 마주치자 이렇게 어색한 웃음을 웃으며 치경齒鏡을 들고 허리를 구부렸다. 신사도 입맛을 다시며 입을 벌렸다.

| * 손에서 돈이 떨어지다.

"아하 이것이로구만요. 많이 아프셨습니다. 왜 이렇게 나빠지도록 그대로 두셨습니까. 미련하게 그대로 두면 나을 줄 아셨어요?"

현수는 그만두어도 좋을 말이었지만 신사에게 턱없이 머리를 숙이면 아첨하는 것 같이 보일까 봐 일부러 되는대로 중얼거렸다. 신사 얼굴에는 불쾌한 빛이 역력히 떠올랐다.

"자, 이러니 아프십니까?"

현수는 치경으로 새까맣게 구멍이 뚫어진 어금니 한 개를 두서너 번 똑똑 두들겼다.

"아야, 아야."

신사는 버럭 소리를 지르며 입을 다물려 했다.

"그까짓 것이 무엇이 아파요."

현수는 신사의 붉어져가는 얼굴에는 무관심하고 열심히 않는 이를 치료하기 시작하였다.

그는 이 실는* 엔진을 들고 신사의 입 안을 긁기 시작한 지도 한 시간이나 되었다. 병일이는 벌써부터 혼자

'오늘은 대강 해가지고 보낸 후 내일 또 오라면 어떻고.'

하고 속을 졸이는 판인데 다른 환자가 또 하나 들어왔다. 그러나 현수는 신사 입 안에서 엔진을 떼지 않았다.

다른 의사 같으면 십오 분 내외에 마치고 며칠이든지 끌며 치료를 시켜 돈을 버는 것이었으나 현수는 그렇지 않았다. 아무리 오래 치료를 해주고 공력을 많이 들여도 초진비로 오십 전밖에 받지 않는 것이었으나 그는 자기의 직업의식을 떠나 손님 본위의 치료를 해주는 것이었다.

등에서는 땀이 개울물 같이 쏟아 내리면서도

| * 갈아내거나 긁어내다.

'더운데 손님이 며칠이나 어떻게 치료받으러 다니겠나. 될 수 있는 대로 단기일에 마쳐야지.'

하는 생각에 자기의 전심전력을 기울여 열심히 치료를 하며 시간 가는 줄 모르고 있었다.

"아마도 내 이는 충치가 아니라 풍치인 듯한데 웬 치료를 이렇게 오래 하십니까?"

신사는 현수의 마음속과는 반대로 기술이 부족하여 오래 끄는 줄만 알고 이렇게 화를 내었다.

"풍치라요? 아닙니다. 충치올시다."

현수는 너무나 세상 놈들이 자기의 맘을 몰라주는 것이 쓸쓸하였다. 자기가 정성껏 해주면 해줄수록 세상 사람들은 그를 원망하는 것이 쓸쓸하였다.

"그래도 아픈 품이 풍치라오. 그만해두시오."

신사는 지지 않으려는 듯이 말했다. 현수는 불뚝 성이 났다.

"아, 당신이 의사입니까. 어떻게 풍치인 줄 단정하시오. 충치라면 충치로 알 것이지 어째서 풍치란 말씀이오."

현수는 엔진을 쥔 채 이렇게 꾸짖듯 버티고 섰다.

"에, 여보, 그만두오."

신사는 그만 벌떡 일어서고 말았다.

"아니 여보시오. 잠깐만 앉으시오. 그대로 두면 또 앓습니다. 우선 약솜이라도 막아가지고 가시오."

현수는 예사라는 듯이 태연한 얼굴로 신사의 팔을 잡았다.

"그만두오. 당신만이 치과의사가 아니오. 그대로 참고 있으려니 점점 더 불친절한 소리만 탕탕 하는구려."

신사는 기어이 치료 의자 아래로 내려서고 말았다. 현수는 그제야 불

뚝 성을 내며 신사의 팔을 꽉 잡고

"여보시오. 아니 이 못난 자식, 잠깐만 참으라면 참아보는 것이 신사이지 무슨 변덕쟁이가 이 모양이야. 잔말 말고 도로 앉아라. 그대로는 내 목이 떨어져도 못 보내겠다."

"아하, 이 자식, 정신병자로구먼. 이것 못 놓을 텐가?"

신사는 금방 주먹이 올라갈 것 같이 식식거리며 입술이 파래졌다.

"어허, 그러지 말고 도로 앉아라. 한번 내 손으로 치료하던 것을 그대로 무책임하게 네놈이야 죽든 살든 내버려두지 못하는 것이 내 성격이다. 좌우간 우선 분은 참아두었다가 이 치료나 하거든 격투라도 하자."

현수는 두 눈을 부릅뜨고 한결같이 우겨댔다.

"아! 이런 봉변이 어디 있나, 이런 망할 놈이."

신사는 덜덜 떨며 분을 내었다.

"이 자식, 너만 분하냐. 나도 분해 죽겠다. 어서 치료를 하고 격투하자. 어, 분해."

현수의 기세는 점점 올라가고 있었다.

"선생님, 참으십시오. 의사 선생님은 본래부터 성질이 이렇습니다. 잘 이해하시고 보시면 결코 노하실 것이 아닐 것입니다."

병일이도 속이 상해 바라보고만 있다가 마지못해 신사의 앞에 가 빌었다. 현수는 이윽히 신사의 팔을 붙들고 있다가 한 걸음 물러서서 팔을 놓았다.

"잘못했습니다."

현수는 신사의 앞에 머리를 숙였다. 그의 가슴속에서 의사로서 자기의 태도가 잘못이었음을 뉘우쳤던 까닭이었다.

신사는 이 아프던 것을 생각하고 그대로 가기가 위험하게 여겨졌는지 마지못한 척하고 도로 걸터앉았다.

현수는 아주 기쁜 듯이 다시 엔진을 들고 치료를 시작했다. 먼 데 있
는 사람의 흉이나 보듯 그는 궁청궁청* 신사의 욕을 해가면서도 늘 싱긋
싱긋 웃었다. 신사도 처음엔 욕이 나올 때마다 분을 내더니 차차 성이 풀
리며 픽 웃었다.

"어, 인제 다 되었습니다. 그렇게 가시고 싶은데 얼른 가십시오. 애인
이 기다리십니까?"

현수는 신사를 치료 의자에서 내려놓은 후 소독수에 손을 씻었다.

"그만치 해놓았으니 이제는 누구에게 가서 마저 치료를 하셔도 좋습
니다."

그는 양심에 거리낌 없는 치료를 하고 난 것이 기뻤다.

"얼마요?"

신사는 지갑을 꺼내 들고 병일에게 물었다.

"돈, 일없다. 이 자식 어서 가거라."

현수는 돈 말이 나오자 또 성을 내며 와락 신사를 밀어 도어 밖으로
몰아낸 후 안으로 잠그고 말았다.

현수는 얼른 창턱에 가 기대서서 허리를 창밖으로 빼내었다. 도어 밖
에 멍하니 섰던 신사는 조금 생각하더니 천천히 걸어서 저편 길 굽이로
돌아가려다가 현수와 시선이 마주쳤다. 현수는 얼른 코 위에다 편 손을
세우고

"코 쌌소."**

를 해보이며 장난꾸러기 어린아이같이 웃었다. 신사는 깜짝 놀란 듯이
두 눈이 휘둥그레지더니

'그놈 미쳤군.'

---

* 구시렁구시렁.
** 자세히는 알 수 없으나 야유를 하는 행위.

하는 표정을 짓더니 픽 웃고 가버렸다.

웬일인지 현수의 가슴은 갑자기 쓸쓸해졌다.

"저 자식도 점잖은 사람 놈이로구나."

어린이 같았으면 저도 코 쌌소를 해 보이고는 웃고 갔을 것이다. 이후에 만날 때도 체면 사과도 없이 그대로 전같이 놀 것이다. 저놈도 본래는 단순하고 천진스런 어린이였을 것이다. 나이가 들면 왜 점잖은 가면을 써야 되는고.

그는 길게 탄식하며 창문을 떠났다.

"선생님 왜 그랬습니까. 그만 대강해서 보냈으면 될 것을 다른 환자도 왔다가 그대로 가버렸어요. 이제는 그만 이 병원도 지탱해나갈 수 없을 것 같습니다."

하고 병일이는 바가지를 긁기 시작하였다. 과연 아까 왔던 환자는 가버리고 없었다.

현수의 형 되는 찬수는 사흘 전부터 앓아누워 있었다. 현수는 한 지붕 아래서 오늘까지 신세를 입고 있을 뿐 아니라 그 형의 힘으로 학교 졸업도 했고 치과의원도 내놓았던 것이요, 늘 결손해오는 현수에게 눈살하나 찌푸리지 않고 돌보아주는 그 형이었다. 그러나 이 두 형제는 한자리에 앉아 정답게 이야기 한 번 하지 않았다.

서로 이야기할 일이 있으면 찬수의 부인이 중간에서 이편저편의 의견을 소통시키는 전화통이 되는 것이었다.

길거리에서 서로 만나도 생면부지의 딴 남같이 본체만체하며 먼 여행에서 돌아와도 서로 시선만 마주쳐 보고는 그만이지 입 한 번 떼는 일이 없었다.

그러므로 그 형의 힘으로 살아오는 현수임을 잘 아는 남들은 현수를 체면도 염치도 없는 미련꾸러기라고 하였다.

"형님이 앓아누웠는데 한 번쯤은 들어가보세요."

현수의 형수 되는 부인은 체면 차릴 줄 모르는 시동생이 얄밉다기보다 남편 보기 민망하여 어떻게 하더라도 병실에 한 번 들여보내려고 애를 썼다.

현수는 묵묵하니 서서 움직이지도 않았다.

"형님이 저러다가 죽으면 어쩔 테요?"

"……."

"형님과 원수졌어요?"

"……."

"형님은 늘 아우님을 찾는데!"

이 말을 듣자 현수의 얼굴은 비틀려지며 턱을 아주 쭉 빼 올리고 목울대를 긁고 나서

"글쎄, 형님 보고 아무 할 말도 없는데."

하고는 꽁지가 빠지라고 자기 방으로 달려가고 말았다.

그는 자기 형이 앓아누운 것을 처음 보는 까닭에 온갖 불길한 것이 다 생각이 나며 조금도 맘이 가라앉지 않았다. 손님도 없는 치과의원에 나와 앉았다 섰다 출급*만 내다가 저녁에 집에 돌아가도 남 보는 데는 자는 척만 하고 누웠다 앉았다 가슴을 졸이는 것이었다.

아침을 먹은 후 혼 잃은 사람같이 치과의원으로 나온 현수를 보고

"병환이 어떠십디까?"

하고 병일이는 한 번도 병실에 들어가지 않는 현수를 잘 알고 있으면서도 일부러 캐묻는 것이었다.

| * 심하게 조급증을 내는 것.

"모르네, 죽을지도 알 수 없지."

현수는 금방 울 것 같이 말소리가 떨렸다.

"무슨 그런 말씀을, 오늘도 별로 손님이 없을 것입니다. 돌아가셔서 간호나 하시지요."

병일이는 넌지시 충고를 하였다.

"볼일도 없이 뭣 하러. 간호는 형수씨가 하는데!"

"그래도 곁에 가서 계시면 좋아요."

"무엇이 좋아, 간사하게. 내가 곁에 있으면 나은가. 나는 부끄러워 못 가."

"선생님 친형님 앓으시는데 가보는 것이 부끄러워요?"

"싫어, 그런 간사스런 말은 말아주게. 자네 얼른 집에 가서 책 하나 가져오게."

"네."

병일이는 마지못해 일어서며

'공연히 환자 염려가 되니까 집에 가보구 오라는 거지 뭐, 책은 무슨 오라질 이름도 없는 책이 있어.'

하고 속으로 중얼거리며 밖으로 나갔다. 병일이는 찬수가 앓아누운 날부터 하루에 수십 차례씩 이런 애매한 심부름을 가는 것이었으므로 현수가 무턱대고 책 가져오라는 그 진의가 어디 있다는 것을 잘 알았다. 그래서 병세만 물어가지고 얼른 돌아오면 현수는 판에 박은 듯이 벌떡 일어나며

"형님 죽겠다던가?"

하고 진땀을 흘리는 것이었다. 병일이는 일부러

"책은 무슨 책을 가져오랬어요. 깜박 잊었습니다."

하고 엉뚱한 대답을 하면

"이 사람 정신 잃었구나. 누가 무슨 책이야, 형님이 어찌 됐어?"

하고 화를 내었다.

"선생님이 가보십시오. 묻지 않고 왔습니다."

하고 병일이는 깜찍스런 여인같이 살살 피하면 그는 당장에 뒹굴며 고함을 칠 것 같이 분을 내어 빙빙 한바탕 돌다가는 다시 책 가져오라고 야단을 하는 것이었다.

그는 병일에게 형님 병세를 물어오라고 하기가 부끄러웠던 것이었다.

찬수가 앓아누운 후 현수는 밥 한술 목구멍에 넘어가지 않고 잠 한숨 자지 않았으므로 비록 병실에 들어가지는 않아도 그 염려하는 꼴은 곁에 사람의 눈에도 겁이 날 만하였다. 그의 얼굴은 여위고 입술은 부르터 오르며 두 눈은 충혈되어 바로 뜨지 못하였다.

찬수가 누운 지 닷새째 나는 날이었다.

현수는 일부러 아침밥을 먹는 척하고 신문지에다 밥을 절반이나 덜어서 둘둘 뭉쳐놓고 상을 내보낸 후 치과의원으로 곧 나갈 것 같이 일부러 바쁜 척하고 서두르며 안방 편만 자꾸 바라보고 있었다.

찬수의 부인은 안방에서 이 눈치를 채고 얼른 현수의 방으로 건너왔다.

"인제는 안심하십시오. 애들 아버지가 이제 좀 열이 내렸습니다. 장질부사가 아니라 몸살이었던가 봐요."

하고 보고를 하였다. 찬수 부인은 현수를 슬쩍 보기만 하면 그의 속마음을 다 알아채는 것이었다. 그가 아무리 묵묵하니 서 있어도

'옳다, 병세가 알고 싶구나.'

하고 알아채고는 진작 보고를 해야 되는 것이었다. 그러나 현수는 못 들은 척하고

"좀 낫다고 자꾸 밥이나 꾸역꾸역 먹이지 마시구려."

탁 뱉듯이 한마디 집어던지고 꽁지가 빠지게 달려 나가고 말았다. 찬수 부인은 그래도 픽 웃으며

"별난 성질도 다 보겠다. 염려는 죽도록 하면서도 왜 싱구이* 남에게 나타내 보이기 싫어하는지."
하고 건너가고 말았다.

현수는 급히 치과의원으로 나갔다. 그의 어깨는 날아갈 것 같이 가뿐하였다.

그 형의 병실에 들어가보기는 아첨하는 것 같아 싫었으나 이미 병이 차도가 있다는 말을 듣고 나니 와락 그 형의 얼굴이 보고 싶어 견딜 수가 없었다. 그는 참다못하여 자기 집으로 달려갔다. 그는 뒷문으로 몸을 숨기고 엿보니 그의 형수는 안방에서 누워 있고 어멈은 툇마루에서 약을 짜고 있었다. 그는 사람 죽이러 가는 자객과 같이 날래게 몸을 날려 병실인 뒷방으로 달려들었다.

그 형은 감았던 눈을 스르르 뜨면서 현수를 바라보았다. 현수는 며칠 사이에 수척해진 그 형을 바라보자 가슴이 금방 깨어질 것 같이 아팠다. 그는 묵묵하니 윗목에 가 버티고 서 있었다.

"네 얼굴이 왜 그 모양이야. 밥을 잘 먹어야 한다. 덥다 나가거라. 나는 곧 낫겠지."

찬수는 돌아누우며 이렇게 띄엄띄엄 말하고 입을 닫아버렸다.

"네 형님, 저."

현수는 주먹만 한 눈물을 한 방울 툭 떨어뜨리며 목울대를 박박 긁고

"저, 염려 없습니다."

현수는 더 입을 뗄 수가 없어 얼른 병실을 나서고 말았다. 불과 이 분간의 병문안이었다.

그는 마루 한옆에서 눈물을 이리저리 닦았다.

| * 기어코. '싱고이' 라고도 함.

"약이 다 됐어요."

어멈이 약대접을 들고 찬수의 부인을 깨우자 현수는 마루 한옆에 비켜서 몸을 숨겼다.

"현수 얼굴이 왜 그 모양이야."

찬수는 약을 가지고 들어간 그 부인에게 버럭 소리를 질렀다.

"왜 반찬을 주의해 먹이지 않았어? 사람이 영 죽게 되었더구나."

찬수는 약을 받아들고는 고함을 치며 부인을 꾸짖었다. 현수 가슴은 뜨거운 총알을 맞은 것 같았다. 그는 달음박질로 치과의원으로 달려가 치료 의자에 가 털썩 주저앉으며 목을 놓고 엉엉 울기 시작하였다.

현수를 찾아왔던 명희는 병일이와 기공실에 있다가 깜짝 놀라 달려왔다.

"어엉엉, 엉……."

현수는 자꾸 울기만 했다.

"왜 이러십니까?"

"무슨 일이에요?"

명희와 병일이는 질겁을 하며 어리둥절하였다.

"형님, 엉엉, 형님."

그는 울면서 가슴으로 부르짖었다. 허위와 가식으로 된 이 세상에서 절망하고 저주하던 현수는 자기 형에게서 비로소 거짓이 없는 진실한 참다운 사랑을 보았던 것이었다.

"명희 씨, 우리 형님이 좀 나으십니다."

현수는 이윽히 울다가 감격에 떨며 고개를 명희에게 들었다.

"그러세요. 왜 우셨나요?"

현수는 대답 대신 명희의 가느다란 두 눈을 바라보며

"명희 씨, 저하고 결혼합시다."

하고 두 팔을 내밀었다.

"아이, 선생님도."

명희는 깜짝 놀란 듯이 얼굴을 찌푸렸다.

그제야 현수도 자기가 한 말에 스스로 놀랐다. 무의식간에 나온 말이었던 까닭이었다. 절망하였던 현실에서 새 광명을 보는 감격에 꽉 찬 현수의 이 한 말은 시인의 입에서 무의식간에 흘러나오는 즉흥시와도 같은 것이었다.

"명희 씨, 나는 우리 형님이 나를 사랑하는 것같이 당신을 사랑합니다."

현수는 이 말로써 자기가 얼마나 명희를 사랑한다는 것을 충분히 표현한 것으로 믿었다.

"아이, 선생님, 그 무슨 말씀이에요. 전 몰라요."

명희는 새침하여 문밖으로 사라져버렸다.

현수는 이상하다는 듯이 벌떡 일어섰다.

"명……."

그는 명희를 부르려다가 입을 다물고 말았다. 그의 눈앞에 며칠 전에 싸움한 그 신사가 우뚝 서 있는 것이었다.

현수의 두 눈은 핑 도는 것 같았다.

'모두가 말뿐이야. 말이란 것으로 공연한 이유를 붙여 제가 제일 옳다고 야단들이지. 명희가 다 뭐냐. 나 혼자 남달리 심각한 사상을 가졌다고 고집하며 세상을 욕했지만 모두가 잘못이었다. 이 세상이 나를 제일가는 위인이고 성인이고 부자고 미남자라고 하며 꾸리하게* 되지못한 생각들은 하지도 않을 것이다. 모두가 이 내 못난 짜증이었지. 아니 내 못

| *무엇인가 속내를 감춘 듯하다.

난 것을 자위하려는 비루한 수단으로 끌어다 붙인 이유겠지.

공연히 저 신사와 싸움을 했구나. 형님 병실에 자주 가보는 것이 왜 부끄럽겠나, 남다른 생각을 한다는 것이 진리가 아니다. 진리란 것은 내가 미워하는 허위 가식으로 된 세상에 있다.'

그는 가슴속으로 부르짖었다. 푸른 꽃을 좋아한다는 그 명희의 남다른 말에 혼을 잃고 있던 자기가 우습게 생각되며 제법 태를 빼물고' 나가 버리던 그 명희가 아니꼽게 여겨졌다. 그는 얼른 신사의 앞으로 머리를 숙이며

"그저께 실례가 많았습니다."

하고 사죄를 하였다.

"네?"

신사는 놀란 듯이 현수를 바라보았다.

"그런 헛인사는 그만둡시다. 나는 무조건하고 당신의 성격이 맘에 듭니다. 자 이제부터는 서로 좀 친해봅시다."

신사는 쾌활하게 웃었다. 현수는 어리벙벙하여졌다. 두 번 다시 오지 않으리라고 생각하고 욕했던 신사는 다시 오고 믿었던 명희는 가버렸다. 그는 신기한 새 세상에 들어서는 것 같이 가슴이 탁 트이며 시원하였다.

"자, 이리 앉으십시오."

현수는 치과의원 개업 이후 처음 보는 명랑한 얼굴로 친절하게 신사를 치료 의자에 앉혔다.

"자! 양치합시다."

그는 컵의 물을 신사의 입에 대주려다가 깜짝 놀란 사람처럼 컵을 배타기 위에 턱 놓았다가 다시 벌떡 들어 신사의 입에 대려 하였다.

| *고상한 척 티를 낸다는 뜻.

"저번 치료한 후 아주 이가 아프지 않아요."

신사는 현수가 망설이고 있는 컵을 받아들었다.

"네."

현수는 무턱대고 길게 크게 한숨하듯 대꾸를 하고 똑바로 서서 턱을 쭉 빼 올린 후 목울대를 가만가만 두어 번 긁었다.

《조선문단》, 1935년 12월

의혹의 흑모 黑眸

　　동경 일비곡日比谷 공원 남쪽 뒷문을 나와서 큰길을 하나 넘으면 남좌
구간정南佐久間町으로 뚫린 길이 있다. 이 길을 조금 가면 오른편 뒷길에
문화 아파트먼트의 큼직하고 산뜻한 삼 층 건물이 보인다. 이 아파트는
아래층이 통틀어 자동차 수선소와 택시 차고로 되어 있는 까닭에 그 앞
길을 지나는 사람이면

　　"우룩! 우루룩! 땅땅!"

하는 요란스런 자동차 수선하는 소리에 으레 한 번씩은 바라보고 지난다.

　　학기말시험도 무사히 끝난 삼월 제삼일요일三月第三日曜日에 성수와
연주, 연순이 세 사람은 일비곡으로 놀러 왔다가 우연히 이 길을 지나가
게 되었었다.

　　"우룩! 우루룩! 딱! 땅!"

　　요란스런 소리에 무심코 바라본 것이었다.

　　"아이고, 아파트."

　　연순이가 먼저 멈칫하였다.

"글쎄, 마루노우찌*가 가까우니까 샐러리맨들을 위해서 지어놓았구면."

성수도 잠깐 머물러 섰다.

"여기 같으면 아주 조용하겠네. 들어가봅시다. 안성맞춤 격으로 빈 방이 있을지 알 수 있어요?"

연순이는 두 사람의 동의도 얻지 않고 제 혼자 앞서서 아파트로 들어갔다. 두 사람들도 마지못하여 연순이 뒤를 따랐다.

아파트 감독인 듯한 노파는 세 사람 아래위를 한번 훑어보더니 무척 애교 있는 말씨로

"어디 근무하십니까?"

하고 물었다.

"아니, 우리들은 학생입니다. 매우 조용해 보이기로 공부하기에 좋을 듯해서요."

"오, 그렇습니까. 참 조용하지요."

학생이란 말에 노파는 아주 반겨했다.

"이 층은 대소 합하여 삼십 개요, 삼 층은 스물다섯이어요. 그리고 옥상은 바람도 쏘이고 할 정원이외다."

설명을 하며 세 사람을 인도하여 고루고루 구경을 시킨 후

"이 방이 지금 비었는데요."

하고 삼 층 남편으로 있는 오 호실과 팔 호실 두 방을 열어 보였다.

"아이고, 전망도 좋고, 공기 통내도 좋고, 햇볕도 잘 들고, 아주 죄다 좋구먼요. 당장 옮겨 옵시다."

연순이는 무척 이 아파트가 맘에 들어 했다.

---

*동경에 있는 거리. 관공서와 대기업 건물이 많다.

"글쎄."

성수와 연주도 맘에는 들어 보이나 연순이처럼 좋아하지는 않았다.

"모두 싫다면 나 혼자 올 테야."

연순이는 벌써 옮겨올 작정을 하였다.

"우리 아파트에는 불량한 사람은 들이지 않습니다. 아가씨 혼자시더라도 내가 할머니처럼 감독을 하니까 조금도 염려 없습니다. 베드도 싱글, 더블 맘에 드시는 대로 몇 개든지 드릴 테니…… 호호."

노파는 성수를 바라보며 의미 있게 웃었다. 이 아파트는 양식인 까닭에 침대 생활을 해야 되는 것이었다.

"좌우간 방세는 얼마요?"

"네, 오 호실은 삼십 원, 팔 호실은 삼십오 원입니다."

세 사람은 서로 얼굴을 쳐다보았다. 학생의 신분으로는 좀 과하지 않을까 하는 느낌이었다.

그 다음 일요일에 세 사람은 함께 이 문화 아파트로 기어이 옮기고 말았다.

성수는 대구에서도 이름 있는 부호의 외아들이요, 연주와 연순은 형제간으로 남형제 없는 귀여운 딸들로서 성수의 집보다 못하지 않는 부자였다.

돈을 두고 염려할 처지가 아니었고 쓸데없이 친구들이 찾아와서 공부에 방해되는 것도 귀찮고 하여 이렇게 옮긴 것이었다.

성수는 일대학정경과日大學政經科, 연순은 여자 미술전문 양화과, 연주는 성수의 아내로 피아노 개인교수나 받으며 성수의 시중이나 드는 것이었다.

오 호실은 싱글 베드 두 개를 맞놓고 연주와 연순이가 차지하고, 팔 호실은 더블 베드를 한 개 갖다놓고 성수 혼자서 차지하였다. 그러나 실상 연주는 성수의 방에 가 있는 편이 많았으므로 오 호실은 연순이 혼자 차지였다.

"언니는 오늘밤 또 저쪽 방인가?"

"성수가 요즘 감기로 앓으니까."

"히힝, 또 감기야?"

동생에게 받는 조롱이었으나 연주는 얼굴이 붉어지는 것이었다. 그는 성격이 부드럽고 기가 약하며 따라서 몸도 버들가지처럼 가늘고 말하자면 연약하고 맘씨 좋은 아가씨였다. 그러므로 사나이처럼 뻣뻣하고 남에게 지기 싫어하고 무엇이든지 맘에 있는 대로 막 털어놓고 떠들어대면서도 지극히 마음만은 유순하여 그림을 배우는 사람 같지 않게 명랑한 '오뎀바' 타입의 연순이에게 대하여서 연주는 형이면서도 아무 위엄이 없었다.

"연순 씨도 어서 시집을 보내야겠구나. 처녀는 나이를 먹으면 못 쓰는 거야."

성수도 웃으며 자기 아내의 편을 드는 척하고 연순이를 도로 놀려주었다.

"홍, 아저씨도 말 마오. 이 아파트에 옮길 때는 공부 많이 하려는 것이 목적이었지."

연순이는 더 말을 계속 못하고 얼굴만 붉혔다.

"그래, 누가 그렇지 않다 했는가?"

"그럼 그렇지 않아요? 밤낮 그저 언니하구만……."

셋은 일제히 얼굴이 붉어지며 웃어버렸다.

비록 연애결혼은 아니었으나 성수와 연주의 사이는 연애결혼 이상으로 사랑의 도가 높았고 연순이도 이 부부들로 인하여 한 번도 맘 상해본 적이 없었다.

세 사람은 조선 사람으로는 맛보기 드문 행복스런 학생 생활이었고 또 사랑 많고 즐거운 부부 생활이었다.

연순이는 연주가 자기에게보다 성수에게만 혼이 팔려 있으므로 자연히 혼자 있을 때가 많았다. 그래서 이 아파트로 옮겨온 후로는 학교에서 돌아오면 반드시 한 차례씩 일비곡 공원을 다녀오는 버릇이 들었다.

여름철이 된 후에는 더욱 열심히 산보를 하게 되어 하루라도 빠지면 그날 밤은 몹시 침울해지기까지 된 연순이었다.

"연순이는 매일 일비곡에 무슨 재미로 빠지지 않고 가누?"

하루는 연주를 보고 성수가 이러한 걱정을 하였다.

"아마 애인이 생긴 게지."

성수는 별 의미 없이 하는 말이었으나 형 된 연주는 갑자기 염려가 되었다.

"그러면 어쩌나요?"

"시집보내지 무슨 걱정이야."

"그래도 잘못 속으면 어떻게 해요. 아직 철딱서니가 없는 어린애가 아녀요?"

"염려 없어. 저렇게 철없어 보여도 이지가 발달된 사람이라 일시적 감정에 도취되거나 남의 유혹에 빠지거나 하지는 않을 거야."

"그렇기야 하지만 한편으로 감정이 예민하기도 하니까."

"그러면 내일은 내가 슬쩍 뒤를 밟아 가보지요."

성수는 연주와 의논한 후, 그 이튿날 연순이가 학교에서 돌아온 후 교복을 벗어버리고 짤막한 원피스에 '게다'를 딸딸 끌며 산보 나가는 뒤를 밟아갔다.

연순이는 바른길로 일비곡으로 들어갔다. 성수도 멀찍이 떨어져 따라 들어갔다. 공원을 한 바퀴 돌고 나더니 어린아이같이 껑충껑충 뛰며 어린이 운동장 안으로 쑥 들어가고 말았다. 성수도 뒤를 따라 쑥 들어가려 하다가 문 앞에

"대인물입大人勿入."

이라고 쓴 패를 보고 멈칫하고 섰다. 하는 수 없이 그물로 싼 담장에 가붙어 서서 운동장 안을 살펴보았다. 연순이는 많은 어린이들과 한데 뭉쳐서 미끄럼 타느라고 법석을 하고 있었다. 즐겁게 마치 어린아이같이 짧은 원피스 아래로 즈로스* 입은 궁둥이가 미끄럼 타느라고 층대를 올라갈 때마다 아래 선 사람에게 환히 보이는 줄도 모르고 미끄럼 타는 데만 정신이 팔려 있었다. 이윽히 바라보고 섰던 성수는 천진스럽게 놀고 있는 연순이 얼굴에서 가슴에서 수 없는 꽃봉오리를 띄운 물결같이 넘쳐흐르는 형용 못할 매력에 온몸이 으쓱하는 것 같았다. 자기가 몰래 뒤를 따라온 것이 부끄럽고 죄송스러웠다.

"자, 이번은 거꾸로 탑시다."

아이들은 손뼉을 치며 궁둥이를 아래로 하고 미끄럼을 탄다.

"아니 그렇게 타면 저 아래 떨어질 때 다치지 않을까."

연순이도 함께 거꾸로 앉아보더니 이렇게 말하였다. 성수는 그 모양이 어떻게 철없이 보이는지 그만

"허허허."

하고 웃어버렸다. 웃는 소리에 아이들은 일제히 떠들던 입을 꽉 다물고 훌쩍 돌아보았다.

"아이고 아저씨?"

| * 속바지, 팬츠, 드로어즈.

연순이는 성수를 보자 게다를 손에 집어든 채 운동장 밖으로 달려 나왔다.

"왜 그만 놀고 나오세요?"

"아저씨 웬일이세요. 나는 심심하니까 날마다 여기 와서 이렇게 놀지. 참 재미있다오."

연순이는 그제야 손에 든 게다를 신으며 운동장 안 아이들에게 손을 들어

"안녕."*

을 하고 성수에게 따라섰다. 성수는 바른말을 하지 못하였다.

"놀러 왔지."

"언니는?"

"집에 있겠지."

"그러면 돌아갈까? 누가 먼저 가나 달음박질합시다."

연순이는 다시 게다를 벗어 들었다.

"발이 상하면 어떡해."

"관계없어요. 자, 뒷문까지 달음박질한다고요."

앞을 서서 달려가는 연순이 전신은 탄력 있는 고무공과 같았다. 성수는 일부러 천천히 달렸다.

"거북, 거북, 거북이 아무리 쫓은들 내 걸음은•못 따를걸."

연순이는 뒤를 돌아보며 손짓을 하였다.

"정말? 시—작."**

성수도 두 다리에 스피드를 내었다.

"아이코!"

---

* 원전에는 '사요나라'로 되어 있다.
** 원전에는 '요—시 땅'으로 되어 있다.

연순이도 갑자기 스피드를 내며 단발한 짧은 머리카락이 뒤로 나부꼈다.

"아이고머니!"

"앗."

연순이는 성수를 돌아보려다가 누구에게 몹시 부딪치며 옆으로 고꾸라지려 했다. 부딪친 사람은 이편으로 걸어오려던 젊은 신사였다. 연순이 달려오는 김에 신사는 하마터면 뒤로 넘어질 뻔한 것을 간신히 스틱으로 꽂으며 몸의 중심을 잡아 섰다. 연순이는 놀라기도 하고 아프기도 하여 가쁜 숨결에 뛰노는 가슴을 한 손으로 눌렀다.

"용서하십시오."

"천만에 다치시지 않으셨나요?"

헐떡이며 얼굴이 붉어진 연순에게 신사는 미소를 띠우고 친절하게 물었다.

"잘못됐습니다. 용서하십시오."

성수도 미안한 듯이 신사에게 머리를 숙였다.

"아니 염려 없습니다. 아가씨께 도리어 미안하게 되었습니다."

신사는 스틱을 한편에 걸고 모자를 벗어 조금 상반신을 구부려 보이고는 태연한 얼굴로 지나가버렸다.

웬일인지 연순이는 갑자기 얼굴이 파래지며 고개를 갸웃하고 천천히 걸어가는 신사의 뒷모양을 바라보고 있었다.

"왜? 얼른 가지 않고 섰어요. 자, 저 문까지 내기한 것 계속하자고."

성수는 연순이 팔을 잡아끌었다.

"아니, 아저씨! 저 신사 송곳니 봤나요."

"송곳니?"

성수도 고개를 갸웃하고 벌써 보이지 않는 신사의 뒤를 바라보았다.

"글쎄 이제 부딪칠 때도 연순이가 달려오는 것을 저는 빤히 보았을 텐데……. 아니 저놈의 자식 일부러 부딪치게 한 것이 아닐까."

성수는 신사에게 사과한 것이 좀 분한 것 같았다.

"아저씨."

연순은 무슨 말을 하려다가 도로 고개를 갸웃하고 입을 꽉 다물었다.

"어쨌든 간에 집으로 갑시다."

연순은 역시 무엇을 생각하는 표정으로 일부러 딸딸 게다 소리를 높이며 공원 문을 나섰다.

이제 그 신사와 서로 부딪칠 때 헐떡이는 연순이 왼편 가슴은 이상스런 감각을 받았다고 생각하였다. 징글징글하게 그의 유방이 꾹 눌린 것도 아니었고 또 넘어지지 않으려고 우연히 붙던 것이라고도 할 수 없는 이상야릇하고도 델리케이트한 형용 못할 감각을 받은 것은 사실이었다.

"그놈의 자식."

연순은 불쾌한 생각이 무럭 치밀며 부딪칠 때 약간 자기 가슴 위를 스쳐 지난 신사의 손길이 생각나서 몸서리가 나게 소름이 끼쳤다.

"허허허, 그 신사 참 하이칼라던데 아주 시크보이*야. 서양바람깨나 쏘인 작자가 아니고는 그만한 차림차림은 못하고 나설걸."

성수는 잠잠하게 걸어가는 연순이 가슴을 엿보듯 하며 이렇게 말하였다.

"단번에 녹초가 된 모양인가? 내가 여자라도 홀딱 반하겠던데."

성수는 연순을 놀렸다.

"아저씨, 그 작자는 어떤 종류의 사람일까요?"

| * 세련되고 멋있는.

연순은 그 농담을 받지 않고 얼굴을 찌푸린 채 물었다.

신사의 아무 기교 없이 덥석 쓴 모자의 멋진 태도나 양복 스타일이라든지 스틱을 팔에 거는 태라든지, 가벼우면서도 정중한 걸음걸이라든지, 모자를 벗고 약간 상반신을 굽혀 인사하는 유화하고 우아한 태도라든지 모두가 세련되고 당당한 영국 타입의 청년신사임에 틀림없다고 생각하는 성수였으므로

"어떤 종류가 뭐야. 영국 가서 케임브리지쯤 졸업하고 돌아온 청년신사 아니 유한신사 아니 청년학자랄까?"

그 신사를 입에 침이 마르게 추켜올리는 성수의 말에 연순이도 저으기 안심이 되었다.

"그러면 반짝하던 그 송곳니는 아마도 다이아몬드인가 보오."

하고 비로소 장난꾸러기 같은 미소를 띠웠다.

"그쯤이면 다이아가 아니고는……."

어디까지든지 성수는 그 신사에게 홀딱 반한 모양으로 말했다.

"그렇지만 아저씨, 이제 부딪칠 때……."

연순은 왼편 가슴을 누르며 더 말을 계속하지 못했다.

"부딪칠 때? 허허허, 가슴이 두근두근하더란 말이지? 흥 연순이도 그럴 나이니까. 그렇지만 허허허, 짝사랑이야. 그런 신사가 연순이 같은 말괄량이에게 일부러 부딪칠 리도 만무하고……."

성수는 농담을 그치지 않았다.

"흥, 아저씨 같이 가치 없는* 외면만을 가지고 그 사람 전체를 비판하는 연순이가 아니라오."

연순이는 입을 삐죽해보았다. 그러나 그 신사의 얼굴이 자꾸 눈앞에

| * 원전에는 '야스뽀꾸'로 되어 있다.

와 어른거려 좀처럼 사라지지 않았다.

연순이는 그 신사를 오늘 처음 본 것이 아니다. 벌써 며칠째 공원에 산보를 가면 으레 한 번씩은 눈에 띄던 사람이었다. 아무리 말괄량이처럼 어린이들과 한 뭉치가 되어 장난하는 연순이라 해도 이미 스물에서 한 자국 내딛은 처녀인 만큼 이러한 시크보이를 아무 느낌 없이 길 가는 첨지 보듯 하지는 않았던 것이다.

그러나 무엇이든지 차곡차곡 꼼꼼하게 생각하지 않는 연순이었으므로 볼 때뿐으로 진작 잊어버리는 것이었으나, 오늘 우연히 그 신사와 부딪치며 자기 가슴 위에다 야릇한 수수께끼 같은 감각을 날인捺印하고 간 그 손길은 좀처럼 머리에서 떠나지 않았다. '날름' 하는 뱀의 혀끝이 와 닿는 것 같았다고나 할까, 대체 그 신사의 손끝이 어떻게 내 가슴에 와 닿았을까? 하는 해득 못할 생각이 자꾸 떠오르는 것이었다.

그 이튿날도 예의 빠지지 않고 연순이는 학교에서 돌아오자 교복을 벗고 곧 공원으로 산보를 갔다.

'오늘 또 만날까.'

그는 공원 문을 들어서자 곧 그 신사 생각을 하였다. 그날은 토요일이었던 까닭에 새로 두 시가량 되었을 때였다.

그는 아직 볕이 쨍쨍하고 더운 까닭에 늘 놀던 어린이 운동장으로는 가지 않고 그늘 아래 앉아 테니스하는 구경이나 해볼까 하고 테니스 코트로 철렁철렁 걸어갔다.

동물원을 지나 코트 편으로 넘어가려는 그늘 아래 그 신사는 저편을 향하여 서 있었다.

석양이 되어야 나타나는 그 신사가 벌써 어떻게 왔을까…… 하는 생각이 들자 가슴이 뭉클해지며 뱀의 혀끝 같다고 스스로 생각해오던 신사의 손길이 선뜻 생각나며 눈살이 찌푸려졌으나 모르는 척하고 덥석 그 앞을 지나갔다. 지나가며 보니 그 신사는 소녀 하나와 마주 서 있었다.

'누이동생인가 보다.'

그는 이런 생각이 들었으므로 원래 어린이 좋아하는 성질이라 그만 힐끔 그 소녀만을 돌아보았다.

소녀는 돌아섰음으로 얼굴은 보이지 않으나 짤막한 머리를 리본으로 되는대로 잘라매고 짤막한 보일로 지은 드레스를 입고 있었다. 두 팔은 어깨에서부터 아무 걸친 것 없이 모양 있게 내놓았다.

'아마도 양장이 어울리는 품이 외국물을 먹었는데.'

혼자 속으로 중얼거리며 그대로 테니스 코트 바깥 둑 위에 그늘진 벤치를 골라 앉았다.

"게임 끝, 하하하……."

코트에서는 그때 막 시합이 끝나며 심판이 뛰어내렸다. 못 이긴 편 전위前衛가 라켓을 그만 두들겨 부술 듯이 울러 메더니

"에 꼬라샷도, 내 라켓은 구멍이 뚫어져 할 수가 없었네."

하며 껑충 네트를 뛰어넘으려다가 왼발 끝이 네트에 탁 걸리며 보기 좋게 큰 대자 헤엄을 쳤다.

"아하하, 아하하."

코트 내외의 모든 사람들이 일제히 손뼉을 치며 웃었다. 연순이도 우스워 한참 웃었다. 그때 자기의 귀 뒤에서 아주 고막이 뚫어질 듯한 소프라노로

"오호호호."

하고 웃는 이가 있었다.

"가뜩이나 넘어져 부끄러울 터인데 이렇게 딱새 소리로 막 웃어대는 사람이 누구야!"

연순이는 훌쩍 뒤를 돌아보았다.

"오호호, 아이고 배 아파라. 아이고 우스워 죽겠다."

그는 아까 신사와 마주 섰던 소녀였다.

"오호호."

소녀는 웃음을 그치지 않았다. 웃는 웃음소리는 소녀답지 않게 체를 낸 □□* 소리였다.

"아이고 언니, 당신은 우습지 않아요?"

소녀는 연순이 곁에 와 앉으며 곧 상글상글 말을 건넸다.

"글쎄요."

연순이는 이 소녀가 다행히 자기 곁에 온 것이 반가웠다. 그 신사가 누구인지를 알아낼 수도 있거니와 이렇게 귀엽게 생긴 소녀와 말을 하게 되는 것도 좋았다.

그러나 다음 순간 웬일인지 연순이 시선은 소녀의 얼굴 위로 자꾸 끌려가고 있었다.

"?"

연순은 처음 보는 소녀의 얼굴을 무례하게 자꾸 바라보는 것이 미안하기는 하나 두 눈은 소녀의 얼굴에 가 딱 들어붙어 떨어지지 않았다.

한 번 보고 또다시 보고 해도 도무지 판정해낼 수 없는 수수께끼를 쌓은 그 소녀의 얼굴에 무럭무럭 호기심이 치받혀 올랐다.

"오호호, 저이가 그만 돌아가는구먼. 엎어진 것이 부끄러우니까."

소녀는 코트만 열심히 바라보며 다시 말을 건넸다.

"어디 다쳤나 보오."

연순이도 그제야 시선을 돌려 코트를 바라보았다.

---

* 원본에는 '걕곤'으로 되어 있다.

"보세요, 언니 당신 이름을 어떻게 부르나요?"

소녀는 다정스럽게 다가앉으며 물었다.

"내 이름? 련."

연순이는 일부러 연자 하나만 가르쳐주었다.

"련? 하스?"

소녀는 두어 번 되씹고 나더니

"나는 로라."

"로라?"

"그래요. 우리 동무됩시다요."

연순이는 그제야 그 소녀 얼굴의 수수께끼를 하나 풀어낸 것 같았다.

'옳아, 양키로구면. 아니 혼혈아로다.'

혼자 속으로 중얼거렸다.

희고도 핏기 없는 빛깔, 아주 쪽 선 코 넓은 이마, 움쑥 들어간 큼직한 눈, 긴 속눈썹, 틀림없는 양키다. 그러나 칠漆같이 검은 머리, 산포도 알같이 새까맣고 광채 나는 두 눈동자는 틀림없는 동양 사람이다.

"혼혈아!"

연순이는 이렇게 단언을 내렸다. 그러나 로라에 대한 호기심과 의혹은 그대로 가슴속에서 사라지지 않았다.

"대체 어른이냐, 정말 소녀이냐."

짧은 머리를 리본으로 묶어 내린 것이나 드레스의 스타일이나 사척반四尺半이 될락말락한* 작고 가녀린 몸집, 천진스러운 두 눈동자, 정녕코 열다섯도 채 못 된 소녀이다. 그러나 그 반면 희고도 핏기는 없으면서도 소녀다운 탄력 없는 팔과 뺨, 연순이 자기 손보다 더 말라 여윈 손등, 아

| * 될까 말까한.

무리 잘 보아도 스물다섯이나 되어 보였다.

"이상스런 사람도 다 보겠구나."

연순이는 그 신사의 말을 물어볼 것도 잊고 이 로라에게만 정신이 쏠렸다.

그때 로라는 연순의 의혹을 알아차린 것 같이 얼굴을 홱 돌려 가만히 쳐다보았다.

"모나리자."

연순이는 미전학생답게 레오나르도 다 빈치의 「모나리자」가 문득 연상되었다.

지극히 어려보이는 로라의 표정, 모나리자의 미와 신비와 불가사의를 숨긴 로라, 그 점잖은 신사 이 두 인물은 형용할 수 없는 미묘한?* 이었다.

"언니, 어린이 운동장으로 갑시다."

"그럴까요. 그럼 같이 온 어른에게 허가받고 오구려."

연순이는 이 기회에 신사의 말을 물어보리라고 생각을 하였다.

"같이 온 어른? 누구예요?"

로라는 눈을 둥글하며 휘휘 둘러보았다.

"아니, 아까 저 나무 아래서 당신과 같이 서 있던 이 말이에요. 오빠가 아니었나요?"

연순이는 이상하여 이렇게 겨우 말을 하였다.

"오, 저 백일홍 아래서 말이지? 난 모르는 신사야, 그러한 오빠가 있으면 오죽 좋게요."

그 신사를 알지 못한다는 말에 연순은 조금 실망이 되었다. 따라서

───

| * 원전에 이렇게 되어 있다.

지금까지 그 신사 까닭에 로라에게 자기의 의혹되는 바를 물어보지 않고 참아오던 것이 갑자기 장난꾸러기같이 무럭무럭 호기심이 치밀어 올라왔다.

"그런가요? 로라 대체 당신 나이가 얼마에요?"

연순은 짓궂게 로라를 바라보았다.

"맞혀 보오. 알아맞히면 선물하지."

로라는 재미있다는 듯이 연순이 팔에 매달렸다.

"스물다섯!"

연순은 서슴지 않고 말해버렸다. 남의 나이를 묻는 것이 실례인 것도 또 더구나 자기 딴엔 어린 소녀인 체하는 것을 대담하게 스물다섯이라고 하면 여간 실례가 아닌 것을 뻔히 알면서도 노하면 노하고, 실례라고 욕하면 먹을 셈치고 이렇게 넘겨짚은 것이었다. 의외에도 로라는 손뼉을 치며 기뻐했다.

"스물다섯? 오 감사해라. 정말요? 정말 스물다섯으로 보여요. 아이고 좋아."

아주 기쁘다는 듯이 연순이 두 눈을 쳐다보았다.

아무리 보아도 아니 보면 볼수록 나이 먹어 뵈는 로라. 그러나 그 두 눈동자는 보면 볼수록 천진스럽고 어여쁘고 맑은 로라이다.

"그러면 몇 살이오?"

연순은 로라의 좋아하는 꼴이 우스웠다. 그 모양은 나이 많은 사람을 적게 먹어 보인다고 하여 기뻐하는 것이 아니고 어린아이를 어른 같다고 하면 철없이 기뻐 뛰는 그 모양이었다.

"오호호, 알아맞혀요."

"열다섯?"

연순은 조롱같이 한번 똑 떨어뜨려 보았다. 로라는 연순이 기대한 바와는 반대로 고개를 끄덕하였다.

"열다섯."

"그럼, 나는 생일이 섣달인 까닭에 만 열다섯은 아니에요. 선물을 해야겠네."

로라는 스물다섯이라고 우겨대지 않음을 도리어 실망이나 하듯 고개를 내려뜨렸다.

'정말일까……. 아니다. 거짓말이다. 앙큼한 여자다.'

연순은 혼자 속으로 중얼거렸다.

"로라, 내가 꼭 바른말을 한다면 로라는 꼭 스물다섯 살이나 먹어 보여요. 몸뚱어리는 작지만 꼭 어린아이를 낳은 여자같이……."

이미 뻗치는 김에 연순은 어디까지든지 로라의 정체를 판정하고야 말리라는 호기심에 이렇게 심한 말까지 쑥 나오고 말았다. 그러나 로라는 얼굴이 파래진 채 조금도 노하지 않고

"정말? 하느님께 맹세하세요. 정말로 그렇게 보이나요? 나는 얼른 어른이 되고 싶어."

로라는 애원하듯 말하였다.

"맹세? 이렇게 말이지!"

연순이는 팔을 들어 맹세하였다.

"에고머니, 나도 맹세해요. 꼭 열다섯 살."

"열다섯?"

"그럼 이렇게 맹세하지 않아요."

로라는 한 손으로 하늘을 가리켰다.

"그래요. 잘못했습니다. 용서하세요."

연순이는 로라가 맹세하는 모양을 바라보며 너무나 심하게 실례를 하였나 하고 후회하였다.

"그러면 로라는 어느 나라 사람?"

"아버지는 아메리카, 어머니는 스페인."

"으."

연순은 그 말이 또 이상스러웠다. 스페인 사람이 아무리 동양적이라 해도 머리털이 저렇게 검고 두 눈동자가 저렇게 검고 아름다울 수야 있을라구…… 하는 생각이 든 까닭이었다.

"거짓말 마라. 엄마는 일본 사람이지?"

"아이고머니, 당신은 아주 맘이 나쁜 사람이야!"

로라는 새침하여 돌아섰다.

"흐흥, 거짓말쟁이 혼혈아."

연순이는 그대로 로라를 버리고 혼자 달음박질하여 집으로 돌아왔다.

"아이고 언니, 아저씨 나는 지금 참 천하에 제일가는 괴물을 구경했다오."

연순이는 아파트 팔 호실로 들어서며 이렇게 외쳤다. 가지런히 앉아 빙수를 마시고 있던 성수와 연주는 일제히 돌아보았다.

"나는 참 좋은 구경을 했어요."

연순이는 성수의 빙수 그릇을 빼앗아 마시며 자랑같이 하였다.

"무슨 구경?"

연순이는 로라 이야기를 다 하여 듣게 했다. 성수와 연주도 호기심이 바싹 일어났는지 그대로 벌떡 일어섰다.

"그러면 가볼까."

"우리 셋이 함께 가자구. 나가는 길에 어디 가서 시네마도 구경할 겸."

성수는 토요일이면 으레 영화구경을 가는 버릇이 있었으므로 이날은 로라도 구경할 겸 그대로 셋이서 공원으로 나왔다.

연주는 어서 바삐 로라가 보고 싶어 공원 안에 들어 사방을 휘휘 살폈다.

세 사람이 신음악당 앞 숲 속을 지나다가 로라를 발견하였다.

로라는 아까와 한 모양으로 고개를 숙인 채 벤치에 걸터앉아 있었다.

연순이는 자기 형에게 로라 구경을 시키게 된 것이 기뻐 크게 불렀다.

힐끔 돌아보는 로라는 입을 삐쭉 하여 보이고는 뾰루퉁한* 얼굴로 싹 돌아앉았다.

"연순이는 공연히, 아주 귀여운 아가씨인데."

성수는 첫눈에 로라에게 호의를 가졌다.

"스페인 사람이란 말이 옳구려. 머리는 염색을 한 모양이구."

연순이는 아까 로라에게 너무 심하게 군 것이 미안스러웠다.

"로라, 용서하구려. 장난이었다오."

"싫어요. 당신은 맘씨가 좋지 못해요."

로라는 금방 울 듯이 입술이 떨렸다.

"로라 이제는 정답게 동무되자고. 다시는 그러지 않을 테야."

"로라 상, 아가씨 보세요, 아가씨!"

성수와 연주도 허리를 구부리고 로라를 들여다보며 달래었다.

"오호호, 이제부터는 나를 놀리면 안돼요. 응?"

로라는 그 크고 검은 두 눈동자를 반짝이며 벌떡 일어섰다.

"그렇고말고, 로라 참 예쁜 아가씨야."

연순이는 일부러 로라의 어깨를 쓰다듬었다.

"보세요. 당신보고 아저씨랄까요? 당신에게는 언니라 그러고."

로라는 성수와 연주에게 매달리며 가느다란 소프라노로 곱게 말하였다.

---

* 뾰루퉁하다. 뾰로통하다.

"네, 그렇게 부르세요."

두 사람은 쾌히 승낙하였다.

"아이고 좋아. 오늘 나는 아저씨 하나 언니 둘이 생겼네."

로라는 몹시 좋아하였다.

"흥, 인제 완전히 모나리자의 성이 풀리신 모양이구려."

연순이는 로라의 팔을 끼며 말하였다.

"댁이 어디세요. 어디 가서 놀다 오겠다고 허락받고 오시면 시네마에 데리고 가지요."

성수는 로라를 아주 어린 소녀로 여기는 모양이었다. 연주 역시 그러한 표정이었으나 연순이만 그 형들의 안광이 흐린 것이 우스웠다.

《중앙》, 1935년 8월

학사

이병환은 W대학을 졸업한 경제학사이다.

그의 선친 때는 이백 석 추수는 하던 것인데 그들의 형제가 상속받은 것은 커다란 집 한 채와 때 묻은 가구뿐이었다.

그러므로 대학 본과부터는 고학을 했던 것이다. 돈 있는 친구의 보조도 받고 또 노동도 했고 이따금 그 형이 얼마씩 보내주기도 했으나 그의 대학 생활은 처참하여 실로 억지의 학생 생활을 했던 것이다.

졸업을 앞으로 일 년밖에 남기지 않았을 때는 그 형은 늙은 모친과 어린 자녀를 거느리고 끼니도 이어 나가지 못할 형편이었으므로 이따금 병환에게 곤란한 자기 형편과 얼마만이라도 학비를 보조해주지 못하는 무력함을 한탄하는 편지를 하는 것이었다. 병환은 이러한 편지를 받을 때마다 말할 수 없는 초조와 안타까움을 느꼈다.

대학을 졸업만 하고 나면 자기 일가의 모든 불행과 괴로움은 금시에 해소되고 말 것이라고 그는 믿었다. 졸업 후에 할 일이 확정되어 있는 것도 아니요, 또 취직이라도 할 무엇이 있는 것도 아니었으나

"설마 졸업만 하고 나면야."

하는 막연하다면 기막히게 엉터리없는 막연한 생각이었으나 병환에게는 벌써 졸업 후에 할 일이 확정되어 있는 것보다 몇 갑절 더 달콤한 희망이었으므로

'졸업만 하면.'

하고 생각하면 용기가 충천하는 것 같았다. 세상에 부러운 사람이 없고 어떠한 일이라도 졸업만 하고 나면 자기를 이겨낼 사람이 없을 것 같이 생각되었다.

이러한 생각을 하면 모든 이상은 졸업하는 날부터 실현되는 것이니 세월이 어서 달음질하여 졸업 날을 가져오라고 고함을 치고 싶은 것이었다.

그러나 세월은 병환을 저주나 하듯이 더디고 그 형에게서 오는 가난하고 괴로운 눈물의 편지만도 수가 잦아졌다. 그는 자기 일가족에게 모든 행복을 가져오는 졸업할 날을 어서 가져오지 않는 세월이 자기 일가족의 모든 불행의 원인이라고 끝없이 한껏 세월만 원망하였다.

불행하면 누구든지 자기를 불행하게 한 원인이 있고 이 원인을 사람들 앞에서 원망해 보임으로써 자위와 만족을 느끼며 체면유지를 하려는 것이라 그 원망스런 불행의 원인을 극복시키려는 사람은 드물다. 병환이도 자기 형 편지를 볼 때마다 가슴이 미어지는 것 같아 세월만 가득 원망하여 편지 답을 써보내는 것이었다.

이 편지를 받아보는 병환의 형은

"흥, 너는 아직 원망할 대상이 있으니 행복하구나. 나중에 원망하고자 하나 할 대상이 없는 날의 그 불행을 어떻게 이겨 나가려노."

하고 한탄하는 것이었다.

병환은 기다리고 바라던 졸업 날이 닥쳐오자 곧 경제학사 이병환이

란 명함을 박았다. 그 형이 무슨 노릇을 하여 어떻게 구변해낸 돈인지 사십 원을 보내주었으므로 그것으로 봄 양복 한 벌을 지어 입고 졸업사진을 상자에 곱게 간수해가지고 부랴부랴 고향인 A로 돌아왔다. 아무도 마중 나와 주지도 않은 고향 정거장에 그는 활기 있게 내려섰다.

그는 자기 집에 들어서자 부지중에 눈살이 찌푸려졌다. 늙은 어머니, 말 못하게 초라한 옷을 입은 그 형, 거러지 떼같이 욱덕이는 조카아이들, 더구나 그 형수의 곯아 붙은 얼굴, 모두가 가엾다기보다 불쾌함이 앞을 서는 것이었다.

길고 긴 오 년 동안 객창에서 형설의 공을 닦아 금의환향한 오늘의 자기를 맞아주는 사람들이란 것이 모두 이 모양들이라고 생각하자 부지중에 한숨이 나오지 않을 수 없었다.

저녁상을 받고 앉으니 조카아이들이 자기 어머니 눈치를 엿보아가면서 병환의 상 위를 바라보며 큰아이는 침을 삼키고 작은아이는 나도 이밥 달라고 징징댔다. 병환은 그 밥이 넘어가지 않았다.

답답한 가슴으로 거리로 나가보았으나 형설의 공을 닦고 돌아온 자기를 바라보는 사람들의 얼굴은 모두가 무표정하고 쌀쌀하여 대학 출신인 자기를 몰라보았다. 스마트한 그의 새로 맞춘* 양복을 보고는 눈 하나 크게 뜨는 사람이 없었다.

"이요, 형식 군 아닌가."

그는 문득 눈앞에 나타난 옛 친구 한 사람에게 활기 있는 인사를 건넸다.

"아? 병환 군인가, 언제 귀향했나."

그 친구는 반갑게 병환의 손을 잡았다.

| * 원전에는 '신조新造' 로 되어 있다.

"오늘 돌아왔네."

"응, 언제 또 가나?"

"인제 졸업했으니까."

"오, 그런가. 축하하네. 그런데 어디 취직처*나 정했나."

"……."

병환은 총알이나 맞은 것 같이 뜨끔해져 얼른 대답이 나오지 않았다.

"경쟁이 심하니까 어서 어디 취직부터 해야 할 것인데."

그 친구는 이렇게 말했다.

"글쎄, 설마 취직쯤이야."

그는 얼마만치 그 친구에게 우월감을 가지며 이렇게 걸림 없이 말했다.

"대학 졸업을 했으니까 취직쯤이야 어려울 것 없지만 자네도 짐이 많으니까 말일세."

"나야 무슨 짐이 있나?"

"없다면 그만이겠지만 자네 형님이 별 기술이 없으니까."

친구의 이 말에 병환의 자존심은 여지없이 내리박히는 것 같았다. 그의 눈앞에 자기 집 식구의 지지한** 꼴이 떠오르며

'우리 집안이 이렇게 된 줄 모르는 사람이 없구나.'

하는 생각이 번쩍하여 그 친구와 더 말을 하고 서 있기가 불쾌했으므로

"또 천천히 만나세. 지금 좀 가볼 데가 있어서!"

하고 그 친구와 갈라졌다.

그는 그 길로 자기의 고종사촌 되는 누이의 집으로 향했다. 이 누이는 고등여학교 출신으로 은행원에게 시집가서 따뜻한 문화생활을 하고

---

* 취직자리. 원전에는 '취직구'로 되어 있다.
** 변변하지 못하다.

있는 터이라

"아이고 오빠, 잘 오세요. 축하합니다. 이제는 학사님이시지."

불과 한 살 차이요 어릴 때 서로 한곳에서 자란 탓으로 친함이 친구와 같았으므로 누이는 그를 보자 곧 농담을 섞어 반겨 맞았다.

"그래 잘 있었나? 바깥주인은 어데 갔어?"

하고 전등불이 휘황한 방 안으로 들어갔다.

"오빠 이제는 여기서 사실 텐데 큰오빠 댁에 그대로 계시려나요?"

누이의 이 말이 병환은 반가웠다. 동경같이 화려한 곳에 있던 몸, 더구나 최고학부까지 졸업한 당당한 청년 신사의 몸으로서 어떻게 그런 구지리한* 집에 살 수가 있겠느냐고 묻는 말같이 그는 느꼈던 것이었다.

"그래, 대체 집구석이 왜 모두 그 모양으로 되고 말아서……."

하고 그 형의 변통머리 없음을 원망하듯 말하였다.

"그러기에 말이지요. 큰오빠는 좀 성질이 눅눅해서 말이 아니어요. 장차 오빠 혼자서 어떻게 그 짐을 지시겠어요."

누이는 어디까지든지 자기를 잘 알아주는 것 같이 느껴져 하는 말이 모두 자기 맘에 맞았다.

"말이 아니야. 어떻게든지 내가 책임을 져야 되는 것이니까! 그렇지만 그까짓 것 염려할 것 없어!"

그는 졸업만 하고 나면…… 하고 벼르고 바라던 용기가 아직 그대로 있는 터이라 가볍게 대답하였다.

"아이고 참, 월급 생활을 하려면 아니꼬운 꼴이 많으니까 오빠도 장차 어떻게 참고 지내실 터요?"

| * 구질구질하다. 여기에서는 '격이 맞지 않다' 는 뜻으로 보아야 할 듯.

"구태여 월급쟁이가 될 필요가 있나?"

그는 명랑하게 웃었다. 누이가 자기를 월급쟁이가 되는 줄만 아는 것이 철없어 보였다. 그의 꿈은 적어도 청년실업가에 있었던 것이었다.

"월급쟁이가 아니라도 좋은 일이 있다면야 오죽 좋겠어요. 오빠는 월급쟁이 노릇을 하시지 않으려나요?"

"월급쟁이라도 계급이 있는 것이니까 구태여 안 하겠다는 것은 아니지만."

그는 누이 남편이 상업학교 출신밖에 되지 않으니까 아니꼬운 꼴을 보는 것이지 자기처럼 대학 출신이라면 남의 아래 갈 리가 없으니 아니꼬운 꼴을 볼 턱이 없다고 생각하였다.

그러나 민감한 누이는 병환의 이 말에 조금 불쾌함을 느꼈는지

"물론 월급쟁이라도 계급이 있지만 첨부터 그렇게 좋은 자리를 주나요."
하고 응수하는 것이었다.

"참 오빠, 장가는 드실 생각 없어요?"
하고 자기가 병환에게 응수한 것이 과하지 않았나 하여 얼른 말끝을 돌리며 홍차 따를 준비를 하였다.

"장가? 글쎄."

병환이도 말머리가 돌려진 것이 반가워 얼른 대답을 하며 싱글싱글 웃었다.

"어여쁜 색시야 많이 있지만 오빠 맘에 드실지!"

"글쎄, 어떤 색시가 좋은지 나는 참 모르겠더라."

병환이는 지금까지 이 중대한 문제를 한 번도 구체적으로 생각해보지 않았던 것이 이상하였다고 느낄 만치 지금의 자기에게 빼놓을 수 없는 긴급하고 중대한 문제 중의 하나라고 생각되었다.

"내 중매해드려요?"

누이는 상긋 웃으며 찻잔을 병환의 앞에 놓으며

"대체 결혼에 대한 오빠의 이상을 알아야지요."

하고 과자 그릇을 열어놓았다.

"글쎄…… 나는 아직 그런 것을 생각해볼 여가가 없었다."

"그러면 내가 알아맞힐까요? 첫째 인텔리 여성일 것, 둘째 얼굴이 얌전할 것, 셋째……."

하고 누이는 웃고 말았다.

"돈 있는 집 딸."

이라고 하려던 것을 병환의 자존심을 보장해주기 위하여 웃고 만 것이었다. 병환은 이어서 조건의 뜻을 알아채지 못하고

"나는 모르겠다. 좌우간 모든 점에 있어서 너만큼만 하면 충분하지."

하며 찻잔을 들었다.

"아이고 천만에, 내 따위만큼 한 색시야 와글와글 하지요."

"그렇게 많거든 하나 중매해보렴."

"그런데, 오빠 결혼하시려면 한 가지 빠져서는 안 될, 아니 제일 중요한 조건이 뭐에요?"

"제일 조건…… 글쎄 모르겠다."

"사람만 맘에 들면 아무리 신분이 나쁘든지 가난하든지 해도 관계없어요?"

영리한 누이는 병환의 결혼에는 가장 큰 조건이 될 것이 이것임을 미리 짐작한 바이나 이렇게 병환의 귀에 거슬리지 않게 슬쩍 물어보는 것이었다.

"신분 낮은 것이 무슨 관계이겠나. 더구나 가난한 것이 문제될 턱이 있겠나. 돈 있는 집 여자는 당초에 원하고 싶지 않다."

"……."

누이는 병환의 이 대답이 철없게도 보이고 가엾게도 여겨졌다.

"돈 있는 집 여자는 건방져서…….."

병환은 누이의 맘속은 알아차리지 못하였다.

"돈 있는 여자는 건방지다고 싫단 말씀이지요?"

"건방질 뿐 아니라 내 친구의 말을 들으니 남편을 막 쥐고 흔들려고 한다더라. 그뿐 아니라, 여자 건방진 건 못써."

"아이고 참 오빠, 그것 말이 되나요. 여자가 건방지고, 남편을 깔고 앉으려면 그것이 되는 일인가요. 모두가 그 남편에게 달렸지요. 남자가 여자에게 쥐이는 불출이가 어디 있겠으며 제아무리 건방진들 남자보다 더한 여자가 어디 있겠어요."

"그렇기야 하지만 이것은 이론이고 정말 건방만 부린다면 죽이지도 못하고 기막힐 것이야. 좌우간 여자는 여자답게 부드럽고 얌전해야 돼!"

"아니, 오빠는 아주 머리가 고물이구려!"

"아니, 너도 남녀동등을 찾니?"

"천만에 동등이 아니라…….."

누이는

"아따, 어디 봅시다. 만일 취직처가 얼른 나서지 않고 그 집구석에서 고생을 조금 해보면 알 것을. 나중에는 돈 있는 집에 장가가려고 헤맬 것을."

하는 말이 입술까지 튀어나오는 것을 참아버리고 이 말도 오래할 것이 못 된다고 그는 더 계속하지 않았다.

"너 군청에 들어가지 않겠나?"

며칠 후에 병환의 형은 딱한 얼굴로 이렇게 물었다.

"군청에요?"

"그래."

"군청에……."

그는 아니꼽다는 듯이 군청에를 되씹고 나서

"좋은 자리가 있습니까?"

하고 그 형을 바라보았다.

"아마 네 맘에는 차지 않겠지만 하는 수가 있나. 집안 형편이 이러니까 취직부터 해야지."

형은 아우에게 애원하는 듯한 어조였다.

"대관절 월급은 얼마쯤이나 되나요?"

병환은 바쁘게 물었다. 경제학사인 자기가 월급 생활로 들어간다면 얼마로 평가되느냐 하는 호기심에서이다.

"한 사십 원은 될 거야. 이것도 대학 출신이니까 특별이지."

그 형은 간신히 머뭇거리며 바른말을 했다.

"뭐요? 사십 원…… 하하하."

그는 어이없다는 듯이 쾌활하게 웃었다.

보통학교나 겨우 졸업한 내기들이 몇 십 년 군청 밥을 먹다가 나중에는 제법 군 주사입네, 하고 다니는 사람들을 불쌍한 미물들이라고 아득한 꼴자구니*를 내려다보듯 해온 터이라, 오늘의 자기가 돈 사십 원에 팔려 그들과 한 집안 공기를 호흡하며 동료가 되라고 하는 자기 형의 말은 정말 정신없는 익살이라고 느끼며 잇따라 두어 번 더 웃었다.

"그렇지만 이 자리를 떨어트리면 정말 어렵다."

그 형은 철없어 보이는 자기 동생을 안타깝게 여기며 기어이 승낙을 받으려 했다.

* 깊은 골짜기.

185

그러나 병환이는

"나로서는 차마 못하겠는데요."

하고 보기 좋게 그 형의 의견을 일축해버렸다.

그 후 병환이는 자기 친구들에게 편지로 취직을 의뢰하기도 하고, 그 형이 결사적으로 애를 쓴 결과 서너 군데나 월급자리가 있었으나, 맨 처음 군청 고용 자리보다 조금도 나은 곳이 없었다.

"사십 원……."

이것이 병환의 정가와도 같아 그는 이 모욕을 참을 길이 없었다.

아우의 이 맘속을 잘 아는 그 형은 그 철없음이 가엽기도 하고, 속이 상하기도 하고 또는 비웃고도 싶었으나 그래도 한 자리 차 던지면 또 한 자리 물어다 바치곤 하여 쉬지 않았다. 병환이는 학생 시대에 한 가정도 구원하지 못하는 그 형을 변통머리 없는 못난 사내라고 불쌍하게 여겨 왔었으나, 오늘에 와서는 도리어 그 형이 자기를 위하여 취직 운동에 맹렬히 활동함을 봄에 새삼스럽게 놀라지 않을 수 없었다.

"정말이지 현하 조선에 있어서는 대학이 아니라 대학의 선조 꼭지까지 졸업한 사람이라도 단번에 회사 중역이나 군수나 서장이나 그런 자리를 네 기다렸습니다, 하고 내다바칠 데가 없는 것이다. 너도 그만 취직할 작정을 해라."

하고 갖은 말을 다하여 승낙하기를 바랐다.

"그렇지만 너무 억울하고 아니꼬워서 어떻게!"

병환은 한결같이 뻣뻣하였다.

"그렇기야 하지만 첫째 집안 형편이 말이 안 되니 우선 급한 대로 아무데나 들어가 놓고 차차 기회와 왕운을 기다려야지."

"그건 그렇지 않아요. 아무리 일시적이라 하고 아무렇게나 취직을 한다고 하지만 한번 취직을 하고 나면 그 사람이 이미 평가되고 마는 것이 되고, 또 아니하고 있느니보다 좋은 자리를 그 직업에 좇아 고르게 될 기회가 적어지는 것이어요. 첫째 누구라도 사람이 필요하여 나를 초빙하려면 내가 취직하고 있는 것보다, 놀고 있는 편이 유리할 것이 아니어요. 그렇기도 하고 또, 어디 우리 살림에 사십 원 가지고 지탱할 것 같습디까? 좀 고생되더라도 시작을 좋은 자리에 해야 되는 것입니다."

병환이도 사십 원에 취직하지 않으려던 이유가 차차 변해왔다. 지금은 사십 원이란 월급에 기가 막혀 웃지도 않고, 보통학교 졸업 자리와 한 동료가 되기 아니꼽다던 것도 차차 말하지 않게 되며 얼마만치 유리하게 타산적으로 변하게 된 것도 오랜 세월이 걸렸었다.

그 봄, 여름, 가을이 지나고 겨울이 닥쳐오자 병환 일가의 생활은 기막히게 되어 갔다. 아무 수입이 없이 그 형이 예전 친구에게서 취해오는 돈과 염치 체면 없이 건달 노릇을 하여 잡는 돈으로 살아오는 터이라 이따금 끼니를 굶는 것은 예삿일이 되었다. 병환의 앞에 수없이 갈아들이던 취직자리도 그렇게 무진장은 아니었던지

"답답하니 사십 원에라도……."
할 때는 허갈밭*을 매도 쉽게 나서지 않았다.

봄, 여름, 가을은 졸업할 때 지어 입은 봄 양복으로 어떻게든지 출입을 했으나, 겨울이 탁 닥쳐오니 병환은 방 안에 갇혀 앉지 않을 수 없었다. 동경서 입던 학생복은 귀향할 때 고학하는 친구에게 훨훨 벗어주었고 단벌 양복은 봄옷이니 그는 찬 방에 종일 틀어박혔다가 그 형이 집에 들면 두루마기를 얻어 입고 간신히 문밖 구경을 하게 되었다.

"이럴 수가 있나."
그는 목도리도 없이 소름끼친 두 뺨에 쓴 냉소를 띄우고 친구의 사랑

___
* 없거나 혹은 거친 발뙈기를 일컫는 말.

으로 찾아다녔다.

그는 졸업한 후 오늘까지 근 일 년 동안을 돈이라고 손에 쥐어보지 못했었으나 술과 담배 피는 양은 무척 늘었었다.

"저놈의 자식 대학 졸업을 했으면 제일인가. 왜 일없이 밤낮 남의 사랑에 눌어붙어 멀쩡한 자식을 끌고 요릿집에 못 가서 애를 쓰노."

친구의 마누라나 어머니들은 모조리 병환을 미워하고 욕하였으나 병환 자신은 꿈에도 그 미움을 느끼지 못하고 자기는 비록 곤궁한 신세이나 돈 있고 중학 졸업도 못한 친구들에게는 자기가 그렇게 놀러 다녀주는 것이 영광은 못 될지라도 불쾌하거나, 싫어할 리는 없으리라고 믿었으므로 모양은 초라하나 친구와 요릿집에 가는 데는 상좌를 점령하는 버릇까지 들고 말았다. 그는 비록 불청객이 □□□* 요릿집 가는 친구에게 따라가기도 점점 무관하여져서

"나만 공술을 밤낮 얻어먹기 미안하네. 나도 돈 있으면 한턱 쏘고 싶네."

하던 체면도 차차 사라지고 자존심도 우월감도 억제심도 어디로 달아났는지 턱없고, 미움받는 공술에 공연히 주량만 늘게 되었다. 그의 집에서 끼니를 자주 굶게 됨에 따라 그는 취직보다, 무엇보다 제일 앞서는 문제는

"어디서 누가 한턱 쏘지 않나."

하는 생각이었으므로 이 친구 저 친구 집을 엿보다가 혹은 권하고 혹은 예언하듯, 혹은 억지로라도 한턱을 시켜 우려먹기도 일쑤가 되었다. 그러나 그도 이따금, 너무 억지의 술을 얻어먹고 돌아오면

"허? 이거야 참 거러지에 질 배가 있나?"

하고 가슴이 아플 때도 있으나, 그렇다고 어떻게 할 수도 없는 사정이라,

| * 원전에는 '자래로'로 되어 있다.

울분하여 한숨만 짓다 마는 것이었다.

대학 출신인 당당한 장래 청년실업가가 될 이병환이가 고등 부랑자 룸펜으로 진출하게 된 지 몇 달이 못 되어 그의 친구라는 친구는 모조리 서로 마주칠까 몸서리를 내게까지 되었다.

친구들이 그를 만날까 울겁*을 내며 요릿집엘 가든지 무슨 회합을 하든지 하는 것을 알게 되면,

"내가 이렇게까지 못난 놈이 되었던가."

하고 반성이나, 자책은 할 생각이 없고 도리어

'죽일 놈들, 어디 보자. 기어이 이 턱을 빼앗아 먹고는 말리라. 네놈들이 아무리 건방 떨어도 빨가벗고 늘어서서 보면 세상의 대우도 또는 기생들까지라도 너희 놈들을 좋다고 하지는 않을 것이다. 오직 돈이 있으니, 그 돈으로 몸을 잘 장식하고 있는 까닭에 너희 놈을 제일로 여기는 데 불과하다.'

고 그는 가슴속으로 중얼거리는 것이었다. 지금의 병환에게는 양심이나 자존심을 가지지 못한 만큼 나날이 그 생활은 핍박하여 갔던 것이다.

병환을 멸시하고 미워하는 것은 오직 그의 친구며 친구들의 아내, 부모들뿐만 아니라 고종사촌 누이까지도 동경서 첨 나오던 날과는 대우가 첫째 천양지차로 달라졌다. 요즘은 그를 대하면 비웃는 것이 인사가 되었다.

"오빠는 늘 그러고 놀아서 어떡해요. 좀 염치가 있어야지. 첫째 큰오빠 댁 보기 창피하지 않아요."

하고 볶아대는 것이었다.

"애, 듣기 싫다. 낸들 이러고 있기를 자원하는 줄 아니."

| * 필요 이상으로 과장되게 겁을 내는 행위.

"에이그, 지금 세상이 어떠한 세상이라구."

"너보다는 좀 더 알고 있을 터니 염려 마라. 어디 중매나 좀 하렴."

"아하 오빠도, 내가 그렇게 권할 때는 바로 안하겠다더니……."

누이는 감춤 없이 입을 비죽거렸다.

"애, 너니까 부끄럼 없이 하는 말이다마는 어디 그럴듯한 색시 없니?"

이미 철면피가 된 병환이었으나 자기가 이 누이에게 돈 있는 여자에게는 장가들지 않으려고 하늘같이 버티어보였던 때가 있었느니 만큼 섭적* 돈 있는 색시에게 중매하라는 말이 나오지 않았다.

"그럴듯한 색시라니, 오빠의 이상에 맞는 여자 말씀이오?"

"이상보다, 좀."

그는 누이가 그를듯이란 말의 의미가 돈 있는, 하는 말을 암시하는 것인 줄 알면서도 일부러 파고 물음에는 대답하기가 간지러워 머뭇거리지 않을 수 없었다.

"저, 오빠야 돈 있는 집 색시는 죽어도 원치 않을 터이고……."

누이는 어디까지든지 비꼬았다.

"돈 있는 집 색시라도 괜찮다."

그는 이렇게 정색을 하며 말을 하는 것이었다.

"하하하, 오빠도 인제는 글렀어요. 졸업하고 나온 직후였다면 나도 너도 하고 시집오려던 색시가 많았지만 이제는 고등 부랑자요 건달건달 상건달이라고 아무도 시집 안 오려는데요."

누이는 침 끝같이 날카롭게 피육** 하였다.

"허허허, 나를 그렇게 생각하나? 그러지 말고 돈 있는 집 외딸이

* 선뜻.
** 참혹한 질타. 비아냥거림.

190

나……."

그는 누이의 찌르는 듯한 말이 가슴에 조금도 자극되지 않는 바는 아니나 그렇다고 무료하게 앉았을 수도 없어 농담같이 말을 붙이는 것이었다.

"아이코나, 오빠, 부잣집 외딸은 남편의 뺨을 막 친대요."

병환은 누이가 아무리 다잡더라도 자기가 부잣집 색시와 결혼할 결심은 이렇게도 굳고 변하지 않는다는 듯이 싱글싱글 웃으며

"그럴 리야 있나. 치면 두들겨 맞기도 하지. 그까짓 것 문제가 되나."

"인제는 오빠도 사람이 되나 보오. 그런데 오빠 내 말 좀 듣겠어요."

누이는 태도를 일변하여 정색하며 말을 꺼냈다.

"오빠, 나는 이래 봬도 날마다 오빠를 어떻게 하나 하고 염려해왔어요. 그런데요, 오빠는 지금 바른말을 하면 부랑자로 세상이 인증하고 있어요. 그러니까, 좋은 일을 하나 가르쳐드리겠어요. 오빠는 오빠가 제일인 것 같지만 세상이 알아주지 않는 데야 어떡해요."

하고 이야기하는 것은 병환으로 하여금 노동자가 되라는 것이었다. 자기 남편은 매인 몸이라 여가가 없지만 자기는 아이도 없으니 여가가 많이 있는 까닭에 지금까지 저축한 돈도 있고 소작으로 준 전지도 있으며, 더구나, 지난해에 국유지를 일만 오천여 평 대부해놓은 것이 있으니 여기에 과수도 심고 다른 농작물도 지으며 한편으로 여러 가지로 애를 쓰면 할 일이 많으니까 자기와 같이 흙 속에서 일할 생각이 없느냐, 라는 것이었다.

"그것도 좋지."

"이것 보세요. 과수나무를 심으면 과실이 열릴 때까지는 아무 수입이 없을 테니 꿀벌도 먹이고, 양잠도 해야 돼요. 다른 일꾼을 쓰지 말고 될 수 있는 대로 두 사람이 노동합시다."

하며 과수 재배법을 연구한 □□□ □□□□□□□□* 았다. 병환은 처음은 농담으로만 들었던 것이 차차 진검眞儉해지는 누이의 말을 듣자 다소 생각하지 않을 수 없었다.

"그래 그것도 좋다. 해보자."

하고, 누이가

"아주 철저한 노동자가 되어야 해요. 남의 집 담사리**처럼!"

하고 다짐을 하여도

"그래, 염려 없다. 꼭 해보겠다."

하고 쾌히 응낙하였다. 그러나 속으로는

'내가 어디 농업학교 출신인가.'

하고 누이의 턱 모르고 열중하는 태도가 우습고 천진스러웠다. 그뿐 아니라 어서 돈 있는 집에 장가나 들게 중매하라고 조르고 싶은 맘만 가득하였으나, 그 누이의 태도에 어디인지 범할 수 없는 위엄이 자기를 압도하는 것 같아 그 말은 입에서 나오지 않고 농장 계획에 대한 자자한 예산을 귀 밖으로 들으며 대답만은 열심히 하고 있었다.

"그렇지마는 일 년 이 년에 돈이 벌어지는 것도 아닌데, 지루해서 하겠니."

병환은 이야기가 거의 끝날 때쯤 하여 참다못해 한마디 내놓고 말았다. 누이는 놀란 듯이 병환을 바라보며 그 표정이 점점 굳어지며

"아니 오빠는 내 말을 들어주는 줄 알았더니, 찬성하는 척하고 나를 놀린 셈이세요?"

하고 말소리가 가늘면서도 힘 있었다.

"아니야……."

* 원전에는 '적에서 잠대내놓등앙끄'로 되어 있다.
** 나이 어린 머슴이나 식모. 남의 집에 들어가서 머슴이나 식모살이를 하는 것.

병환은 누이가 자기를 가엾게 보는 듯한 그 표정과 말에 일변 놀라며 취소하듯 손을 흔들었다.

　　"아직 오빠는 더 고생을 해야겠어요."

　　하고 더 입을 열지 않았다. 병환은 조금 무료하게 앉았다가 일어서 나왔다.

　　"사람이란 고생을 하면 자연 정신을 차리게 되는데 오빠는 고생을 하면 할수록 그 고생에 이겨내지 못하고 그 자리에 엎어져 자기도 모르는 사이에 타락되고 마는 사람이야."

　　하고 누이는 생각함에 어떻게 해야 병환이가 한 걸음 한 걸음 타락해감을 뉘우치게 할 수 있으랴, 하고 한탄하였다.

《삼천리》, 1936년 1월

호도湖途

"네까짓 것쯤이야 단주먹*이야. 뭐 단주먹에 박살이 나고 말고."

"……."

"이년, 어서 내놓아!"

"……."

"이년아, 글쎄 네 이년! 이년아."

"……."

"아, 저년이 귓구멍에다 ××을 박았나? 글쎄 이년아 돈 오십 전만 내놓으란 말이다."

"……."

"오십 전이 없거든 이십 전만이라도 내라."

"……."

"당장에 배때기를 푹 찔러 간을 빼어 지근지근 썹어놓을 년, 돈 십 전

| * 한주먹.

이라도 내놓아라 응? 이년아."

"……."

"이년이 그래도 벼락을 맞지 않아서 근질근질하구나. 돈 오 전도 없어?"

"……."

"이런 빌어먹다가 얼음판에 가 자빠져 문둥 지랄병을 하다가 죽을 년아. 돈 오 전이 없다고 안 내놓는단 말이야? 허허 참 이년이야! 에라 이 목탕목탕* 썰어 죽일 년 같으니……."

후닥닥 지끈, 뚝딱, 하는 법석과 함께 마누라의 몸은 뜰 한가운데 가서 큰 대자로 벌떡 때려뉘어졌다.

"이년이 사람을 잡아먹고 아이새끼로 입가심할 년이, 돈 오 전이 없다고 남의 속을 이렇게 썩인단 말이지……."

연달아 박차고 밟고 두들기고 하다가, 나중에는 기운이 빠졌는지 방 안으로 뛰어 들어가, 다 떨어진 노랑 장롱 문을 뚝 잡아떼고 그 안에 들어 있는 의복 몇 가지를 골라잡고 밖으로 훌쩍 뛰어나와, 아직껏 뜰 한가운데에 퍼져 누운 마누라를 손에 쥔 옷가지로 두서너 번 후려쳐 갈겨주고는, 휭 거리로 사라져버렸다.

마누라는 죽은 것 같이 쭉 뻗고 누웠다가, 이윽고 부스스 일어나 앉았다.

"도둑놈……."

단 한마디 뱉듯 부르짖고 긴 한숨과 함께 일어서 방 안으로 들어가, 흩어진 옷들을 주섬주섬하여 농 안에 밀어 넣고 떨어진 농 문짝을 집어 농문을 막으려다가, 그대로 윗목에 밀쳐놓았다.

| * 몽탕몽탕.

"암만 생각해도 할 수 없구나."

마누라는 천천히 걸어서 김문서金文瑞의 농장으로 일거리를 찾으러 가는 길이다. 벌써 그 먼 옛날의 꿈으로 사라지고 만 일이나, 그 행복스럽던 기억이 하나 둘 머리에 떠오르며, 며칠 전 남편에게 그렇게 얻어맞아 퍼렇게 멍이 든 뺨은 화끈하게 붉은 물을 들였다.

"사람의 팔자라는 건 정말 무섭다. 내가 그때 왜 그랬을까…… 아이고."

그는 자기 몸을 물어뜯고 싶을 만큼 안타까웠다.

"다 이년의 잘못이지, 이년의 팔자지……."

"그때 그이는 그렇게도 애를 썼는데, 이 못된 년이 무슨 개지랄이 들어서 달아나기는 왜 했던고."

"아이고 오오……."

길 가던 사람이 웃을 만큼 그는 혼자 중얼거리며 섰다가 걸어가다가 하며 발끝을 망설였다.

그는 올해 스물아홉 살이다. 벌써 네 번째의 임신으로 배는 바가지를 찬 듯이 불쑥 높았다. 첫째와 둘째는 사십구일 안에 죽고 말았는데, 그 죽은 것도 남편인 최가에게 맞아 죽은 것이나 다름이 없었고, 셋째는 뱃속에 든 채 발길에 채여서 일곱 달 만에 죽어 나왔다. 이번 넷째는 웬일인지 아무리 맞고 차이고 밟히고 하여도 그대로 펄떡펄떡 저대로 자라고 있다.

"엄마! 나는 기어이 살아 나가겠어. 그래서 엄마 원수를 갚아줄게……."

라고나 하듯 좀처럼 낙태가 되지 않았다.

그러나 그가 김문서의 농장에라도 가서 일을 하지 않고는 살아갈 수가 없게 된 뒤부터는

"아이고, 이 원수 놈의 씨야…… 대체 이번은 왜 낙태도 되지 않고

남의 속에 들어붙어 나를 부끄럽게 하노. 이렇게 배가 불러 어떻게 그이를 대하노!"

하며 그 옛날의 김문서를 눈앞에 그려보며 중얼거리는 것이었다. 그러면 배 안에서는

"이년아, 너는 전생에 죄가 많아서 나를 배었단다. 내가 나가면 아버지보다 더 골탕을 먹여주겠다."

고나 하듯이 자기의 창자를 휘어잡고 떨어지지 않는 것같이도 생각이 들었다.

그가 열일곱 살 적…… 그때 일이다.

그때 한동네에 사는 김문서가 상처를 하고 난 지 얼마 되지 않았을 때다. 문서는 동네 앞 샘터에 물 길러 간 그의 허리를 휘잡아 안으며

"옥남아! 나는 네가 좋다. 너 내게 시집와주지 않겠니?"

하고 대들던 김문서였다.

"아이고머니, 놓아요."

소리를 빽 지르며 물동이도 집어던지고 그대로 달아났던 그이었다.

"이 계집애야, 너만 허락하면 만고 호강*을 할 터인데, 내가 네게 싫어 보이는 것이 뭐냐?"

김문서는 간절히도 그에게 사랑을 요구하였다.

"아이고 더러워라. 상처한 남자에게 재취댁**으로 내가 시집갈 줄 아나베."

하고 그는 어디까지나 침을 뱉었었고, 그의 부모도 암만해도 숫계집애는 숫총각이라야……라는 생각으로 끝끝내 김문서를 거절하고 지금 남편인 이 최가에게 시집오게 되고 만 것이었다.

* 내내 누릴 수 있는 호강.
** 아내가 죽은 남자에게 시집을 간 여자.

가장 행복한 배필이라고 믿었던 숫처녀 숫총각의 이 한 쌍 부부는 오래지 않아 세상에서도 드문 비렁뱅이의 처참한 생활로 떨어졌으니, 최가는 알코올 중독자였었다.

　그러나 김문서는 어디서 얻었는지 꽤 얌전스런 아내를 맞아 살림도 쥐새끼 일듯 자꾸 불어서 지금은 동네 앞에다 큰 농장을 경영하며 봄철에서 가을까지는 거의 날마다 이삼십 명씩 일꾼을 부리게까지 벌어졌다.

　그러므로 최가의 아내가 된 그는 아무리 굶주려도 이 농장에 일하러 갈 생각은 하지 않고 오늘까지 왔다.

　"아이고 더러워. 상처한 남자에게 내가 시집갈 줄 아나베."

하고 뿌리치던 그 일이 생각나는 까닭에

　"나를 좀 써주시오."

하고 김문서에게 도로 애원하기가 차마 못할 노릇이었었다.

　그러나, 오늘은 할 수 없었다. 그동안 참고, 또 참아 왔지만, 오늘내 일로 해산이 임박하였고, 남편인 최가는 단 하나 남은 솥을 들고 나간 지 사흘째 소식이 돈절하며, 입에 넣을 것이라고는 찬물밖에 없으니, 그래도 죽는 것보다는 나으려니 하고 이렇게 김문서의 농장으로 향해 나선 것이다. 차마 못할 일이었다.

　그는 농장 앞까지 갔다. 철망 저쪽 농장 안에서는 여러 사람이 일을 하고 있었다. 그는 우뚝 서 바라보다가 가만히 그중의 한 사람을 향하여

　"여보소, 덕동댁이."

하고 불렀다.

　"누구야? 아아 옥계댁이요? 왜 불러요."

하고 불린 여편네가 그를 바라보았다.

　"좀 할 말이 있어……."

　그는 어물어물하며 조금 나와 달라는 듯이 말끝을 흐려버렸다.

"아이고, 지금은 일하는 시간인데, 주인이 보면 야단합니다. 할 말이 있거든 당신이 이리 오소."

덕동댁이란 여편네는 다시 허리를 굽혀 일을 계속하였다. 그는 공연히 입을 비쭉한 후 앞뒤를 돌아본 후, 허리를 굽혀 부른 배를 감추듯 하며, 멍든 뺨을 한 손으로 가리고 농장 안으로 들어갔다.

다행히 주인 김문서의 얼굴이 보이지 않았으므로 얼른 덕동댁에게로 가까이 갔다.

"아이고, 하는 수가 없어요. 나도 일 좀 하게 해주소."

그는 말이 잘 나오지 않아 와들와들 떨며 겨우 자기가 온 뜻을 말했다.

"아니, 오늘은 틀렸는데, 일 시작한 지가 언제라고……."

덕동댁은 늦게 왔으므로 오늘은 일을 시키지 않으리라는 의견이었다. 그는 금방 눈물이 뚝 떨어질 것 같았다.

'설마, 그이가 보았으면 좀 늦게 온 것쯤이야……'

하는 생각에 살이 와락 떨리며

"주인은 어디 있어요?"

하고 물었다.

"저기 배추밭에 서 있지 않아요."

하고 가리켜주는 편을 바라보며, 그는 무의식간에 그편으로 달음질하여 갔다.

사람의 기척에 배추벌레 잡는 여편네들을 감독하며 서 있던 사내가 고개를 돌렸다. 그는 틀림없는 김문서였다. 옛날 자기의 허리에 매달려 애원하던 그 김문서에 틀림없었다.

넓적한 얼굴, 뚱뚱한 몸집, 쭉 째진 입. 그때 그렇게도 징그럽게 뵈던 김문서가 오늘은 왜 이다지도 그를 슬프게 함일까……. 가슴이 쿵덕하며 눈물이 주르륵 떨어졌다. 말문이 막히고 두 귀가 '왱' 하며 얼굴이 화끈해졌다.

"일하러 왔소? 저기 가서 벌레를 잡아."

김문서는 태연하게 밭골을 가리켰다.

"아이고, 그 마누라 배를 보니, 어디 일하겠는가요? 그중에 또 늦게 오고……."

곁에 섰던 여편네 하나가 툭 튀어나왔다.

여편네 차람차림이 분명코 문서 마누라임에 틀림이 없었다.

문서는 그를 그 예전 자기가 무릎을 꿇던 아름답던 처녀 옥남인 줄을 알았음인지 몰라보았음인지 싱긋이 사람 좋은 웃음을 남기고 돌아서 저 편으로 가버렸다.

"여보, 당신은 늦게 온 대신 쉬는 시간에도 쉬지 말어."

하고 문서의 마누라는 연해 남편의 뒤를 따라갔다.

그는 겨우 진정한 후 문서가 사라진 편을 잠깐 바라본 후 고개를 축 늘여가지고 밭고랑에 가 앉았다.

"옥계댁이 오늘 웬일이요?"

일하던 여 인부들은 모두 그와 한동네에 사는 터이라, 서로 인사를 건넨다.

"일하러 왔지요."

그는 고개를 내려뜨린 채 간신히 대답하였다.

그날 아침에 냉이나물 한 죽이를 소금에 찍어 먹고 왔을 뿐인 그는 해가 점심때 가까이 되자, 등줄이 당기며 두 눈은 목구멍으로 삼키려는 듯하고, 배 껍질은 배가 고파 말라붙는 것 같건만, 찢어질 듯 따가우며 연해 쩡하니 울리듯 아팠다.

이마에 진땀이 흐르고 아무리 보아도 범상치 않았다.

점심시간이 되자, 다른 일꾼들은 밥 꾸러미를 안고 제각기 이곳저곳 둘러앉아 먹기 시작하였으나, 그는 가지고 온 것이 없을 뿐 아니라, 간간이 시작되는 아픔에 못 견디어 밭 한옆 움푹진 골에 가 엎드려 있었다.

아무리 생각하여도 해산 기미가 분명해지자, 그는 집으로 돌아갈 기력도 없을 뿐 아니라, 그대로 돌아가면, 삯전도 받지 못할 것을 생각하고, 오늘 해만 참으려고 이를 악물고 손가락을 갈고리처럼 옹크려 땅을 박박 긁었다.

점심시간인 한 시간 반을 그는 고랑에 엎드려 참지 못할 일인 줄 알면서도, 그이가 고맙게도 허락해준 그 일자리를 위해서라도 참아야 된다고 애를 썼다. 그러나 아픈 것은 각각이 더해지며, 조수 밀듯 밀려오는 고통에 허리는 척 무너지는 듯하였다.

"아이고, 암만해도 안 되겠구나."

그는 속으로 부르짖고, 당장에 까무러치고 그 자리에 잦아질 것 같아지며, 그의 가물거리는 본능의 눈에 채 굵지 않은 봄 무의 고랑이 비쳤다. 다음 순간에 그는 흙 묻은 무 한 개를 잎사귀째 마구 씹어 삼키고 있는 자기를 보았다.

"아이고, 저기 누가 무를 뽑아 먹네."

누구의 말소린지가 들려왔다. 그러나 그는 움직이지도 않고, 무 꽁지, 무 잎사귀 남기지 않고 다 씹어 삼켰다.

"무를 그렇게 뽑아 먹으면 어째, 도둑년!"

하는 소리가 그의 귓문 앞까지 갔을 때는 한 생명이 이 세상에 생겨나오는 순간이었다. 배추 고랑에 엎드린 그의 속옷 가랑이에 끼인 새 생명은 연해 고함을 치고 있었다.

밭 가운데서 어린아이를 순산한 것은 좋은 일이라고 문서는 그를 잘 단속하게 하며, 쌀 한 말을 가져다주었다.

해산한 지 여드레 만에 남편 최가가 돌아왔다.

"이년, 또 아이새끼는 왜 내질러."

하며 누더기를 젖히고 아기의 다리 사이를 들여다보더니,

"이런 빌어먹을 년."

하고 벌떡 일어서 후다닥 연거푸 마누라의 뺨따귀를 올려붙인 후

"계집아이는 낳아 뭐 한다고, 재수 없게 이년, 이까짓 것 먹일 것 있거든 내나 먹자."

소리를 빽 지르고 누더기째 아기를 발길에 감아 차 던졌다.

"캑!"

하는 소리와 함께 벽에 가 붙었던 누더기가 방바닥에 떨어지며 그대로 고요해졌다.

"아이고머니."

마누라는 와락 누더기를 끌어안았다.

"이년, 죽은 지가 오래다."

최가는 한 마디를 남기고 휭 나가버렸다.

그는 목을 놓고 울었다. 뼈가 저리게 슬펐다. 그러나 그는 앞으로 할 일은 단지 동네 구장*에게 가서 죽었다는 말을 한 후, 호미를 가지고 공동묘지로 아기를 안고 가서 그곳에 파고 묻어버리는 것, 이 일만 해야 되는 줄 알았을 뿐이었다.

이날, 남편 소식이 끊어진 지 열흘째 되는 날이요, 아기를 묻어버린 지도 열흘째 되는 날이다.

이날은 동네에 새로 생긴 ××를 신축함으로서 상량식上梁式**을 하는

---

* 이장.
** 원전에는 '상동식上東式'으로 되어 있다.

날이다.

이 상량식에 올릴 제물을 장만하느라고 동네 여편네들은 모였다.

"이 음식은 장만할 때, 맛을 본다든지 몰래 군입을 댄다든지 하면 안 되는 것이오. 아주 정결하게 제물을 올려야 하는 것이니까, 모두 입을 봉해서 만드오."

라고 구장이 선언을 내리자, 여편네들은 수건으로 입을 가려 뒤통수에다 잡아매고 혹은 떡을 치고, 혹은 고기를 굽고, 혹은 나무새*를 볶는 것이었다.

최가 마누라인 그는 나무새를 만드는 데 끼었다.

음식은 착착 장만되어 갔다.

그는 마지막 콩나물을 볶는 솥에 불을 넣는데 어느 사이엔지 입을 가린 수건이 턱으로 미끄러져 내렸다. 그는 그것도 모르고 솥뚜껑을 열고 나물을 들여다보았다. 아무리 보아도 조금 싱거울 것만 같아 얼른 한 손가락으로 나물을 집어 입에 넣었다.

"이년."

하는 소리가 어디서 나자, 그는 깜짝 생각이 났다.

"제물이니 맛도 보지 말고 입을 봉하라."

던 구장의 말이 번개같이 머리를 스치자, 얼른 턱 아래 미끄러진 수건을 입 위로 추켜올리려했다.

"이년."

"요망스런 년."

"제물에다가……."

하는 소리가 요란해지며 몇 개의 발과 손이 그의 가슴으로 내리덮쳤다.

| * 채소를 일컫는 사투리. 남새.

203

"아이고머니…… 옥계댁이가 죽지 않소."

하는 비명이 어느 여편네의 입에서 솟아나자, 일순간 잠잠해졌다.

그의 입을 가린 수건 사이에 콩나물 한 개가 걸려 있을 뿐, 그는 눈을 뜬 채 영원한 침묵 속으로 사라져갔다.

《비판》, 1936년 7월에 「식인」으로 발표.

「호도」로 개작, 『여류단편걸작집』, 1939년 1월

정조원貞操怨

1

해 지자 곧 돋은 정월 대보름달을 뜰 한가운데서 맞이한 경순은 손목 시계를 내려다보았다. 아직 일곱 시가 되기까지 한 시간이나 기다려야 했으나 얼른 방 안으로 뛰어 들어가 경대 앞에 앉았다. 분첩으로 얼굴을 문지른 후 머리를 쓰다듬어 헤어핀을 고쳐 꽂고 치마저고리를 갈아입었다. 외투를 벗겨 착착 개켜 툇마루에 내놓고 안방으로 건너갔다.

"어머니, 잠깐 놀러 갈 테야."

하고 밀창을 방싯 열고 말했다.

"어디를 가? 혼자 가나."

어머니는 그날 밤에 놀러 오기로 약속한 동네 부인네들을 기다리며 별로 의심하는 기척도 없이 순순히 허락하였다.

"내 잠깐만 놀다 올 테에요."

경순은 어머니에게서 더 무슨 말이 나오기 전에 얼른 문을 닫아주고 툇마루에 놓인 외투를 집어 들고 달음질하듯 대문을 나섰다. 아직 땅거미가 들지 않아 너무 일찍 집을 나선 것이 후회되었다. 그러나 시계는 여섯 시 반이었다.

'그곳까지 가려면 십 분은 걸릴 것이고 하니 지금 가더라도 별로 이르지는 않겠구나.'

하는 생각이 들어 그는 총총걸음을 쳐서 뒷동산을 향하여 발길을 옮겼다. 소나무가 드문드문하게 서 있는 산비탈을 올라갈 때는 먼 데 사람이 잘 보이지 않았으므로 그는 안심하고 소나무가 자옥한 산꼭대기를 쳐다보며 걸었다.

달맞이하던 사람들은 각기 집으로 흩어져간 지 오래인 산꼭대기는 쏴하는 바람 소리만 들렸다. 그는 한 소나무 둥치에 가 몸을 기대고 섰다.

시계는 아직 여섯 시 사십오 분이었다. 차차 서편 하늘에는 해님이 남기고 간 마지막 빛조차 사라지고, 둥근 달님 혼자서 온 천지를 비출 뿐이었다. 경순은 자주 시계만 들여다보는 사이에 무시무시한 생각이 들었다.

'만일 이대로 오지 않으면 어쩔까.'

하는 의심까지 터져 올라 연달아 사방을 휘휘 둘러보며 초조해하였다.

시계가 정각 일곱 시를 가리키는 것이 달빛에 간신히 보이자 그는 무서움을 더 참을 수가 없었다. 산 왼편 기슭에 있는 공동묘지 생각도 나고 소나무 가지에서 무엇이 떨어지지나 않는가 하는 생각도 났다. 그는 더 참을 수가 없어 이리저리 걸어보다가, 시계가 일곱 시 십 분을 가리키자 모든 것을 단념하고 산꼭대기를 내려섰다. 산허리에는 키 작은 다복솔이 자욱하여 경순의 머리만 겨우 솔잎사귀 위에 솟았다.

그는 집으로 돌아가기로 결심이 된 후 더 무서움이 치받치어 그만 달음질을 치기 시작하였다.

"왜 가세요?"

어디서인지 사람 소리가 울려왔다. 그러나 경순은 두어 발 더 쫓으며 이 말소리를 듣지 못했다,

"잠깐 기다리세요, 경순 씨, 경순 씨."

이번에는 좀 더 크게 바로 경순의 등 뒤에서 부르는 소리가 들리자 경순은 무서움에 정신이 아찔하여 앞으로 고꾸라지고 말았다.

"나예요, 나예요, 정신 차려요."

외투를 입고 모자를 쓰지 않은 인섭이가 경순의 곁에 다가서며 급히 말했다.

"아이고머니."

경순은 무서움과 놀라움에 부르르 떨며 벌떡 일어나자 인섭의 가슴에 폭 안기듯이 매달렸다. 인섭은 본능적으로 두 팔로 경순을 굳게 포옹하려다가 깜짝 놀라 팔을 멈추고 한 손은 무료하게 외투 주머니에 집어넣고, 한 손으로 경순의 어깨를 잡고 자기 가슴에서 밀쳐내듯이 하여 이윽히 묵묵한 채 서 있었다. 조금 진정이 되자 경순이 자신도 깜짝 놀라 얼른 한 걸음 물러서려 했으나, 그 순간 새로운 무서움이 확 치밀어 또다시 인섭의 외투 깃*을 꽉 잡고 얼굴을 파묻었다.

"무서워요?"

인섭은 아무 의지의 판단을 기다릴 여가도 없이 무의식간에 경순의 등을 꼭 싸안고 말았다.

이 순간, 인섭이가 경순이를 자기 팔 안에 껴안았음을 알고, 경순이가 인섭의 팔 안에 안기었음을 인식하자 마치 무엇에 튕긴 것 같이 따로따로 떨어져 섰다.

"잘못했어요, 용서하십시오."

| * 원전에는 '에리'로 되어 있다.

묵묵히 고개를 내려뜨리고 섰던 두 사람의 침묵을 인섭이가 먼저 깨트렸다.

"어떻게 무서웠는지…… 용서하십시오."

하고 그제야 경순이도 입을 열었다. 그러나 두 사람 사이는 또다시 침묵해지고 말았다.

"경순 씨, 이것이 우리의 맹세를 깨트린 것이 될까요?"

얼마 후에 인섭이가 조용히 말했다. 경순이는 문득 불길한 예감이 떠오르며 가슴이 떨리기 시작하였다.

인섭이와 경순이는 서로 사랑하는 사이였으나 이 사람에게는 서로 범하지 말자고 맹세한 한 가지 계율이 있었다. 이 계율이란 것은

"결혼식을 거행하기 전에는 서로 손이라도 잡지 말 일."

이라는 것이었다. 이것을 어느 편이 먼저 제의했는지는 몰랐다.

불같이 뜨겁고 계곡물같이 맑고 샛별같이 아름다운 그 사랑과 열정을 모두 결혼하는 날의 즐거운 희망으로 남겨두려는 생각에서 이러한 계율을 지은 것은 아니었다.

"순결한 처녀의 몸으로 단 한 사람을 사랑하고 이 사람과 결혼하여 그 밤에 모든 것을 바치는 것이 참으로 정숙한 아내이다. 아무리 한 남자를 사랑하고 그 남자와 결혼한다 하더라도, 결혼 전에 그 남자와 손끝 하나라도 마주침이 있어서는 비록 정숙한 아내라고는 할 수 있으나 순결한 사랑을 한, 순결한 처녀라고는 할 수 없다."

라는 생각을 굳게 가진 경순이었음으로 그를 열렬히 사랑하는 인섭 역시 경순의 입에서 이러한 말을 듣기 전에 미리 이해하고 스스로 경순이의 생각을 존중하는 사이에 이러한 계율이 생겨나고 만 것이었다.

"순결한 처녀의 몸으로 결혼하겠다."

하는 것이 경순이의 신조였으므로 가끔 순결한 처녀는 사랑도 하지 않다

가 결혼하는 것이다, 하는 생각도 들었으나 이미 사랑은 하지 않을 수 없게 되었으니 이 사랑을 순결한 사랑으로 기려 나가겠다는 결론을 얻게 되었던 것이었다.

그러므로 그 밤에 더구나 하늘에 맑은 달님이 밝게 비치는 아래서 이 엄숙한 계율을 무의식간에 깨트리고 말았음에 두 사람이 다 같이 놀라지 않을 수 없었다.

"경순 씨, 모두 내 잘못입니다. 용서하십시오."

인섭은 경순이가 너무 낙심하고 슬퍼할까 하여 위로하려고 애를 썼다. 그러나 경순이는 온몸을 떨며 절망에 가슴이 막혔다.

"이만한 것에 그같이 슬퍼할 것이 없습니다. 비록 맹세는 하였지만 결코 경순 씨의 순결을 상하게 한 것은 아닙니다. 더구나 무의식간이었고……."

인섭은 더 말이 나오지 않아 어떻게 해야 좋을지 몰라 했다.

"아아……."

경순은 그만 느껴 울기 시작했다. 그는 발을 구르고 그 산허리를 위로 아래로 구르고 싶을 만큼 안타까웠다.

"그러지 마세요. 그만한 것에 그다지 슬퍼하면 어떻게 해요. 장차 가까운 앞날에는 경순 씨의 전체가 나의 것이 될 게 아닙니까? 경순 씨처럼 너무 그렇게 생각하심은 좀 시대에 뒤떨어진 생각이오, 모순입니다. 나를 이미 사랑하신다면 그까짓 것쯤이야 고의라 하더라도 하등 경순 씨의 순결을 더럽힌 것이 되지 않습니다."

하며 인섭은 그 자리에서 경순이를 위로하려고 바싹 다가서 경순이 어깨에 손을 얹었다.

"싫어요."

경순은 인섭의 손을 뿌리치며 한 걸음 물러섰다. 그러나 인섭은 연달

아 경순의 팔을 굳게 잡고

"오늘밤 같이 아름다운 달님을 마음껏 바라보며 즐거운 이야기나 하려고 이곳에 왔는데 그까짓 대수롭지 않은 것으로 공연히 노할 것은 없어요."

하며 경순의 얼굴을 들여다보았다.

"싫어요."

경순은 인섭에게 잡힌 팔을 베어버리고 싶을 만치 안타까워 팔을 연해 뿌리쳤으나 인섭의 손아귀는 점점 힘 있게 잡고 놓지 않았다.

"경순 씨는 나를 사랑하지 않습니까? 사랑한다면 그러실 것이 뭐예요."

인섭이는 달빛에 더욱 창백하여 떨고 있는 경순의 아름다움을 바라보며 어떻게 하더라도 어서 급히 그 맘을 풀어주려고 애를 썼다. 애를 쓰면 쓸수록 경순은 자꾸 물러서고, 또 인섭이가 물러서서 타이르려면 그대로 달아날 것 같기만 하였다.

"경순 씨, 그만하십시오. 이제 다시 맹세합니다. 네? 용서하세요."

인섭이는 경순의 태도가 너무 완고하고 그 순결에 대하여 너무 결백하며 너무 신경질임에는 얼마만치 머리가 무겁지 않을 수 없었으나, 이러한 순결에 대한 결백성이 모두 자기 한 사람을 위한 것임을 알기에 경순의 이러한 생각에 끝없이 감사하고 엄숙하게 여겨졌다. 그러나 인섭의 정열은 이 밤에 경순의 맘을 풀어놓지 않고는 견딜 수 없었다.

"경순 씨, 나는 맹세합니다. 당신 앞에 손을 들고 맹세합니다. 보세요, 이같이 맹세하지 않아요? 당신은 순결하고 고귀한 감정을 가지신 처녀입니다. 이 세상에 당신을 빼놓고는 한 사람도 순결한 처녀는 없습니다. 비록 이제 우리의 맹세를 깨트렸다고 하나 이것은 허물이 될 것이 없습니다. 당신의 맘 그것만이 제일입니다. 나는 내 앞에서 당신이 백만 번 다른 남자와 포옹을 하고 키스를 한다 해도 허물치 않고 순결한 나의 애인, 정숙한 나의 아내라고 부르겠습니다. 맹세합니다."

인섭의 말소리는 떨려갔다.

"아아!"

경순은 인섭의 이 말에 어안이 막히고 전신이 웅크러져 두 귀를 꼭 막아버렸다.

"왜 귀를 막아요."

하며 인섭은 뿌리치는 경순의 두 팔을 꼭 잡고 가슴에 힘껏 껴안으며 한 사코 몸을 빼내려는 경순을 놓치지 않고 기어이 자기 가슴속을 다 말해 듣게 하고 말리라고 결심하였다.

"경순 씨, 감사합니다. 당신의 그 맘은 하늘의 별보다 더 아름답습니 다. 나는 맹세합니다. 꼭 들으세요. 비록 당신이 나를 버리고, 어떠한 남 자에게 시집을 가더라도, 나는 당신을 순결한 나의 애인이라고 부르겠습 니다. 나는 내 일생을 바쳐서라도 당신의 순결을 아니 순결한 그 맘만을 안고 살아가겠어요. 당신의 순결을 오직 당신의 맘에서 찾겠습니다. 당 신의 육체는 어떠한 일이 있고, 어떻게 남에게 짓밟혀도 나는 관계치 않 겠어요."

하고 부르짖었다. 그러나 경순은 인섭을 떠밀며 죽을힘을 다하여 몸을 빼내려 했다. 인섭은 이윽히 경순을 안은 채 서 있었다.

"나는, 나는 싫습니다. 놓으세요, 놓아! 아! 무서워, 아."

경순은 소리를 지르며 인섭의 가슴을 떠밀며 주먹으로 두들기기도 하였다.

"아니 당신은 왜 이러세요. 나를 버리시려나요? 네?"

인섭은 허덕이며 물었다.

"싫어, 나는 싫어, 아!"

"내가 밉나요? 왜 내 말을 들어주지 않습니까."

"싫어요. 싫어요, 아."

경순은 한결같이 몸을 틀었다.

"그러면 가십시오."

인섭은 경순을 놓았다. 경순은 한 걸음 비틀하며

"아, 나는 어떡해. 아! 어떡해."

하고 발로 땅을 구르며 띌 듯이 몸을 날려 산 아래를 보고 총알같이 달려
갔다. 경순의 전신은 불같이 뜨겁고 머리는 혼란하여 회오리바람이 부는
것 같았다. 자기 집 대문 안을 들어서서 자취끼 없이 건넌방인 자기 방으
로 들어가 그대로 방바닥에 쓰러졌다.

"나는 순결한 처녀가 아니다. 내 몸은 망치고 말았다."

그의 생각은 인섭에게 한번 손을 잡힌 것이 처녀로서의 모든 자랑을
유린당한 것이나 조금도 다름이 없다고 생각하였던 것이었으므로, 인섭
의 팔 안에 안기기까지 한 것을 생각하니 칼로써 자기 몸을 오려내고 싶
도록 안타까웠다. 더구나, 자기가 먼저 인섭에게 달려가 안긴 것이었고,
인섭이가 떠밀려는 것을 무서워서 두 번째로 또 자기가 먼저 매달렸다,
하는 것을 생각하니 그는 두 번 다시 인섭을 대할 면목이 없고, 또 순결
한 처녀로서 순결한 사랑을 하고 정숙한 그의 아내가 되려고 하였던 자
기가 이제는, 이제는 모두 망쳐지고 말았다고 생각하였다.

안타까워 울음소리가 목구멍에 꼬깃꼬깃 매어 올라 안방에서 어머니
와 어머니의 친구들이 재미있게 이야기하는데 울음소리가 들릴까 하여
손바닥으로 입을 눌러 막았다.

2

산허리에 혼자 남긴 인섭이는 어찌할 바를 몰랐다. 이 해에 처음 비치는 둥근달 아래서 즐겁게 앞날의 포부와 감상을 이야기하며, 이 한 해 동안에 많은 기쁨과 행복이 있으라는 축복도 주고받으려고 모처럼 남모르게 만나려던 것이 뜻밖에 이렇게 헤어지고 나니 얼마간은 몸도 움직이기가 싫었다. 경순의 그러한 태도는 가장 순결하고 엄숙한 것이라고는 할 수 있으나 이미 서로 굳게 사랑하는 사이인데 한 번 포옹에 그다지 심한 고통을 하는 것은 순결에 대한 감정이 너무 지나쳐 병적이라고도 할 수 있다고 생각하였다. 그는 무서움에 자아를 잃어버리고 나에게 매달린 것이요, 나 역시 무의식간에 그를 껴안은 데 불과하지 않았느냐. 이만한 것은 서로 웃고 두 번 다시 그런 부주의한 일은 없도록 경계하자고 하면 그만일 것이 아닌가. 비록 그가 결혼하기 전에는 손끝도 한번 마주침이 없고 서로 맘속으로만 사모하는 것이 가장 옳다고 믿으며, 자기의 모든 것은 결혼식을 이룬 후 비로소 허락하려고 오직 그날만 바라고 고대하며 타오르는 정열을 죽을힘을 다해 참고 견디어 왔던 것이 무의식간에 깨트려지고 말았으니 안타깝기는 할 것이지만, 그 상대가 나인 이상 그같이 노하여 달아남은 너무나 심하지 않을까. 혹 또 그가 먼저 나에게 매달린 것을 괴로워함이 아닐까. 그렇다면 나도 그런 괴로움을 하지 말라고 억지로 그를 끌어안은 것이 아니었던가, 하고 생각하니 두 다리에 맥이 풀리는 듯하여 겨우 자기 집으로 돌아왔다.

인섭은 지난 해 ××××의학전문학교를 졸업한 후 그 고을 동명병원이라는 개인병원에서 자기의 연구도 할 겸 외과를 담당하여 있었다. 자기 집은 얼마 되지 않는 재산이었으므로 인섭이가 졸업하자 인섭의 도움이 없이는 생활하기가 곤란할 지경이었다. 더구나 그 아버지는 무능력자라 집안에서 놀기만 하는 사람이요, 하나 누이는 시집가고 올해 중학교 사 학년이 되는 동생뿐이었기에 그 가정의 책임은 장자인 인섭이가 혼자 다 지지 않을 수 없게 되었다.

자기 방으로 들어간 인섭이는 이윽히 책상에 팔을 고이고 앉았다가 경순에게 편지를 썼다. 쓴 편지를 주머니에 집어넣고 다시 집을 나오기는 했으나 경순에게 시급히 전할 도리가 없었다. 한참 길거리를 돌아다니다가 삼 전 우표를 사 붙여 우체통에 넣었다.

경순이는 그 이튿날 점심 때 인섭의 편지를 받아 급히 자기 방으로 들어갔다.

그러나 얼른 그 편지를 뜯어볼 수가 없었다. 이미 자기는 인섭의 편지를 받을 자격이 없다고 생각되었던 것이었다. 인섭의 정숙한 아내가 되려고 털끝만 한 티끌도 없는 순결한 처녀로 행복한 결혼을 기다리던 것은 수포로 돌아가고 말았다고 생각하였다.

'아무리 무서웠다 할지라도 처녀의 몸으로 남의 남자 가슴에 가 매달리지 않았던가. 더구나 인섭은 남자였으나 그 맹세를 잊지 않고 나를 밀어내려 하였다. 그러나 나는 또다시 그에게 매달렸다. 나는 그이보다도 부정한 행동을 하였다. 내가 자꾸 매달려 그로 하여금 마지막에는 나를 무리로까지 안고 놓지 않게 하였다. 그는 얼마나 나를 원망할 것이냐. 나의 순결을 얼마나 의심하겠는가. 남자에게 먼저 달려든 여자! 아아 나는 어떡해. 나는 두 번 다시 그에게 대할 면목이 없구나. 아! 부끄럽다.' 하는 생각이 끝없이 북받쳐 올라 인섭의 편지를 열어보기가 무섭고 부끄러웠다. 자기가 인섭에게 먼저 매달린 것은 천하에 용납 못할 천한 행동이며 아주 천하고 음탕한 여자가 취하는 행동이라고까지 생각하였었다.

그는 손에 쥐었던 편지를 그대로 책상 서랍에 집어넣어 얼른 닫고 몸서리를 치며 밖으로 뛰어나갔다. 인섭에 대한 열정은 어디로 가버렸는지 그의 가슴은 인섭에 대한 부끄러움과 무서움과 후회로 꽉 차고 찢어질 듯 안타까웠고, 인섭에게 안겼던 것을 생각하면 몸서리가 나고 정신이 웅크러졌다.

'아! 나는 영원히 그를 대하지 않겠다.'

하고 부르짖었다. 그가 이렇게 인섭이를 영원히 대하지 않겠다는 결심이 들 때, 비로소 얼마만치 진정이 되었다.

그 후 인섭이는 늘 고민하며 경순의 답을 기다렸다. 그러나 경순에게는 답이 없었다. 일주일이 지난 후 또다시 편지를 했다. 그러나 또 일주일이 지나도 답이 없었다. 그는 초조해졌다. 어떻게 하더라도 한 번만 만날 수 있기만 바라며, 그런 기회를 얻기 위하여 자주 경순의 집 근처를 배회도 해보았다. 모두가 헛수고였다. 그는 생각다 못하여 직접 경순의 부모에게 청혼을 해볼까도 생각하였었다. 거의 두어 달 동안이나 이렇게 지내는 동안에 문득 한 가지 의심이 생겨났다.

'아무리 경순이가 절망하고 노여웠다 할지라도 그만한 까닭에 이다지 냉정할 리가 없다. 그의 부모가 나의 편지를 도중에서 없애버리는 것이 분명하다.'

라는 생각이었다. 그래서 인섭은 이제는 편지를 보내는 것은 헛수고일 것이며 그동안 경순이가 얼마나 나의 소식을 기다렸을까, 생각하면 잠시도 그대로 있을 수가 없었다. 하루 급히 경순을 만나 자기의 맘속을 잘 타일러서 고민 중에 있는 그를 구해야 되겠다고 생각하였다.

인섭이가 있는 병원 원장의 딸 명주는 경순이와 여자고등학교를 함께 졸업한 동무인 것을 인섭이는 알고 있었다. 경성××전문에 다니는 명주가 요즘 춘기방학이라 집에 돌아와 있는 것도 알고 있었다.

'옳지, 명주에게 한번 부탁해서 경순이를 나와 만나도록 해달라고 해보자.'

하는 생각이 문득 나자 인섭은 그날부터 명주가 병원에 나올 때를 기다려보았다. 그러나 명주는 좀처럼 병원에 나오지도 않고 병원과 잇대어 있는 원장의 사택에서도 서로 마주칠 기회가 없었다.

그날은 웬일인지 환자도 별로 없고 하여 인섭은 경순이를 만날 계교를 생각하며 어떻게 해야 명주에게 부탁을 해볼까, 하는 생각에 젖어 있었다.

그때, 외과 진료실 문이 소리도 없이 열렸다. 인섭은 멍하니 창밖만 내다보며 하염없이 앉아 돌아다보지도 않았다.

"아파요. 약 좀 발라요!"

하며 원장의 어린 아들 석주가 명주와 함께 들어왔다.

"응? 또 어데 다쳤니?"

인섭은 돌아보지도 않고 그대로 앉아 귀찮은 듯이 대답만 하였다.

"저, 선생님."

조금 무게 있는 명주의 음성이 들리자 인섭은 깜짝 놀라 펄쩍 뛸 듯이 일어섰다.

"아이고, 실례했습니다. 석주 너 어데 다쳤나?"

하고 석주의 팔을 끌어 의자에 앉혔다.

"이제 엎어졌어요."

하고 명주가 불만인 듯이 말했다. 인섭은 뜻하지 않은 이 좋은 기회에 가슴이 쿵덕 방아를 찧으며 기뻤다. 석주는 손바닥과 정강이를 조금 다쳤을 뿐이었으므로 얼른 소독을 한 후 요오드포름*을 허처** 붕대를 감았다. 석주는 그만 밖으로 뛰어나갔다. 명주도 뒤따라 나가려 하므로

"명주 씨, 언제 상경하십니까?"

하고 인섭은 급히 불러 세우듯이 말을 건넸다.

---

* 원전에는 '요도호로무'로 되어 있다.
** 흩어서 뿌림.

"네? 곧 가겠습니다."

명주는 얼굴이 새빨개지며 돌아섰다.

"벌써 개학 때가 되었습니까?"

웬일인지 인섭이도 얼굴이 붉어졌다.

"아뇨."

"그러면 왜 벌써 가세요."

"……."

명주는 대답 대신 잠깐 미소하며 아랫입술을 깨물었다. 인섭은 어떻게 경순의 말을 꺼낼까 하고 궁리하였다.

"명주 씨는 이곳에 동무가 없습니까?"

"……."

명주 얼굴은 잘 익은 능금같이 붉어지며 고개를 내려뜨렸다. 인섭은 더 말을 꺼낼 수가 없어 무료히 담배를 꺼냈다.

"저, 이경순 씨를 모르세요?"

이윽고 인섭은 이 기회를 놓치지 않으려고 필사적 노력으로 이렇게 말하고 말았고 명주는 잠깐 인섭을 쳐다보았다.

"선생님, 경순이를 어떻게 아세요?"

하며 역습을 하듯 물었다.

"아니, 저야 잘 모릅니다만 제 친구가 자꾸 칭찬을 하니까."

인섭은 지금 명주 앞에서 바른말이 아무래도 나오지 않고 도리어 경순이와의 사이가 청백한 백지라고 변명이나 하듯 이렇게 말끝을 흐렸다.

"경순이와는 여고를 함께 마쳤습니다만, 걔는 저하고 성질이 잘 맞지 않아서 친하지 못합니다."

명주는 저윽히 안심이나 하듯 자기의 의사를 표명하였다.

"그렇습니까?"

"네, 경순이는 얌전하고 나는 말괄량이니까요."

하며 명주는 인섭을 또다시 쳐다보았다. 인섭은 가슴이 뜨끔해지며 등이 섬뜩하였다. 자기를 바라보는 명주의 시선, 그것은 경순이가 그 어느 때 자기를 바라보던 광채 나고 뜨거운 그 눈동자 속에 있던 그 시선과 꼭 같은 것이라고 느꼈던 것이었다.

인섭이는 얼마간 입이 꽉 막히고 말았다. 명주는 머뭇머뭇하며 자기 몸을 어떻게 가져야 옳을지를 잊어버린 것 같이 망설이다가 획 돌아서 문밖으로 달려갔다. 인섭은 멍하니 선 채 자기 역시 이 당장에 어떠한 표정을 가져야 좋을지를 몰랐다.

"선생님 계시나요?"

빨리 달려 나가는 명주와 하마터면 이마받이를 할 뻔하여 몸을 피하며 천만뜻밖에 경순의 어머니가 들어왔다. 인섭은 가슴의 놀라움을 숨기려고 기침을 한번 크게 하고 담배에 불을 붙이며

"잘 오십시오."

하고 인사를 했다.

"네. 저, 이 손가락이 무단히 아파서요."

하고 인섭의 앞 의자에 와 앉으며 왼편 셋째손가락을 치켜들었다.

3

경순의 어머니에게 필요 이상으로 친절하게 치하를 하여 돌려보낸 후 인섭은 머리를 부둥켜안고 의자에 털썩 걸터앉았다. 명주에게 애원을 하든지 또는 간청을 하여 경순을 만날 기회를 지어보려고 생각하였던 것도 뜻하지 않은 명주의 묘한 태도로 말미암아 이상야릇한 결과를 짓고

말았던 것을 생각하면 가슴이 혼돈해지지 않을 수 없었다. 그뿐 아니라 하필 그 장면에 경순의 어머니가 뛰어든 것은 인섭의 머리를 극도로 어지럽게 하였다. 경순이와 인섭의 사이를 전혀 모르고 있는 것이면 그래도 조금 나을 것이다. 만일 인섭이가 상상한 바와 마찬가지로 경순에게 가는 자기의 편지를 모조리 앞채여* 읽고 있는 터이라면 자기는 얼굴을 들 수가 없을 만치 부끄러운 일이다. 아무리 명주와 청백한 사이라고 변명한들 명주의 달려 나가던 그 태도를 보고 수상하게 생각하지 않을 수 없을 것이며, 그리고 만일 경순에게 이런 말이 들어간다면 그 결백한 성질에 얼마나 의심을 하며 괴로워할까, 하는 것도 큰 두통거리였다.

'어떻게 하면 좋을까. 아무래도 서로 만나야겠다. 지금은 오직 서로 만나 직접 이야기해보는 거 외에는 아무 좋은 수단이 없다.'

하는 생각을 하며 그는 불쾌한 그날을 보냈다.

경순은 인섭에게서 오는 편지를 한 장도 뜯어보지 않고 그대로 책상 서랍에 집어넣은 채 그 책상 가까이도 가지 않았다. 그의 부모는 처음부터 오늘까지 인섭과의 사이를 전혀 알지도 못했고 편지도 그리 수상하게 보지 않았으므로 한 장도 손대지 않고 꼬박꼬박 경순에게 전했던 것이었다. 만일 그 부모가 인섭과의 사이를 알아챘다면 더 한층 인섭이 편지를 받들었을 것이었다. 신분이라든지 사람 된 품위라든지 또는 외모풍채라든지가 인섭이를 두고는 그 고을에서 경순의 짝될 청년이 그리 쉽게 있을 리가 없다고 생각하며 자기네들 스스로가 은근히 인섭의 주위를 주의해오던 터이었던 것이다.

경순의 어머니가 병원에서 돌아와 그 남편과 경순이 듣는 데서

"아마도 동명병원 외과 선생은 원장 딸 명주와 어떻게 됐는가봐."

| *먼저.

하고 말하자 그 남편은 태연은 하나 조금 실망의 빛을 띠웠다. 경순은 두 눈을 꿈쩍하며 하늘이 무너지는 듯 놀라

"누구하고?"

하고 자기 귀를 의심하듯 재차 물었다.

"개, 명주하고 아마 좋은가봐. 내가 병원에 가니까 둘이서 치료실에서 얼굴이 붉어져 정답게 이야기하더구나."

하고 비웃듯 대답하였다. 경순은 벌떡 일어나 자기 방으로 달려갔다. 방바닥에 힘껏 그 몸을 내던지려다가 우뚝하니 선 채 부르르 떨며 두 눈만 끔벅끔벅하였다.

'나는 인섭 씨와 영원히 만나지 않으려고 결심하지 않았는가.'

하는 생각이 푹 솟아오르자 그는 힘없이 주저앉고 말았다.

'모두가 나의 잘못이었다. 그날 밤을 새카맣게 지워버릴 수 없는 이상 나는 그를 대할 길이 없다. 모두가 악마의 저주함이다.'

그는 이렇게 부르짖듯 하며 일어섰다. 그의 심사는 둘 곳이 없고 그날 밤 이후 오늘까지 인섭이를 잊으려고 애쓰고 인섭에게 매달리던 그 두 팔과 인섭에게 안겼던 그 허리를 긁어내고 베어내지 못하여 하던 괴로움을 생각하면 그의 마음은 집 잃은 작은 새끼 새와도 같이 애가 끊어지는 듯하였다.

"나는 장차 어떻게 할까……."

하는 생각이 들 때 그의 눈앞은 캄캄하였다. 다만 그 정월 대보름날을 인섭이와 결혼한 날이라 믿고 그리고 자기는 그대로 있다 죽으리라. 그러면 모든 괴로움은 사라질 것이며 순결한 처녀로서 정숙한 아내로서 일생을 마칠 수가 있다고 깊이 생각되었다. 그러나 인섭에게는 다시 얼굴을 들 수 없는 천한 행동을 보였으니 그는 자기의 순결을 의심할 것이다, 하는 생각이 들며 다시 눈앞이 어두워지고 마는 것이었다.

며칠이 지난 후, 그는 참다못해 인섭에게 편지를 쓰기로 결심하였다. 이미 몇 백 번 입안에서 되씹고 가슴을 서리며 생각해오던 것을 그대로 쓰기로 하였다.

"마지막으로 올리는 글월이오니 버리지 마시고 읽어주십시오. 저는 어떻게 해야 좋을지 모릅니다. 그러나 그 지나간 정월 십오 일을 나의 결혼 날이라고 믿겠습니다. 그러면 저는 앞으로 살아 있는 동안 얼마만치 위로가 될까 합니다. 인섭 씨와 저는 결혼하였던 것이 됩니다. 그러나 인섭 씨께서는 저를 용서하시지 않을 것을 잘 알고 있습니다. 인섭 씨의 허락도 없이 제가 먼저 인섭 씨에게 몸을 던진 천한 몸입니다. 영원히 행복하십시오."

라고 편지를 썼다. 그러나 한 번 고쳐 읽어보니 무슨 말인지 인섭이가 잘 알아볼 수 없으리라고 생각되었다. 더 길게 많이 쓸 말이었으나 될 수 있는 대로 짧게 쓰려니까 이렇게 대중없는 편지가 되고 만 것이었다.

다시 고쳐 쓰려 했으나 그동안 자기 맘에 무슨 변동이 생기기 전에 뜯어버릴 생각에 그대로 봉투에 넣어 하인을 시켜 우체통에 넣고 말았다.

인섭은 오래간만에 이 편지를 받고 급히 봉투를 여는 손이 진정할 수 없게 떨렸다. 한 번 읽고 또 한 번 읽었다. 그러나 곧 이해할 수가 없었다. 그러나 경순이가 끝없이 고민하고 있다는 것만은 똑똑히 알 수가 있었다.

"어쩌면 만날 수 있으랴."

그의 가슴에는 경순이를 보면 일러주고 싶은 말이 산더미 같았다. 그는 생각다 못하여 경순에게 한 번 만나게 해달라는 애원의 편지를 보낸 후 또 며칠이 지나간 때였다.

명주가 서울로 떠난 그 이튿날이다. 인섭은 최후 결심을 하고 자기와 가까운 간호부 옥순이를 불렀다. 옥순이는 겨우 열다섯 살 되는 소녀로서 보통학교를 졸업한 작년 봄부터 그 병원 간호부 견습으로 와 있는 귀

여운 아이였다. 인섭은 평소부터 누이동생같이 귀애하는 터이라 자기를
위하여 수고를 아끼지 않으리라고 믿었던 것이었다.

"옥순이 너 내 심부름 좀 해주련?"

하고 정답게 물었다.

"네."

옥순은 조금도 의심 없이 대답하였다.

"그러면 오늘 저녁 일찍 먹고 우리 집에 잠깐 와주지 않겠니?"

"몇 시쯤 말씀이십니까?"

"일곱 시쯤 해서 아니, 꼭 정각 일곱 시에."

"네."

옥순은 태연하게 승낙하였다.

인섭은 저녁을 먹는 둥 마는 둥 하고 집 대문간에서 일곱 시가 되기
를 기다렸다. 옥순은 일곱 시가 채 못 되어 달려와 인섭에게 인사를 하였
다. 인섭은 얼른 입이 떨어지지 않아서 골목을 한참 걸어가다가 말없이
따라오는 옥순을 홀쩍 돌아보며

"옥순아, 너 이경순이 알지?"

하고 물었다.

"저 우편국 뒤에 있는 이 말씀이세요?"

하고 어둠 속에서 눈을 둥그렇게 떴다.

"옳지, 그 경순이 말이야. 너 수고스럽지만 지금 나하고 가서 나는 밖
에서 기다릴 테니 너 혼자 들어가서 경순이더러 명주가 잠깐 놀러 오라
더라고 하고, 오지 않으려거든 기어이 만나자고 하더라고 말 좀 해다오.
그래도 오지 않으려거든 그러면 대문간까지라도 잠깐만 나가자고 해서
어떻게 하든지 나와 좀 만나게 해주지 않겠니."

인섭은 이런 수단으로 경순을 만나려는 것은 양심에 거리끼는 것이

었으나 그에게는 전후 체면을 생각할 여유가 없었다. 옥순은 자못 놀랐는지 아무 대답이 없이 머뭇머뭇하다가

"명주 선생님은 서울 가셨는데 만일 가신 줄 알고 오지 않으려면 어떻게 합니까."

옥순은 인섭의 뜻하지 않은 부탁에 일변 놀라며 이런 부탁을 받게 되는 것이 스스로 어색하여 얼굴을 붉히면서도 자기 위에 있는 즉 주인이나 다름없는 인섭에게 충실하려고 애를 썼다.

"알아도 관계없다. 좌우간 대문간까지만 나오도록 해다오, 응?"

인섭의 간절하게 떨려 나오는 말을 듣자 옥순은 무슨 말을 더 하려다가 그대로 입을 다물고 잠깐 무엇을 결심하듯 눈을 감았다 뜨며

"갔다 오겠습니다."

하고 발길을 급히 돌렸다. 어느 사이엔지 우편국 뒷골목까지 갔다. 경순의 집 대문간에 켜져 있는 전등이 인섭의 눈에 비쳤다.

"그러면 옥순이, 미안하지만 속히 가소, 응."

하고는 발길을 멈추었다.

"선생님, 경순 언니를 어떻게 아십니까? 얼마 안 있어 영선이 오빠하고 결혼하는 것 아십니까?"

옥순은 자기의 경애하는 주인 선생이 경순을 만나려고 애쓰는 모양이 안타깝기도 하고 또 지금 이같이 애태우는 인섭에게 알려주어야 자기가 인섭에게 대한 충실함에 잘못이 없음을 깨달았던 것이었으므로 요즘 들은 경순의 얘기를 말하지 않을 수 없었던 것이었다.

"옥순이 뭐랬나?"

인섭은 자기 앞에 근심스런 얼굴로 서 있는 옥순을 물끄러미 바라보며 물었다.

"경순 언니가 영선이 오빠에게 시집간답니다. 선생님 모르셨어요?"

옥순은 인섭이가 경순의 결혼을 모르고 공연히 헛수고할까 봐 염려가 되어 알려준 뜻을 인섭이가 얼른 알아듣지 못함이 이상하였다.

"누가 결혼을 해? 너 어데서 들었니?"

"어저께 혼수가 갔는데요. 영선이는 우리 집 곁에 있어요. 영선이 오빠는 김영준이라는 사람인데 금융조합에 다닌답니다. 혼수가음*을 받을 때 저의 어머니도 갔다 왔습니다."

하고 옥순은 자세히 이야기하였다.

"너 거짓말이지?"

인섭은 태연하였으나 그의 두 입술은 가볍게 경련을 일으키며 눈물이 핑 돌았다.

"정말, 정말입니다."

인섭은 멍하니 경순의 집 대문간 전등만 바라보았다. 옥순은 그제야 인섭의 가슴속을 이해할 수 있었다. 어떻게라도 인섭을 위로해주고 싶었으나 무어라고 말해야 좋을지 몰랐다.

"선생님, 그래도 가보고 올까요?"

하고, 나무처럼 우뚝 선 채 어깨만 들먹거리는 인섭의 얼굴을 쳐다보며 보드라운 애정을 가득 실은 목소리로 물었다.

"아, 옥순이."

인섭은 옥순의 어깨를 두 손으로 걸어 잡아 와락 자기 가슴에 꼭 껴안고 옥순의 이마에 자기 이마를 얹고 한숨과 느껴짐을 참으려고 온몸을 부르르 떨었다. 그의 몸은 몽둥이를 얻어맞은 듯 비틀거리며 그대로 혼자 따로 설 기력이 없었던 것이었다.

《삼천리》, 1936년 8월 / 1937년 1월

---

* 혼숫감. '가음'은 '감'의 사투리로 어떤 일을 하거나 무엇을 만드는 데 재료 또는 바탕이 되는 물건.

어느 전원의 풍경
—일명 · 법률

말갛게 깎은 머리 위에 탕건만 눌러쓰고 활짝 돋운 남폿불을 바라보며 김상렬은 눈 하나 깜짝하지 않고 앉아 있었다. 건넌방에서는 아이들의 장난하는 소리가 분산하였다.[*]

'오늘밤만 새면 내일부터는 또 한 해가 시작된다.'

하고 그는 빨뿌리[**]에 담배[***] 한 개를 끼워 들고 생각에 잠기었다.

'좌우간 오늘밤 안에 작정을 단단히 해가지고 내일부터는 근심이 없도록 해버려야지, 차일피일 하다가는 큰일이다.'

그는 길게 한숨을 내쉬었다. 남들은 부잣집이라고 모두 부러워하나 실상 김상렬 자신은 기막힐 딱한 걱정이 두 가지 있었다. 그는 이 걱정거리를 없애기 위하여 오래 고민하여 왔으나 좌우 판단을 내리기에는 여간 어려운 일이 아님을 잘 깨달았던 것이다. 하나는 자기의 뒤를 이을 만아

---

[*] 부산하다.
[**] 담배를 끼워 피우는 것. 물부리.
[***] 원전에는 '마꼬'로 되어 있다. '마꼬'는 그 당시 담배 이름.

들에 관한 일이요, 또 하나는 자기의 전 재산에 관한 일이니만큼 지금의 김상렬에게는 자기 생명 다음 가는 중대한 걱정거리다.

그는 이 두 가지를 생각할 때마다

'지금 세상은 예전 세상과 다르다. 예전에는 천벌이 무서워 차마 하지 못하는 일이 많았지마는 지금은 천벌이란 것이 없어졌다. 톱으로 썰어 죽이고, 벼락을 때려 가루를 내어 죽여도 죄는 죄대로 남을 용덕이란 놈은 아직껏 네 활개 펴고 잘살게만 해두고, 그렇게 순직하고 부지런하던 김 서방은 재작년 여름에 벼락을 맞아 죽었으니 이것만 보더라도 천벌이란 정말 엉터리없는 것으로 타락되고만 것임을 알 수가 있단 말이지. 그리고 이 땅덩어리로 말하더라도 옛적에는 부동여산不動如山이니 태산 같이 믿는다느니 하여 대지를 변함도 움직임도 없는 절대의 것으로 믿고, 둘 곳 없는 심사라도 오직 이 땅 위에만은 맘 턱 놓고 발을 내려디디던 것이었으나 지금은 어디 땅이 흔들린다는 둥, 어느 곳 땅이 벌어지고 사람이 죽는다고 법석이란 둥, 아무 산이 터지며 불꽃이 충천한다는 둥 하니 이런 기막힐 일이 어디 또 있겠는가. 움직이지 않는다고 믿은 땅덩어리가 움직이니, 항상 움직이며 살아가는 사람이야 일러 무엇하랴. 변화무궁하고 교묘 교활하며 심지어 선악의 표준까지 혼돈케 되어 구별할 길이 없으니 나는 어느 것을 절대적 옳은 것으로 믿을 수가 없고, 이 가운데서 살아가기 정말 두렵다. 그러나 이 가운데서라도 절대로 믿을 수 있는 것이 하나 있기는 하다. 그러나 이것도 내 편을 만들고 내 수중에서 녹여낼 수 있어야 믿을 수 있는 것이다. 아니다. 이것에 나타나 있는 대로만 하는 것이 절대로 착한 일이며 절대로 옳은 일이다.'
라고 생각하는 것이었다. 김상렬이가 이같이 믿을 수 없다는 세상에서 오직 한 가지 믿을 수 있다는 것이란 무엇일까.

그것은 법률이다. 이 법률이란 것이 어떻게 생겨났던 것인지 또 누가 만들어낸 것인지 하는 것을 생각할 필요가 없었다. 그가 법률이란 것을 알게 되던 때(물론 『육법전서』를 다 알게 된 것은 아니다. 법률이란 것이 있다는 것만을 알게 된 때에 말이다.) 너무 기뻐 하늘이 무심치 않음에 감사하였던 것이다.

'천벌이 영험 없게 된 것도 하늘의 옥제가 이 땅 위에 당신이 택하신 임금님을 내리시자 법률이란 것을 만들게 하셔서 간접으로 정사를 하시게 된 것이리라.'

고 무한히 기뻐하였던 것이었다. 그리하여 그는 법률에 눈이 밝다는, 자기와 각별히 친한 친구 이정환을 자주 만나서 온갖 법률에 대한 이야기를 하였다. 그러나 그는 이야기를 많이 들으면 들을수록 한 가지 괴로움이 생겨났다. 그것은 자기 아들에 관한 일이었다. 물론 아들이 못나서 하는 걱정이 아니라 그대로 남에게 뒤지지 않을 만은 하지만 장가를 잘못 보낸 탓이었다. 처음 장가갈 때는 과히 싫다고는 하지 않던 것이 초행에서 돌아온 이후는 죽어도 색시 집에 가지 않겠다고 뻗대는 것이었다. 그후 색시를 데려온 후도 한방에 거처하는 일이 없고 밤낮 그 부모에게 이혼시켜 달라고 졸라대었다. 그러므로 상렬은 그 아들에게 만단*으로 회유하고 때로는 위협도 하고 갖은 수단으로 달래봐도 전혀 효험이 없었다. 그러나 어찌된 셈인지 그러는 중에도 며느리가 딸을 하나 낳았다.

"입으로는 싫어해도 속으로는 그다지 싫지 않기에 아이를 낳지 않나."

하는 사람도 있고 하여 상렬은 아무래도 이혼은 시키지 않으려 하였다. 그러나 아들은 아내가 아이를 낳고 난 후 아무 말 없이 동경으로 달아나고 말았다.

"이혼해주기 전에는 돌아가지 않겠습니다."

| * 여러 가지, 온갖.

라고 틈틈이 말만 보내고, 삼 년이 되어도 귀국하지 않았다. 상렬은 차차 걱정이 되기 시작하였다. 아들의 장래와 집안 형편을 생각하면 얼른 이혼을 시켜버리고 다른 데 좋은 며느리를 맞아오고 싶으나 며느리 편에서 순순히 이혼해주지 않을 것임을 생각하면 가슴이 답답하지 않을 수 없었다.

며느리도 처음엔 시부모가 자기편을 들어주었으나 차차 시부모의 맘도 자기를 떠나감을 보고 분하고 안타까운 악심만 자꾸 들어갔다. 그러므로 양편의 가슴속이 얼굴에 나타나게 되자 집안은 평온한 날이 없어졌다. 날이 갈수록 상렬은 이 문제가 심각하게 머리에 떠올랐다.

법률만 없으면 그만 며느리를 쫓아 보내고 아들을 데려왔으면 좋으련만 아무 이유 없이 법률이 이혼을 허락할 리도 없고, 또 그대로 쫓아 보냈다가 법률에 걸리면 어떻게 하나 하는 것이 문제가 되었다. 시부모의 이런 생각이 날로 그 얼굴에 나타나자 며느리도 처음같이 유순하지 못했다. 피차 시비가 심함에 따라 상렬은 그같이 기뻐하였던 법이란 것이 도리어 가증스럽게 여겨졌다. 이때에 또 한 가지 걱정이 튀어나왔다. 그것은 어느 친구의 사정에 동정하여 오만 원 차용증서에 연대 보증인으로 도장을 찍어주었던 것이 이제는 자기가 그 돈의 어환 책임을 전부 지게 되었던 것이다. 원금은 단 오만 원이나 이자까지 합하면 천 석 추수밖에 안 되는 자기 재산 전부를 다해도 오히려 부족할 지경이었던 것이었다. 그는 이 뜻하지 않은 걱정에 이 일 년을 죽어지냈던 것이었다. 생각하면 이 두 가지 걱정이 모두 억울한 걱정임을 깨닫자 그의 초조함은 비할 데가 없었다.

'아들 장가도 지금 며느리에게 보내지 않고, 친구야 죽든 살든 보증인만 되어주지 않았으면 아무 걱정 없이 편안히 행복하게 살 것을…….' 하고 생각하면 이 두 가지가 모두 미묘하고 사소한 변변치 못한 동기와 인연으로 말미암아서 된 것임에 더 한층 답답해지는 것이었다. 지금 며

느리와 혼인하지 않아도 장가갈 수 있는 자기 아들이요, 보증인이 되어
주지 않더라도 그 친구와의 우정이 상해질 리가 없었을 것이다.

상렬은 생각다 못하여 벌떡 일어나 의관을 갖추고 밖으로 나왔다. 골
목마다 섣달 그믐날 밤이라 사람들의 걸음 소리가 바쁘게 들렸다. 그는
어두운 골목을 한참 걸어 이정환의 사랑으로 찾아들어 갔다.

"그믐날 밤에 찾아오기는 좀 미안하네만."

하고 방 안에 들어가며 인사를 하였다.

"자네는 친구 집에 놀러 오는 데도 날을 받아서 오는가. 그믐날은 놀
러 오면 안 된다던가?"

이정환은 구들목*에 누웠다 일어나며 반갑게 맞았다.

"자네 춥지 않나, 그만 갓일랑 집어치우고 나처럼 겨울에는 모자를
쓰게나."

하고 엉성하게 추워 보이는 상렬을 조롱하듯 하며 아랫목으로 자리를 비
켜놓았다. 그러나 상렬은 얼굴을 찌푸리고 윗목에 가 소매 속에 손을 넣
은 채 구부리고 앉았다.

"자네 무슨 근심 있는가."

정환은 연달아 싱글싱글하며 상렬을 건너다보았다.

"자네에게 물어볼 말이 있어 왔네."

상렬은 그제야 소매에서 손을 빼고 담뱃갑을 끄집어내었다.

"무슨 말인가?"

"다름이 아닐세, 자네도 아다시피……."

상렬은 말을 어떻게 끌어내야 좋을지 맘속으로 생각하며 말끝을 길

| * 아랫목.

게 뺐다.

"글쎄, 자네 사정이야 내가 모르는 게 있나 그러나, 너무 걱정일랑 하지 말게."

"그러니 말일세. 저 우리 자식 놈의 일을 어떻게 하면 좋을까."

상렬은 이미 정환에게 속 통정을 해오던 터이라 바로 말을 끄집어내었다.

"허, 그 사람, 그까짓 것 걱정할 게 뭐야. 며느리가 아무리 중하다 할지라도 내 아들만은 못한 것이니 아들이 정 싫다면 이혼을 해버려야지."

정환은 시원스럽게 말을 하였다.

"글쎄, 내 자식이 중하기는 하지만 이유도 죄도 없이 어떻게 며느리를 쫓느냐 말일세. 더구나 계집아이라도 벌써 새끼까지 낳은 것을. 설령 내가 또 쫓고 싶다고 한들 법이 있는데 임의로 쫓기어지느냐 말일세."

상렬은 그제야 자기의 맘속을 다 말이나 한 듯이 한숨을 내쉬고 정환을 쳐다보았다.

"저런 사람 좀 보게. 자네 내 말 들게. 좌우간 이제는 자네도 법만 허락하면 이혼시켜주려는 것이지?"

정환은 정색하며 다잡아 물었다.

"그렇지 않은가. 법만 없으면 그만 제 친정으로 보내버리지."

"그럼 문제없네. 예끼 사람, 그까짓 게 뭐가 걱정이야. 내가 책임짐세. 법률이란 게 원래 무서워할 게 아니네. 언제든지 내편을 만들어놓으면 그만일세. 착한 일만 하는 사람이라도 악한 놈에게 못 이기는 수도 있게 하는 것이 법률이거든. 그 참 교묘하이."

정환의 말이 무슨 뜻인지 상렬은 알아듣지 못하였다.

"좌우간 자네가 이미 이혼시키려는 결심만 있다면 천 원 하나는 손해가 날 터이나 염려 없네. 내가 책임지고 이혼되도록 해줌세."

"아니 천 원만 있으면 이혼이 될까?"

상렬은 정환의 말이어서 순순하게 들리므로 속으로 의아하였다. 돈 천 원만 있으면 이혼이 된다는 조목이 법률에 씌어 있으면 모르거니와 그렇지 않고는 불가능하다고 생각되었다. 자기 며느리는 목이 끊어져도 친정에는 가지 않으며 또 만일 남편이 다른 데 장가를 가면 백 번이고 천 번이고 초례청에 대들어 막 부수어댈 것이며 어린아이는 자기가 데리고 키우겠다는 둥, 벼르는 것을 잘 알고 있는 상렬이었기 때문이다. 물론 며느리 한 사람뿐이면 좀 쉬울 것이나 며느리의 친정에도 상당한 젊은 남자가 많아서 좀처럼 이혼은 해주지 않을 것이었으므로이다. 그러나 정환은 그까짓 이유는 말도 되지 않는다는 듯이

"예끼, 바보 같은 사람, 한번 이혼만 해버리면 그만이지 무슨 상관인가. 제까짓 것이야 무어라고 시위를 한대도 염려 없네. 한번 이혼한 후에는 자네 집에 무단히는 오지도 못하네. 잘못 행패를 하다가는 콩밥을 먹이지……."

하고 자못 염려 없다는 듯이 우거대었다.

"그렇지만 그렇게 되나? 초례청에 대들면 큰일이지."

상렬은 자꾸 염려가 놓이지 않았다.

"여보게, 이혼하면 남남인데, 남의 잔치에 대어들면 법률이 가만히 있나?"

"음……."

상렬은 그제야 고개를 끄덕끄덕하였다.

"참 그렇지만 이혼하기까지가 문제지?"

하고 다시 정환을 바라보았다.

"염려 없네. 내가 수단을 가르쳐줌세. 좌우간 며느리를 잘 꾀어서 제 입으로 이혼하겠다고만 하도록 하면 그만일세."

하고 계교를 하나 가르쳐주었다. 상렬은 그 말을 다 듣고 나니 그럴 듯도 하였으나 사람으로서 차마 하지 못할 일이었다.

"여보게, 그렇게 할 수야 있나?"

하고 상렬은 입맛을 다셨다.

"허, 이 사람. 지금 세상에는 어떠한 못할 짓을 하더라도 법률에 걸리지 않게만 하면 제일일세."

정환은 예사라는 듯이 말했다.

"그것은 그렇게 한다고 하면 그만일세만, 또 한 가지 있네."

상렬은 집에 가서 다시 더 생각해보리라고 작정을 한 후, 또 한 가지를 마저 꺼내었다.

"무엇인가?"

정환은 벽에 어깨를 기대어 앉으며 어떠한 어려운 문제라도 끌고 오라는 듯이 버티었다.

"자네도 알지만 그 보증해준 오만 원 말일세. 반환기일이 다섯 달밖에 남지 않았는데 어떡하나?"

"그까짓 것도 염려 없네. 내가 한 푼도 구경도 못한 돈을 멀쩡하게 갚아줄 바보가 어디 있는가. 자네는 그 돈을 갚으면 거지가 되지 않나? 나 같으면 그 돈을 내가 써 없앴더라도 갚아주지 않겠네."

정환은 이 말을 듣고 놀라는 상렬을 비웃는 얼굴로 바라보았다.

"갚지 않아도 배겨낼 수 있게 하는 법이 있는가?"

"있고 말고."

"여보게, 농담이 아닐세."

"허, 누구는 농담인 줄 아는가? 당장에 안 갚아도 관계없게 해줌세."

"……."

"예를 들어 말하자면 자네가 나에게 갚을 돈이 삼십만 원가량 있다고 하면 그만이 아닌가?"

"?"

"내 말을 잘 듣게. 만일 자네가 그 돈을 갚지 않고 있으면 돈 받을 자가 재산을 차압을 하지 않겠나?"

"그렇지."

"여보게, 내 말은 그자들이 차압을 하기 전에 자네가 한 푼도 없는 사람이 되어버리면 그만이 아닌가?"

"예끼 사람, 그만두게. 나는 정말 걱정일세. 농담은 그만두고 좀 생각해주게."

상렬은 웃으며 정환에게 간청하듯 말했다.

"허, 누가 농담을 한단 말인가. 자세히 설명할 테니 들어보게. 자네가 거짓 증서를 하나 쓰거든."

"어떻게……."

"삼십만 원쯤 자네가 나에게 차용한 것 같이 거짓 증서를 써가지고 내 앞으로 공정증서를 낸단 말일세."

"공정증서?"

"옳지. 자네 재산은 전부 내 것이라고 즉 삼십만 원 대부해준 까닭에 그 돈을 갚기 전에 자네 재산은 아무도 손대지 못하게 내 것이라고 공정증명서를 하나 내놓으면 누가 보든지 자네 재산은 내 것이 되어 있으니 아무 놈도 손을 못 대지 않겠나."

"그래."

상렬은 너무 감격하였다. 지금 세상의 법률이란 이다지도 교묘하며 이다지도 나를 위해 갖은 법을 다 마련해두었던가 하는 생각이 들었기 때문이었다.

상렬은 집에 돌아와 갓을 벗어 걸고 큰기침을 한 후

"아가."

하고 크게 불렀다. 그믐날 밤은 잠을 자면 눈썹이 센다고 막내아들과 딸들이 안방에서 떠들고 있었다. 두어 번 연달아 부르는 사이에

"네."

하고 며느리가 사랑으로 달려왔다.

"준비가 다 되었느냐?"

"네."

"하룻날 제사*는 일찍 모시게 해라, 세배꾼들이 오기 전에."

"네."

그믐날 밤인 탓인지 며느리의 대답 소리는 평소보다 부드럽고 공손하였다.

물론 이만한 말을 하기 위하여 며느리를 사랑까지 불러낼 것도 아니며 전 같으면 며느리가 곁에 있더라도 마누라를 불러 분부하는 것이었으나 이제 듣고 온 이정환의 말이 생각났으므로 당장에 음모공작을 개시하려고 일부러 며느리를 불러낸 것이었다. 그러나 며느리의 공손스런 태도를 보자, 그만 가슴이 턱 막혀졌다.

"아가, 춥지 않으냐? 잠깐 누워 쉬어라."

그는 이 말을 정환이 일러준 계교로 하려던 것이 참으로 속으로 솟아나오는 위로의 말이 되고 말았다.

"네, 아버님 시장하시지 않습니까? 벌써 열두 시나 되었습니다."

"아니다. 그만둬라."

"약식이 다 됐습니다. 조금 가져오리까?"

며느리는 염려되는 듯이 조용히 물었다. 상렬은 정환과 자기가 조금

| * 경북 남동부 지역에서는 명절 '차례' 지내는 것을 '제사' 지낸다고 한다.

전에 어떠한 이야기를 하고 왔는지도 모르고 있는 며느리가 가엾기도 하고 또 스스로 부끄럽기도 하였다.

"그만둬라. 어서 들어가 좀 쉬어라."

말소리가 떨리어 나왔다.

"네."

며느리는 손을 이불 아래 넣어 방바닥을 만져 차지나 않은가 하고 물은 후 살그머니 물러나갔다.

"어허이."

상렬은 길게 한숨을 쉬고 드러누웠다.

"나는 정말 못하겠구나."

하고 중얼거렸다. 그는 정환이가 가르쳐주던 계교가 다시금 생각났다.

"될 수 있는 대로 며느리를 귀히 여기는 척하여 그동안 상했던 사이를 회복시킨 후 이혼만 하면 아들이 돌아온다고 하니, 이혼장에 도장만 찍어 동경으로 보내면 아들이 돌아올 테니 돌아오면 시부모가 잘 회유하여 서로 의가 상합하도록 할 테니 염려 말고 도장만 찍어라. 그리고 너의 친정부모도 알면 재미없으니 네가 가만히 도장을 찍어가지고 오너라."

고만 자꾸 꾀던 정환의 얼굴이 떠오르며 몸에 소름이 끼쳤다.

'법률이 이러한 간사한 꾀를 용납시킨다 하더라도 사람으로서 차마 못할 짓이다.'

라고 상렬은 생각하였다. 그러면서 한편 자기 재산에 대하여는 정환이가 말하는 대로만 하리라고 결정하였다.

정월 대보름이 지난 후 어느 날 사랑에 내려온 마누라를 보고 상렬은 정환에게서 들은 계교를 이야기하였다.

이 말을 듣고 난 마누라는 명절 때마다 더욱 간절한 아들 생각에 속을 상하던 마음이라 펄쩍 뛸 듯이 기뻐했다.

"암만해도 내 자식이 있은 후에라야 남의 자식 사정을 보는 법이야."

하며 당장에 그 계교를 쓰겠다고 야단을 했다.

"안 돼."

상렬은 그믐날 밤 이후 끝없이 가엾게 보이는 며느리를 차마 속여 넘기기가 가슴이 아팠다.

"영감은 정신이 빠졌소? 그래 이대로만 있다가 개가 동경서 영영 안 나오면 어떻게 하며, 동경보다 더 먼 데로 가버리면 어쩔 테요. 그리고 또 원래 싫은 부부를 사람의 힘으로 어떻게 하나요. 피차 팔자가 아니에요."

하고 마누라는 빡빡 세웠다.

상렬은 잠잠하고 앉았다가 도장을 주머니에 넣어가지고 집을 나섰다.

이미 자기 집 재산은 전부 동산, 부동산 할 것 없이 하나도 남기지 않고 이정환의 앞으로 공정증명을 내기로 준비가 다 되었던 것이었다. 물론 상렬도 자기 전 재산을 남의 명의 아래 두기가 위태한 것 같기는 하나, 이정환의 재산도 이삼십만 원은 될 뿐 아니라고 죽마고우로서 오늘까지 친형제 진배없이 지내왔던 터이라 십분 안심하였던 것이다. 만일 그대로 두었다가는 채권자에게 그대로 홀딱 빼앗길 것이었으므로 그는 아주 맘을 놓았던 것이었다. 그러므로 그날 모든 수속을 마치고 집에 돌아오니 한쪽 어깨가 가뿐하여 맘이 무척 상쾌하였다.

"아가, 술 한 잔 덥혀 다오."

하며 그는 안으로 들어갔다. 며느리는 뜰에 내려와 상렬을 맞아들인 후 술상을 차려 들고 안방으로 들어왔다.

"어, 이제 안심이다. 너희들은 몰랐어도 나는 그 보증해준 것 때문에 어떻게 염려를 했는지 모른다."

상렬은 술잔을 들며 이렇게 말하였다.

"안심이라니, 어떻게 된 셈이오?"

마누라도 이미 그 보증해준 오만 원 까닭에 무척 애를 써오던 터라 반기어 물었다.

"이야기할 테니 들소."

상렬은 정환과 그동안 해놓은 공정증서 이야기를 다 했다. 마누라는 자세히 듣고 나더니 만일 며느리가 장차 이혼을 당하고 나면 누설하지 않을까 두려운 듯이 상렬에게 눈짓으로 염려하는 표정을 지었다. 그러나 상렬은 요즘 그 며느리가 가여워 가슴이 아픈 터라 모르는 척하고

"아가, 이제는 안심해라."

하고 연해 술잔을 기울였다. 마누라도 지금까지와는 태도가 일변하여 며느리를 무척 중히 여기는 척하였다. 상렬은 비록 자기 마누라가 거짓으로 며느리를 사랑하나 며느리는 그 사랑을 참으로 받고 감격하여 공손히 받드는 것을 보며 도리어 마누라와 아들이 얄밉고 괘씸해졌다.

"아버님, 드릴 말씀은 아니올시다마는 제 생각에는 염려가 됩니다."

하고 며느리는 상렬 부부의 맘속에는 무관심하고 이렇게 입을 열었다.

"엉? 무엇이!"

"아무리 친하신 사이시더라도 사람의 속을 어떻게 아실 수 있습니까? 그러하오면 전 가산이 이정환 씨 명의로 있게 되오니 염려올시다. 아무 증인도 없는데…… 아니올시다. 설혹 증인이 있다 하더라도 벌써 법률적으로 뚜렷이 그분의 것이오니 그분이 만일 마음을 잘못 쓰신다면 어떻게 하겠습니까?"

하고 며느리는 얼굴이 푸르러졌다.

"엉?"

상렬은 심 황후를 만난 심 봉사처럼 두 눈이 활짝 뜨인 것 같아 벌떡 일어나 섰다.

"아가, 네 말이 과연 옳구나. 법률이란 참 교묘하구나. 위에 위가 있고, 아래에 또 아래가 있어 끝이 없겠구나. 만일 정환이가 거짓 증서 아니라고 하면 그만이지⋯⋯. 정말 무섭다."

"아이참 그래. 그러면 어쩌나."

마누라도 펄쩍 뛰었다.

상렬은 바쁘게 정환의 집으로 달려갔다.

《영화조선》, 1936년 11월

광인수기狂人手記

아이고.

비도 비도 경치게* 청승맞다.

이렇게 오면 별것 없이 흉년이지 뭐야.

아이 무서워라. 또 큰물이 나가면 어떡해요. 그 싯누런 큰물 아이 무서워.

글쎄 하느님! 제발 덕분에 비를 조금 거두시소……. 그래도 안 거두시네!

허허 참, 사람 죽이는구나. 글쎄 이 얌뚱마리** 까지고 소견머리가 홀락 벗겨진 하느님아 내 말씀 들어봐라.

이렇게 자꾸 쓸데없는 물을 내리쏟으면 어떻게 하느냐 말이다. 큰물이 나가면 다리가 떠내려가고 사람이 빠져 죽고 별일이 다 생기지요. 또 흉년이 지면 두말없이 백성이 굶어 죽지요. 하나도 이익이 없는데 왜 그

* 매우 놀랍게도.
** 아주 체면 없이 하는 짓. 얌통머리.

렇게 물을 내리쏟는가 말이오!

아이, 아이고 무서워라. 하느님이 제 욕한다고 벼락을 내려칠라. 히히히! 벼락이라니. 나는 암만 욕을 해도 마음속으로는 당신을 그리 밉게 여기지는 않는다오. 용서하시소.

아니다, 네 이놈 하느님아. 에이 빌어먹을 개새끼 같은 하느님아, 네가 분명 하느님이라면 왜 그 악하고 악한 도둑놈의 연놈을 그대로 둔단 말인고. 당장에 벼락 천둥을 내려 연놈을 한꺼번에 박살을 시킬 일이지. 아니올시다. 아이 무서워, 아니올시다. 거짓말이올시다. 일부러 하는 말이올시다. 그 연놈이 죄가 있을 리 있는가요. 다 내 팔자지요. 부디부디 벼락은 치지 말고 잘살도록 해주시소.

하하하! 웃기는구나.

우스워서 죽겠네.

저 빌어먹다 낮잠 잘 하느님은 저를 위해 주고 겁내 하면 할수록 점점 더 건방이 늘고 심술이 늘어가더라.

나를 영 사람으로 여기지 않더라.

내가 모두 팔자로 돌리고 좋으나 궂으나 좋다고만 하니까 아주 나를 바보로 아는 모양이지, 이 지경을 만드는 것을 보면…….

아이고 아이고 흑흑…….

하느님, 당신을 욕하면 무엇하는가요. 당신도 이미 빤히 내려다봤으니 알 일이지마는 내 말을 다시 한 번 들어보소.

거짓말할 내가 아니지.

아이고 추워라. 오뉴월 무덕더위*라고 한창 더울 이때에 빌어먹을 비 까닭에 이렇게 추운 것이지.

| * 삼복의 무더위.

아이참, 그놈의 다리는 경치게도 노프*다. 조금만 더 낮았다면 비가 조금 덜 들이칠 텐데, 아이 이것도 내 팔잔가.

어떤 연놈은 팔자 좋아 시원한 집에서 더우면 전기부채** 틀어놓고 비가 와서 이렇게 추워지면 안방에 따뜨무리***하게 불을 때서 반드라시**** 드러누워 남편 놈과 우스개 놀이나 주고받고 하지마는…….

그뿐이겠나. 뭐 또 맛있는 것 사다놓고 먹기 싫도록 처먹어가면서.

아따 참, 그 빛 좋은 과실 한 개 먹어봤으면……. 아이고, 생각하면 뭣하나. 왜 이렇게 추운가. 옳지 바지가 이렇게 떨어졌구나.

아이고, 이것이 말이 저고리지 걸레나 다름없지 뭐…….

아이고 아이고 흑흑…….

오뉴월 궂은비는 처정처정***** 청승맞게 오는데 이 떨어진 옷을……. 이것이 옷인가, 걸레지. 벌벌 떨며 이 다리 밑에 혼자 쭈굴시고****** 앉았으니 거러지나 다름없지. 벌써 해가 졌는가. 왜 이리 침침하노.******* 대체 구름이 끼었으니 해가 졌는지 떴는지 알 수가 있나.

사람의 새끼라고는 하나도 없구나.

아이고 비는 몹시도 들이친다.

하느님아! 할 수 없구마. 당신하고 나하고 둘이서 이야기나 합시다.

그때 말인가요?

내 나이는 열일곱 살. 그이 나이는 열여덟이었지요. 그이가 나에게로 장가들게 되는 것을 아주 기뻐한다고 중매하던 경순이네 할머니가 나에

---

* 높다.
** 선풍기.
*** 뜨겁지 않고 다소 따뜻한 정도. 차츰 따뜻해지다.
**** 볼모양 없이 방정맞게 드러누운 모양새.
***** 보슬비도 소나기도 아닌 비가 쉼 없이 계속해서 오는 상태.
****** 쭈그리고 앉다. 처량해 보이거나 할 때의 다소 자조적인 말.
******* 어두워져서 사물을 분간하기가 어려운 상태.

게 말해주더군요. 그래서 나도 속으로는 은근히 좋아서 어서 혼인날이 왔으면 싶어서 몹시 기다려졌지요. 그럭저럭 혼인식도 지내고 첫날밤이 되었지요. 히히히. 참…… 히히히, 무척도 부끄럽더라.

문밖에서 모두들 들여다보느라고 킥킥거리며 웃는 소리가 들리기도 하는데 그이는 부끄럽지도 않던지 온갖 재롱을 다 부리겠지요. 참, 술잔을 따라서 나에게 자꾸만 받으라고 조르겠지요.

"색시요, 이 술잔 받으시오, 어서어서."

하며……. 그렇지만 내가 얼마나 얌전한 색시였다고 덥석 손을 냈을 리가 있는가요. 어림도 없었지요, 암!

아주 쪽 빼물고서 홋들치고 앉아서* 곁눈 한번 떠본 일이 없었지요. 히히히.

그래도 신랑 얼굴이 얼마나 잘생겼는지 보고 싶은 마음이야 어찌 다 말할 수 있소. 그래 그이는 권하다 못하여 한 손으로 남의 손목을 슬쩍 잡아당기겠지요.

"자, 술잔 받으시오."

하며.

그때 나는 손을 빼틀쳐** 움츠리며 얼른 한 번 흘겨보니 머리는 빡빡 깎았지마는 우뚝한 코, 얌전스런 입, 눈도 그리 밉지 않게 생겼고, 눈썹이 새까만 것이 아주 맘에 쏙 들며 가슴이 짜릿해지고 어떻게 새삼스럽게 부끄러운지 눈물이 핑 돌았어요.

아이 참, 지금 생각해도 등에 땀이 납니다. 그이는 그날 밤에 왜 그리도 술잔을 받으라고 조르는지요. 중매한 늙은이가 아마도 신부는 술잔깨나 마신다고나 했는지 기어이 술잔을 받으라고만 성화였어요.

---

* 단단히 작정을 하고 앉은 자세.
** 잡힌 손을 빼내다.

"이 술잔은 우리 두 사람이 백년가약을 맹세한다는 뜻인데 당신이 받아주지 않으면 나는 이대로 돌아가는 수밖에 없지요. 아마도 당신이 술잔을 받지 않는 것을 보니 나를 싫어하는 것이지요. 아마도 당신은 나보다 더 좋은 사람에게 시집가고 싶은가 봅니다."

하며 아주 성을 낸 것 같더군요. 그래서 나는 하도 딱하고 기가 막혀 말은 할 수 없고 그만 참다못하여 울어버렸지요.

그랬더니 그이는 갑자기 바싹 다가앉으며

"여보시오. 그래도 내 술잔 안 받을 터이시오?"

하며 내 손을 다시 잡아당기겠지요. 나는 흑흑 느끼며 못 이기는 체하고 그 술잔을 쥐어주는 대로 받아 들기는 했지마는 어디 마실 수야 있어야지요. 그래서 방바닥에 살그머니 놓았지요. 아이고머니, 그랬더니 창밖에서는 아주 킥킥하며 웃어 재끼는데 그 부끄러움이야 어디다 비할 수 있을까요.

그제야 그이가 벌떡 일어서더니 병풍으로 창을 가려서 뺑 둘러 쳐버리고 내 곁에 와 앉더니 내 머리도 쓰다듬어보고, 내 허리도 쓰다듬어보고 머리를 굽혀 내 얼굴도 들여다보고, 온갖 아양을 다 부리더니

"색시요, 대답 좀 해보시오."

하겠지요. 이때는 그에게 잡힌 내 손을 그대로 맡겨두고 있었습니다.

"당신은 나를 사랑하십니까?"

하고 묻겠지요.

허 참, 기막힐 일이 아닙니까. 무어라고 대답을 하는가요. 바로 말하면 아직 그의 얼굴도 자세히 쳐다보지 못했으니까 말이지요. 그러나 그때는 그이가 왜 그런 말을 물을까, 그런 말을 물어서 무엇하려는가, 이제는 할 수 없는데 나는 당신을 사랑하지 않고 될 말인가. 나는 가슴이 짜릿짜릿하고 이만치 부끄러운데, 하는 생각만 가득하여 고개를 푹 숙였더

니, 그는

　"아, 감사합니다. 이 사람을 사랑하십니까."

하겠지요. 아마도 그는 내가 고개를 숙이니까 머리를 끄덕이는 줄 알았던 모양이지요. 하하하!

　그래 하하하 참, 우습다.

　그이가 먼저 옷을 벗고 나더니, 먼저 내 왼편 버선을 한 짝 벗기더니 내 치마끈을 잡아당기겠지요. 나를 홀랑 벗길 작정인 것쯤이야 내가 누구라고 모르겠소. 아무리 학교 공부는 못했지마는 그래도 귀한 딸이라고 한문 글도 배웠고 꽤 똑똑한 색시였으니까 말이지요.

　아이고 참, 내 말이 거짓말인 줄 아나베. 내가 왜 한문을 몰라! 『소학』도 다 배웠는데. 할부정割不正이어든 불식不食하며 석부정席不正이어든 불좌不坐하며. 이것이 다 『소학』에 있는 글이라오.

　그래, 참 내가 정신이 없구나. 하던 이야기나 마저 해야지.

　하느님 당신 듣는가요? 참 재미있지요. 그래그래, 그래서 말이야. 그이가 아주 눈이 발칵 뒤집혀가지고…… 히히.

　아주 숨 쉬는 소리가 황소 같더군. 제까짓 신랑 놈이 아무리 지랄을 한들 내가 가슴을 꼭 껴안고 있으니 어디 내 옷을 벗길 수 있어야지. 그렇지마는 너무 뺑순이*를 치면 또 성을 낼까 봐 겁도 나고 그뿐 아니라 옛날 어떤 신랑 놈처럼 첫날밤에 신랑은 색시를 벗겨야 한다니까, 아주 색시의 껍질을 벗겨놓더란 말도 생각이 나고 해서 슬그머니 못 이긴 체했더니 아 그놈의 신랑 놈이 그만…… 히히 참 우습다.

　그뿐인 줄 알지 마소. 하하하, 지금 생각해도 가슴이 간지럽다.

　"여보 색시! 당신 허리는 어쩌면 이다지 알맞게 생겼소. 아이고 이뻐

| * 뺑소니와 같은 뜻.

라, 우리 색시. 오늘부터 우리 둘이 백 년이나 천 년이나 변함없이 한마음 한뜻으로 살자구."

"아이고 이쁜 우리 색시!"

아이참, 그이는 어쩌면 그렇게도 내 간장을 녹이려고 드는지, 아주 나는 아 그놈의 신랑에게 그만 녹초가 됐지요. 하하하, 하하하.

참 그때는 무척도 좋더니…… . 그이가 대체 무엇이라고 그이만 보면 그렇게 기쁘고 좋은지 참 알 수 없지, 알 수 없어. 왜 또 부끄럽기는 왜 그리도 부끄럽던지…… .

그때 생각에는 참말로 우리 두 사람은 천년만년 검은 머리가 파뿌리 되고 묵사발이 되도록 변함없이 살 줄만 알았지요.

그러기에 그이에게는 내 살을 베어 먹여도 아깝지 않을 것 같았어요.

에이 빌어먹을 년, 이년이 아마도 멍텅구리 같은 미친년이야.

그렇게 좋고 좋던 우리 사이도 시집을 가고 보니 그 여우 같은 시누이년 까닭에 싸움할 때가 있게 되었지요.

그러다가 그이가 고등보통학교를 졸업하고 일본으로 공부 갈 때만 해도 나는 안타까워서 하룻밤을 뜬눈으로 새우면서 그이를 떠나서 그 무서운 시집에서 나 혼자 어이 살까를 생각하며 자꾸 울었답니다.

아이고, 배고파라.

벌써 저녁때가 넘었나 보다. 아이 추워라. 비는 경치게도 온다. 옷이 함빡 젖었네.

아이고, 빌어먹다 자빠져 죽을 년, 시어미, 시누이 그 두 년과 무슨 원수가 맺었던고…… .

내가 밤마다 우는 것은 그이 생각에 가슴이 녹는 듯해서 운 것인데

"아이 재수 없어. 요망스럽게 젊은 계집년이 밤낮 울기는 왜 울어. 글쎄 서방을 잡아먹었나, 무엇이 한에 차지 않아서 저 지랄인고."

하고 시어머니는 깡깡거리지요.*

"에그 오빠도! 오늘도 언니께 편지 부쳤네, 내게는 한 번도 부치지 않으면서."

하고 그이에게서 온 편지는 모조리 중간 차압을 해서 나에겐 보이지도 않고 저희끼리 맘대로 다 뜯어보지요.

"아하하, 오빠가 저의 마누라 보고 싶어서 울었단다. 내 읽을게 들어봐요.

사랑하는 나의 사람아! 그동안 얼마나 어른들 모시고 고생하시는가, 라고 써 있구려. 글쎄 누가 오빠 사랑하는 사람을 못살게 굴었다고 이래. 아마도 언니가 오빠에게 온갖 말을 다 꾸미면서 편지질을 한 거지 뭐."

아이고 참, 기가 막히지요. 내가 벼락을 맞으려고 남편에게 시어미, 시누이 험구를 했겠는기요. 이런 말이 어디 있어요?

아이 참, 지금 생각해도 기절을 할 일이지……

그 편지 온 후부터는 나날이 태도가 달라져가더니 하루는 점심상을 받고 앉았던 시누이가 갑자기 밥을 한술 푹 떠들고 벌떡 일어서더니 내게로 달려들며

"이것 봐, 이것. 나를 죽이려는 거지. 밤낮 제 서방 생각하느라고 밥에다 파리를 막 집어넣어 삶았구나. 이러고도 시어른 모시느라고 고생하는 건가?"

하고 나를 떠밀고 내 밥그릇을 동댕이치고 야단을 하는구려.

정말 밥에 파리가 들었는지 안 들었는지는 알 수가 없는 일이지마는 너무나 안타까워 나는 자꾸 빌기만 했지요.

아이고 하느님요, 내가 무슨 심사로 시누이 먹고 죽으라고 일부러 파

---

* 무언가 못마땅해서 까탈을 부리다. 깽깽거리다.

리를 밥에다 넣었겠소.

그뿐입니까. 시누이는 숟가락을 집어던지고 앙앙 울면서

"나는 밥 안 먹을 테야. 더럽게 파리 넣어 삶은 밥을 누가 먹어! 가거라, 가, 너희 집에 가려무나. 이러고도 시집살기 무섭다고 오빠에게 고자질만 하니 바보 같은 오빠는 그만 넘어가서 우리 모녀를 흉측하게만 여기고 제 여편네만 옳다고 하니 저년을 두었다가는 아마도 나중에 우리 모녀는 길바닥에 나앉겠구나. 남의 집에 윤기 끊는 년. 가거라, 가거라."

하며 방에 가서 발칵 드러눕는구려. 글쎄 나는 도무지 모를 소리지요. 죽으라면 죽고, 때리면 맞고 인형같이 있는 나를 이리 몰아세우니 기가 막히지 않을 수 있는가요.

그래서 시누이에게 손이야 발이야 빌고 빌었으나 앙앙 울며 나를 보기도 싫다고만 하는구려. 그래도 자꾸 빌었더니, 그만했으면 풀릴 일이나 굳이 듣지 않고 옷을 와르르 끄집어내어 보에다 하나 가득 싸더니,

"나를 업수이여겨도* 분수가 있지, 내 팔자가 기박해서 신행 전에 서방을 잡아먹고 열일곱에 과부가 되었지마는 이런 데가 어디 있단 말인고."

고래고래 고함을 지르며 옷 보퉁이를 마루로 끌어냅니다. 아이 고년이 그렇게 악독하니까 제 신세가 그 모양이지요. 신행 전에 서방을 잡아먹었다는 것도 거짓말입니다. 열일곱 되는 봄에 결혼을 했는데 아주 부잣집 맏아들이요 좋은 자리라고 알았더니, 웬걸 초례청에 들어선 신랑이 사십에 가까운 남자였어요. 전처에 아들이 없어 첩장가를 든 것이었지요. 그래서 우리 시누이는 첫날밤부터 신랑을 소박하고 아주 신랑과 인연을 끊었지요. 말하자면 머리는 올렸어도 실상은 숫처녀랍니다. 남에게 첩으로 시집갔단 말을 하기 창피하고 분해서 제 입으로 서방을 잡아먹은

| * 업신여겨도.

과부라고 하는 거지요.

그러기에 나는 그에게 참으로 동정하고 위로해주는데 저는 나를 이렇게 몰아세우니 기가 막히지 않을 수가 있습니까.

"가거라. 네가 안 가면 내가 갈란다."

하고는 옷 보퉁이를 이고 뜰로 내려갑니다. 이것을 보는 시어머니는 방바닥을 두들기며 대성통곡을 내놓는구려. 아이 참, 할 수 있나요.

내가 우르르 내려가서 옷 보퉁이를 빼앗아 방에 갖다놓고

"어디로 가십니까? 못 가요. 내가 가지요. 내가 가겠습니다."

하고 빌며 내 방에 뛰어들어와 치마를 갈아입고 얼른 뜰로 내려섰지요.

물론 내가 그러면 시누이의 성이 풀릴 줄 알고 어쩔 줄 몰라 그런 것이지요.

아 그랬더니 말이오, 후유. 시어머니가 와락 마루로 뛰어나오더니

"어허 동네 사람들아, 이 일이 무슨 일이요. 철없고 속 시끄러운 시누이가 설령 성을 냈더라도 그걸 갈불* 게 무엇이냐. 친정 간다고 나선다. 시누이 성내었다고 시집 사는 년이 친정 간다고 나선다. 동네 사람아, 이 구경 좀 하소! 네 이년 바삐 가거라. 바삐 가."

하고 막 쫓아내는구려. 어느 영이라고 반항하나요.

할 수 없이 쫓겨났지요. 그래도 대문에 붙어 서서 성 풀리기를 기다렸으나 대문을 열어줘야지요. 그날 밤이 되면 담이라도 넘어갈까 했더니 해가 넘어가니까, 시어머니가 대문을 열고 썩 나서더니 조그마한 옷 보퉁이 하나를 내 앞에 동댕이치며 이것 가지고 썩 돌아서 가라고 하더니 다시 대문을 꼭 잠그고 맙니다.

그래도 울며 자꾸 빌었지요. 빌고 빌어도 어디 들어주어야지요. 그래

| * 누구에게 안 좋은 감정을 품고 집요하게 대응하여 괴롭히다.

서 하는 수 없이 친정으로 향했지요.

친정까지 이십 리를 그 밤중에 혼자 걸어갔지요.

집에 가니 아버지가 또 영문도 모르고 야단이지요.

"나는 옷 보퉁이 싸가지고 밤길 다니는 딸을 낳은 기억이 없다. 아마도 너는 여우로구나. 우리 딸은 한번 시집가면 그 집에서 죽어서나 나오는 법이지 살아서 시집 못 살고 쫓겨 오지는 않는다."
라고 당장에 쫓아냅니다.

그놈의 옷 보퉁이가 또 대문 밖으로 튀어나옵니다.

어이 참, 그놈의 옷 보퉁이가 무엇이 그리 중한 것이라고 늙은이들은 그놈을 내 앞에 기어이 갖다 던지는지.

예전 사람들은 시집 못 살고 갈 때는 꼭 옷 보퉁이를 가지고 간다더니, 과연 옷 보퉁이는 중한 것인가 봐요.

아이고, 참 우습다. 히히히.

그래서 할 수 있나요. 할 수 없이 그 길로 또 친삼촌 댁으로 갔지요. 이 집에서야 설마 또 쫓아내려고요. 그래서 숙모님이 아주 분기충천하여 나를 위로해주더군요. 그래 나는 이 세상에서 우리 숙모님같이 좋은 사람이 없는 줄 알았지요. 그랬더니 뒤미처 어머니가 달려와서 또 나의 편이 되어주는구려.

그러니까 세상에 무서운 사람은 우리 시어머니, 시누이, 우리 아버지 세 사람이지요. 시아버지도 살아 있었으면 이 세상 사람보다 더 무서웠을지도 모르지. 그리고 얼마 동안 숙모님 댁에 있다가 친정으로 불려가서 있었지요.

어머니가 아버지에게 무슨 말을 했던지 그 후는 아버지도 말은 없어도 나를 꾸중하시지는 않더군요.

좌우간 내가 퍽 얌전한 색시였기도 했으니까 아버지도 내가 쫓겨 온 것이 내 죄가 아닌 줄을 아신 게지.

그리고 어느 날 내 이름으로 편지 한 장이 왔겠지요. 하도 반가워 받아보니 바로 그이에게서 온 것이었어요.

그만 두 손이 와들와들 떨리고 가슴이 쿵덕거리더군요.

시누이 년이 무어라 고자질을 했는가. 그이도 나를 꾸지람하면 어떻게 할고……. 그러나 편지를 뜯고 보니 웬일인가요. 참 놀랐지요. 그이는 도로 나를 위로하고 자기 어머니와 누이를 용서하라고 했어요.

그래서 나는 하도 기쁘고 감사하여 얼마나 울었어요.

그이의 은혜는 죽어도 못 갚게 될 것 같더군요.

실상은 아무 은혜랄 것은 없는 일이지마는 그래도 나를 알아주는 것이 하도 고마워서 말입니다.

그러는 중에 그이는 대학교도 그만두고 돌아오게 되어 그이의 주선으로 다시 시집으로 돌아가게 되었는데 그이가 있으니 또 별일 없이 살았지요.

그러는 중에 맏딸년 정옥이를 낳았고, 맏아들 석주를 낳았고, 둘째 딸 정희를 낳았던 것입니다. 세월이 참 빠르기도 하더군요.

그이와 내가 서로 만나 온갖 신고를 다 겪고 살아오는 중에 이십 년이란 세월이 흘러갔구려. 그러니까 그이 나이가 서른여덟이지요. 우리 살림은 누가 보든지 자리가 잡히고 아주 참 착실했지요.

아이고 하느님, 이렇게 말하니까 그이는 내 애를 태우지 않은 것 같지마는 알고 보면 그이도 상당했더랍니다.

그놈의 무슨 주의자*라나 그것 까닭에 몇 번이나 감옥에 드나들었지요. 그뿐입니까. 몸이 약하여 밤낮 앓지요. 그래서 나는 엄동설한 추운

| * 사회주의자.

겨울에…… 그래도 추운 줄을 모르고 밤마다 냉수에 목을 감고* 정성을 드렸지요.

"하느님, 부디부디 몸 성하게 해주시고 주의자 하지 말게 해주시기 바랍니다."

라고 밤마다 빌고 빌었답니다. 어떤 때는 빌고 나면 온몸이 얼음 덩어리가 되는 것 같더군요. 그래도 추위를 느끼면 행여나 정신이 부실하다고 하느님 당신이 비는 말을 들어주지 않을까 봐 한 번도 춥다고 여겨보지 않았습니다.

아이고, 맙시다.

아이고, 빌어먹을 도둑놈.

네가 하느님이야? 도둑놈이지.

그만치 내가 정성을 드렸으면 조금이라도 효험을 보여주어야 되지 않느냐?

우리 시어머니나 시누이나 조금도 틀림없는 것이 하느님 당신이 아닌가?

그래 내 청을 하나인들 들었던가 말이다. 그이와의 살림 기둥이 잡혔다고는 하지마는 단 하루라도 내 마음을 놓게 한 적이 있었더냐 말이다.

그 주의자인가 하는 것은 버렸지마는 그것을 버리고 나더니 또 불 하나가 터지지 않았느냐 말이다.

후유.

처음은 친구 집에 간다고만 속였으니 내가 알 리가 있어야지.

아마도 눈치가 다르니 또다시 주의자를 시작하는가 싶어서 간이 콩 알 만했지요. 그래서 아무리 보아도 눈치가 다르고 때로는 밤을 새우고

| * 목욕을 하다.

들어올 때도 있었어요. 혼자서 생각다 못하여 나도 단단히 결심을 했더랍니다.

어느 날입니다. 저녁을 먹고 그때, 아들놈이 중학교에 입학시험 준비한다고 아버지께 산수를 가르쳐 달라고 하는데 그이는 급한 볼일이 있어 나가야겠으니 누나 정옥에게 배우라고 하고는 그만 핑 나가버립니다. 맏딸 정옥이는 고등여학교 이 학년이었지마는 저도 학기말 시험공부 하느라고 석주의 산수를 가르쳐줄 여가가 없다고 합니다. 그래 나는 와락 성이 났지마는 꾹 참고서

"또 무슨 볼일이 있어요? 주의자 할 때는 자식새끼가 어렸으니 당신 할일이 없었지마는 이제는 아이가 시험을 치는 때이니 그만 나다니시고 아이도 좀 위해주어야지요."

하고 혼잣말 비슷하게 했지요.

아 참 기가 막혀.

그이는 휙 돌아서더니

"무엇이 어쩐다고? 무식한 계집이란 할 수 없다니까. 그래 네가 자식을 얼마나 훌륭하게 낳았기에 배운 것도 모르는 멍텅구리 같은 자식 놈인가 말이다. 계집이 건방지게 사나이를 아이새끼들 앞에서 꾸짖고 야단이야."

하며 아주 노발대발하여 방문이 부서지게 내려 밀치고 나가버리는구려.

대체 이 때려죽일 놈의 하느님아. 내가 그 겨울 얼음을 깨고 목욕하며 빌고 빌고 하여 몸 건강하게 주의자를 그만두게 해달라고 했더니 무슨 심청*으로 글쎄 몸도 건강하고 주의자는 그만두었다 할지라도 사람을 이렇게 변하게 해주었느냐 말이다. 주의자 할 때는 그래도 내가 잡혀갈

| * 심보. 마음보.

252

까 봐 그것만 애를 태웠지 지금 같은 이런 말머리쟁이*는 듣지 않았지요.

그이같이 마음이 바르고 굳세고, 어디까지나 정의를 사랑하던 사람도 없었는데 주의자를 그만두자 이렇게 기막힌 말이나 하는 인간이 되고 마니 딱한 일이 아닙니까. 나는 그 자리에서 성을 참지 못했지요. 이것도 내 욕심인지는 모르나 아이놈이 시험에 미끄러지면 첫째, 아이가 낙망할 것과 둘째, 시어머니께 내가 자식 잘못 낳았다는 꾸지람을 듣겠으니까 여러 가지로 여간 애가 타지 않는데, 글쎄 그이는 저대로 쑥 나가버리며 남기고 간 말이 그게 무엇이란 말이오.

그래서 나는 벌떡 일어나 빨리 집을 나섰습니다.

골목 끝에 나서 좌우를 바라보니 전등 빛에 그이가 걸어가는 뒷모양이 보이겠지요. 나는 두말없이 뒤를 따라갔습니다.

골목쟁이를 이리저리 굽어들더니 나중에 조그마한 대문을 밀고 쑥 들어가지 않습니까.

아이고머니, 나는 가슴이 덜컥했습니다. 그이가 주의자 할 때도 저렇게 남의 눈을 피해가며 다니는 걸 보았기 때문입니다.

"아이고, 주의자를 버린 줄 알았더니 아직 그대로 하는구나."

나는 입속으로 부르짖고

"맙소 맙소, 하느님."

하고 한숨을 쉬었지요. 그래서 집으로 힘없이 돌아와서 아이들을 재우고, 나도 드러누워 혼자 곰곰이 생각하며 그이가 돌아오기만 기다렸습니다.

밤이 새로 두 시나 되니까 그제야 돌아오는구려. 내가 자는 척하고 눈을 감으니 그는 살그머니 옷을 벗고 자기 자리에 가서 소리끼 없이 드러누워 그만 잠이 들어버리더군요. 나는 잠이 오지 않고 그이가 순사에

| * 말버릇. 말버르장이.

게 또 잡혀갈까 겁이 나고 정말 가슴이 졸여서 그 밤을 꼬박 새웠습니다.

그 이튿날 새벽에 일어나서 아이들을 깨워 아침밥 때까지 공부를 하라고 한 후, 나는 부엌으로 나갔다 들어오니 그이는 한잠이 들어 자는구려.

차마 일으키기가 안 되어서 그대로 나가 아이들 밥을 거두어 먹여 모두 학교로 보낸 후 나는 다시 그이를 깨웠지요.

"아이 곤해, 귀찮게 왜 이 모양이야!"

하고 화를 벌컥 내는구려. 그래도 나는 염려가 되어

"밤늦게 제발 좀 다니시지 마세요. 몸에 해롭지 않아요."

하며 그에게 주의를 버려 달라고 애걸하려고 시작했습니다.

"밤늦게? 누가 말이야? 간밤에도 내가 일찍 돌아왔는데, 그래 날 보고 아이들 공부 가르치라고 하면서 저는 초저녁부터 잠이나 자는 거야? 무식한 계집이란 아무 소용도 없어. 자식 교육을 할 줄 아나…… 밥이나 처먹고 서방에만 밝아서…… 에이 야만이야, 천생 금수나 다름이 없지 뭔가."

어이구 하느님, 그이가 하는 그 말이 이렇습니다. 그이가 새로 두 시에 들어온 것을 뻔히 아는 내가 아닌가요.

그래 나는 하도 어이가 없어 그대로 또 참았지요.

또 그날 밤이 되니까 그이는 어제 저녁과 꼭 같이 아이들이 아버지, 아버지 하고 배우려고 애를 쓰는데 다 뿌리치고 나가버립니다. 나는 그이의 그러한 태도가 원망스러운 것은 둘째가 되고 그이가 이러다가 잡혀갈까 봐 겁이 나서 그날 밤도 또 따라나섰지요.

"내가 그 집 대문 앞에서 기다리고 있으면서 행여나 순사가 번쩍거리면 얼른 그이에게 알려주어야지."

하는 염려로 따라갔지요. 과연 이날 밤도 어제의 그 집으로 쑥 들어갑니다. 나는 길게 한숨짓고 그 집 대문 앞에서 파수를 보고 섰지요. 그렇게 이윽히 섰다가 어둠 속에서라도 자세히 살펴보니까 대문이란 것은 겉 달린 것이고 담이 죄다 무너지고 말았으므로 그 집 안이 훤히 들여다보이겠지요.

그래서 나는 일변 기쁘고 일변 겁이 나면서도 나도 모르게 뜰로 살그머니 들어갔지요. 대체 그이의 동지가 몇 사람씩이나 모이는가 하여서 툇마루 아래를 살펴보았더니, 하얀 여인네의 고무신 한 켤레와 그이의 구두가 가지런히 벗어져 있지 않습니까. 나는 새삼스레 가슴이 덜컥하여 살살 집 모퉁이로 돌아갔더니 좁다란 뒤뜰이 있고 뒤창으로 불이 비치어 있는데 아마도 그 창 안에는 그이가 있을 것이 분명하므로 아주 쥐새끼처럼 기어가서 그 창 옆에 납작 붙어 섰습니다.

방 안은 잠잠합니다.

그러나 내 가슴은 생철통을 두들기는 것 같이 요란합니다.

"여보, 이번에 당신 아들이 중학교에 수험한다지요?"

하는 고운 여인의 목소리가 새어 나옵니다. 나는 그 요란하던 심장이 갑자기 깜박 까무러치는 것 같더군요. 하하하, 하하하. 아이고 우습다, 우스워.

배가 고픈데, 아이 추워, 비는 경치게도 온다. 에라, 고기나 좀 잡아먹을까……

어디 보자. 옳지 이렇게 옷을 동동 걷어 올리고 나서 고기나 잡아먹자.

아이고, 한 마리도 잡히지 않네. 어이쿠, 요놈의 고기 안 잡히는구나. 네 이놈, 네 이놈, 아이구구, 하하하……

고기는 잡히지 않네! 에라 이놈의 냇물을 죄다 삼키자. 그러면 고기도 죄다 따라 들어올 거지.

꿀떡꿀떡……. (냇물에 입을 대고 마십니다.)

어이구, 배 불러라. 내 뱃속에도 냇물이 하나 흐르고 있을 게다. 고기도 많이 놀고 있겠지. 어, 배 불러라.

이제는 그만 누워 잘까. 비는 들이치지마는 이 다리 아래서 자는 수밖에.

앗 참 하느님, 이야기하던 것 잊어버렸군. 에, 귀찮아. 그만둘까? 그만두면 뭣 하나. 그만해버리지.

그래, 그래서 말이야. 그놈의 계집년의 목소리 경치게도 이쁘더군요. 나는 와락 그 여인의 얼굴을 보고 싶었으나 꾹 참았지요. 그랬더니 이제는 바로 그이의 음성이

"에, 듣기 싫소. 그까짓 돼지 같은 여편네의 속에서 나온 자식새끼가 나와 무슨 상관이 있단 말이오. 사랑하는 당신과 나 사이에서 생겨난 자식이라야 참으로 내 사랑하는 자식이 되겠지.

여보, 어서 아들 하나 낳아주어……. 우리 사랑의 결정인 아주 영리한 아이를 낳아요."

합니다. 나는 눈이 확 뒤집혀지는 것 같더군요.

"하하 공연히 그러시지, 당신의 그 부인도 참 예쁘던데……."

"아니, 그 여편네 말은 내지도 말아요. 내가 열여덟 살 때 부모의 명령에 못 이겨 억지로 강제 결혼한 것이니까, 나는 그를 한 번도 아내로 생각해본 적이 없어요."

"아이고 거짓말, 아내로 생각하지 않았으면 왜 자식은 그렇게 셋이나 낳았던가요?"

"허, 그러기에 말이지. 아마도 내 자식이 아니라는 것이지요. 아직까지 내 자식이라고 해도 손 한번 쥐어준 적이 없었어요."

"호호호 거짓말."

"흥, 거짓말이라고 여기거든 맘대로 하구려. 오늘까지 그 여편네와

말 한 마디 해본 적이 없다오. 그런데도 자식이 셋이나 있다는 건 정말 조물주의 장난이라고 하지 않을 수 없어요."

하느님! 그이가 이따위 소리를 하고 있구려. 우리 색시 이쁘다고 물고 빨고 하던 것은 다 어떡하고 저런 거짓말이 어디 있소.

"여보, 나는 정말로 불행합니다. 나는 노모를 위하여 참아 왔고 또 그 여편네가 가엾기도 하여 나 자신의 삶을 희생해 온 거랍니다. 그렇지마는 나는 아직 젊습니다. 아무리 억제해 와도 억제하지 못할 때가 있었어요. 나는 가정적으로 너무나 불행한 까닭에 성자가 아닌 이상 어찌 불만을 느끼지 않을 수 있나요. 너무나 모두들 무지하니까 나는 지적으로 너무나 목말랐더랍니다. 아내란 것이 나를 이해하지 못하고, 다만 나에게 맛있는 음식이나 먹어주고 옷이나 빨아주고 밤이 되면 야수 같은 본능만 아는 그런 여편네와 이십 년이란 세월을 살아왔구려. 아무 감격도 신선함도 이해도 없는 그런 부부 생활이었어요. 당신까지 나를 이해 못하고 그러십니까? 그 여편네는 나에게 무지하기를 원하고 생활이 평안하도록 일하는 남편이 되기 원하며 자식에게는 정신적으로 충실한 종이 되기 원할 따름이어요. 그러니 나라는 사람은 어느 결에 나를 위한 삶의 시간을 가지란 말인가요."

흑흑……

나는 울었습니다, 울었어요. 그이의 하는 말이 용하게 꾸며내는 혓바닥 장난일 줄은 알지마는 그 순간 나라는 존재는 그이에게 그만치 불행한 존재임을 느낄 때 무척 슬펐답니다.

하느님, 당신 바로 판단하구려.

그이의 말이 옳습니까? 응? 대답해봐!

암! 암! 그렇지. 그 말이 죄다 틀린 말이지, 틀렸고말고.

아예 당초에 인간이란 게 공부를 잘못하면 제 행동이 옳든 그르든

간, 아니 아무리 틀린 일이라도 교묘하게 이론만 갖다 붙여서 그저 합리화하려고만 하는 재주만 늘어갈 뿐인 것이라오.

그이가 그처럼 나를 무지몰식한 돼지 같은 여편네라고 할 때는 아마도 그 여인은 상당히 학교 공부를 한 여자인가 봐요.

나는 단지 한문 글자나 배웠을 뿐인 무식쟁이지마는 그이의 하는 말에 반박할 말이 수두룩한데 웬일인지 그 여인은 생긋생긋 웃으며 고개를 끄덕이고만 있는 모양이구려.

아이고 아이고, 그 뻔뻔스런 년, 남의 남편을 빼앗아 앉아서…… 아이고, 분해…….

글쎄 하느님아 들어봐요. 그이가 나를 얼마나 사랑해 왔던가는 다 별문제로 제껴 놓더라도 사람이란 건 천하없어도 제 혼자서는 살 수 없는 것이 아닌가요? 아무리 저 깊은 산속 멀리 인간 사회를 떠난 곳에서 제혼자 있는 것보다는 낫다고 하지 않습니까?

우선 나 하나를 돌아보더라도 세상에 제 한 몸만 위하고 제 마음의 자유와 기쁨만을 위한다면 이렇게 미치광이가 되어야 하지 않는가요. 이렇게 세상을 다 떨치고 내 맘대로 살고 있는 나이지마는 불만이 많기가 끝이 없어요.

사람이 산다는 것은 이 인간 세상에서 미우나 고우나 한데 얽매이고 서로 엇걸려 있다는 뜻이 아닌가요.

그런데 그이는 제 혼자의 삶을 주장합니다. 아이고, 아니꼬워.

내 눈에는 아무리 보아도 그이가 한 아름다운 여인에게 반했다는 그것뿐이에요. 이십여 년을 정답게정답게 아들 낳고 딸 낳고 살아오다가 고운 여인을 보고 욕심이 나니까 마음대로 떳떳하게 욕망을 채울 수가 없으니까 별 지랄 같은 소리를 다 하는 것이지.

한 가정의 귀한 아들딸과 어머니와 아내를 다 버리고 한 개의 욕망!

결국은 계집에게 반한 그 마음 하나를 억제 못해서 사나이 자식이 온갖 거짓말과 괴로운 이론을 끌어다 붙이려고 애쓰는 그것이 어디 되었나?

아이고 아이고 귀한 우리 자식들!

아무리 나에게야 악했지마는 그래도 이미 죽을 날이 멀지 않은 시어머니…….

다 불쌍해라. 너희들의 간장을 녹여주면서까지 너희 아비는 제 삶을 산다고 저러고 있단다. 히히히…….

귀하고 중한 내 자식아, 너를 누가 만들었노! 너를 만들어놓고 너에게서 아비를 거두어 간 그 아비…….

하느님, 아비 없는 자식은 불량자가 되기 쉽다지요. 아이고, 이 일을 어찌하노. 그러나…….

사랑한다는 것은 흐르는 물과 같아서 자꾸 변해진다고요? 참 잊어버렸군, 그런 것이 아니라 사랑이란 영원한 것이 아니고 찰나가 연장해가는 것이니까 이 순간 아무리 사랑하지마는 다음 순간에는 어떻게 될지 모르는 거라지요.

그러니까 그이가 나를 사랑하지 않는다는 게 아닙니까.

보자보자, 그러니까 또 그이가 어느 순간에 이르러 그 여인과의 사랑이 변하여 나에게로 돌아올지도 모르는 일이다.

아이고, 다 그만두자, 그까짓 것.

아이고, 또 배가 고프네.

아이고, 어두워졌구나. 하하하.

나는 참았다. 참았다.

나는 하도 많이 참아보아서 이제는 습관이 되었나 보다. 그래도 참고 집으로 돌아가자. 아이새끼들은 공부하느라고 나를 돌아보지도 않았어요.

딸년은 학기 말 시험공부 한다고, 아들놈은 중학교에 입학하려고.

작은 딸년은 숙제한다고…….

나는 참았다. 눈물을 참고, 밖으로 뛰어나가, 과실과 과자를 사다가 나누어 먹였더니

"엄마, 엄마, 어디 아파요? 엄마도 먹어요. 아버지는 왜 이제껏 안 오시나, 또 감기나 들지 않을까."

아이들이 아버지와 어머니를 위하여 이야기하며 맛있게 먹는다.

시어머니 방으로 가보았다. 노인은 누웠다 일어나 앉으며

"석주 애비는 어디 갔나, 바람이 찬데."

하며 참으로 염려하였어요. 에이 도둑놈…….

아이들이 다 잠든 후 그이는 돌아왔지요.

나는 참던 눈물이 흘러내려 돌아앉았더니

"나 잘 테야. 요 깔아주오."

하지요. 그래서 나는 요를 깔아주었더니,

"여보, 이리 오오. 왜 노했소. 그러지 말고 이리 와요."

하며 자꾸 웃습니다.

아이고, 맙소…… 남자란 게 이런 건가? 나는 모르겠다, 몰라. 어찌된 셈인가요, 글쎄.

나는 참았지요. 입을 꼭 다물고 그이의 곁에 가보았지요. 그이는 틀림없는 내 남편! 이십 년간 살아오던 그이였어요. 조금도 다름이 없이 나를 안고

"아이들 이불 잘 덮어주었나?"

하고 물으며…….

그리고 그이는 이십 년간 익어온 그 태도 그대로 잠이 들려는구려.

나는 더 참고 보았지요. 이윽고 그는 잠이 들다 말고 소스라치듯 미

소하며 나를 다시 한 번 꼭 껴안겠지요.

"왜 새삼스레 이러는 거요? 이십 년이나 꼭 한 가지로 변화 없이 이러는 우리 사이건마는 그리 내가 사랑스러운가요?"
하고 한번 시치미를 떼어보았지요.

"암. 나에게 너만치 충실한 사람이 없고 미더운 사람이 없으니까."
라고 그가 대답합니다.

나는 벌떡 일어나 앉았지요. 하도 놀라와서요. 하하하.

그래, 그 이튿날이었지요. 바로 그 밤이 새고 난 날이었어요. 나는 그 밤을 또 꼬박 새우고 난 터이라 머리가 횅횅 내돌리기에 아이들이 학교에 간 틈에 누워서 한숨 자보려고 했습니다마는 잠이 와야지요. 그래도 누웠으려니까 그이가 내 머리에 손을 얹어보더니 깜짝 놀라며 병원에 가보라고 합니다.

아마 열이 높았던 게지요. 나는 별로 괴롭지 않아서 더 있어보고 가겠다고 했더니 그이는

"그러면 있다 가보오."
하고는 횅 나가버립니다.

나는 벌떡 일어나 따라갔지요. 그러나 그이는 그 집으로 가지 않고 어느 큰 상점으로 들어갔어요. 그래도 나는 그 상점 앞에 가 서서 지켰더니 그이는 그 상점에 들어가 전화를 빌려 어디다 전화를 걸고 나더니 다시 쑥 나오는구려. 하는 수 있소? 그만 딱 마주쳤지요.

"어디 가오?"
그이는 놀라며 물어요.

"병원에."
나는 엉겁결에 대답했지요.

나는 공연히 부끄러워서 집으로 다시 돌아왔더니, 그날은 토요일이

라 아이들이 벌써 학교에서 돌아왔으므로 점심을 먹여놓고 또다시 방으로 가 누웠더니 웬 머리통이 그리도 쑤시는지 가슴이 쏵쏵 소리를 지르고 너무 정신이 없었어요. 그러다가 나는 어떻게 된 셈인지 벌떡 일어나서 그 집으로 달려갔지요.

막 달려갔지요.

허둥지둥 달려가 보니까 틀림없이 그이의 신이 동그랗게 댓돌 위에 벗어져 있겠지요. 나는 와락 달려가 그이의 구두를 집어 들고 힘껏 그년의 창문을 향해 던졌더니 '와당탕' 소리가 나며

"악!"

소리가 들리더니 방문이 활짝 열리며 그이가 썩 나섭니다. 바로 그이의 어깨 너머로 하얀 얼굴이 나타나며 나를 놀란 눈으로 바라봅니다.

그 얼굴! 그 얼굴!

그는 내가 잘 아는 여인이라오. 그는 음악학교 졸업생이랍니다. 우리 친정으로 척당이 되는, 잘 따져보면 나에게 언니라고 불러야 되는 계집애였어요.

하하하. 이 일을 내가 무어라고 해결하나요. 알 수 없어…….

대체 어떻게 된 셈인가. 지금 생각해도 알 수 없어. 나를 막 꽁꽁 묶어서 방 안에다 가두어두고 의사란 놈이 별별 짓을 다 하였지마는 그것도 대체 왜 그 지랄들인지.

하도 갑갑하고, 그이에게 물어볼 말이 많아서 그만 그저께 밤에는 온갖 재주를 다 부려서 튀어나오고 말았겠다.

놈들이 어디 가서 나를 찾는지 모르지요. 내가 이 다리 밑에 숨어 있는 줄 저이들은 모를 거야.

하하하.

정옥아! 석주야! 정희야…… 아무리 사람들이 네 어미 까닭에 너희

들이 불행해졌다고 하더라도 그 말은 믿지 마라. 너희 아버지가 이 어미에게 수수께끼 문제를 내놓은 까닭이다. 흑흑.

아이고, 보고 싶어.

너희들이 보고 싶다.

정옥이 너는 장조림을 잘 먹고

석주는 생선을 잘 먹고

정희는 시루떡을 잘 먹고…….

에라, 집으로 가야겠다…….

누가 너희들을 보호할꼬…….

비는 왜 이리도 많이 오노…….

비를 노다지* 맞고 가면 모두 나를 미쳤다고 하지 않을까…….

《조선일보》, 1938년 6월 25일~7월 7일

| * 아무 방비 없이 무작정.

소독부 小毒婦

이 마을 이름은 모두 돈들뺑이라고 이른다. 신작로에서 바라보면 넓은 들 가운데 백여 호 되는 초가집이 따닥따닥 들러붙어 있는데 특별히 눈에 띄는 것은 마을 앞에 있는 샘터에 구부러지고 비꼬아져서 제법 멋들어지게 서 있는 향나무 몇 폭이다.

마을에서 신작로 길로 나오려면 이 멋들어진 향나무가 서 있는 샘터를 왼편으로 끼고 돌아 나오게 되는데 요즘은 일기가 제법 따뜻해진 봄철이라 향나무 잎사귀들이 유달리 푸른빛이 진해 보인다.

마을 사람들은 이 샘이 아니면 먹을 물이라고는 한 모금 솟아나는 집이 없으므로 언제나 이 샘터에는 사람이 빌 틈이 없고 더구나 요즘은 겨울보다 더 옥신각신 분잡하다.*

이 샘터에 나오는 사람은 거의 모두 여인들인데 요즘같이 따뜻한 봄철에는 붉고, 푸르고 노란색 저고리를 입은 각시 처녀 어린 계집아이들

| *분산하다.

이 훨씬 늘어가는 듯하다. 겨울 추울 때 같으면 물이나 길어 재빠르게들 돌아갈 것을 요즘은 공연히 헤헤헤 종알거리느라고 샘터 어귀를 시끄럽게 하며 검푸른 향나무 가지 사이로 온갖 색 저고리 빛을 어른거리게 하여 길 가는 짓궂은 남정네들의 춘흥을 자아내주는 풍경이 되고 있다.

그런데 오늘도 기나긴 하루해 동안 무색 저고리가 끊일 사이 없더니 이제 햇발이 서쪽 산 저편 땅바닥까지 쑥 넘어가 떨어진 지도 한 담배 참이나 되자 겨우 샘터는 말갛게 비어졌다. 그래서 온종일 시달리던 샘터가 이제부터는 내일 새벽까지 숨을 내쉬리라고 생각되었더니 어디서 총총 발걸음 소리가 나며 '퐁' 하고 두레박을 샘 속에 떨어뜨렸다.

샘물은 내쉬던 숨을 놀랜 듯 채 거두기도 전에 두레박을 따라 조그마한 물동이 속으로 주르륵 부어졌다.

또 한 번 '퐁' 하는 소리가 샘 속에 울리며 연해 주르륵 주르륵 물동이는 찼다.

"보자! 아이구나, 가득하네. 혼자 일 수 있을까 모르겠네."

어둠 속에서 혼자 종알거리며 분홍 저고리 입은 어린 색시는 물동이와 씨름을 시작하였다.

그는 한참 안간힘을 주다가 물동이를 들어 샘터에 올려놓고 납작 몸을 굽히고 앉아 똬리 얹은 머리를 샘 턱 아래 밀어 넣으며 두 손으로 물동이를 머리 위로 옮기려고 조심조심 애를 썼다.

"어이구, 한 번만 길고 말까 했더니 또 한 번 더 길어야겠구나."
라고 뾰루퉁한 소리로 종알거리며 다시 일어서 동이의 물을 절반이나 주르륵 부어버린 후 이제는 쉽사리 건듯 머리 위에 올려놓았다.

"아이고 젠장 참, 또 너무 부어버렸구나."
하고 그는 다시 물동이를 내려놓고

'퐁' 하고 또 한 두레박 길어서 동이에 부어가지고

265

"보자, 이번은 좀 많지나 않을까."

하고 동이를 들어 가까스로 머리에 얹어놓자 머리 위에 놓였던 똬리가 뒤로 슬쩍 떨어지고 말았다.

"아이고 참 원수다. 도둑년의 또아리."*

하고 아주 골이 난 듯 혀를 쪽쪽 찼다.

"아무도 물 길러 오지도 않노."

그는 속이 상해 못 견디겠다는 듯 다시 동이를 내려놓으려 하자 동이는 건듯 하늘로 올라갔다.

"아이고 아이고."

그는 질겁을 하며 동이 꼭지를 꼭 잡고 하늘로 올라가는 동이를 따라 벌떡 일어섰다.

"요까짓 것도 이지 못하면서……."

굵다란 사내의 음성이 바로 머리 위에서 들렸다.

"아이고 놀래라. 누구라고……."

색시는 동이 꼭지를 놓고 한걸음 물러서며 그렇게 쉽사리 물동이를 머리 위로 건듯 집어 얹고 서 있는 사내를 놀랜 듯 바라본 후 떨어진 똬리를 주워 머리 위에 놓으며

"이리 이여 주세요."

하며 몸을 다시 앞으로 굽혔다.

"아이 글쎄 이까짓 걸 혼자 못 여서 깽깽거려? 저리 물러나. 내 하나 가득 길어다 갖다줄게."

하며 사내는 동이를 내려놓고 가득 물을 채웠다.

"아이고, 난 싫어요. 내가 이고 갈 테야."

| * 똬리.

색시는 동이를 잡아당기듯 하며 자기 힘에 알맞을 만치 찔끔 물을 쏟았다.

"에, 왜 쏟나?"

사내는 와락 동이를 빼앗아 제 뒤로 옮기고 동이를 잡으려는 색시의 두 팔을 꽉 잡았다.

"네가 나를 죽이려느냐?"

사내는 어느 결에 색시의 어깨를 그 넓고 굳센 가슴 안에 파묻고 말았다.

"아이고 아이고."

색시는 기를 쓰며 두 팔을 뻗대고 두 발을 동동거리며 발악을 했다.

"그러지 마라. 너 때문에 나 죽는 줄 모르니."

힘찬 사내는 한 손으로 색시의 어깨를 휩싸안고 한 손은 색시의 온몸을 남김없이 정복하려 들었다.

"아이고, 엄마! 엄마야, 도둑놈, 아이구."

색시는 숨이 막힐 듯 기를 썼다.

"떠들지 마라. 오늘 밤에야 설마…… 나는 네가 이렇게 좋은데 너는 왜 몰라주니."

사내는 색시를 건듯 안아다가 향나무 아래 놓인 커다란 바위에다 걸쳐 눕히고 한 손으로 입을 틀어막고 미친 듯 날뛰었다.

"네 나이 열다섯이나 먹었으니 인제는 내 속도 알아주어야지. 그까짓 네 서방 놈이야 내가 단주먹에 때려 죽여버리지."

사내는 연방 색시의 귀에다 가쁜 입김으로 속삭였으나 색시는 두 손과 발로 죽을힘을 다하여 되는대로 꼬집고 되는대로 박찼다.

"에잇, 물은 반 동이도 못 이면서 나를 꼬집을 때는……."

하고 후 한숨을 내쉬고 일어서며 색시를 꼭 잡고

"내 말을 들어라. 내가 잘못했다. 네가 하도 내 간장을 녹이기만 하니 나는 참을 수가 없어 이렇게 너를 괴롭게 한 것이 아니냐."

하는 사내의 음성은 떨리며 색시를 잡은 손을 축 늘어뜨리며 간장이 녹는 듯 느꼈다.

"나도 당신 맘은 다 알지마는 할 수 없는 것을 어떻게 해요. 그런 말은 말아요."

색시는 싹 돌아서며 물동이를 찾았다.

"이리 봐. 내 말 조금 들어 글쎄. 나는 아무래도 죽겠다. 꼭 한 번만 내 말을 들어주어도 내가 이 지경은 아니 될 것이 아니냐. 너도 보듯이 이렇게 내가 속을 태우다가는 아무래도 죽지, 살지는 못하겠다. 그렇다고 내 맘대로 너를 실컷 어떻게라도 하고 나면 모르겠다마는 네가 마음 좋게 내 맘과 맞아서 그런다면야 꼭 한 시간만이라도 맘이 풀리겠다마는 네가 자꾸 이렇게 내 말을 안 들으니 아무래도 나는 죽겠다."

사내는 바위 위에 힘없이 걸터앉으며 색시를 무리로 잡으려고도 하지 않고 혼잣말같이 중얼거렸다.

"글쎄요, 나도 당신이 싫어서 그러나요. 당신이 좋기야 하지마는 그래도 나는 시집온 사람인데 어떻게 당신 말을 듣나요. 우리 집에서 알아보세요. 당장에 나 죽고 당신 죽지."

색시도 울듯 사내에게 반항한 것도 자기는 남편이 있는 까닭이라고 변명하듯 말하였다.

"글쎄 말이야. 너희 집에서 그렇게 쉽게 너를 시집보낼 줄이야 어떻게 알았겠니. 나는 네가 열대여섯 되면…… 하고 침을 찍어놓고 있었더니 열네 살 먹은 너를 부랴부랴 최가 놈에게 치워버릴 줄 꿈엔들 생각했겠니. 나도 너를 잊어버리고 장가나 갔으면 좋겠지만 어디 밤낮 눈으로 네 모양을 보고 있으니 다른 데 장가들 생각이 나야 말이지."

사내는 고개를 내려뜨리고 한숨을 지었다.

"그러지 말고 다른 데 장가드세요. 나 때문에 당신이 죽게 된다면 나는 내가 먼저 죽어버릴 테야."

색시도 치맛자락으로 눈을 씻으며 음성이 떨렸다.

"아, 너 우는구나. 울지 마라. 내 간장이 더 녹는다. 공연히 내가 그랬지. 나도 오죽해서 무작스럽게* 달려들었겠니. 참 잘못했다. 요즘은 왜 그런지 자꾸만 너를 꽉 껴안고 맘대로 실컷 막 부비여주고만 싶구나. 그래서 이제도 무작스럽게 대들었지. 용서해라. 잘못했다. 다시는 안 그러마. 나는 이대로 돌아가면 네가 최 서방하고 이 밤에 한방에서 안고 누워 잘 것을 생각하며 밤새도록 한잠 못 자고 울기도 하고 화가 나서 뒹굴기도 한단다. 어떻게 해서든지 마음을 돌려 꼭 한 번만 내 마음을 풀어다오, 응."

사내는 색시에게로 가까이 가서 그 수그린 어깨를 가만히 흔들었다.

"……."

색시는 고개만 끄덕 해보이고 눈물을 뚝뚝 떨어뜨렸다.

"아…… 아."

사내는 참지 못하여 색시를 다시금 꼭 껴안았다.

"가야지."

이윽고 색시는 고개를 들었다. 사내는 색시를 놓고 물동이를 건듯 들고 앞서며

"너희 집 앞까지 들어다줄게."

하며 걷기 시작하였다.

색시는 한 손에 두레박, 한 손에 똬리를 들고 사내 뒤를 따라 샘터를

떠났다. 애끓는 사랑의 한 막 비극이 멋들어진 향나무 선 샘터 풍경 속에 새겨졌다.

"물 이러 가서 웬걸 그리 오래 있었노."

색시가 사내에게 물동이를 받아 이고 집으로 돌아오자 그의 남편 최 서방은 꼬던 새끼를 밀쳐놓으며 말을 건넸다.

"……."

색시는 잠자코 부엌으로 들어가서

"이것 좀 내려주소."

하고 방을 향해 말하였다.

"오."

최 서방은 얼른 일어서 나와 동이를 받아내려 부뚜막 위에 놓고

"가득하구나. 어두운데 웬 물을 이렇게 많이 였어?"*

하고는 다시 방으로 들어갔다. 색시도 덩달아 따라 들어가 콩 낱만 한 등 잔불이 꺼질까 살며시 윗목에 주저앉았다.

"내일 아침은 일찍 해야 되니 그만 잘까."

최 서방은 슬그머니 아랫목에 가 비스듬히 누웠다. 색시는 꼬든 새끼 를 뭉쳐놓고 빗자루로 방 안을 대강 쓸어놓고 난 후

"불 끌까요?"

하고 남편을 바라보았다.

"그래. 끄고 자지."

하며 싱긋이 웃는다. 색시는 불을 끄려고 입술을 오므렸다 말고

"내 바느질할 게 있는데……."

하며 벌떡 일어섰다. 색시는 남편의 그 웃음이 무엇을 의미하는 것이며

| * (담아) 머리에 이었어?

또 얼마나 자기에게 고통이 됨을 잘 아는 까닭에 일부러 불을 끄지 않으려는 것이었다.

"바느질은 무슨 오라질 바느질이야. 다 그만두고 일찍 자지……."

하며 허리를 쑥 펴 훅, 하고 불을 꺼버렸다.

"왜 그러고 앉았소. 어서 와서 자지는 않고, 어서 이리와."

최 서방은 팔을 휘휘 내저어 어둠 속에서 색시의 치맛자락을 잡아끌어 갔다.

색시는 지난해 봄 지금으로부터 꼭 일 년 전인 삼월 달에 열네 살의 어린 나이로 시집을 왔다. 키가 유달리 숙성하여 나이는 열네 살이라도 그리 꼬마색시로는 보이지 않으나 그래도 분홍 인조견 저고리에 검정 물들인 당목치마를 입은 허리는 한 줌이나 되어 보이며 두 귓불이 상큼한 맛이 말할 수 없이 어려 보였다. 그는 최 서방에게 시집오던 날부터 무섭고 괴롭고 하여 울며 이를 갈면서도 시집오면 으레 그런 것으로만 알고 조금도 반항하지 않고 꼬박꼬박 아내 노릇을 하여 왔다.

스물일곱 살인 최 서방의 무시무시한 성욕을 반항 없이 받아오는 색시의 가슴속은 최 서방이 무섭고 다만 키 크다고 시집보내준 그의 부모가 원망스러웠다.

그러나 그는 남편이 무섭다는 말은 그의 부모에게라도 할 수 없었다.

"왜 무서워?"

하고 물으면 그 이유를 말할 수는 없는 일이라고 생각되기 때문이다. 그리고 최 서방에게도 그 무섭고 슬픈 뜻을 조금이라도 보이면 당장 쫓아보내든지 때리든지 할까 봐 겁이 났다.

그러므로 색시는 혼자 속으로 꼬게꼬게 앓으며 입술만 깨물어 왔으므로 나이는 한 살 더 먹어도 몸과 얼굴은 점점 곯아지듯 말라갔다.

그리고 또 한 가지 색시가 곯아지듯 말라 들어가는 이유가 있다. 그것은 김갑술이란 총각 까닭이다.

이 갑술이 총각은 색시의 친정인 옥천동에 사는 사람이었다. 색시와 앞뒤 집에서 자랐으며 그가 커서 남의 집에 머슴살이로 돌아다니면서도 이 색시에게는 마음을 두고 왔었다. 색시 나이가 열대여섯 되면 그동안 돈을 알뜰히 모아서 장가를 들려니…… 하고 바랐던 것이 그가 석골이란 동네서 머슴살이하고 있는 동안에 색시는 시집을 가고 말았던 것이었다.

갑술이 총각은 기가 막혀 얼마 동안은 바람이 들어 살던 머슴살이도 집어던지고 핑글핑글 놀다가 나중에는 그의 홀어머니를 데리고 색시를 그려 이 돈들뺑이로 이사를 와서 그동안 모았던 돈으로 말 한 필과 수레를 사서 품삯 짐을 실어서 살아갔다.

그도 벌써 나이가 스물다섯 살이니 장가도 들어야 할 것이고 또 말수레를 부리게 되니 돈벌이도 상당하니 아무래도 장가들 때가 꼭 되었는데 그는 색시만 그리워하였다. 최 서방이 낮에 일하러 나가면 색시를 찾아와서 멀끔히 바라보다간 눈물이 글썽글썽하여가지고는 핑 달아나고 하니 색시 역시 마음이 편할 리가 없었다.

색시는 남편에게 시달릴 때마다, 갑술이를 눈앞에 그렸다.

시집오던 전해인 여름 어느 밤, 색시는 뜰 한옆에 있는 샘가에서 동생들과 발가벗고 먹을 감는데 갑술이가 쭉 들어오다가 싱긋 웃고 돌아서 나가던 일이 생각나며 그때 최 서방이면 반드시 자기를 안아다가 못살게 굴었을 것이려니…… 갑술이는 점잖고 그런 몹쓸 짓은 하지 않으려니……라고 생각하는 것이었다. 그리고 또 봄철이 되면 산에 가서 참꽃을 꺾어다 나눠주며 단옷날마다 뒷산에 그네를 매어주던 것도 갑술이었다.

그러나 색시는 시집올 때는 갑술이 생각을 할 줄 몰랐다. 시집온 후

어느 날 혼자서 바느질 한다고 앉아 있는데 갑술이가 쑥 들어와서

"나는 네가 다른 사람에게 시집갈 줄 몰랐다. 나는 죽겠다."

하며 한숨 쉬고 눈물짓고 하다가 돌아간 그 후부터 갑술이 생각이 나기 시작한 것이었다.

날이 갈수록 갑술이 정열은 점점 졸아붙듯 뜨겁게 몰려오고 최 서방 요구에 대해서는 반비례로 점점 더 싫은 정이 더하여갔다.

더구나 이날 밤 갑자기 갑술의 폭발된 열정에 휩싸여 정신을 잃을 뻔 까지 한 뒤에 최 서방의 억센 요구에 색시는 참다못하여 눈물이 좌르르 흘러내렸다.

'네가 최 서방에게 안겨 잘 것을 생각하며 나는 이 밤을 자지도 못하고 울며 뒹굴며 한단다.'

하던 갑술이 말이 생각나 처음으로 최 서방에게서 몸을 빼내며 반항하듯 허리에 감긴 커다란 손을 잡아떼듯 휙 내던졌다.

"요것이 왜 이래."

최 서방은 징그러운 웃음을 씩 웃으며 색시의 조그마한 몸뚱이를 내리누르고 말았다.

이튿날 아침 일찍 최 서방은 일터로 나갔다. 그는 제 이름으로 논이 닷 마지기나 있고 밭도 열두어 마지기나 있어 농사만 짓더라도 단 두 내외의 생활이야 넉넉하겠지마는 그래도 농사에 틈이 있는 대로 날품팔이라도 하여 잠시도 놀지 않아서 마을 사람들에게 착실하다는 칭찬을 받는 터였다.

색시는 남편이 일터로 나가자 얼마만치 마음이 거뜬해진 듯하며 갑술이가 오면 실컷 울고 싶기도 하고 일변은 갑술이가 와서 또 못살게 괴로워하는 모양을 보이기만 하면 차마 어찌 보리요 하고도 생각되어 마음

갈피를 잡을 수가 없었다.

아직 열다섯 살밖에 되지 않는 소녀인 색시로서는 견뎌내고 판단해
내기에는 너무나 무겁고 어려운 사랑의 갈등이었다.

그는 아침 뒤치움*이 끝나자 방 한쪽에 쪼그리고 앉아 훌쩍훌쩍 울기
만 하였다. 울다가 들으니 삽짝문 밖에 엿장수 가위 소리가 책각책각**
들려왔다.

그는 어느 때부터 엿 사먹으려고 주워두었던 헌 생철물통이 생각나
서 두 눈을 얼른 이리저리 닦으며 뛰어나와

"엿장수!"
하고 불렀다.

"어, 이 집이요? 색시, 엿 사시오. 많이 주지요. 깨어진 그릇이나 헌
누더기나 무엇이든지 가지고 오소."
하고 엿장수는 혼자 지껄여댄다.

"이것 줄게, 엿 많이 줘요."
색시는 조금 전까지 울던 일은 깜박 잊어버리고 헤헤 웃기까지 한다.

"보자, 생철통이로구나. 어디 엿 많이 드리지."
하고 엿장수는 엿을 다섯 가락 종이에 싸주었다. 색시는 한 가락 입에 넣
어 딱 분질러 씹으며

"참 보소, 엿장수. 저, 사마귀 빼는 약 있소?"
하고 물었다.

"네, 있고 말고. 크림,*** 분, 비누, 온갖 것 다 있소이다."
"아니 사마귀 빼는 약 정말 있어요?"

---

* 뒷설거지.
** 찰각찰각.
*** 원전에는 '구리무'로 되어 있다.

"있다니까. 이거 아니요, 이거."

엿장수는 샛노란 물이 든 병을 치켜들었다.

"아, 그것이 사마귀 빼는 약이요?"

색시는 웅크리고 앉으며 그 병을 들여다보았다.

"병 한 개 가져오소."

엿장수는 색시가 그 사마귀 빼는 약을 사기로 작정이 된 것 같이 말하였다.

"빈 병이 있어야지……. 그 병에 든 약도 얼마 되지 않는데 그 병째 모두 파세요!"

"어, 이거 아주 비싼 약인데…… 이것만 해도 모두…… 보자, 병 값이 삼 전이고 약값이 오십 전이라…… 그렇지만 오십 전만 내소……."

"오십 전? 아이고 비싸라! 사마귀가 꼭 빠질까요?"

"암! 꼭 빠지고 말구."

"옛소! 오십 전."

색시는 치마끈에 매두었던 오십 전짜리를 풀어 엿장수를 주고 그 약 병을 받아들고 다시 방으로 들어왔다.

그는 두 팔과, 발과, 목과 가슴에 걸쳐 무사마귀가 많이 나 있으므로 그것을 빼 없애려는 것이었다. 그 어느 때 보니까 이러한 사마귀 빼는 약은 아주 꼭 사마귀 위에다 조금만 찍어 발라두던 것을 생각하고 성냥 알맹이로 약물을 적셔 우선 발에 난 사마귀에다 조금 발랐다.

"아이고, 따거……."

색시는 깜짝 놀라 성냥 알맹이를 동댕이쳤다.

"뭣하나?"

그때 마침 갑술이가 방 안으로 얼굴을 쑥 들이밀었다.

"사마귀 빼지."

색시는 생긋 웃었다.

"웃기는. 나는 밤새도록 잠 한숨 못 자고 너 까닭에 이 모양인데 너는……."

갑술이는 말과는 딴판으로 얼굴은 조금도 색시를 원망하는 빛이 없었다.

"나는 뭐…… 잘 잔 줄 아나베."

색시도 입이 뾰족해졌다.

"흠, 너도 내 생각 좀 해야지……. 또 사마귀는 빼서 무엇에 쓰려노. 이보다 더 예뻐지면 또 누구를 죽이려고."

갑술이는 문턱에 걸터앉으며 약병을 들고 보았다.

"그 약 참 몹시도 독해요. 여기 조금 찍어 발랐더니 불이 펄쩍 나게 따가웠어요."

색시는 발등을 치마로 덮으며 아직 따갑다는 듯이 문질렀다.

"어, 그 약이 무엇인지 알기나 하나. 한 모금만 마시면 당장에 죽는 무서운 약인데."

갑술이는 약병을 한옆에 밀어놓았다.

"아, 그러면 비상인가?"

"비상? 그래."

"나는 사마귀 빼는 약이라고……."

"조금씩 찍어 바르기만 해도 사마귀가 빠지니까. 제법 한 모금 마시기만 하면 목이 송두리째 빠져버리지."

"아이고머니, 목이 빠지면 어쩌나……."

"그러면 죽지."

"영 죽을까."

"암, 죽고 말고."

"아이고! 그러면 어디 감춰버려야지! 행여 누가 잘못 알고 마시면 큰 일이지."

색시는 벌떡 일어나 병을 들고 밖으로 나와 툇마루 밑에 꿍쳐 박아둔 새끼 뭉치 옆에 끼워두었다.

"이리 좀 봐. 내 말 들어. 너희 남편만 죽고 없으면 너 나하고 살지? 너도 최 서방보다 나를 더 좋아하지."

갑자기 갑술이가 색시를 똑바로 보며 물었다.

"그런 말은 하지 말아요."

색시는 무서운 듯 머리를 흔들었다.

"그러지 말아라."

"아니요. 날 보고 그런 말은 말아요."

색시는 온몸이 떨렸다. 자기가 아무리 갑술이를 좋아한다고 하나 이 미 최 서방 아내가 되었으니 이제는 할 수 없는 일이 아닌가 하는 생각만 할 뿐이었다.

갑술이는 색시가 이밖에 더 다른 생각을 할 줄 모르는 것이 안타까 웠다.

색시는 어느 날 늦은 아침때가 되어 들로 나물 캐러 나갔다. 최 서방 은 오늘 일자리도 없고 하여 집에서 가마니 칠 새끼를 꼬고 있었다.

이런 줄 모르는 갑술이는 이날도 색시를 보러 이 집에 쑥 들어왔다.

"어, 갑술인가?"

최 서방은 반갑지 않게 인사를 하였다. 이미 두세 번이나 갑술이가 일없이 자기 집에 놀러 온 것을 보고 아는 터이라 속으로 짐작되는 바가 없지 않았던 터였다.

"네, 오늘은 일터로 안 가시오? 새끼는 꼬아 무엇에 쓰려고요."

갑술의 대답에는 어색한 빛이 나타났다.

"여기 좀 앉아서 내 말 좀 듣게."

최 서방은 새끼 꼬던 손을 멈추고 담배를 꺼냈다.

"무슨 말인가요?"

하고 대답하는 갑술의 가슴은 뭉클하였다.

"글쎄."

최 서방 입술도 떨렸다. 갑술이는 이미 최 서방의 속판을 알아차리며 이제까지 참고 견뎌오던 증오감이 불쑥 솟아올랐다.

그는 주먹을 단단히 쥐어보다가 말고 방 한옆에 있는 목침을 노려보다가 문득 그 어느 날 색시가 툇마루 밑에 숨겨두던 초산 병이 언뜻 머리에 떠오름으로

"무슨 말인가요. 천천히 합시다. 내 술 한 잔 받아올 테니 한 잔 잡숫고 말씀하세요."

하고 신을 고쳐 신는 척하고 마루 밑에 들어박힌 초산 병을 얼른 빼들고 밖으로 횡 나갔다.

그는 바른길로 술집에 가서 술 한 되를 받아 술집 주전자에 □□□□* 넣어가지고 최 서방의 집 문 앞에서 술은 거의 다 부어버리고 한 잔 될 만치 남겨 가지고 약병을 거꾸로 들고 부어 넣었다.

술 주전자를 들고 들어간 갑술이는 부엌에 가서 조그마한 양재기 대접 한 개를 가지고 방으로 들어갔다.

"술은 받아와도 나는 먹지 않겠다. 내 말이나 들어라."

최 서방도 이제는 갑술이의 모양이 수상하여 아주 도사리고 앉았다.

"아니, 그러지 말고 한 잔 마시고 말하세요. 내가 모두 잘못했으니 그

| * 원문에는 '가지돌오'로 되어 있다.

278

만 다 무시하고 속을 푸세요. 뭐 그러실 것 있는가요. 나도 내일부터는 멀리 만주나 대판으로 갈 작정이니 그러지 마소."

하고 주전자의 술을 따라서 최 서방 앞에 내밀었다.

최 서방도 그렇게 안 먹겠다고 뻗쳐대기에는 너무나 술에 대한 욕심이 많은 터이라 못 이긴 체 받아들고 한입에 쭉 들이마시다가 조금 남았을 때 술잔을 척 떼며

"이 술맛이……."

하고 갑술이를 바라보았다.

"아니 그 술이 어떠한가요?"

갑술이는 일어섰다.

"아이고! 이것 술이, 술이 아니다. 이놈이 날 죽이는구나."

최 서방은 두 손으로 목을 쥐어뜯었다.

"이놈의 새끼……."

갑술이는 왈칵 최 서방에게 달려들어 방바닥에 넘어뜨린 후 두 손으로 목을 힘껏 눌렀다.

들에서 돌아온 색시는 그대로 부엌에 들어가 점심상을 차려가지고

"점심 먹겠어요!"

하고 소리쳐보았으나 대답이 없으므로 그는 혼자 부엌에서 점심을 먹은 후 물동이와 이제 캐가지고 온 나물 소쿠리를 끼고 샘터로 나갔다.

나가다 사립거리에서 갑술이를 만났다.

"오늘은 집에 있는데……."

색시는 갑술이를 바라보며 말하였다.

"……."

갑술이는 두 눈이 새빨갛게 되어 허둥지둥하였다.

"왜 그래요?"

색시도 놀라 멈칫하였다.

"……."

갑술이는 사방을 휘휘 둘러보며 말문이 막힌 듯 손만 내렸다가 횡하니* 달려가버렸다.

색시는 어리둥절하여 그대로 샘터에 가서 나물을 씻고 물을 길어 집으로 돌아오니 남편은 아직 잠이 깨지 않은 모양이었으므로 방 안에 들어가보았다.

"일어나 점심 먹어요."

색시는 두세 번 불러봐도 대답이 없음이 이상하여 그제야 자세히 넘겨다보았다.

"아이고, 왜 저래……."

색시는 이상함을 못 이겨 가까이 가보았다. 그제야 가슴이 섬뜩하여 총알같이 방을 튀어나와 툇마루 밑을 들여다보고 약병이 없음에 벌떡 일어서자 갑술이 얼굴이 번갯불같이 혼란하게 눈앞에 어른거렸다.

"아이고 엄마……."

그는 저도 모르게 외마디소리를 치며 두 귀와 눈을 꼭 막듯이 가리며 푹 고꾸라졌다.

"아이고, 무서워라. 암창궂기도** 하지."

"글쎄 말이지, 열다섯 살밖에 안 먹은 계집년이 사내를 죽이다니!"

"아니, 갑술이 놈하고 언제부터 붙었던고……. 서방질을 하다니…… 고런 죽일 년이 어데 있소."

* 횡허케.
** 앙큼스럽다.

"아이고 무섭고 독한 년."

"연놈이 의논하고 죽인 게지. 어린년이 어쩌면……."

동네는 물 끓듯 소란한 가운데 색시는 갑술이와 함께 꽁꽁 묶여 순사 두 사람에게 끌려 그 멋들어진 향나무 서 있는 샘터를 왼편으로 끼고 돌아 주재소로 갔다.

이리하여 간부와 공모하여 남편을 독살한 십오 세의 독부가 생겨났다.

《조광》, 1938년 7일

일여인―女人

"마님! 마님! 도련님 세숫물 떠놨습니다."

"오냐, 마루 끝에 가져다 놔라, 그리고 저어, 세안洗眼 크림* 통도 갖다놓고!"

"네."

"저 아기 어마시,** 세숫물이 너무 뜨거워선 안 되니 따뜨무리하게 손을 넣어보구! 어 원, 하루도 몇 번씩이나 놓는 세숫물까지도 내가 입을 딸켜야*** 되니 정말……. 조금이라도 차든지 뜨겁든지 해봐라, 정말……."

안 미닫이가 좌르르 열리며 남치마에 흰 은조사**** 깨끼저고리*****를 입은 여인이 손에 가제 수건을 들고 나온다. 그의 눈썹은 반달같이 그렸

---

* 원전에는 '센강 구리무'로 되어 있다.
** 엄마. 어머니.
*** 입이 닳도록 참견을 하다.
**** 중국에서 만든 실로 여름 옷감에 쓰임.
***** 안팎 솔기를 겹솔로 박아 지은 저고리. 젊은 호사바치가 첫 여름에 입음.

고, '아몬 빠빠야' 라나, 무엇이라는 크림을 바르고 물분을 발라 아름답게 연지로 조화시킨 갸름한 얼굴이다. 어디로 보든지 아직 서른두 셋밖에 되어 보이지 않은데, 마님이라고 불리는 것이 이상하였다.

"아가. 이리 나와, 어서."

여인은 대야에 한 손을 담가보더니 온도가 마음에 맞았는지 세숫물 떠놓은 유모에게 다시 군소리가 없다.

"아잉, 내가 씻을 테야."

방에서 튀어나온 조그만 도련님이 트집거리며 발을 구른다.

"어서 와. 더러운 쌍놈의 새끼들처럼 모가지에 때를 발라가지고 그대로 갈 테야? 글쎄, 너의 학교에 가보니 사람의 새끼 같은 것이 없더구나."

마님은 와락, 도련님의 한 팔을 잡아끌어 대야 옆에 앉힌 후 두리번두리번 대야 근처를 살펴본 후

"아하이구, 이구 이 빌어먹을 인간들아, 칫솔은 어떡했노? 응. 글쎄아이고, 속상해."

하고 벼락같이 꽥 소리를 지르자 부엌에서 사내아이 하나가 툭 튀어나와 세수간에 걸린 칫솔을 가져온다.

"이 자식아, 양치를 쳐야지. 그놈의 개새끼 같은 놈들의 자식처럼 양치도 않고 학교에 다닐 테냐?"

마님의 호령에 도련님은 입을 벌리고 얼굴을 찡그린 채 끙끙 앓기만 한다.

양치가 가까스로 끝나자 세안 크림을 찍어 도련님 얼굴과 목덜미를 냅다 문지르기 시작하자 도련님은 작은 망아지처럼 뒷발을 치켜들며, 그만 씻으라고 악을 쓴다. 온 마루는 물투성이가 되고, 마님의 소매와 치마는 온통 물벼락이나 맞은 듯하다. 그래도 도련님은 크림이 발린 채 대야에 담갔던 두 손으로 마님의 두 팔을 뿌리치려고 버티고 밀고 한다.

"이 자식아, 비누로 씻느니보다 때가 더 잘 빠지니까 크림으로 씻기는 거다. 이렇게 씻어야 얼굴이 윤택하고 부잣집 아이 같지 않으냐. 그저 물만 찍어 바르고 가면 그놈의 상놈 손들*이나 다름이 있겠니?"

마님은 지독하게도 도련님 얼굴을 문지르며 씻긴다.

"일없어, 일없어, 잉⋯⋯."

도련님은 몸을 버티다가 기어이 대야를 박차 엎지르고 만다.

"후다닥."

도련님의 뺨 위에 크림 거품이 가득 묻은 마님의 손바닥이 올라붙는다. 다시 세숫물이 떠다 놓이고 울음소리가 요란하고 마룻바닥이 퉁탕거리고 마님의 고함 소리가 연해 나며 하는 사이에 세수가 끝났다.

가까스로 가제 수건에 얼굴을 싸가지고 도련님은 경대 앞으로 끌려간다.

헤찌마** 화장수가 도련님 얼굴에 발리고, 크림이 발리고, 퍼프로 야금야금 누르고 하여 대청에 대령한 밥상 앞으로 끌려간다.

세수한 자리를 치우는 유모는 혀를 끌끌 차며

"에이 참, 세수한 자리가 아니라 물 지랄병 하고 간 자리 같군."

하고 물론 입속말로 속삭인다. 한참 걸려 마루 청소가 끝나자 방으로 들어가 경대 앞을 바라본다. 크림 통, 화장수 병, 분통, 퍼프, 수건 등이 자욱이 뚜껑이 벗겨 구르고 있다.

"원 사내새끼를 사당***에 보내려나 보다. 별꼴도 다 보네."

하고 역시 입속으로 혀를 찬다.

"부엌 사람, 커피차 얼른 가져와."

* 자식들.
** 1930년대 인기를 끈 화장품 이름. 헤찌마 코론Hechima Cologne.
*** 사당패.

284

대청에서 고함 소리가 나자 식모는 커피 주전자를 들어다 놓는다.

도련님 상 위에는 아주 서양식으로 보리죽(오트밀) 대접이 놓였고, 바나나 두 개가 접시에 담겨 있고, 커피 잔이 놓여 있다.

식모는 돌아서 나오며,

"에이 정말, 단 일곱 식구에 아침을 꼭 네 차례나 치르니 원 사람이 견뎌낼 수가 있나. 멀쩡한 아이놈에게 아침마다 죽은 무슨 벼락 맞을 죽만 먹여 글쎄."

하고 종알거린다.

"이 자식아, 오늘도 학교에 가거든 더러운 아이와는 놀지 마라. 그리고 아주 선생 말을 잘 들어야 해. 그까짓 쌍놈의 선생이고 못난 자식이기는 하더라마는 부득이 배워야 되는 것이니, 선생 가르치는 것은 꼭꼭 그대로 해야 된다. 그리고 오늘 체조시간이 끝나거든 선생이 야단해도 듣지 말고 너는 꼭 수도에 달려가서 손을 씻고 이 손수건에 닦아야 된다, 응? 알았니? 빌어먹을 놈의 선생이란 것이 흙장난 한 아이들의 손도 씻길 줄 모르고……. 얘야, 너 꼭 손 씻겠다고 해라. 손이 더럽거든 꼭 씻겠다고 해. 알았니?"

마님은 도련님에게 열심히 푸념을 하고 있으나, 도련님은 오트밀이 먹기 싫어 바나나 먹기에 바빠 마님의 말은 귀 너머로 듣는 모양이었다.

"그리고 선생님이 묻거든 우리 집에는 목욕탕이 있어서 하루 한 번씩 꼭꼭 목욕한다고 해라. 그리고 잘 때는 꼭꼭 잠옷을 입고 잔다고 해. 잠옷이라고 하지 말고 파자마 입고 잡니다, 라고 해야 돼. 그리고 아침에는 밥 먹지 않고 오트밀을 먹는다고 해야 된다. 알았니?"

"응. 보리죽 먹는다고 그랬어."

"이 자식, 보리죽이라면 그까짓 선생이 오트밀인 줄 아니? 이제부터는 꼭 오트밀을 먹는다고 해야 돼. 알겠니?"

"알았어. 바나나하고 커피차하고."

"그래, 오트밀 한 그릇, 바나나 두 개, 커피 한 잔을 먹습니다, 라고 해."

"응! 그리고 내일 아침에는 보리죽 안 먹을 테야. 밥 줘, 응?"

"이 자식이 또 보리죽이라는구나. 글쎄 이것은 보리죽이 아니다. 외국* 오트밀이야, 바보같이!"

"하하하, 선생님이 내가 보리죽 먹었습니다, 라고 하니까 자꾸 웃어요, 네가 왜 보리죽을 먹었니? 하시더란다."

"이 자식, 그렇기에 말이다. 너의 선생님은 비렁뱅이 자식이니까 오트밀이란 건 모른다. 그러니까 그 자식이 그렇게 얼굴이 마르고 검지 않더냐. 이렇게 오트밀을 먹고 세안 크림으로 세수하고 하면 누가 보아도 아주 귀공자답게 말쑥해 보이지 않니."

"하하하, 그놈의 선생님이 엄마! 그놈의 선생님이 말이야. 어저께 날 보고 못난이라고 했어."

"왜? 그 벼락 맞을 놈이."

"내 짝 놈이 막 때려주어서 내가 울었어."

"그래! 네 짝 놈이 널 때렸어? 보자 그놈의 아귀 같은 놈의 땅꾼의 새끼, 그래 너를 때린 놈은 장하더냐?"

"으응! 그놈 아이는 아주 선생님께 맞았어. 그리고 나는 운다고 못난이래!"

"울면 못난인가? 아프니 울지."

마님은 금방 노발대발이다. 그 사이에 도련님 아침 식사가 끝났다.

도련님은 다시 끌려 방으로 들어가 가방**을 둘러메어 거울 앞에서 마

---

* 원전에는 '하꾸라이'로 되어 있다.
** 원전에는 '란도셀'로 되어 있다.

님이 한 바퀴 돌려 보고

"자, 인제 가거라."

하는 마님의 명령을 좇아 내려선다.

"놈아! 도련님과 학교에 가."

마님은 부엌을 보고 소리 지르자, 상노 아이놈이 튀어나왔다.

"야 이놈아. 오늘 또 도련님 어깨에 손을 댔단 봐라, 영 죽여버릴 테니. 아무리 네보다 나이가 어려도 도련님에게 네 마음대로 손을 대지 마라."

"네? 누가 손을 댔어요. 도련님이 자꾸 한눈을 파니까 그러지 말라고 팔을 잡고 왔지요!"

"그래도 안 돼. 창피하게."

마님은 방으로 들어가고 아이들은 학교로 갔다.

조금 후 이 젊은 마님의 아침 식사가 시작된다. 보리쌀 섞은 밥과 장찌개와 간청어 꽁지뿐이다. 한 통에 육십 전 하는 오트밀을 먹는 아들의 식사와는 영 뚝 떨어진 밥상이다. 마님의 진짓상이 나오자 부엌에서 식모, 유모, 침모 들의 아침이 시작된다. 이들은 보리밥에 장찌개뿐이다.

그리고 열 시나 되어서 이 댁 나으리 영감님의 식사가 시작된다. 역시 보리쌀이 약간 섞인 밥에다 김치, 장찌개, 명탯국이 상에 올랐다.

이리하여 아침 일곱 시에 시작해 먹은 아침이 열 시 반에 가서 비로소 끝이 났다. 마님은 안방에서 식전에 한 화장을 고치기 시작하는데,

"종식이 어머니 계십니까?"

하는 소리가 뜰에서 나며,

"그래, 마님 계시다."

하는 식모의 대답 소리가 들린다. 마님은 자기를 종식이 어머니라고 부르는 요망스런 년이 누군가 하여 내다본다.

"아, 너로구나. 왜 왔어?"

뜰에 선 김 참의 댁 계집애 하인이 생긋 웃으며

"놀러 오시랍디다. 얼른 오시래요."

하고는 핑 돌아간다.

마님은 일변 기가 나면서도 고 조그마한 계집애년이 요망스럽게 종식이 어머니라고 부르는 것이 괘씸하기도 하고 집안 하인들에게 꼭 마님이라고 부르라고 한 자기의 위신이 손상된 듯 불쾌하다.

"그년의 집안에는 하인들에게 말버릇도 가르치지 않는가 보다. 빌어먹을 년, 급살을 맞을 년."

마님은 궁청궁청 욕을 시작한다. 그러면서도 장롱 문을 열고, 옷들을 골라서 내어놓고 이제까지 정성들인 화장을 다시 씻어 곱게 화장을 하고 모양을 잔뜩 내어서 마루에 나선다.

주머니를 뒤져보니 도련님에게 내일 아침 바나나 사 먹일 돈밖에 없어 이윽히 망설이다가 집을 나서 김 참의 댁으로 갔다.

"아이, 잘 오오."

김 참의 댁은 반겨 맞는다. 이 마누라는 사십이 넘어 보인다.

"아, 그 요망스런 계집애가 종식이 어머니 있느냐고 소리치는 바람에 놀라 깨서."

하고 말 속에 뼈를 묻어서 하느라고 이렇게 거짓말을 한다.

"아, 그때까지 잤던가?"

"잤지. 일찍 일어나니 할 일이 있어야지."

마님은 거짓말이 능하다. 그러나 참의 부인은 이미 그의 속판을 훤히 들여다본다.

"그랬어? 그 요망스런 년이 버릇없이 종식이 어머니라고 했어? 에, 망할 년."

하고 웃는다. 이 말에 마님의 불쾌하던 감정은 풀리고 말았다.

"이리 들어와요."

참의 부인을 따라 두 칸 건너 방에 들어가니 그야말로 유한마담이 들어찼다.

"잘 오세요, 왜 이제 오시오?"

하고 모두들 인사를 하는데, 마님은 대답 대신에

"아이고, 걸어 왔더니 덥네. 늘 타고만 다녀놓으니 오늘 산보 겸해 걸어봤더니, 고까짓 것 걸었는데 막 덥고 다리가 아프다니까."

하고 방 안에 들어앉는다.

"암, 사람은 걸어 다녀야 해. 타고만 다니면 쓰나."

참의 부인이 한쪽 눈을 찡긋하며 마님을 추켜준다.* 마님은 웃음이 만면하다. 자기 주머니에 단 이십 전밖에 없는 것은 잊어버린 듯하다.

조금 후 요리상이 들어온다. 모두 우, 하고 상 옆으로 둘러앉으며

"오늘 이 댁 주인마누라 생신이라네. 많이 먹어보자."

하고 술도 치기 시작한다. 그러나 마님은 혼자 물러앉아 담배를 찾는다.

"아이, 이거 '피죤' 이구려. '해태' 없소."

하며 담뱃갑을 팽개친다.

"요즈음이 어떠한 때라고 아무것이나 피울 일이지."

누군가 농담같이 대답한다.

"아이, 우리야 아직 피죤은 피우지 않는다오. 해태도 요즈음이지 꼭꼭 '쓰리캇슬'을 피웠는데."

마님은 이런 거짓말이 예사다. 과연 그의 방 장롱 서랍에는 그 어느 때 넣어둔 쓰리캇슬의 빈 곽이 한 개 들어 있기도 하다만.

"귀부인이 담배는 무슨…… 그러지 말고 이 맛있는 진수성찬이나 잡

* 치켜세우다.

숫구려."

누군가 권한다.

"아이, 음식은 보기만 해도 몸서리야. 그까짓 날마다 먹는 걸 무엇이 그리 먹고 싶어 야단이야. 그만 먹고 이야기나 합시다."

이렇게 말하고 마님은 핑하니 현기증이 날 것 같다. 예전 시아버지가 살아 있을 때 몇 천 석이나 하다가 그 시아버지가 죽고 말자 일시에 폭삭 망해버리고 겨우 백 석 추수나 남아 있는 것을 그 남편이 밤낮 먹고 놀기만 하니 그 생활을 가히 알 수 있는 것이고, 또 남에게 업신여김을 받기 싫어 쓸데없는 침모, 식모, 상노아이를 부리게 되니, 원식구 셋(남편과 마님과 도련님)에 부리는 사람이 셋이다.

그러므로 여간 곤란한 터가 아닌 까닭에 늘 먹는 것도 말이 못 되므로 비위 병*이 생기기도 일쑤라, 바로 말한다면 그중에 누구보다도 먼저 그 요리를 먹고 싶은 사람은 마님일 것이다. 그러나 그는 참는다.

이윽고 요리가 끝나자 그는 과자 쪽이나 집어 먹다가 일어선다.

"오늘은 아마도 서울서 손님이 오실 것 같아. 그만 가야겠어."

마님은 천연스럽게 말한다.

"서울서? 누가 오시나?"

"아마도 그 저 유명한 ×××란 그이가 오시겠다고 벌써 언제부터 편지가 왔어."

이것도 생 엉터리다. 그러나 마님은 기어이 그 집을 나왔다.

"아이고 참, 우스워 죽겠어! 젊은 년이 마님이 무슨 마님이야 글쎄."

"서울 손님이라니! 손님도 서울 손님이 온다고 해야 버젓해지는 건가?"

"글쎄 그 여편네가 학교 다닐 때는 그러지 않더니 시집간 후부터는

| * 밥을 제대로 먹지 못하여 위장에 탈이 난 것을 말하는 것 같음.

아주 미친 것 같이 뽐내요."

모두들 마님의 치마꼬리가 사라지기도 전에 흉을 보느라고 법석이다.

그러나 마님은 저의 집으로 달려와서 보리 섞인 점심밥을 간청어 꽁지도 맛있게 먹는다. 이것이 도로 옳은 일인지도 모른다. 거짓말만 하지 않으면…….

마님 점심이 끝나자 도련님이 학교에서 돌아온다.

"이 자식 배고프다. 어서 먹어……."

마님은 도련님이 학교에 갈 때 그처럼 치켜들고 법석을 하던 것에 비하여 돌아올 때에는 언제든지 냉담하다.

"싫어 잉. 엄마는 꼭 날 보고 이 자식이라고만 해! 왜 욕해! 내 이름은 종식이가 아네요?"

도련님은 공연히 성이 나서 가방을 벗어 방구석에다 둘러메친다.

"이 자식이 미쳤어? 왜 이 야단이야, 글쎄. 또 선생 놈에게 야단맞은 게로군. 이제 일 학년이요 학교에 다닌 지 겨우 두 달 남짓한 어린애들을 그 빌어먹을 놈이 왜 자꾸 성화를 한다더냐, 글쎄!"

마님은 화풀이 할 건더기도 없건마는 죄 없는 선생님을 냅다 욕질한다. 사랑하는 아들 장래에 얼마만한 영향이 미칠 것은 생각해보지 않는다.

"저, 도련님이 다른 아이와 공부 시간에 장난했다고 한 번 꾸지람 맞고, 또 조선어 시간에 '저 모자'라고 쓸 줄 몰라서 또 야단맞았어요."

도련님을 데리고 학교에 갔다 온 상노 아이가 설명을 한다. 그의 귀에도 마님이 선생님을 욕하는 것이 거슬렸던 모양이다.

"그러기에 봐! 이 자식, 어서 밥 먹고 공부하자!"

식모는 벌써 도련님 상을 가지고 온다. 간청어와 아침에 나으리가 먹고 남은 명탯국 찌꺼기, 김치가 상에 올라 있을 뿐이다.

이만하면 보통으로 먹는 반찬으로 그리 남부러울 건 없으련만 마님은 도련님에게 이렇게 먹이는 것을 누가 볼까 대단히 두려워하고, 자기도 차마 보기가 싫어서 아침에 오트밀을 먹일 때만 같이 데리고 먹여주지만 저녁 점심은 아주 돌보지 않는다.

도련님은 맛있게 밥을 먹는다. 그는 그 곤궁한 오트밀보다 이 보리 섞인 밥을 간청어하고 먹는 것이 더 맛있는가 싶다.

"이 자식, 이리 와 공부해."

마님은 베개를 돋우어 베고 누워서 소리만 빽빽 지른다.

"엄마는 또 이 자식이야? 싫어 난."

도련님은 먹던 밥숟갈을 집어던지고 방으로 들어와 가방을 끌러 그 안에 든 책을 모조리 끌어내놓는다.

"이 구두, 그 모자, 저 보자기. 엄마, 이것 나 다 쓸 줄 알아. 그리고 바다에는 배, 배에는 돛, 돛에는 깃발, 이것도 다 쓸 줄 알아."

도련님은 방 끝까지 책들을 늘어놓는다. 마님은 잠이 사르르 들었다. 도련님은 제 혼자 창가를 불러가며 마구 잡기장에다 제멋대로 써댄다. 쓰다가는 말고 지우개로 북북 닦고, 닦다가는 잡기장을 찍 째곤 한다.

그래도 마님은 무관심하고 잠만 잔다. 도련님은 나중에 꾀가 나니까 독본 책에다 마구 그림을 그리고 그리다가는 또 북북 닦고 그러다가는 찍 잡아 찢고…….

이것이 모두 선생에게 욕먹을 밑천이다. 내일 학교에 가면 선생님이 보고 야단하실 것은 정한 이치니까, 야단맞는 걸 보고 온 상노 아이가 마님에게 고자질할 것도 틀림없고, 그 말을 들으면 마님이 도로 선생님을 선생 놈이라고 욕을 또 내놓을 것이니까.

아예 당초에 마님이 낮잠 자지 말고 아이 공부를 감독했으면 내일 선생님에게 꾸중 들을 턱도 없고 그에 따라서 마님이 선생님을 욕할 건더기도 없어지는 것이런마는…….

마님은 맛있게 잔다.

"엄마! 그만 쓸까? 이것을 한 장 써 오랬지만 이따 쓸 테야. 엄마 써줘!"

도련님은 마님을 뒤흔든다. 마님은 성가시다는 듯 꽥 소리를 지르며

"이 자식, 저리 가. 시끄러워 잠 못 자겠다."

라고 하며 돌아누웠다.

"엄마 욕쟁이."

"네 이놈의 자식, 엄마 자는데 왜 이래!"

마님은 발칵 성이 났다. 그러나 도련님은 어느 사이엔지 엄마 주머니 속에서 내일 아침 바나나를 살 그 이십 전 중에서 십 전을 발겨가지고 핑 밖으로 달아난다.

마님은 그래도 모르고 다시 잠들기에 애쓰며

"이따 내가 다 써주마, 어서 밖에 가서 놀아."

한다. 마님은 도련님의 숙제를 대신 해주겠다고 말한 것이다.

그 이튿날 학교에서 돌아온 도련님과 상노 아이가 이구동성으로

"선생님이 집에 가서 제 손으로 쓰지 않고 엄마가 썼다고 야단해요."

라고 고해바친다. 마님은 잠잠하고 도사리며 앉더니 이윽고

"그래, 그놈의 상놈 선생이 뭐라 그러든?"

하고 묻는다.

"꼭 내 손으로 써야 된대요. 엄마 쓴 것은 선생님이 안 보신대!"

"응?"

마님은 얼굴이 금시에 새빨갛게 되며 입술이 바르르 떤다.

"이놈의 자식, 어디 보자."

마님은 그만 벌떡 일어나더니 치마를 뚝 따 입고 와르르 툇마루로 나오다가 갑자기 생각난 일이 있는지 경대 앞으로 돌아와서 화장을 고친 후 이제는 바른길로 거리로 내닫는다. 그는 지금 학교로 달려가 선생을

여지없이 퍼붓고 올 작정이다.

그리하여 이윽히 걸어가다가 문득 삼정 오복점* 쇼윈도에 걸려 있는 옷감에 눈이 팔려 잠깐 발이 멈춰진다.

"빌어먹을 도둑놈."

하고 심중에 선생 얼굴을 그려본다.

선생의 박박 깎은 머리와 쾌활하고 성글성글하게 생긴 얼굴이 떠오른다. 이상하게도 그 순간에 가무잡잡하고 쥐어짜놓은 행주 같은 자기 남편의 얼굴이 생각나며 입에 생긋 웃음을 떠올린다.

자기가 쓴 글씨를 그 선생이 본다…… 하는 그 사실을 엉뚱한 데로 연상시켜 본 까닭이다.

"그놈의 자식……."

마님은 또 한 번 속으로 웃고, 귀부인 앞에 무릎을 꿇어 사랑을 애걸하는 젊고 거만한 기사를 생각해본다.

그리고 다시 한 번 미소해보며 스스로 만족하여 어깨를 뒤로 젖히고 양복점으로 들어간다.

물론 주머니에 돈이라고는 동전 한 푼 없지마는 몇 천 원어치라도 마음에 드는 물건만 있으면 다 살 것 같은 태도이다.

그는 자기가 지금 어디로 가던 길인지를 잊어버렸다.

《사해공론》, 1938년 11월

| * 의류 등 직물류를 팔던 점포.

혼명混冥에서

1. 귀먹은 자의 정적에서 외우는 독백

1

S!

이 어인 까닭일까요!

왜 이다지 고요합니까?

깊고 깊은 동혈 속과 같이 어지간히도 고요합니다. 참으로 이상한 밤이에요.

마을을 한참 떠난 들 복판에 외로이 서 있는 이 집인 까닭에 이렇게도 고요함일까요.

그러나 지금은 겨울이 아닙니까! 멀리서 달려오는 북쪽의 난폭한 바람이 아무 거칠 것이라곤 하나도 없이 제 마음대로 이 들판에서 천군만

마같이 고함을 치고 이 집의 수많은 유리 창문과 뼈만 남은 나뭇가지를 마구 쥐어흔들어놓아 시끄럽고 요란하기 끝이 없게 할 때입니다.

그런데 왜 이다지 고요할까! 일순간 사이에 땅덩이가 깊은 바다 속에 가라앉아버린 듯합니다. 모든 움직임과 음향이 딱, 정지되어버린 듯도 합니다.

S!

이제 금방 어머니 방에서 어머니가 편안히 잠드시라고『보문품경寶門品經』을 나직나직 읽어드려 겨우 잠이 드신 듯하여 살며시 내 방으로 들어왔습니다. 내 방문을 무심코 한 걸음 들어서자 두 눈은 부신 듯하였어요. 방 안에 얌전하게 나래를 편 듯 깔려 있는 침구가 무척도 찬란한 색깔이었던 탓인지요.

이렇게 호사스런 침구가 나에게 무슨 관계를 가졌단 말입니까! 다만 내가 본래부터 좋아하는 백합화白合花를 하얗게 문채* 놓은 새빨간 자주색 이불일 따름입니다.

머리맡에 놓인 등롱형燈籠型 전기스탠드에는 파란 전구가 끼워져 있고 그 곁에 오늘 신문이 얌전하게 놓였고 작은 두레상에는 약병과 물 주전자, 뜨롭통이 담겨 있으며 창에는 빈틈없이 커튼이 내려져 아늑한 방 안의 분위기가 나를 끌어안아주는 듯 느껴졌습니다.

대체 누가 내 침방을 이렇게 치장하여 주었을까요. 어느 편을 둘러보든지 모두가 마음 편히 잘 자도록 정성을 들여놓았음을 알 수가 있습니다.

이것은 나의 언니가 나 모르는 사이에 꾸며놓은 것임에 틀림없겠지요.

아침에 내가 이 방을 나갈 때는 신문 잡지, 서적 등이 자욱이 흩어져

| * 무늬.

있었고, 병원의 입원실같이 하얀 이불이 아랫목에 헝클어져 있었던 것입니다.

언니가 나에게 표현하는 정성이 오늘에서 비롯함은 아니나, 왜 그런지 이 밤에는 새삼스럽게 언니에 대한 감사의 염이 가슴에 찼습니다. 곁에 있었으면 한마디 인사라도 하고 싶었습니다.

이제까지는 구태여 언니뿐만이 아니라 집안사람들 중 누구에게든지 아무런 정성을 받아도 입에 내어 감사하다고 해본 적이라고는 없었어요.

물론 마음속까지 느낄 줄 모르는 바는 아니지만 입 밖에까지 내어 표현하기가 싫었던 것입니다. 이것은 나의 무뚝뚝한 성격인지는 모릅니다.

그러나 이것을 단순히 나의 성격이라고만 돌리고 말 수는 없어요. 왜 그러냐 하면 나는 그들에게 감사를 느끼기 바로 직전의 순간에는 마치 무거운 쇠줄에 동여매이는 것 같은 압박을 느끼는 것이었어요. 아니 그보다도 도리어 나는 괴로움을 느끼는 것이랍니다. 그들에게 무엇 하나라도 보람될 것이라고는 가지지 못한 나이기 때문에……. 아니 항상, 그렇습니다. 항상 나는 그들이 나에게 바라고 있는 바를 기어이 배반하여 버리려고, 아니 배반하고 말리라, 배반해버리지 않고는 안 될 일이라고 생각하고 있는 악마였기 때문입니다.

그러므로 그들의 정성은 나에게 고통입니다. 내가 그들에게 바라는 바는 오로지 압박, 천대, 그리고 축출! 이것이어요.

그러면 나는 얼마나 마음이 자유롭고 얼마나 용감해질 수 있으리.

그들의 지극한 은애는 나에게서 용기와 자유를 고살故殺시킬 뿐입니다.

S!

나는, 나라는 인간은 무엇이라고 정의를 붙여야 좋을 인간일까요.

나는 가족들의 정성을, 아니 그보다 어느 때든지 그들을 배반하고야 말 인간임을 확실히 자인하면서도, 그들의 사랑을 배반할 수 없으며, 나에게 이 고통을 주는 가족을 미워해야 될 것이되, 그 반대로 지극히 사랑합니다.

왜? 나는 내 사랑하는 가족들을 기쁘게 해주며, 그들의 원하는 딸이 되지 못합니까!

왜? 나는 기어이 배반하고야 말 인간이거늘 그들의 사랑과 정성에 무슨 까닭으로 감격합니까? 감격할 뿐만 아니라 그들에게 보답하기 위하여 이 생명이라도 바쳐버리고 싶을 때가 있습니다!

왜? 나는 그들을 배반할 것을 단념하지 못하며 왜 또 기어이 배반해 보겠다고 하는 것일까요!

S!

나는 모르겠어요! 나는 모릅니다. 나는 약한 자일까요! 너무나 강한 자일까요!

S!

나는 이 방으로 들어오기 조금 전부터 고질인 위병이 아프기 시작하였던 것입니다. 지금 나는 차차 아파오는 도수가 높아가고 있음으로 그것을 참으려고 애씁니다. 팔짱을 끼고 아래턱을 가슴속으로 파묻듯이 하며 이 호사스런 이불 위에 가서 정중하게 꿇어앉았습니다.

고도로 쫓겨 가는 배 위에 서 있는 나폴레옹같이 침통한 포즈입니다.

묵묵히! 묵묵히! 이윽히 그 파란 전기스탠드를 바라보고 있었습니다.

S!

이때였어요. 바로 이때! 어느 때부터 시작되었던 느낌인지는 모르나 문득

'아! 무척도 고요하다. 왜 이다지 고요할까! 어인 까닭에 이 밤이 이다지도 고요할까!'

라고 느꼈던 것입니다. 그리고 또 멀고 먼 거친 타향에서 오랫동안 그리워하던 고향집 안방에 이제 금방 돌아와 앉은 듯이 그 고요함이 그립고도 정답게 느껴졌어요.

S!

S와 서로 떠난 이후 오늘날까지 늘 나는 이러한 시간을 가지기를 원했습니다.

모든 음향과 움직임이 없는 털끝만치라도 외계의 구애가 없는 그러한 묵적한 가운데다 내 자신을 앉힌 후, 고요히 침착하게 냉정하게 진실한 나라는 것을 집어내어 과거와 현재, 미래에 있어서의 나라는 것을 똑바로 바라보며 차곡차곡 검토해보며, 나라는 인간이 어떠한 것이며 어떻게 살아가야 되는 것인가를 알아내려고 생각해왔던 것입니다.

그러나 이제 의외에도 그러한 시간이 이곳에서 나를 맞아줄 줄은 생각해보지도 않았던 까닭에 도리어 한참 동안 무아몽중으로 앉아 있었을 뿐이었어요!

이 동안에 시간은 제 갈 길을 얼마나 갔는지 모릅니다.

정적은 일각일각으로 굳센 박력을 가해가며 더욱더욱 적막하여 가는 그 가운데서 나는 즐기는 듯 도취하듯 묵연히 앉아 있을 뿐입니다.

이렇게 하여 또 얼마나 시간이 흘러갔는지……. 깊은 나락에서 울려오는 듯이 '당' 하고 시계가 새로 한 시를 쳤습니다. 그러고도 또 얼마간을 그대로 앉아 있었어요. 아무것도 생각하는 것도 없었고, 이러한 시간을 가지면 하려고 하던 모든 플랜도 다 잊어버린 듯했습니다. 내 신경의 어느 일부는 눈이 빙빙 돌아갈 만큼 맹렬한 활동을 개시하고 있었던 것 같기도 합니다.

아파가는 도수가 자꾸자꾸 높아가던 나의 위병은 어느 때부터 사라져버렸는지 내 마음과 몸은 남김없이 외계의 정적 속에 동화되어 고요한 호수같이 잠잠해졌음을 느꼈습니다.

"아!"

이 신기한 이 밤의 정적은 마침내 '나'에게 '나'를 가져다주었어요.

거짓과 갈등과 괴로움에 고달파진 나는 세상의 시끄러움 속에서 혼명混冥해져 '나'까지 잊어버리고 내가 남인지, 남이 나인지도 모르고 살아왔던가 봐요.

나는 나 같은 약한 자인지 지극히 강한 자인지 스스로 구별할 수 없는 인간이기 때문에, 세상의 시끄러움이 참을 수 없게 저주스러웠어요.

아무 시끄러움이 없는 고요한 가운데서 차근차근 내 모양을 바라보길 원했어요.

눈멀고, 귀먹은 자의 정적을 원하였던 것입니다.

"아!"

과연 내가 원하던 귀먹은 자의 정적은 틀림없이 이제 거짓과 괴로움과 갈등에 낡고 때 묻은 옷을 활짝 벗겨가지고 새빨간 내 마음을 내 가슴 위에 던져 보냈습니다.

S!

나는 지금 잃어버렸던 나를 굳게 찾아 안고 울어야 옳을지 기뻐해야 옳을지 모르겠어요.

지금의 나를 누구에게나 보이고 싶고 말하고 싶습니다. 입을 열기 싫어하고 남을 대하기 싫어하던 그 우울함이 지금 나에게서 떠나가 버렸는가 합니다.

S!

문득 S의 얼굴이 떠오릅니다. 누구 얼굴보다도 명확하게 내 마음 가운데 떠오릅니다.

당신의 이름을 가만히 입 안에 돌려보니 갑자기 당신에게로 달려가고 싶었습니다. 나는 나도 모르게 벌떡 일어섰어요.

그리고 다음 순간 달음박질하려는 내 마음을 바보처럼 모르는 척, 그대로 멈추어 생각난 듯이 옷을 활활 벗어버리고 잠옷으로 갈아입었던 것입니다.

그리고는 이불 위에 쫙 뻗고 드러누워 천장을 바라봅니다.

왜 구태여 이때 내 마음속에 당신 얼굴이 뚜렷이 떠올랐을까요. 그 크고 빛나던 불같은 두 눈과 분명한 윤곽의 당신 얼굴이 왜 그다지도 명확하게 떠올랐을까요.

S!

그에 대한 설명은 한 가지 두 가지로 간단하게 설명할 수 없는 것인 줄, 오직 당신만은 아시리라.

2

S!

당신과 내가 서로 알게 되고, 또 서로 몇 차례 만나게 된 것과 속 깊은 이야기를 나누게 된 것이 모두 우연이었습니다. 정말 이상스런 신기한 우연이었어요.

당신이 내가 있는 이 땅으로 여행하게 된 이유는 그만두더라도 한 발자국 이 땅 위에 내려놓자 실로 우연히 당신의 옛 친구였던 김을 만났던 것이 아닙니까?

그래서 김과 서로 반가운 동행이 되어 경부선 기차에 올랐던 것이었지요. 김은 당신과의 옛 우정을 위하여 신라고도로 안내하게 되어 K역에 내린 것이었습니다.

그리하여 경주행 기차에 바꾸어 타자 김은 또 하나 옛 친구를 만났던 것입니다. 역시 아무 뜻하지 않은 우연으로.

당신과 김이 단순한 옛 친구가 아니며 죽음과 삶을 함께 하였던 동지였다고 한다면 이제 또 한 사람 만난 친구 역시 김에게 있어서의 옛 동지였습니다.

이 새로 나타난 친구와 당신과는 미지의 사이였으나 김을 중심으로 하여 세 친구는 삽시간에 동화되고 말았지요.

이 새로 나타난 친구! 그 사람이 바로 '나' 였지요?

S!

나는 우연히 생각 밖의 친구 김을 만난 것이 기뻤으며 더구나 당신을! 첫 말부터 나에게 깊은 감명을 주는 당신을 알게 된 것이 기뻤습니다.

"어디를 가는 길이오?"

김은 나에게 물었습니다.

"우리가 떠난 지 십여 년 만에 우연히 이렇게 만난 것이니 관계되는 일이 없거든 함께 경주 구경합시다."

라고 그때 김은 옛날이나 다름없이 이러한 말을 했지요?

나는 더 무엇을 생각할 여가 없이

"갑시다. 나도 함께 가겠어요!"

라고 즉답을 하였던 것입니다. 그리하여 우리는 즐겁게 회고담을 주고받으며 기차가 어디를 향하여 달려가고 있는지는 생각조차 해볼 여가가 없었어요.

이윽히 이야기 꽃을 피운 후 나는 문득 이런 생각이 났습니다.

'대체 내가 이 기차에 어떻게 하여 오르게 되었던가! 어디로 가려던 것인가! 이렇게 아무리 옛 친구라고는 하나 아무 예상도 준비도 없이 여행을 함이 옳은 일이라고 할 수는 없는 것이다. 옛날에 아무리 간절한 동지였다고 하지마는 오늘은 피차 체면과 예의를 차려야 할 것이 아닐까! 더구나 내가 너무나 기분에 도취되어 여인다운 체면을 잃은 것이 아닐까!'

라고…….

내가 그 기차에 타게 된 이유는 혼란했습니다. 괴로움과 시끄러움에 시달리다 못하여 훌쩍 집을 나와 아무 의식 없이 차표를 샀던 것입니다.

'어디로 갈까!'

하고 생각해볼 여가 없이 그때의 나 같은 멸망을 당한 인간이 갈 곳! 그것은 깊은 산중이 아니면 차라리 이미 패하여버린 옛 자취나 찾아가서 함께 멸망하여 감을 우는 수밖에 없다는 생각으로 경주까지의 차표를 샀던 것이랍니다.

그러나 차표를 사가지고도 나는 망설이며 그대로 집으로 돌아서려 할 때, 발차를 신호하는 벨이 울려왔으므로 급히 차에 뛰어오르고 말았던 것입니다.

내가 이렇게 궤도 없는 여행을 나선 것이나 선뜻 당신들과 동행이 되기를 응낙한 것은 누구의 눈에라도 온당하게 보이지 않을 것이며 또 누구라도 성격파산자같이 조소할 것입니다.

그러나 S! 내가! 이미 이러한 줄도 저러한 줄도 다 알면서도 스스로의 행동을 비판해볼 겨를을 얻지 못하였음에는 파묻혀 있는 여러 가지 괴로움이 있었던 탓이었습니다.

그때의 내 괴로움으로서는 별 깊은 의미를 포함하지 않은 짧은 여행쯤이야 문제 될 거리가 안 된다고도 생각할 수 있겠지마는 그보다도 그때의 나에게는 절대로 필요한 휴식이 될 것 같기도 했습니다.

S!

그때의 나의 괴로움이란 무엇이었을까요. 그것은, 나의 이혼이었습니다.

　이혼! 이것은 과연 중대한 문제이지요. 그러나 나는 이혼이란 그것이 중대한 문제인 까닭에 괴로워한 것은 아니랍니다. 이것은 제삼자*의 눈에는 중대한 문제로 보였을지 모르나 나로서는 급작스런, 무리라고는 하나도 없는 가장 자연스런 해결이라고 생각되었기 때문입니다.

　하늘을 우러러 던진 돌멩이는 반드시 그 높이에서 떨어져 땅에 닿을 때까지의 얼마간의 시각만이 문제이지 반드시 도로 땅 위에 떨어짐에는 틀림없는 자연 법칙입니다.

　나의 결혼은 하늘을 향하여 돌멩이를 던진 것과 같은 결혼이었어요.

　그러면서도 나의 주위는 그 던진 돌멩이가 무사히 그대로 공중에 매달려 있을 기적을 신념하고 있었고 희망하고 있었던 것이었지마는 나 자신은 반드시 땅 위에 되떨어지는 법칙을 분명히 알고 있으면서도 부득이 모르는 척이라도 해보려 애썼으나 그러기에는 너무나 내가 무지하지를 못했습니다.

　이 법칙을 분명히 너무나 잘 알고 있었던 나인 까닭에 때로는 이미 떨어져버렸는가 하며 공중과 땅 사이의 거리와 그에 따르는 시각 문제를 잊어버리고 말 때가 있기도 했습니다. 내가 이러한 착각을 일으켰을 때에도 반드시 공중에 매달려 있으리라는 기적을 신념하고 있는 사람들에게 실망을 주지 않으려고 나는 입을 다물고 참아왔고 견뎌내었던 것입니다.

　내 주위의 억센 힘들이 재주껏 던져 올린 돌멩이! 이 돌멩이가 땅 위에까지 닿는, 그 떨어지는 시간 중에 내 눈은 휘둘리고, 내 가슴은 구토에 가로막히고, 내 전신은 전율과 공포에 떨렸습니다.

　그러나 이것은 다만 시각 문제일 따름인 줄을 잘 아는 나였기 때문에

　＊ 원전에는 '자살자'로 되어 있다.

가만히 죽은 듯이 견디며 기다릴 수밖에 없었습니다.

그러므로 나의 이혼은 나에게 평화와 안심을 일시에 가져온 것이 됩니다.

하늘로 올라갔던 돌멩이가 이제 제가 있어야 할 자리로 모진 비바람 속을 뚫고 땅 위에 내려앉은 셈이 됩니다. 모든 고난이 해소된 셈이에요. 나에게 괴로움이 될 이치가 없습니다.

나는 얼마 동안 내가 있던 이 땅에서 풍기는 그립던 흙냄새를 가슴 가득 마셔 보고, 두 발을 들어 힘껏 이 땅덩이를 굴러도 보았습니다. 나는 얼마나 기뻤는지요!

그러나 S!

이 기쁨은 짧았습니다. 나에게 두 번째로 굴러온 문제! 그것은 또다시 엄연하게 내 앞을 막았습니다.

그것은! 내 주위가 너무나 무지한 까닭입니다. 그들은 나의 타고난 본질을 이해하지 못함이에요. 아니 기어이 이해하지 않으려고만 애쓰려 함이어요.

그들은 나에게 아름다운 보물이 되어 보고 싶고, 만지고 싶을 때 마음대로 할 수 있게 방 안 장롱 속에나 선반 위에 잠겨 있는 귀한 옥돌이 되기를 원하는 것이랍니다.

그러나 S!

나는 불행히도 옥돌이 아니에요. 보물이 되기를 또한 원치 않는답니다. 나의 가림 없는 본질은 거친 창파에 씻겨가며 제대로 다듬어지는 백사장에 흩어져 있는 조약돌이 아니라면, 험악한 산꼭대기에 모나게 솟아 있어 비바람 눈보라에 저절로 다듬어지는 바윗돌이 아닌가 합니다.

그보다도, 솟으며 떨어지며 감돌며 흘러가는 계곡물에 밀려서 넓고 깊은 바다 속까지 갈 수 있는 한 조각 모래가 됨을 원한답니다.

이러므로 고난에 피로한 내 자신이 잠시 쉴 여가조차 길지 못하게 조약돌 같은, 바윗돌 같은, 모래알 같은 나를 옥돌이 되라는 두 번째의 기적을 바라는 내 주위의 은애에 얽매어버리게 된 것입니다.

나의 괴로움은 이것이었어요.

나에게 이혼한 여자란 불명예를 회복시키라는 것입니다. 그러자면 첫째 방 안에서 나오지 말아야 하며, 세상의 기구한 억측에서 흘러나온 갖은 비평을 일일이 변명하고, 그리고 주위의 명예를 위하여 세상에 사죄하는 뜻으로 근신하여야 되며, 그리고 얌전한 여인으로서의 본분을 지켜야 된다는 것입니다. 그러면 새로운 행복이 나에게 오리라는 것이었어요.

그러나 S!

나에게는 해야 될, 아니 하지 않고는 견뎌낼 수 없는 일이 있답니다.

그 일이 무엇인가를 당신은 잘 아시리라. 비록 마음속으로나마 일을 가지지 않고는 내가 산다는 뜻을 잃어버린 것이 됩니다.

그들은 너무나 나를 사랑하기 때문에 너무나 귀히 여기는 까닭에 나에게 '일'을 앗으려 하며 오직 안일安逸만을 주려는 것입니다.

나는 참을 수가 없었습니다. 이러한 내 주위 속에서 견뎌낼 수가 없었습니다. 그러나 나는 이곳을 헤치고 나올 용기를 가지지 못했던 것입니다. 나에게서 용기를 앗아간 이유가 무엇입니까!

S!

어머니의 눈물입니다!

조용한 어머니의 눈물은 나에게서 모든 용기를 앗아가는 무기였습니다. 그 눈물은 오직 나에게 안일을 주려는 지극한 사랑이 근원되어 있습니다.

그들은 털끝만치도 나를 이해해주려고 생각하지 않아요. 다만 끝없이 사랑할 줄만 압니다. 그 사랑을 감수하지 않을 듯한 불안에 항상 슬퍼

합니다. 그리고 내 마음을 달래보며 온갖 정성을 다해줍니다.

그들이 나에게 보내는 은혜의 깊이가 얼마나 큰지를 측량할 줄조차 모르는 나이기 때문에 나는 혼란해져서 용기는 소멸되는 것이랍니다. 그럼으로써 나 스스로의 초조와 실망은 커갑니다.

그래서 나는 집을 훌쩍 나온 것이었어요. 나는 나를 어떻게 몰아야 할 것인지 극도로 혼란하여 머릿속이 파열될 것만 같았어요.

S!

우리가 탄 기차가 목적지에 다 닿았을 때 나는 문득 눈물겨워지며

"S! 김! 나는 이곳에 실컷 울러 왔어요."

라고 혼잣말 같이 중얼거렸지요.

"울기 위하여?"

하며 이상스럽다는 듯이 눈이 휘둥그레져

"무슨 까닭과 이유인가요?"

라고 물으셨지요?

"나는 삶의 패배자입니다. 확실히 나도 패배자의 일형—型이에요. 아니 패배자의 과정에 있다고 할까요. 그러므로 이미 멸망해버린 옛 왕 터는 내 슬픔을 나누기 적당한 곳이에요."

나의 대답은 이러했습니다.

"우습습니다. 우리는 옛 자취를 찾아 지금의 내 삶에 장식이 될 조그마한 무엇이라도 하나 얻어보려고 생각하는데요! 나는 아직까지도 울어본 기억이라곤 별로 없습니다. 동지였던 K가 너무나 억울한 죽음을 하였을 때, 나는 애석하고 분함을 못 참아 크게 운 기억이 있을 뿐이지요. 나는 울만치 큰 감격을 받아보지 못했습니다. 내가 뜻하던 바 일이 천신만고를 겪은 후 성공하는 날이 있다면, 그때는 너무나 기쁨의 감격이 극도에 이르러 혹 눈물이 좍 흘러내릴 것 같은 느낌은 있었어요. 울 곳을 찾

아간다! 너무나 로맨틱한데요. 당신은 벌써 인생의 절반이나 살아버린 것 같은데 어쩌면 한가하게 울 곳을 찾아가는 여가를 가졌습니까? 나는 잠시라도 무의미한 일로 시간을 보내지 않습니다. 여가가 없어요. 사람의 일생이란 긴 듯하면서도 무척 짧은 것이랍니다. 당신의 삶은 너무나 한가합니다. 한가한 삶이란 대개 무의미한 것이에요."

당신은 조소하듯 말하셨지요! 나는 귀를 기울이고 입을 다물고 말았던 것입니다.

"한가한 삶! 그것은 무의미합니다. 그런 줄은 나도 잘 알아요. 그 까닭에 나는 그 한가한 삶에서 벗어나려고 애쓰며, 애쓰면 쓸수록 나는 더욱 얽매어가기만 합니다. 늙었을 때의 안일을 위하여 젊은 내 혼이 산천과 조수鳥獸를 벗하여 그 가운데 고요히 호흡하라는 삶을 아직 젊은 내가 어떻게 참을 수 있을까요! 나는 젊어요. 나에게는 발열한 긴장으로 희망의 피안을 향하여 맹진하는 분위기가 욕망될 뿐입니다."

나는 부르짖듯 말했지요!

"그러면 왜 그 욕망을 무시하고 울 곳을 찾아 아까운 시간을 허비합니까?"

당신은 한결같이 나를 웃었습니다.

"나는 내 욕망을 위하여 싸웁니다. 그러나 나는 이겨내지 못해요,"

"이겨내지 못할 만치 굳센 것은 무엇입니까?"

"어머니 눈물이에요."

"아! 난센스다. 모두 울음, 눈물로 시종한단 말이에요?"

라고 당신은 가가대소했습니다. 나는 가슴을 쥐어박힌 것같이 멍해져 눈만 번쩍 뜨고 있었지요! 당신의 웃음소리는 나에게 웅장하게 울려오는 경종 소리 같았습니다.

"당신들은 모릅니다. 모두 피상적 관찰이며 이론입니다. 나의 이 괴로움에 가장 상식적 비판에 그치는 겁니다. 좀 더 내 환경을 들여다보면 누구나 간단하게 결단 못하는 괴로움임을 알 것입니다."

이윽한 후, 우리는 석굴암을 향하여 걸어 올라가며 나는 이렇게 말했습니다. 당신의 굳센 삶에 대한 굳은 자신에 충만한 일거수일투족이며, 단 한 번의 웃음 가운데 무서운 기백을 감수하였던 것입니다. 그리고 그 옛날 죽음을 돌보지 않고 다만 동지들과의 굳은 결합 가운데서 용진하고 분투하던 때가 다시금 내 앞에 당도한 듯도 하였으며, 지금까지 나 한 몸에 얽매어 살기로 걸음을 돌린 이후의 모든 괴로움이 그 자리에서 티끌만 한 가치도 없는, 하나 난센스로밖에 뜻을 가지지 못하게 될 듯하여 어떻게든지 나는 나의 괴로움이 얼마나 심각한 문제였던가를 당신에게 주장해보이고 싶었으며 그렇게 함으로써 나를 지지하려 했습니다.

"당신은 방향 전환을 한 후의 감상이 어떠했던가요?"
라고 마치 나의 가슴을 투시하듯 이렇게 물었지요?

"나는 무한한 고독을 느꼈습니다. 큰 단체에서 떨어져 나온 나라는 것이 얼마나 고독하며 얼마나 무가치하며 얼마나 외로운 것인가를 알게 되었을 뿐입니다. 나에게서 그 열렬하던 의기가 사라져가는 비애를 느꼈습니다."

나의 이 대답은 진정한 고백이었습니다.

"그런 거랍니다. 단체적 훈련을 받아온 사람은 혼자 떨어져 나오면 개인적으로는 아주 무력한 인간이 되고 마는 것인가 봐요……."

당신은 이윽히 묵묵하게 뚜벅뚜벅 걸어갈 뿐이었습니다.

"그때의 우리가 표방하던 주의며 주장을 이제 와서 어떠한 것임을 말할 필요는 없는 것입니다. 다만 나는 당신에게 그때의 그 열렬하던 용기와 의기만을 다시 가지라는 충고를 하고 싶을 뿐입니다. 당신의 삶의 목표며 생각이 어떠한 길을 향하여 있다든지 그것은 잠깐 그만두더라도 그저 그 열렬하던 용기를 어서 회복시키시오. 그러면 당신에게서 그 괴로움이 사라져버릴 것입니다."

라고 타이르듯 말하셨지요. 나는 이 말을 듣고 내 가슴 한구석에서 무한한 학대와 무시를 받으며 병들어 있는 무엇이 그제야 고함을 치는 듯했습니다.

석굴암을 구경하고 내려와서 김과 셋이 여사*에서 하룻밤을 쉬는 동안 당신은 나에게 용기를 주려고 갖은 애를 쓰셨습니다. 그 하룻밤을 새우고 난 나는 이른 아침 다시 아침 식탁에 모였을 때 나의 모든 지난날이며 앞날을 적나라하게 비판해본 후 가장 바른 내 길을 찾아야 될 절박한 생각에 차 있었습니다.

"석굴암! 과연 위대한 예술입니다. 나는 그에 대해 문외한이기는 하지마는 단지 그렇게 느껴졌습니다. 우리도 위대한 무엇을 하나 창조합시다. 지난날의 것이 아닌 오늘날의 것을 창조하기로 분투합시다."

라고 당신은 아침 인사 대신 이렇게 말하셨습니다. 나는 아무 대답도 할 마음의 여유가 없었음으로 엉뚱한 말을 하게 되었던 것이랍니다.

"S! 당신은 나에게서 옛날의 용기와 정열을 다시 가지라고 합니다. 그러나 내가 그러한 사람이 된다면 나의 어머니의 눈물은 더 심각해지고 더 많아질 것입니다."

라고요…….

"아! 아, 또 눈물 이야기예요? 당신은 눈물이 아니면 말을 못하는 셈이십니다. 울음이란 지금의 우리에게는 한낱 난센스예요. 우리는 앞으로 일 초의 쉼도 없이 맹진해야 될 사람입니다. 울어가며, 울고 있는 이유가 대체 어디 있으며, 울고 있는 무의미한 사람에게 매달려 고민하고 있을

| * 여관.

턱이 어디 있는가요?"

당신은 조소하였지요?

"그러나 S! 이것은 생각함으로써 있고 없어질 문제가 아니에요. 엄연히 존재하여 있는 현실입니다. 어머니는…… 단 하나인 딸에게 자기의 모든 삶을 걸고 있어요. 그는 나의 행복을 위하여 일생을 받쳐주었습니다. 그리고 지금의 이 땅의 현실에 있어서는 나라는 것이 아무 힘도 의욕도 없는 지극히 평범한 인간이 되어 어머니의 환경에 칭찬받는 그러한 딸이 되기 바랍니다. 집안에서 나 혼자 어떠한 생활을 하든지 또는 그들이 나를 위로하기 위하여 얼마나 큰 희생을 하든지 그것은 돌보지 않고 다만 어머니의 환경에 가장 아름다운 타협을 한 착한 딸이 되고, 칭찬받고 부러움 받는 정숙스런 여인이 되라고 합니다. 그것이 그들의 간절한 요구입니다. 내가 만일 이때에 어머니의 그 바람을 배반한다면 어머니는 자살이라도 할 것이에요. 그만치 그는 인습적입니다."

"그래서?"

"그러니까 나는 도저히 어머니의 바라는 삶으로서 단 하나밖에, 그나마 얼마 남지 않은 내 삶을 허비할 수가 없어요."

"그래서?"

"그러니까 나는 괴로운 것입니다. 나의 이성은 도저히 어머니의 생각과 타협할 수 없답니다."

"그러면?"

"그러면 나는 나를 위하여 살아야 됩니다. 그러나 S! 나의 방향 전환 이후의 고독과 외로움을 위로해준 것은 어머니의 사랑이었어요. 이 묵중한 대지도 움직이는 때가 있지마는 어머니의 사랑은 내가 죽고 없는 날까지 움직이지 않는 절대의 것이니까요! 나는 변하지 않는 절대를 믿고 싶고 그것만이 참인가 합니다."

"하하하! 변하지 않는 것을! 당신은 너무나 학대받은 자의 비꼬인 생각을 가졌군요."

"……"

"이 세상은 변하고 움직이는데 뜻이 있는 거랍니다. 변함없는 세상! 그것은 질식입니다. 당신이 그 옛날 수천의 군중을 향하여 사자후하던 사람입니까? 왜 이다지 모호하고 절벽 같은 멍청이가 되었는가요?"

곁에 앉았던 김은 참을 수 없다는 듯이 외쳤지요? 당신은 고소를 띠고 앉아 가엾다는 듯 나를 바라보았습니다. 그리고

"오직 변하면 안 될 것은 자기의 신념뿐입니다."

라고 단 한마디 말하셨습니다. 그리고 또 이윽한 후

"당신 어머니 눈물을 거두려면, 그 방법은 단 하나밖에 없는 것입니다."

라고 말하셨습니다.

"무엇이에요? 어떠한 방법일까요."

나는 미친 듯 파고 물었지요!

"오직 당신의 변치 않는 신념! 그 신념에 매진하는 것뿐! 그것이 당신 어머니를 불안에서 구하는 것이 됩니다. 당신의 갈 길이 얼마나 뜻있는 것인가를 잘 이해시킨 후 절대불굴의 보조로 걸어가십시오. 그때는 어머니가 당신을 애호할 것입니다. 굳은 신념! 절대불굴의 정신! 이것은 또 절대의 힘이랍니다. 절대의 힘! 이것이라야 모든 것을 정복합니다."

"환경이, 더구나 이해 없는 당신을 알지 못하는 환경이 어떻게 비방하든 욕하든 그것이 문제될 턱이 없습니다. 나는 온 세상이 비방한대도 내 신념을 버리지는 않습니다. 세상에다 자아를 자랑하고만 싶은 허영을 버리세요. 세상은 으레 욕하고 시기하고 싶어 하는 것입니다. 그런 세상 성미를 다 맞춰주려면 결국 당신 자체는 가치 없는 하나 흙무덤으로 그치고 말 뿐입니다. 도리어 세상을 내 성미에 맞도록 만드세요!"

"……."

"사람이란 눈앞의 작은 위안에 빠져서 가장 중대한 큰 찬스를 놓치는 때가 많은 것이랍니다."

"……."

당신은 말이 없는 나를 달래듯 위로하듯 어디까지든지 자아를 주장해나갈 용기를 고취하여 주었지요?

"그리고 무엇보다도 당신은 건강해야 됩니다. 왜 늙은이처럼 늘 앓아요! 이처럼 맛있는 음식을 먹지도 못하고 아침부터 죽 그릇을 들고 앉았으니 그것이 말이 됩니까."

라고 내가 위병 까닭에 아무것도 먹지 못하고 오트밀 그릇을 앞에 놓고 앉아 있는 것을 들여다보며 말하셨습니다.

"아픈 것! 누가 일부러 아프려 합니까. 나의 오랜 고민의 생활이 나를 이렇게 만들었던 것이지요! 그러지 않더라도 내가 아프지 않은 순간에는 온갖 용기가 다 나옵니다마는 아픔이 시작될 때는 아주 자포자기가 되어요."

"그러기에 말이 아니에요? 나는 앓지 않는답니다."

"당신은 원래 건강하시니까."

"아니에요. 나의 굳은 신념이 나를 건강하게 해준답니다. 스스로 자기 몸을 중히 여기고 싶어지니까요! 신념이 없는 사람은 모든 것을 되어나가는 대로 맡겨두고 턱없는 꿈에만 빠져서 요행이나 바라고 있을 뿐이지요!"

아! 나는 정말 내 앞이 밝아지는 듯했답니다.

나는 당신과 얼마 동안이라도 한곳에 있다면 얼마나 용감해질까, 라고 느꼈습니다.

S!

그러나 우리는 오래 한 가지로 할 수 없는 것이었어요. 당신과 김은 서울을 향하고 나는 나대로 집으로 돌아왔지요.

이것이 당신과 내가 우연히 서로 알게 되어 얻은 바 수확이었습니다.

"집으로 돌아가세요! 그리고 어머니에게 당신의 신념 되는 바를 설명하십시오. 그리 오래지 않아 당신에게 기쁜 날이, 진정한 행복한 날이 돌아올 것입니다. 그리고 독서를 하세요. 당신의 가족들이 아무리 못하게 하더라도 당신만 마음먹으면 반드시 됩니다. 다 잠든 틈을 타서 읽으시오."

당신이 나에게 하직한 인사말은 이것이었지요! 그리하여 우리는 어느 때 다시 만날 기약조차 없이 갈라지고 말았던 것입니다.

나는 그 길로 집에 돌아왔던 것이나 내 귀에는 굳센 당신의 가지가지의 말이 꽉 박혀 있었습니다.

그 이튿날 나는 어머니의 권유를 버리지 못하여 경성으로 오게 되었던 것입니다. 좋은 의원이 있다는 어머니 친구에게서 편지를 받았기 때문이었어요. 그리하여 나는 무엇보다도 먼저 병을 낫게 하기 위하여 그 의원을 찾아 상경하게 되었지요!

물론 상경은 하지마는 당신과 김이 어디 있을지 아무 약속이 없었으니 서로 만날 수는 없는 것이었으니까 아예 그런 생각은 염두에 두지도 않았던 것이었습니다.

그리하여 나는 그 이튿날 경성을 향하여 떠났던 것이었지요!

우연! 우리에게 두 번째의 우연이 또 왔습니다. 당신과 김은 상경하던 길 도중에 대전서 내려 하룻밤을 유성 온천에서 쉬고 난 후 내가 탄 기차에 오르게 되었던 것이었습니다.

이리하여 우리는 기약 없이 두 번째 우연 속에서 만났던 것입니다.

나는 기뻤어요. 무척 반가워 서로 무의식간에 손을 마주 잡았던 것입니다. 그리운 옛 벗을 만난 듯하였어요.

며칠간을 서울서 보내는 동안에 당신은 나에게 기탄없는 충고를 하였고 용기를 고취하여주었지요? 그리고 우리는 어느 사이엔지 굳게 손을 마주 잡고

"서로 힘이 되어줍시다."

라고 약속하는 동무가 되었고

"서로 마음의 괴로움을 호소하며 기쁨을 나누는 뜻있는 동무가 됩시다."

라고 맹세했습니다. 나의 가슴에 저기압은 사라져간 듯하였고 스스로 내가 나아갈 길이 밝아져 왔던 것입니다.

　세 번째의 우연! 그것도 역시 기차 위에서입니다. 나는 트렁크에 약을 가득 지어 담고 그것으로써 기어이 내 병을 고치고 말리라고 결심하며 집으로 돌아오는 기차 속에서 또다시 당신을 만났던 것입니다.

　서울서 우리가 헤어질 때에는 내년 봄에 내가 건강을 회복한 후 다시 만날 기회가 있으리라는 것과, 서로 주소를 알리며 자주 서신 왕복이나 하자는 약속으로서 떠났던 것이었는데 내가 의원에게 일주일간 진찰을 받는 동안 당신은 평양과 개성을 구경한 후, 당신의 고향인 동경으로 돌아가는 차 중에서 또 우연히 만났던 것입니다.

　이상한 세 번째 우연의 해후에는 당신도 놀라는 얼굴이었습니다. 나는 너무나 기이하여 내가 마치 무슨 눈에 보이지 않는 운명에 희롱을 받는 듯하여, 반갑고 기쁘다느니 보다 몸에 소름이 끼쳤습니다.

"정말 잘도 만나집니다!"

　당신은 차창으로 내려다보며 아직 놀란 장닭*처럼 서 있는 나에게 말했습니다. 마치 내가 당신의 뒤를 쫓아다니며 이러한 우연을 만드는 것 같아 잠깐 불쾌하기도 했습니다. 당신 역시 그러한 느낌인 모양이었습

|　* 수탉.

니다.

"우연! 신기한 우연! 우연이란 우스운 것입니다."

나는 얼떨떨한 말을 하며 비로소 앉았습니다. 당신은 한결같이 차창에서 고개를 돌리지 않은 채로,

"우연? 이 세상에 우연이란 것이 없어요. 피차 또박또박 제가 지나야 할 코스를 밟아온 결과로 서로 그 코스가 한데 교차된 것에 불과하니까 그것은 가장 자연적 결과입니다. 만일 이것을 이름 지어 우연이라 한다면, 그 우연도 또한 인간 일생을 좌우하는 중대한 계기가 될 수가 있어요. 때로 인간이란 우연에 좌우되는 수도 있는 것입니다."

라고 말하셨습니다. 나 역시 어디를 바라보고 있어야 좋을지 몰라 당신의 시선을 따라 차창 밖을 내다보는 수밖에 없었습니다. 차창 밖은 늦은 가을이라 옮아가는 들판에는 이미 추수가 끝나고 저물어가는 황혼 속에 황량했습니다.

"보세요. 저 논둑에 불이 타고 있지 않아요? 그것이 무슨 불인지 알아요?"

이윽한 후, 비로소 나를 돌아보며 말하셨습니다.

"내년 봄에 풀이 짙게 나라고 일부러 놓은 불이지요."

"그렇습니다. 뜻 모르는 사람은 왜 풀뿌리를 태워버리느냐고 할 것입니다. 당신도 지금 집으로 돌아가서 자기의 목적을 위하여 목적에 반대되는 수단이라도 취해야 될 때도 있을 것입니다."

당신의 이 한 말은 나에게 무한한 감명을 주었습니다.

그때 기차는 어디를 달리고 있었는지 모르지마는 먼 산 밑에 옹기종기 붙어 있는 초가집들에서는 한가하게 저녁연기가 오르고 있어 나에게 망향의 슬픔을 자아냈습니다. 나는 무슨 까닭인지 소리 없이 눈물이 흘러내렸어요. 당신은 보지 않는 척하며,

"용기가 흔들리며 마음이 약해질 때에는 반드시 편지하십시오. 그러면 나는 당신의 힘이 될 서적이나 편지를 보내겠습니다."

라고 은근히 위로해주셨습니다.

"S! 나는 아픔이 시작될 때마다 삶의 노력이 우습게 보여져요. 집에 있을 때, 뒤창을 열면 멀리 산이 보이고 그 산허리에 두세 집 화전민이 살고 있는 것이 보입니다. 그 사람들은 일생에 한 번 기차를 타보지도 않고 다만 그날그날 먹고 입을 것만 있으면 그 이상 더 바람도 욕망도 없이 살고 있습니다. 그들은 다만 그러고 있다가 죽어버리지요. 나는 그것을 바라볼 때마다 그들이 정말 사람답게 사는 것 같아요. 사람이란 그저 살다가 죽는다는 것임을 가장 잘 알고 있는 것 같았어요."

나는 마음이 센티멘털해져서 이런 이야기를 하였던 것입니다.

"아니에요. 그것은 원시인의 생활입니다. 우리는 금일의 문화인이랍니다."

라고 당신은 나의 무지함에 실망한다는 표정으로 간단히 대답하셨습니다.

어느 사이에 우리가 탄 기차는 빠르게도 내가 내려야 할 역이 가까워졌습니다.

나는 공연히 가슴속이 초조해졌습니다. 나는 당신을 떠나 있으면 무력해지고 약해질 것만 같고, 당신만 한곳에 있다면 나의 용기는 그칠 때가 없이 언제나 정열에 불타며 이지적 결단성을 가질 수 있을 것만 같았습니다. 그래서 나는 그대로 함께 당신이 내리는 곳까지 가고만 싶었어요. 도중에 나 혼자 내리고 만다는 것이 나 혼자 낙오되고 마는 것 같이 느껴졌습니다.

당신은 내 마음속을 잘 아셨는지 기차가 K역에 닿기 조금 전에 먼저 벌떡 일어서서 나의 두 어깨를 잡아 일으켜 세우며

"어서 건강을 회복하십시오. 내년 봄, 삼월에 다시 오겠어요. 그때까

지 피차 많이 연구도 하고 검토도 해봅시다. 그리고 그때 피차 얻은 바 결론을 말하기로 합시다."

라고 한마디 한마디에 힘을 주어 분명한 발음으로 일러 듣게 하셨지요!

나는 얼른 그 말의 진의가 무엇임을 알아내지도 못하고 기차가 K역에 닿고 말았음으로 그대로 내려버리지 않으면 안 될 때였습니다.

"어서 내리십시오. 내려야 됩니다. 눈앞에 있는 정열에 지배되는 속인이 되지 맙시다. 적어도 먼 앞날까지를 검토해보아야 됩니다."

"……."

나는 무슨 말을 해야 적당할지를 모르고 그대로 플랫폼에 내려섰습니다.

"내년 봄에 다시 만납시다, 꼭! 그리고 그때까지 생각에 결론을 얻어 두십시오. 서로 진보된 보고를 합시다."

움직이는 기차를 따라가는 나의 손을 힘껏 잡고 큰 소리로 말하며 당신의 커다란 두 눈은 햇볕같이 정시할 수 없게 찬란하게 빛나며 나를 바라보셨습니다. 그 찬란한 빛은 내 몸을 남김없이 불태웠습니다. 나는 내가 살아 있음을 비로소 안 것 같았습니다.

S!

그리하여 당신은 떠나갔습니다. 나는 갑자기 두 눈이 어두워지도록 눈물이 가득 고이며

"S! 당신은 '힘'이에요. 지금의 나에게는 오직 '힘'이 필요할 뿐이에요."

라고 부르짖었습니다.

집으로 돌아온 후 나는 하루라도 속히 건강을 회복시키려고 애쓰며 한편 나를 위하여 바른길을 잡으려 애썼습니다.

나의 이 변화는 집안사람들이 잘 눈치를 챘는지, 그들에게 기어이 타

협할 것 같지 않는 나를 인식하였음인지 갑자기 불안에 떨기 시작했습니다. 그리하여 그들은 자기들의 삶에 매력을 가하여 나로 하여금 굴복케 하려고 갖은 정성을 다하였어요.

나는 아픈 위를 부여잡고 냉정하게 어머니의 눈물을 위로하며 차츰차츰 나의 의도하는 바를 납득시키려고 시작했던 것입니다.

그리고 또 하나, 당신이 내려준 과제! 내년 봄 삼월에 보고할 것을 검토해보며 연구하려 했습니다.

그러나 잠시도 그러한 조용한 시간이 나에게 오지 않았음으로 끝없이 초조하였던 것입니다.

S!

이 밤은 몹시도 적막한 정적 가운데 깊어졌습니다. 나는 더 검토할 것도 더 연구할 필요도 없음을 이제 이 깊은 침묵의 대기 속에서 느꼈습니다.

"당신은 '힘' 이에요. 나에게는 오직 '힘' 이 필요할 뿐입니다."

이것이 결론이에요. 이외에 다시 더 아무것도 생각할 필요가 없어요.

S!

이제 남은 문제는 다만 나의 건강을 회복시키는 것뿐입니다.

내년 봄 삼월!

S!

그때 당신에게 말할 결론이 이 밤에 나타났어요. 그리고 나는 내가 취할 바 길을 분명히 알아냈습니다.

나에게도 신념이 생겼습니다.

S!

나에게도 갈 길이 명백히 나타났어요.

3

S!

그 고요하던 밤이 벌써 새어 갑니다.

이제 새로운 아침이 밝아옵니다. 나는 잠옷 위에다 두터운 가운을 둘러 입고 내 방을 나섭니다. 창에 내려져 있는 커튼을 헤쳐버리고 언니가 정성껏 깔아준 호사스런 금침을 걷어차고 나는 용감스럽게 그 방을 나섰습니다.

하룻밤의 정적 가운데서 찾아낸 내 영혼은 티끌 하나 없는 깨끗한 그리고 새빨갛게 내 가슴에 안겨 있습니다.

S!

당신과 내가 만나고 떠나고 하던 그때는 늦은 가을이었으나 지금은 겨울입니다.

고요하게 새어오는 겨울의 아침 공기는 지극히 청정합니다. 대자연의 가장 아름다운 본성을 나타내고 있는 듯해요. 청정된 내 영혼을 영접하여주는 듯합니다.

S!

나는 뜰 가운데 서 있는 가장 크고 웅장한 복숭아나무 곁으로 걸어갔습니다.

잎사귀 다 떨어진 뼈만 남은 가지들은 마치 죽은 듯 말라진 듯합니다. 나는 그중에도 가장 가느다란 한 개의 젓가지*를 잡아보았어요. 서리 맞은 가지의 감촉은 싸늘하게 내 손끝에 느껴졌습니다.

나무는 말라진 듯합니다. 그러나 나의 어머니는 이 나무를 정성껏 가

| * 아주 가느다란 곁가지.

꾸십니다.

왜 말라버린 것 같은 이 나무를 가꾸실까. 나는 손끝에 힘을 보내어 잡았던 가지를 자끈, 하는 소리를 내면서 분질렀습니다.

그러나 S!

그 작은 젓가지 하나에도 약동하는 생명의 줄이 흐르고 있음을 보았습니다.

'나의 어머니가 너를 가꾸심이 이것이다. 너는 아무리 죽은 듯하나 굳세게도 살아 있었다. 말라버린 껍질 속에서 너는 훌륭히 살아 있었다. 모진 삭풍에 부대끼어 그 잎사귀를 다 빼앗기고 말았어도 너는 너대로 다시 오는 봄을 기다려 너 혼자 누구에게도 알리지 않고 가만히 살고 있었다.'

나는 가슴속으로 부르짖어보았던 것입니다.

그리고 커다란 한 가지를 와지끈 분질러보았습니다. 제가 얼마나 훌륭히 살아 있는가를 내 눈으로 보고 싶은 욕망에서……

고함치며 누구에게라도 보이고 싶었어요.

S!

돌아오는 봄 삼월에 당신에게 드릴 보고는 이제 훌륭히 준비되었습니다. 그리고 당신이 나에게 말할 결론도 벌써 완성된 줄 알겠습니다. 나는 봄을 기다리기 싫습니다. 이 차디찬 겨울에도 훌륭히 살아 있는 나를 한시바삐 알리고 싶습니다.

내가 살아 있다는 것을 바로 보라고 눈을 뜨게 해준 당신입니다.

S!

내가 얻은바 결론을 이제 보고합니다.

나는 나를 갖은 수단을 다하여 속아 달라고 달려왔을 뿐입니다. 나는 나를 속이지 못하여 고민하였고 울어 왔을 뿐이었어요. 이렇게 함으로써 세상에 아첨하였던 것입니다.

나를 사랑하는 어머니. 나에게 끝까지 행복하고 안일을 바라서 우는 어머니! 그에게 내 삶을 내 스스로 파악하고 굳세게 살아가며 어느 때나 용감하게 보임으로써 비로소 안심과 만족을 얻도록 할 것이에요. 내가 나를 속이는 괴로움을 지닌 채 지금 그의 마음을 형식적으로 위로한다면 그는 일평생 나의 불행을 슬퍼할 것이에요.

그러면 이곳에서 내가 취할 바 길이 스스로 밝아지는 것입니다. 내가 취할 바의 길! 이것이 무엇인가! 그것은 나를 속임 없이 가장 아름다운 양심으로 내가 뜻한 바 길로 매진하겠다는 것입니다.

가도 또 가도 내 정성, 내 힘을 다해서도 얻는 바가 없다면 그것은 나 자체의 본질의 무력함이니 그것을 이제 말할 필요는 없습니다. 얻는 바가 있든지 없든지 나는 다만 내 생명이 다할 때까지 매진할 뿐입니다. 나의 취할 바 이 길에서 다만 일 초간의 한눈도 팔지 않을 것이며 모든 비방이며 유혹의 옆길을 나는 관계하지 않으렵니다.

S!

내가 나를 속이지 않는, 그리고 가장 아름다운, 그렇습니다. 가장 아름다운 마음으로서 뜻한 바 길을 매진한다!

나의 결론은 이것입니다.

그리고 또 한 가지, 만일 내가 나를 속이지 않는다면! 당신에 대한 내 마음도 속이지 못할 것입니다.

속임 없이 보고한다면! 나는 당신의 곁에서 나라는 것을 더 한층 완성시키고 싶습니다. 나의 용기와 정열에 북돋움을 받고 싶습니다. 이 마음은 나라는 것을 나 혼자의 힘으로 운전해갈 수 없는 약자의 말 같기도 합니다. 그러나 이런 생각은 너무나 오랫동안 환경과의 갈등 속에서 헤어나지 못하는 약자로서 고민해온 나이기 때문에 바라던 욕망인지도 모룹니다.

좌우간 나는 당신의 절대적인 '힘'을! 아니 그 힘에 의지하고 싶은 마음이에요. 한 여인으로서 한 남성인 당신에게 의지하고 싶다는 이 생각을 사랑이라고 합니까? 연애라고 하는지요!

그러나 S!

나는 누구에게도 당신을! 또는 당신이 나를! 연애한다!고 생각하기가 분한 듯합니다. 모욕을 당하는 것 같습니다. 이성간의 애욕을 초월했다고 말하기도 속된 것 같습니다.

내 입으로 분명히 말한다면, 나는 당신에게 '연애 이상'이라고 하겠습니다. 그것을 무엇이라고 이름 짓는지 나는 알지 못하며 알려고 애쓰기도 싫습니다. 다만 '연애 이상'이라고 밖에 아무런 표현도 할 수 없습니다. 왜냐하면, 연애는 미美입니다. 신비스런 미이에요. 그러나 나는 당신에게 그 신비스런 미의 감정을 지나 '힘'이란 느낌을 가진 까닭입니다. 힘은 모든 것을 정복하는 '절대'의 미를 가졌어요.

S!

그러면 가장 실질적, 현실적으로는 나의 이 결론이 어떠한 형식으로 전개될 것인가! 그것은 지금 결론을 내릴 수 없습니다. 당신이 가진 바 그 '힘'은 어떻게든지 전개시킬 수 있는 것인 까닭입니다. 그럼으로 오직 이 섬세한 문제는 당신과 내가 내년 봄 삼월에 다시 만날 그 순간에 결정될 것이라고 생각합니다.

S!

그러면 내년 봄 삼월까지 나는 무성한 잎사귀를 한 가지에 가득 움트게 할 정열을 아름답게 다듬어둘까 합니다.

2. 천국에 가는 편지

(S가 있는 곳은 재래在來의 천국이 아니다. 희망의 녹기綠旗를 높이 꽂은 저 봉우리 위이다.)

S!

왜?

이다지 장난이 심하십니까! 아무리 장난이라도 거짓말하는 것은 꽃은 즐기지 않는답니다.

S!

오늘은 바로 이월 이십팔 일! 즉, 이월 그믐날이랍니다. 이 하루만 지나면 우리가 기다리던 그 봄, 삼월이옵니다. 내일부터 시작되는 그 삼월 달에 우리에게 훌륭한, 그야말로 환희에 넘치는 삶을 함께 느낄 수 있는 날이 있는 것입니다.

그런데, 그런데, 이 장난이 무슨 우스운 장난입니까?

나는 믿을 수 없습니다.

나는 이해할 수 없습니다.

당신이 나에게로 오는 날을 어떻게 하고, 그 영민한 당신이 어떻게 잘못되어 길을 헛드셨는가요.

나에게로 올 길을 어이하여 천국으로 헛가셨는가요.

이 어인 일이오이까?

S! 오! S!

S! 당신이 죽었다! 내가 이 말을 믿을 수 있으리라고 생각하셨습니까.

나는 웃어요. 웃습니다. 만일 내가 지금 울었다면…… 당신은

"난센스다. 내가 죽을 인간이던가? 그 말을 믿고 울었던가요. 당신은

왜 그리도 어리석을까."

하고 조롱할 것만 같아요.

"신념이 없는 까닭에 아픈 것이에요."

라고 나에게 주먹을 쥐여 보이며 말하던 당신이었어요.

당신이 연구하고 검토하여 얻은 바 결론을 서로 보고하자던 그 삼월이 내일부터 시작되려는 오늘! 당신이 나에게 죽음을 알려주는 그 마음이 무엇입니까.

당신 죽음이 나에게 무엇을 의미하는 것입니까? 무엇을 암시하는 것이오이까? 무슨 의미일까요! 대체 나는 해득하지 못합니다.

나는 이 삼월을 위하여 당신이 내린 그 과제의 해답을 훌륭하게 준비하였답니다.

첫째, 나는 아픔을 정복했어요. 완전히 건강이 회복되었어요. 당신에게 밑지지 않을 건강한 몸과 마음을 준비하였답니다.

그리고 어머니, 그 눈물 많던 어머니 눈은 이제 한 방울의 흘림도 없이 힘 있게 빛나고 있습니다. 내가 잡은 바 굳은 신념! 그것은 바로 어머니에게도 안심이 되었습니다.

그런데, 그런데, 당신의 죽음은 지금 방방곡곡까지 알려졌습니다. 신문, 잡지, 모조리 뒤져봅니다. 그 정열에 넘치는 당신의 뚜렷한 면영面影 곁에 검은 줄이 그어져 있습니다. 그러나 나는 믿지 않으렵니다.

아니 믿지 않는다는 나의 고집을 당신이 또한 웃을 것 같습니다. 아! 아!

"사실은 이렇게 죽었음을 증명하는데 왜 믿지 않으려는 것입니까? 사실을 무시하는 거짓을 가집니까."

라고 나를 꾸짖을 것 같습니다.

그러면 나는 당신의 죽음을 믿는 것이 바른 일입니다. 이런 맹랑한 사실을 생각으로나마 할 수 있는 일입니까?

S!

그 굳센 당신이 이제 벌써 한 줌의 회색빛 재灰로 변하고 말았습니까? 당신의 그 '힘', 그 맹렬한 의기는 어디 있습니까? 어디다 두고 당신은 얼마의 석회분으로 변하고 말았던 것입니까?

그 맹렬한 의기! 당신은 어디다 두었습니까. 지금 어디 있는가요.

내가 가야 될 길! 단 하나 바른 나의 궤도 위에 올려 세운 내 기차는 지금 초고속으로 달리고 있습니다. 나의 목적지를 향하여…….

왜? 당신은, 나에게 바로 달려가라고 말하던 당신이 무슨 까닭으로 적신호를 하는 것입니까?

이것이 나에게 무슨 의미를 암시함인가요.

나는 눈물 없는 두 눈을 똑바로 뜨고 가슴 가득 울음을 안고 갈 바를 잃고 거리로 뛰어나갔습니다.

아무리 헤매도, 아무리 걸어가도, 다만 내 눈에 보이는 것은 희미한 가등과 네온 라이트에 처참하게 번쩍거리는 두 줄기 전차 선로뿐이에요.

나는 찾았습니다. 기어이 찾아내려 했습니다. 내가 준비하여두었던 그 보고를! 연구하고 검토하여 얻은 바 그 결론을 말하려던 당신을 찾았습니다.

가다가, 또 걸어가다가 나는 문득 멈추어 섰습니다. 이윽히 서 있었습니다. 그리고 돌아섰습니다. 나는 집으로 돌아왔습니다.

당신의 죽음이 나에게 무슨 의미를 가졌는가를 나는 문득 깨달았던 것이었어요.

S!

"가장 유의한 동지가 가석한* 죽음을 했을 때밖에 운 기억이 없다."

| * 몹시 아깝다.

던 당신의 말이 생각났던 것입니다. 그리하여 나는 내 방문 굳게 닫고 가슴이 파열될 것 같이 꽉꽉 들어찬 울음을 얌전히 엎드려 소리 없이 서리서리 풀어내었습니다. 그 눈물 속에 내 몸이 잠기었습니다.

S!

당신은 태양보다 맹렬한 의기로 살았으며, 죽음 역시 사십오 도의 맹렬한 열熱로서 마쳤습니다.

당신은 삶도 간결했고, 삶을 청산함에도 단 하루 동안에 다하였다 하오니 당신은 삶과 죽음이 다함께 간결했습니다.

S!

'힘!' 절대의 미! 이것이 당신이었으니, 이런 당신에게 죽음을 당한 나이지만.

나는 아직 살아야 되는 엄연한 사실을 앞에 놓고 있습니다. 당신이 나에게 두고 간 그 굳센 의기! 이것만은 당신의 죽음이 앗아가지는 말아 주십시오.

나는 당신이 두고 간 그 맹렬하던 의기의 한 조각을 내 죽는 날까지 놓을 수 없습니다. 나는 힘껏 틀어잡고 내 삶을 지탱해나갈 것이며 내 가는 길의 운전수를 삼겠습니다.

그러면 S!

나는 이제 당신의 죽음을 슬퍼만 하는 끝없는 눈물 속에 잠긴 내 몸을 건져내렵니다. 그리하여 내가 가는 바른 궤도 위에다 올려놓으렵니다. 그리고 당신이 두고 간 그 맹렬한 의기의 운전으로 죽음의 경계선에 들이대일 순간까지 쉬지 않고 달려가리다.

S!

그 후에 조용히 내 몸에서 삶의 먼지를 활활 털고 공손히 꿇어 엎드려 당신이 두고 갔던 나의 운전수를 도로 바쳐 드리리다.

S!

그날까지 나는 나의 운전수와 단 둘이서 서로 축복하며 서로 보호하오리다.

오! S!

당신은 살아서 나에게 '힘'을 가르쳐주었으며 죽어서 나에게 희망을 가르쳐주었습니다.

《조광》, 1939년 5월

아름다운 노을

높은 산줄기 한 가닥이 미끄러지듯 쓰다듬어내린 듯, 소릇하게* 내려
와 앉은 고요하고 얌전스런 하나의 언덕!

언덕이 오른편으로 모시고 있는 높은 산에 자욱한 솔잎사귀 빛은 짙
어졌고 때때로 바람이 불어오면 파도 소리같이 쏴아 운다.

언덕 뒤 동편 기슭에는 저녁 짓는 가난한 연기가 소릇소릇이** 반공중
으로 사라져가며 몇 개 안 되는 초가지붕들은 모조리 박 넝쿨이 기어올
라 새하얀 박꽃이 피었다.

언덕 왼편 남쪽 벌판은 아물아물한 저 산 밑까지 열려 있어 이제 볏
모는 한껏 자라 검푸른 비단보를 펴놓은 듯하다.

언덕 앞 서쪽에는 바로 기슭에 넓은 못이 푸른 물결을 가득 담아 말
없는 거울같이 맑다.

이 언덕, 푸른 잔디 덮이고, 이름 없는 작은 꽃들이 잔디 속에 피어

* 오릇하게.
** 연기가 무럭무럭 솟지 않고 힘없이 가느다랗게 올라오는 형태.

있고 꼭 한 포기 늙은 소나무는 언덕의 등줄기 한가운데 서 있어 아마도 석양에 날아오는 까마귀를 쉬어주는 나무인가 싶다.

이 언덕, 이 소나무가 비바람 많은 세월 그동안에 남모를 이야기도 수없이 겪었으려니와, 아직 사람들이 전해오는 이야기는 하나도 없다.

다만 해마다, 여름이 되면 이 언덕을 넘어 마을에 양과 돼지를 잡아 먹으러 늑대들이 넘어온다는 이야기는 있다.

그러나 이제 이 언덕 위, 이 늙은 소나무 아래서 하나 아름답고 애끓는 이야기를 듣게 되었다.

이야기는 슬프다기보다 애달팠다. 이 언덕, 이 소나무 역시 많은 풍상의 세월 속에서 겪어온 하고많은 이야기들 중에서도 내가 지금 듣는 이야기만치 딱한 이야기는 듣지도 못하였으리라.

때는 그 어느 해 여름의 석양이었다. 아름다운 붉은 노을이 언덕과 못을 찬란하게 물들이고 시원한 바람결이 간간이 불어오는 고요한 석양이었다.

아름다운 두 개의 영혼이 불꽃같이 타버리고 말고자 하는 이야기를 이 푸른 언덕 위 구부러진 소나무 아래서 핏빛같이 붉은 노을에 젖으며 나는 들었다. 그리고 울었더니라.

인간에게 만일 가치 있는 것이 있다고 한다면 그것은 얼마나 많이 연소燃燒했던가 하는 것이다, 라고 앙드레 지드가 말했다고 한다. 그러나 이 이야기는 타려고 해도 탈 수도 없는 가장 애끓는 이야기였다.

그 여인은 옥색 긴 치마에 흰 은조사 깨끼겹저고리를 받쳐 입었고 머리는 되는대로 넘겨 쪽쪘으나 그리 보기 흉하지 않았다. 아니 이 여인은 서글서글한 두 눈이나 입이며 후리한 키며 잠깐 보면 몹시도 루즈하게* 인상되지마는 다시 한 번 거듭 보면 흐트러진 듯한 그의 전체가 모두 다

정연하고 단정하게 제격대로 맞아 있다.

그 크고 맑은 눈을 위하여 그의 입도 조화되었고, 둥글고 넓은 이마는 그 얼굴에 조화되어 함부로 넘겨 쪽진 머리단장도 그 얼굴에 어울리고, 그 후리한 키에 아무렇게나 입은 치마맵시 역시 어울려 하나도 고칠 것이 없었다. 그 여인의 걷는 태도나 말소리며 동작 역시 그 얼굴과 체격에 어그러지지 않아 가을밤 밝은 달빛 아래 잘게 잘게 주름 잡혀서 혹은 떨어지고, 혹은 감돌고, 혹은 출렁거리는 은은한 계곡물 흐름과도 같고, 맑은 호수같이 고요하고 청신한 느낌을 주는 것 같기도 하였다.

여인은 두 발을 되는대로 뻗고 소나무 둥치에 기대어 앉았다. 그리고 잠깐 얼굴을 들어 붉은 노을 하늘이 잠기어 있는 못물을 내려다보고 난 후 후, 한숨을 내쉬었다.

그는 금방 입을 열어 무슨 말을 하려는 듯하더니 가만히 고개를 내려 뜨리며 좌우로 두어 번 머리를 흔들고 손으로 잔디 잎을 두세 잎 북북 뽑아 발 아래로 던졌다.

나는 그때 그 여인의 두 눈에서 한 방울 눈물이 떨어지는 것을 보았다. 나는 참을 길이 없어 그 여인이 뻗친 발을 가만히 어루만지듯 흔들며 먼저 입을 열었다.

"여보! 순희! 순희!"

라고 불렀던 것이다. 그러나 그 여인은 대답이 없었다. 애수에 잠긴 그 큰 눈이 눈물에 가득 잠겨 나를 뚫어지게 바라보며 금방 나에게 쓰러질 듯 애원하듯 입술을 깨물 따름이었다. 그는 입을 떼기를 무서워하고 스스로 무엇을 억제하려는 괴로운 표정이었다. 나는 급한 성질에 더구나 실없이 남에게 동정하기 좋아하는 마음이라, 바짝 그의 곁에 다가앉았다.

| * 느슨하다. 해이하다.

"순희, 당신이 말하지 않아도 끝없는 괴로움에 시달림을 받고 있는 줄 알겠습니다. 나와 당신이 비록 오랜 지기는 아닐지라도 피차 이름만은 서로 안 지 오래이니 무슨 상관이 있나요. 내 힘으로 위로 드릴만 한 일이면 나는 웬만한 일은 희생해가면서라도 당신의 그 괴로움을 덜게 해 드리리다."

아! 아! 내가 그때 이렇게 정답게 말을 건네지만 않았었던들 오늘까지 그 여인의 괴로운 사정에 가슴이 아프게 하지 않았을 것이었을 터인데……

그 여인은 나의 이 마음에서 우러나오는 동정에 가득 찬 물음에 그만 앞으로 푹 고꾸라지며 흑흑 느껴 울었다. 나는 참지 못하여 그의 들먹이는 어깨를 쓰다듬어주었다. 그리고

"울지 말아요. 사람의 삶이란 괴로움인 것이에요. 괴로움이 즉 삶이란 말이지요."

라고 되지못한 위로의 말을 한다고 하였던 것이다. 그랬더니 그 여인은 벌떡 얼굴을 치켜들며 눈물이 온 얼굴을 적셔 닦으려고도 않고 나를 바라보며 내 손을 잡았다. 그리고 그윽한 음성으로 가만히 입을 열었다.

"보세요. 당신은 소설가이시지요? 당신이 쓰신 소설을 아직까지 읽어볼 기회는 없었습니다. 그러나 나는 당신의 얼굴을 처음 만났던 아까 그 순간 참을 수 없이 울음이 터져 올랐어요. 우리가 다 같이 예술에 몸을 던진 사람이니 처음 만났으나, 오랜 친구였음이나 다름없는 것 같은 느낌을 가짐도 별로 이상할 것은 없지요!"

그 여인은 겨우 한 손으로 눈물을 씻고, 또다시 노을 낀 하늘을 바라보았다.

"네, 저는 소설가라고 할 인물은 못 됩니다. 아직까지는 일개 문학소년 티를 못 벗었어요."

하고 나는 얼굴이 붉어지며 대답을 한다고 이런 되지못한 변명을 하였다.

그러나, 그 여인은 나의 대답은 들은 척도 않고 잠잠히 앉은 채 다시 말을 계속하였다.

"여보세요. 나는 어떻게 해야 좋을지 모른답니다. 내 가슴속이 마치 이 붉은 노을같이 타고 있어요. 아니, 이 노을보다 더 안타깝게 더 붉게 타고 있어요."

라고 그 여인은 한숨과 함께 내뿜듯 속삭이듯 말했다. 나는 혼자 고개를 끄덕였다.

그 여인은 오륙 년 전 미술전문 양화과를 나온 규수 화가이므로 나 같은 무지렁이 소설 줄이나 쓰는 인간보다 그 보고 느끼는 바가 다르구나, 라는 생각이 들었던 까닭이었다.

"아! 아! 나는……."

그 여인은 그만 두 팔로 머리를 휩싸 안고 소나무 둥치에 기댄 채 눈을 감았다. 나는 무어라 말하기 어려워 잠잠히 바라보고 있을 수밖에, 그가 진정될 때까지.

이윽고 그는 다시 한 줄기 눈물을 흘리며 잠잠히 그대로 앉은 채 입을 열었다.

"나는 사랑한답니다."

라고 외치듯 한마디 부르짖고 입술을 깨물었다. 나는 그 여인의 슬픔이 무엇인가 하는 호기심과 그 여인의 괴로워하는 모양에 잔뜩 동정하여 그 괴로운 이야기를 듣기에 가슴을 졸이고 있던 판이었는데, 이 한마디 부르짖는 말에 갑자기 쓴 웃음이 터지고 말았다.

'에, 에 그까짓 사랑? 연애 관계로 이러는 것이로군. 그까짓 남의 연애 이야기를 들어 무엇하며, 그까짓 문제로 이렇게 괴로워하다니.'

라고 속으로 중얼거리며 나는 고개를 획 돌리고 말았다.

그 아름다운 풍경 속에서 그 훌륭한 스타일과 애화적인 포즈를 가진 여인에게서 나는 무슨 신비스런, 그리고 아주 감상적인 아름다운 이야기가 듣고 싶었던 것이었다.

　"여보세요. 당신은 나를 어떻게 보십니까?"

　갑자기 여인은 나에게 말을 건넸다. 나는 속으로 이 여인이 사람에 미쳤나 보다. 무슨 말을 묻는 거야? 라고 반감 비슷한 생각이 들어 힐끔 여인을 둘러보았다. 그러나 그 여인은 소나무 둥치에 눈을 감고 기대어 앉은 채 혼자 명상에 잠겨 있는 듯하였다.

　"무슨 말씀이에요. 당신을 어떻게 보다니? 지금 내 눈이 당신과 같은 화가의 눈이라면, 그렇게 앉은 모양을 한번 그려보았으면 싶을 따름이지요."

　라고 느껴지는 대로 솔직하게 대답했다.

　"아니 저 같은 젊은 미망인이란 몸이요, 더구나 단 하나이지마는 아이까지 있는 몸으로서 사랑을 한다면…… 당신은 어떻게 생각하시겠어요?"

　그 여인의 이 말에 나는 놀랐다. 나는 이 여인의 남편은 죽고 없는 줄을 몰랐던 것이다. 그리고 아들까지 하나 있는 줄은 몰랐었다. 그러나 설령 그가 과부요, 자식이 있는 몸이라 하더라도 사랑하고 싶으면 그만이지, 남편이 뚜렷이 있으면서 그런다면 생각할 문제가 되지마는 그까짓 것은 문제가 되지도 않는 일이라고 생각되므로, 나는 어이가 없었다.

　"하하하, 별말씀을 다 하시네. 사랑하시고 싶으신 분이 있거든 얼마든지 하시구려. 아드님이 방해된다면 내가 지금 아이를 낳지 못해 애쓰는 중이니 그만 나에게 양아들로 맡겨주시구려."

　나보다 몇 해 위인 듯한 그에게 나의 이 대답이 조금 당돌하지나 않았나? 하는 생각에 나는 얼굴이 또다시 붉어졌다. 그러나 그는 조금도 관심치 않고 그냥 그대로 움직임 없이 한숨을 내쉬었다.

　"두서없이 말을 끄집어내어서 실례했습니다. 이제 차근차근 이야기하지요. 나는 저…… 열일곱 살에 여학교를 졸업했어요. 그리고 그해 가을에 결혼하여 열여덟 살 되는 겨울에 아이를 낳았지요."

나는 그가 하는 말에 놀랐다. 아들이 있으면 이제 겨우 열 살 안 되는 어린아이인 줄 알았던 터이라 조금 전에 나에게 양자로 달라고 하던 망발이 새삼스레 부끄러웠다.

"그러면 아드님이 올해 몇 살이세요?"

라고 물어보지 않을 수 없었다.

"그 애가 내 열여덟에 낳았으니까 올해 열여섯 살이에요. 중학교 이학년이나 됐어요. 내 나이 올해 서른둘이니까요."

"아이고머니…… 그렇게 큰 아드님이 있어요? 그러면 미술전문은 어느 때 나오셨던가요?"

나는 기가 막혀 그를 바라보았다. 그러나 그는 여전히 움직임 없이 아까 그 자세대로 소나무 둥치에 기댄 채였다.

"네. 제가 스무 살 때 그 애 아버지가 죽었어요. 그래서 스물셋 때에 아이는 친정에 맡겨두고 저 혼자 동경으로 가서 이런저런 공부하는 척하다가 스물여덟에 비로소 미술전문을 나오게 됐어요. 제가 미술전문에 다닐 때 아주 재혼을 권하는 사람도 많았고, 또 직접 구혼하는 사람도 무척 많았어요."

여인은 또다시 한숨을 내품었다.

"왜 이때까지 그대로 계셨던가요. 진작 재혼하실 일이지……."

나는 무뚝뚝하게 말했다.

"글쎄요. 제 사정으로도 꼭 재혼을 해야 될 처지랍니다. 첫째 이유는, 제 죽은 남편은 단 형제뿐이었는데, 그의 형 되는 분이 스물둘에 죽었으므로 그 형수가 수절을 하고 있어요. 그러니 그 아우 되는 제 남편이 자식을 나면 제일 맏아들은 그 형수의 양자가 되어야 하지 않습니까? 그러니 제 아들은 나면서부터 그 수절하는 큰어머니의 아들이 됐지요. 나는 장차 또 아이를 많이 낳을 줄 알았던 것이 제 남편 역시 다음 아기가 들기 전에 죽었으니까 저는 아들이 있기는 하나 없는 것이나 다름없게 되었지요. 그리고 둘째로는, 제 친정에는 제가 단 하나 외딸이에요. 제 어머니는 저 하나밖에 낳지 않으셨고, 아버지 역시 남의 친자식을 양자하느니보다 딸이라도 자기의 친자식이 낫다 하시며 기어이 가독*을 나에게 상속시키려는 거랍니다. 그런데 제 친정이 종가요. 또 아버지 형제가 없으시니 제가 만일 이대로 죽고 만다면 제 친정의 뒤가 끊어지는 것이 되지 않습니까. 제 아들은 남편 집의 뒤를 이어야 되는 터이니까, 부득이 저는 재혼을 해야 될 처지랍니다."

여인은 길게, 길게 한숨을 쉬었다. 나는 가슴이 갑자기 답답해졌다.

"그러신데 왜 그대로 계세요. 얼른 시집가세요."

라고 나는 철없는 듯 조르듯 말했다.

"이제 이야기하겠어요. 제가 지금까지 이대로 있게 된 이유는 저에게 구혼하는 사람이 너무 많았던 탓입니다. 모두 일장일단이 있어 누구를 골라잡아야 좋을지 몰랐어요. 그런데도 그중에는 몹시 싫은 사람이 거의였으니 뒤에 남은 사람들 중에서 택하면 좋았겠지마는 제가 좋다고 생각하는 사람은 모조리 친정 부모님이 반대였으니 우스울 일이 아니에요?"

"그래서 지금까지 그대로 계신 게로군요."

"네. 내가 제일 미워하고 싫어하는 사람, 그 사람에게 부모님은 기어이 시집가라는 거랍니다."

"아이고, 딱하시네."

"아! 아! 이만한 일쯤은 저 역시 예사입니다. 당신도 소설 스토리로

| * 집안을 감독하는 사람이란 뜻으로 가계를 상속하여 대를 이어 나갈 맏아들의 신분.

이런 종류의 이야기는 많이 쓰시겠지요. 가장 평범하고 세상에 흔히 있는 일이니까요. 그런데 제 부모님이 기어이 그 사람을 고른 것은 그이가 직업이 의사이랍니다. 제 남편이 폐를 앓아 죽었으므로, 저도 앓아 폐가 약한가 봐요. 몸이 몹시 약하니까 저는 의사에게 시집가는 것이 제일 타당하다는 것이랍니다. 그래도 저는 그이가 싫은 것을 어떡해요."

"글쎄요."

나는 이 여인이 처음 이야기를 끄집어낼 때 그 낙망에서 점점 다시 귀가 기울여지기 시작하였다.

"그런데, 보세요. 우스운 일입니다. 어느 날이었어요. 전람회에 출품할 그림을 반입한 후 산보 겸해 한강에를 나갔다가 돌아오는 길에 본정통* 어느 찻집에를 들어갔었지요. 그랬더니 공교롭게 그이가 저편 테이블에서 차를 마시다가 나에게 달려오겠지요."

"그이라니요?"

"그 싫다는 의사 말이에요! 저에게 구혼 중인 그이 말이에요……."

여인은 벌떡 몸을 일으켜 나를 바라보았다. 그의 눈빛은 찬란하게 빛나고, 그 많던 눈물 줄기도 거의 마른 창백한 얼굴이 노을 탓인지 붉게 상기되어 있었다. 나는 그의 얼굴에 긴장을 바라보며 저으기 놀라 똑바로 그의 눈을 마주 바라보았다.

그는 이윽히 나를 바라본 후 힘없이 두 팔로 잔디를 짚어 몸을 지탱하며 두 눈의 찬란하던 광채는 사라지고 공허한 시선으로 변하며 중얼거리듯 입을 열었다.

"그 소년! 그 학생을 처음 본 때이랍니다. 그이가 나를 끌고 자기 테

---

* 여느 도시마다 한두 곳쯤 남아 있는 일본식 전래 지명. '본정'은 '토리', '통'은 '혼마치'. 서울 본정통은 어디인지 알 수가 없다.

이블로 가자 나는 그 테이블에서 한 소년을 발견했던 거랍니다. 나는 모처럼 상쾌한 기분으로 들어온 찻집에서 그이를 만난 것이 불쾌하기 짝이 없었던 터이라, 얼굴을 찌푸린 채 그이가 가리키는 의자에 앉으며 무심코 마주 앉은 한 소년에게 시선이 갔던 거랍니다. 그 순간 나는 깜짝 놀랄 만치 기뻤어요. 아니 내 가슴이 전광을 만진 듯 기쁨에 일순간 마비된 듯하였어요."

여인은 잠깐 입을 다물고 그때 그 소년의 얼굴을 눈앞에 그리듯 공허한 눈 그대로 허공을 응시하고 있었다. 나는 그의 파랗게 질려지는 얼굴을 바라보며 몸에 소름이 끼칠 듯 정신이 바짝 차려져 그의 조그마한 얼굴의 움직임이라도 놓치지 않고 살피려 했다.

"그 소년은 내가 그림붓을 든 후 오늘까지 머릿속에 그리고, 그리고 해오던 나의 이상의 얼굴이었어요. 나는 항상 머릿속에 그리기를 지극히 온순하고, 지극히 아름다우며, 끝없이 침착하고 점잔하며 그리고 맑고 순결하고 화기를 띄운 그리고 용감하고 고귀하며 단정한 얼굴을 단 한 폭 내 전생을 통하여 그려보려고 욕망하여왔던 거랍니다. 나의 이상의 남성 얼굴이라고 할까요. 그런 얼굴을 많이많이 구상해보았으나 그때까지 머릿속에 그려내지 못했어요. 나의 그 욕망은 나에게 구혼하는 사람이 많으면 많을수록 높아가며, 이제 그 의사란 사람과의 약혼이 부모님들에게는 거의 결정적으로 진행 중에 있음에 따라 더 간절해져갔습니다. 단 한 장이라도 그려보았으면……. 그러한 얼굴이 이 세상에 있을 수 있을까. 있다면 얼마나 기쁘랴……. 그러한 얼굴이 있다면 단 한 번이라도 보기만 하면 그려낼 수 있으리라고 나는 생각했었습니다. 그리하여 나는 여가만 있으면 정거장에를 나가서 내리고 오르고 하는 많은 남자들의 얼굴을 바라보았었고, 길을 갈 때나, 전차를 탈 때나 나는 사람들의 얼굴만 유심히 살펴왔던 거랍니다. 그때에 그 욕망은 단지 내 그림을 위하여서의 욕망이었어요. 다른 아무 생각도 없었어요. 단지 그러한 얼굴을 꼭 한 번 그려보리라는 그 결심뿐이었어요."

"네, 그러시겠지요. 저도 간혹 소설에 등장할 인물의 타입을 찾으려고 해보는 때가 있으니까요."
라고 나는 그의 이야기에 동감임을 표하였다.

"그 소년! 그때 나의 눈앞에 고개를 단정히 해가지고 눈을 내리뜨고 찻잔을 바라보고 있는 중학교 제복을 입은 그 소년의 얼굴…… 나는 모든 것을 잊고 그 소년에게 정신을 빼앗기고 말았더랍니다. 소년은 이따금 부끄러운 듯 나를 건너다보다가는 나의 맹렬한 시선에 마주쳐 얼굴을 붉히며 웃음을 짓다가는 고개를 내려뜨리곤 하였어요. 그이는 나에게 차를 받아주고 이야기를 건네며 그 소년은 자기의 단 하나 아우라고 소개하였어요. 나는 그의 말이 귀에 들어오지 않았어요. 겨우 대답을 하면서도 소년에게 너무 민망하여 시선을 돌리려 했으나 내 시선은 소년의 얼굴을 떠나주지 않았습니다. 그러는 사이에 전등이 켜지며 소년은 무엇을 느꼈음인지 조용히 일어서며

"형님, 저 먼저 가겠어요."
라는 말을 남기고 찻집을 나가버렸습니다. 나는 그 자리에 앉은 채 눈앞에 캔버스를 벌리고 이제 본 그 소년의 얼굴을 스케치하듯 눈을 감고 그려보았어요. 나는 날개가 돋친 듯 온몸이 으쓱해지며 기쁨을 참을 수가 없었어요. 나는 그 길로 집으로 달려와 밤을 새우든 몇 날을 지새우든 간에 한숨에 그려버리리라고 생각했습니다. 그이도 내 뜻은 모르나 나의 그 기뻐하는 얼굴을 보고 자기도 기뻤던 모양입니다. 나를 집까지 자동차로 바래다주었어요. 나는 그때까지 어느 남자하고라도 단둘이서 어디를 가는 것도 한방에서 이야기하는 것도 싫어했고 한사코 거절하였던 터였으니까, 그날 밤에 그이는 자기와 단둘이서 우리 집 문 앞까지 자동차

를 타게 된 것을 내가 그의 청혼에 반 이상 허락이나 한 줄로 알았을 것입니다. 아! 아!

　나는 그대로 저녁밥도 먹지 않겠다고 돌아보지도 않고 집 방으로 달려가 옷 갈아입을 여가 없이 캔버스 앞에 섰지요. 그 밤이 깊기도 전에 나는 벌써 윤곽을 다 잡았어요. 너무나 기뻐 화필을 든 채 캔버스를 몇 번이나, 몇 번이나 끌어안았는지요. 한 번 그리고 기뻐하고 또 한 번 붓 대고 웃고, 두 눈에 들어박힌 그 소년의 얼굴, 나는 즐거웠어요. 그 즐거움……! 나는 참다못해 그리는 것까지 아까워서 소년의 얼굴을 눈 속에 잡아넣은 채 눈을 꽉 감고 그대로 침상에 뒹굴며 미친 듯했습니다. 그 이튿날 아침 나는 솜뭉치같이 피로하여 아침도 먹지 않고 그대로 잠이 들었어요. 눈을 떴을 때는 벌써 오후 두 시였어요. 나는 부리나케 세수를 하고 식사를 마친 후 집을 뛰어나왔습니다. 내가 깜짝 정신이 들었을 때는 벌써 그이의 병원 진찰실 안에서 그이와 마주 서 있었어요. 내가 왜 그 병원에 갔는지 지금 생각해도 모를 일입니다. 나는 그이에게 인사말 대신

　"선생님 아우님이 어디 계신가요?"

라는 물음이었어요. 그이는 웃으며 내가 자기를 찾아온 구실로 그 아우를 찾는 줄 알았던 모양인지 그 대답은 없고 몸이 약하신데 바다로나 산으로 가시지 않으시겠냐고 도로 엉뚱한 말을 건네는 것이었어요. 나는 뭉클 성이 났으나 꾹 참으며

　"아우님이 어디 있어요, 선생님은 어서 일 보세요. 저는 그동안 아우님과 이야기하고 놀 터입니다. 오늘 저녁에 또 찻집에 가시지 않으시겠어요?"

라고 나는 나대로 둘러대었지요. 그랬더니 그는 앞을 서서 나를 인도하여 이 층으로 올라갔습니다. 이 층은 그이의 서재인 듯 팔 조와 육 조*의

넓은 다다미방이었어요. 나는 그이보다 앞서 실례되는 것도 잊고 방 안에 먼저 들어서니 육 조 방 한옆 책상 앞에 그 소년이 턱을 고이고 물끄러미 앉아 있다가 우리를 보고 놀라 일어서서 일순간 몸을 감추려는 듯 사방을 살피며 머뭇거리더니 내가 너무나 그의 앞에 가까이 가 서 있음을 보고 마지못해 새빨개진 얼굴로 약간 고개를 굽혀 인사를 한 후 휙 몸을 날려 층층대로 내려가버렸습니다. 나는 그 자리에 멍하니 선 채 소년이 사라진 곳을 응시하고 있었습니다. 그랬더니 그이가 무엇을 생각했는지 내 곁으로 가까이 오면서 내 두 어깨에다 두 손을 걸었어요. 나는 깜짝 놀라 한 걸음 물러서버렸어요. 그리고 나는 그이에게 저녁때가 되거든 함께 어디로 식사를 하러 가든지, 찻집에를 가든지 하자고 말하고 어서 내려가 환자 치료나 하시면 그동안 여기서 기다리겠노라고 했었지요. 그러니 그이는 아주 기뻐하며 층층대로 내려가겠지요. 나는 그의 뒤통수를 향하여 당신의 아우님을 보내달라고 부탁했습니다. 그이는 싱긋 웃으며 그대로 내려가버렸어요. 나는 이윽히 그 자리에 서 있으며 방 안을 둘러봤습니다. 그는 얼른 놀란 듯 고개를 돌리곤 했습니다. 이렇게 나는 그를 바라보고 그는 무료하게 이리저리 살피고 있는 그동안 다 같이 말 한마디 없습니다. 얼마쯤 시간이 흘러갔어요. 그러고 있는 동안, 나는 커다란 환희에 가득 차 있었던 거랍니다. 그의 얼굴, 소년답지 않을 만치 침착하고 고상하며 온화하고 부드러운 그 얼굴, 그리고 어디인지 소년다운 선을 가진 순결한 그 입과 눈……. 나는 나를 잊고 도취되어 있었던 거랍니다. 그때까지 아무리 유명한 동서양의 명화를 대해도 이만치 내 스스로 도취되어 바라보고 바라보아도 그치지 않고 신비로움을 느껴본 적은 없었습니다. 소년은 이윽고 무료함을 못 이겼음인지 대담하게 나의

| * 너비 단위. 육 조는 270×375센티미터.

시선을 똑바로 바라보며

"제 형님은 퍽이나 착하신 사람이랍니다."

라고 말했습니다. 나는 가슴이 섬뜩하여 휙 눈을 돌이키며

"네."

하고 대답했지요. 그때 나는

'당신 형님보다 나는 당신의 그 얼굴이 더 착하고, 아름답습니다.'

라고 대답하려 했습니다마는 이상하게도 그때 제 귀에 '어머니!' 하고 부르는 내 아들의 음성이 들리는 듯하여 얼른 한다는 대답이 소년이 그 형을 자랑하는 데 동감임을 표하고 말았어요. 그의 형 되는 그이는 그때 나보다 한 살 위였으니까요. 그때 그 나이가 되도록 장가도 들어보지 못했고, 아니 안 했고, 이성을 사랑해보지도 못했다고 합니다. 그러니 그이의 사람 된 품이 얼마나 이지적이며 고지식했던가를 알 수 있지 않습니까. 물론 그에게 들으면 자기는 부모도 없고 다른 친척도 없고, 단지 하나 아우인 그 소년 하나가 유일의 육친이었으니까 그 소년을 두고 자기가 장가들기 민망하여, 소년이 중학교를 졸업하고 전문학교나 대학으로 가게 되어 집을 떠나면 그때는 장가들겠다는 것이었어요. 자기가 장가를 들어서 만일 아내가 아우에게 불손하다든지, 또는 아우에게 자기가 아내를 더 사랑함을 보이게 될까 하는 여러 가지 염려가 있었던 까닭이었겠지요. 좌우간 보기 드문 사람이었어요.

그 여인은 이렇게 말하며 길게 한숨지었다. 나는

"오라, 그이? 음, 음."

하고 느끼는 바가 있었던 것이다. 즉 그이라는 의사 김성규는 바로 나와 고향이 같은 그리 친한 사이는 아니라고 하나, 두어 번 진찰까지 받아본 적이 있었던 아는 사이였던 것이다. 그러니만큼 나는 그 여인의 이야기에 온통 정신이 쏠리고 말았다. 그 소년이란 성규의 아우 정규임도 잘 알

겠고, 또 정규의 얼굴이 과연 범연하게 생기지 않았음도 내 이미 알고 있는 터였다.

"오, 그러면 김성규 씨 형제분이로군요."

나는 이렇게 그 여인의 말을 가로질러 입을 넣고 말았다.

"네, 그래요. 당신을 그이가, 성규 씨가 잘 안다고 말하더군요. 바로 말하면 제가 당신을 찾아서 이곳까지 오게 된 것도 당신이 성규 씨를 잘 아시는 까닭입니다."

하고 여인은 또 한숨지었다. 그 여인의 한숨 소리는 웬일인지 내 가슴에 바늘같이 파고드는 듯하며 정말 인상적이라고 느꼈었다. 그때 어디서 석양 마을을 향하여 길게 음매, 하고 새끼를 찾는 암소의 울음소리가 들려왔었다.

여인은 그 소리에 귀를 기울이며, 그 소리에 이윽히 귀를 기울이다가 다시 말을 계속하였다.

"성규 씨가 나에게 구혼하게 된 것은 그가 동경××의과대학에 다닐 때이고 내가 미술전문에 다닐 때부터랍니다. 그러나 나는 그이의 고지식한 성품이 싫었고 또 아이까지 있는 나로선 총각인 그에게 시집가기가 어색했어요. 그래서 아주 딱 거절했었는데 그이는 제 부모님께 직접 운동을 했던 거지요. 어느 때라도 재혼을 하거든 그때는 자기에게……라고 아주 나의 부모님에게 단단히 간청을 했던가 봐요. 그러니까 나의 부모님은 총각이요, 더구나 의사요 돈도 있고 사람이 굳건하고 어디 흠이라곤 없는 자리이니까 아주 단단히 그에게 약속했던 모양입니다. 그이의 청혼에는 정말 우리 부모가 황감하고 과분하고 아주 영우* 녹았던 모양입니다. 아! 아!

| * 아주.

343

세상이란 정말 기막히게 어려운 실마리들의 맺음이에요. 부모님이 그만큼 기뻐하는 터이거든 나 역시 그만치 기뻐해야 순순히 다 평온무사하게 될 일인데 나는 왜 그다지 그이가 싫은지⋯⋯. 아이 참, 그뿐이라면 좋을 텐데 하필 또 무슨 까닭에 그이의 어린 아우가 그리도 나에게 잊히지 않게 되는지 생각하면 할수록 운명의 장난이 너무나 까탈스러워 원망스럽습니다. 그날! 소년과 처음 말을 나누어보던 그날 석양에 그이와 셋이서 레스토랑에 가서 저녁을 먹고 '송월'이라는 찻집을 갔었지요. 성규 씨는 아직까지 소년에게 나를 단순히 친구로만 소개했던 모양입니다. 그사이에 소년과도 무관하게 친해져서 소년은 마음 놓고 이야기를 나에게 붙이기도 하였어요. 그날은 무척 즐거웠어요. 나는 그를 위하여 이야기도 하고 또 성규 씨 앞에서 나는 오랫동안 머릿속에 그려오던 얼굴 하나를 발견하였는데 무척 기쁘다고까지 말했지요. 그러니까 성규 씨는 자랑하듯

"우리 정규의 얼굴보다 더 훌륭한 모델은 없을 거요."
라고 웃으며 말하는데 소년은 짬짬이 나를 바라보더니 얼굴을 돌리며 혼자 미소하겠지요!

'나를 두고 하는 말이로구나, 그러니까 나를 그다지도 들여다본 것이로군!'
하는 표정이었어요. 나는 소년의 영리함을 그 순간 발견했던 거랍니다.

그날 밤은 그 형제분에게 전송을 받아 저의 집까지 돌아왔습니다. 우리 집 대문간에서 소년은 그 형이 내 곁에서 떨어져 선 틈을 타서

"이제부터는 집을 알았으니까 놀러 와도 좋아요?"
라고 속삭였어요. 나는 가슴이 몹시 괴로워져 소년을 바라보며 두 손을 내밀었지요. 소년은 와락 내 손을 잡으며 놀러 올 터이라고 다시 한 번 다졌어요. 나는 경쾌하게 대답하려 애쓰며 형님에게 허락받아서 놀러 오

라고 대답했었습니다. 소년은 다시 내 손을 흔들어주며

　"오케이."

라고 말한 후 획 돌아서 그 형과 가버렸어요. 나는 대문에 들어서면 왼편으로 있는 사랑인 내 방으로 들어가 얼른 캔버스 앞에 섰습니다. 지난밤에 그려둔 소년의 얼굴이 나를 바라보고 있었습니다. 나는 이윽히 그림을 들여다보는 사이에 또 하나 훌륭한 상想이 생겨났어요. 내가 전날 금강산 구경 갔을 때, 비로봉 위에 올라가 사방경개를 이윽히 둘러보며 내혼이 대자연 앞에서 무릎을 꿇고 엎드린 듯하여 명목하고 섰으려니까 마음과 몸이 다함께 인간 세상을 떠나 지극히 청정한 미의 세계로 간 듯하였어요. 그래서 문득 그때 생각이 나며 그 소년을 비로봉 위에 세워두는 생각을 했는가 합니다. 제 생각에는 비로봉을 정복한 그 소년을 그려서 자연에서 받은 나의 감명보다 더 큰 감격을 그 소년에게서 받았음을 표상하려는 뜻이었어요. 자연계의 극치를 인간의 극치가 정복하고도 남음이 있음을 그리려는 것이었습니다. 그래서 나는 그 밤부터 그림 제작을 시작했던 거지요. 먼저 세수를 하고 어머니 앞에 가서 차 한 잔을 마신 후 다시 내 방으로 돌아와서 잠시 눈을 감고 이윽히 구상에 잠겨 있었습니다. 그리고는 곧 그림 그릴 준비를 개시했지요. 먼저 비로봉을 박은 사진을 죄다 들추어보고 그때 눈에 박힌 인상을 되풀이해보며 인물을 배치할 화면도 대강 생각해보았습니다. 그러는 중에 그 밤도 꼬박 새우고 그이튿날은 정오가 넘게 몸을 쉰 후 또다시 제작에 착수했습니다. 나는 두 다리가 붓고 머리에 현기가 나고 손이 떨려도 모르고 그림만 그렸습니다. 그날 해도 지고 밤도 깊었으나 잠잘 줄도 먹는 것도 잊어버리고 화필을 놓을 줄 몰랐어요. 그림은 화필의 움직임을 따라 깎아지른 바위산의 절벽 위에 크고 작은 바위가 놓여 있고 이름 모를 풀과 넝쿨이 엉키었으며 그 사이에 인물을 세울 자리를 두고 원경으로 산줄기와 흰 구름을 배치하여 내가 보기에 우선 훌륭한 짜임이었어요.

뒤에 남은 인물만 내 의도한 바에만 되게 그려질지가 문제였을 따름이었지요. 그러나 그 소년의 얼굴은 이미 내 눈에 박혀 있으니까 문제없으나 그의 포즈를 어떻게 할까……를 다시 생각에 자무러지게* 되었더랍니다.

자연계 극치의 미를 두 발로 힘 있게 눌러 디디고 선 씩씩하고 아름다운, 그리고 스스로 정화된 위풍이 늠름한 포즈를 생각해보는 것이었더랍니다. 생각에 지치고 주림에 못 이겨 어느 때든지 소년에게 한 포즈를 청해서 잠시 모델이 되게 하는 수밖에 없다고 결심한 후 비로소 자리에 들게 되었더랍니다. 그러나 내 머리는 혼돈하여 눈은 더욱 새롭게 뜨여져 좀처럼 잠들지 못하는데 시계는 새로 한 시를 쳤습니다. 나는 억지로는 도저히 잠이 오지 않을 것을 깨닫고 벌떡 일어나 방 안을 수없이 걸은 후 그림 앞에 서 있었습니다. 시계는 어느 결에 두 시를 치고 또 세 시를 치고 짧은 여름밤이 거의 다 새어가는 네 시가 울렸어요. 그사이에 나는 방 안을 몇 백 차례 왕래하였고 머릿속과 눈앞에는 그 소년의 가지가지의 포즈가 어지럽게 번복되고 있었더랍니다. 일순간도 끊임없이 그의 얼굴과 동작을 떠나 다른 생각은 해보지 못했지요. 새벽의 서늘한 공기가 방 안에 꽉 차고 동편 하늘가가 조금씩 말쑥해져가자 와야 될 잠은 영영 달아나고 정신은 더욱 새로워졌습니다. 나는 인물의 포즈가 결정되기 전에는 도저히 잠을 이룰 수가 없음을 깨닫고 잘 것을 단념해버린 후 어서 아침이 되면 소년을 찾아가서 또 한 시간 동안이나마 포즈를 짓는 모델로 청하겠다고 결심한 후 자리에 가 누웠지요. 비로소 그때야 내 머리에서 소년의 그림자가 사라지며 어서 아침이 되기만 기다리는 간절한 바람

| * 어떤 생각에 깊이 빠져 있는.

346

에 잠겨 있게 되었는데 어느덧 잠이 들었던 모양입니다. 급히 눈을 뜨고 휘 둘러보니 벌써 정오가 넘었고 머리맡에 보지 못하던 종이가 놓여 있었으므로 얼른 들고 보니 만년필로 얌전히 쓴 두어 줄 글이 쓰여 있으므로 놀라 들여다보았지요.

〈퍽이나 숙면하십니다 그려. 지나는 길에 잠깐 들렀더랍니다. 또 놀러 와도 좋을까요? 정규〉

라고 쓰여 있지 않겠어요. 나는 와락 일어나 계집아이를 불러 나 없는 사이에 누가 오지 않았던가 물어봤으나 전혀 모른다는 대답이었고 어머니도 아버지도 아무도 손님이라고는 오지 않았다는 대답이었어요. 나는 휑하니 내둘리는 머리를 겨우 진정하여, 그 소년이 내가 잠든 사이에 아무도 모르게 내 방에 들어왔다가 얼마간 지체한 후 그대로 가 버린 것을 깨달았어요. 가슴이 화끈해지며 나도 모르게 경대 앞으로 달려가 거울에 내 얼굴을 비쳐봤던 거랍니다. 얼마나 흉측한 얼굴로 잠을 잤을까, 그 소년이 나의 그 모양 없이 자는 꼴을 들여다보았을 터이라고 생각된 까닭이었어요. 거울에 비치는 파리한 내 얼굴을 바라보며

'아! 아! 잠이 들기 전에 세수를 할 것을……'

하고 후회했어요.

정말 당신에게 말씀드리기 부끄러운 심리입니다. 다음 순간에 나는 부끄러움을 참을 길 없었어요. 내 아들이 다녀갔다면 그렇게 당황해 거울 앞에 달려갔을 리가 없었을 터인데, 라고 생각이 든 까닭입니다. 그래서 나는 스스로 꾸짖으며 천천히 세수를 하고 밥을 먹은 후 집을 나섰지요. 부리나케 내 발은 걸어지며 성규 씨의 병원을 향해 갔어요. 병원 앞에 이르게 되자 나는 발길을 탁 멈추었어요.

"미쳤느냐! 네가 그림을 그리려는 그 정열만으로 이 집에를 오는 것이냐. 갑자기 그림에 그다지도 열이 났느냐. 만일 이 길로 소년을 대하면

어떠한 표정으로 대할 것인가. 그리고 성규 씨에게 어떠한 느낌을 줄 것인가. 네가 왜 이다지 무궤도한 감정에 끌려 광기에 가까운 생각과 행동을 감행하는고. 무슨 까닭에 며칠이나 자지도 않고 먹지도 않고 그림에 도취되었던가. 아, 아! 단순히 나는 단순히 그림에 열이 났다고만 할 수 있을까."

하고 누군가 내 귀에다 속삭이는 듯했어요. 나는 휙 발을 돌려 얼른 병원 앞을 떠나 전찻길로 나섰지요. 그때 돌아서는 가슴속이 왜 그다지 괴로웠을까요. 나는 하늘이 무너지는 한이 있더라도 요사이 며칠간 나의 모든 정열을 뒤끓게 한 그 원인이 되는 소년에 대한 생각을 무시하려고 시집이요 나의 아들이 있는 집을 향해 갔습니다. 그 집 대문 앞에 이르자 집 안에서 내 아들 석주가 무엇이라 크게 말하는 소리가 들렸습니다. 나는 또다시 두 발이 땅에 딱 들어붙는 듯하며

"네가 어미냐! 네 아들이 지금 열여섯 살이나 되었다."

라고 외치는 듯하여 나는 깜짝 놀란 듯 휙 돌아서서 달아나듯 골목쟁이를 뛰어나오고 말았어요. 내 아들에게 대할 때 지극히 청정한 어머니로서 아니면 도저히 허락할 수 없다고 내 스스로가 느꼈던 탓입니다. 비록 사정에 못 이겨 내가 재혼을 한다는 것은 부득이한 일이니 내 양심에 거리낌이 없을 것 같기도 하지마는 그날 소년 정규가 더구나 내 아들보다 단세 살밖에 차이가 없는 소년 정규, 아니 그보다도 그의 형과 약혼설이 진행 중에 있는 사이에 그에게 내 자는 얼굴이 행여 더러웠을까 염려되어 거울 앞에 부리나케 달려가던 그 마음을 가지고 내 어이 아들 석주의 앞에 나갈 수 있으리. 설령 이 순간부터 다 잊어버린다 한들 조금 전까지 이름도 없이 가슴이 괴로워 그 병원 앞까지 갔던 그 마음을 가렸던 몸이 어떻게 석주를 보랴! 하는 괴로움에 내 눈은 어두워졌어요. 허둥지둥 어디인지 걸어가다가 지나는 택시에 올라앉아 집으로 돌아오고 말았답니다.

먼저 안방으로 들어가 어머니와 천연스럽게 세상 이야기를 하는 사이에 내 마음은 저윽히 평온해졌으므로 과일을 먹고 집안일에 얼마간 시간을 보낸 후 내일은 석주를 불러다 모델을 하여 그림을 완성하리라 생각한 후 내 방으로 들어왔었지요.

방 안에 들어서자 내 눈은 그리던 화폭으로 끌려가고 대강 얼굴 윤곽만 나타난 그 얼굴은 소년 정규의 모습이 완연함에 내 마음은 전선줄에 부딪힌 듯 자르르 떨었습니다. 무의식간에 내 몸은 화폭 앞에 가 서 있는 것이었어요. 그리고 얼마 후 나는 또 경대 앞에 가 있는 것을 깨달았어요. 행여나 소년 정규가 다시 오지나 않을까 하는 영감이 있는 듯하였지요.

"아하."

다음 순간 나는 손에 쥐었던 분첩을 힘껏 경대 속에 비친 내 얼굴을 향해 때려 부순 후 와락 그림에 달려가 캔버스를 울러 매어 산산이 부수고 찢고 하려 했으나 힘이 모자라므로 가위를 찾아 화폭을 되는대로 막 베고 뚫고 해버렸습니다. 그리고 나는

"석주야!"

하고 한번 불러보았어요. 그러나 내 눈앞에 나타난 얼굴은 내 사랑하는 아들 석주가 아니고 그 소년 정규의 침착하고 부드럽게 나를 바라보는 그 얼굴이었어요. 나는 휘 한번 방 안을 살펴보고 손에 쥔 가위를 치켜들어보고 찢어진 화폭을 바라봤지요. 공교롭게도 다 찢어진 화폭에서 소년의 얼굴만은 여전히 그대로 남아 있지 않겠어요. 나는 와락 화폭을 안고한껏 울었답니다. 슬픔이 자꾸 자꾸 샘같이 솟아올랐어요. 무슨 슬픔인지 나는 알지도 모르면서…….

그 미친 듯한 내 행동을 웃으시리라. 그러나 나는 화폭을, 그 찢어지고 뚫린 화폭에 그대로 한 조각 남아 있는 소년의 얼굴 위에다 내 뺨을

포개어 온몸이 타는 듯 괴로웠어요.

그리하여 그날 저녁도 어머니 염려하실까 먹는 척만 하고 그대로 더운 방문을 끌어 닫은 채 다 잊고 잠이 들려고 뒹굴고 누웠지요. 누웠으니 똑바로 천장만 처다보이고 그 천장에는 소년의 얼굴이 있었어요. 나는 베개가 하묵이* 젖는 줄도 모르고 가슴이 타는 듯하여 턱없이 울었답니다. 철없는 첫사랑에 깨어진 어린 소녀같이!

그때 미닫이가 가볍게 흔들리는 듯하여 가늘게 들리는 인기척이 있음으로 나는 온몸이 오싹해지며 심장이 깨어지는 듯 크게 한번 뛰었어요. 벌떡 몸을 일으키며

"문 밖에 누가 있어요?"

하고 귀를 기울였지요. 그러나 창밖은 잠잠하였으므로 나는 신경이 너무나 날카로워졌는가 하여 다시 누우려 하니 문득 내 몸은 작은 새같이 날쌔게 또다시 경대 앞으로 달려가고 있는 것이었어요. 분첩이 때려 부쉈던 자리가 달을 그린 듯 주위에 분가루로 윤곽이 되어 있는 것을 얼른 한 손으로 문지르고. 그 아래 떨어진 분첩을 주워 얼굴을 대강 누른 후 벌떡 일어서 두어 번 방 안을 휘 돌아보며 찢어진 화폭을 걷어치우려고 캔버스에 손이 가자 방 미닫이가 소리 없이 열렸고 그 소년 정규의 전체가 나타나 있음을 보았답니다. 나는 그 자리에 고정된 것처럼 멀뚱히 서 있었어요.

"실례이지요. 노하십니까!"

라고 소년은 나를 바라보며 사죄하듯 서 있습니다. 나는 당황하게 내가 가져야 할 표정과 동작을 생각해내서 얼른 내 몸을 돌아보며 비로소 파자마만 입고 있음을 인식하고

| * 물기에 흠뻑 젖은 상태.

"아니 내가 도리어 실례입니다. 잠깐 눈 감아요. 내 얼른 옷 입을 게……."

라고 어색은 하나마 아이를 대한 어른답게 말했지요.

"그러면 돌아서지요."

소년은 웃으면서 새빨개진 얼굴로 휙 돌아섰어요. 나는 파자마 위에다 치마 적삼을 꿰입고

"자, 다 됐어요. 이리 봐요. 형님은 오시지 않았나?"

라고 어디까지든지 내 아들 석주의 동무로 또는 나와 결혼할지 모르는 성규 씨의 어린 동생으로 대접하려 말을 낮춰가며 소년의 곁에 가 그의 손을 끌고 방 가운데에다 앉힌 후 방문을 죄다 열어젖히며 어색하게 웃고 어색하게 명랑했으며 서툴게 어른답게 하려고 전 신경을 동원시켰더랍니다. 소년은 나의 말에 실수 없이 응대하며 같이 웃고 같이 명랑한 음성을 내면서도 간간이 나를 날카로운 눈으로 바라보는 것이었어요. 나이 든 사람같이 아니 그보다 더 침착하고 심각한 눈이었어요. 나는 소년의 그 눈을 바라보며 내 가슴속이 환히 다 들여다보이는 것 같아 숨이 막히는 것 같았어요. 그러나 나 역시 그가 일부러 어린 척하려고 애쓰는 노력을 느끼지 않는 바는 아니었습니다.

'안 될 말이다. 이대로 이 시간을 더 연장해나갈 수는 없는 일이다. 아 아!'

나는 몸이 떨렸어요. 너무나 무서웠어요. 나는 서른이 넘은 여인, 더구나 소년보다 단 세 살 떨어지는 아들이 있는 사람. 소년은 그의 형이 청춘을 희생하며 사랑하고 중히 여기는 철없는 소년이다.

아! 여보세요. 나는 이러한 생각을 하는 것조차 무섭고 얼굴이 찡그려지며 불쾌했어요. 그러므로 나는 얼굴을 찌푸린 채 묵묵한 태도로 잠잠히 방바닥을 응시하고 있었답니다. 그랬더니 소년은 갑자기 소리를 내

어 웃으며,

"왜 이랬어요. 막 찢었네! 제 얼굴이 미워서 찢었어요?"

라고 하며 우습다는 듯이 화폭 앞으로 벌떡 일어나 옮겨 가겠지요. 나는 그 소리에 번쩍 귀가 열리며 질겁*을 하고 일어서며 화폭을 막아섰습니다.

"아니야 당신의 얼굴이 아니야. 아무리 그려도 잘 그려지지 않아서 속이 상해 찢은 거야. 금강산을 그리려는 거야."

라고 변명했습니다. 소년은 물러서며 그대로 웃으며

"다 알아. 나를 아주 멍청이로 아세요? 아까 들어오면서부터 다 봤는데…… 아주 이상적 얼굴을 발견하셨다고 하시기에 저는 속으로 무척 코가 높아졌는데 웬걸 이렇게 막 찢은 걸 보니 나를 아주 밉게 여기시는 거지요. 요즘 이삼 일간 오시지 않으시기에 나는 무엇 하시는가 했더니 제가 미워서 오시지 않으신 것이었습니다."

라고 웃으면서도 원망같이 말하며 물러가 앉았던 자리로 가서 도로 앉는 것이었어요. 나는 변명하지 않았더랍니다. 변명한다면…… 아, 나는 웃음을 지으며

"어디 당신을 두고 그런 것이라고!"

하며 태연하려 했습니다. 그러나 그 영리하기 어른들보다 더 영리한 소년이 나의 마음을 몰랐을 리 만무합니다. 그는 잠잠히

"흐응, 흐응, 그래요. 네."

라고 단순하게 내 말을 긍정하면서도 그의 음성과 두 눈은 내 괴로움을 알아차리고도 남음이 있고 위로하여주고 싶은 어른다운 생각에까지 미쳐 있음이 환히 나타났습니다. 그러나 나는 꼭지로부터 그를 무시하려고만 애쓰며 소년답지 않은 그의 침착한 얼굴을 차마 바라보기 부시어 자

| * 기겁.

352

꾸 외면만 했더랍니다.

"저, 선생님. 뭐라고 불러요. 저는 아주머니라고 불러도 좋아요?"

소년은 얼른 화제를 돌렸습니다. 나는 얼른 대답이 나오지 않아 급히 세 번 네 번 고개만 크게 끄덕였지요.

"그러면 아주머니다. 아주머니! 날마다 놀러 와도 좋아요? 사랑대문이 큰 대문과 한데 잇대어 있고 안채가 돌아앉았으니까 아무리 놀러 와도 아무도 모를 것 같아요. 낮에 왔을 때는 처음이라 겁도 났지만 이제는 예사랍니다."

라고 말하는 소년의 얼굴을 나는 눈도 깜짝이지 않고 바라봤지요. 그 말이 너무나 무서웠어요. 이 영리한 소년이 행여나 잘못된 길로 떨어지지나 않을까, 하는 이러한 생각은 나쁜 소년들이나 가지는 것이라고 느꼈던 것입니다. 그러나 소년의 얼굴, 그 얼굴은 청정무구하여 조금도 불량성이 없고 자연스럽고 세련된 완전한 한 개의 자아를 가진, 밀어 던져도 나쁜 길에 떨어질 리 만무한 얼굴이었어요. 나는 놀라 마지않았더랍니다. 다만 소년의 너무나 조숙함에 놀랐던 것입니다.

"아주머니, 염려 말아요. 제가 불량소년 같다고 여기십니까! 염려 없어요."

소년은 휘, 한숨을 지으며 어느새 나의 가슴속을 들여다보며 이렇게 말합니다. 나는 어이가 없어 눈을 크게 뜬 채 그를 바라볼 뿐이었어요.

"그렇게 나를 자꾸 무서운 눈으로 꾸짖지만 마시고 좋은 이야기나 들려주세요."

라고 어리광같이 말했어요. 나는 대답이 나오지 않아 자꾸 빤히 바라보았지요.

"아주머니 저, 아주머니, 제가 자꾸 무관하게 실례되는 것도 돌보지 않고 막 마음대로 굴어도 용서하세요. 상관없으시겠지요?"

라고 나의 팔을 잡아 흔들며 조르는 것이었습니다.

"그럼! 아무래도 좋아!"

나는 이렇게 대답하는 수밖에 없었어요.

"아이, 벌써 열 시네. 형님이 염려하시겠군. 어서 가자!"

그는 벌떡 일어서더니 내가 누웠던 자리를 잠깐 유심히 바라보는 듯하더니,

"아주머니 저기 누워 주무세요? 아주 심심하시겠네."

라는 말을 남기고는 그대로 툇마루에 나섰습니다. 나는 압박되었던 공기에서 해방되려는 듯 가뿐하기도 하고 끝없이 서운하기도 하여 그의 뒤를 따라 툇마루로 나갔지요.

"아주머니."

소년은 구두를 신으려 걸터앉으려다가 나를 획 돌아보며 할 말도 없이 불러보며 선뜻 내 어깨 위에 한 뺨을 기대고 정답게 비비려는 듯하더니 얼른 그대로 건너앉아버리며

"갑니다. 잘 주무세요. 그렇지만 심심하시겠어요."

라고 잠깐 돌아서 방 안을 들여다보며 팔짱을 끼고 한번 고개를 갸웃해 보더니 획 나가버렸어요.

"잘 가오."

나는 겨우 그의 발자취 소리가 사라지자 방 안으로 돌아왔답니다.

그 방이 그처럼, 그 순간처럼 넓고 텅 빈 줄은 그때만큼 깊이 느껴본 적이 없었어요. 나는 잠깐 가슴이 아린 듯 울듯 울듯 애처로워 어린아이 달래듯 방 안을 걸어보다가 참을 수 없어 뜰로 내려갔지요. 하늘도 쳐다보고 꽃냄새도 마셔보며

'어서 자자. 내 신경이 피로했구나.'

하고 자꾸 잠이 오게 애를 쓰다가 방으로 들어왔지요. 겨우 겨우 잠이 든

때는 새로 한 시가 넘어서였답니다.

　그 이튿날 아침에 나는 누구에게 흔들려 잠이 깼어요.

　"어머니!"

　내 눈앞에 아들 석주가 앉아 있었어요. 나는 부끄러움과 죄송함과 반가움에 떨리는 음성을 진정시켜

　"석주냐, 너 왜 왔니?"

라고 물었지요.

　"그대로 왔지."

　이 대답은 나를 보고 싶어 왔다는 뜻임을 아는 터이라 나는 벌떡 일어나려 했지요.

　"어머니……"

　석주는 어리광을 피우며 일어나려는 내 가슴에 머리를 부비며 내 팔을 베고 나를 안고 누웠어요. 그리고는 어느 때나 다름없이 바쁘게 젖을 찾아 쥐며 빨듯이 대들었어요. 그전 같으면 때려주던지 밀어 던지던지 해버릴 것이었으나 그날은 잠잠히 그의 머리를 쓰다듬어 재우듯 하였지요. 이윽히 그러고 있는 사이에 내 눈에서 한 방울 눈물이 떨어져 석주의 어깨 위에 떨어졌습니다.

　"어머니! 왜 울어, 울지 말어."

　석주는 내가 우는 모양을 어릴 때부터 보아온 터이라 얼른 일어나 앉아 나를 일으켜주며 위로하는 것이었습니다.

　나는 참을 수 없어 와락 얼싸안고 말았답니다.

　"엄마, 나 이제 다 컸어. 그러니 엄마도 시집가야지…… 응! 어서 가. 그러면 나 엄마 행복하게 사는 집에 날마다 갈 테야. 내가! 응 응 엄마, 아주 훌륭하게 되어서 엄마를 행복하게 기쁘게 해드릴 수가 지금 당장 있다면 어떻게라도 해보겠지만 아직 나는 나이가 어리니까 아직 틀렸지

뭐야. 아직 차래차래* 멀었지 뭐. 그러니까 그때까지 어머니가 나를 기다리고 이러고 있는 건 잘못이야. 바보지 뭐 응? 응 그렇지……. 그러니까 어머니 나 염려 말고 얼른 시집 가. 그러면 그이 보고 나 아버지라고 불러도 좋지!"

라고 하지 않겠어요? 아비 없는 자식! 물론 석주는 벌써 나이가 그만하니까 나를 위로하려고 그러는 말이기는 하지마는 일생을 두고 아버지라는 것을 가져보지 못한 이 자식의 쓸쓸함을 생각할 때 내 가슴은 서리를 맞은 듯 따갑고 모든 오뇌가 자취 없이 사라지고 말았어요.

"엄마! 울지 말아요."

내 어깨를 잡아 흔들며 애타하는 석주를 앞에 앉히고 겨우 진정한 후 아침밥을 먹고 안방에서 어머니와 석주와 셋이서 재미있게 놀다가 사랑인 내 방으로 내려왔지요. 석주에게 여러 가지 포즈를 시켜보려는 생각이 났던 까닭입니다.

둘이서 막 방 안에 들어서니 소년 정규가 찢어진 화폭 앞에 팔짱을 끼고 물끄러미 서 있는 것이었습니다. 나는 가슴이 싸늘하게 고동치는 듯하며 그 팔짱을 끼었다가 천천히 팔을 풀어 한 손은 뒤 허리에 제껴 붙이고 한 팔은 반을 걷어붙인 채 화폭을 잡고 서 있는 그 포즈에 나는 정신을 빼앗기고 말았더랍니다. 소년은 나와 석주에게는 무관심하고 한마디 인사말도 없이 깊은 생각에 잠긴 양 묵묵히 화폭만 바라보고 서 있는 것이었어요. 석주는 방에 들어가다 말고 나를 돌아보는 것이었어요.

"들어가! 손님이야. 아니 네가 형님이라고 불러. 아주 좋은 학생이란다."

라고 횡설수설 주워대었지요. 석주는 그저 웃으며 고개만 끄덕이고 방으로 들어가므로 나는 소년의 곁으로 다가가 서서

| * 아주 멀다. 까맣게 멀다. '차리차리'로도 쓴다.

"그만 보고 이애는 내 아이니까 무엇이든 좋은 것 많이 가르쳐주어요."
라고 말했지요. 그제야 소년은 석주를 돌아보며,

"네 그러세요. 전들 뭐 압니까? 우리 동무 됩시다."
라고 석주에게 말을 건넨 후 얼굴을 붉히며 고개를 끄덕이는 석주는 그
대로 둔 채 나를 향하여

"아주머니 이 그림을 도로 그리세요. 다시 붙일 수가 없을까 하고 지
난날 새도록 연구해보았어요. 그러나 안 되는구면요. 그러니 다시 그리
시는 수밖에, 다시 그리세요."

반은 명령하듯 한 음성이었어요. 나는 고개만 끄덕여 보였답니다. 그
리고 석주 곁에 가 앉으며

"당신도 이리 와요."
하고 소년을 불렀습니다. 소년은 돌아서 물끄러미 나를 바라보더니 잠깐
몹시도 답답한 듯한 표정을 지었다 말고 내 곁에 선뜻 걸어와서 싱긋 웃
으며 퍼질러 앉았습니다.

나는 먼저 손을 들어 소년의 어깨에 얹고 또 한 손으로는 석주의 손
을 잡고 무엇이라 할 말이 있을 듯하였어요. 그러나 내 입에서는 아무 말
도 나오지 않고 무거운 침묵만이 계속되었어요. 여보세요, 당신은 소설
을 쓰시는 이니까 그때의 내 가슴속을 얼마만치라도 이해하실 수 있으신
가요? 정말 그때 내 마음 가운데 불순한 점이 있었다고 단정하시지는 말
아주세요. 가령 내가 그 소년을 동경하고 연모하여 내 나이가 소년에 비
하여 너무나 늙었다든가 또는 아무래도 그 연정을 만족시킬 수가 없으니
까…… 라고는 부디 상상도 마세요. 나는 그러한 생각은 일순간의 그림
자만치라도 염두에 두기가 불쾌했고 또 내 스스로 혹 내가 소년을 연모
하는 것이나 아닌가, 이만한 나이로서…… 라고 단 한번이라도 생각해
보기가 불쾌했어요. 나의 이 심정을 아시겠어요. 그러한 얼토당토 않는

말도 안 되는 생각은 나는 할 수가 없었어요. 그러나 보세요. 웬일일까
요. 내 가슴은 무슨 까닭에 뛰는 것이고 왜 그다지 갑갑하고 괴로운가요.
아마도 가슴이 괴롭다는 것은 그런 건가 봐요. 숨이 꽉 막힐 것 같고 갑
갑해 못 견디겠고 눈물이 꽉 차 용솟음을 치는데도 한 방울 흘러지지도
않는, 아무 까닭을 따져볼 수도 없는 그러한 가슴이었어요.

"아주머니, 나는 그림은 전혀 문외한이랍니다. 아주 몰라요, 그래도
시나 시조 같은 것이나 소설 같은 건 조금 읽기도 했어요."
하고 소년은 그의 어깨 위에 놓여 있는 내 손을 들어다 제 무릎 위에 놓
고 쓰다듬으며 말을 끄집어냈습니다. 나는 자다가 깬 것처럼 어리둥절하
며 석주에게

"너는 무엇을 좋아하니?"
하고 물었지요.

"나? 나는 엄마의 아들이니까 그림이 좋다고 할까?"

석주는 아주 어리광을 피우며 웃어대는 것이었어요. 나는 잠잠히 앉
았다가 소년에게 민망하여

"그러면 지금까지 읽은 소설 중에서 무엇이 제일 좋았어요?"
하고 물어봤습니다.

"좋은 건 하도 많으니까……. 그래도 나는 도스토예프스키의 『죄와
벌』의 라스코리니코프만치 감명 깊은 주인공은 없었어요. 그리고 시조로
는 누구보다 노산의 것이 제일이었어요."
라고 그는 제법 나이 든 사내같이 이야기하는 것이었어요.

"아주머니, 내 하나 외울 테니 들어 보세요. 석주도 들어요. '윗가지
꽃봉오리 아래가지 낙화로다. 한 나무에 붙은 것이 성쇠 어이 이러하니
꽃 아래 섞인 노유老幼야 일러 무엇하리요.' 어떠십니까."

소년은 내 얼굴을 쳐다보는 것이었어요. 나는 하마터면 눈물이 떨어

질 뻔한 것을 꿀꺽 삼키며

"석주야 너 그 뜻 아느냐."

고 공연히 필요 이상의 큰 소리를 질렀더라오. 소년은 아무 말 없이 앉은 채로 나를 바라보며 묵묵히 앉았지요. 석주는 벌떡 일어나 종이와 연필을 찾아가지고 와서

"여기 써주세요."

라고 졸랐습니다. 소년은 선뜻 연필을 들고 엎드렸다가 한 팔을 내 무릎에 걸치며 내 팔은 제 가슴 아래 깔며 종이에다 쓰기 시작하였어요. 나는 연필 끝이 굴러가는 자리를 좇고 있었지요. 그 시조를 다 쓰고 나더니 또 하나 쓴다고 하며 제목은

"할미꽃이에요."

라고 전제를 두고 난 후

'겉 보고 늙다 마소. 속으로 붉은 것을 해마다 봄바람에 타는 안, 끄지 못해 수심에 숙이신 고개 알 이 없어 하노라.'

라고 쓰고 나더니 연필을 잡은 채 그대로 종이를 덮어 이마를 내려놓으며 길게 한숨지었어요. 나는 잠잠히 그의 뒤통수를 내려다보다가 무심한 듯

"어디 봅시다."

하고 그의 이마 밑에서 그 종이를 빼내려 했지요. 그랬더니 그는 제 가슴에 깔린 내 무릎을 꼭 껴안으며

"용서하세요."

라고 하였어요. 나는 무엇이라고 해야 옳을까요? 나는 바보인 양 하하 웃었답니다. 그리고 얼른 석주에게

"자, 너 그 종이 빼앗아라. 내 거들어줄 테니."

하고 소년의 양편 목으로 손을 넣어 그의 상체를 껴안듯 일으켰지요. 석주는 재미있는 듯 깔깔 웃으며 얼른 종이를 빼들고 바쁘게 읽기 시작하

고 소년은 또 한 번 긴 한숨을 쉬고는 벌떡 일어나 앉았어요.

"어디 나 좀 읽어보자."

나는 석주와 머리를 한데 대고 다시 그 노래를 읽습니다. 소년은 잠깐 바라보더니 다시 그 종이를 받아들고 이제는 획 돌아앉아 또 무엇을 쓰더니 나의 어깨에다 머리를 얹어 놓으며

"이건 어떻습니까! 어젯밤에 외운 것이랍니다."

하며 종이를 치켜들었어요.

"이름 잊자 취한다니 못 믿을 말이로다. 잊으려 잊을진데 임 여읜다고 슬플 것인가. 낙엽이 어지러운 밤은 더 못 잊어 하노라."

나는 소리를 내어 읽었어요. 그리고 잠잠히 우리 셋은 나를 가운데 두고 서로 뺨을 눌러대고 다시 읽고 또 한 번 바라보고 하였답니다. 어느 덧 내 뺨에는 눈물이 흘러내리고 석주는 종이를 빼어 들고 저 혼자 엎드려 읽고 있으며 소년은 내 손을 힘껏 쥐며 내 뺨에 흐르는 눈물을 제 뺨에 받으며

"울면 슬퍼! 용서하세요."

라고 무엇을 사죄하는지 초조함을 못 참는 듯했습니다. 나는 얼른 눈물을 씻고

"벌써 저런 시조의 뜻을 알아?"

하고 생도를 꾸중하려는 늙은 선생님같이 물었어요.

"모릅니다. 몰라요. 그저 좋은 것 같았을 뿐입니다. 공연히 썼지! 다시는 쓰지 않을 터입니다. 잘못했어요. 용서하세요."

소년은 또 용서하라고 사죄합니다.

'무엇을 용서하랴! 소년아, 너 나를 용서하라. 내 마음이 죄에 가득하였다.'

라고 나는 혼자 가슴속으로 되씹어보았답니다. 그리고 내 마음이 더 죄

된 생각이 일기 전에 오늘에라도 성규 씨를 찾아가 약혼을 허락해버려야
겠다고 생각했어요. 물론 내가 왜 눈물을 흘렸는지 그리고 소년은 그 시
조를 무슨 의미로서 써 보임일까. 단순히 좋은 시조이니까 써 보였음이
라 하자. 그리고 그는 감격하면 내 뺨에 기대고 내 무릎을 안고……. 모
두가 소년은 어머니도 누나도 없는 고독한 생활이었다. 그러니 나를 어
머니에게 만족하여보지 못한 사랑을 찾는 것이다. 나 역시 무슨 별다른
의미가 있었으랴! 공연히 경계하고 공연히 소년의 감정에 내 스스로 감
격하고 이름 없이 눈물이 난 것이다. 이제 두 사람의 가슴속을 예리한 메
스로 해부하고 싶지 않다. 얼토당토않은 연정으로 이렇듯 감격하는 건
아니다, 아니다! 라고 나는 이를 갈 듯 입을 꼭 다물었답니다. 그리고 나
는 벌떡 일어서며 소관이 있다고 평계한 후 외출할 준비를 하였답니다.
두 소년은 일제히 손뼉을 치며
  "어딜 가세요. 우리도 따라가요!"
라고 합니다. 나는 무서운 표정을 지으며
  "안 돼! 멀리 간단다."
라고 딱 거절을 했지요. 그리고
  "둘이서 놀아요!"
하고 방을 나와버렸지요. 그랬더니 두 소년은 서로 눈으로 무엇이라 의
논하는 것 같더니
  "어서 다녀오세요. 오실 때 맛있는 것 사가지고 오세요."
라고 합니다.
  나는 무서운 가슴을 안고 집을 나서기는 했으나 갈 길이 없어 잠깐
망설인 후 어딘지 막 걸어갔습니다. 얼마를 걸었는지 내 몸은 본정통 거
리에 있었습니다. 나는 발끝으로 보도를 힘껏 차 던지고 휙 돌아서 남편
이 살았을 때 한번 가본 적이 있는 ××라는 정결한 레스토랑을 생각하고

그리로 발을 옮겨갔습니다. 벌써 점심시간이 지난 때이기는 하나 식당 안은 반 이상 사람이 차 있었으므로 나는 한옆에 가 힘없이 주저앉았지요. 그리고 두어 가지 요리를 시킨 후 가만히 머리를 두 팔에 의지하여 하염없이 앉아 있었답니다. 웬일일까요. 그때 내 눈앞에는 천진스런 석주의 웃는 얼굴과 함께 나에게 애원하듯 호소하듯 원망하듯 애틋한 얼굴로 물끄러미 바라보는 소년의 얼굴이 나를 괴롭게 할 뿐이었습니다. 나는 머리를 흔들고 눈을 감고 소년의 환영을 털어버리려 애썼답니다.

내 앞에 갖다놓는 요리 그릇 소리에 번쩍 정신이 나므로 간신히 포크를 잡았으나 하나도 입으로 가져가기가 싫었습니다. 두 소년은 점심을 어떻게 하는가. 나는 그 염려에 잠시도 그대로 앉아 있을 수가 없어 그대로 벌떡 일어섰지요.

"아하하!"

바로 내 등 뒤에서 들리는 웃음소리에 나는 두 자루의 총에 맞은 듯하여 얼른 돌아보지도 못하고 서 있었습니다.

"어머니!"

"아주머니!"

아! 아! 두 소년이 그 자리에 나타날 줄 내 어이 알았겠어요. 나는 천천히 그들을 바라보았어요.

애원하듯 원망하듯 호소하듯 입을 다물고 나를 바라보는 그 소년의 얼굴! 나는 나도 모르게 고개를 숙였습니다. 천신만고로 금강산 비로봉 위에 올라서던 그 순간에 마음과 몸이 함께 무한한 청정 앞에 무릎을 꿇던 그 순간과도 같은 감격이랄까요! 아니 그 비로봉 상상봉 위에서 자연의 극치의 미를 두 발 아래 내리누르고 서 있는 하나의 인물! 그것을 그리려던 나! 오오! 나는 그 소년의 그때 그 얼굴을 잊을 수 없습니다. 그 얼굴! 그 얼굴! 내 오래오래 이상으로 하여오던, 찾아 헤매던 그 얼굴 보세요! 나는 가슴이 떨리고 음성이 벙어리같이 나오지 않았답니다.

"누구를 기다리십니까? 방해되면 우리는 갈 테에요."

이윽고 소년은 입을 열며 나에게 다가서서 내 한 팔을 잡아 금방 쓰러질 듯한 내 몸을 지탱해주었습니다.

"……."

나는 머리를 간신히 흔들었지요.

"누구를 기다리시면 상관있어요. 오거든 우리는 가버리지. 어머니 그렇지? 우리는 어머니 뒤를 이제껏 쫓아다니며 벌써부터 어머니 뒤에 서 있었지 뭐."

석주는 걸터앉으며 떠들어댔지요. 나는 잠잠히 다시 앉으며 소년에게도 앉으라고 하였지요. 그리고 다시 요리를 명하였더랍니다.

"흐흥!"

소년은 고개를 숙이고 무엇을 생각하는지 나이 많은 철학자와 같이 아니한 많은 시인과도 같이 혼자 잠잠히 고개를 끄덕이며

"흐응, 흐."

하는 탄성을 내뿜고 있습니다. 그 태도는 너무나 소년답지 않았습니다. 그는 벌써 내 가슴속을 훤히 다 들여다보고 있는 것 같았습니다.

"흐음."

하는 그 탄성은 진리를 탐구하는 철학자가 때때로 스스로 긍정하는 그러한 종류입니다. 나는 소년의 그 탄성을 들을 수가 없었답니다. 너무나 내 속을 뚫고 들어오는 것 같았어요. 겨우 식사를 마치고 그 집을 나서자 소년은 발을 멈추고 지나가는 택시를 세운 후

"타세요."

하고 명령같이 말했습니다. 나와 석주는 로봇같이 아무 말 없이 올라앉

았습니다. 그는 내 옆에 앉으며

"한강으로."

라고 명합니다. 석주는 좋아라고 손뼉을 쳤으나 나는 이 뜻하지 않은 소년의 태도에 어리둥절했습니다. 그러나 소년은 조금도 움직임 없이 깊은 생각에 잠긴 양 팔짱을 끼고 무릎만 내려다보고 있었습니다. 나는 몸에 소름이 쫙 끼쳤어요.

"자동차를 돌려주세요. ××동으로."

라고 나는 참다못하여 운전수에게 말했습니다. 그러나 소년은 잠잠히 그대로 앉아 있었어요. 그 길로 우리 집까지 셋이 함께 돌아오게 되었답니다.

나는 옷을 갈아입지도 않고 그림을 그리려는 듯이 서두르기도 하고 안방으로도 건너가고 석주에게 쓸데없이 설교도 하고 점잖은 어머니답게 서둘렀지요.

석양이 되어 석주와 함께 소년은 돌아갔습니다. 나는 그 자리에서 더 참을 수가 없었습니다. 나는 금방 뛰어나가 소년의 뒤를 따르고 싶었습니다. 내 방에 들어가니 넓은 사막에 간 것 같이 공허하고 애끓었어요.

나는 내 마음을 꾸중하며 손가방에 행장을 수습하여 어머니께 허락을 받은 후 그 자리에서 집을 떠났습니다. 떠날 때는 금강산으로나 바다로나 멀리멀리 가보려고 생각했던 거랍니다. 그러나 내 손에 쥐인 차표는 불과 서울을 백 리 남짓 떠난 ×× 가는 것이었습니다. 나는 그날 밤에 ××역에서 ××산꼭대기에 있는 조그마한 절을 찾아 험한 산길을 무서운 줄도 모르고 올라갔습니다.

그 조그마한 암자에 당도하였을 때에는 벌써 열 시가 넘었으나 단 혼자 있는 늙은 여승은 반갑게 맞아주고 따뜻한 저녁까지 지어주셨습니다. 그리하여 나는 그 밤을 꼬박 여승 앞에서 새우고 이튿날 새벽부터 그 산꼭대기를 헤매기 시작했습니다. 육체의 피로로 말미암아 정신의 괴로움을 잊어버리려는 뜻이었어요.

'돌길이 좁고 험해 홀몸도 어려워 늘 무거운 세상 시름 지고 안고 무삼일고.'

하는 시조 생각이 문득 나며 내 가슴은 아팠습니다. 보세요. 이상합니다. 내가 그때까지 그렇게 괴로워해본 적이라곤 없었답니다. 공연히 이름도 없는 그 괴로움, 다만 소년의 그 얼굴이 내 눈에 떠오르면 내 가슴은 괴롭습니다. 답답하고 서럽고, 기쁜 듯 애끓는 듯합니다. 이 웬일일까요. 소년을 그리는 연정이라고는 부디 생각지 마세요. 나는 연정이라고는 머릿속에 잠시라도 생각해보기 불쾌합니다.

그 얼굴 눈앞에 그리며 가슴 괴로운 그것뿐입니다. 그 심리를 예리한 메스로는 부디 해부하려 마세요.

나는 그날 해가 지고 어둡스리*하게 저물 때 그만 가슴에 애가 똑똑 끊어지는 듯했습니다. 목구멍이 꽉 막히는 듯도 했어요. 산꼭대기 바위에 기대어 섰다가 나는 발을 탁탁 굴렀어요. 아! 못 견딜 일이었어요. 참을 수가 없었어요.

무엇을 못 견디겠으며 무엇을 못 참아 그다지 애끓었는지 난 모릅니다. 그 소년의 얼굴을 보고 싶어 그런 것도 아니었어요. 그렇지 않고 또 다른 의미로 소년과 한자리에 있기를 원하는 마음도 아니었어요. 다만 눈앞에서 나를 바라보는 그 소년의 환영을 바라보며 나는 발을 구르고 가슴을 쥐어뜯고 머리를 부딪치고 못 견뎌해야만 되는 것 같았어요.

왜 웃으십니까? 당신은 내가 오랜 독신 생활을 계속해온 까닭에……라고 생각하십니까? 아! 아니꼬워!

제발 그렇게 생각하지 말아 주세요. 나는 소년을 머리에 그릴 때 이

| * 어둠이 내려 덮이며 조금 컴컴해지는 무렵.

성적 무슨 흥분을 상상해보지 못했습니다. 다만 그의 얼굴을 내 눈앞에 그리며 내 가슴이 괴로울 따름입니다. 아니 괴로움이란 말로써 표현할 수 없는 단순히 괴롭다고만 표현할 수 없는 기묘한 마음의 동요입니다.

그러나 나는 참았답니다. 잔인한 악마같이 나는 내 마음의 그 안타까워 못 견뎌 하는 양을 꾹 누르고 있었던 거랍니다.

그렇게 또 하루가 지났습니다. 나는 그 산중에서 내 몸과 혼이 고갈되어 티끌같이 흩어지는 한이 있더라도 내 가슴이 평온해지기 전에는 세상 밖에 나가지 않을 결심이었습니다.

산채를 반찬 삼아 점심을 먹은 후 나는 또다시 육체를 피로하게 하기 위하여 산속으로 들어갔습니다. 이리저리 계곡을 끼고 돌부리에 쉬어가며 새소리도 듣고 바람결에 위로도 받으며 작고 그늘진 바위 위에 걸터앉아 계곡물 소리에 귀를 기울이며 한결같이 소년의 얼굴을 눈앞에 그려보고 있었습니다. 벌써 이 산중에 온 지가 사흘이나 되었고 그만치 종일 헤매고 돌아다녔으니 몸의 피로는 비할 데가 없었습니다. 그러나 몸이 너무 피로하면 생각할 틈이 없으리라고 연상하였던 것은 틀린 생각이었나 봐요. 내 가슴은 조금도 변함없이 안타깝고 내 마음의 안심은 까마득하게 얻기 어려웠습니다. 나는 혀를 차고 고달픈 몸을 일으켜 차라리 절에 돌아가 편히 누워보려고 생각했습니다.

두어 걸음 암자를 향해 돌아오는, 내 눈에는 커다란 참나무 가지 사이에 그 소년의 얼굴이 있었습니다. 나는 물끄러미 바라보며 눈을 감았다 떴다 하며 걸어갔습니다. 내 눈앞에 나타난 그 환영에 나는 한 걸음 한 걸음 가까이 가는 것이었어요. 그랬더니 아!

"아주머니!"

그 참나무 가지 사이에서 나를 바라보던 그 소년의 환영이 나에게 달려오며 소리치지 않았겠습니까? 그 순간 나는 내 정신의 착각에 두 귀가 꽉 막히는 듯하였어요. 나는 내가 정신 이상에 걸렸구나! 하고 가슴속으로 외쳤답니다.

"아주머니 왜 여기 오셨어요. 나는 얼마나 찾았는지!"

소년은 내 어깨를 휩싸 안으며 내 뺨에 무수히 입 맞추었습니다. 나는 멀거니 서 있었지요. 눈물도 흐르지 않더구려.

"나는 아주머니가 어디로 가신가 하여 미친 듯이 헤매었지요. 그랬더니 오늘 아침 석주 군이 아주머니가 이리로 가 계신다는 엽서를 보여주겠지요."

소년은 나를 어린아이 만지듯 이리저리 돌려보며 흔들어보고, 따로 세워보고 안아도 보고 입 맞추어도 보고 하는 것이었습니다. 내가 이 산으로 올 때 이 산 앞 정거장에서 아무에게도 가르쳐주지 말라고 한 후 그곳에 와 있다는 간단한 엽서를 집으로 보냈더니 석주가 그 엽서를 가져다 그 소년에게 보였던 것인 줄 깨달았습니다. 나는 내 스스로 가슴속을 좌우할 수 없어 묵묵히 서 있었답니다.

"나는 다 알아. 글쎄 아주머니, 나는 다 안다니까요! 내가 미워서 이리로 숨으셨지 뭐, 나를 미워해서……."

소년은 그러면서도 그 두 눈에 기쁜 빛이 가득해 있었답니다. 나는 무엇이라고 하나요? 잠잠히 서 있었지요! 그 소년의 머리를 내 가슴에 한껏 껴안아버리고 싶은 것을 참았답니다. 장승같이 멀거니 참았답니다.

"아이 저것 보세요. 아주머니 저것 봐요."

소년은 내 얼굴을 두 손 사이에 넣어 치켜들어 나무 위를 보여줍니다. 나뭇가지에 이름 없는 두 마리 새가 정답게 지저귀며 가지런히 앉아 있습니다. 우리는 모든 것을 잊고 모든 것을 다 잊어버리고 꼭 껴안았답니다. 서로 뺨을 마주 대고…….

그리고 우리는 그대로 얼마를 서 있었는지 해님은 숨어버리고 석양의 붉은 노을이 아! 석양의 붉은 노을이 나뭇가지 사이로 찬란하게 우리를 비춰주었어요. 꼭 지금 저 노을과 같이 몹시도 아름다웠답니다. 우리는 감격에 떨리는 가슴을 제각각 부여안고 마주 손을 잡은 후 암자로 돌아왔답니다.

"나는 가야 돼요. 형님이 기다리세요."

소년은 애처로운 얼굴로 일어섰습니다. 정거장까지 십 리가 넘는데 어떻게 돌아갈까……. 나는 가슴이 어두워졌답니다. 그러나 그를 붙들 수 없었답니다.

그는 어두운 산길을 쾌활하게 웃어 보이며 내려가버렸어요. 나는 참을 수 없어 방 한가운데 가 우뚝 서 있었습니다. 얼마를 서 있었는지 내 눈에서 눈물이 얼마나 흘러내렸는지 나는 소리도 없이 울었답니다.

무엇을 울었는지 모릅니다. 묻지 마세요. 그 밤은 어떻게 새웠는지 그 이튿날 아침이 되었어요. 나는 산으로 헤맬 것도 잊어버리고 여승의 염려하는 얼굴을 무감각하게 바라보며 정오 가까이 그렇게 앉아 있었답니다.

"아주머니……."

아! 소년은 또 왔던 거랍니다. 그는 방 안에 들어오지도 않고

"아주머니 나는 곧 가야 돼요. 오후에 형님과 할 일이 있답니다. 한 시 오 분에 떠나는 기차를 타고 돌아가야 한답니다."

소년의 얼굴은 밝은 태양같이 빛났습니다.

"아아!"

그는 기쁨을 못 참아 했습니다.

"아주머니, 손 한번 쥐어주세요. 곧 갈 테니."

소년은 창턱으로 두 손을 내 앞으로 내밀었습니다. 나는 몹시 노한 얼굴을 지었습니다.

"왜 왔어? 이 먼 데 산길을 십 리 밖에서 왔어. 곧 돌아갈 걸 왜 왔어요?"
라고 꾸짖었답니다. 그때 내 마음속을 이해하십니까?

"그래도! 그래도 왔지 뭐. 곧 갈 테니 노하시지 마세요."

소년은 원망스럽게 나를 바라봅니다. 나는 와락 그의 앞으로 달려가
그의 얼굴을 얼싸안았답니다.

"노한 것이 아니야. 공연히, 어저께 오고 오늘 또 왔어. 또 급히 돌아가
고 하면 병날 것이니까, 응? 앞으로는 절대로 오지 말아요. 오면 안 돼."
라고 달래듯 타일렀지요.

"응! 안 올 테야. 정거장에서 삼십 분 걸었답니다. 막 달음박질쳤지요.
형님은 어디 가느냐고 야단이었지만 대답도 하지 않고 튀어나왔어요."

소년은 웃으며 이야기하는 것이었습니다.

"아이, 시간도! 가야 되겠네!"

한번 발길로 땅바닥을 차고 난 후

"아주머니 나는 참을 수 없어요. 내일 또 올지 모른답니다."
하는 말을 남기고 획 돌아섰습니다. 나는 벌떡 일어나 밖으로 내달으며
그의 뒤를 따랐습니다. 그러나 소년은 돌아보지도 않고 막 달음질을 쳐
내려갑니다. 험한 산길을 날랜 맹호같이 이리 뛰고 저리 뛰며 몸을 날려
잠시간에 산모롱이 저쪽으로 사라져가고 말았습니다. 나는 꿈같았습니
다. 그러나 내 몸에는 소름이 끼쳐요. 지금까지 그처럼 온순하고 정직하
던 소년이 행여나 제 형에게 거짓말하는 것을 생각해내지 않을까, 하는
여러 가지로 소년에게 좋지 못한 영향이 되지나 않을까, 하고 나는 깊이
생각하였더랍니다.

그 이튿날 나는 행여나 또 소년이 올까 두려워 아니 그가 옴으로 말
미암아 내 감정이 무궤도를 좇을까 두려워 아침을 먹은 후 얼른 방 안을
치워놓고 여승에게 소년이 오거든 지난밤에 집으로 돌아갔다고 말하도

록 부탁한 후 산속으로 숨어 들어갔더랍니다. 아! 나는 여승, 부처님께 몸을 바친 그 성스런 일생을 가진 여승에게 거짓말을 가르쳤더랍니다. 나는 괴로운 가슴을 안고 깊숙한 바위틈에 끼어 앉아 해지기를 기다렸답니다. 새들은 나를 나무등치로 알았는지 내 곁으로 날아가며 몹시도 우짖어요. 나는 수도하는 성자같이 그대로 앉아 박혔답니다.

하루 동안이란 길기도 하고 지나고 보니 짧기도 하여 어느덧 선뜻한 기운이 스며드는 것을 보아 석양이 가까웠음을 알았습니다.

"아주머니……."

"아주머니……."

산곡을 울리며 날 부르는 소리가 화살같이 내 두 귀에 날아와 꽂힙니다. 나는 내 스스로 참는 그중에 참았다는 승리감에 잠겨 있었던 터입니다. 나는 대답 대신 몸을 굽혀 바위 그림자에 숨어버렸습니다.

"아주머니……."

그 부르는 소리에 내 뼈는 잘으륵촬우룩* 무너지는 듯하였답니다. 그러나 입술을 꼭 깨물고 두 귀를 꼭 막았습니다.

"아주머니……."

"아주머니 왜 이러고 계세요?"

소년의 음성이 내 귓결에 닿았습니다.

"아주머니……."

소년은 불길한 예감에 엄습을 당했는지 와락 내 어깨를 안아 일으켰습니다.

"아주머니……."

한없이 흘러내린 내 눈물을 소년은 내려다보며 고함쳐 불렀습니다.

| * 무너지는 소리를 강조한 영천 사투리. 자르르.

나는 숨을 쉬지 않고 그대로 질식하여 숨을 끊어버릴 결심이었답니다.

"아주머니 싫어. 난 다 알아요. 내 말을, 나도 아주머니께 꼭 할 말이 있어요. 내 말을 들으세요, 네!"

안타깝게 내 가슴을 뒤흔들었답니다.

나는 그의 두 팔을 뿌리치고 일어섰습니다.

"왜 왔어! 나는 고요히 생각할 일이 있어 이러고 있는 거야!"

하고 몹시 성을 내며 눈물을 되는대로 홈쳤습니다.

"아주머니 노하시지 말아요. 나는 어립니다. 아직 어린아이예요. 그러나 남자랍니다. 사나이에요."

소년의 음성은 떨렸습니다. 나는 참을 수가 정말 없었답니다.

"정규! 내 말 들어요. 나를 괴롭게 말아. 이렇게 나를 찾아다니면 당신의 장래가 어떻게 되는 거예요. 나를 찾아와도 좋은 건 배울 것 없고 나쁜 것만 알게 되는 거니까 다시는 나를 찾지 말⋯⋯."

라고 겨우 이렇게 타이르듯 했지요.

"아주머니, 내 나이는 어린애지마는 나도 사나이에요. 내가 해서 좋고 그른 것을 모를 내가 아니랍니다. 아무리 나를 나쁜 구렁으로 밀어 넣어도 나는 빠지지 않을 자신이 있답니다. 그리고 아주머니께 좋지 못한 것을 배운다고 하시지만 나는 세상에 악한 것이나 선한 것이나 모조리 있는 대로 다 알고 다 배우겠어요. 내 나이 어려서 악한 영향이 될까 두려워 마세요. 나도 어느 때까지 어린애로만 있을 게 아닙니다. 어느 때 누구에게서든지 배우고야 말 것이니까 형님이 나를 불량해질까 염려하실지 모르나 나는 우스워요. 모든 것은 내가 착한 사람이 되고 안 되는데 있으니까 아주머니 까닭에 착하게 될 내가 악하게 될 리 없습니다."

소년은 어른 같은 어조였습니다. 나는 잠잠히 들었어요. 과연 소년은 제 말과 같이 한 개의 자아를 파악한 성인이었어요.

"여승님이 아주머니가 집으로 돌아가셨다고 하지마는 나의 이 육감이 번쩍하여 아무래도 이 산속에 계실 것만 같았어요. 정오 때부터 지금까지 이 산속을 모조리 헤맸답니다."

소년은 제 할 말을 다 했다는 듯 웃는 얼굴로 나를 이끌어 암자로 돌아왔습니다. 벌써 시계는 여섯 시입니다. 일곱 시에 떠나는 기차를 타야 될 소년입니다. 소년은 잠깐 몸을 쉰 후 일어섰습니다.

"아주머니, 정말 울지 말고 계세요. 내일 또 올 터입니다. 나 까닭에…… 아주머니 죄송합니다. 용서하세요."

소년은 표연히 이 말을 남기고 떠나갔습니다. 그는 점심도 굶고 온 산을 헤매다가 이제 또 걸어갑니다. 그러나 그의 얼굴에는 괴로운 빛이 없었어요. 몇 분 동안이나마 나의 얼굴을 마주 볼 수 있다면 어떠한 고초와 장애라도 걷어차겠으며 얼마나 오랜 괴로움이라도 우리 둘이 함께 할 단 일 분간을 위하여 그는 노력 분투할 것 같았습니다.

그 이튿날 정오 때쯤 하여 그는 또 왔습니다. 그의 얼굴은 수척하고 전신에 기운이 빠진 듯했습니다. 내 얼굴을 바라보자 그는 달려와 기쁘게 웃고 즐거운 새소리를 들으며 내 손을 잡아 흔들고 서늘한 바람이 불어오면 내 뺨에 기대며 철없는 듯 우리는 웃고 이야기하고 시간을 보냈습니다. 우리는 무척 즐거웠습니다. 괴로워할 것도 염려할 것도 아무것도 없었어요. 내가 무엇을 그다지 괴로워했는지 알 수 없었답니다.

우리는 다만 그러고 있기만 하면 그만입니다. 그 외에 다른 아무 욕망이 없었어요. 그는 어린아이처럼 되려고 애쓰고 나는 늙은 어른같이 보이려 애쓰고, 그러면서도 모든 것을 잊고 함께 감격이 되는 이야기가 나올 때는 서로 뺨을 기대고 하였답니다. 즐거운 시간이었습니다.

내가 나이 많은 것을 잊고 그가 어린애처럼 보이려 애쓰지 않는 그런 순간이 올 것만 같아 나는 가슴을 괴롭게 하기 시작했던 것입니다. 그 생각마저 즐거운 것이었어요.

이렇게 우리는 또 하루를 보내고 난 후 나는 집으로 돌아왔답니다.

돌아오던 그 이튿날 성규 씨에게서 엽서가 왔습니다. 그 엽서에 정규 소년이 앓는 중이니 미안하나 한번 오셔주시기 바란다는 것이었어요. 나는 마음에 동요를 억제하며 병원에 가보았습니다. 성규 씨는 반갑게 나를 맞아 이 층으로 올라갔어요. 과연 소년은 얼음 베개에 누워 앓고 있었습니다. 내 두 다리는 떨리고 가슴은 불덩어리를 먹은 듯했습니다.

"아주머니! 아주머니!"

소년은 나를 부릅니다.

"왜 이러오."

나는 간신히 그의 곁에 가서 앉았습니다. 그리고 소년의 손을 잡았지요.

"아주머니 염려 마세요. 곧 낫습니다. 형님도 염려 마세요. 그저 열이 좀 났을 뿐인데……."

소년은 열심히 그의 형과 나를 안심시키려 했습니다.

"아주머니, 미안하지마는 내 곁에 있어주세요. 나는 아주머니가 곁에 있으면 곧 나아요."

하고 어리광같이 애원합니다. 나는 고개를 끄덕여 보였습니다. 성규 씨는 나에게 죄송한 듯

"너 그렇게 고집부리지 마라. 아주머니도 몸이 약하신데 어떻게 네 간호를 하시니."

하고 소년을 꾸중합니다.

나는 성규 씨에게 염려 말라고 한 후 소년의 베개도 고쳐주고 이불도 다시 덮어주고 했지요. 소년은 가끔 내 손을 더듬어 쥐고 감격에 찬 한숨을 내쉬며 열에 뜬 붉은 눈으로 물끄러미 바라보고 하는 것이었습

니다.

그날 밤입니다. 해열제를 먹인 후 주사를 놓아 겨우 잠이 든 소년의 곁에 앉아 있는 나를 성규 씨는 손짓으로 밖으로 나가기를 청했습니다. 나도 피로하여 잠든 그를 홀로 눕혀둔 채 성규 씨와 아래층으로 내려왔습니다.

기막힐 일입니다. 성규 씨는 정규가 나를 그리워하는 것을 단순히 자기를 위하여 다시 말씀하면 성규 씨와 결혼하게 하려고 하는 어린 수단으로 여기는 모양이었습니다. 나는 뭐라고 말할 수 없었답니다. 그리고 그 자리에서 그와 결혼할 것을 허락했던 거랍니다.

내가 성규 씨와 결혼하게 되는 날 나와 소년은 완전히 구원을 받을 것으로 생각된 까닭입니다. 나와 소년은 어느 때라도 한집에 살 수 있고 서로 사랑할 수 있고 그러면 양심에 죄 있는 생각이나 잡념이 없이 순수한 육친의 사랑에 잠길 수 있으리라고 나는 생각했던 거랍니다. 소년도 얼마나 기뻐하랴! 언제든지 나와 한집에 있게 될 테니까.

나는 무척 기뻤습니다. 물론 성규 씨도 기뻐했어요.

소년은 그 이튿날 오후부터 열이 내리기 시작하여 사흘째 되는 아침에는 완전히 일어나게 되었습니다.

나는 그날 점심을 두 형제와 함께 먹고 집으로 돌아왔습니다. 돌아와서 막 옷을 벗으려는데 소년이 뒤쫓아 와 몇 번이나 감사하다는 인사를 한 후

"아주머니 꼭 제가 드릴 말이 있어요."

라 했습니다.

"무슨 말?"

나는 태연하게 반문했지요.

"내가 말하지 않아도 아시겠지……."

소년은 얼굴을 붉히는 것이었습니다.

"말해야 알지 나는 당신만치 영리하지 못해서 모르겠어요."

라고 했습니다.

"싫어요. 아시겠지 뭐! 알아주셔야 해요."

소년은 부끄러운 듯 내 어깨에다 이마를 문질렀습니다.

"할 말은 무슨 할 말이야. 다 그만두고 집으로 돌아가 편히 누워 계세요. 또 앓으면 안 돼!"

나는 웃어 보였답니다. 소년은 이윽히 내 방에 궁굴며* 즐거운 듯 책들을 펴보며 놀다가 돌아갔습니다. 나는 그날 밤 가슴이 갑갑하여 견딜 수가 없었습니다. 아무리 풀어도 풀 수 없는 산술 문제와도 같이 성규 씨와 나의 결혼이 이 갑갑한 가슴의 열쇠가 되지 못하는 것만 같았어요.

그러나 나는 무리를 해서라도 하나에 하나를 보탠 것이 셋이라는 답이 나와도 그것을 그대로 옳다고만 하려고 애쓰며 그날과 또 이튿날을 보냈던 것입니다.

이날 성규 씨가 찾아왔습니다. 결혼 청첩을 인쇄해가지고 온 것이었어요. 나에게 백여 장 갈라놓은 후

"아는 분에게 보내세요. 나는 제일 먼저 정규에게 한 장 보낼 터입니다."

라고 하였어요. 그는 아우에게 자기의 결혼을 알리기 부끄러워 그대로 숨긴 채였던가 봐요. 그는 기쁜 듯 여러 가지 결혼에 대해서와 결혼 후에 대하여 이야기한 후 돌아갔습니다. 나는 몹시 슬펐습니다. 기뻐야 할 결혼을 앞에 두고 왜 그렇게 슬펐을까요.

나는 하나에 하나를 더하여 셋이란 답을 써놓고 왜 둘이라고만 긍정하려느냐? 하는 괴로움에 가슴을 짓찧었답니다.

| * 뒹굴며.

아! 나는 그만 벌떡 일어나 성규 씨가 두고 간 그 청첩장을 온 방 안에 힘껏 내뿌리고 말았습니다. 그리고 그 위에 엎드려서 실컷 울었지요.

울다가 일어나니 아아! 그 소년이 창백한 얼굴로 손에 그 청첩장 한 장을 구겨 쥐고 벌벌 떨며 서 있지 않습니까!

나는 얼른 눈물을 닦고 바쁘게 웃는 얼굴을 지었답니다. 그리고

"기뻐해주겠지요? 이제는 실컷! 아니 한집에 살 수 있지 않아?"

하고 말했습니다. 내 가슴은…… 아니 당신께서도 상상하실 수 있으십니까? 나는 모순이라고 비웃으십니까? 결국 소년에게, 아니 우리는 연애를 하였던 것이라고 보십니까? 아! 아!

아니랍니다. 나는 소년과 결혼한다고 치더라도 기뻐할 리 없습니다. 나는 이후라도 그런 꿈을 생각하지 않았어요. 그저 슬펐던 거랍니다. 소년은 입술을 깨물더니 나를 뚫어지게 바라보았어요. 그리고는 힘없이 주저앉더니 후, 한숨을 내쉰 후

"흐응, 흐응!"

하고 그의 버릇인 그 탄성을 내며 이윽히 고개를 숙이고 앉아 있었습니다.

"아주머니…… 용서하세요."

"흐음."

그는 이윽히 고개를 내려뜨리고 있다가 벌떡 일어서서

"아주머니, 나 까닭에 사랑하지도 않는 형님과 결혼하시렵니까? 나는 잘 알겠어요. 나는 아주머니를 잘 압니다."

라고 부르짖듯 외쳤습니다. 나는 그대로 무표정한 얼굴로 꼭 서 있습니다.

"아주머니……."

소년은 두 번 더 부르지 못하고 그 자리에 넘어질 뻔하다가 겨우 고쳐 서서 밖으로 나가버렸습니다. 나는 멍하니 선 채 아무 생각도 나지 않고 괴롭지도 서럽지도 답답하지도 않은 무상무념의 상태였습니다.

그 후 소년의 자취는 사라졌습니다. 나는 그대로 감각을 잃은 사람처럼 날을 보냈습니다. 그러자 결혼식 날이 다가왔어요. 그 전날 밤을 꼬박 방 가운데 선 채 새우고 난 나는 날이 새자 대문 밖으로 나가고 싶은 충동에 못 이겨 대문을 나섰습니다. 바로 대문 밖은 좁은 길이 있고 그 길에 평행하여 개천이 흐릅니다. 그 개천을 나는 내려다보았습니다. 그곳의 물이 깊다면 나는 금방 뛰어들고 싶었어요. 그러나 높기만 하고 물은 조금씩 흐르고 있을 뿐이었어요. 나는 이윽히 개천 둑에 서 있었습니다. 가슴이 적이 평온한 것 같았습니다.

"아주머니……."

나는 고개를 번쩍 들었지요. 아, 나를 부르는 그 음성…….

나는 개천 저편 둑에서 나를 향해 걸어오는 소년을 바라보자

"아."

소리를 치고 앞으로 내달았어요. 소년도 두 손을 앞으로 내밀고 내달았어요. 우리는 그 순간 모든 것을, 모든 것을 다 잊었고 다 초월했답니다. 그 찰나에 우리의 괴로움도 번뇌도 다 사라지고 없어졌답니다.

아! 그러나 그 다음 순간 우리 두 몸은 개천 한가운데 떨어져 있었던 거랍니다. 그와 나는 그 순간 우리 사이에 있는 그 개천을 잊어버리고 그 개천 위를 내달렸던가 봐요. 우리는 다 함께 까무러쳐서 인사불성에 빠졌던 거랍니다.

그리하여 둘이 함께 구원을 받아 응급치료를 했으나 나는 늑골 한 개를 부러뜨렸고 소년은 가슴에 타박상을 입었으나 별로 상한 데는 없었답니다.

나는 더 듣고 있을 수 없었다. 그 찬란하던 노을도 이제는 거의 사라지고 어둠이 우리를 감싸오고 있었다. 나는 여인을 바라보았다. 그는 눈을 내리깐 채 잠잠히 입을 다물고 있을 뿐이다.

"아하."

나는 길게 한숨을 쉬고 여인을 위로하려 했으나 그는 조금도 움직이지 않음으로 내 가슴은 더욱 갑갑하였다.

"보세요. 이것은 얼마간 간수하여 주세요. 필요를 느낄 때가 있을 것입니다."

하며 그는 단단히 봉한 봉투 한 개를 나에게 주었다. 나는 말없이 받아 들며

"집으로 갑시다. 가서 더 이야기하세요."

하고 먼저 일어섰다. 여인은 잠깐 머뭇거리다가 단념한 듯 일어서 내 뒤를 따르는 것이었다.

그날 밤에 달은 몹시 밝고 서늘하기도 하여 나는 그 여인과 더불어 뜰 가운데 평상을 내놓고 다시 이야기를 계속하였다.

그의 이야기를 들으니 그는 개천에 떨어진 후 그 길로 병원으로 실려 가 삼 개월간이나 입원하여 겨우 거동하게 되자 어느 날 아무도 모르게 병원에서 도망하여 나왔던 것이었다. 물론 병원은 성규의 병원이 아니었다. 정규 소년은 제 몸이 나은 후는 날마다 남의 눈을 피하여 찾아왔으나 여인은 그가 찾아오는 것이 괴로워 달아났던 것이라 하였다.

여인과 나는 그 밤에 좀처럼 잠을 이루지 못한 채로 그가 병원에서 빠져나온 후 오늘까지 몸을 숨겨 깊은 산골과 인적 없는 벌판을 헤매며 그래도 씻지 못할 괴로움을 씻으려 괴로움과 싸우는 이야기를 하다가 나는 잠이 들어버렸다.

얼마를 자다가 나는 문득 잠이 깼다. 달그림자에 베개에 턱을 얹고 하염없이 눈물짓는 여인의 얼굴을 보았다.

"주무세요."

하고 나는 위로하듯 말을 건넸다.

"네."

여인은 조용히 눈물을 씻고 누웠다.

"보세요. 당신은 왜 그다지 그 귀한 일생을 눈물 속에서 썩혀버리시렵니까?"

나는 가슴에 가득한 말을 어떻게 무엇이라 표현할 수 없어 이렇게 말해보았다.

"네. 저 역시 내 삶이 귀한 줄 압니다. 그러기에 자살을 하지 않는 거랍니다. 나는 항상 내 손가락 하나를 희생하여 천 사람의 생명을 구할 수 있다 하더라도 선뜻 내어주지 못할 만치 내 몸을 중히 여겼어요. 나는 기어이 재혼을 해야 될 처지였고 그 많은 사내들의 간절한 구혼이 있어도 그대로 내 고집대로 살아왔어요. 내 스스로가 결혼이 필요할 때까지 나는 누가 뭐라고 말해도 끄떡도 하지 않은 성질이었어요. 그렇지만, 그렇지마는 이제는 내 그 귀한 생명을 바쳐서라도 그 소년을 위하려는 거랍니다. 내 마음이 이러한 결심을 하게 되는 날부터 행복했고 위로받을 수가 있고 해결이 되는 것이었어요. 나는 이름 없는 슬픔에 잠겨 산속을 헤매다가 문득 느낀 바가 즉 나는 그 소년을 위하여 생명을 던지리라는 것이었어요. 내 괴로움의 실마리는 이 결심으로써 풀어진 거랍니다. 이제는 흐르는 눈물도 행복한 것 같고 괴로운 환영도 나에게 즐거운 듯합니다. 위로가 되어요."

여인은 길게 한숨을 지었다.

어디서 새벽 닭 우는 소리가 들려오며 내 눈에서 한 줄기 눈물이 흐름을 깨달았다.

《여성》, 1939년 11월~1940년 2월

상금 삼 원야

흠씬 익은 수밀도水蜜桃 달콤한 냄새에 정 첨지 혓바닥은 꼬부라질 것 같아지며 꿀떡 마른침이 삼켜졌다. 종알종알 매달린 복숭아들은 마치 정 첨지의 염치없는 구미를 조롱이나 하듯이 살그머니 코끝을 스쳐 달아나서는 얼른 가지 사이에서 방긋방긋 손짓을 하였다. 문간을 향하여 걸어가는 첨지의 발끝은 복숭아나무 편으로 자꾸 가재걸음이 되었다.

"히."

첨지는 침을 또 한 번 슬쩍 삼키고 억지로 송원 과수원松院果樹園 문간을 나서며 회심의 미소를 하였다.

"내가 이렇게 먹고 싶을 때 다른 사람들인들 오죽하겠나. 온종일 땀 흘리고 말라붙은 창자로 한 개쯤이야 손이 안 나갈 리가 있나. 죽도록 일을 해도 하루 삼십오 전 벌이밖에 안 되니 차라리 일하지 않고 놀면서라도 해볼 일이다. 돈 삼 원이 적은 것이냐 말이다. 암, 웬 떡이냐. 횡재로구나. 돈이 삼 원이라, 보리 한 말에 사십오 전이니 닷 말은 팔 것이고 간청어도 짭짤한 것 몇 마리 사고 시원한 막걸리도 몇 잔 들이켜볼 수 있단 말이야."

첨지는 이렇게 중얼거리며 손에 삼십오 전이라고 쓴 표 쪼가리를 꽉 쥐고 얼른 자기 집으로 달려갔다.

그는 그날, 송원 과수원에서 품팔이를 하고 돌아오는 것이었다. 이십 명 넘는 품팔이들이 그날 품삯인 표 쪼가리를 죽 한 장씩 받고 돌아서 나오려 할 때, 주인 되는 송원상이 말하기를

"요보*, 요사이 도독우** 사람이 만히*** 만히 복숭아 잡어 해갔소. 낫뿐**** 놈이 요보, 당신들도 일이 하며 우리 안 보면 감안히***** 작고****** 잡어먹어******* 한다. 우리 잘 알어******** 있소. 그런데 누구든지 우리 모르게 복숭아나 능금이나 한 낫치********* 꼭 한 낫치라도 따는 것 보거든 우리게 말이 해주소. 돈이 삼 원, 삼 원 상금 주겠다."

라고 몇 번이나 단단히 여럿에게 광고같이 말하였던 것이다. 일꾼들은 잠자코 서로 쳐다볼 뿐이었다. 그들은 모두 한동네 사람들이니, 도적이 난대도 자기 동네 사람일 것이 분명하니 누구나 다 같이 가슴이 뜨끔하였다. 그러나 그 순간이 지난 후에는 누구든지 다 같이 또 그 돈이 탐나지 않을 수 없었다.

그중에 끼었던 정 첨지 역시 그 삼 원이란 상금은 기어이 자기가 타고 말리라고 결심을 하자, 벌써 그 돈이 자기에게 들어온 것 같이 기뻐하였다.

---

* 이보.
** 도둑.
*** 많이.
**** 나쁜.
***** 가만히.
****** 자꾸.
******* 따 먹는다.
******** 알고.
********* 한 개.

그래서 첨지는 삼 원을 상 준다는 이야기는 될 수 있는 대로 동네 사람들에게 광고가 되지 말아 주었으면 하고 가슴으로 앓았으나 송원상은 만나는 사람마다 복숭아 하나라도 훔쳐가는 것 본 사람에게 돈 삼 원, 상을 주겠다고 물 퍼붓듯 광고를 하였다.

그래도 사람이란 배가 고프면 알 수 없는 거라, 일하다가 배는 고프고 눈앞에 과실은 덕을덕을* 열려 있으니 구미가 안 돌 리가 있나.

그는 일하러 가서도 늘 친구 일꾼들만 감시하듯 한눈만 자꾸 팔며 일을 마치고 집에 돌아와도 저녁만 먹으면 과수원 근방을 순행하듯 빙빙 돌아다녔다. 나뭇잎만 바스락해도 익크, 돈 삼 원 땡잡는구나, 하고 가슴을 뚝딱거렸다.

이렇게 가슴을 졸이며 밤낮 애끓는 돈 삼 원을 위하여 정 첨지는 일주일이나 헛세월을 보내고 말았다.

"제길 도적놈의 새끼들, 그 맛있는 것 하나 따 먹는 놈이 없나……."

그는 과실이 바리바리 시장으로 실려 나갈 때 혼자 턱없는 짜증을 내었다.

그날은 남은 복숭아를 마저 따내어 팔려가던 날이다. 첨지는 나무 아래에서 여럿이 잠깐 쉬려고 앉았는데, 문득 저편 나뭇가지에 조그마한 팔뚝이 매달리더니 커다란 복숭아 한 개가 조그마한 고추자지를 달랑거리는, 바지 벗은 어린아이 가슴에 안겼다.

"억."

첨지는 두 눈이 벌컥 뒤집어지며 벌떡 일어나 쏜살같이 송원상에게 달려갔다.

'돈 삼 원이다, 삼 원.'

| * 덕지덕지.

382

그의 가슴은 미친 듯이 뛰놀았다.

"저, 저 도적놈이, 도적놈이 복숭아 땄소."

헐떡이며 바쁘게 일러놓았다.

송원상은 깜짝 놀라며 가리키는 편을 바라보았다.

"복숭아 한 개, 남아 있었어요."

고추를 달랑거리며 옷 벗은 어린이는 첨지와 송원상 앞에 달려와서 복숭아를 치켜들었다.

"도독우놈 어데요?"

송원상은 어린아이는 돌아보지도 않고 첨지에게 다가서며 재촉하듯 물었다. 첨지는 웬일인지 가슴이 꽉 차 오르며 목구멍이 턱 막혔다.

어린아이는 어서 복숭아 따온 칭찬이 듣고 싶어 걱정스러운 얼굴로 송원상과 첨지를 쳐다보았다.

"으흠."

첨지는 그제야 송원상의 도난 방지책에 넘어갔던 것을 깨달은 것 같아 이름도 정처도 없는 분노가 먼 들 가에서 타오르는 아지랑이를 바라보는 것 같이 아물아물 타오르며 두 눈이 어지러워짐을 느꼈다.

《동아일보》, 1935년 7월 31일~8월 1일

가지 말게

다 찌그러져가는 움막집!

이까짓 것을 누가 단 일 원이라도 내고 사줄 사람이 있으랴! 오십 호나 살던 동네에 지금은 거의 절반이나 만주로 떠나간 후이니 빈 집이 많은 이 동네에서 누가 그중에도 제일 험한 이 집을 구태여 사려 할 리가 있겠나!

마음으로야 그까짓 집이 아니더라도 몇 원씩 보태어주고 싶지 않은 사람이 없었겠지만 그날그날 입에 넣을 게 없는 그들에게는 그야 참 마음뿐이라는 것으로 단 일 전도 내놓을 게 없으니 어찌하랴!

할 수 없이 순삼이는 정들고 아까운 그 집을 버리고 가는 수밖에 없었다.

"오늘 저녁은 우리 집에서 먹고 내일 아침은 송동이 집에서 하겠다니까 아예 짐은 다 뭉쳐버리자."

라고 갑동이는 순삼이를 재촉하여 물바가지 한 개 남기지 않고 짐을 꾸렸다.

"만주는 소금이 귀하다는데 이것이라도."

하고 호동의 아내는 된장에다 소금을 넣어서 볶은 것을 한 주발 갖다주었다.

헌 누더기에 싼 만주 갈 보따리들이 허구멍* 같은 방 안에 옹게종게 놓여 있었다.

바로 앞집인 갑동이네 방 안에는 김이 무럭무럭 나는 보리밥 두 그릇이 어그러지게 담겨 있고 시커먼 시래기죽 그릇이 수없이 주루룩 놓였다. 갑동이는 그 검은 시래기죽 살림에서 특별히 마음껏 구변한 보리밥 두 그릇을 이 애처로운 친구에게 마지막 만찬으로 내놓은 것이다.

"목구멍이 맥혔나? 왜 밥이 안 넘어 가노. 많이 먹을라구 만주 가는데 이래서야 만주 갈 필요가 있겠나."

순삼이 부부는 그 밥을 절반도 못 먹고 숟가락을 놓았다. 맛이야 있건 없건 그저 배만 부르면 만사가 해결이 되는 그들인 터이라 보리밥 반 그릇에 이렇게 뱃속이 벙벙해진다면 구태여 쓰라린 눈물을 뿌려가며 만주까지 갈 턱이 어디 있었겠나!

저녁이 끝나자 담뱃대와 담배주머니를 한 손에 쥐고 하나 둘 갑동이네 방으로 모여들었다. 순삼이는 잠깐 방을 나왔다. 그의 눈에는 집 앞에서 시작된 넓은 들판이 파릇파릇한 보리 모종에 덮여 있는 것이 보였다. 자기가 세음**이 든 후 오늘까지 이십여 년간 아니 그의 몇 백 년 전 선조 때부터 피와 땀을 다하여 살지게 살지게 거루어*** 오던 이 들판을 이제는 다시 못 보게 될 것이 서러웠다. 비록 남의 것이기는 하나 삼십 평생 자기의 갖은 애를 다 쏟아놓은 이 들판이다. 보리죽에도 굶주리는 자기의

---

* 별 쓸모없이 뚫어져 있는 구멍.
** 지지地支(육십갑자)를 음양의 구별로 일컫는 말.
*** 땅을 기름지게 하다.

피와 땀은 이 들판에 모조리 다 뿌렸건만 이제 남아 있는 껍질과 뼈는 만주로 가는 수밖에 없다니……. 순삼이는 한숨짓고 방 안으로 들어갔다.

"이 사람아, 그만 가지 말게. 얼마나 살다 죽는다고."

한 친구가 순삼이의 가슴속을 손에 쥐고 바라보듯 자기도 같은 설움을 감추려 성낸 듯이 부르짖었다.

"굶어 죽어도 우리 땅에서 같이 죽지 만주 가서 잘살면 몇 백 년 살 건가. 이런 서러운 이별을 하느니 차라리 고생할 팔자로 태어난 사람은 만주 아니라 삼수갑산을 가도 다 한 가지네."

"어데 가도 제게 달린 거야. 여기서라도 굶어 죽는 법은 없느니."

라고 모두 한 마디씩 부르짖었다.

'그렇기도 하다. 설마 굶어야 죽겠나.'

순삼이도 불현듯 이런 생각이 들었다. 영영 절망하고 단념하였던 이 땅에도 따뜻한 무슨 살아갈 계책과 희망이 남아 있는 듯도 하였다.

"이 사람들아 그러지 마라. 가는 사람 마음 상한다. 이미 천지운기가 없는 사람은 만주로 가는 수밖에 없게 되었는데 우리가 한두 사람 붙들어보았자 무슨 영검*이 있겠나."

라고 갑동이가 말하였다.

"이미 내친 길이니 가서 마적에게 맞아 죽든지 얼어 죽든지……."

순삼이가 말끝을 맺을 여가 없이 그의 아내와 갑동이 아내는 흑흑 느꼈다. 순삼이의 어린 딸과 갑동이 자식들이 소쿠리에 담긴 감자들같이 한데 오르르 모여 앉아 어른들 이야기만 물끄러미 듣고 있더니 갑자기 훌쩍훌쩍 울기 시작하였다.

"아이고 이 사람아, 그만 가지 말게. 저 어린것들도 무엇을 알고 울겠나."

| *효험.

386

하는 소리가 나자 남 먼저 갑동이와 순삼이의 얼굴이 벙싯 웃는 듯
경련을 짓더니
"어허이고."
하고 소리를 내자 온 방 안은 '왕!' 울음소리에 차고 말았다. 이 울음소
리에 개똥벌레 불*만 한 호롱불이 깜짝 놀란 듯이 풀으릇 떨었다.

《백광》, 1937년 6월

| * 반딧불.

멀리 간 동무

그래도 벌써 몇 년 전 일입니다.

우리 집 가까이 내가 참 좋아하는 동무 한 사람이 살고 있었습니다. 그의 이름은 응칠應七이라고 부르는데, 나이는 그때 열두 살인 나와 동갑이었고 학교도 나와 한 반으로 오 학년 일 반이었습니다. 이 응칠 군이야말로 씩씩하고 용기 있는 무척 좋은 동무였습니다.

응칠 군의 아버지는 고기 장사를 하는데 사흘만큼 한 번씩 열리는 장날마다 고기 뭉치를 지고 가서 팝니다. 그의 어머니는 날마다 집에서 일을 하기도 하고 어떤 때는 남의 집에 가서 빨래도 해주고 또 농사철에는 남의 밭도 매주고 모도 심어준답니다. 그리고 그의 동생은 열 살짜리 계집아이 순금이하고 일곱 살짜리 응팔이, 세 살 되는 응구하고 도합 셋이었는데, 순금이는 날마다 놀 사이 없이 어머니 일을 거들어서 참 부지런한 것 같습니다만 거의 날마다 그의 어머니에게 얻어맞고 담 모퉁이에서 울고 있었습니다. 응팔이는 응구를 업고 길가에 나와 놀다가 무거우면 그냥 땅바닥에 응구를 내려놓고 저는 저대로 놀고 있으면, 응구는 코를

잴잴 흘리며 흙투성이가 되어 냅다 소리를 질러 울기를 잘 했습니다.

응칠이는 그래도 하루도 빠지지 않고 학교에 잘 다녔습니다. 공부는 나보다 조금 나을까요. 평균점은 꼭 같이 갑甲이었으니까요.

응칠이는 마음도 좋고, 기운도 세고 한 까닭에 우리 반 생도뿐만 아니라 아무하고도 잘 놀았습니다. 아이들이 싸움을 하면 반드시 복판에 뛰어 들어가서 커다란 소리로 웃기고 떠들고 하여 싸움 중재를 일쑤 잘 해주기도 했습니다. 그러나 선생님에게는 거의 날마다 꾸지람을 받았습니다.

"왜 월사금을 가져오지 않느냐. 왜 습자지를 가지고 안 왔느냐. 왜 공책을 사오지 않았느냐."

하고 벌을 서기도 자주였습니다.

그런데 어느 날 습자 시간이었습니다.

"응칠이는 왜 청서淸書*를 한 번도 내지 않느냐."

하는 선생님의 말소리에 습자 쓰느라고 쩍 소리 없이 엎드려 있던 우리 반 생도는 모두 일제히 응칠에게로 고개를 돌렸습니다. 응칠이는 신문지 조각에 글자를 쓰던 붓을 멈추고 아무 대답이 없었습니다.

"응칠이 너 이리 오너라."

선생님은 웬일인지 몹시 노해 계셨습니다.

응칠이는 교단 앞으로 나와서 고개를 숙이고 섰습니다.

"왜 너는 월사금도 벌써 반년 치나 가져오지 않고, 잡기장도 습자지도 도화용지도 아무것도 사지도 않고 학교에는 왜 다니느냐?"

하고, 선생님이 꾸지람을 하셨습니다.

"아버지가 돈이 없다고 안 주었어요."

| * 초 잡은 글을 다시 바르게 베낌.

응칠이는 얼굴이 새빨갛습니다.

"왜 아버지가 돈이 없어. 네가 돈을 받아가지고는 좋지 못한 데 써버리는 것이겠지."

"아닙니다."

"잡기장도 안 사줄 리가 있나. 네가 정녕코 돈을 다른 데 써버린 것이지?"

"아닙니다."

"바른 대로 말해."

선생님은 그만 응칠이 뺨을 한번 휘갈겼습니다.

"선생님, 용서하십시오. 아버지가 안 사줘요."

응칠이는 뺨에다 손을 대고 금방 소리쳐 울 것 같이 보였습니다.

그때, 나는 가슴이 터질 것 같이 두근거리며 응칠이가 가엾어 못 견디겠습니다.

그래서 그만 벌떡 일어나서

"선생님, 정말 응칠이 집에는 돈이 없어요. 잡기장 사려고 돈을 달라면 학교에 못 가게 합니다. 응칠이 아버지는 돈이 없어 밥도 못 먹는다고 야단을 합디다."

하고 나도 모르게 크게 소리가 터져 나왔습니다.

"그래, 너는 어떻게 아느냐?"

하고 선생님이 나를 노려보셨습니다.

나는 가슴이 막히는 것 같았습니다. 처음 응칠이를 학교에 보낼 때는 응칠이 아버지도 돈벌이가 좋으셨는데 응칠이가 사 학년 때부터는 돈벌이가 조금도 없었으므로 그의 아버지는 응칠이도 학교를 그만두고 집에서 무슨 일이라도 하라고 했습니다. 그러므로 월사금이나 학용품을 사려고 돈을 달라면 가지 못하게 하며 학교는 왜 자꾸 다니면서 돈을 달라 하느냐고 야단을 했습니다. 그래서 응칠이는 오 학년에 오른 후로는 거의 돈 한 푼 아버지에게 얻어보지 못했습니다.

　돈을 달라면 학교에 못 가게 하고, 돈 없이 월사금도 바치지 못하니 선생님이 꾸지람을 하시고, 정말 응칠이 사정은 딱했습니다. 나는 이 모든 사정을 잘 알고 있었으므로 응칠이가 무척 가엾었습니다.

　그러나 그 후 얼마 되지 않아서 응칠이는 그만 학교에 오지 않았습니다.

　그런데 어느 날입니다. 그날도 나는 형님이 사다주신 잡지책과 그림책을 들고, 어서 응칠에게 갖다 보이려고 집을 나섰습니다. 막 대문을 나서서 응칠이 집 가는 편으로 다섯 자국도 못 걸어갔을 때, 웬일입니까. 응칠이가 담 모퉁이에 붙어 서서 우리 집 대문을 엿보고 있지 않습니까. 나는 어떻게 반가운지

　"너, 우리 집에 놀러 오는 길이냐?"

하고 곁으로 달려갔습니다.

　"응!"

　웬일인지 응칠이는 몹시 기운이 없어 보였습니다.

　'요즘은 저희 아버지가 아주 돈벌이를 못해서 밥을 못 먹나 보다.'

하는 생각이 들었습니다. 그래서 나는 응칠이 어깨를 잡고 우리 집으로 가자고 끌었습니다.

　"아니, 너희 집에는 안 간다."

　응칠이는 나의 팔을 뿌리쳤습니다.

　"왜 문간까지 와서 안 들어갈 테냐. 이것 봐라, 이것. 형님이 사다주신 건데 너하고 같이 읽자꾸나."

　"아니."

　응칠이는 그렇게 좋아하던 잡지와 그림을 보고도 기뻐하지 않았습니다.

"나는 인제 너하고 같이 놀지 못한단다."

응칠이는 멍하니 서 있는 나를 바라보며 금방 울 것 같이 말했습니다.

나는 응칠의 이 한 말에 깜짝 놀랐습니다. 얼마 전부터 만주로 돈벌이 간다고 하던 응칠이 아버지 말이 생각났습니다.

"너 만주 가니?"

응칠이는 대답 대신 머리를 끄덕였습니다.

"아니, 만주에는 마적이 많아서 사람을 막 죽인다는데, 애야 가지 마라."

하고 나는 응칠에게 다가섰습니다.

"내 맘대로 할 수 있나. 우리 아버지가 기어이 가신다는데 머……."

"그러면 언제 가니?"

"오늘 저녁에 간단다."

나는 어떻게 했으면 좋을지 몰랐습니다. 어느 사이엔지 우리들은 어깨동무를 해가지고 느껴 울고 있었습니다. 울면서 걸어온 것이 응칠이 집 앞이었습니다. 다 찌그러져가는 그의 집 방 안에는 시커먼 커다란 보퉁이 한 개가 놓여 있고 건넌방에 곁방살이하는 순덕이네 방에는 응칠이 집 식구가 모두 둘러앉아 밥을 먹고 있었습니다.

"응칠아, 너 어디 갔다 오냐. 어서 밥을 먹어야 가지!"

하는 순덕이 어머니 얼굴을 바라본 나는 눈물이 자꾸 더 흘러내렸습니다.

"인제 이 집은 순덕이네 집이 됐단다. 우리가 간다고 순덕이네 집에서 밥을 했다나."

하고 응칠이는 삽짝에 붙어 섰습니다.

"어서 들어가거라."

"잘 있어라. 나는 밥 먹고 곧 간단다."

하고 응칠이는 순덕이네 방으로 들어갔습니다. 나는 얼른 눈물을 씻고 집으로 달려와서 어머니 보고 응칠이 이야기를 했습니다. 그리고 돈을 좀 주어서 응칠이 아버지가 만주에 가지 않더라도 돈벌이할 수 있도록 하자고 떼를 써보았습니다마는 어머니에게 무척 꾸지람만 듣고 집을 쫓겨났습니다. 나는 하는 수 없이 정거장 가는 길인 서문거리에서 응칠이 집 사람이 오기를 기다렸습니다.

이윽고 커다란 짐을 진 응칠이 아버지와 응구를 업은 어머니, 아무것도 가지 않은 응팔이, 보퉁이를 인 순금이, 또 조그만 궤짝을 걸머진 응칠이가 순덕 어머니, 아버지와 함께 걸어왔습니다.

"너 여기서 뭣하니? 잘 있거라. 이제 언제나 또 만나겠니."

하며 제일 앞선 응칠이 어머니가 나를 보고 말했습니다. 나도 제일 뒤떨어져 가는 응칠이 뒤에 따라 걸었습니다.

"어서 돈벌이하거든 돌아오너라. 또 같이 학교에 다니게, 응."

하며 나는 응칠이가 걸머진 궤를 만졌습니다.

"이 궤 속에는 내 책이 들어 있단다. 만주 가서도 틈만 있으면 공부할 터이다."

하고 응칠이는 힘 있게 말했습니다. 나도 가슴속으로 어서 공부를 해서 훌륭한 사람이 되어 응칠이와 다시 만나게 할 테다, 하고 굳게 결심했습니다.

"자, 그만 들어가소."

벌써 서문고개를 넘어섰으므로 응칠이 아버지는 돌아서서 순덕이네를 보고 하직했습니다.

"그러면 잘들 가소. 죽지만 않으면 다시 만나리."

순덕이네 엄마는 그만 울어버렸습니다.

나도 응칠이 목을 안고 터져 오르는 울음소리를 억지로 참으며 느껴 울었습니다. 응팔이도 커다란 눈에 눈물이 고였습니다.

나는 가슴이 터져 나가는 것 같이 아팠습니다. 그래서 서로 목을 안은 채 참다못해 소리쳐 울고 말았습니다.

　응칠이 아버지는 내 어깨를 쓰다듬으며 달래주셨습니다.

　그의 눈에도 눈물이 고여 흐르고 있었습니다.

　"……울지 말고 어서 돌아가거라."

하며 응칠이 팔을 잡아끌었습니다.

　나는 발버둥을 치며 응칠이 뒤를 따르려 했으나 순덕이 어머니가 나를 꼭 붙잡고 놓지 않았습니다.

　한 걸음, 한 걸음 우리 사이는 멀어져갔습니다.

《소년중앙》, 1935년 1월

푸른하늘

부산에서 경성으로 가고 오는 기차선로 이름은 경부선이라 하지요.

이 경부선 기차를 타고 여러분이 잘 아시는 대구 정거장에서 내려가
지고 동쪽으로 나가는 조그마한 기차에 갈아타면 동쪽 바닷가 포항이라
는 곳까지 갈 수 있어요. 그리고 경주라고 하는 아주 예전에 신라 임금이
사시던 곳에도 갑니다. 그런데 이 기차선로 이름은 동해중부선이라고 한
답니다.

대구서 이 기차를 타고 나면 다음 닿는 곳은 동촌이라는 정거장이고
요, 그 다음은 어여쁜 이름을 가진 반야월이라는 정거장입니다.

이제 여러분께 하려는 이야기가 바로 이 반야월 정거장 근처에서 시
작됩니다. 여러분이 이 이야기를 다 읽으시고 나서 일부러 만들어 쓴 거
짓말 이야기겠지 하고 의심은 하지 마세요. 왜 그러냐 하면, 의심나시는
분은 누구든지 반야월이란 곳에 오셔서 누구에게나 물어보시면 알 테니
까요.

자, 여러분께 어서 이야기를 해야 하겠습니다. 얼마나 가엾고 감심할

만한 이야긴가 잘 읽어보시고 많이 동정해주세요.

그런데요, 아까 말씀한 그 반야월이란 곳 말입니다. 이곳에서 북쪽으로 향하여 이 킬로미터*만 걸어가면 높고 낮은 산들이 자욱이 둘러 있는데 이 산골에 오십 호가량 되는 조그마한 동네가 하나 있어요. 이 동네 이름은 월남동이라고 부른답니다.

이 월남동이라는 동네에 지금부터 사십 년 전에 명학이라고 부르는 소년이 있었습니다. 이 소년 명학 군에게는 동생이 둘이 있었는데 큰 동생은 아주 살이 퉁퉁하게 쪄서 '뚱보'라는 별명을 듣는 명룡이고요, 다음 동생은 두 눈이 무척 큼직하게 생겼다고 '눈쟁이'라는 별명을 듣는 명우랍니다. 그런데 명학이만은 어떻게 잘생겼던지 아무 별명도 없었어요. 그때 명학이는 열두 살, 명룡이는 여덟 살, 명우는 네 살이었어요.

그런데 참 이상한 것이 하나 있어요. 명학이에게는 우연히 아버지가 없어졌어요. 어떻게 된 셈인지 재작년 가을부터 아무 말 없이 없어지고 말았어요.

"어머니, 아빠 어디 갔어?"

하고 그의 어머니에게 물어보면

"난 몰라. 어디 갔는지."

"왜 몰라. 가르쳐줘."

"모르는데 어떻게 가르쳐주니."

하며 어머니도 모르시는 모양이었어요. 점점 오래되어 가면 갈수록 아버지 생각이 간절해졌어요. 어떤 때는 어머니 몰래 뒷산에 올라가서 소리를 쳐

"우리 아버지 보고 싶어."

| * 원본에는 '2킬로메돌粁'로 되어 있다.

하며 울기도 했답니다. 밤이 되면 산골이기 때문에 부엉이는

"부헝*, 부헝."

울고, 산새도 간간이 처량하게 울지요. 어머니와 동생들 곁에 누워 자려면 여간 무서운 것이 아니었어요. 바람이나 불고 비나 오는 밤이면 어머니도 무서운지 불을 켜놓고 오래도록 잠을 자지 않았어요. 그럴 때는 명학이도 장난치지 않고 어머니를 위로하려고 동생들도 잠이 못 들게 장난을 합니다.

"명룡아, 수수께끼 할까?"

"응!"

하고 자려던 명룡이가 벌떡 일어납니다.

"명룡아, 배도 배도 못 먹는 배가 머냐?"

"못 먹는 배는 할배."

"그러면 보가 머냐."

"보?"

"그래. 보라는 게 머냐."

"보…… 보…… 모르겠다."

"하하하, 뚱보도 모르니?"

명룡이는 자기 별명이 뚱보니까 그만 불쑥 성을 냅니다. 그러면 어머니도 싱긋이 웃으셨어요.

"인제는 형이라고 부르지 않을 테야."

하고 명룡이는 아주 골이 나서 쿨쿨하며 그만 누워 자버립니다. 명우는 본래부터 저녁만 먹으면 누워 자는 까닭에 명학이는 어머니와 단둘이서 앉아 있습니다. 그때는 오늘과 같이 학교가 없었으니까 글을 배우려면

| * 부엉.

서당이라는 데 가서 배웠어요. 명학이는 서당에 갈 나이가 되어서 그만 아버지가 없어졌으니까 글이라고는 한 자도 못 배웠어요. 그런 까닭에 낮에는 산에 가 나무도 하고 방아도 찧고, 밤에는 신을 삼았습니다. 아버지가 없어져도 돈만 있으면 서당에 못 갔을 리가 없었겠지요.

이렇게 무섭고 잠 안 오는 밤은 유별나게도 아버지 생각이 간절했어요. 그래도 어머니 맘이 상할까 해서 차마 입으로는

"아버지 보고 싶다."

는 말은 못하고 입을 꼭 다물고 신을 삼기 시작합니다. 그때는 고무신이 없었던 까닭에 가난한 사람들은 모두 짚으로 신을 삼아 신었던 것입니다.

"어머니, 아버지는 정말 어디 가셨을까?"

명학이는 참다못하여 그만 어머니에게 묻습니다. 그날 밤은 대보름날 밤이었습니다. 어머니는 슬쩍 소매에다 눈물을 씻고

"너희 아버지는 후에 네가 어른이 되면 찾아오지."

하셨습니다.

"왜? 지금은 못 찾을까."

명학이는 두 귀가 번쩍하여 어머니에게 다가앉았습니다.

"그럼, 네가 어른이 되어야지."

하며 어머니는 아주 슬퍼하시는 모양이었어요. 그래서 명학이는 속으로 단단히 한 가지 맘을 먹고

"그러면 아버지가 어디 있어요?"

하고 어머니 곁에 다가앉으며 아주 딱 잡아 물었습니다.

"그까짓 아버지, 아버지는 우리를 버리고 가버렸는데 찾아가면 뭣해."

하시고 한숨을 내쉬었어요.

"어머니, 왜 아버지는 우리를 버렸어?"

"너희 아버지는 이 아래 동네 반야월 장터에 있지마는 우리가 미워

아주 보기 싫어한단다."

어머니는 의외에도 이렇게 대답하시며 더 말하지 않으려고 명학에게 그만 누워 자라고만 하셨어요.

"아버지가 반야월 장터에 계세요?"

명학이는 자기 아버지가 아주 멀리멀리 가버리신 줄만 알고 무척 슬퍼해왔는데 의외에도 아주 가까운 반야월 장터에 있다는 것이 어떻게 기뻤는지 몰랐어요.

"그런 쓸데없는 말은 묻지도 말고 어서 누워 잠이나 자려무나. 네가 어서 커서 어른이 되어 이 엄마하고 동생들을 먹여 살려야 한다. 너희 아버지처럼 자기 집안사람을 모두 떼어버리고 저 혼자만 잘살려고 하는 사람이 되면 안 되는 거야."

하셨습니다.

명학이는 어머니 말씀이 귀 안에 들어오지 않고 어서 날이 새면 반야월에 있다는 아버지를 찾아가리라고 굳게 결심했습니다. 어머니는 공연히 아버지를 찾아가지 못하게 하느라고 그러시는 것이지 무슨 아버지가 우리를 버리셨을 리가 있나, 아버지만 집에 오시면 나도 서당에 글 배우러 갈 수 있을 것이요, 아무리 바람 불고 비오는 밤이라도 무섭지 않을 것이다. 아버지는 나를 보면 오죽 기뻐하실까……

하는 생각이 들며 명학이는 두 가슴이 기뻐 날뛰었어요. 그래서 어서 날이 새라고 빌며 잠자코 누워 잘 준비를 했습니다.

그 이튿날 아침이었습니다. 어머니가 알면 야단하실까 겁이 나서 동생 둘을 데리고 동네 아이들에게 놀러 가는 척하고 집을 나섰습니다. 그날인즉 바로 정월 열이렛날이라 대보름은 지났지만 그래도 아직 명절이라 산골 아이들은 고운 옷을 입고 놀았습니다.

"명룡아, 너 명우 데리고 집에 가 있거라. 나는 지금 반야월 가서 사탕 사 올게."

하고 꾀었습니다.

"싫어. 나도 반야월에 갈 테야."

명룡이는 한사코 따라나섰습니다.

"명룡아. 그러면 저기 아이들 노는 데 가서 좀 놀고 있거라. 나는 집에 가서 어머니께 뭣 좀 얻어가지고 올게, 응."

하고 달랬습니다마는 명룡이는 듣지 않았습니다.

"뚱보, 뚱보야. 너 내 말 안 들으면 때릴 테다."

"때려봐! 죽어도 따라갈 테야."

명학이는 울며 발버둥을 치는 명룡이와 명우를 버리고 반야월 가는 길을 향하여 줄달음쳤습니다. 한참 달음질을 치다가 돌아보니 명룡이와 명우는 소리쳐 울며 따라오더니 그만 길바닥에 주저앉아 명학이를 바라보고 있었습니다. 명학이는 쫓아가서 두 동생을 업고 달래주고 싶어 두 눈에 눈물이 날 것 같았습니다마는

"명룡아, 울지 말고 집으로 가거라. 오늘 아버지와 같이 올게……"

하고는 획 돌아서 줄달음을 쳤습니다. 몹시 추운 바람이 달려가는 명학이를 휩쓸어다 때려 붙일 것 같았습니다. 그래도 기를 쓰고 두 손바닥으로 양 귀를 꼭 덮어가지고 반야월까지 왔습니다. 그때는 아직 반야월에 기찻길이 나기 전이기 때문에 몹시 어수룩한 촌이었어요.

반야월까지 오기는 했지만 어느 집이 아버지 집인지를 알 수가 없었습니다. 아직 나이가 겨우 열두 살 된 어린이니까 누구에게 물어볼 줄도 모르고, 산골에서 자란 아이인지라 부끄러워서도 묻지를 못했습니다. 그저 이 집 저 집 슬쩍슬쩍 들여다보고만 다녔어요. 그러는 사이에 짧은 겨울 해는 벌써 서산에 가까워졌으므로 아침도 아버지 만나고 싶은 생각에 채 먹지 못했고 점심도 못 먹었고, 종일 이 집 저 집 돌아다니기만 했으

므로 춥고 배가 고파 두 눈이 뒤통수를 뚫고 달아날 것 같았습니다. 온몸에 소름이 끼치고 배에서는 쪼글쪼글 소리만 났어요. 그래서 길가 어느 집 담 모퉁이에 기대서서 집으로 돌아갈까 하고 생각했습니다마는 아버지도 찾지 못하고 가기가 부끄러워 이대로 길가에서 밤을 새워서라도 기어이 아버지를 찾아가지고 가리라고 결심했습니다. 그러는 사이에 사정 없는 해님은 그만 서쪽 산 너머로 슬그머니 소리 없이 기울어지고 찬바람만 무섭게 불어닥쳤습니다. 집들은 모두 문을 안으로 잠가버리고 배는 점점 더 고팠으므로 명학이는 그만 어떻게 서럽던지 훌쩍훌쩍 울기 시작했습니다.

"애, 너 뉘 집 아이냐, 왜 울고 있어?"

하는 우렁찬 어른의 목소리에 명학이는 깜짝 놀라 쳐다봤습니다. 어떤 힘세게 생긴 사내 하나가 서 있어요. 그래서 명학이는 어떻게 반갑던지

"월남에 있는 명학입니다. 우리 아버지 어데 있어요?"

하고 처음 보는 그 사내가 자기 아버지 집을 알고 있는 것인 줄만 믿고 물었습니다.

"네 이름이 명학인가? 나이는 몇 살이냐?"

"내 나이는 올해 열두 살입니다."

"응, 그러면 너는 네 아버지 집을 왜 모르니?"

"우리 아버지는 벌써 어느 때 집을 떠났는데 반야월에 산답니다. 그래서 찾아왔어요."

"응 그래, 너 공연히 아버지 집 찾지 말고 내게 따라가지 않겠니?"

"싫어요."

"안 되지. 내게만 따라오면 아버지도 찾을 수 있지. 반야월에는 암만 있어도 찾지 못할걸."

명학이는 오늘 종일 찾아봐도 자기 아버지 집은 없었으니까 이 사람

말이 옳은 말인가, 하고 생각했습니다.

"그러지 말고 얘야, 네 아버지를 기어이 찾아보고 싶거든 우리에게 따라가자. 그러면 고운 옷도 입을 수 있고 맛있는 사탕도 맘대로 먹을 수 있고……."

그 사내가 이렇게 말할 쯤에 어디서 몰려왔는지 한 떼의 사람이 몰려와 명학이를 가운데 두고 휘둘러쌌습니다.

"그놈 아이, 얼굴이 꽤 잘생겼는데 옜다, 이것 너 줄까."
하고 그중에 한 사람이 살강밥과자* 한 가락을 주었습니다. 명학이는 배가 몹시 고픈 터이라 어떻게 고맙던지 그만 받아가지고 먹기 시작했습니다.

"자, 모두 어서 가세. 얘야, 너도 따라오너라. 따라가 보면 얼마나 좋은지를 모른다. 여기 섰다가는 추워서 죽을 테니 자, 어서 따라온."
했습니다. 명학이도 가뜩이나 춥고 무섭고 배고프던 터이라, 속으로는 무시무시하면서도 한 걸음 두 걸음 따라나섰습니다.

어느 듯 반야월 동네도 뒤로 멀어지고 어스름한 들길을 걸어가고 있었습니다. 이렇게 조금 가다가 얼른 들으니 사내들은 저희끼리 쑥덕쑥덕 했습니다.

"그놈 아이 얼굴이 꽤 괜찮으니까 데리고 감세."

"저놈 아이가 나중에 기어이 싫다면 어쩌나."

"싫다면 다른 데 갔다 팔아먹지. 돈냥이나 받을걸."
하는 소리가 얼른 들렸습니다. 명학이는 갑자기 움칫하고 머물러 섰습니다. 이 사람들은 도적놈들인가 보다, 하는 무서운 생각이 와락 치받혀 올라왔습니다.

"어서 가."

| * 쌀 튀밥을 조청에 버물어 엿가락처럼 길쭉하게 만든 것.

한 사람이 명학이 어깨를 잡아끌었습니다.

"싫어요. 나는 반야월에 갈 테요. 당신들에게는 따라가지 않을 터예요."

하고 버티고 섰습니다.

"허 그놈 아이, 너 사람의 자식이 왜 그 모양이냐. 우리께만 따라가면
네 아버지를 만날 터인데."

하고 달랬습니다. 그래도 명학이는 무서운 생각이 놓이지 않았습니다.
길은 이미 어둡고 돌아보니 반야월은 멀었습니다.

"그러면 우리 아버지를 어떻게 아시오, 어디 있어요?"

하고 물었습니다.

"알다 뿐인가, 너희 아버지도 우리와 같이 다니지. 오늘 밤에는 대구
라는 데서 우리를 기다릴걸, 그래."

했습니다.

"공연히 그러지 머. 아버지는 반야월에 있다는데 머."

"아니야, 거짓말이다. 가보면 알지."

하고 사내들은 박구채로* 말했습니다. 그래도 명학이는 아무래도 그 사
람들이 도적놈 같아 보이며 자꾸 무서웠습니다.

"자, 어린놈이 다리가 아프지 않니. 내가 업고 갈까."

하더니 한 사람이 다짜고짜 명학이를 뎅그렁 집어 업었습니다. 명학이는
월남동을 떠날 때 길가에서 따라오려고 울며 발버둥을 치던 명룡이와 명
우 생각이 나며 그만 소리를 질러 울었습니다. 그래도 자꾸 아버지를 만
나게 해준다고 달랬습니다. 추운 것도 배고프던 것도 다 잊어버리고 명
학이는 자꾸 소리쳐 울었습니다.

"이놈의 자식, 저희 아버지를 찾아주려고 하는데 울기는 왜 울어. 보

| * 여러 사람이 돌아가면서 말하는 것.

렴, 저 애도 울지 않고 따라가는데."

하고 가리키는 곳을 보니 역시 조그마한 아이 하나가 이 사람들 판에 끼어 걸어가고 있었습니다. 명학이는 그 아이를 보니 어서 그 아이에게 이 사람들이 정말 우리 아버지를 알고 있는지를 물어보고 싶었습니다.

그러나 업은 사내는 명학이를 아주 단단히 끼어 업고 암만 빌어도 내려주지 않습니다.

이러는 중에 한 동네에 닿았습니다. 길가 한 집을 찾아들어가 모두 하룻밤 자고 가겠다고 주인과 의논을 하더니 방 안으로 들어갔습니다. 방 안에 들어가 불 밑에서 자세히 보니 많은 사내들 중에 꼭 명학이 저만큼 한 아이가 하나 섞여 있었습니다. 그 아이는 명학이를 자꾸 바라보았습니다. 그중에도 머리를 땋아 내린 총각이 열 사람이 있는데 모두 머리에 몹시 기름을 바르고 고운 옷을 입고 있고, 아홉 사람의 남자들은 모두 얼굴이 몹시 무섭게 생겼었습니다.

'아하, 도적놈이 아니라 사당패로구나.'

하는 생각이 문득 났습니다. 명학이 사는 월남동에도 보름날 이렇게 생긴 사람들이 와서 굿 치고 춤추고 재주 부리고 하여 돈벌이 해가지고 가는 것이 생각났던 것입니다. 그래서 사당패니까, 도적놈들은 아니니까 무섭기도 덜한 것 같았습니다.

얼마 있다 수두룩하게 차려나온 밥을 모두 둘러앉아 먹는데 명학이도 배가 고파 죽을 지경이라 한축 끼어 실컷 밥을 먹었습니다. 저녁을 먹고 나더니 모두 일어섰습니다. 무엇인지 와자지껄 법석을 하며 나갔습니다. 그중에 한 사람이

"야, 너희 작은놈들 둘은 나오지 말고 누워 자거라. 우리는 한바탕 치고 올 테니, 응. 석돌이 너는 저 애와 동무해가지고 꾸러미 속에 있는 강정도 내먹고 놀아, 응. 명학이는 내일이면 아버지를 만날 테니 일찍 자."

하고는 나가버렸습니다. 넓은 방 안에는 명학이와 석돌이라는 그 아이와 단둘이 남았습니다.

"애야, 너는 왜 이렇게 따라가니?"

하고 명학이는 석돌에게 물었습니다. 그랬더니 석돌이는 방문을 열고 밖을 한번 내다보고는 다시 문을 닫고 그제야 명학이 곁에 와 앉으며

"애야, 이 사람들은 사당패란다. 너도 공연히 따라가지 마라. 너희 아버지를 안다는 것은 모두 거짓말이야. 나도 꼬임에 빠져 오기는 했지만 틈만 있으면 달아날 테야."

하고는 몹시 서러운 듯이 얼굴을 찌푸리더니

"애야, 지금 우리 달아날까."

하고 명학이를 바라다보았습니다. 그렇지 않아도 지금 막 틈만 있으면 달아나리라는 생각을 단단히 한 명학인 까닭에 그만 벌떡 일어나며

"애야, 우리 둘이니까 무섭지도 않을 테지. 어서 달아나자."

하고는 두 아이는 손을 맞잡고 살그머니 방을 나왔습니다.

바로 그 집 뒤 넓은 마당에서는 장작불을 놓고 굿을 치며 그 사람들은 법석을 하고 있었습니다. 두 아이는 행여나 들킬까 해서 조심조심하여 아까 오던 길을 보고 막 달음질을 쳤습니다. 그때 명학이가 돌아보니 자기들이 있던 방 안으로 사당패 한 사람이 들어갔다 나오며 석돌아, 하고 부르는 소리가 요란하게 났습니다.

두 아이는 와락 겁이 나서 몸을 숨기려 했으나 열이렛날 늦게 뜬 달이 밝게 비쳐 있어 평평한 들길이라 몸 감출 곳이라고는 없었습니다.

〈2회, 3회 연재분은 찾을 수 없어서 4회 연재분으로 이어집니다.〉

"물건만 두고 가거라. 그렇지 않으면 몇 만 리라도 따라간다."

명학이 가슴에는 새록새록 용기가 용솟음쳤습니다. 그래서 얼른 길가에 있는 큼직한 돌멩이를 하나 집어 들고 힘껏 도적의 다리를 향해 내던졌습니다.

"아이쿠."

도적은 두어 번 한 발을 움켜쥐고 외발모듬*을 뛰었습니다. 그 틈에 명학이는 또 두 번째 돌을 힘껏 던졌습니다.

"어이쿠. 석돌아, 석돌아."

도적은 앞으로 폭 고꾸라지며 땅바닥에서 쩔쩔매며 소리를 쳤습니다.

그사이에 명학이는 달려가 도적의 등에 올라앉으며 한 손으로 보통 이처럼 둘둘 뭉쳐 맨 비단 뭉치를 빼앗으려 했습니다. 그때 도적은 제 힘을 다하여 한번 구비넘기**를 치며 명학이 다리를 감아 잡았으므로 그 바람에 등에서 미끄러진 명학이의 멱살을 조르며 뒤로 넘기고 명학이 가슴 위에 걸터앉으려 했습니다.

"이놈의 자식……."

명학이도 죽을힘을 다하여 두 손으로 도적의 옷깃을 붙잡으며 두 다리를 되는대로 박찼습니다. 이때, 어디서인지 사람의 발소리가 가까워져서 명학이가 얼른 보니 조그마한 총각 하나가 도적의 뭉치를 둘러메었습니다.

"석돌이냐. 이놈의 자식을 죽여 버려야겠다. 저 돌멩이, 돌멩이를 얼른 하나 집어다오. 이놈, 조그만 놈이."

명학이는 멱살을 잡히고 구르면서도 귓결에 들리는 '석돌이'라는 이름에 두 귀가 번쩍했습니다. 그러나 멱살이 잡혔으므로 소리를 지르지 못하고 그저 두 다리로만 되는대로 구비넘기를 치며 막 찼습니다.

---

* 한쪽 발로만 폴짝폴짝 뛰는 행위.

** 굴러서 뒤집어 넘는 행동. 밑에 깔려 있는 상태에서 뒤집어 올라앉는 것.

"석돌아. 이놈아, 어서 돌멩이 다오. 그리고 너는 어서 어제 저녁 그 곳에 가 있거라. 얼른얼른."

이번에는 명학이 귀에 똑똑히 '석돌'이라는 말이 들렸습니다. 그 순간 도적은 커다란 돌멩이로 명학의 머리를 향하여 내려쳤습니다. 명학이는 벌떡 구비넘기를 치며 그 돌멩이에 한쪽 어깨가 무너지도록 얻어맞았습니다. 두 번째, 도적이 돌멩이를 쳐들자

"에잇!"

하고 명학이는 도적의 상투를 잡아당기며 한 발을 옹크려 도적의 아랫배를 괴는 척하며 힘껏 박찼습니다. 도적은

"이놈."

소리를 치면서도 먹살은 놓지 않았습니다. 명학이는 연해 아랫배를 박차며 간신히 도적의 가슴에 올라앉았습니다. 그리고 먹살을 뿌리치고 비단 뭉치를 가지고 달아나는 작은 도적 편을 향하여 달렸습니다.

"석돌아, 석돌아."

명학이 가슴은 헐떡이며 행여나 삼 년 전 사당패에서 같이 도망해 나온 그 석돌이가 아닌가 하여 비단도 비단이려니와 어서 그 작은 도적의 얼굴을 보고 싶었습니다.

앞에서 달아나던 작은 도적은 뒤도 돌아보지 않고 막 달려가고 있었습니다.

"석돌아, 나는 명학이다. 나는 명학이다."

하고 따라 쫓았습니다. 이윽고 작은 도적은 획 돌아서며 멈칫하고 서 있었습니다.

그 작은 도적은 석돌이었습니다.

"네가 누구냐?"

"네가 누구냐?"

둘은 꼭 같이 그립게 부르짖었습니다.

"사당패에서 달아나던 명학이다."

"오……."

석돌이는 그만 비단 뭉치를 집어 던지고 달려오는 명학이를 향하여 서로 부딪치며 손을 맞잡았습니다.

그때 도적은 명학에게 처음 얻어맞은 발을 간신히 끌고 쫓아왔습니다.

"이거 이놈, 석돌아."

서로 목을 안고 반가움에 목메어 있는 석돌이 덜미를 잡아 재꼈습니다.

석돌이는 삼 년 전, 명학이와 같이 사당패에서 달아난 이후 자기 고향으로 가는 길을 몰라 이리저리 거지 노릇을 하다가 지금 이 도적에게 붙들려 다니며 아무리 달아나려고 해도 달아나지 못하고 그대로 맘에 없는 도적이 되어버린 것이었습니다.

"보시오. 이 아이는 내 동생이에요. 왜 도적질을 하오, 바로 살지 못하고."

명학이는 도적의 턱밑에 딱 버티고 서서 오른손을 단단히 쥐고 도적의 아래턱을 치받았습니다.

그리고 비단 뭉치를 풀어 젖히고 그중에서 제일 값비싼 모본단 두 필만 가지고 그 나머지는 도로 싸서 도적에게 주며

"이것은 내 것이 아니지만 당신에게 줍니다. 이것을 팔아 밑천을 삼아가지고 장사를 하시오. 그리고 다시 두 번 도적질은 마오. 석돌이는 내가 데리고 갑니다."

도적도 차차 이야기를 듣고 나더니

"고맙다. 난들 도적질이 하고 싶어 하겠느냐. 배는 고프고 할 일은 없으니 그런 것이 아니냐. 그렇지 않아도 이번에 한번 큰 도적질을 해가지

고는 다시 하지 않으려고 했단다."

하고는 그 비단 뭉치를 둘러메었습니다.

"그러면 잘 가서 다시는 도적이 되지 마오."

명학이와 석돌이는 도적을 돌려세우고 걷기 시작했습니다. 삼 년 전 사당패에서 달아날 때처럼 손에 손을 꼭 잡고……

점방으로 돌아왔을 때, 안집에 있는 여편네, 아이들 글 선생, 계집애 하인 할 것 없이 불을 켜고 법석이었어요. 명학이는 도적에게 얻어맞은 어깨에서 흐르는 피가 손끝에까지 뚝뚝 떨어지는 것도 모르고 석돌이와 반가움에 자지러졌습니다.

그 이튿날, 서울서 내려온 주인에게 도적맞은 이야기와 도적에게 비단을 준 말을 하고

"그 비단 값은 어느 때라도 돈벌이를 하면 갚겠습니다. 용서하십시오." 하며 사죄했습니다. 주인은 명학이의 용기 있고 또 의리 있는 것을 칭찬하며 조금도 꾸짖지 않았어요. 그리고 석돌이도 그 집 점방에 명학이와 같이 쓰기로 했습니다.

그 후 명학이는 도적에게 맞은 상처가 다 나았으므로 갑자기 어머니와 동생들이 보고 싶어 주인에게 그 말을 했습니다.

"가서 며칠 잘 쉬고 올 때는 어머니와 동생을 모두 데리고 이리로 이사를 오너라. 그동안 집은 내가 마련해두겠다."

주인은 행여나 명학이가 다시 오지 않을까 하여 이렇게 신신당부를 하고 돈 백 냥과 어머니와 동생들의 옷감을 주었습니다.

명학이는 석돌이와 함께 주인에게 하직하고 월남동으로 갔습니다. 가는 길에 반야월 장터로 먼저 가서 고기를 사들고 명룡이와 명우가 좋아하는 사탕과자와 강정을 사서 오래 보지 못하였던 그리운 월남동으로 들어갔습니다. 전이나 지금이나 다름없는 허물어진 자기 집 사립문 앞에

서 들여다보니 명룡이와 명우는 웅크리고 방문 앞에 앉아 있고 어머니는 부엌에서 무엇을 하고 있었습니다. 너무나 반가워 진작 들어가지 못하고 조금 서서 진정을 해가지고 석돌이와 둘이 쫓아 들어가며

"엄마, 엄마. 아이고 뚱보, 눈쟁이."

명룡이와 명우는 전날 같으면 별명을 부른다고 성을 내겠지만 기다리고 기다리던 언니가 갑자기 쑥 들어왔으므로 너무 반가워

"으악!"

하고 앉은 채 해울음*을 울었습니다. 어머니도 그 소리에 놀라 뛰어나오시며 명학이를 보고 말문이 닫혔습니다.

"엄마……."

명학이는 가지고 온 물건을 뜰에 내던지고 어머니 품에 가 폭 안겼습니다.

명우와 명룡이는 그제야 벌떡 일어나서 어머니에게 안긴 명학의 뒤에 가 두루막**자락을 잡고,

"언니, 어디 갔다 왔어? 왜 안 왔어?"

하고 채슬러*** 느꼈습니다.

"이제는 다시 가지 말어. 밤에 무서웠어, 우리만 있으면……. 가지 말어."

하고 명룡이와 명우는 신신부탁이었어요. 그날 밤은 얼마나 반갑고 즐거운 밤이었던지요.

저 푸르고 넓은 하늘과 같이 크고 깨끗한 포부와 생각을 가지고 앞으로, 앞으로 나아가려는 명학이. 자기 한 몸만을 위하지 않고 첫째, 부모

---

* 아주 숨이 넘어 걸 것 같이 크게 우는 울음.
** 두루마기.
*** 들까불고 다그치다.

형제 일가친척 한동네 한 고을 한 나라 더 나아가서 온 세상을 위하여 항상 바른 생각으로 열심히 나아가려는 명학이가 그 후 어떻게 되었는가 하는 이야기는 뒷날로 미루겠습니다.

가엾은 동무 석돌이.

뚱보 명룡이, 눈쟁이 명우를 거느리고 명학이는 얼마나 훌륭한 사람이 되었는지요. 그리고 그리워하던 아버지를 모셔올 때까지의 모든 이야기도 뒷날로 미룹니다.

《소년중앙》, 1935년 5월~8월

수필

슈크림

벌써 신혼이라는 그러그러한 때가 저 먼 옛날같이 되어버린 이때에 새삼스럽게 달콤하고 아기자기한 신혼 여행기를 쓰라는 명령을 받고 펜을 들게 되니 공연히 웃음만 납니다. 대체 쓸 만한 거리가 기억에 남아 있어야 될 터인데 잊어버렸는지 또는 눈을 감고 여행을 했는지 좌우간 여행기가 될 만한 것이 생각나지 않습니다. 여행기가 아니라 그저 생각나는 대로만이라도 쓴다면 다음과 같은 운치 없는 말뿐입니다.

채 길지도 못한 단발머리를 겨우겨우 싸 묶어가지고 긴 치마에 얌전을 빼물고 시댁에 가서 이마에 손을 얹고 큰절을 할 때 머리꽁지 나올까봐 조마조마 애를 쓰며 한번 절하고는 곁에 선 피 씨彼氏를 바라보고

"꽁지 안 나왔소?"

하는 표정으로 머리 뒤에 손을 대어보면

"아직 염려 없다."

는 눈끔직이*를 해주면 겨우 안심하고 또 한 상 절을 하는데, 절 받겠다는 사람은 왜 그리 많은지 삼십여 상 절을 계속하고 나니 웬만히 심신이

피로해졌을 텐데 그 위에 거창스런 하루를 묵게 되었으니 예법이고 깻묵 뭉치고 간에 그저 펑퍼져 두 다리 쭉 뻗고 뒹굴고 싶은 마음이 굴뚝같았습니다.

그 이튿날에야 비로소 신혼여행인가 무엇을 간다고 좋은 곳 다 버리고 하필 대판**大阪으로 길을 나서 현해탄 위에 둥실 뜨고 보니 무슨 큰 시련이나 겪고 난 다음 같이 갑자기 명랑해져서, 참으로 가뿐하고 시원하더군요.

그런데 왜 구태여 시골뜨기 때를 못 벗고 대판으로 가게 되었나 하면 공업과 상업 외에는 아무것도 없다는 아버지의 의견으로서는

"경치 좋은 곳에 가면 뭣하나. 대판 ××공장, ××회사, 무엇무엇 그것은 다 한번씩 참고로 보아둘 만하다. 우리 조선 사람 손으로는 밥 짓는 솥 하나 경편하게 만들 줄 모르니."

하고 젊은이들 마음을 이해할 줄 몰라주시니 차마 노인의 의견을 반대할 수 없었던 것이었어요.

"그러지 말고 교토京都나 나라奈良 쪽으로 갑시다."

연락선에서 이렇게 제의하는 피 씨의 말에 못 이긴 체는 하였으나 속으로는 무척 반가워, 교토로 가자는 약속을 하였는데 하관下關***에서 채플린의 「거리의 등불」을 대판 일본전통공연장歌舞伎에서 상영 중이란 신문광고를 보고는 또다시 약속을 집어치우고 좌우간 대판에 먼저 하차하기로 했습니다.

대판에 내리자 「거리의 등불」을 보고 나니 욕심은 그대로 남아 있는지라 곧 아버지의 지기요 대판 상공계 중견인 ××씨를 찾아 자세한 이야

---

* 눈을 깜짝거려 의사 타진을 하는 행위.
** 오사카.
*** 시모노세키.

기를 들어 삼 일간 잘 견학해보라고 권하던 아버지에게 후일 사죄거리를 장만한 후 그날 밤 즉시 대판을 떠났습니다. 교토에서 내리려던 것도 차에 올라 조금 종알거리는 판에 당도하고 말았으므로 내리기가 싫어 그대로 기차 닿는 곳까지 뻗쳐버리자고 한 것이 동경東京이다.

"신혼여행을 동경으로 간다는 것은 촌놈이니 이왕 뻗치는 길이면 더 미끄러지자."

고 닛코日光까지 가고 말았습니다.

"백설이 나리는 닛코를 가보는 것은 신애의 성이 백白가니까!

라는 피 씨의 말이 그럴듯했습니다. 정말 일광에 가보니 틀림없이 백설이 만건곤이요, 만악萬岳에 때 아닌 백화가 만발해 있었어요. 나 역시 시인은 아니지만 한 마디 화답이 없을 수 없어

"백설이 내려 때 아닌 백화가 만발했네. 아마도 이화梨花인가 보다."

했더니 이李가인 피 씨 잠잠하였으나 속으로는 그럴듯한 모양이었어요.

요란하게 자동차 폭음을 내서 설운이 자욱한 골짜기를 천길만길 내려다보며 중선사호中禪寺湖로 구름을 헤치고 올라갈 때 우화이등선羽化而登仙인가 싶던 것 외에는 닛코의 승경 가지가지를 아무 감흥 없이 보고 말았습니다. 피차 닛코는 첫걸음이 아니었던 까닭인지는 모르나 이때에 가본 닛코는 그저 평범한 곳으로밖에 기억에 없습니다.

그러나 지금 생각하면 하나 기념될 만한 것이 있었습니다. 이 여행을 마치고 돌아온 후 슈크림을 먹기는커녕 보기도 싫어진 것입니다. 어떻게 해서 그렇게 되었느냐 하면 닛코 역에 내려 잠깐 끽다점喫茶店에 들어갔을 때 내가 슈크림을 청했더니

"그것이 무슨 맛이 있어?"

하고 묻는 것을

"나는 퍽 즐겨요."

하고 대답했더니 그날 밤 닛코호텔에서 없다는 슈크림을 일부러 사람을 시켜 닛코 역까지 가서 슈크림 한 상자를 사왔어요.

"자, 실컷 먹으시오. 일부러 당신을 위해 먼 데서 사온 것이니."
하며 갓근스럽게* 정성껏 권하는 바람에 한두 개면 넉넉한 것을 이럭저럭 자꾸 집어먹이니 그 정성을 무시할 수 없어 제법 맛있는 척하고 먹어대지 않을 수 없었습니다.

"내일 또 먹겠어요. 더 못 먹겠어요."
하고 겨우 거절을 하면 그 편은 내가 체면이나 하는 줄 알고 자꾸 권하니 그런 딱한 노릇이라곤 없었어요. 하는 수 없이 한 자리에서 열 개를 계속해 집어넣었더니 지금까지라도 슈크림이라면 머리가 흔들립니다.

"무턱대고 먹으라고만 권하는 것은 야만적이에요."
하고 지금이라도 간혹 싸움 밑천 삼아 들먹거리면

"내야 체면으로 권했지만 당신의 위 주머니도 상당히 야만적이던데."
하고 비꼬니 내가 체면 차려 억지로 먹은 줄은 모르는 심판입니다.

좌우간 허니문은 아무 데나 되는대로 갈 것입니다. 좋은 경치고 뜻깊은 곳이고 무어고무어고 다 소용없는가 합니다. 왜 그러냐 하면 어느 겨를에 외계경치 구경을 합니까?

그런 까닭에 신혼여행에는 산을 보나 바다를 보나 꽃을 보나 무엇에든지 아무 감흥도 인상도 없다고 그저 이렇게 우물쭈물 쓰다 마는 것이 옳겠지요.

《삼천리》, 1935년 5월

| * 매우 친절하게 대하다.

정거장 4제

1. 기차

나는 시골뜨기라 그런지 연전에 한번 택시에 치여서 백주대도白晝大
道 위에 쭉 뻗고 하마터면 영 잠을 자고 말 뻔했던 기억이 사라지지 않아
서 그런지는 모르나 좌우간 자동차라면 맘에 그리 탐탁치 않다.*

더구나 대구처럼 '아스팔트'를 깔지 않은 길을 걸을 때 마구 먼지를
휘날려 사람들 숨통을 막히게 해놓고도 한 마디 사과도 없이 태연히 달
려가버리는 밉살스런 자동차의 번들거리는 궁둥이란 못 참을 것의 하나
이다. 그뿐 아니라 설령 내가 턱 버티는 때라도 맘이 편치 못하기는 끝이
없다. 비록 체면 유지하느라고 젖히고 앉았기는 하지마는 나의 고통을
참는 마음〔苦勞性〕은 그저 사람을 칭구워** 넘길 것 같고 곱게 차려둔 상
점 같은 데 쫓아들어 갈 것 같아 그저 가슴이 조마조마한데다가 길 걷던

* 탐탁하지 않다.
** 자동차 같은 탈것들이 사람을 들이받는 행위.

사람들이 먼지를 덮어쓰고 내가 탄 자동차 궁둥이를 눈을 흘기고 원망할 것을 생각하면 영영 자동차 탈 마음이 없다.

그러나 자동차에 비하여 기차는 단연히 그렇지 않다. 한번 올라앉으면 맘이 편하고 든든하다. 첫째, 길 가는 사람들에게 먼지도 씌우지 않을 뿐 아니라 자동차처럼 되는대로 그저 아무 골목이나 막 털어놓고 쫓아다니는 그런 무례막심한 류가 아니다. 한번 꽥꽥 소리만 지르면 백사만사 다 제지하고 그저 달아난다. 어디까지든지 두 줄기로 정답게 뻗쳐 있는 레일 위를 티끌만 한 장애도 없이 절대의 특권을 가지고 저 혼자만 달려가는 그 유쾌함이야 감히 자동차 같은 소인배들에게 비할 바이리오.

일분일초의 에누리도 사정도 없이 울며 잡는 수많은 소매들을 다 떨쳐버리고 간다면 가버리고야 마는 그 용단성(?)이야 얽매여 사는 인간들에게는 얼마나 부럽고 통쾌한 존재이랴. 그뿐 아니라 거만스럽고 건방진 친구들에게는 다시없는 교우의 하나가 되는 기차님이다. 제아무리 제라는* 양반 신사라도 기차시간만은 어기지 못한다. 기차를 □□□**

"어 조금만 일찍 왔다면."

하고 스스로 후회는 할지언정 기다리지 않고 가버렸다고 기차를 욕은 하지 않는다.

나는 어느 날 오뉴월 황소같이 생기고 하루가 '엿' 같고 파리잡이 풀 같이 눅진한 표 서방表書房이 '풀 스피드'로 정거장으로 달려가는 것을 보았다. 표 씨는 길을 걸을 때 두 팔 흔들기도 힘이 든다고 그저 내려트린 채 대렁궁 대렁궁***걸어 다니며 두 눈도 일상 보아도 삼분지 일 밖에 뜨지 않는 아주 초만만적 인물이다.

---

* 나입네.
** 원전에는 '털구령'으로 되어 있다.
*** 걸을 때 팔을 거의 흔들지 않아 어색하게 움직이는 팔의 모양새.

기차는 이 표 서방에게도 달음박질을 시키는 절대의 위엄을 가진 유쾌하고도 용기 있는 영웅이다.

그뿐 아니라 '후미기리'*를 지날 때 좌우로 사람이 비켜서 있는 것을 볼 때나 정거장 안에 쑥쑥 들어가면 금테짜리 영감 이하 꼭 바로 서 손을 들어 모자챙에 대고 인사하는 것을 볼 때 나는 제2세의 '돈키호테'가 되려고 하는지는 모르나 모두가 나 하나 행차를 위함이나 다름없는 것 같이 '플랫폼'에 내려서며 어깨를 M자형으로 치켜들었다면 모두 웃을 것이다.

2. 카르켓**

무슨 장長 자가 붙은 사람의 부인쯤 되어 보이는 여인 한 분에게 손을 이끌린 어린아이가 대합실 안에서는 제 치장이 제일인 것이 아주 우쭐해하며

"어머니, 카르켓 하나."

하고 손을 벌렸다. 여인은 얼른 실주머니에서 과자 한 개를 내어 아기 손에 쥐이려다가 잘못하여 땅에 떨어트리고 말았다.

"아이고나."

아기는 폴짝 뛰어 집으려했다.

"더러워. 몬지***가 묻었어."

하고 또 한 개를 다시 내었다.

"응 그렇지?"

---

* 철도 건널목.
** 그 당시 과자 이름인 듯함.
*** 먼지.

아기는 다시 쥐어주는 과자를 다른 아이들 식욕을 충동이나 하듯이 바삭바삭 먹기 시작했다.

그때 어디서 보고 왔는지 거러지 아이 하나가 급히 달려와 떨어진 과자를 집으려 했다. 그 순간 여인은 모르는 척하며 한 발을 과자 위에다 슬쩍 놓으며 바사삭 소리를 내어 유린하고 말았다.

거러지는 하마터면 밟힐 뻔한 손을 움칫하며 물러서 여인의 발을 안타깝게 꼭 내려다본 후 과자 먹는 아이의 입술을 바라보았다.

곁에서 보고 있는 내 맘은 몹시 불쾌했다. 그러나 만일 그 여인이 떨어진 과자를 밟아버리지 않고 집어서 거러지에게 주었다면, 밟아서 버린 그 이상 더 불쾌하였을 것이다. 아무리 거러지 아이지만은 떨어진 것을 차라리 먹이지 않는 것이 나으려니, 라는 그런 호의로서 밟아버린 그 여인이 아님을 확실히 느낀 바임이다.

3. 차표

"자 채례*로 서 하소. 요보, 뒤에 갓소.** 앞에 작고 나와 안 데겠소."

일본 내지사람 역부는 차표를 사려는 사람을 일렬로 늘여 세우려고 애를 썼다.

"내 조금 할 말이 있소. 잠깐만."

갓 쓰고 망건 쓴 촌 양반 한 분이 자꾸 출찰구에 덤벼들었다.

"요보, 안 되겠소. 마리*** 무슨 마리 뒤로 가!"

* 차례.
** 가시오.
*** 말.

"아니 잠깐."

"안 돼. 가, 가."

역부는 양반의 어깨를 떠밀었다.

"허, 그 양반 정신없구나. 표 파는 사람에게 무슨 이약*이요."

표 사려던 젊은 사내가 비웃는 말을 붙였다. 양반은 갓을 고쳐 쓰며

"아니 공교히** 돈이 한 일 전 모자라서."

하고 애처로운 시선으로 출찰구를 바라보았다. 젊은이는 벌써 양반이 한 말이 무엇임을 알아채고

"허허 참, 그 양반 전라도 무주구천동 사다 왔구려. 쇠통 정신없구나.***
당신 차표 에누리 할 작정이오. 에, 이 양반."

하고 놀려대는 판에 표 사려던 사람들은 모조리 웃었다.

"아니, 에누리가 아니라 단 일 전이 모자라니까."

또다시 모두 웃었다. 양반은 얼굴을 조금 붉혀서 그래도 단념하지 못했는지

"단 일 전이 모자라는데 이렇게 큰 장사하는 기차장수가 그까짓 것을 가지고 시비할까."

하며 중얼거렸다. 나는 그 정상이 딱해서

"여보시오, 어디까지 가세요?"

하고 물어보았다. 불과 십팔 전이면 가는 ××까지였다. 나는 표 한 장을 사가지고 양반에게 주려고 돌아섰다. 양반은 한편 구석에 서서 주머니를 뒤지고 있는데 그의 손발 사이에서 일 원짜리인 듯한 지폐 한 장이 보인다.

---

* 이야기.
** 공교롭게.
*** 전혀 정신이 없구나.

나는 그 자리에서 차표를 찢어버리려다가

'아니다. 모처럼 들어간 일 원짜리다. 단 일 전에 그 돈을 헐기가 얼마나 안타까울까.'

하는 생각을 하며 그 손에 차표를 쥐어주고 개찰구로 달음질하여 나오고 말았다. 뒤에 생각하니 대단히 싱거운 나임을 깨달았다.

4. 일 이등 객

일 이등 대합실에서 쉬는 사람이면 다 일 이등 차를 타는 것이 아니다. 어떤 때에는 일 이등 객은 문밖에 서게 되고 삼등객의 너절한 친구들에게 대합실은 점령되고 마는 때가 간혹 있다.

이런 때면 역부가 실내를 정리한다.

"저리 가, 저리 가."

조선 사람인 그이지만 역부는 오십음도五十音圖*로 발음하는 것으로써 위엄을 내려는 듯했다.

아래위로 인조견을 번쩍거리며 속옷에 함북** 풀을 먹여 와그작와그작 소리를 내며 검정 고무신에 두꺼운 무명 버선을 담아 신은 한 떼의 할머니들이 히히히, 웃으며 몰려가고 뱃심 없고 양심 바로 가진 순진한 분들은 다시금, 다시금 쫓겨나간다.

"당신도 저리 가."

역부는 소파 한가운데 어깨를 올리고 앉아 있는 사람 앞에 가 섰다.

그 사람은 때 묻은 샤쓰에 오십 전짜리 '캡'을 젖혀 쓴 룸펜 씨였다.

---

* 일본의 가나 문자를 모아 세로로 다섯 자, 자음은 가로로 열 자씩 나란히 세워 그린 표.
** 함빡.

"어서 저리 가, 저리 가."

역부는 재촉했다. 그러나 룸펜 씨는 까딱하지 않고 태연히 앉아 있었다. 역부는 쫓아낼 길이 없는지

"당신 차표 좀 봅시다. 여기는 일등, 이등차를 타는 손님밖에는 앉지 못하오."

하고 기어이 쫓아낼 계교를 핀다.

"차표를 이제 본담. 그 친구 정신 빠졌구나. 여기가 기차가 아니오. 차표 조사는 또 왜."

하고 딱 들이받았다. 역부는 대답할 말이 생각나지 않는지 그저 무턱대고

"저리 가."

하고 호령을 했다.

"어데로 가란 말이요?"

그때에 룸펜은 캡을 벗어들었다.

그러나 그 표정은 살기를 품은 것이 완전히 나타났었다.

"삼등 대합실로 가."

"왜?"

룸펜의 말소리는 조용하고 저력 있는 음성이었다.

"여기는 일등 대합실이다."

"그런데 왜?"

"왜가 뭐야. 가."

"가가 뭐야. 왜?"

"잔말 말고 저리 가."

"잔말이 뭐야. 왜?"

"그래도 안 갈 텐가."

"응, 이 양반이 공연히 사람을 웃기는구나. 왜 작고* 가라는 가요?"

"일등 손님이래야 여기 앉는 거지."

"뭣이 어째. 헤 참 자꾸 웃기는구나. 그래 저기 앉은 저 색시도 일 이등 손님인가. 구태여 나만 왜 그래?"

룸펜 씨 가리키는 편에는 머리때 묻은 인조견 저고리에 가짜 금비녀를 꽂은 술집 작부인 듯한 색시가 얼굴을 붉혔다.

"정 안 갈 테야? 그렇게 앉고 싶거든 옷이나 좀 깨끗이 입고 오너라."

역부는 고소를 감추어 이렇게 말했다.

"헤헤, 그 말 잘 했구나. 야, 이 친구 어느 빌어먹을 녀석이 새 옷 입고 여기 앉으러 오겠느냐 말이야. 자, 봐라."

룸펜 씨는 벌떡 일어서며 주먹으로 소파를 쾅쾅 두들겼다. 소파에서는 더러운 먼지가 풀씬풀씬** 일어나며 남색 비로드에 깐 소파는 먼지투성이인 속판을 폭로시켰다.

"자 이만하면 말 다했지 뭐야. 내 옷이 암만 더러워 보여도 이 걸상보다는 깨끗하다."

룸펜 씨는 자기 가슴을 쾅쾅 두들겨 보이고

"당신은 나를 더럽다고 나가라지만 나는 걸상이 더러워 피해 나간다. 얼른 말이야."

하고 그는 가가대소하며 궁둥이를 툭툭 털며 나가버린다.

《삼천리》, 1935년 10월

---

* 자꾸.
** 풀썩풀썩.

철없는사회자

십 년 전 이월 이십이 일* 이날은 흰 눈이 내려 채 녹지도 않은 차가운 날이었다. 아침밥을 부리나케 먹고 낙원동에 있는 여성동우회 회관 겸, 경성여자청년동맹회관인 이발소 이 층으로 달려가니, 벌써 시계는 아홉 시에 가까웠다. 이날인즉 ××이 죽은 날**이라 전선 각 사회주의 단체는 모두 일체 집합을 엄금당한 날이다. 그러나 일찍부터 회관에 모여든 상무위원들은 기어코 이날에 집회를 도모하기로 결정하고 준비에 분망했다. 경찰당국이 허락하지 않는 이날에 기어코 집회를 해야 될 이유는 여자청년동맹 창립 이 주년 기념식을 해야 되는 날이었던 까닭이었다. 그때 나는 여성동우회와 여자청년동맹에 다 상무위원이었기는 하지마는 실상인즉 사회주의 서적 몇 권을 읽고 시골구석에서 갓 뛰어나간 순진한 소녀였다. 눈먼 송아지 요령 소리만 밟아가는 격으로 다른 위원들이 말하는 그대로 그날 기념식 순서와 부분을 결정하니 사회는 허정숙 씨

---
* 작가의 기억이 잘못된 것으로 보인다. 《시대일보》 기사에 의하면 21일이다.
** 레닌 사망일.

요, 경과보고는 조원숙이었고 금후 방침은 바로 내가 말하게 되고 그 외 심은숙, 김영희 양 씨도 다 각각 무엇을 다 맡게 되었었다. 그래서 이 순서를 그대로 적어가지고 경찰서에 허가 맡으러 가기로 되었다. 그러나 비록 우리끼리 헛기세를 피우며 이렇게 결정은 했을망정 이미 집회금지를 당한 이날임을 알고 있는 터이라, 경찰서에 가보았자 헛수고뿐이 될 것을 모두 잘 알고 있었다. 그런 까닭에 아무라도 섭적 내가 가겠다고 책임지고 나서는 사람이 없었다. 서로 이리저리 밀다가 결국은 나에게 가라고 명령이 내렸다. 나는 기가 막히지 않을 수 없었다. 대체로 서울 온지 두 달도 채 못 되었으니 어떻게 이런 어려운 교섭을 갈 수가 있었겠느냐 말이었다. 그러나 나는 서로 미루는 것이 딱 싫어서 종로경찰서로 쑥 들어가 고등계를 찾았다. 또 안으로 쑥 들어가니 눈에서 현기가 날 판이었으나 용감하게 그날 밤 집회를 허락해달라고 말했다. 백전노장인 고등계 차석이 미소하며 고개를 좌우로 흔들자 갑자기 나는 생각나는 바가 있었다. 그래서

"만일 오늘밤 집회에서 무슨 일이 생기면 전 책임은 내가 지겠소. 그래도 안 된다면 나를 미리 유치장에 잡아넣고 허가해주시오."
라고 했다. 차석은 깔깔 웃으며, 자못 철없는 나의 말을 가엾게나 여겼던지 두 시간이나 시달린 후 비로소 허락을 했다. 나는 의기양양해서 종로서 문을 뛰어나가니 여러 동무들은 내가 잘못 서둘다가 금속이나 당했는가, 해서 걱정하고 서 있었다. 그래서 그날 밤 천도교기념관에서 기념식을 하게 되었다. 정각 일곱 시 반이 되자 장내는 입추의 여지가 없이 대만원이었고 경계도 엄중했다. 그러나 일곱 시가 지나고 여덟 시가 지나도 이 밤의 사회자인 허정숙 씨가 오지 않았다. 그때, 갑자기 허 씨가 □□□□□□ □□□□ □□□□ □□ □□□□ 나오지 못하게 되었다. 장내에서는

"시간 지킵시다."

하는 야유가 떠오르고 시계는 벌써 여덟 시 반이나 되었다.

"사회를 누가 하느냐."

하는 것이 문제가 되었다. 그러나 하려는 사람이 없었다. 모두 변소에 간다고 피해버리고 막 뒤에 남은 것은 나 하나, 이것 큰일이었다. 내 평생에 이런 회합을 단 한 번이라도 구경했더라면 나에게는 걱정이 되지 않았을 것이지마는 대체 사회자라고는 무엇인지도 알지 못하는 터이니 그 처지에 기가 막히지 않을 사람이 없을 것이다. 그러나 이미 경험 있는 분들이 피해가고 멍텅구리 나에게 슬쩍 미루는 그 심사에 나는 가슴의 피가 뒤끓었다.

"여보시요, 내가 할 테니 대강 어떻게 하는 것인지 설명 좀 하시요."

하고 정종명 씨인가 누구에게 애원했다. 그때 연령이 초과하여 청년동맹회원이 아닌 정종명 씨는 자못 초조해했다. 좌우간 일이 분간 설명을 듣고 막을 걷어치운 후 연단으로 기운 좋게 올라갔다. 턱, 올라서 한번 장내를 살펴보니

"아이고머니……."

콩나물같이 백여 앉은 사람들의 얼굴이 왜 모두 그렇게 원숭이 궁둥이같이 붉은지, 그만 수족에 힘이 풀어지고, 두 눈이 핑 돌며 가슴이 메슥거리고 두 입이 타들어 붙고 말았다.

"말소리 크게 하오."

라고 야유가 풀풀 날아오자 내 정신이 돌아왔다. 좌우간 그날 밤에 내 가슴이 텅 비도록 아는 것 모르는 것 막 털어 지껄대기는 했는데, 무엇을 말했는지는 진작 잊어버렸다. 식이 끝나고 여흥도 끝난 후 연단 아래로 총살같이 내려가 잘못한 거나 없느냐고 동무들에게 물었다.

"말소리와 태도가 너무 어린애 같고 애교나 죽이는 것 같더군. 투사답지 못하고……."

라고 일제히 말했다.

"애교라니? 너희들처럼 달아나는 것이 투사냐?"

하고 그날 밤 나의 노력을 너무나 몰라주는 것이 분했다. 지금 생각하면 부끄러워 얼굴에 불이 난다.

《중앙》, 1936년 4월

백안白雁

꼭 어른 같다는 어린이들, 꼭 늙은이 같다는 젊은이들, 꼭 여자 같다
는 남자들은 모두 내 눈에는 좋게 보이는 편이 아니다.

어린이는 철없어야 어린이답고 젊은이는 용감해야 젊은이답고 남자
는 또 좀 남자다워야…….

일 년 사시절도 봄은 봄답게 따뜻하고 여름은 여름답고 가을은 가을
답고 겨울 또한 겨울답게 추워야 다 각각 그 달라가는 데 재미가 있는 것
이라고 우에 잔소리* 같으나 나는 이렇게 생각했다. 그러나 예외로 금년
겨울은 겨울답게 냉혹하게 추운 날 없이 봄날같이 따뜻한 날이 많은 것
도 별로 그렇게 나쁜 것이 아니었다.

사람도 간혹 어린이 같은 어른이나 젊은이 같은 늙은이나 남자 같은
여자가 있는 것과 같이…….

장승 입에 떡가루 칠해두고 떡값 내라고 시비하는 깍쟁이 같은 세상

| *하지 않아도 될 말까지 보태어 하는 잔소리.

판에서 부끄럼 당하고 얼굴이 빨개지며 입에 손가락을 비비 틀어넣는 철 없는 어린이 같은 어른을 볼 때나 공자님의 도를 본받아 중용을 지키느라고 살살 피해 다니며 남만 앞장을 세워놓고 저는 저대로 점잔만 하려는 젊은이가 많은 판에 두 팔 휘젓고 앞장을 맡고 나오는 용감한 한 늙은 이를 볼 때, 나는 무조건하고 가슴이 뜨거워지며 기뻐서 속고俗苦를 잊어 버릴 때조차 있다. 모이면 옷 자랑, 음식 자랑, 남 흉내보기에 힘쓰는 여인들 가운데서 간혹 이들과 전연 반대되는 훌륭한 여인을 볼 때야 말하면 무엇 하랴마는 얼마나 유쾌하랴…….

겨울은 겨울답게 추운데 재미가 있는 것이기는 하나 봄같이 따뜻한 것도 또한 버리지 못할 재미가 있다. 우리 집은 넓은 들판 한가운데 있어 제일 가까운 인가라도 이삼 분 걸어야 가게 되나 이따금 찾아오는 사람은 많다. 모두가 무지하고 가난한 촌농부들이기는 하나 이들은 지극히 순박하여 마치 어린이 같은 어른들이다.

"아이고 금년 겨울은 따뜻해서 참 좋습니다."
하고 나는 첫 인사를 하면 이들은 누구나 다같이

"아이고 새댁이야 바깥일 할 게 있나 추우면 무슨 걱정이겠는기요."
한다. 나는 얼른

"옷 없고 밥 그리는 사람들에게야 오직 고맙겠어요. 내야 춥든 덥든 상관없지마는……."
하고 대답하면 그들이 오직 나를 칭찬하며 마음이 어질다고 존경하련마는 불행히도 나는 이러한 아름다운 마음씨라고는 그림자만치도 가지지 못한 인간이었다.

"금년 겨울은 따뜻하여 참 좋습니다."
라고 말한 내 속 이유는 이들 촌부들에게 이해 못할 이유가 있는 것으로 그저 덮어놓고 저편 사람들 인사체로 한 말은 아니었다. 그러나 이들에게서

"바깥 일 할 게 있나 추우면 무슨 걱정이요."

라는 대답을 듣고 더 입을 떼기가 생각되지 않을 수 없었다. 바른대로 나오는 대로 무사無邪한 어린이 같았으면

"추워도 좋지마는 바람이 불면 건너 못에 기러기가 날아오지 않으면 어떡해……."

하고 말할 것이로되 나는 이미 깍쟁이가 거의 다 되어가는 판인지라, 말 머리만 슬쩍 돌리고는 마는 것이었다. 만일 그들이 이 말을 들었다면 당장에 속으로

'그까짓 기러기가 날려오면 무슨 이익이 있나. 할 걱정이 없으니 별 말을 다 하는구나.'

하고 비웃을 것이다. 그러나 나는 비록 촌부들에게서야 비웃음을 받을망정 혹독하게 추워지면 건너 못에 기러기 날아오지 않을까 하는 것이 제일 걱정이었다.

건너 못에 날아오는 기러기는 백설같이 희고 깨끗한 털을 가졌으므로 처음에는

"기러기가 빛이 왜 흰고."

하는 의심이 생겨 촌부들에게 물어보니 그것은

"고니."

라는 거요, 라고 대답했다. 나는 얼마만치 실망이 되어 어떻게든지 그것이 기러기라는 확증을 찾기에 애썼다. 그 울음소리나 날아가는 모양이 꼭 기러기와 틀림없는데 빛깔이 희다. 누가 무어라고 하더라도 흰기러기도 있다는 것만 알고 싶어 누구에게 물어볼까 하고 생각하고 있었다. 그 어느 날 밤 요란한 기러기 소리를 들으며 앉았으려니 홀연 입에서 나도 모르게 글 읽듯 군소리가 나왔다. 무의식간에 나오는 군소리가 가끔 나에게 반가움을 느끼게 하는 때가 있다. 내가 어릴 때 아주 재미있어 부르

다가 잊어버린 노래나 어느 때 배웠던지 기억조차 없는 한시 구절 같은 것이 툭 튀어나오기를 잘 하는 까닭이다. 이날 저녁에도 열서너 살 적 배워보고 그 후는 꿈에도 되풀이 한번 해본 적이 없었던 것인데, 입술이 제 혼자 기억하여 군소리를 하고 있는 것이었다.

"맹자견량혜왕孟子見梁惠王 하신데, 왕이 입어소상立於沼上 이러시니, 고홍안미록왈顧鴻雁麋鹿 曰 현자賢者도 역낙차호亦樂此乎 잇가."*

하고 내 입술은 그 다음으로 줄줄 내려가고 있는데 그때 내 머리는 그 군소리를 듣고 무엇이 생각났는지 내 몸을 재촉하여 책장을 뒤지게 했다. 나는 연방 군소리를 하며 책장 한편 구석에서 맹자를 끄집어내 막 뒤져 보았더니, 마침내 내가 알고자 애쓰는 것을 알아내고 말았다 .다시 말하면 우리 집 건너 못에 날아오는 그 백색의 새가 무엇인지를 알게 되었다는 것이다. 이『맹자』책은 현토주해懸吐註解 한 것이었으므로 내가 군소리로 외었던 글의 주해란註解欄에 홍鴻은 안지대자야雁之大者也 라고 쓰여 있었던 것이다. 나는 공연히 무척 반가워 얼른 옥편을 열고 홍鴻 자字를 찾아보니 역시 백색白色으로 안지대자雁之大者 라고 쓰여 있었다.

"올치. 그러면 그렇지. 기러기임에는 틀림없다."

하고 기뻐했다. 그 이튿날부터는 안심하고 기러기, 기러기 하고 부르게 되었으므로 전보다 더 운치가 깊었다.

금년 겨울은 봄날같이 따뜻한 날이 많으므로 거의 날마다 푸르게 개인 아침 하늘 아래 수백 마리씩 열을 지어 저 먼 앞산으로부터 기럭기럭 서로 부르며 대답하며 날아오는 아름다움, 더구나 아침햇발에 백설 같은

---

* 『맹자孟子』양혜왕편梁惠王篇 상권에 있는 문장으로 그 의미는 다음과 같다. 맹자가 양나라의 혜왕을 만나보셨는데, 왕이 못가에 서 있다가 큰 기러기와 작은 기러기, 큰 사슴과 작은 사슴을 돌아보면서 말했다. "현자賢者에게도 또한 이런 것들을 즐김이 있습니까?" 이 대목에 대한 주자朱子의 해설은 이러하다. 홍鴻은 안지대자雁之大者요 미麋는 녹지대자鹿之大者라. 즉 '홍鴻'은 기러기 가운데 큰 것이고, '녹鹿'은 사슴 가운데 큰 것이라 했다.

그 나래들이 장미색薔薇色으로 내 눈에 비치는 그 나래의 맑은 빛이 끝없이 신비스럽고 보드라운 그 나래 소리에 내 영혼도 함께 청정해지는 듯하는 것이었다. 그뿐 아니라 월명月明하고 기청氣淸한 심야에는 외기러기 아닌 때 기러기들의 상호相呼하는 요란한 울음소리에 튀미한* 잠꾸러기인 나로서도 잠 못 들어 남폿불을 돋웠다 낮추었다 하며 애꿎게 책장만 뒤지게 한다. 어떤 때는 책을 치켜든 팔이 기진하여 잠을 들이려 애를 쓰면 두 귀에 요란하던 기럭기럭 소리가 가슴속에까지 파고들어 온 몸뚱어리 속까지 새어들고 나중에는 온 방 안에 꽉 차고 온 천지에 꽉 차서 기럭기럭 울음소리에 내 정신조차 혼미하여진다.

금년 겨울은 기러기 속에서 거의 보내게 되는가, 고 생각이 든다. 그저께는 아침에 일어나 창을 열고 내다보니 만공滿空에 백설이요 온 땅 위가 또한 백설에 잠기어 있었다.

"오늘은 기러기들이 어데 가서 이 눈을 피하는고."
하며 생각하였더니 의외에도 반가운 기러기 울음소리가 설공雪空에서 들려왔다.

나는 눈을 그대로 맞으며 바삐 들 가운데 나서니 여전하게 기러기들은 떼를 지어 내 머리 위로 날아가고 있었다.

분분한 설공을 나는 흰 나래들……. 이 또한 기막히게 아름다워 단하나 나의 혼이 나래 따라 끝없이 갔다 오니 추워진 내 옷 위에 눈이 쌓여 있었다.

"응당 나래 위에 흰 눈이 쌓였으련만, 나래 역시 흰 빛이라 내 눈에 보이지 않았으니 그 나래 무거운 줄을 몰랐구나."

나는 무식한 시인 부스러기 같이 군소리를 하며 방 안으로 들어왔다.

| * 어리석고 둔하다. 투미하다.

435

그 날 오후는 날이 개이며 훈훈하여 봄눈이 온 뒤 같았으므로 집 안에 사람들도 없고 심심하여 밖을 나오니 건너 못에서 요란하게 기러기 소리가 들려왔다. 나는 허둥지둥 못 둑에 올라가보았다.

기러기들은 못 한편 얼음 녹은 물 위에 고요히 떠 있었다. 마치 구중궁궐九重宮闕 안 정원호수庭園湖水 위에 수없이 떠 있는 호화로운 유선같이 둥실둥실 떠 이리저리 미끄러지듯 헤엄치며 나는 본척만척한다. 그래도 나는 행여나 그들의 놀음에 방해될까 하여 못 둑 위에 가만히 웅크린채 무릎 위에 팔을 세워 턱을 고이고 마음을 즐거움 속에 잠가놓고 양안兩眼을 반개半開하여 때 가는 줄을 잊고 있었다. 이때

"보시소, 왜 여기 있는기요."

하는 사내 목소리가 바로 내 곁에서 들려왔으므로 나는 졸도할 뻔 기겁을 했다. 겨우 진정을 하여 돌아보니 남의 집 머슴살이인 듯한 헐벗고 때 묻은 사내 하나가 서 있었다. 나는 나의 즐거움을 깨트리고, 그 위에 놀라게까지 한 이 낯모를 무례한 사내에게 순간 단단히 골이 나 벌떡 일어서며

"왜 물어요?"

하고 격한 어조로 반문했다.

"아니요. 누구를 기다리시는가, 해서."

"무엇을 하든지 당신에게 무슨 상관이요, 실없이!"

나는 저편의 태도 여하에 따라 큰 소리라도 낼 듯이 발끈 성을 내었다.

"아니 그저."

사내 얼굴은 무척 낭패하여 우물우물 하는 것이었다. 나는 그의 태도를 한번 바라본 후 갑자기 픽 웃고 말았다. 그가 나에게 말을 건네게 된 마음을 짐작한 까닭이었다.

"쓸데없는 말 묻지 말고 갈 길이나 가시요."

하고 다시 아까처럼 웅크리고 앉았으나 사내는 그래도 뻑뻑이 가지 않고

서 있었다.

"여기 이렇게 앉아 있으니 당신 눈에 어떻게 보이시오?"

하고 나는 웃는 얼굴로 물어보았다. 그러나 사내는 내가 예기한 대답은 하지 않고

"아니요. 댁이 어데십니까?"

하고 묻는다.

"우리 집은 바로 저것이니 안심하시오. 내가 물에 빠져 죽을까 봐 그러시는 것 같소마는 안심하시고 가십시오."

하고 나는 여자답지 못하게 가가대소를 했다. 사내도 그제야 뒤통수를 긁으며 무색한 얼굴로

"추운데 인적 없는 못가에 혼자 있기에 저, 행여나 누구신가…… 해서."

하며 부끄러운 듯이 달려 가버리고 말았다. 이 못 위에 기러기가 저렇게 늘 놀고 있어도 구경하러 온 사람은 나 하나뿐이었음을 짐작할 수 있었다. 나는 고소한 후

'기러기 너 내 여기 있음을 아는지 모르는지?'

하는 맘으로 다시 바라보고 있었으나 아까처럼 즐거워지지도 않고 기러기 역시 나를 본체만체

"네가 아무리 우리를 바라본들 무슨 소용이 있겠느냐."

이라고나 하듯이 저희들끼리만 놀고 있었으므로 집으로 돌아오고 말았다.

"이 추운데 못가에는 무슨 청승으로 갔다 오시는지요. 나는 누가 빠져 죽으러 가 있는가, 했구마."

하고 촌부 하나가 길 위에서 나를 바라보고 웃으며 이렇게 말했다. 나는 어이없어 또 한 번 더 웃고 방으로 들어왔다. 나는 창문으로 동네 오막살이를 바라보며 앉아 있었다.

《조선일보》 1937년 3월 5일~7일

초화

꽃은 누구든지 사랑하는 바이다.

그러나 나는 꽃보다도 수목을 사랑한다. 아니 꽃을 그다지 사랑하지 않는다. 내 성격이 조야粗野한 까닭인지는 모르나 봄에 벚나무 구경을 가서나 또는 갖은 기교를 다한 꽃밭 속에 있어서는 그저 참 아름답구나, 하는 평범한 생각밖에 할 줄 모른다.

그리고 남의 집에 놀러 가서도 꽃을 아름답게 심어둔 것은 그저 예사로 보지마는 커다란 나무가 한 개쯤이라도 서 있으면 아주 마음이 즐겁다.

그러므로 나는 간혹 꽃밭을 만들어본 때가 있기는 하나 그것은 내 마음을 즐겁게 하려는 것도 또는 내가 사랑하기 때문에 하는 것도 아니었다. 단지 남의 눈을 위해서 정원을 장식한 데 불과했다. 더구나 화분에 심은 꽃은 내 스스로 기르는 것은 물론이요 남의 것이라도 들여다보고 싶지 않다.

그러나 나도 어리고 철없던 그 어느 때는 푸른 심산유곡을 찾아다니며 그곳에 고개 숙이고 아담스레 피어 있는 향기롭고 고아高雅한 흰 백합화를 찾아보려고 갖은 모험을 다한 적도 있었다. 그리고 사람들의 발길에 밟힐까 봐 잎사귀 속에 숨으려고 애쓰면서라도 방긋이 피어 있는 길가의 꽃들을 가엾다고 집 뜰 안으로 옮겨 심느라고 해지는 줄 모른 적도 있었다. 또는 인생의 진리란 무엇인가를 회의하여 세상 사람들이 버러지같이 보이던 때는 공연히 푸른 꽃도 있는가, 하는 생각에 푸른 꽃을 찾아보려고 울릉도까지 가보려고 한 일까지 있었다.

이러한 것은 모두 내가 꽃을 사랑하였기 때문이 아니라 내가 꽃을 두고 온갖 공상을 다했던 까닭이었다. 꽃을 찾아다닌 것이 아니라 꿈속에 헤매던 공상에 끌려다녔던 것이다.

그러나 지금이라도 가끔 유곡幽谷에 홀로 곱게 핀 백합화를 찾아보고 싶은 충동을 느낀다. 다행히 내가 찾아보게 된다면 그때 나는 꽃 앞에 꿇어앉아 꽃의 아름다움에 감격하고 또 마음껏 즐길 것이다. 그 밖에는 사람들의 손으로 아무리 아름답게 길러진 꽃이라도 나는 사랑하고 싶지도 않고 심지어 보기까지 싫다. 이러하므로 사진으로 본 열대지방같이 수목이 울창한 심산深山이나 삼림森林은 나에게 절대의 매력이다.

녹음방초가 우거진 수림 속에서 가만히 있으려면 그 많은 수없는 잎사귀들의 맑은 빛이 내 몸에까지 배어들어 나무의 정령精靈이 내가 아니었던가 싶기까지 하여, 나는 삶의 환희란 것을 느낀 듯하며 영령靈이 미소를 금치 못하는 듯도 하다.

《문원》2집, 1937년

금계납金鷄納*

　새로 이사 온 우리 집 뒤에 조그마한 봇도랑이 하나 있는데 사시로 끊임없이 직경 이삼 인치쯤 되는 펌프에서 나오는 물만큼 흐르고 있다. 이 봇도랑에는 원근을 물론하고 빨래하러 오는 사람이 많다. 아니 이 근방에서는 유일한 빨래터이다. 그러므로 언제든지 방망이 소리가 끊이지 않는다. 나는 빨래가 모이면 귀를 기울여 방망이 소리가 없는 틈을 타서 쫓아가 제일 물이 좋은 자리를 점령하는 것이었다. 언제나 이러하므로 어느 날은 나와 인사 없는 한 여인이,

　"저 새댁이는 언제나 제일 좋은 자리만 차지하더라."

하고 빈정대듯 말을 했다.

　"먼저 오니까 늘 좋은 자리에 앉을 수밖에……. 누가 남이 앉은 것을 억지로 빼앗아 앉았는가요."

하고 딱 받아주려다가 그대로 참고 싱긋 웃고

---

　* 감기, 독감기, 장질, 별복증, 학질, 한열증, 몸살, 허약증 등에 복용하던 약 이름으로 어을빈이 만들었다고 한다.

"이 자리에서 빨래하고 싶거든 잠깐만 기다리시오. 곧 끝이 납니다."
했다. 이렇게 호의 있는 내 대답을 들은 척 만 척하고 그 여인은 내 바로
곁에 앉은 다른 여인을 보고,

"저 새댁이는 요새 처음 보는 새댁인데."
하고 묻는 말씨는 분명히 나에게 무슨 반감을 가진 빛이었다. 나는 그 여
인에게 반감을 가지게 한 것이 무엇임을 대강 짐작하는 바였다. 첫째, 그
봇도랑에서 옛날부터 오늘까지 수없이 빨래하는 여인네들이 한 번도 입
고 온 적이 없는 털 재킷을 입고 있는 것, 그들의 눈으로는 값이 많은 듯
한 반지를 끼고 있는 것, 누구하고도 살림살이 이야기 같은 것을 하지 않
는 것, 둘째 어딘지 좀 건방지게 보이는 것들이 모두, 그들에게 공연히
반감을 가지게 한 것인 줄을 나는 자신했다.

그 여인은 눈과 입술로 곁에 여인에게 동네에 꼭 하나 있는 술집 작
부가 아니냐고 묻는 듯한 것을 나는 공기의 촉각으로 알았다. 곁에 여인
네는 아주 놀라며,

"아이고 이 여편네가 미쳤구나. 정신 빼서 남 주었구나, 새로 이사 온
××댁 아이가."
하고 나를 돌아보며 내가 행여나 성내지 않았는가 하여 몹시 미안한 표
정으로 내 기색을 살폈다.

"움머, 이 삼들아,* 그런 줄 알았나. 큰 실수할 뻔했구나. 에이고, 촌
구석에서 밥이나 묵고, 돼지같이 사는 인간이라 노니, 머가 뭔 줄 아는
기요. 세상에도 이 추운데, 뭐가 답답어 손수 빨래하신다고 그리는 기요.
생전에도, ××댁이 빨래하러 올 줄 알아야지. 나는 통 남 시켜하는 줄 알
았지……."

| * 사람들아.

하고 그 여인도 내가 불안할 만치 사죄 겸 변명을 하며 사람 좋게 나를 추켜올렸다.

나는 싱긋이 웃으며 어떠한 표정을 하는 것이 가장 그들에게 만족할까 하여 잠깐 생각하는 사이에, 도스토예프스키의 『죽음의 집의 기록』이 얼른 생각났다.

말 못할 무뢰한들인 죄인들이 귀족 출신인 수인들에게 반감을 가지며 이들 죄수들이 존경하는 것은 보통 세상에 통용되고 있는 상식으로써는 도저히 알 수 없는 행동이라는 것이 연상되어 웃음을 겨우 참으며 이들 여인이 존경하는 것은 무엇인가를 알아보려 생각했다. 물론 내가 이들에게서 존경을 받고 싶어서 하는 생각은 아니다.

빨래터에 모이는 여인들과 거의 다 얼굴이 익은 뒤부터는 으레 누구나, 내가 청하지 않아도 좋은 자리를 비켜주는 것이었으나, 나는 굳이 사양하고 경우 바르게 행동했다. 나는 내가 하는 일언일동에 대하여 늘 그 여인들 얼굴에 나타나는 반응을 자세히 보아두려 하는 까닭에 스스로 웃음을 참고 맘에 없는 대답도 간혹 해보는 것이었다. 그러므로

"댁은 언제 봐도 사람이 좋아 보이두마. 한번도 성낸 얼굴을 못 봤구마."

하고 여인들은 내 웃음 참는 얼굴을 사람이 좋아서……라고 돌려주는 것이 또한 우스웠다.

나는 빨래터에서 모두 제 맘대로 각기 나를 대상으로 하는 갖은 문답을 듣는 것이 즐거워 집안사람들에게 꾸지람을 들어가면서도 일쑤 빨래터에 잘 나갔었다.

차차 날이 감에 따라 모두 무관해진 후는 또 내 얼굴만 보면 일제히 질문을 내려 퍼붓는 것이었다.

"××댁이 늘 만나면 물어볼라고 베루었더니."

하는 전제를 두고,

"한 달에 오십 전씩 저금을 하려는데, 어떻게 하면 이자가 많이 붙겠는기요?"

"만주에 농사지으러 가려면 정말 차비를 대어주는 데가 있는기요?"

"세루**치마 한 감에 돈이 얼마나 되는기요?"

"우리 집 아이는 글을 가르쳐야겠는데 천자를 가르치는 것이 좋은기요?"

"못 쓰는 책 있거든 우리 집 아이 배우구로 한 권 줄라는기요?"

"서울 진고개라는 데는 중 상투와 처녀 ××도 다 있는데 가보았는기요?"

"동촌에 비영구飛行機가 내려오는 날은 정말 ××날인기요?"

"우리 집 아이가 곤시랑곤시랑*** 아픈데 무슨 좋은 약이 있는기요?"

라는 등 별별 것을 다 묻는다. 나는 될 수 있는 대로 분명히 대답해주며 때때로 유머를 섞기도 하므로 빨래를 다 한 사람까지 가지 않고 재미있어 하는 것이었다.

혹 내가 외출하려고 길에 나서면 누구든지 만나는 대로 함부로 남의 외투자락을 뒤지며,

"옷 구경 좀 합시다."

하고 무사하게 웃는 얼굴을 괄시할 수 없어 설빔을 입은 소녀같이 싱긋 싱긋 웃으며 서 있다.

"이런 치마는 값이 얼마나 되는기요?"

하고 일일이 값을 묻는데, 나는 이들에게 반감을 사지 않으려고 반드시 값을 내려 대답을 하면

"아이고, 나는 처음 보는 것이구마. 참 비단인기요?"

한다. 이들은 세루보다 더 값비싼 옷은 없는 줄 알며, 비단이라면 인조견

* 벼르다.
** 세루surge 치마.
*** 시름시름. 혼자 나직나직하게 중얼거리는 것.

으로만 알고 있는 것이었다.

어느 날, 한 여인이 일부러 나를 찾아와서 자기 어린아이의 병세를 이야기한 후 무슨 병이냐고 물었다.

"내가 의사가 아니니 잘 모르겠지만 아마 적리赤痢*에다 감기를 더친 것 같으니 병원에 다리고 가보시오."
하고 내가 대답했다.

병원이라고는 하나 이 동네에서 근 십 리나 떨어진 곳에 의생醫生이 경영하는 것이었다.

"저, 어린것들 병에는 금계랍이 좋다는데, 병원보다 신약점新藥店에 가서 사는 것이 더 헐하지 않을까요?"
하고 묻는다.

"아, 그런 말 말으시오. 공연히 무슨 병인지도 모르고 금계랍을 먹이다가 큰일 나오."
하며 나는 굳이 병원에 의논해보라고 권했다.

그 후 어느 날 그 여인을 만나 어린이 병세를 물었더니

"아이고 ××댁이 참 당신 용하게 알아 맞치두마, 병원에 가 물어봐도 적리라두마. 그 병도 약은 한 일이 원어치 먹어야 낫겠다고 하기에 그만 신약점에 가서 금계랍 십 전어치만 사다 먹였구마."
하고 대답한다. 나는 어이가 없어

"아니 보시오. 아무리 금계랍이 좋기로 이증痢症**에 금계랍이 당하는 약인가요?"
하고 나무라듯 얼굴을 찌푸렸더니

"아이고, 당하든 아니 당하든 좋은 약이라고 먹였으니 설마 낫겠지

* 이질 중에서 혈변을 보는 증세. 전염성이 강함.
** 이질.

요. 아직은 별 효험이 아니 보이지마는."

하고 태연히 대답했다. 나는 묵묵히 입맛을 다시었다.

약! 이들은 약이라면 무슨 약이든 간 만병통치로 여기며, 병이 들면 그 병에 당부당當不當이 문제가 아니라 약이라고 이름 붙는 것이면 무엇이든 간에 먹기만 하면 설마 나으려니 하고 약의 절대 효력을 믿는 것임을 느꼈다. 만병수萬病水란 약을 만들어낸 어을빈漁乙彬*이가 얼마나 영리한 사람이었던가를 생각하며 고소하는 수밖에 없었다.

《여성》, 1937년 6월

---

* 찰스 휴스테스 어빈. 1893년 북미 장로회에서 파견한 의사 자격을 갖춘 의료 선교사. 부산에서 42년을 살고 이 땅에 묻힌 사람. 부산 지금의 동광동에 '어을빈 병원' 간판을 내걸고 '만병수'라는 물약을 만들어 팔았는데 전국 방방곡곡으로 팔려나가 거부가 되었으나 나중에는 알거지가 되었다.

금잠

"여보 당신은 혼자 목비녀를 꼽고 있으니 재미적구려."
하고 모이는 친구마다 핀잔을 주고
"나 혼자 가지기 미안하다, 아가도 하나 사 가지요."
하고 올케언니가 권하고,
"형님도 하나 사세요, 보기 안됐어요."
하고 종매들이 권하면, 나중에는 어머니 숙모들까지 권하므로 오래 돌보지 않았던 것을
"그러면 하나 사볼까……."
하고, 아니 바로 말하면 야릇한 여인의 심리가 움직여
"백 원만 가지면 될 것을……."
하고 나도 금비녀 사기를 작정하게 되었었다.
그러나 혼자 있을 때 생각하면
"백 원을 가지면 내가 우선 보고 싶어 하는 서적을 몇 권이라도 사 볼 수 있을 것인데……."

하는 생각이 들어 그래도 얼른 사지 않고 있었다.

그 후도 늘 핑계하여 말하면, 모두들 권하는 바람에 마음이 또다시 움직여

"어머니 금비녀 사기보다, 서적을 사는 게 얼마나 더 효녀가 되지요?"
하고 물어봤더니 어머니는 물론이요, 모두 반대를 하고 논박을 하는데 정신이 암암할 지경이었다. 이후부터는 점점 모두 적극적으로 조르는 까닭에, 아니 차차 목비녀 꽂기가 좀 섭섭하게 느껴지기까지 충동을 받게 되어

"그까짓 것."
하고 돈에 애착심 없기로는 누구보다 밑지지 않을 만치 쓰고 싶어 껄떡대는 나인지라

"돈이 아까워 안 사는구나."
하는 말이 듣기 싫어서 하나 사겠다고 말해버렸다. 그러나 대구까지 사러 가는 도중에서 또 맘이 변하여 그 돈으로 서적을 사버리든지 하면 집안사람에게 졸리는 그것이 귀찮고, 또 목비녀 꽂고 가서 금비녀 사기도 부끄럽고 해서 누구든지 사겠다고 말하는 즉시 얼른 사다주었으면 했더니 그날 H가 사가지고 왔었다. 나는 얼른 받아 농 안에 집어넣고 얼굴이 나도 모르게 새빨개졌다.

나이 어릴 때, 비범하던 사람들, 원대한 포부와 이상을 열열이 논하던 사람들이

"내 언제 그런 때가 있었던가?"
하는 표정으로 현실 생활과 깊이 타협하고 마는 평범해져버린 사람들이, 옛이야기같이 자기의 비범했던 옛날을 하하 웃어버리며 소부르주아적 안일에 빠져 있음이 무슨 인생을 달관이나 한 듯이 살고 있는 사람들을 볼 때, 새삼스럽게 쓸쓸하여 한탄하던 내가 반성되었다. 아무리 핑계가

있더라도 금비녀를 사고 말은 내가, 누구에게보다 나 자신에게 부끄러움을 느끼지 않을 수 없었다. 조금 있다가 다시 농문을 열고 비녀를 내어보았다. 분명히 조그마한 금 뭉치는 나를 조소하고 있었다. 돈 백 원이 커서 그렇다기보다, 단 일 전이라도 내가 내 겉 몸뚱어리를 장식하려고 한 그 얄은 허영심을 가진 자신에 염증을 느꼈던 것이다.

"이러구러 한 가지씩 한 가지씩 평범해버리고 퇴보되어버리고 낙오되어버리고, 그리고 죽고⋯⋯."

나는 중얼거렸다.

"저렇게 좋아서 자꾸 내어 볼 것을 왜 바로 안 사겠다고 야단이었노⋯⋯."

하고 물끄러미 금비녀를 바라보고 서 있는 나를 모두들 놀려대었다. 그들은 내가 좋아서 자꾸 보고 서 있는 줄 여겼음인지 무슨 승리나 한 듯이 웃었다.

"여자란 아무래도 허영이 많다는 거야."

H까지 입을 넣는다. 나는

"응? 그래⋯⋯ 좋은가 보다."

하고 패전자같이 기운 없이 농문을 닫았다. 부끄러워 얼굴이 화둑화둑* 타며.

『현대조선여류문학전집』, 1937년

| * 화끈화끈.

자수

동네 집 처녀가 옥양목 쪽을 가지고 와서 주머니 꽃 그려주시요, 하고 왔다. 본래부터 잘 그릴 줄은 모르나, 배운 솜씨로 하는 자수 밑그림 쯤이야 그대로 어울러놓을 줄 아는지라, 그까짓 옥양목쯤에야 사양하면 도로 우습고 하여 섭적 응낙하고 먹을 갈아 제법 멋들어진 도안으로…… 라고는 하고 싶으나 그렇지도 못하고 그저 자수하기 쉽도록 한편은 매화를 그리고 한편은 연을 그려 처녀 앞에 밀어놓은 후 이다음 비단 헝겊을 가지고 오면 아주 좋은 그림을 정신 들여 그려주마 했다. 처녀는 아주 감복하는 듯한 표정으로 이리저리 만져보며

"참 고맙심더."

라고 몇 번이나 치하했다. 나 역시 조그마한 수고거리도 못 되는 노력으로 남을 이같이 기쁘게 하여주었음이 그리 불쾌한 것은 아니었다. 그래서 득의만면 비슷한 얼굴 그 위에

"이다음은 더 잘 그려주마. 이까짓 것이 무엇 그렇게 잘 그렸다고 그래……."

하고 제법 듣기 좋게 대답까지 했다.

그랬더니 처녀가 이윽히 그림을 이리저리 만지작거리고 난 후 조금 얼굴이 불그레해지며 입을 떼기 주저하고 부끄러운 태도를 지었다. 나는 아주 영리한 사람처럼 얼른 알아채고 처녀가 무슨 말을 하고자 하는가를 알려고 그의 두 눈을 바라보았다. 처녀는 몸을 비비 꼬며

"왜 나비는 안 그려주는기요."

한다. 나는 갑자기 하하 웃고

"그러면 진작 말하지, 무엇이 부끄러워."

하며 다시 옥양목 쪽을 받아 들었다.

그러나 그린 그림이 모두 나비를 그리지 못할 매화와 연화이니 처녀 맘을 만족시킬 수 없어 다시 돌려주며

"이 애야, 매와 연에는 나비를 그리면 격이 아니다. 이다음 다른 꽃을 그리거든 나비를 네 소원대로 그려주마."

하고 달래었다.

"한 마리만 꼭 여기 그려주시오."

하며 격을 찾는 내 말은 들은 척도 않는다.

"이 꽃에 나비를 그리면 다른 사람이 웃는단다. 나비를 그리면 더 고울 줄 아니?"

"아이고, 그래도 이만치 고운 꽃에 나비가 없으면……."

하고 처녀는 부끄러워는 하면서도 빡빡이 조른다. 나는 하는 수 없이 내 보자기에서 옥양목 쪽을 끄집어내어

"정말 나비를 소원하면 여기 다른 그림을 그려주마."

하고 온갖 친절을 다 보였다. 그러나 처녀는 당치 않다는 표정으로

"싫어요, 다시 그리면 이만치 곱게 못 그립니다. 아무 꽃이면 무슨 상관있는가요, 꼭 한 마리만……."

한다. 나는 할 수 없어

"그러면 그려주마. 다른 사람보고 나 그렸다고 하지 마라."

하고 매화에다 나비 두 마리를 그려주었더니 처녀는 기쁨을 금치 못해 하며 돌아갔다. 처녀가 돌아간 후 벼루를 치우며 생각하니 옥양목에라도 자수만 하면 꽃 주머니라고 귀하게 여길 그들에게 격을 찾는 내가 고소되어 한참 웃었다.

『현대조선여류문학전집』, 1937년

촌민들

　까다롭고 깍쟁이같이 빤질거리는 사람은 서울놈이라 하고, 순박하고 어리석은 사람은 촌놈이라고 하지마는 요즘 촌사람도 여전히 순박하고 어리석은 줄만 알다가는 큰코다치기 쉽다.

　그러나 촌사람들에게 금석今昔을 통하여 변함없는 것은 불결과 우둔함이다.

　더러운 빨래하는 아래서 먹을 것을 씻는 것은 예사로 알아 맑은 물에 행구라고 충고하면

　"물을 씨츠*먹지는 못한다는데, 한번 씨츳으면 그만이지요. 한 고개 목구멍만 넘어가면 이 물보다 더 더러운 똥이 되는데."

라 한다.

　그리고 직접 나에게는 그렇지 않아도 우리 집 소녀에게,

　"너희는 너무 별나더라. 그렇게 너무 깨끗하게 하면 죄가 많아 가난

| * 씻어.

452

해진다."
라고 한다.

그리고 나는 심심할 때 동네 아이들이 눈에 띄는 대로 개울 도랑으로 끌고 가서 시커먼 때를 벗겨주면 그의 모母는 도리어 불쾌한 어조로

"그까짓 것 씨츠면 뭘 하오. 또 금방 때가 묻을 것을. 깨끗한 집 아이도 병만 잘 나더라. 촌아이는 깨끗하면 못쓰오."
라고 하며, 계란 같은 것도 다른 데 가서 이 전씩에 파는 줄 알고 있지마는 체면으로 오 리씩 더 주어도 고맙단 말 한 마디 하지 않고

"올타.* 이 집은 멍텅구리로구나."
라고나 하듯 동네에 작은 알을 모두 거두어다 사라고 한다.

과원에 인부 품삯도 후하게 주고 자주 쉬어 하라고, 하며 같이 농담도 하여 될 수 있는 대로 그들의 사정을 보아주면

"이 집은 마음이 좋아……. 다른 사람 집에는 일을 하려면 꼭 죽겠더라."
라고 다른 사람 욕을 하며 우리 집을 추켜올려놓고 그만 축 늘어져 놀러 나온 듯이 일을 잊어버린다.

그리고 어린아이나 늙은이들은 일에 능률이 없으므로 과원에는 쓰지 않는데, 우리 집에 와서는

"이 댁은 마음이 좋으시다는 말을 듣고 왔으니……."
라고 추켜올려 거절 말라고 못을 치기도 한다.

우리 이웃인 과원은 물 건너 사람이 경영하는데 이 집에 일하러 갈 때는 아침과 점심시간에 일찍 가고, 또 저녁때에도 늦게 돌아가면서 부

| * 옳다.

지런히 일하면서도 우리 집에 올 때는 늦게 오고 일찍 보내도 고맙다는 말 대신

"아직 아무것도 모르는 사람들이니까."

라고 만만히 보면서도 무슨 청할 일이 있을 때는

"암만해도 우리 사람은 우리 사람끼리가 제일이지."

라고 하니 금일의 촌민들을 어리석다고 볼 수 있을까.

이에 비하여 도회인은 깍쟁이기는 하나 경우가 바르고 양성적陽性的이어서 촌사람들처럼

"나는 촌사람이라 어리석습니다."

라고 이마에 써 붙이고 속으로 수박씨 까는 엉큼한 수작은 하지 않는다.

그러므로 처음은 이 촌민들이 염증이 나게 싫고 심지어 증오까지 느낄 때가 있었다.

그러나 다시 생각한 요즘은 그들을 이해하려고 해본다.

이들이 순박성을 잃어버린 것은 너무나 남에게 속아만 오고, 업신여김만 받아온 까닭이니 이 약빠르고 매운 세상에서 지금 그들에게 순박함을 바라는 것은 아름다운 이름을 붙인 나의 이기심이다.

이들도 남을 조금 속여도 먹고 업신여겨보아야 할 것이다.

《여성》, 1937년 8월

자서소전自敍小傳

지금으로부터 꼭 삼십 년 전 경북 영천읍에서 우리 부모님이 맑은 오월의 창공이 저문 어느 날 밤 비둘기 한 쌍을 꿈꾸시고 나를 낳았다 합니다. 내가 나던 날부터 재수財數가 좋으셨다고 하며 부모님은 무척 나를 사랑하셨어요. 그러나 나는 나면서부터 병약하고 못난이어서, 늘 앓는 중에 자랐다나요. 그러니까 꼬치꼬치 말라서 얼굴이 새카맣고 커다란 두 눈만 붙어 있어 별명 하되 '눈깔이'…….

다섯 살까지 젖을 먹었는데, 할머니가 젖에 쓴 약을 바르면 안 먹느니, 라고 하는 말을 곁에서 내가 먼저 알아듣고, 젖 먹고 싶을 때 대접에 물을 떠다가 젖꼭지를 씻은 후 빨아먹었지요. 그러니까 또 별명은 '꾀보'…….

열네 살까지 성냥을 그을 줄 몰라, 남이 확 불을 켜면 놀라 울고, 우물은 근처만 가도 들여다보기 무섭다고 울고 하였으니, 그런 못난이가 어디 있겠어요. 그러니 또 별명이 '겁쟁이'…….

다섯 살부터 글 배우기 시작하여, 학교 구경은 못하고 열다섯까지 한

문과 여학교 강의록을 독선생에게서 배웠으니, 남들은 소, 중, 대학을 졸업하는데 홀로 나는 글방에서 케케묵은 한문책인『소학』『중용』『대학』을 책거리했으니……

오빠가 읽고 버린 탐정소설 부스러기에 정신이 빠졌고, 고대소설은 이름 있는 것이면 모조리 다 남김 없었어요. 열여섯 살에 여학교 지원을 했다가 아버지께 꾸중 듣고 대구사범에 들어가 일 년간 강습을 하여 삼종 훈도가 되었으니 기막힐 일이지요. 일 년 팔 개월간의 교원 생활 중에서 밤낮 여자 대학생이 되어보고 싶어 갖은 애를 다 쓰는 중에 오빠에게 감화되어 서울로 뺑소니쳐 올라간 후 '여성동우회', '여자청년동맹' 등에서 노란 기염을 막 토했지요.

그러면서도 내 마음은 항상 문학에 가 있어 오빠 몰래 문학서적을 읽는다고 애를 많이 썼답니다. 장래에 문학가가 되어보리라는 야심도 없이 그저 읽기만 좋아했답니다. 그렁저렁 이십 세가 척 되니 무엇이든 쓰고 싶고 발표도 하고 싶어, 현상광고를 보고 하룻밤 사이에 휘갈겨 응모해 보았더니, 그것이 조선일보 신춘문예에 당선된「나의 어머니」라는 단편소설이었습니다.

문학을 시작함에 누구의 지도도, 북돋우어줌도, 동기가 될 그런 무엇도 가져보지 못했답니다. 그저 내 스스로 타고난 열정 그것만 가지고, 주위의 말 못할 억압과 혼자 분투해 왔다고나 할까요. 내 문학의 길은 돌아보면 고초롭고 쓸쓸하답니다.

『여류단편걸작선』, 1937년

나의 시베리아 방랑기

나는 어렸을 때 '쟘'이라는 귀여운 이름을 갖고 있었다. 그러나 개구쟁이 오빠는 언제나 "야, 잠자리!" 하고 나를 불렀다. 호리호리한 몸에 눈만 몹시 컸기 때문에 불린 별명이었다.

나는 속이 상했지만 오빠한테 싸움을 걸 수도 없어서 혼자 구석에서 홀짝홀짝 울곤 했다.

울고 있으면 어머니는 또 울보라고 놀리셔서 점점 더 옥생각하여 하루 종일 홀짝거리며 구석에 쪼그리고 있었다. 그러다 심심해지면 벽에다 손가락으로 낙서를 하며 무언가 골똘히 생각했다.

내가 홀짝거리던 그 구석 벽에는 세계지도가 붙어 있었다. 나는 언제부터인가 홀짝홀짝 울 때면 마음을 달래기 위해 그 지도 위에 선을 그으며 '여기는 미국! 우리 집은 이런 데 있구나!' 하며 혼자 재미있어 했다. 그럴 때 누군가가 러시아를 가리키며

"여기는 북극이라 사람이 살 수 없단다. 낮에도 어두컴컴하지. 그리고 오로라를 볼 수 있단다."

라고 말해주었다. 나는 북극, 오로라, 낮에도 어둡다, 라는 말에 '어머! 멋있는 나라겠다.' 라고 생각했다. 십삼 세 소녀의 꿈은 끝없이 펼쳐졌다. 그때부터 나의 홀짝홀짝 구석에 붙어 있는 세계지도는 내 생활의 전부인 듯이 생각되었다. 북극, 오로라만이 아니라 레나 강도 찾아내었고 바이칼 호도 우랄 산도 나의 아름다운 꿈속에서 동경의 대상이 되어버렸다.

"언젠가 꼭 레나 강에 조각배를 띄우고 강변에는 자작나무로 된 통나무집을 짓고 눈이 하얗게 덮인 설원을 걸으며 아름다운 오로라를 바라볼 거야! 그리고 초라한 방랑시인이 되어 우랄 산을 넘을 땐 새빨간 보석 루비를 찾아 볼가의 뱃노래를 멀리서 들을 거야."

라는 뱃노래를 멀리서 듣는다. 내 머릿속은 공상의 즐거움으로 가득했다.

어떻게 나 같은 울보 잠자리가 누가 봐도 어울리지 않는 이런 꿈에 젖었는지 조금 이상하다. 정말로 나는 이상한 여자애였다.

이 이상한 여자애에게도 시간은 흐르고 세월은 쌓여 열아홉 살의 봄을, 아니 열아홉 살의 가을을 맞이했다.

드디어 찬스가 왔다. 감상의 오랜 꿈은 빨간 열매로 익어 작은 손가방 하나를 든 소녀 여행자가 된 것이다.

누가 알았을까! 이 소녀가 바로 행복과 애정으로 가득한, 따뜻한 가정을 빠져나온 마음 약한 잠자리란 것을.

게다가 난, 페르시안 고양이처럼 얌전한 모습을 한 채 허용될 수 없는 모험에 가슴을 콩닥거리며, 홀짝홀짝 울며 길러온 꿈을 향해 정신없이 달려 나갔다.

밤중에 고향을 나올 때, 병든 친구의 임종을 지키기 위해서라고 난생처음 어머니에게 거짓말을 했다.

원산에서 배로 웅기까지 가는 동안 짧은 단발머리를 볼품없이 틀어올려 시골 여자애로 변장을 했다.

배가(아마 이천 톤 정도의 상선이었다고 생각한다.) 웅기항으로 들어갈 때 선객은 모두 내릴 준비로 분주했지만 나는 재빨리 몸을 감출 장소를 찾느라 분주했다. 마침내 선객들이 내리기 시작하자 나는 초조한 마음을 견딜 수가 없었다. 그때 옆에서 누가 보았다면 내 눈은 새빨갰을 것이다.

"그렇지!"

하선객 속에 섞여 있던 내 눈에 갑자기 뛰어든 것은 변소였다. 그래서 변소 안에 숨어 배가 가는 곳까지 어디라도 가자, 만약 도중에 들키면 그뿐이다, 라고 마음을 정해버렸다. 어떻게 그렇게 대담했을까!

그로부터 다섯 시간 웅기항에서 닻을 올리기까지 변소 안에 쭈그리고 앉은 채 숨을 죽이고 있었다. 다리가 저려오고, 아니 막대기가 되었다가 돌이 되고, 그리고는 어떻게 됐는지 무엇이 됐는지 알 수 없었다.

수상경찰의 선내 검사가 끝나고 배는 닻을 올리기 시작했다. 다행이 수상경찰의 눈은 벗어날 수가 있었다. 그 날카로운 경찰들도 변소 안에 페르시안 고양이로 변한 잠자리가 숨어 있는 것은 알아차리지 못한 것 같다. 이것으로 첫 난관은 무사히 통과한 셈이지만 앞으로가 문제일 수밖에 없었다.

웅기항을 출발하여 잠시 지난 후 누군가가 변소 안에 들어오는 것 같아 숨을 죽이고 귀를 나팔처럼 벌려 바짝 기울였다.

"으흠."

들어온 사람은 크게 헛기침을 하고 문을 노크했다. 나는 눈을 감고,

"나무아미타불."

일어서려 뭐가 되어버린 건지 모를 정도로 저린 다리가 말을 듣지 않았다. 문이 확 열렸다.

문짝 뒤로부터 그 사람 가슴속으로 뛰어드는 애인처럼 쓰려져버렸다.

그 사람은 놀라서 잠시 말도 안 나오는 듯 입을 다물고 있었다.

"부탁입니다. 살려주세요. 내 부모님은 러시아에 있습니다. 제발 러시아에 가게 해주세요."

라고 터무니없는 거짓말을 하고 눈물까지 흘렸다. 눈물은 정말로 나온 것인지도 모른다.

"안 돼요. 밀항하는 걸 들키면 죽어요!"

그 사람은 가장 먼저 이 말을 하고 무서운 얼굴을 했다. 하지만 민첩한 내 눈에 비친 그는 젊은 남자로 아름다울 리 없는 삼등실 보이의 면상이었다. 하지만 그런 사치스런 생각을 할 때가 아니었다. 다만 무작정 정말로 무작정 한시라도 빨리 구출 받고 싶다는 일심으로, 열심히, 내가 어여쁜 처녀라는 것을 알리고자 안달을 했다. 여자만의 무기! 그것을 가지고 그 남자를 극복하고자 하는 무서운 생각이었다.

"아아, 용맹스런 세상의 젊은 남성들이여! 이렇게도 약한 인종인가!"

라고 탄식할 마음의 여유는 없었지만 나는 아무튼 승리를 쟁취했다.

최후의 장면이 닥친다면 그때는 또 제이의 여자의 무기가 있다. 그래서 나는 두려워하지 않았다.

"유복한 가정의 외동딸. 게다가 청순하고 허위를 모른다. 나한테 반했으니 장래에는 이런 삼등실 보이 따위는 우습지. 당당한 사위가 되는 거다!"

라고 그가 진심으로 자각하게까지 유도해가는 것……. 이건 그리 노력하지 않아도 가능한 일이다. 왜냐하면 나는 그때 정말로 순수한 처녀였고 아름다웠으니까 그는 무지하기 때문에 이런 나의 본질을 알아도 멍청하게 속아 넘어갈 것이다.

그래서 나는 변소 안에서 선실 아래로 철계단을 따라 내려가 뱃짐과 함께 밀항 쥐가 되었다. 그는 나를 선녀처럼 대하며 더구나 사랑을 동경하면서 먹을 것까지 갖다주고 위로해주었다.

그의 뒷모습을 보며 혀를 쏙 내밀 정도로 닳아빠지진 않았지만 아무튼 재미있어 견딜 수가 없었다. 새까만 선저! 귓속에서 부서지는 파도 소리에 심장은 기쁨으로 떨렸다.

시간은 흘러 십여 시간 뒤 드디어 배는 블라디보스토크에 도착하는 것 같았다. 그 보이의 마지막 경고를 받게 되었다.

"난 모릅니다. 곧 게베우*의 군인이 조사하러 올 겁니다. 그때 들켜도 내 말은 하지 마세요. 들켜도 정말 난 몰라요."

라고 말하는 그의 얼굴이 어둠 속에서도 파랗게 질린 듯이 느껴졌다. 물론 내 간도 콩알만 해졌다. 잠시 후 시끄러운 구두 소리와 함께 게베우 군인이 직접 배 안을 조사하기 시작했다. 나는 각오를 단단히 했다. 총살당하는 것도 그렇게 무의미한 최후라고는 할 수 없어. 푸른 하늘 아래서 몇 발의 총탄을 맞고 퍽 쓰러져 죽는 것도 재미있을 거야! 어쩌면 혹, 총살 오 분 전에 구출된 도스토예프스키의 운명을 이어받지 말라는 법도 없고, 아무튼 될 대로 되라, 라고 생각하며 화물 밑에서 숨을 죽이며 기다리고 있었다.

그러나 나는 한없이 행운아였는지 게베우의 눈에서도 벗어날 수 있었다.

"정말 다행이었어. 오늘밤 안에 이 배에서 도망가면 돼."

라고 그 보이 씨는 내 옆에 와서 기뻐해주었다.

그리고 열한 시간이 경과한 한밤중이었다. 갑판에서는 인부들이 화물을 내리려고 몰려들었다. 나는 남자 모습으로 변장하고 인부 속에 섞여 들어가 그 보이 씨에게 일금 삼십 원을 답례로 건네고, 갑판에서 무려 십칠팔 척 아래에 있는 선창을 향해 두 눈을 꼭 감고 펄쩍 뛰어내렸다.

| * 러시아 헌병.

뛰어내리는 순간 양 귀가 공중을 나는 것도 같고 하늘로 끌어올려지는 것도 같았는데 다음 순간에는 선창 위에 엉덩방아를 찧고 너무나도 비참한 포즈로 내동댕이쳐졌다.

나는 부서진 것처럼 아픈 꼬리뼈를 양손으로 누르며 달아나는 토끼처럼 물건 뒤에 숨었다.

숨는 것까지는 좋았는데 다음 순간 내 심장은 얼음처럼 싸늘해지고 말았다. 번쩍 빛나는 처참한 빛을 띤 총검이 내 옆구리에 바짝 들이대어진 것이다.

아! 한심해라! 그때 나는, 잠자리 본성을 다 드러내 부들부들 떨며 으앙, 하고 아기처럼 울부짖었다. 아름답던 꿈! 동경하던 꿈속에 빠져버린 나! 나의 꿈은 현실세계에서는 너무나도 무서운 모험을 동반하는 것이었다.

'앗!'

나는 무명천을 찢는 듯한 비명을 질렀다.

총검을 내 배에 들이댄 그 러시아 병사의 모습은 철제거인처럼 느껴졌다. 그는 큰 소리로 뭐라 뭐라 외치면서 나에게 서서 걸으라는 몸짓을 해보였다.

'아이고 살았다!'

총검에 찔려 죽는 일은 면했구나, 하고 눈물을 닦으며 일어서서 병사가 가리키는 대로 걷기 시작했다.

걷다보니 어느 사이엔지 눈물은 말라버린 듯했다. 조금씩 정신을 차려가며 약간은 대담해지기도 하여 일부러 걸음을 늦춰도 보고, 빨리도 해보고, 때로는 딴 방향으로 걸어보기도 했다. 그러자 병사는 그때마다 고함을 치며 허리 부근에 딱 들이댔던 총검을 옆구리 쪽을 지나 눈앞에 번쩍하고 빛나게 했다.

'엇!'

나도 지지 않고 그때마다 기겁을 했다는 듯이 깜짝 놀란 표정을 지어 보였다.

그렇게 얼마를 걸었는지 모르겠는데 십 리도 넘었겠다고 생각될 무렵 한 채의 큰 건물 안으로 들어갔다.

들어가니 큰 테이블들이 나란히 놓여 있었다. 실내에 루바시카를 입은 사람이 한 사람 있었는데 병사와 오랫동안 문답을 하더니 내 옆으로 다가와 몸을 수색한 후 한 의자에 앉게 해주었다.

그로부터 약 십 분쯤 지나자 다른 병사가 들어와 내게 말을 걸었다. 아주 무섭게 생긴 얼굴이어서 일부러 더 떠는 것처럼 행동했다.

잠시 후 그 병사가 나를 데리고 제칠천국과 똑같은 긴 계단을 걸어 마침내 칠 층까지 올라갔다.

확실히 그곳은 내 고향집보다 하늘의 별들이 가깝게 보였다.

그리고 한 문을 열고는 들어가라는 몸짓을 하기에 나는 젖가슴에서 떼놓으려 할 때의 아기처럼 병사의 가슴팍에 확 달라붙어버렸다.

"싫어요. 이건 감금이잖아."

하고 떼를 쓰는 아이처럼 발을 동동거렸다.

"안되겠네. 이년! 왜 아우성이야."

그런 말이겠지! 병사는 점점 더 화를 냈다. 그때 문득 보니 병사의 모자 가장자리에 커다란 빈대가 유유히 산보를 하고 있어, 나는 깜짝 놀라 병사에게서 떨어져 들어가라는 방으로 뛰어 들어가버렸다.

나중에 안 사실이지만 그 건물이 바로 '게베우극동본부'인가 뭔가 하는 곳으로 내가 들어간 제칠천국, 그것은 유치장이었다.

매일 높은 창문에서 아래 길을 내려다보면 조선옷이나 기모노 모습은 한 사람도 섞여 있지 않았다. 양복을 입은 사람뿐이어서 나는 비로소 조국에서 멀리 떨어져 있는 것을 실감했다. 더구나 철창에 갇힌 몸이라고 하는 잠자리의 공포가 깊어갔다.

만 한 달!

그 후 어느 날 두 사람의 병사에 호송되어 배에 태워진 채 세 시간을 갔다.

끌려 내린 후 보니 산에 둘러싸인 목가적 정서가 넘치는 시베리아 풍의 작은 항구였다.

무성한 풀숲 속에 빨간 깃발이 세워진 하얀 건물 안에 다시 갇혀버렸다.

거기서 칠 일간! 철창은 부러지거나 굽어 있어 밤에 달이 뜨면 철창 밖으로 보이는 설경에 가슴이 어는 것 같았다. 아침과 저녁에 한 번씩 검은 빵을 한 근씩 나누어주고 대소변을 보게 밖으로 데리고 나갔다.

나는 밖에 나가는 것이 좋아서 그때마다 밖으로 나갔다. 넓은 들판에 제각각 자리를 잡고 마음대로 용변을 보는 광경은 세계 어느 나라에서도 맛볼 수 없는 유머이다.

정해진 변소가 없다. 변소를 정해서 냄새를 참아가며 용변을 볼 필요가 없는 것이다. 어차피 넓은 들판이다. 설령 한 아름의 변을 떨어뜨린다 해도 이렇게 거대한 풍경에 무슨 흠이 되랴. 더구나 달밤에 달을 바라보며 총검을 든 보초병을 세워놓고 천천히 용변을 보고 있노라면 들똥 맛, 이라고 하면 좀 이상하겠지만 일종의 상쾌함을 느끼는 것이었다.

어느 날 새벽! 아마도 영하 이삼십 도는 되는 이른 아침에 나는 끌려 나왔다.

밖에 나와 보니 중국인 네 명이 나란히 서 있고 말을 탄 두 사람의 병사가 나를 기다리고 있었다.

"걸어!"

러시아어 호령 한마디에 네 사람의 중국인 뒤에 줄을 서 나도 걷기 시작했다.

'어디로 가는 거지!'

나는 묵묵히 그저 걸었다.

넓고 넓은 시베리아의……라는 노랫말 그대로인 넓고 넓은 설원을 지나 황량한 언덕과 산을 걸어서 넘었다.

말을 탄 두 병사는 목소리를 맞춰 소리 높여 노래를 불렀다. 그 노래는 황량한 풍경과 너무나 잘 어울려 나도 모르게 뚝뚝 눈물이 흘러내렸다. 눈물은 닦지 않아도 거센 찬바람이 가지고 가버렸다.

삼사십 리나 걸었으리라 생각될 무렵 나는 한 언덕 아래 쓰러지고 말았다. 그러자 두 병사가 뛰어내려 뭐라고 서로 외치더니 그중 젊은 쪽이 나를 가볍게 들어 안고 말을 탔다.

나는 어렸을 때 아버지에게 안기어 말을 타본 적은 있지만, 시베리아의 넓은 설원을 러시아 병사에게 안기어, 말을 타고 지나는 느낌은 뭐라 표현할 수가 없다.

한 손에는 말고삐를 한 손에는 나를! 그리고 네 명의 중국인은 병든 노예처럼 뒤를 따른다. 마치 서부활극의 한 장면 같기도 했다.

말만 통했다면 그때 병사와 나는 아주 멋진 말들을 속삭였을지 모른다.

하지만 그는 때때로 나를 꼭 안으며 빙긋 웃어보였고, 나는 그에 답하여 살짝 흘기는 눈짓을 보일 뿐이었다.

그것은 달콤한 시간이었다. 아! 십수 년간 혼자 훌짝거리며 깊어간 꿈! 그 꿈이 이뤄진 아름다운 현실이기도 했다.

환락은 짧고 애상은 길다…….

그 말 그대로 짧은 겨울날은 저물어갔다.

"이별할 때가 왔소!"
라고 말하는 듯 병사의 눈은 어두워져 갔다.

넓은 들도, 언덕도, 산도 모두 지났고 지금은 무성한 싸리나무 숲 속으로 들어가고 있다.

그곳은 소련과 만주의 국경에 가까운 곳으로 나는 그 국경에서 이 병사의 손에 의해 추방되는 거라는 걸 알았다.

얼마 동안 그 싸리나무 숲길을 가더니 병사는 이렇게 말했다.

"이 숲 동쪽에 강이 흐르고 있소, 그 강을 따라 내려가면 한 채의 조선 농가가 있소, 거기서 도움을 받으시오. 나도 뒤에 가겠소."
라고……. 러시아어를 몇 마디밖에 모르는 내가 이것을 이해하기까지는 십 분 이상이 걸렸다.

거기서 나는 말에서 내려져 혼자 오도카니 싸리 숲에 남겨지고 다른 사람들은 그대로 전진하여 가버렸다.

나는 기아와 추위에 떨며 잰걸음으로 마을을 향해 걸어갔다. 손과 얼굴은 싸리나무 가지에 긁혀 벗겨지고 피는 그대로 얼어붙었다.

얼마 안 가 날은 완전히 저물고 공포는 점점 커져갔다.

공포! 아무것도 무섭지 않았다. 단지 동사에 대한 공포! 그것뿐이었다.

그때 어둠 사이로 하얗게 언 강이 보였다. 나는 그 언 강 위를 마구 달려갔다. 칠전팔기 정도가 아니라 수십 번을 넘어졌다.

갑자기 한 등불이 보였다! 그것은 바로 가까운 곳에 있었다. 그러나 밤의 등불! 그것은 요물처럼, 가까이 가면 저만큼 멀어지며 "이리 와 이리 와." 하고 손짓을 했다.

무서운 것은 인간이다. 이 세상에 도대체 무엇이 인간보다 더 무섭다고 할 수 있을까!

나는 드디어 병사가 가르쳐준 농가에 당도할 수 있었다.

누가 이런 나를 잠자리라고 부를 수 있을까!

그 농가에서는 나를 진심으로 위로해주어 그제야 겨우 살았다는 느낌이 들었다.

몸과 얼굴은 꽁꽁 언데다 긁혀서 까지고 부딪혀 멍이 들어 꼭 문둥이 같았다.

밤은 무시무시한 북풍 소리와 함께 깊어갔다.

나는 온몸이 아파 이리저리 뒤척이며 끙끙댈 뿐 자는 것은 생각도 할 수 없었다.

"또각또각."

바람 소리 속에 말발굽 소리가 들려왔다.

"그 병사다!"

나는 직감적으로 알아차리고 일어나 다리를 끌며 밖으로 나왔다.

"야!"

틀림없는 그 병사였다. 그는 말에서 내리자 내 어깨를 쓰다듬으며 몹시 기뻐해주었다.

그는 밀항자를 국외로 추방해야 하는 자신의 임무를 어긴 것이다.

그날 밤 병사는 농가 주인과 보드카를 마시며 재미있게 이야기를 나누고 나를 꼭 잘 부탁한다고 당부를 하고는 새벽에 떠나가버렸다.

나는 눈물을 흘리며 그에게 감사를 전하고 작별했다.

숲 저편으로 떠오르는 아침 해를 받으며 우물물을 긷고 달을 바라보며 들똥을 누고…… 그러는 사이 한 달이 지나가버렸다.

농가 주인의 호의로 여권을 얻을 수가 있었다. 나는 '쿠세레야 김'이라는 이름으로 다시 블라디보스토크로 들어갈 수 있었다.

배에서 내려 사람 물결에 휩쓸리며 도시 입구에 서자 양두마차(이것이 포장마차이리라.)가 달려가는 것이 정말로 러시아다운 느낌이었다.

금야부지하처숙 평사만리절인연今夜不知何處宿 平沙萬里絶人烟*이라는 한시의 심경으로 하염없이 도시 입구에 서 있었다. 내지였다면 몇 번이나 불심검문을 받았을 텐데 이곳의 순사는 전혀 개의치 않았다.

초라한 한 여자가 길가에 우두커니 슬픈 얼굴로 서 있어도 그들 눈에는 다만, 심각한 사상의 '정적' 속에 빠져 있는 것이겠지, 정도밖에는 생각하지 않는 것 같았다.

계속 서 있던 내 쪽이 오히려 견딜 수 없어서 걷기 시작했다. 아무리 걸어봐도 갈 곳은 없다.

"아! 방랑!"

내 눈은 감상적인 눈물에 젖어 이 감상을 한 수의 시에라도 담고 싶었다. 정말로 나라는 여자애는 어떻게 할 수 없는 무서운 여자였다.

도대체 어찌할 셈이었던가? 지금 돌이켜보면 몸서리가 쳐진다.

말도 모르고, 아는 이라곤 강아지 한 마리도 없는 타국의 거리에서 돈이라곤 종이에 싸서 가지고 있는 십삼 원 육십일 전뿐인데. 아아! 도대체 어찌할 셈이었을까!

《국민신보》, 1939년 4월 23일 / 30일

---

* 走馬西來欲到天辭家見月兩回圓 / 今夜不知何處宿 平沙萬里絶人烟

사막에서 지음
말 달려 서로 오니 하늘에 닿으려고 / 집 떠나 달을 봄에 두 번이나 둥글구나. / 오늘 밤 어디서 잘지 알 수도 없는데 / 광활한 만 리 사막에 인연마저 끊겼구나.

잠삼岑參(715-770년)의 시 중 한 구절임. 잠삼은 당나라 시인으로 고적高適과 함께 변방지역의 풍물과 출정 군인들의 고뇌에 찬 생활상을 그린 변한시파邊寒詩派의 대표적인 시인으로 일컬어진다.

백신애,
그 미로를 따라가다

_이중기

1. 들어가면서

먼저 밝혀둘 것이 있다. 나는 백신애를 연구한 사람이 아니다. 70년대 중반 처음 그의 작품을 읽은 후 여진이 오래도록 가슴에 남았고, 줄곧 영천에 살면서 선배 작가 재조명에 대한 부채감을 가지고 있었던 건 사실이다. 그러다 우연한 기회에 백신애 작품과 생애에 많은 오류와 오해가 존재하고 있다는 사실을 알았고, 최근에 나온 어느 작품집이 기존의 오류를 더욱 증폭시키고 있었기에 이 작업을 시작하게 되었다. 나는 원전을 찾아내어 제공하는 공급자 노릇 정도만 감당하기로 하고 일에 매달렸다. 그게 내 몫이라고 생각했는데 어쩌다가 여기까지 오게 되었으니 내가 할 일은 뒤틀려 있는 백신애 생애와 관련된 오류를 지적하고 오해는 풀어서 바로잡는 일이다.

백신애를 한국문학사에 뚜렷이 각인시킨 사람은 시인 김윤식 (1928~1996년)이다. 그는 타자기도 복사기도 없던 시절에 시작해서 몇 십 년 동안 발품을 팔아 1987년에 백신애 작품집을 묶어낸 장본인이다. 그 전까지는 1974년에 나온 '문원각' 판 전집 속의 소설 십여 편이 세상에 알려진 백신애 작품의 전부였다. 나는 김윤식 시인이 1987년까지 이뤄놓은 바탕 위에서 백신애를 찾아 나섰고 몇 년에 걸쳐 백신애가 발표했던 소설(콩트 포함) 22편과 수필, 기행문을 포함해 33편의 원전을 확보할 수 있었다.

1930년대 작가로 강경애와는 대척점에 있다고 할 수 있는 백신애 작품은 거친 문장과 격렬한 정열의 과잉으로 인해 객관성과 합리성에서 치명적 약점을 가졌다는 평가 때문에 제대로 조명 받지 못한 것이 사실이다. 그 평가들이 과연 올바른 것이었는지에 대해서는 지금도 의문이 들지만, 최근에 와서 백신애가 새롭게 조명 받고 있는 점에서 고무적이라는 생각이 든다. 사실 광기의 언어들로 가득 찬 「호도」 「광인수기」와 몇 편을 제외한 대부분 작품들은 1930년대 한국문학에서 그 당시 시대에 가장 충실했던 작품이다. 다양한 작품 세계를 통하여 궁핍하게 살아가는 하층 민중들의 삶을 백신애만큼 핍진하게 그려낸 작가도 없다고 믿기 때문이다.

일제강점기 여성작가를 이야기할 때, 거의 모든 연구자들이 백신애보다 강경애를 더 우위에 놓았던 것은 틀림없다. 강경애가 남성의 언어로 시대상황을 대변했다면, 백신애는 일관되게 여성의 언어로 농촌과 여성의 삶을 핍진하게 그려냈다. 따라서 백신애의 리얼리즘은 강경애와 일면 다르면서 값진 것으로 생각한다. 이런 주장이 백신애와 그의 작품에 너무 많은 의미를 부여한다고 볼 수도 있겠지만, 백신애 작품이 변방의 문학으로 취급되었던 것도 사실이다.

지금 이 시점에서 1930년대의 문장, 그것도 사투리투성이의 백신애 작품을 읽는 데는 상당한 어려움이 따른다. 당시 여느 작가의 작품인들

어려움이 따르지 않을까마는 백신애의 경우 그 어려움은 배가된다. 이에 대해서 시인 김윤식은 「백신애연구초抄」(『경산문학』 2집)에서 다음과 같이 옹호하면서도 비판하고 있다.

"그녀는 언문諺文, 즉 한글에 대한 소양이 얕다. 필사본 고담이나 내간문의 언문, 보통학교에서 1년 6개월 동안 주 한 시간씩 받은 조선어교육과 사범학교 강습과에서 1년 동안 받은 조선어교육이 전부이다. 팔도 강산의 누구나가 쉬이 받아들이는 표준말인 서울방언에 대한 소양도 없다. 더군다나 서울서 학교를 다녔다거나 (중략) 서울에 살아 문학수업을 한 적도 없다. 무뚝뚝하고 인정머리 없는 경상도방언에 저려 있는 사람이었다."

이 선집을 준비하면서 나는 가능한 한 백신애 작품 속의 영천사투리를 살리려고 노력했다. 백신애 작품의 상당 부분은 경상도의 거친 입말로 이루어져 있다. 언어는 문자가 아닌 소리였고 소리란 바로 입말 아닌가. 그래서 모든 사투리들을 표준어로 바꾸어버리면 소설 읽는 맛이 죽어버릴 것이다. 1933년, 조선어학회에서 '맞춤법 통일안'이 나왔지만 변방 시골에 사는 백신애는 잘 몰랐을 것이고, 또 어린 나이에 오래도록 한학을 공부했기 때문에 자기만의 한자어를 만들어 쓰는 경우도 작품 곳곳에 보일 정도로 독특한 작가였다. 전적으로 동감하는 것은 아니지만, 이런 점에서도 김윤식은 다음과 같이 지적하고 있다.

"조선어학회에서 '맞춤법 통일안(1933년)'이 나오고 이어 조선 문사들이 그 맞춤법 표기의 글을 쓰겠다고 선명宣明까지 했으나 경상도 시골의 백신애에겐 미치지 못했다. 그는 나름대로 노력하긴 했지만 경상도 사투리에 옛 철자를 벗어나지 못했다. 안 쓰기 망정이지 붓을 잡았다면 하룻밤 사이에 단편소설 한 편을 써내는 그런 속필로 써대었으니 그 문장은 알만한 일이다. 소설가가 되고부터 문장에 대해 더 많은 공부와 수업을 했겠지만, 그저 나무의 가지만 쳐내었을 뿐 뿌리째 뽑아내지를 못했다. 거기에다 표현의 직설, 직유, 강한 부사, 부사어, 형용사로 문장이 주도되었으니 그가 쓴 소설이 독자로 하여금 일종의 부담감 또는 강박감을 느끼게 하여 그 작가의 주관, 객관성, 다혈질, 편견, 개성, 아집, 합리성이란 낱말들로 평가절하의 대접을 받고 마는 것이었다."

2. 미로와 같은 백신애 생애

백신애 문학과 생애에서 빼놓을 수 없는 부분은 아버지라는 존재이다. 아버지 백내유는 영천의 개명꾼으로 일본에서 들어오는 잡화 도매상과 정미소 운영으로 큰돈을 벌었다. 그것을 발판으로 대구에 진출해 견직물공장과 제면공장, 도정공장을 가진 친일거상이 됐고 일본인 첩을 얻어 살면서 본격적인 일본 진출까지 노렸다. 오빠 백기호의 둘째 딸이자 백신애의 마지막 유족으로, 부산에 살고 있는 백영미(84세) 할머니 증언에 의하면 백내유는 말년에 몸이 좋지 않자, 그에게 대구 근교 반야월 땅 1만 5천 평을 판 일본인과 일본으로 온천여행을 떠났다가 도리어 건강이 악화된다. 백내유는 구주대학병원에 입원을 한 후, 전보를 쳐서 모든 가족들을 일본으로 불러들여 만난 뒤 후회 없이 눈을 감았다고 한다.

아버지 백내유는 지극히 딸을 사랑했지만 딸이 많이 배우고 글을 쓰는 것은 극도로 싫어했다. 백신애는 그 이유를 "겨우 혀를 돌릴 줄 알 때부터 글을 가르쳐주려고 갖은 애를 다 쓰던 그가 장성한 나에게서 도리어 글을 금하도록 변한 이유는 아마도 사회주의요, 오빠가 투옥되던 때부터일 것이니 조선어 신문을 읽지 못하게 한 것도 이 방면 소식이 많이 실리는 까닭이었다."(「봄 햇살을 맞으며」)고 술회한다. 그러나 백신애는 아버지에게 순종하면서 살지 않았다. '정우회' 발기인이었고 조선공산당 당원으로 구속까지 된 오빠 백기호의 영향을 어릴 적부터 크게 받은 탓이었다. 백내유는 일본 유학까지 한 외아들이 구속되는 일을 겪자 딸에게 한글로 된 신문이며 그 어떤 조선어 책도 읽지 못하도록 엄명하고 감시의 끈을 늦추지 않았다. 그런 아버지와 가족들의 감시를 피해 사람들이 다 잠든 밤 이불 속에서 글을 썼다고 백신애는 여류작가 좌담회(《삼천리》, 1936년 1월)에서 밝히고 있다.

"창작을 하기 위하여, 서적을 맘대로 뒤질 자유와, 실제 조사를 간다든지, 맘에 드는 곳을 찾아가서 조용히 글을 쓸 수 있는 분들을 나는 지극히 부러워합니다. 글을 쓰면 당장에 축출을 하려는 아버지 아래였고 놀면서도 여가가 없는 터이라, 한 가지 무엇이나 쓰려고 하면 밤중 남들이 다 잠든 후 이불 속에서 전등불을 감추어 원고지만 비춰 놓고 가만히 씁니다."

백신애는 수필 「자서소전」에서 밝히고 있듯이 "나면서부터 병약하고 못난이어서 앓는 중에 자랐다."고 한다. 그래서 열한 살이 되도록 이모부 김 씨를 독선생으로 모시고 집에서 한학을 배우면서 틈틈이 영천 향교에 나가 공부를 했다.

열두 살이 되는 해에 영천공립보통학교 2학년에 편입학을 하면서 학교에서의 이름만 무잠武簪으로 바꾸었다. 그 전에 백신애 호적명은 무동戊東, 아명은 무잠이었다. 백신애는 《조선일보》 신춘문예 응모 당시 쓴 필명 '박계화'를 빼고도 이름이 네 개나 되었고 출생연월일도 세 차례나 바뀌었다. 그것은 아버지 백내유가 본적을 네 번이나 바꾼 이유와도 맥이 닿아 보이는데, 끊임없는 신분상승 욕구와도 무관하지 않을 것이다.

1920년 9월, 백내유가 딸의 이름을 신애信愛로 바꾸고 출생연도도 1907년으로 고쳐 대구 신명여학교로 전학시킨 사실이 당시 학적부에 나타나 있다. 학적부로만 본다면 백신애의 대구 신명여학교 생활은 1년이 전부였다. 이듬해 10월, 건강이 좋지 못한 백신애는 학교를 중퇴하고 영천 집으로 돌아왔고 다시 한학과 일본 중학 강의록으로 공부를 한다. 그리고 그해 12월에 이름을 술동戌東으로 바꾸고 출생연도도 1906년으로 고쳐 영천공립보통학교 4학년에 편입학을 한다. 이유는 대구에 새로 생기는 사범학교 단기과정에 입학하기 위한 연령 조건 때문이었다. 그런데 백신애의 영천공립보통학교 4학년 학적부를 보면 거의 백지에 가깝다. 채워 넣어야 할 수많은 곳을 공란으로 두고 단 여섯 군데만 적어 넣은 필체는 한 자리에서 한꺼번에 휘갈겨 써버린 흔적이 역력해 보인다. 그것은 아버지 백내유가 딸의 학력위조를 위해 금권으로 실력행사를 한 반증으로 보인다. 어쩌면 백신애는 영천공립보통학교 4학년 재적 당시 단 하루도 학교에 나가지 않았을 것이란 추측도 가능해 보인다. 실제로 졸업사진에 얼굴이 보이지 않는다. 이듬해 3월, 영천공립보통학교 수업연한 4년 과정을 졸업하면서 경북공립사범학교 강습과에 입학하고, 1년 뒤 모교로 돌아와 교사의 길을 걷는다.

그런데 여기서 또 다른 의문이 생긴다. 세 장의 보통학교 학적부와 사범학교 학적부 내용이 그가 마지막으로 교편을 잡았던, 자인공립보통학교에서 쓴 자필 이력서와 일치하지 않는다는 것이다. 학적부의 이름은 다양한데 막상 호적을 보면 이름은 무동戌東으로 변함이 없고 출생연도만 1908년에서 1906년으로 고쳐져 있다. 그렇다면 학적부의 이름이 '무잠', '신애', '술동'으로 호적과 다르게 되어 있는 이유는 무엇일까. 김윤식의 지적대로 술동戌東의 '술'은 학적부를 쓴 선생이 점을 하나 더 찍어, 무戊를 술戌로 오기했을 가능성이 크다고 해도 그 외 다른 이름은 이해가 안 된다. 또 자필 이력서를 보면 2학년 편입학은 1918년, 중퇴는 1919년으로, 보통학교 4학년 편입은 1923년 3월로 학적부와 달리 적고 있다. 상식을 뛰어넘는 이 모든 것들은 아버지 백내유에 의해 빚어진 일이라고 밖에는 달리 설명할 길이 없다. 다음은 백신애의 학적부 네 개를 요약해놓은 것이다.

	보통학교 2학년	대구 신명여학교	보통학교 4학년	사범학교
이름	무잠武簪	신애信愛	술동戌東	술동戌東
생년월일	1908년 5월 19일	1907년 5월 19일	1906년 5월 20일	1906년 5월 20일
입학일	1919년 5월 1일		1922년 12월 1일	1923년 4월 28일
중퇴,졸업	1920년 9월 1일	1921년 10월	1923년 3월 23일	1924년 3월 25일
중퇴 사유			건강	

　모교인 영천공립보통학교 교사로 돌아온 백신애는 비밀리에 '여자청년동맹'과 '조선여성동우회'에 가입을 하고 여성운동을 시작한다. 그 사실은 1년 후 경산 자인공립학교로 옮긴 겨울방학 때 탄로나, 1926년 1월 22일 파면 대신 권고사직 형태로 학교를 그만두고 곧바로 서울로 올라가 두 단체의 상임위원이 된다. 백신애의 교사시절 여성운동 활동이 탄로난 것은 1926년 1월 3일 《시대일보》 기사 때문으로 보인다. '조선여성동우회'와 '문화소년회'가 연합으로 주최해서 서울 청진동 회중교회에서 어머니와 소녀들을 대상으로 '가정생활 개선' 강연을 했다는 것과, 1월 10일 '조선여성동우회' 간친회에서 감상담을 발표한 것도 기사화되어 있다. 1월 22일 사표를 내고 서울로 간 백신애는 2월 21일, 천도회관에서 있을 '경성여자청년동맹' 1주년 기념식이 일경에 의해 금지되자 혼자 종로경찰서로 찾아가 "집회가 끝날 때까지 나를 가두어 놓고 허가해 달라."(「철없는 사회자」)고 해서 허가를 받고 단독으로 대회를 성사시킨다. 1926년 1월 23일 《시대일보》 기사는 다음과 같다.

"시내 낙원동 173번지에 있는 경성 여자청년동맹의 창립 1주년 기념식이 예정과 같이 21일 오후 7시 견지동 시천교당侍天敎堂에서 열렸는데 구름과 같이 모여드는 군중은 입추의 여지가 없이 만장의 대성황을 이루었으며 그날이 마침 '레닌 데이'인 까닭으로 천여 명의 군중 속에는 사복경찰관의 날카로운 시선이 번쩍거렸고 개회시간이 되자 동맹위원 백신애 양의 간단명료한 개회사를 비롯하여 조원숙 양이 과거 1년의 역사를 보고한 후 금후 방침에 대한 이야기가 있었고……(하략)"

이때부터 백신애는 일경의 요시찰 인물로 지목 당했고, 이후 여러 차례 강연을 하게 되었지만 "연사가 요주의 인물"이거나 "연사가 불량선인"이라는 이유로 강연은 금지되곤 했다. 그럼에도 백신애는 '근우회' 순회강사가 되어 전국을 누비고 다닌다.

부유한 집안의 외동딸로 교우관계도 사회생활도 일천했던 백신애가 아버지가 그토록 강요했던 안락한 생활을 포기하고 험난한 길을 선택한 이유는 무엇이었을까. 거기에는 오빠 백기호가 있었다. 조선공산당 당원으로 '정우회' 발기에 참여했던 백기호는 1926년 6월 '제2차 조선공산당검거사건' 때 검거되어 1927년 4월 면소처분을 받은 인물이다. 어릴 적부터 학교에 가지 못하는 백신애에게 독서의 틀을 제공해준 오빠였기에 백기호가 지향하는 사상 쪽으로 경도된 것은 어쩔 수 없는 필연이었을 것이다.

1927년 가을까지 여성운동에 투신하던 백신애는 갑자기 서울에서 자취를 감추고 만다. 이유는 작가 스스로 밝혔듯이 '시베리아 방랑'을 하다가 고향 영천으로 돌아갔기 때문이다. 백신애의 시베리아 방랑에는 온갖 억측이 난무했고 지금도 현재진행형이다. 시인 이윤수가 쓴 『씨 뿌린 사람들』(1959년, 사조사)의 「백신애 여사 전기」를 보면 "사회주의운동의 총본산인 혁명 직후의 러시아에 동경하여 블라디보스토크로 뛰어갔다."

라고 되어 있다. 그러나 백신애의 「나의 시베리아 방랑기」를 보면 "나는 북극, 오로라, 낮에도 어둡다, 라는 말에 '어머! 멋있는 나라겠다.' 라고 생각했다. 십삼 세 소녀의 꿈은 끝없이 펼쳐졌다. (중략) 북극, 오로라만이 아니라 레나 강도 찾아내었고 바이칼 호도 우랄 산도 나의 아름다운 꿈속에서 동경의 대상이 되어버렸다."고 시베리아 행을 다분히 문학적 발상으로 적고 있다. 사회주의운동 총본산인 러시아를 동경하였는지, 오로라를 동경하였는지, 아니면 조직의 그 어떤 임무가 있었는지는 몰라도 백신애의 '시베리아 방랑'은 많은 의문점으로 남는다. 30여 년간 백신애를 추적한 김윤식 시인은 생전에 나에게 "만약, 「나의 시베리아 방랑기」가 찾아지지 않으면 백신애는 시베리아에 가지 않은 것이 확실하다."고까지 말하면서 그 글에서 명확한 이유가 밝혀질 수 있기를 학수고대했었다. 그러나 마침내 찾아낸 「나의 시베리아 방랑기」에는 그야말로 낭만적 감상에 이끌려 시베리아로 갔다고만 밝히고 있을 뿐이다.

시베리아에서 돌아오던 백신애는 두만豆滿 국경에서 일경에 체포되어 모진 고문을 당한다. 백신애의 과거활동을 익히 알고 있던 일경이 그를 러시아의 첩자이거나, 조직의 어떤 임무를 수행하기 위해 러시아로 잠입했을 것이라고 추측하기에는 충분했다. 정작 본인은 러시아로 밀입국하다 붙잡혀 일본의 첩자일 수도 있다는 오해를 사 추방된 인물이었다. 이때 금권을 가진 아버지 백내유의 손길이 딸에게 닿았고, 백신애는 만신창이가 된 몸으로 경북 경무부로 넘겨졌다가 고향 집으로 돌아올 수가 있었다. 그러나 고문 후유증으로 스무 살 백신애는 불임의 몸이 되고 만다.

고향 영천으로 돌아온 그해 10월 백신애는 오빠 백기호가 사임한 '영천청년동맹' 교양부 위원으로 선임되고 11월, 러시아혁명기념일에 기념강연을 하면서 지역운동에 기여한다. 1년 3개월 동안 '신간회' 영천지회 준비위원, '근우회' 영천지회 설립준비위원, '영천청년동맹' 벽壁신문

편집책임자, 경북청년동맹 여자부장으로 지역운동에 열정을 다했던 백신애는 1929년 1월,《조선일보》신춘문예에 당선되고부터는 이 방면에서 완전히 손을 떼게 된다.

백신애는 1930년 5월에 느닷없이 일본으로 떠난다.《조선일보》신춘문예 당선 이후 1년이 훨씬 지나도록 단 한 편의 작품도 발표하지 못한 상태였다. 일본대학 예술과에 적을 두고 문학과 연극을 공부하던 초기 시절에는 '근우회'와 '삼육회' 동경지회에 관여하지만 소극적이었다. 당시 백신애는 연극에 경도되어 있었는데, 체호프의 작품「개」를 무대에 올린 연극에서 주인공으로 열연했으나 반응이 좋지 않자 실망을 하고 연극에서 돌아섰다. 이때쯤 딸의 유학을 못마땅하게 생각한 아버지가 경제적 지원을 중단해버리고 귀국을 종용하고 있었다. 결국 생활고를 견디다 못한 백신애는 1931년 봄에 귀국했지만 기다리고 있는 건 결혼 강요뿐이었기에 다시 일본으로 도피하지 않을 수 없었다. 경제적 지원이 없는 일본 생활은 시련의 연속이었다. '바'에서 여급생활을 했고 식모, 세탁부 일도 마다하지 않았다. 백신애는 이런 이야기를 나중에 자신의 결혼식 주례를 서준 문복환의 딸 영숙에게 보낸 엽서에서 이렇게 적고 있다.

"영숙아, 아주머니는 남의 집 세탁부가 된 일도 있고 식모가 된 일도 있었단다. 공부하고 싶어서 사흘을 물 한 방울 먹지 않았을 때도 있었고 농부가 되기도 하고, 남으로부터 비웃음을 받은 일도 있고, 업신여김을 받는 일 등 여러 가지가 있었다. 그러나 지금 추억하면 모두가 아름답고 귀중한 경험이었고 나의 유일한 값진 경험이자 지식이기도 하다."

1932년 가을에 귀국한 백신애는 아버지의 사업을 관리해주고 있는 은행원 출신이면서 이혼 경력이 있는 이근채와 26살의 늦은 나이에 그토록 싫어하던 결혼을 하게 된다. 세상에 알려진 것과는 달리 결혼생활 거의 대부분은 그런대로 평탄했으나 5년을 조금 넘기면서 별거에 들어가고 만다. 백신애는 1933년 봄에 결혼을 하고 1년 후부터 1936년까지 줄곧 왕성한 창작활동을 했다. 1년에 단편소설만 네 편에서 여섯 편까지 발표를 할 만큼 그의 창작열은 왕성했던 것이다. 별거에 들어갔던 1937년에는 비교적 발표된 작품이 적었지만 「정조원」 2회 연재분과 콩트 「가지 말게」 외에 12편의 수필을 발표한다.

백신애가 췌장암으로 건강이 악화되기 시작한 것은 1938년 하반기에 접어들면서부터였던 것으로 추정된다. 그해 9월, 중국으로 건너가 20여 일 동안 여행하며 쓴 글에는 "20여 시간 고통을 했다."는 문장이 보이고, 또 상해에 가서 오빠 백기호와 찍은 사진을 보면 얼굴은 병색이 아주 짙어 보인다. 살이 빠져 홀쭉해진 얼굴에는 검은 그림자가 짙게 드리워져 있다.

그는 「청도 기행」에서 "이번에 뜻하지 않은 먼 여행을 하게 된 것도 내가 어릴 때의 감상을 버리지 못하여 쥐어짜 만든 찬스가 아님이 기뻤던 것이다."라고 하면서 여행 목적을 시베리아 행과 동일선상에 놓는다. 김윤식 시인은 백신애가 "소녀 때부터 그리던 대륙방랑의 꿈"을 이루고 "여성운동의 미련으로 조선독립운동의 요람지이자 중심지였던 상해 탐방을 어머니와 오빠에게 간청"해서 결정된 여행으로 추정하기도 했다. 유족인 질녀 백영미 할머니는 백신애가 상해로 간 이유를 "할아버지가 구주대학병원에 입원했다는 전보를 받고 중국에 가 있는 오빠를 찾기 위해 청도로 갔다가 만나지 못하자 상해로 간 것이다."라고 증언했지만 전혀 앞뒤가 맞지 않은 말이다. 백내유는 이미 1935년에 세상을 떠났고, 그런 이유로 중국에 간 백신애의 행보가 그토록 여유로울 수는 없었을 것이다.

상해에서 돌아온 백신애는 대구 효성소학교에 다니던 오빠 백기호의 둘째 딸 영미를 중퇴시키고 같이 서울로 올라간다. 노천명 시인 집에 방

한 칸을 얻어 마지막이 될 서울 생활을 시작한다. 백영미 할머니의 증언에 의하면 백신애는 사람들을 만나러 갈 때마다 어린 자신을 대동시켰다고 한다. 이유는 걸핏하면 날아오는 남자들의 농담과 은근짜를 미연에 차단하기 위한 방법이었다는 것이다. 당시 백신애가 만났던 인물들 중 백영미 할머니가 기억하는 이름은 백석 시인과 무용가 최승희의 오빠 최승일 씨라고 한다. 백석은 백철, 백신애와 더불어 '문단 삼백三白'으로 불렸던 사람으로 가끔 백신애가 그들을 요정으로 불러내어 술을 마셨다는 이야기는 꽤 알려진 일이기도 하다.

1939년 5월 말경 백신애는 경성제국대학 병원에 입원을 하고 6월 23일 오후 5시에 유명을 달리했다. 증언에 의하면 상해에서 돌아온 뒤부터 백신애는 라듐 치료를 받았다고 한다. 췌장암은 이미 어쩔 수 없는 지경에까지 이르렀고, 가끔씩 병원에 가서 라듐 치료를 받고 나온 백신애는 그때마다 열세 살의 어린 보호자 영미 앞에서 참을 수 없는 고통을 호소했다고 한다. 사망 후 곧바로 화장한 유골과 함께 유족들은 서울 어느 절에서 하룻밤을 묵고 그 이튿날 대구로 내려왔다. 어머니의 강요로 유골은 경북 칠곡군 동명면 금암리 산 40번지 중산골에 있는 가족묘지에 안장되었지만 나중에 파묘되고 말았다. 보도연맹 경북위원장을 지낸 오빠 백기호가 전쟁 때 인민군 후방 일꾼으로 근무하다가 월북을 하고, 셋째 딸 경미가 의용군으로 입대하여 제대한 뒤 월북을 한 데다가, 큰 딸 장미까지 60년대에 일본에서 자식 둘을 데리고 월북하는 바람에 집안 형편은 말이 아니었다. 거기다가 백기호의 하나뿐인 아들마저 너무 일찍 세상을 떠나는 일이 벌어졌으니 그 참담함은 이루 말할 수가 없었다. 집안의 이런 연속적인 불행의 원인에는 출가외인이 집안 가족묘지에 안장되어 있기 때문이라는 풍수와 점쟁이들 말 때문에 1970년대 초 백신애 묘는 파헤쳐지고 말았던 것이다.

3. 백신애에 대한 오류

타의에 의해, 혹은 백신애 스스로 헝클어버렸을지도 모를 뒤틀린 오류와 오해는 난마처럼 얽혀 있다. 백신애 작품 중에서 많은 오류를 안고 있는 것이 단편 「호도湖塗」이다. 이 단편은 《비판》(1936년 7월)에 「식인食因」으로 발표되었다가 개작하여 『여류단편걸작집』(1939년 1월)에 수록된 작품이다. 그런데 많은 연구자들이 「호도」를 텍스트로 삼기보다는 초기 발표작 「식인」을 연구대상으로 다루다보니 오류가 발생했다. 먼저, 연구자들이 「食因」을 「食困」의 잘못으로 읽었고 어떤 경우에는 「빈곤」으로 표기하는 오류까지 범했다. 다음으로, 「식인」은 「湖塗」로 개작이 되었는데도 연구자들이 「糊塗」로 표기했다는 것이다. 이 문제에 대해서는 김윤식 시인이 「백신애연구초」에서 다음과 같이 지적한 바가 있다.

"뒷날 「食因」을 「食困」의 잘못 또는 오식으로 알고 아예 「식곤」(『현대한국단편문학전집』 11, 문원각, 1974년, 이재선, '한국현대소설사' 중)으로 고쳐버렸는데 이것은 잘못이다. '먹을 것이 원인'이라고 풀이할 수 있는 「食因」이 소설의 내용과 일치하지, '많이 먹은 탓으로 몸이 곤해진' 「食困」은 내용과 정반대로 얼토당토 않는다. 또 「湖塗」를 「糊塗」로 정착시킨 것도 말이 안 되는 경솔한 속단이다. '입에 풀칠하는 길'이면 모르거니와 '사리에 어두워서 흐리터분함' 또는 '일시에 흐리터분하게 어루만짐(『새 우리말글사전』, 삼성출판사, 1976년 초판)'이란 뜻인 '糊'란 낱말은 그 내용과는 만 리도 더 멀다. 풀 호湖, 칠할 도塗이니 두 자의 뜻을 합치면 '풀칠한다.'가 되니 「糊塗」로 해버렸을지도 모른다. 하여간 전자는 작품을 읽어보지도 못한 소행이고, 후자는 무식의 소치이다."

이렇게 격렬하게 비판을 했던 김윤식 시인도 그 다음해 조선일보사에서 발간한 백신애 작품집 『꺼래이』에서 「湖塗」를 「糊塗」로 기술하는 우를 범하고 말았다.

『한국현대문학사 탐방』(국민서관, 1973년)을 쓴 작가 김용성은 "연대, 발표지 미상의 「꼬마 각시」 「옥비녀」 등의 단편이 있다."고 연보에 기술해놓았다. 그 뒤 백신애를 '발굴·재조명'하는 글을 쓴 정공채 시인도 「훨훨 날다가 일찍 가버린 흰 불새」(《여성동아》, 1983년 10월)에서 「꼬마 각시」와 「옥비녀」를 언급하면서 백신애의 미발굴 작품으로 세상에 각인 시켜놓았는데, 안타까운 것은 김윤식조차 의심 없이 사실로 받아들였다는 점이다. 하지만 이것은 와전이다. 나는 여러 차례에 걸쳐 당시 잡지와 신문, 영인본들을 뒤졌지만 찾을 수가 없었다. 그러니까 「꼬마 각시」는 「복선이」의 "울타리 밑에 동리아기들 소꿉놀이에 서투른 어린 솜씨로 만든 '풀각시' 같은 복선이다."라는 내용에서 비롯된 오해가 분명해 보인다. 최 서방에게 시집온 복선이는 나이 겨우 열네 살짜리 '꼬마 각시'였다는 점이다. 또 「옥비녀」는 수필 「금잠」의 오해로 보는 것이 타당할 것 같은데, 그 이유는 「금잠」은 오히려 '금비녀'라는 제목으로 세상에 알려지기도 했기 때문이다.

백신애를 찾아가는 과정에서 가장 어려웠던 일은 「어느 전원의 풍경」 원전을 만나는 일이었다. 1974년 문원각 판 전집 이후 발표 원전을 찾아내지 못하고 많은 연구자와 단행본이 그 전집을 저본으로 삼고 있는 것을 보면서, 나는 「어느 전원의 풍경」 원전이 세상에 존재하지 않는다고 생각하기도 했다. 이것은 김윤식 시인의 오류 때문이다. 「어느 전원의 풍경」은 1936년 《영화조선》 11월호에 발표되었는데도 김윤식 시인이 연보에서 9월호로 기술해둔 탓이었다. 그리고 3회에 걸쳐 연재되었다고 하는 『정조원』 3회분은 추적 결과 끝내 찾아지지 않는 것으로 보아 작가가 쓰지 않은 것이 확실해 보인다.

백신애 생애에 대한 모든 오해의 진원지는 시인 이윤수였다. 그는

「백신애 여사 전기」를 쓰면서 백신애의 첫사랑 실패를 확대재생산해서 남편을 두고도 연애질이나 한 황당한 인물로 만들어놓았다. 이렇다 할 탐구와 추적하는 노력이나 책임도 없이 통속적 흥미 위주의 전기를 썼다고 김윤식은 「백신애연구초」에서 이윤수를 질타하고 있다.

이윤수는 짧은 이 전기에서 백신애에 대해 열 가지도 넘는 오해와 오류를 범하고 있는데 그중에 몇 가지만 간략하게 짚어보면 이렇다. 그는 백신애 본명을 무잠武岑이라고 했지만, 많은 이름 중에서 묏부리 잠岑이 들어간 이름은 없었고 본명은 무동戊東, 무잠武簪은 아명이었다. 신애信愛는 세상에 알려진 대로 필명이 아니라 대구 신명여학교로 전학을 가면서 쓴, 그때 학적부에 기록된 이름이다. 그는 또 백신애 사망 일자를 6월 25일로 쓰면서 혼란을 가중시켰으며, 러시아와 상해에서의 체류 기간을 각각 2년으로 했다거나, 결혼 후 곧이어 별거, 3년 만에 백신애가 몸이 달아 직접 이혼 수속을 밟았다는 것들은 그야말로 흥미 위주의 통속소설 격이었다. 사실 백신애 생애를 통틀어 결혼 후 몇 년이 가장 안정적이고 행복한 시기였다고 보는 것이 옳다.

이러한 경우와는 정반대 입장에 선 김윤식의 경우도 백신애 옹호와 비판에는 문제를 가지고 있다. 백신애가 급진적인 제도 개혁을 주장하면서 사회주의 경향의 여성운동을 했다는 것은 평가할 일이지만, '항일지사' 니 '위대한 여성' 이니 또는 '반일민족운동가' 로 평가한 데에는 무리가 있다. 반면 「아름다운 노을」을 두고는 "통속적인 면에서도 제 나름대로의 작가적인 주관으로 골라낸 이색성異色性마저도 공감대에서 벗어나고 만다."거나 "작품 평가의 대상이 되지 않는다."고 혹평을 했다. 오히려 도덕적 관념을 깨뜨리지 못하고 그 틀 속으로 숨어버리고 만 아쉬움을 남긴 「아름다운 노을」을 두고, 써서는 안 될 주제로 한 타작으로 '저속' 하다고 예단해버린 것은 그가 민족주의 관점에서 백신애를 판단한 탓이다.

　지금 인터넷상에서는 이선희의 단편소설인 「매소부」와 「여인명령」이 백신애의 작품으로 명기되어 떠돌아다니고 있다. 사실 그런 일은 현존하는 작가들도 더러 당하는 수모이기도 하지만, 이런 오류와 오해들은 지금까지 백신애 작품 정본이 나오지 못해서 비롯된 것이다.

4. 나가면서

　백신애는 1908년 경북 영천에서 태어나 1929년 《조선일보》 신춘문예에 소설 「나의 어머니」가 당선되면서 문단에 나왔다. 신춘문예 최초의 여성 당선자라는 수식어가 그의 이름 앞에 붙어 다닌다. 백신애보다 먼저 문단에 나와 선구적인 활동을 하고 있는 김명순, 김일엽, 박화성, 나혜석 같은 작가들이 있기는 했으나 당시 여성문단은 빈약해서 백신애의 등장은 많은 주목을 받게 된다. 하지만 백신애는 일본 유학과 결혼으로 자취를 감추었다가 5년 동안의 공백기를 거친 뒤에야 1934년 단편 「꺼래이」와 함께 돌아와 왕성한 창작활동을 시작한다. 실제로 과수원에서 농사도 지으면서 5년 반 동안에 쓴 22편의 중단편은 결코 녹록치 않은 분량과 내용이다.

　1930년대 식민지하 농촌의 궁핍한 삶과 여성에게 침묵과 순종을 요구하는 가부장적 가족제도를 거부하고 비판하는 백신애의 의식은 너무나 선명했다. 가부장적 전통주의가 지배하는 억압과 차별 속에서 속으로만 신음을 삼켜야 하는 여성들을 대변하느라, 자신의 성격만큼이나 격렬한 필치를 보였지만 객관성과 합리성에서 많은 약점을 가진 작품으로 폄하되고 변방의 문학으로 취급받았다. 가난과 핍박에 대한 묘사가 다소

추상적이고 표피적인 점은 여성운동을 하고 사회주의운동을 했음에도 불구하고 백신애의 태생적 한계를 벗지 못한 결과물로 생각된다.

2009년은 백신애 사후 70년이 되는 해이다. 돌아보면, 백신애와 백신애 작품은 1990년 이전까지는 박제가 되어 창고 속에 처박힌 채 망각의 뒤편으로 사라지고 있었다고 해도 과언이 아니다. 흩어져서 사라져가는 백신애의 유물들을 한자리에 모았으나 전집으로 묶지 못하고 선집이 된 것이 조금 아쉽기도 하다. 연구자들의 입장에서 보면 자료가 빈약하고 또 부실하겠지만 머지않아 '원본 소설'이 만들어질 것 같다. 백신애의 고향 영천에서는 2007년, 그의 탄생 100주년을 1년 앞두고 기념사업회가 만들어져 지역에서 그를 재조명하기 시작했다. 이런 일은 매우 의미 있는 작업이다. 이런 운동이야말로 지역문학의 독자성을 확립하는 한 계기로 작동될 것이라고 믿기 때문이다.

1908년	5월 20일 경북 영천군 영천면 창구동 68번지에서 아버지 백내유白乃酉와 어머니 이내동李內東의 1남 1녀 외동딸로 태어남. 아명은 무잠武簪, 호적명은 무동戊東.
1915~1918년	몸이 아파 집에 이모부 김 씨를 독선생으로 두고 한문을 배우면서 영천 향교에 다니다.
1919년	5월 영천 공립보통학교 2학년에 편입학. 이름은 무잠武簪.
1920년	9월 1일 이름을 신애信愛로 바꾸고 출생연도를 1907년으로 고쳐 영천 공립보통학교에서 대구 신명여학교(현 종로초등학교)로 전학.
1921년	10월 신명여학교 중퇴. 이유는 '건강'이라고 학적부에 기록되어 있다.
1922년	집에서 한문 수학과 일본 중학 강의록으로 공부.
1922년	12월 1일 생년월일을 1906년 5월 20일로 고치고 술동戊東이란 이름으로 영천 공립보통학교 4학년 편입학. 그 이유는 사범학교에 입학하기 위한 연령 조건 때문이었음.
1923년	3월 영천 공립보통학교 수업연한 4년 과정 졸업. 경북 사범학교 강습과 입학.
1924년	경북 사범학교 졸업. 영천 공립보통학교 교사. 비밀리에 '여자청년동맹', '조선여성동우회'에 가입하여 여성운동을 시작함.
1925년	경산 자인보통학교로 전임.
1926년	1월 5일 '조선여성동우회'와 '문화소년회' 연합 주최로 서울 청진동 회중교회에서 어머니와 소녀들을 대상으로 '가정생활 개선'을 주제로 강연. 1월 10일 '조선여성동우회' 간친회에서 감상담 발표. 1월 22일 겨울방학 중 여성 단체의 가입이 탄로나 학교에서 권고사직 당한 후 상경하여 '조선여성동우회', '경성여자청년동맹'의 상임위원이 됨. 2월 21일 천도회관에서 열릴 예정이던 '경성여자청년동맹' 1주년 기

넘 집회 허가를 단독으로 받아내는 등 대회를 혼자 힘으로 성사시킴.

7월 인천 '병인청년회' 주최 학술강연회에서 강연을 하게 되어 있었으나 연사가 요주의 인물이란 이유로 금지됨.

8월 시흥군 북면 '노량진청년회' 주최로 '여성의 해방과 경제 조건' 주제 강연.

1927년	전국순회강연 등 여성운동 전개. 김천강연회는 시인 백기만이 주선.

시베리아 방랑(원산에서 웅기를 거쳐 가는 상선 화물칸에 숨어 블라디보스토크에 도착하지만 검거됨. 한 달 후 추방되었다가 '쿠세례야김'이란 여권을 구해 다시 러시아로 감) 후 귀국하다 두만 국경에서 왜경에 잡혀 혹독한 고문을 받음. 아버지의 노력으로 경북 경무부로 넘겨진 뒤 풀려나 병원 치료를 받고 고향 영천에 돌아오다. 고문 때문에 불임의 몸이 됨.

10월 오빠 백기호가 사임한 '영천청년동맹' 교양부 위원으로 선임됨.

11월 '영천청년동맹' 주최 러시아 혁명 기념강연회에서 강연.

1928년   '신간회' 영천지회 준비위원.

5월 '근우회' 영천지회 설립준비위원, 임시의장.

7월 '영천청년동맹' 벽壁 신문 편집책임.

8월 '경북청년도연맹' 여자부장. 경북 청도에서 '부인과 사회'란 주제로 강연이 예정되어 있었으나 연사가 불량선인이란 이유로 금지됨.

1929년   박계화란 필명으로 쓴 단편소설 「나의 어머니」가 《조선일보》 신춘문예에 1등 당선.

1930년   3월 온 가족이 경산군 안심면 용계동 과수원으로 이사.

5월 일본 동경으로 가다. 일본대학 예술과에 적을 두고 문학과 연극을 공부했다고 하나 증명할 자료는 없음. 체호프 작품 『개』를 무대에 올린 연극에서 주인공으로 열연했으나 호응이 좋지 않자 연극을 그만둠.

1931년   집안에서 경제적 지원이 중단되어 봄에 귀국했으나 부모의 결혼 강요로 다시 일본으로 감. 식모, 세탁부 같은 일을 하면서 일본 생활을 견딤. '삼육회', '근우회' 동경지회에 관여함.

1932년   가을에 귀국. 은행원 출신으로 이혼한 이근채와 약혼.

1933년   이른 봄에 이근채와 결혼. 이근채는 아버지 사업을 관리하던 사람임.

1934년   《신여성》 1, 2월 단편 「꺼래이」 발표. 이후 개작하여 『현대조선여류문학선집』(1937년)에 수록.

5월 《신가정》에 단편 「복선이」 발표.

10월 《신조선》에 단편 「채색교」 발표. 이후 개작하여 『여류단편걸작집』(1939년)에 수록.

11월 《개벽》에 단편 「적빈」 발표. 이후 개작하여 『현대조선문학전집』(1938년)에 수록.

12월 《중앙》에 단편 「낙오」 발표.

1935년 1월 《소년중앙》에 소년소설 「멀리 간 동무」 발표.

장편 소년소설 「푸른 하늘」을 《소년중앙》 4월호부터 7월호까지 4회 연재(2회와 3회 연재분은 찾지 못함).

7월 31~8월 1일 《동아일보》에 콩트 「상금 삼 원야」 발표.

8월 《중앙》에 장편 「의혹의 흑모黑眸」 1회 연재. 《신조선》에 단편 「악부자顎富者」 발표.

12월 《조선문단》에 단편 「정현수」 발표.

1936년 1월 《삼천리》에 단편 〈학사〉 발표. 《삼천리》사 초청 여류작가 좌담회 참석. 《조선중앙일보》(1월 24일, 28일) 여성논단에 「여성 단체의 필요」 발표.

7월 《비판》에 단편 「식인食因」 발표. 이후 「호도湖途」로 개작하여 『여류단편걸작집』(1939년)에 수록.

8월 《삼천리》에 중편 「정조원」 1회 연재.

11월 《영화조선》에 단편 「어느 전원의 풍경」 발표.

1937년 1월 《삼천리》에 중편 「정조원」 2회 연재.

6월 《백광》에 콩트 「가지 말게」 발표.

1938년 5월 남편과 별거, 친정으로 돌아옴.

6월 25~7월 7일 단편 「광인수기」 10회 연재.

7월 《조광》에 단편 「소독부」 발표.

9월 《사해공론》에 단편 「일여인」 발표.

9월 25일 만성위장병으로 입원했던 병원에서 퇴원 후 중국 청도로 가서 20여 일 여행을 함.

10월 상해 도착, 오빠 백기호와 소실가 강노향을 만남.

	11월 집사 유일락을 시켜 이혼수속을 밟도록 함.
1939년	4월《국민신보》에「나의 시베리아 방랑기」발표.
	5월《여성》에「청도기행」발표.《조광》에 단편「혼명에서」발표.
	5월 말경에 위장병 악화로 경성제국대학병원 입원.
	6월 23일 오후 5시 경성제국대학병원에서 췌장암으로 사망. 어머니의 강요로 경북 칠곡군 동명면 금암리 산 40번지 중산골에 있는 친정 가족묘지에 안장. 이후 전쟁 때 인민군 후방 일꾼으로 근무하다 월북한 것으로만 알려지고 있는 오빠 백기호(셋째 딸 경미는 의용군으로 입대하여 전쟁 중에 제대하여 월북, 큰딸 장미는 60년대에 일본에서 자식 둘을 데리고 월북함) 집안의 연속적인 불행에는 '출가외인이 안장되어 있기 때문'이라는 풍수와 점쟁이들의 말 때문에 70년대 초 파묘됨.
	7월《국민신보》에 유작 수필「여행은 길동무」발표.
	11월《여성》에 유작 중편「아름다운 노을」4회에 걸쳐 연재.
1954년	5월 22일 대구 미국공보원에서 '죽순시인구락부' 주최로 백신애 추도회가 열렸다. 개회사는 구상 시인, 죽음에 대한 소고는 유치환 시인, 백기만 시인이 '백신애에 대한 인상'을 이야기하고, 시인 이설주, 수필가 전숙희가 백신애 작품「금잠」과「자수」를, 원화여고 학생들이「꺼래이」와「초화」를 각각 낭독했다.
2007년	5월 고향 영천에서 '백신애기념사업회' 발족됨.
2008년	5월 제1회 백신애문학상(공선옥, 창작집『명랑한 밤길』. 심사위원: 박완서, 염무웅) 시상과 문학비를 세움. 도로 '백신애길'이 명명되고, 서울과 영천에서 소설「적빈」이 연극으로 무대에 올려지다.
	8월 대구 MBC에서 다큐멘터리 2부작이 방영되다.

|작품 연보|

■ 소설

1929년 「나의 어머니」, 《조선일보》, 1월 1일
1934년 「꺼래이」,* 《신여성》, 1-2월
「복선이」, 신가정, 5월
「채색교」,** 《신조선》, 10월
「적빈」,*** 《개벽》, 11월
「낙오」, 《중앙》, 12월
1935년 「악부자」, 《신조선》, 8월
「의혹의 흑모」, 《중앙》, 8월
「정현수」, 《조선문단》, 12월
1936년 「학사」, 《삼천리》, 1월
「식인」,**** 《비판》, 7월
「정조원」, 《삼천리》, 1936년 8월, 1937년 1월
「어느 전원의 풍경」, 《영화조선》, 11월
1938년 「광인수기」, 《조선일보》, 6월 25일-7월 7일
「소독부」, 《조광》, 7월
「일여인」, 《사해공론》, 9월
1939년 「혼명混冥에서」, 《조광》, 5월
「아름다운 노을」,***** 《여성》, 1939년 11월~1940년 2월

* 1937년 4월, 『현대조선여류문학선집』에 개작됨.
** 1939년 1월, 『여류단편걸작집』에 개작됨.
*** 1938년 5월, 『현대조선문학전집』에 개작됨.
**** 1939년 1월, 『여류단편걸작집』에서 「호도」로 개작.
***** 유고작.

■ 소년소설

1935년 「멀리 간 동무」, 《소년중앙》, 1월

「푸른 하늘」, 《소년중앙》, 4-7월

■ 콩트

1935년 「상금 삼 원야」, 《동아일보》, 7월 31일~8월 1일

1937년 「가지 말게」, 《백광》, 6월

■ 수필

1934년 「도취삼매」, 《중앙》, 2월

「백합화단」, 《중앙》, 4월

「연당」, 《신가정》, 7월

「제목 없는 이야기」, 《신가정》, 10월

「추성전문秋聲前聞」, 《중앙》, 10월

1935년 「사명에 각성한 후」, 《신가정》, 2월

「무상의 낙樂」, 《삼천리》, 3월

「슈크림」, 《삼천리》, 4월

「종달새」, 《신가정》, 5월

「납량 2제」, 《조선문단》, 8월

「정거장 4제」, 《삼천리》, 10월

1936년 「매화」, 《중앙》, 1월

「철없는 사회자」, 《중앙》, 4월

「울음」, 《중앙》, 4월

1937년 「백안白雁」, 《조선일보》, 3월 5일~7일

「춘맹春萌」, 《조광》, 4월

「금잠金簪」, 『현대조선여류문학선집』, 4월

「자수」, 『현대조선여류문학선집』, 4월

「초화」, 《문원》 2집, 5월

「금계납金鷄納」, 《여성》, 6월

「종달새 곡보」, 《여성》, 6월

「녹음하」, 《조광》, 6월

　　　　　　　「동화사」,《조광》, 8월

　　　　　　　「손대지 않고 능금 따기」,《소년》, 8월

　　　　　　　「사섭私燮」,《조광》, 9월

　　　　　　　「촌민들」,《여성》, 9월

1938년　　　「눈 오던 밤의 춘희」,《여성》, 1월

1939년　　　「자서소전」,『여류단편걸작선』, 1월

　　　　　　　「봄 햇살을 맞으며」,*《국민신보》, 4월 9일

　　　　　　　「여행은 길동무」,**《국민신보》, 4월 23일, 30일

■ 기행문

1939년　　　「나의 시베리아 방랑기」,***《국민신보》, 7월 2일

　　　　　　　「청도 기행」,《여성》, 5월

■ 논단

1936년　　　「여성단체의 필요」,《조선중앙일보》, 1월 24일, 28

* 일문日文.
** 일문. 유고작.
*** 일문.

한국문학의재발견-작고문인선집

백신애 선집

지은이 | 백신애
엮은이 | 이중기
기 획 | 한국문화예술위원회
펴낸이 | 양숙진

초판 1쇄 펴낸날 | 2009년 3월 10일

펴낸곳 | ㈜현대문학
등록번호 | 제1-452호
주소 | 137-905 서울시 서초구 잠원동 41-10
전화 | 516-3770
팩스 | 516-5433
홈페이지 www.hdmh.co.kr

ⓒ 2009, 현대문학

값 12,000원

ISBN 978-89-7275-521-0 04810
ISBN 978-89-7275-513-5 (세트)